Bob Lennon

Les aventures du Pyro-Barbare & de Billy dans...

La Forteresse du Chaudron Noir

omaké books

CARACTÈRE

Guerrier

HABILITÉ

Base 2	Total
Carac. +2	7 9
Matériel +6	

+1 ☒☐☐☐☐☐☐☐

ADRESSE

Base 1	Total
Carac. -1	0 1
Matériel	

Ne peut dépasser 5

STAT. SECONDAIRES

DÉGATS +1

ARMURE

CRITIQUE +6

PV MAX. 9

+1 ☐☐☐☐☐☐☐☐☐ ☐☐☐☐☐☐☐☐☐ ☐☐☐☐☐☐☐☐☐

ENDURANCE

Base 2	Total
Carac.	3
Matériel +1	

+1 ☐☐☐☐☐☐☐☐

CHANCE

Base 3	Total
Carac. -1	3 2
Matériel	

+1 ☒☐☐☐☐☐☐☐

MATÉRIEL

- EPEE
- Morg
- dague

GLOIRE

☒☐☐☐☐☐☐☐☐☐☐☐☐☐☐☐☐

RICHESSE

☐☐☐☐☐☐☐☐☐☐☐☐☐☐☐☐☐

NOTES D'AVENTURE

2 combat

-3 A +1 ...

SUIVI DES POINTS DE VIE

7 9 8 6 8 9

SUIVI DES POINTS DE CHANCE

2 1 0

OBJETS RÉCUPÉRÉS

lettre recomandation fiole vide

écusson orc

Épée

bras squelettique

casque garde

FEUILLE DE COMBAT

SITUATION

PV	*Billy*	*Adv.*
Tour 1	8	20
Tour 2	5	1 14
Tour 3	3	7
Tour 4	1	0
Tour 5		
Tour 6		
Tour 7		
Tour 8		
Tour 9		
Tour 10		
Fin		

SITUATION

PV	*Billy*	*Adv.*
Tour 1		
Tour 2		
Tour 3		
Tour 4		
Tour 5		
Tour 6		
Tour 7		
Tour 8		
Tour 9		
Tour 10		
Fin		

SITUATION

PV	*Billy*	*Adv.*
Tour 1		
Tour 2		
Tour 3		
Tour 4		
Tour 5		
Tour 6		
Tour 7		
Tour 8		
Tour 9		
Tour 10		
Fin		

SITUATION

PV	*Billy*	*Adv.*
Tour 1		
Tour 2		
Tour 3		
Tour 4		
Tour 5		
Tour 6		
Tour 7		
Tour 8		
Tour 9		
Tour 10		
Fin		

SITUATION

PV	*Billy*	*Adv.*
Tour 1		
Tour 2		
Tour 3		
Tour 4		
Tour 5		
Tour 6		
Tour 7		
Tour 8		
Tour 9		
Tour 10		
Fin		

SITUATION

PV	*Billy*	*Adv.*
Tour 1		
Tour 2		
Tour 3		
Tour 4		
Tour 5		
Tour 6		
Tour 7		
Tour 8		
Tour 9		
Tour 10		
Fin		

SITUATION

PV	*Billy*	*Adv.*
Tour 1		
Tour 2		
Tour 3		
Tour 4		
Tour 5		
Tour 6		
Tour 7		
Tour 8		
Tour 9		
Tour 10		
Fin		

SITUATION

PV	*Billy*	*Adv.*
Tour 1		
Tour 2		
Tour 3		
Tour 4		
Tour 5		
Tour 6		
Tour 7		
Tour 8		
Tour 9		
Tour 10		
Fin		

SITUATION

PV	*Billy*	*Adv.*
Tour 1		
Tour 2		
Tour 3		
Tour 4		
Tour 5		
Tour 6		
Tour 7		
Tour 8		
Tour 9		
Tour 10		
Fin		

Pour télécharger plus de fiches rendez-vous sur *https://omakebooks.com/fr/content/22-bob-lennon*

Les règles

Bienvenue dans *La Forteresse du Chaudron Noir.* Alors, comme ça, vous voulez être un Billy ? C'est (probablement) une bonne idée. Mais quel genre de Billy êtes-vous ? Vous le saurez après avoir lu ces quelques règles et avoir fait votre choix.

Il existe 4 statistiques principales et 4 statistiques secondaires. Certaines vous seront plus utiles que d'autres selon la manière que vous souhaitez aborder votre aventure. Rassurez-vous, c'est plutôt intuitif…

LES STATS PRINCIPALES

L'HABILETÉ détermine votre capacité au combat et votre maîtrise des armes. Un maître d'armes aura donc une HABILETÉ très élevée, tandis qu'un civil aura une HABILETÉ très basse. Lors d'un combat, votre montant d'HABILETÉ et celui de votre adversaire détermineront si vous êtes avantagé ou non au combat.

L'ADRESSE détermine votre agilité et votre capacité à vous mouvoir rapidement et discrètement, ainsi que votre capacité à esquiver des attaques ou faire une contre-attaque critique en combat. Durant l'aventure, certains chapitres vous demanderont de réussir un JET D'ADRESSE en lançant un dé. Si le montant est inférieur ou égal à votre ADRESSE, vous réussirez, sinon, c'est un échec. Votre score d'ADRESSE ne peut en aucun cas dépasser **5**.

L'ENDURANCE détermine votre résistance physique, votre résilience, ainsi que le montant de vos POINTS DE VIE (PV). Vos POINTS DE VIE MAX. sont déterminés par votre ENDURANCE X 3. Un Billy avec 3 ENDURANCE aura donc 9 PV, et un autre avec 7 ENDURANCE aura 21 PV.

La CHANCE détermine votre capacité à voir les évènements malencontreux tourner en votre faveur, ou d'améliorer la qualité de votre vie en général. Vous ne pouvez pas avoir plus de CHANCE que vous n en avez au début de l'aventure, sauf si un évènement vous octroie un ou plusieurs points de CHANCE MAX. Imaginez que, comme les POINTS DE VIE (PV), la CHANCE représente une réserve dont vous pouvez disposer si la situation l'exige. Durant l'aventure, certains chapitres vous demanderont de réussir un JET DE CHANCE en lançant un dé. Si le montant obtenu est inférieur ou égal à votre CHANCE, vous réussirez, sinon, c'est un échec. À savoir que, dès que vous utiliserez votre

CHANCE (en faisant un jet ou en utilisant un pouvoir spécial), vous devrez déduire 1 POINT DE CHANCE de votre montant total. Votre CHANCE ne peut pas dépasser votre total de CHANCE MAX.

Ex. : Billy a 5 CHANCE, il fait un JET DE CHANCE sur 5 ou moins. Son dé lui donne 3, c'est un jet réussi. Il peut donc avancer et à désormais 4/5 CHANCE. Son prochain jet de CHANCE réussi devra donc se faire sur un 4 ou moins. Si Billy à 7 CHANCE, alors il réussit son jet automatiquement puisqu'un dé à 6 faces ne permet pas de le faire échouer. Il a désormais 6/7 CHANCE, et avance dans l'histoire.

LES STATS SECONDAIRES

Les **POINTS DE VIE (PV)** sont déterminés par votre ENDURANCE multipliée par trois. S'ils tombent à zéro, vous mourrez. Ce sont des choses qui arrivent.

L'**ARMURE** est directement liée à votre équipement. Chaque point d'ARMURE diminue les dommages reçus directement (si vous avez 2 points d'ARMURE, alors 5 points de dommage infligés diminuent de 2 et deviennent 3 points de dommage). Sauf contre-indication, l'ARMURE s'applique au moment de recevoir les dommages.

Les **DÉGÂTS** sont les points de dommages bonus qui s'appliquent après avoir calculé le montant d'une attaque. Par exemple, si vous possédez une arme qui fait +1 DÉGÂTS, alors votre attaque de 3 points de dommages fera perdre 4 Points de Vie à votre adversaire (auxquels vous pouvez soustraire son ARMURE ensuite s'il en a).

Le **CRITIQUE** représente le bonus d'attaque à votre contre-attaque critique. En cas de coup critique, additionnez le montant de votre CRITIQUE aux dommages de votre CONTRE-ATTAQUE CRITIQUE.

Les **POINTS DE GLOIRE** sont la récompense d'un haut fait ou d'une action particulièrement héroïque. Ils ne servent qu'à déterminer la qualité de la fin que vous aurez au bout de votre aventure. Soyez cohérent avec votre CARACTÈRE, et vous en trouverez sans doute !

Les **POINTS DE RICHESSE** représentent le pognon ou les objets de valeur accumulés au cours de votre aventure. Comme les points de GLOIRE, ils détermineront la qualité de la fin que vous pourrez obtenir au terme de votre périple.

RÈGLES DE COMBAT

BULIAAA !!! C'est la baston !!! Vous allez voir, c'est assez simple. Pour résoudre un combat, vous n'avez besoin que d'un dé à 6 faces. Si vous n'en avez pas, choisissez une page au hasard et prenez le score affiché sur le dé en bas de page selon le sens où vous avez tourné les pages (dé de gauche si vous avez tourné les pages vers la gauche, dé de droite si vous avez tourné les pages vers la droite).

N'hésitez pas à consulter la **TABLE DES SITUATIONS** au tout début ou à la toute fin de cet ouvrage.

LA SITUATION :
Tout d'abord, afin de déterminer à quel point le combat est à votre avantage/désavantage, vous devez soustraire le montant d'HABILETÉ de votre adversaire à votre montant total d'HABILETÉ. Suite à ça, vous saurez si vous êtes à égalité l'un l'autre, en avantage léger, avantage ou avantage lourd, ou en désavantage léger, désavantage ou désavantage lourd. Si le résultat final est de +8 ou -8, c'est une situation de DOMINATION, et vous remporterez/perdrez automatiquement le combat.

Vous serez souvent accompagné lors de votre aventure, et vos compagnons s'ajoutent à votre score d'HABILETÉ. Ils sont représentés par cette icône avec l'HABILETÉ correspondante :

LA PHASE D'ATTAQUE :

Lancez un dé, et infligez/prenez les dommages correspondant dans la TABLE DES SITUATIONS afin de les soustraire à vos PV et à ceux de votre adversaire, puis appliquez les modificateurs de DÉGÂTS, les modificateurs d'ARMURE, puis les modificateurs spéciaux ou de classe (s'il y en a), et passez au tour suivant ! Recommencez la procédure jusqu'à ce que mort s'ensuive et, si vous êtes victorieux, donnez-leur un coup de pied au sol, juste pour être sûr. Visez la bouche.

Si jamais votre attaque tue l'adversaire, alors les dégâts qu'il vous inflige au tour de sa mort sont quand même comptabilisés. Si jamais ces dégâts causent votre mort mutuelle, alors les dégâts causés par l'adversaire sont annulés, et vous l'achevez avant qu'il ne puisse riposter.

Ex : Billy (5 PV) vs Orc (2 PV). Si la table, après le jet, stipule 6-1, alors l'orc meurt et Billy perd 1 PV et se retrouve donc à 4 PV. Si la table stipule 3-6, alors Billy tue l'orc, et ne subit pas son attaque finale (Billy finit donc le combat à 5 PV). C'est gratuit !

LA PHASE D'ESQUIVE :
Si votre score d'ADRESSE est d'au moins 2, alors vous pouvez tenter d'esquiver totalement l'attaque de votre adversaire et ne prendre en compte que les dommages que vous infligez pour ce tour. Pour cela, relancez le dé juste après la phase de combat : si votre score est égal ou inférieur à votre ADRESSE, alors vous esquivez complètement le coup. Sinon, vous prenez simplement les dommages, et vous avancez au tour suivant. Certaines situations, comme le surnombre, baisseront votre ADRESSE, mais c'est un élément essentiel pour ceux qui voudraient jouer un Billy plus agile. Fonctionnellement cependant, avoir 1 ADRESSE, 0 ADRESSE ou -1 000 ADRESSE ne change rien, puisque l'esquive et la CONTRE-ATTAQUE CRITIQUE ne s'activent qu'à partir de 2 POINTS D'ADRESSE.

LA CONTRE-ATTAQUE CRITIQUE :
Comme l'esquive, la contre-attaque n'est disponible qu'à partir de 2 points d'ADRESSE. Si, au cours d'une esquive, votre dé affiche un 1, vous exécutez alors une CONTRE-ATTAQUE CRITIQUE dévastatrice EN PLUS d'esquiver totalement l'attaque adverse. Pour calculer vos dommages, prenez les dommages MAXIMAUX que vous pouvez infliger dans votre SITUATION (comme si vous aviez fait un 6 durant votre phase d'attaque), et ajoutez-y votre score de CRITIQUE. Ensuite, déduisez ce montant total des PV de votre adversaire en ignorant son ARMURE (s'il en a). La CONTRE-ATTAQUE CRITIQUE ne se cumule pas avec votre phase d'attaque, et remplace les dégâts que vous auriez faits normalement ce tour-ci.

Exemple lors d'un match désavantageux : situation à -4, je dispose de 4 ADRESSE, de 1 DÉGÂTS et de 7 CRITIQUE. J'ai fait un 2 durant ma phase d'attaque, je risque donc de subir 6 points de dommages (et d'en infliger seulement 2). Je tente et réussis mon esquive critique en faisant un 1 durant ma phase d'esquive. J'inflige donc les dommages maximums de ma table (en l'occurrence 4), et j'y ajoute mon montant de CRITIQUE (7) pour un total de 11 points de dommages infligés à mon adversaire (notez que le bonus de DÉGÂTS ne s'applique pas durant les contre-attaques critiques) ! Si mon adversaire a survécu à un tel assaut, alors je passe au tour suivant.

Les combats se déroulent donc ainsi. Notez que si votre ADRESSE est de 1 ou inférieure, chaque tour de combat ne nécessitera qu'un seul lancer de dé. Si votre ADRESSE est de 2 ou supérieure, deux jets de dés seront nécessaires (un pour déterminer l'attaque, et un autre pour votre esquive). Il est important de rappeler que, quoi que vous fassiez, votre score d'ADRESSE ne peut en aucun cas dépasser **5** (sinon, vous pourriez esquiver 100 % des attaques à tous les coups et personne n'est aussi doué).

LES CARACTÈRES

VOUS êtes BILLY ! Ça ne fait aucun doute. Mais quel type de Billy êtes-vous ? Regardons déjà vos statistiques de base qui sont :

Billy (de base) :

HAB	2
END	2
ADR	1
CHA	3

Pour savoir quel sera le **CARACTÈRE** de votre Billy, vous devrez choisir 3 OBJETS parmi 12, répartis dans 3 CATÉGORIES différentes : les ARMES, les ÉQUIPEMENTS et les OUTILS.

Sauf contre-indication, vous ne pouvez manier que deux armes en même temps (vous n'avez pas six bras).

PREMIÈRE CATÉGORIE : LES ARMES

L'ÉPÉE : une ancienne épée qui appartenait à votre grand-père. Son acier est plutôt bon et elle a été relativement bien entretenue. Lorsque vous jouiez avec étant enfant, personne ne vous interrompait étrangement. L'utiliser vous confère +4HAB.

LA LANCE : une bonne lance à la hampe solide et à l'équilibrage satisfaisant. Elle servait à bloquer la porte de la grange, et son maniement est intuitif. Elle vous donne +3HAB et +1ADR.

LA MORGENSTERN : une masse à embout étoilé impressionnante. Vous ne sauriez dire si elle est en bon état ou non, et ça n'a que peu d'importance. Son manche en métal et son poids dans votre main promettent des dégâts ravageurs. Vous gagnez +1HAB, +1END, +1DEG.

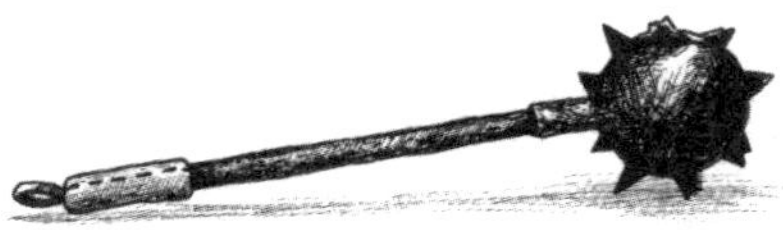

L'ARC : un ancien arc de guerre, reconverti en arc de chasse. Vous vous souvenez du jour où votre grand-père a tenté de vous apprendre à tirer avec. Si elle peut pulvériser une citrouille aussi bien que la tête d'une personne, cette arme nécessite cependant d'utiliser ses deux mains et de n'équiper aucune autre ARME. Il vous donne cependant +3HAB, +1ADR et +4CRIT.

DEUXIÈME CATÉGORIE : LES ÉQUIPEMENTS

LA COTTE DE MAILLE : cette armure indémodable appartenait à votre grand-père et est maintenant à votre taille. Elle a servi longtemps à récurer des casseroles, mais ne semble pas avoir souffert, ce qui témoigne de sa solidité et de son poids. Protège beaucoup et peut faire disparaître les traces de gras les plus récalcitrantes : -1HAB, -1ADR, +1END, +2ARM.

LA MARMITE : cette marmite n'a rien de magique, mais vous avez appris au fil des années comment la remplir d'ingrédients pour mitonner des plats délicieux et nourrissants qui vous ont permis une croissance solide et sans (trop) de carences alimentaires. L'outil idéal pour un chef en herbe ! Peut aussi servir (et a servi) de casque de fortune : +2END, +1ARM.

LE PAMPHLET TOURISTIQUE : un guide de la capitale de Lennonia. Rempli d'informations plus ou moins crédibles et illustré avec un personnage attachant. Choisir ce pamphlet implique cependant quelque chose de beaucoup plus important : que vous savez lire ! Et ça, à cette époque, ce n'est pas donné à tout le monde : +4CHA.

LE KIT DE SOIN : en réalité un kit de couture qui a mal tourné. Idéal pour recoudre vos vêtements ou soigner les petits bobos. Nécessite cependant d'être au calme : DOUBLE LES POINTS DE VIE RÉCUPÉRÉS NATURELLEMENT AU COURS DE L'AVENTURE (n'inclut pas les PV récupérés via artefacts, items ou magies, seulement ceux mentionnés dans le texte) et +1CHA.

TROISIÈME CATÉGORIE : LES OUTILS

LA FOURCHE : offerte pour votre cinquième anniversaire par le forgeron du hameau voisin, cette fourche fut votre seule compagnonne durant des années entières de labeur. Arme de fortune, pied de biche improvisé ou outil de terrassement hostile, votre bonne vieille fourche pourrait servir. +1HAB, +3END. Compte comme un objet tenu à la main.

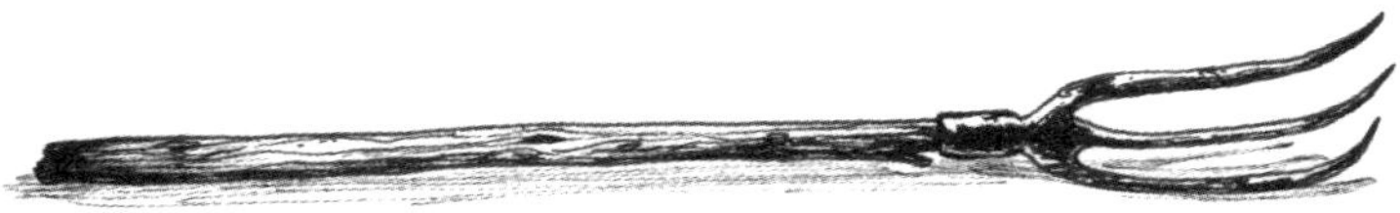

LA DAGUE : habilement dissimulée en couteau à pain par votre papy, ce couteau (ou du moins sa lame) a mis fin à la vie de plusieurs guerriers aguerris en son temps, avant de passer à l'exécution systématique de tous les fromages qu'elle croise sur la table, son ultime champ de bataille. +1HAB +6CRIT. Si vous êtes équipé de L'ARC ou de deux ARMES, alors le bonus de +6CRIT est quand même appliqué, mais pas le bonus de +1HAB.

LE KIT D'ESCALADE : une corde solide attachée à un embout de houe cassée. Vous vous en serviez pour grimper aux arbres ou sur le toit quand vous étiez petit. Pour une raison qui vous échappe, elle semble toujours se fixer du premier coup et se détacher ensuite sans aucun problème. +1ADR

LE SAC DE GRAINS : un sac de taille moyenne rempli d'un mélange de grains dont seul votre grand-père avait le secret. Vous avez grandi entouré de ce genre de grains différents et de l'odeur du pain fraîchement cuit. Les animaux semblent raffoler de ce mélange, et plonger la main dans ce sac vous octroie toujours une grande satisfaction. +2END, +2CHA.

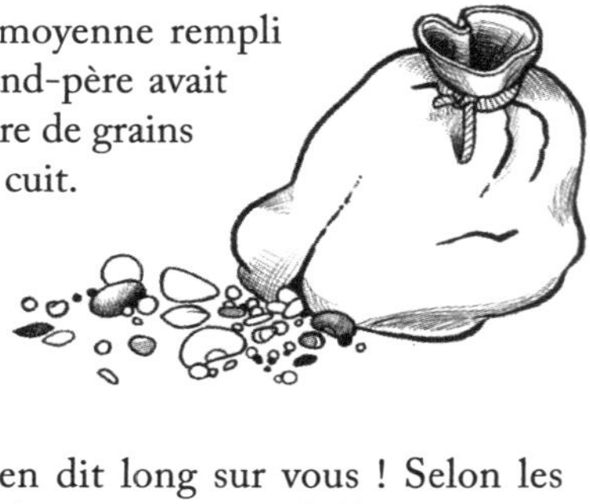

Vous avez choisi 3 objets ? Très bien, ça en dit long sur vous ! Selon les CATÉGORIES des objets que vous avez sélectionnés, votre Billy peut avoir **4 CARACTÈRES** différents.

- Si vous avez choisi 2 ARMES ou PLUS, vous êtes un **Billy GUERRIER** (+2HAB, -1CHA).

- Si vous avez choisi 2 ÉQUIPEMENTS ou PLUS, vous êtes un **Billy PRUDENT** (+2CHA, -1HAB).

- Si vous avez choisi 2 OUTILS ou PLUS, vous êtes un **Billy PAYSAN** (+2END, -1ADR).

- Si vous avez choisi 1 OBJET DE CHAQUE, vous êtes un **Billy DÉBROUILLARD** (+2ADR, -1END).

Ajoutez à vos STATISTIQUES de Billy de base les STATISTIQUES apportées par vos objets, ainsi que les STATISTIQUES apportées par votre nouveau CARACTÈRE.

Félicitations, vous êtes un Billy tout neuf !!!

LES POUVOIRS DE CLASSE

Chaque Billy vivra des situations différentes et devra faire face aux embûches diverses et variées qui parsèmeront sa route, tout en réfléchissant bien à la méthode pour aborder ce qui se dressera devant lui. Un Billy GUERRIER préférera une approche directe, un Billy PRUDENT tentera d'éviter le conflit, un Billy PAYSAN encaissera la plupart de ce qui lui tombera dessus sans broncher et un Billy DÉBROUILLARD cherchera des issues alternatives aux problèmes. Cependant, ce n'est pas tout ! En plus d'influer sur certaines scènes et sur certains choix, votre **CARACTÈRE** vous confère un **POUVOIR DE CLASSE** :

- Billy GUERRIER : vous infligez +1 DÉGÂTS à toutes vos attaques. Baston !!

- Billy PRUDENT : lorsque vous êtes face à un combat, vous pouvez utiliser votre CHANCE pour l'esquiver totalement en le remportant par pur hasard ! Pour cela, faites un JET DE CHANCE et dépensez autant de points de CHANCE qu'indiqué sur la ligne d'esquive de **LA TABLE DES SITUATIONS.** Attention cependant, si votre jet de chance échoue, vous devrez jouer le combat normalement, mais perdrez seulement 1 POINT DE CHANCE pour votre essai raté.

En combat, si l'attaque d'un adversaire vous tue, vous pouvez miraculeusement survivre à l'impact en faisant un JET DE CHANCE dont le coût débute à 1 et augmente d'1 point pour chaque esquive de mort réussie durant le combat. Si votre jet réussit, les dégâts reçus sont annulés et vous vivrez un tour de plus ; sinon, vous mourrez. Ce sont des choses qui arrivent.

Exemple : si Billy PRUDENT n'a plus que 3 PV et se fait tuer par la prochaine attaque (qui cause 6 dommages), il fait un JET DE CHANCE pour survivre jusqu'au prochain tour contre 1 point de CHANCE. S'il réussit et survit jusqu'au tour suivant où la même chose se produit, il peut à nouveau survivre à un coup mortel en faisant un autre jet de CHANCE, mais cela lui coûtera désormais 2 points de CHANCE. La troisième fois, 3 points de CHANCE, etc., jusqu'à ce que Billy échoue son jet ou arrive à bout de ses points de CHANCE et de ses points de vie.

Durant la phase d'attaque, vous pouvez à n'importe quel moment effectuer un JET DE CHANCE pour DOUBLER les dégâts que vous causez durant ce tour contre seulement 1 point de CHANCE. Si votre jet réussit, les dégâts infligés sont doublés et vous porterez un coup chanceux à votre ennemi. Si votre jet échoue, vous perdez votre point de chance et infligez 0 dommages à votre adversaire pour ce tour.

- **Billy PAYSAN :** un paysan, c'est solide. Genre ultra solide. Vos mains dures et rugueuses peuvent râper du fromage par simple friction. Quoi qu'il arrive, sans aucune exception, même divine, vous ne pouvez subir plus de 3 points de dommages pendant une phase d'attaque. Cette réduction s'effectue APRÈS le calcul des DÉGÂTS bonus de l'adversaire et de votre ARMURE, en tout dernier. Si une grosse gifle venait vous infliger 5 PV de dommages, vous n'en perdriez que 3. Si une météorite s'écrasait en plein sur votre front pour 10 000 points de dommages, vous n'en perdriez que 3. Attention cependant, les dommages infligés entre les tours s'appliquent quand même (poison, magie, enchantement, feu, situation spéciale, etc.).

Exemple : Billy Paysan à 27 PV et 2 ARM, et se trouve au milieu d'un marais d'acide sous une pluie de flèches ennemies et de sortilèges de guerre. L'armée ennemie attaque pour 7 000 points de dommages (7 000 x 1 flèche) et 10 boules de feu à 1 000 points de dégâts chacune, pour un total de 17 000 points de dégâts infligés. Le pouvoir du Paysan ramène tous ces dégâts à 3 PV (17 000 – 2 ARM = 16 998 ramenés à 3 PV). Billy a donc 24 PV restants. Cependant, comme indiqué préalablement dans la description du combat, se tenir dans un marais d'acide fait perdre 5 PV au Billy Paysan entre chaque tour. Billy Paysan commence donc son tour suivant avec 19 PV (19 - 5).

- **Billy DÉBROUILLARD :** vous êtes un vrai filou et vous êtes assez rapide pour forcer le destin ! Vous pouvez relancer votre dé de phase d'attaque une fois par tour si le montant ne vous convient pas. Attention cependant, le second lancer est définitif. Pratique pour éviter ce triste 1 et avoir une chance d'obtenir un 6 bien juteux ! Ce pouvoir ne s'applique pas aux phases d'esquive.

Voilà, vous disposez maintenant de vos STATISTIQUES et de votre MATÉRIEL. Votre CARACTÈRE est bien forgé désormais, et vous êtes prêts à faire face au monde entier ! Bonne chance !!

Sommaire

LA PASSE MIROITANTE
LES VALLÉES VENTEUSES
ECCBORIAN
CABARDIE
SAINTE TERRE
SOLQUARDIE
mer d'Echad
mer de Valla
ATEMASHRA
ARKADIE
VALOISIE
SOUFFLE DE ZARH
N
W
E
S

KOBBLIN
KRÄNELORN
ROYAUME
D'ISBOR
Lennonia
larme du géant
ERENNER
ZIGMAÄ
STIA

- Prologue -

Plante-Citrouille

1

Ce dernier corps que vous traînez sur vos épaules pèse très lourd.

Sans doute parce que c'est celui de votre mère, la dernière à avoir succombé à l'épidémie de la « peste du fer » qui vient de dévaster la région en seulement quelques semaines. Vous la jetez sur le bûcher où brûle déjà le reste de votre famille et de vos souvenirs.

La mort empeste tout le hameau de Plante-Citrouille, au milieu duquel se tient la ferme de vos parents… « Votre » ferme désormais… Du moins ce qu'il en reste.

Les quelques maisons resserrées autour du grand puits sont désormais vides. Seules les silhouettes de quelques poules déplumées et de la bourrique de la vieille Brunhilde errent dans la fumée crématoire. Lorsqu'un battement d'ailes vous fait lever les yeux au ciel, vous voyez une nuée de corbeaux voler au-dessus du gigantesque feu. Et quand l'un d'eux pose sa fiente dans le brasier, vous soupirez à voix haute :

« Ça y est. Y a même plus d'respect... »

Seul sous un ciel nuageux, vous observez ce qui reste de votre vie, et repensez aux temps où l'odeur des champs de citrouilles embaumait la plaine qui s'étend au-delà des barrières de votre hameau. Vous vous rappelez leur poids quand vous les chargiez dans les charrettes qui partaient pour les marchés des villages alentour. « Plante-Citrouille », votre petit lieu-dit inexistant au milieu des vastes terres d'Erenner, jouissait autrefois d'une petite réputation locale pour ses légumes tendres et sucrés. Même certains marchands d'Arkadie allaient jusqu'à traverser tout le continent pour s'en procurer et les revendre aux nobles décadents de la riche et lointaine contrée de Valoisie, toujours prêts à mettre le prix pour proposer à leur table les mets les plus fins et les plus exotiques.

Rien de bien fin ou d'exotique au sujet d'une citrouille cependant, et votre vie jusqu'alors reflète assez bien cette réalité.

Dès l'instant où vous saviez marcher, votre existence a été consacrée à la ferme. Vous avez aidé votre mère aux champs, frotté les sols des écuries et ramassé les bouses pour le fumier de votre voisin sans jamais vous plaindre. Les seules éclaircies dans cette monotonie infâme, vous les deviez à l'occasionnel voyageur, au marchand extravagant, ou au rare mercenaire qui faisait escale dans votre minuscule bourgade. Les derniers étés cependant, vous aviez eu la chance de pouvoir voyager un peu avec votre oncle Fanta et de parcourir avec lui les vertes plaines d'Erenner jusque sur la côte pour y vendre divers bibelots et y troquer quelques outils. Un souvenir chaleureux, mais teinté d'amertume puisque ces voyages se terminaient toujours à Plante-Citrouille, où vous attendait une vie monocorde et terne. Une vie fantôme désormais.

Hanté seulement par le son des animaux et le crépitement des flammes qui dévorent avidement les chairs mortes de vos proches, vous réalisez que plus rien ne sera jamais comme avant...

« Et tant mieux parce qu'en soi, c'était vraiment une vie de merde », déclarez-vous aux corbeaux.

Un choix s'impose à vous désormais : que faire de votre jeune vie ? Répandre les cendres des morts sur les champs, prier pour que les citrouilles repoussent et reprendre le flambeau de la ferme familiale ? Ou honorer le souvenir de feu votre grand-père qui, avant de prendre sa retraite au milieu des légumes, a laissé son empreinte sur toutes les terres du continent d'Alkior ?

Pour vous, il a toujours été « Pépé Citrouille ». Mais vous entendez encore votre mère vous raconter ses aventures invraisemblables, toujours plus extravagantes les unes que les autres. Vous vous souvenez que vous étiez fasciné par les histoires qu'elle vous narrait au coin du feu : des contes d'épées, de dragons et de guerres, de temples engloutis et de royaumes en flammes. La légende d'Uther-la-Dent-dure a bercé votre enfance et a inexorablement fait germer la graine de votre imagination.

Après avoir semé la mort aux quatre coins du continent, sa légende disparut d'un seul coup. L'invincible Uther-la-Dent-dure se réveilla un matin et tout avait changé. Le goût du sang ne lui chatouillait plus les papilles, les hurlements de ses victimes ne sonnaient plus comme une douce sérénade à ses oreilles et ses doigts plongés dans les entrailles de ses ennemis ne dégageaient plus les fragrances des jours heureux. Un autre destin l'appela et il endossa joyeusement les haillons de Pépé Citrouille.

Dès lors, il ne planta plus de dagues, mais des graines, n'arracha plus de têtes, mais des mauvaises herbes et ne trancha plus que la gorge de ses poulets. Il construisit cette ferme et adopta un style de vie sobre et discret, fuyant sans doute l'ombre de ses batailles passées.

Vous avez toujours trouvé cette soudaine reconversion extrêmement curieuse, mais maintenant… Vous serait-il possible de faire l'inverse ? Abandonner la ferme et construire… Autre chose ?

Vous étiez trop jeune pour bien vous souvenir de lui, mais la mémoire d'un conseil qu'il vous a donné un jour en vous tapotant la tête avec affection vous a marqué à jamais :

« C'est bien, Billy… Et souviens-toi de bien respirer. Respirer, c't'important. »

Ce seul et unique conseil a forgé votre caractère.

Vous prenez une grande inspiration. Après tout, respirer, c'est important. Vous êtes Billy. Et votre destin n'est plus ici. Mais que faire ? Allez en **2**.

2

Soudain, un grognement vous arrache à votre rêverie. Un coup d'œil vers une charrette que vous connaissez bien vous fait comprendre que vous n'êtes plus seul. Descendant péniblement de son véhicule, ce cher Fanta a choisi un jour bien funeste pour faire son retour après plusieurs mois sur les routes.

Son iconique « Salut à tous, c'est Fanta ! » est, pour cette fois, absent. Debout à côté de sa charrette, il vous fixe d'un regard bienveillant. Le même que celui qu'il avait le jour où il décida de vous prendre sous sa coupe pour des raisons qu'il ne vous a jamais dévoilé.

Il fit de vous un apprenti appliqué, vous permit d'intégrer les règles d'or du parfait cultivateur et d'apprendre tout ce qu'il y avait à savoir sur une partie du monde qui vous entoure. Votre premier voyage ensemble jusqu'à Nouvelle-Azur (avant que la ville côtière ne soit encore détruite par un énième raid kränelornien) restera comme la plus grande expédition que vous ayez entamée de votre jeune existence. Le poids des quelques écus touchés grâce à votre première vente de citrouilles vous chauffe encore le creux de la main.

Pour vous, cet homme est un oncle, un mentor et un ami. Sa présence et son petit sourire gêné chargent soudain cette matinée d'un étrange espoir. Après plusieurs mois d'absence de sa part, vous ne pensiez pas le revoir de sitôt et son retour est peut-être un signe. Vous laissez le barbecue familial derrière vous afin de l'approcher.

Après une embrassade bourrue, vous prenez la parole :

« J'ai bien peur que t'aies pas choisi le meilleur moment. Comme tu peux le voir, il n'y a plus grand-chose pour te recevoir. Ou plus personne », murmurez-vous, un nœud dans la gorge.

« Je pense au contraire que je n'aurais pas pu choisir meilleur moment pour arriver, et je peux t'assurer que tu ne resteras pas seul dans cette épreuve. Vois-tu, j'étais venu pour deux raisons : t'offrir un dernier cadeau avant de partir pour la côte et m'assurer que la peste de fer avait épargné cet endroit. Je suis attristé de constater que ce n'est pas le cas.

– Vraiment pas d'chance. Ça touche tout le monde au hasard, et il a fallu que tout le monde y passe ici, sauf moi. J'sais bien qu'brûler les corps, ça sert à rien, mais j'ai pas le cœur d'les enterrer seul. À moins que tu…

– C'est un peu tard pour ça, mon garçon », dit Fanta en vous tapotant l'épaule et en regardant les flammes du feu de joie consumer les derniers restes des habitants du village. « Mais tu as quand même bien fait. Je pense néanmoins qu'il est temps pour toi de changer d'air et de partir. C'est pour ça que je suis ici.

– Partir ? Mais pour aller où ? J'ai pas d'argent, et la récolte est pour bientôt ! Je sais même pas comment j'vais m'en sortir tout seul…

– Oublie les citrouilles, mon garçon, et ouvre les yeux. Plus rien ne te retient ici. Je suis trop vieux pour t'accompagner, mais pour le meilleur ou pour le pire, tu es libre maintenant.

– Trop vieux ? Tu as la même tête que quand j'étais petit.

– Merci, petit. Mais je ressens quand même le poids des années. J'ai quelque chose pour toi. »

Avant que vous n'ayez le temps de l'interrompre, il ouvre l'énorme coffre à l'arrière de sa charrette et revient avec un sac étrange d'une couleur inhabituelle. Lorsqu'il vous tend l'objet, vous le regardez avec incompréhension :

« Un sac ? Une gibecière ? Mais... »

L'homme se fend d'un petit rire :

– Essaye de mettre ton bras dedans, pour voir. »

Intrigué, mais non sans appréhension, vous plongez votre main dans le sac avant de vous rendre compte que vous ne sentez pas le fond ni votre bras d'ailleurs !!! D'un cri de panique, vous le retirez immédiatement... Et observez que votre main est toujours là.

« Mais !! Mais !! Comment... ?! C'est d'la magie ? », demandez-vous, toujours aussi éberlué.

« Un ancien artefact que j'ai obtenu durant mes voyages. Tu m'as souvent demandé comment je faisais pour transporter plus de marchandises que j'en avais sur la charrette, eh bien, maintenant, tu connais mon secret.

– Mais alors, toutes ces fois où tu m'as fait faire l'inventaire... !!

– Ha ha, oui !! », s'exclame-t-il en riant. « Je faussais ton résultat juste après. La tête que tu faisais à chaque fois !! »

Malgré le rire moqueur de Fanta, votre attention reste fixée sur l'étrange objet. Sentant votre question, il poursuit :

« Pour récupérer ce que tu y mets, rien de plus simple : il te suffit d'y penser quand tu y plonges la main et il viendra à toi. Prends-en grand soin, mon garçon. Mais tu dois absolument le garder avec toi, Billy ! Quoiqu'il en coûte !! »

L'abrupt changement de ton de votre mentor vous fait lever les yeux vers lui. Soudain, il vous saisit par les épaules d'une poigne féroce, une lueur mystérieuse et urgente dans les yeux :

« Promets-le-moi !! Promets-le !!

– Euh... Oui, oui j'promets ! », balbutiez-vous en serrant le sac contre votre cœur.

Après un bref instant, votre ami vous relâche et continue comme si de rien n'était :

« Bien, bien... Maintenant, va récupérer tes affaires, je vais te donner quelque chose pour finaliser ton voyage vers la capitale. Et souviens-toi de ce que je t'ai appris...

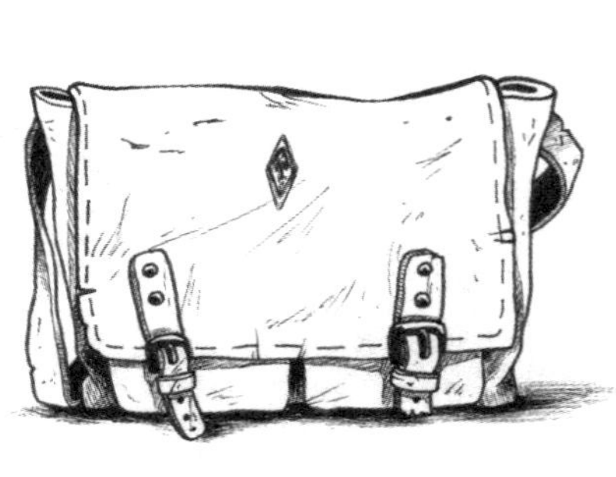

– Prends ton destin en main, oublie ce qui sert à rien », répétez-vous machinalement. « J'm'en souviens encore. Mais pourquoi la capitale ? J'y suis jamais allé.

– Je t'expliquerai juste après. Maintenant, dépêche-toi. »

Reconnaissant le ton autoritaire de votre ancien mentor et craignant que son étrange intensité ne reprenne le dessus, vous vous empressez de retourner dans votre ferme pour rassembler quelques rations frugales et un nécessaire de voyage basique.

Si vous avez déjà choisi les objets que vous souhaitez emporter dans les pages de règles de l'aventure, continuez selon votre **CARACTÈRE**. Sinon, faites votre choix et découvrez votre Billy intérieur avant de revenir ici.

Si vous êtes un Billy **GUERRIER**, rendez-vous en **11**.

Si vous êtes un Billy **PAYSAN**, allez en **99**.

Si vous êtes un Billy **PRUDENT**, déplacez-vous en **77**.

Si vous êtes un Billy **DÉBROUILLARD**, continuez en **44**.

3

Cette monstrueuse machine à brûler voit tout et vous n'échapperez pas à sa vigilance. Eh bien, soit ! S'il vous cherche, il va vous trouver !

« On s'le fait », annoncez-vous au barbare en le regardant d'un œil fou.

« Euuuh… T'sûr ?

– Sûr. »

Le barbare semble hésiter, puis resserre sa poigne sur le manche de sa hache.

« Eh. Très bien. Si Zarkan est pas content pour celui-là, j'change de Dieu. »

Vous commencez à sortir avant d'être retenu par votre ami.

« 'ttends, gamin. J'ai remarqué qu'il vise pas l'magot avec ses flammes. S'tu restes dos à son butin, ça d'vient juste un très gros lézard.

– J'ai une meilleure idée », lui répondez-vous avec un sourire carnassier.

Vous prenez votre courage à deux mains et approchez de la montagne de richesses tout en restant hors de portée de la gueule du monstre.

« Hé, le reptile ! », hélez-vous en arrachant une copieuse poignée de pièces d'or au tas. « C'est pour un retrait ! »

Déterminé, vous l'enfournez maladroitement dans le col de votre tunique.

Comprenant votre stratagème, le PB s'empresse de vous imiter et farcit son pagne de tout ce qu'il trouve à portée de main. C'est seulement quand des pièces d'or commencent à tomber de son entrejambe qu'il interrompt sa collecte et fait face au dragon.

« T'vois ça, saloperie ? Ça, c'est un bon placement en bourse ! »

La bête est déjà aux aguets, la tête fulminante. Son cou est raide comme un tronc d'arbre et ses narines fument furieusement. Il pourrait vous incinérer en un clin d'œil d'un crachat embrasé, mais il semble hésiter.

« Si tu nous calcines, tu détruis ce qu'on a pris ! Et ça, ton maître va te le faire payer, pas vrai ? », assénez-vous au dragon perplexe.

« Hé ouep ! Gaffe à l'inflation ! », rétorque votre complice en décrivant un mouvement de bassin circulaire.

Le dragon rugit et dévale de son nid en projetant de l'or dans toute la rue. Si le combat contre le monstre est inévitable, il n'utilisera pas son feu meurtrier pour épargner les richesses que vous avez volées… Ce qui vous laisse une chance de le battre en **350** !

4

La créature s'écroule enfin dans un dernier râle sifflant. Assis dos à dos avec le barbare, vous reprenez vos esprits.

« Par les nibards dodus d'Mélène… Quelle saloperie sans nom, c'truc !

– Mortelle », rectifiez-vous.

« Clairement ! Elle était vachement coria… Ooooh ! » Il s'interrompt, saisi par une épiphanie. « C'est son nom, t'veux dire. J'croyais qu'elle essayait juste d'nous intimider.

– Si tu t'souviens, Massacre aussi nous a fait l'coup.

– C'est bizarre d'porter un nom d'adjectif, nan ?

– Bah… Et toi alors ? », soulignez-vous.

« Ch'uis pas un adjectif, ch'uis un barbare.

– Un Pyro-Barbare même », ajoutez-vous avec un sourire en contemplant les toiles d'araignées calcinées éparpillées dans la pièce.

« Heh. Et qu'est-ce qu'ça fait d'toi du coup ? », demande le molosse, intéressé par votre réponse.

« Un Billy en vie. C'est déjà pas mal », répondez-vous après une courte pause.

Sur ces paroles, vous éclatez ensemble de rire, sans raison. La fatigue sûrement. Une inspection détaillée de la pièce s'impose maintenant. Cachée derrière ce qu'il reste de Mortelle, vous remarquez une petite porte dorée trop tentante pour ne pas vous y engouffrer. Évidemment, si vous ne souhaitez pas prendre de risques, vous pouvez faire demi-tour en **447**. Mais si vous ne résistez pas à l'envie de savoir ce qui se cache derrière cette autre entrée mystérieuse, allez en **186**.

5

En tournant la tête, vous remarquez que les quelques badauds qui vous ont vu sortir de l'auberge vous regardent d'un drôle d'air. Au bout de quelques instants, vous entendez la garde lennonienne rappliquer au bout de la rue. À la vue des soldats, le PB saisit doucement une passante par le crâne.

« Dis-moi, mon amie… », lance-t-il d'une voix douce en sortant deux pièces de cuivre de son pagne. « T'connaîtrais pas un coin un peu plus discret qu'ici par hasard ?

– Garde ton argent, mon gaillard », lui répond la vieille femme en empochant quand même les petites pièces. Elle vous lance ensuite un regard espiègle dont seules les personnes âgées ont le secret : « J'aime pas beaucoup les orcs, mais j'aime encore moins la garde. Suivez-moi au coin de la ruelle, il y a un petit temple et j'allais faire ma prière. Restez sages, mêlez-vous à la foule et personne ne fera attention à vous. »

Après l'avoir remerciée, vous suivez la vieille femme jusqu'à un autel de rue placé dans une alcôve étroite. Là se presse un petit groupe trop occupé à prier pour remarquer votre présence.

Si vous faites semblant de prier, allez en **121**.

Si vous souhaitez interroger le Pyro-Barbare sur la divinité du temple et savoir ce qu'il pense des croyances en Erenner, rendez-vous en **147**.

Si vous souhaitez interroger la vieille dame qui vous a secourus sur la divinité du temple et en savoir un peu plus sur la religion de Lennonia, foncez en **47**.

6

« Kâkâkâ !! Bravo !! C'est sans doute la bonne réponse !!

– Sans doute ? », vous étonnez-vous.

« Bah évidemment, j'ai pas fait le kâkâkâlcul, tu crois que j'ai qu'ça à faire de mes journées ?! »

Avant que vous ne puissiez réagir à cette dernière remarque, le crâne poursuit en **314**.

7

« Si c'est trop loin pour toi, tu peux monter sur mon dos », ajoute la centauresse à votre égard.

« Ho ho ! », s'exclame votre ami. « C'est plutôt rare ça comme proposition, Billy !

– C'est seulement pour les enfants. Les adultes ont une fâcheuse tendance à vouloir me chevaucher. Et je n'aime pas être bridée.

– Mais… Je suis pas… Hé !! », gémissez-vous tandis que le barbare vous saisit par la ceinture pour vous déposer sur le dos de Solia.

« En route ! », lance-t-elle joyeusement avant de partir au galop, suivie au pas de course par votre ami qui vous regarde avec une expression amusée.

Tiraillé entre la vexation et le confort de ce voyage privilégié, vous regagnez **2 POINTS DE VIE** et poursuivez votre route en **81**.

8

Deux chevaliers lourdement équipés barrent l'entrée du sanctuaire en croisant leurs haches d'armes. Des solides gaillards dont le visage est caché par un épais casque en fer.

« Reculez… Ni offrandes ni prières aujourd'hui », lancent-ils d'une voix métallique à la foule qui manifeste mollement son mécontentement.

Si vous avez la **MORGENSTERN** sur vous, les gardes vous remarquent en **164**.

Si vous n'avez pas cet armement ou que vous souhaitez le dissimuler, vous pouvez leur montrer directement le **BRAS SQUELETTIQUE** en **197**.

Si vous pensez que discuter avec ces deux molosses ne vous apporterait rien, faites le tour de la cathédrale en **93**.

9

Trop occupé à observer ses cartes et à lorgner celles de ses voisins, aucun des habitués du lieu ne prête la moindre attention à un homme en pagne transportant un gamin comme une vulgaire peau de bête.

Assis à une table du fond, vous sentez le calme revenir et laissez votre ami reprendre son souffle. Vous ne remarquez pas le serveur vous apporter deux chopes au contenu indéterminé que le barbare accuse déjà à grandes goulées.

Au bout d'un long silence, votre ami murmure enfin :

« Quel bordel.

– Vous l'avez dit. Si Fanta était là, il saurait quoi faire.

– Ouep », confirme le Barbare avant de boire une grosse lampée. « Mais nous, on en saurait rien pareil. T'sais bien qu'l'ancien parle toujours par énigmes.

– C'est pas faux.

– Il fait partie des gens qui savent. Grosse erreur, s'tu veux mon avis. J'préfère faire. C'est généralement beaucoup plus simple.

– Hmm », lui répondez-vous.

Au bout de quelques instants, le barbare se penche vers vous.

« Bon. J'aime pas faire ça, mais à un moment y faut », dit-il d'un air sérieux. « Résumons : y a un gugusse nommé Débilus…

– Virilus.

– Virilus, ouais… Qu'a envoyé son chien, le général Machin…

– Massacre.

– … Pour récupérer mon sang d'ancien de chaispasquoi », finit-il pensivement, la chope aux lèvres. « Sang d'ancien… J'pensais pas être si vieux pourtant… C'vexant…

– Il a dit que : “Le sang ancien était la marque des dieux.” Vous avez du dieu dans votre famille ?

– 'Cune idée… », songe-t-il en se grattant le menton. « Mon daron disait qu'ma maman f'sait des tourtes absolument divines, mais ça m'paraît peu probable… Écoute, gamin. J'sais qu'ça changera rien, mais faut qu'tu saches que ch'uis désolé. »

Devant votre sourcil levé, le barbare continue :

« Ils t'cherchent aussi, pas vrai ? Maintenant qu'ils t'ont vu avec moi, ils vont essayer d'te choper pour tenter d'me piéger. Et même si j'sais d'avance qu'c'est un piège…

– … L'honneur », terminez-vous à sa place.

Les lèvres pincées et une pointe de remords sur le visage, le barbare remplit doucement son verre avec un pichet subtilisé à une table voisine.

Après avoir pris une profonde inspiration pour chasser l'angoisse qui vous noue l'estomac, vous toquez votre choppe doucement contre la sienne.

« Bah… Quand le vin est tiré, il sort du bois, hein ? »

À cela, votre compagnon fait une moue amusée.

« C'pas plutôt quand on parle du loup, il faut l'boire ?

– J'sais pas, j'ai jamais tiré d'loup. »

Le rire nerveux que vous partagez semble purger une grande partie de l'effroi de cette journée.

« Misère, qu'est-ce qu'on peut bien faire ? Les gardes sont corrompus jusqu'au cou, les orcs ont le bidule qui tinte, et on pourra pas s'cacher éternellement !

– J'vois c'que tu veux dire. J'aimerais bien lui rentrer dedans à c'seigneur noir, mais si ses larbins peuvent faire de la magie ou ressusciter les morts, ça risque d'être un gros problème. Tout ceci pue soit l'hérésie, soit la sorcellerie. Et j'aime aucun des deux. Surtout quand des gars au pif m'réclament mon sang. »

Vous sortez la petite gemme, toujours tiède dans votre main, avant de poursuivre :

« Ce qu'il nous faudrait, c'est quelqu'un qui sache c'que c'est. Un magicien ou un sorcier…

– Y a bien la Tour des Mages dans Le Jardin, mais personne sait combien ils sont là-dedans, ou si y a vraiment un mage… C'qu'on pourrait faire aussi, c'est demander à l'ordre d'Edire. Ils ont une cathédrale en ville, t'peux pas la louper.

Ses ch'valiers sont plutôt à cheval sur tout ce qu'est résurrection. C't'une insulte directe à leur Déesse, t'vois ?

– Et du coup, le prêtre pourrait nous renseigner aussi ! En plus, ils doivent avoir des vieux livres ou des trucs !

– Bien vu, gamin !

– Donc, demain, on peut aller à la cathédrale ou à la Tour des Mages !

– Exactement !

– On a un plan ! », annoncez-vous fièrement avant que votre compagnon ne vide sa chopine d'un seul trait.

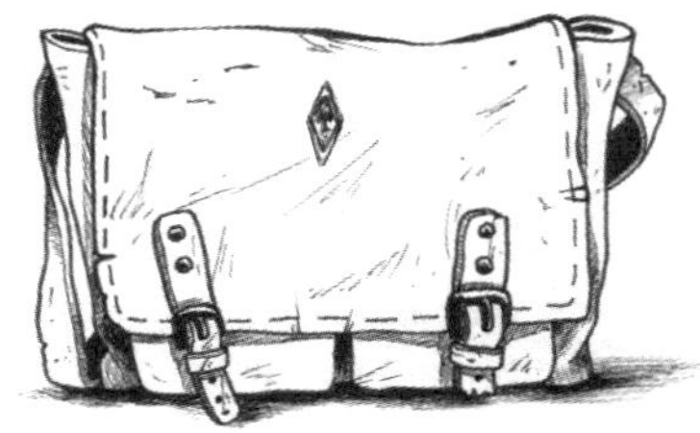

Si vous êtes **GUERRIER**, trinquez en **111**.

Si vous êtes **PAYSAN**, buvez en **199**.

Si vous êtes **DÉBROUILLARD**, rendez-vous au **144**.

Et enfin, si vous êtes **PRUDENT**, allez en **177**.

10

La baliste gigantesque qui se trouve sur cette tour de garde est déchargée. La sangle de fer qui attachait la chaîne géante a cédé et celle-ci s'est lamentablement écrasée sur les quartiers en contrebas. Depuis le promontoire, la vue est à couper le souffle, mais ce n'est pas vraiment le moment de jouer les contemplatifs inspirés. Vous pouvez rejoindre le **COULOIR NORD** en **461** ou utiliser votre **KIT D'ESCALADE** pour accéder à la **PLATEFORME D'ATTERRISSAGE** en **184**. Si vous souhaitez quand même inspecter l'endroit, jetez un œil en **530**. Après tout, on ne sait jamais.

11

Malgré l'aspect pratique de votre nouveau sac, vous n'y glissez que la partie la plus encombrante de votre équipement. N'étant pas encore très à l'aise avec son fonctionnement (et encore choqué de la disparition de votre bras à l'intérieur), vous choisissez de garder vos rations et votre équipement de voyage sur votre dos, juste au cas où.

Lorsque vous sortez de votre maison, Fanta vous lance :

« L'armure ne fait pas le paladin, mais les armes font le guerrier ! Malgré ta carrure, j'ai toujours su que tu étais un bagarreur, mon garçon. Pendant toutes ces années, tu as toujours adoré t'exercer au combat en tapant sur tout, et surtout n'importe quoi ! »

Fanta ne semble pas avoir fini de rassembler ce qu'il souhaite vous donner, mais vous pouvez décider d'aller quand même lui parler en **28** ou tenter de récupérer quelque chose d'utile dans les huttes vides de Plante-Citrouille en **106**.

12

« Nous v'avons trouvé l'homme, maîfre ! L'artefact a sonné ! Il est très fort, alors ça ne fait fas de doute… C'est bien celui que nous ferfons. »

Ayant terminé son rapport, le chef orc de l'auberge se remet péniblement au garde-à-vous. Du fond des ténèbres de la pièce, une voix puissante et d'un calme terrifiant résonne :

« IL DEVRAIT ÊTRE LÀ, À GENOUX DEVANT MOI. MAIS IL NE L'EST PAS. VOUS AVEZ FAILLI ET VOUS SAVEZ QUE L'ÉCHEC N'A PAS SA PLACE DANS MES RANGS. » Après un bref instant de

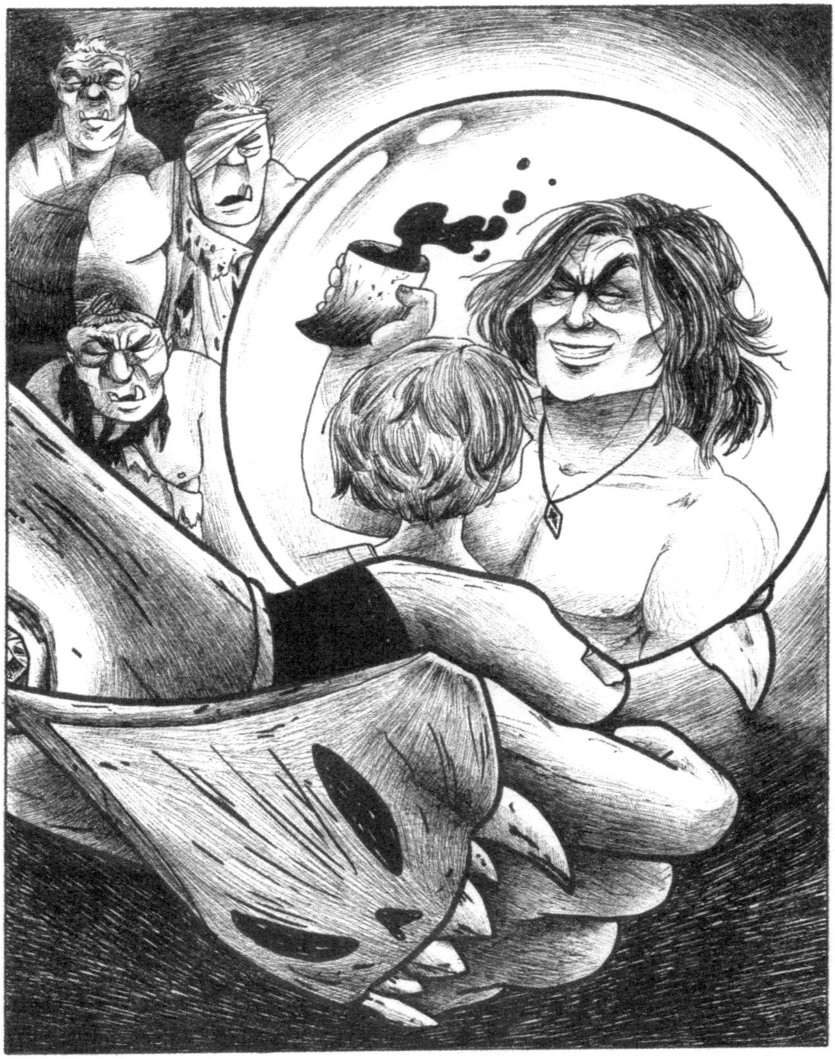

réflexion, la voix poursuit : « Je vous laisse le choix de votre mort. Vous désignerez vous-même lequel de vous trois me rapportera la tête des deux autres. Allez !

– Merfi maître. »

Sans demander leur reste, les guerriers blessés quittent la pièce aussi rapidement que possible. Désormais seule, une silhouette immense et radiante de danger se détache de l'obscurité. D'un pas puissant, elle se dirige vers un guéridon sur lequel une sphère se met à luire à mesure que l'ombre s'en approche.

« Ainsi, te voilà enfin… Je n'ai que faire de celui qui t'accompagne. Ton sang sera bientôt entre mes mains », adresse-t-il en direction de la boule lumineuse dans laquelle il observe votre image et celle du Pyro-Barbare, marchant côte à côte.

La vision est furtive et la boule déjà perd son éclat jusqu'à ce que votre reflet finisse par complètement disparaître. Sans bouger de sa position, la voix du seigneur noir tonne dans toute sa demeure, aussi froide et implacable qu'une pierre tombale :

« Funeste… Massacre… Mortelle ! À moi mes généraux ! »

À cet appel surgissent tour à tour trois créatures. La première ouvre la porte et pénètre dans la pièce d'un pas lourd avant de poser un genou devant son maître. Il s'agit d'un orc gargantuesque à la peau sombre, arborant un casque déplumé et une tenue disparate, trophées de ses violentes victoires. Derrière lui retentissent de nombreux cliquetis qui crissent sur le sol. Dans un sifflement, surplombant un corps terrifiant d'araignée géante, une belle femme au visage sévère fait une courbette révérencieuse en pliant ses pattes avant, acérées comme des lames de rasoir. Dans ses six yeux se lisent une admiration et une dévotion sans failles pour la voix qui l'a invoquée. Enfin, comme appelé par l'arrivée des deux autres, un elfe fin à la démarche gracile doté d'une tenue fabuleuse exécute un pas de danse alambiqué avant de s'incliner en laissant sa longue chevelure blanche tomber sur son visage. De prime abord, les trois serviteurs semblent extrêmement différents les uns des autres, mais les yeux de chacun connaissent le goût du sang.

« Que voulez-vous, maître ? », demande l'orc géant.

« Vos désirrrs sssont nos ordres… », ajoute l'arachnéenne.

« Et vos ordres sont nos désirs », termine l'elfe svelte.

L'ombre massive examine les formes de ses serviteurs avant d'annoncer d'une voix puissante :

« Vous avez entendu l'orc. Nous l'avons trouvé. Il est encore à Lennonia et fait route avec un enfant. Massacre… c'est toi que je désigne. C'est à toi que je fais l'honneur de me ramener son sang. Reviens victorieux… Ou ne reviens pas. »

Quittez cette vision des ténèbres en vous réveillant en **100**.

13

Un effort méritoire… mais futile, qui se solde par un échec cuisant. Même Phumtar, le Dieu qui illustre l'écrin, semble se moquer de vous. Perdez **1 POINT DE CHANCE** et réessayez en **84**.

14

Vous vous levez précipitamment pour vous préparer au combat ! Le Pyro-Barbare vous imite paresseusement et s'étire, ravi de pouvoir se dégourdir un peu les muscles après ces longues journées d'attente.

GUERRIERS ORCS **+4**

HABILETÉ	PV	ARMURE	DÉGÂTS
5	8	0	0

***Règle spéciale** : aucune ! Défoncez-les !*

Au milieu de la mêlée, vous arrachez un brassard à l'un des orcs à terre et l'enfournez dans votre sac sans réfléchir. Ajoutez un **ÉCUSSON D'ORC DÉCHIRÉ** à votre inventaire.

Porté par le feu de l'action, vous continuez en **67**.

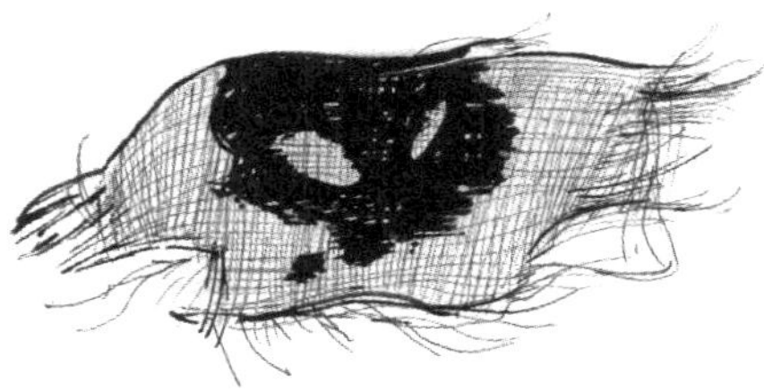

15

Ne trouvant pas d'issue secondaire, ou n'ayant pas les moyens d'en rejoindre une, la porte principale toute proche vous semble être une bonne option de fuite. Lorsque vous profitez d'une accalmie dans la bataille pour vous ruer vers cette dernière, un guerrier orc fait son entrée et vous barre la route. Il tente de porter un coup, mais vous réussissez miraculeusement à esquiver l'attaque. Malheureusement, son gourdin vient percuter une lampe à huile posée sur l'une des tables. En se fracassant au sol, les flammes ne mettent que quelques secondes pour se propager sur le sol imbibé d'alcool. Très rapidement, les flammes commencent à s'emparer de toute la pièce. Dans la confusion, l'orc qui vous barrait la route tente d'assommer le barbare qui lui tourne le dos. Profitant de son changement de cible, vous attrapez une deuxième lampe à huile pour la briser sur le dos du guerrier à la peau bleue. Réalisant qu'il a pris feu lui aussi, l'orc gémit en se tordant de douleur sur le sol.

Avant que vous ne puissiez reprendre votre souffle, une main lourde vous saisit l'épaule. Dans un sourire béat, le barbare vous tire à travers la porte principale et vous traîne jusque dans une ruelle secondaire, loin de la foule qui commence à s'agglutiner devant le spectacle de l'incendie en **249**.

16

En vous voyant approcher, la centauresse vous lance un regard incertain.

Si vous êtes arrivé ici *via* le quiproquo de la **MORGENSTERN** ou que vous êtes **GUERRIER**, vous pouvez tenter de la convaincre que vous êtes vous aussi un aspirant en **294**.

Si vous avez profité de la cohue pour arriver jusque-là discrètement, persuadez-la de vos bonnes intentions en **120**.

17

Perdu ! Vous avez tiré un villageois.

Étant bon perdant cependant, vous écoutez attentivement l'histoire que vous raconte l'ancien militaire. Une transmission d'expérience qui s'avère finalement inestimable puisqu'elle vous apporte **1 POINT D'HABILETÉ** supplémentaire. Retournez auprès du barbare en **100**.

18

Votre regard est attiré par un objet tout à fait banal qui trône au milieu d'autres richesses bien plus rutilantes. Une **BOULE À NEIGE**, dans laquelle se trouve une minuscule montagne blanche, prend doucement la poussière sur l'étagère. Lorsque vous la saisissez, vous voyez des lettres gravées à même sa base.

« Le Juge… », murmure le barbare qui vous a rejoint.

« J'croyais qu'tu savais pas lire ?

– J'sais toujours pas, mais les lettres sont pas au courant. D'plus, j'ai pas besoin d'lire pour reconnaître ce pic, c'est l'un des plus célèbres en Kränelorn. Quessqu'ça peut bien fout' là, c'machin ? Il a pas l'air de valoir des masses comparé au reste.

– C'est sans doute à Virilus, ça doit être sentimental.

– Alors, prends-le. Si jamais c'est l'cas, on pourra lui l'balancer à la tronche », conclut votre ami, satisfait.

Vous mettez la **BOULE À NEIGE** dans votre sac et suivez votre ami dans la trappe en **313**.

19

Quatre gardes armés de matraques ne tardent pas à vous barrer la route, alors que les passants décampent à toute vitesse. Très vite, ils vous encerclent en ricanant, sûrs qu'à quatre contre un et demi, ils auront facilement le dessus. Ils tournent autour de vous en brandissant leurs armes et font semblant de vous charger. Leurs rires laisse entrapercevoir leurs dents jaunies lorsqu'ils passent à l'attaque.

Le Pyro-Barbare balance un puissant coup de pied à l'un des soldats, l'envoyant valdinguer dans des caisses situées derrière lui. Le temps que ses collègues comprennent ce qu'il vient de se passer, deux d'entre eux se retrouvent le crâne en étau dans chacun des bras du guerrier. Le dernier d'entre eux, ne souhaitant pas se joindre à ses camarades, se tourne vers vous.

GARDES CORROMPUS **+4**

HABILETÉ	PV	ARMURE	DÉGÂTS
8	12	1	0

Règle spéciale : *malgré le barbare, vous êtes quand même en partie encerclé. -1 ADRESSE.*

Le combat fut bref et violent. Et les corps des gardes jonchent le sol. En examinant rapidement leurs cadavres, vous remarquez que l'un d'eux porte un écusson arborant le même symbole que celui des orcs de la taverne. Alors que vous arrachez le morceau de tissu, vous entendez votre ami vous presser :

« J'connais un endroit pas loin où on pourra s'planquer l'temps que ça s'tasse. Tirons-nous avant qu'leurs copains rappliquent. »

Ajoutez un **ÉCUSSON D'ORC DÉCHIRÉ** à votre inventaire. Puis, quittez la rue précipitamment en **22.**

20

Le dragon est trop loin pour que vous puissiez l'atteindre. Aussi décidez-vous de confier la périlleuse tâche de lancer le **PHILTRE D'AMOUR** à votre ami, en prenant bien garde à ne pas ouvrir la bouteille par inadvertance.

Le PB se fend d'un lancer magistral et précis. Le flacon éclate sur le front de la bête et se répand en une vapeur rose qu'elle inhale avant de s'immobiliser. Au bout de quelques quintes de toux, l'expression du dragon change complètement jusqu'à en devenir transie. Pour un peu, vous jureriez que cet animal féroce vous lance maintenant un regard énamouré. La seule façon de le vérifier est de s'en approcher. Vous prenez votre courage à deux mains et avancez lentement vers la créature. En vous voyant arriver, le dragon s'aplatit et rampe jusqu'à vous, tournant autour de vous comme un chien trop heureux de revoir son maître après une longue période d'absence. Vous lui caressez le front tandis que la bête frotte son visage râpeux au sol.

« Gentil… C'est bien. Ch't'un bon dragon cha ! Beh oui. Ch't'un bon dragon. Sage ! », lui lancez-vous. « Tu penses que c'est un mâle ou une femelle ?

– T'es sûr qu'tu veux vraiment rester dans l'coin pour l'savoir ? », répond le PB en en profitant pour enfourner quelques pièces dans son pagne.

L'ire du dragon ne se fait pas attendre, et il se tourne vers votre ami en rugissant.

« WOAH ! Woah ! Tout va bien ! C'est tonton PB… Et euh… Il déplaçait juste ce tas pour que ça fasse plus joli.

– 'rfaitement », reprend le barbare en reposant doucement les pièces, désormais empilées les unes sur les autres. « R'gard' comme c'est beau ! »

La créature s'assagit et pousse son museau contre votre torse.

« Il est amoureux, pas débile », chuchotez-vous.

« Ouais, bah, magnons-nous tant qu'ton musc naturel fait encore effet. »

Vous demandez gentiment au dragon de s'allonger et celui-ci vous présente son dos. Vous redoutez le moment où l'effet de la potion se dissipera. Pas le choix, il va falloir y aller maintenant. Rendez-vous en **396**.

21

Vous composez nerveusement les chiffres sur la roulette du coffre. Malheureusement, la poignée de la porte reste immobile. Pire encore ! Une alarme se déclenche. Fuyant le bâtiment qui résonne au son des clochettes de sécurité, vous sautez par une fenêtre avant d'atterrir en roulé-boulé et de détaler en **70**.

22

Dans l'obscurité de la nuit fraîche, les rues de la ville se sont vidées de leurs âmes. À cette heure tardive, les Lennoniens ont pour la plupart regagné leurs logements. Les rares citadins qui sont encore de sortie sont soit ivres morts, soit à la recherche des cuisses chaleureuses d'une catin. Le plus souvent les deux.

Vous atteignez enfin l'endroit « sûr » que connaît le Pyro-Barbare : un simple relais à chevaux.

« J'aime bien l'odeur du foin ! », affirme-t-il d'un ton qui n'autorise aucune contestation. « Et j'connais les tauliers. C'des gens fiables. Ils nous laisseront passer la nuit ici sans discuter.

– Ça m'dérange pas, mais qu'est-ce qu'on va bien pouvoir faire ? On peut pas passer toute notre vie à s'faire poursuivre par des orcs, des gardes ou chais-pas-quoi !

– Hmm... J'essayais d'y réfléchir sur le chemin justement. C'vrai qu'j'peux pas vraiment t'protéger éternellement si ça continue comme ça. Ah, ça m'donne une idée... » D'un geste délibéré, votre compagnon enfouit l'une de ses mains dans votre sac et en extirpe la corne de grog qu'il avait entreposée plus tôt, sans que la moindre goutte se soit renversée à l'intérieur.

Ignorant ce détail intéressant, mais peu prioritaire, vous attendez que le barbare finisse de boire avant de l'enjoindre à développer sa pensée :

« Et du coup ?

– Hein ?

– Ton idée », dites-vous en faisant un moulinet de la main.

« Bah, c'était d'boire un coup ! Toute cette marche, ç'ma donné soif ! »

Vous vous pincez les yeux en poussant un soupir de frustration avant de réfléchir à voix haute pendant que l'autre finit sa boisson tranquillement :

« Les orcs de la taverne… Ils avaient un drôle de symbole attaché à l'épaule. Comme deux yeux rouges qui se dessinent sur une grosse tache noire… Ça vous dit rien ?

– J'bien peur que non. Mais on est à la capitale. Y a forcément des gens qui savent.

– Ce qu'il nous faut, c'est des infos sur ce symbole, mais comment faire pour en obtenir ?

– Oh, ça, rien d'plus simple, gamin ! Demain, on demandera à tous les habitants d'Lennonia.

– Et s'ils veulent pas nous dire ?

– Bah, j'les frapperai dans la bouche jusqu'à ce qu'ils disent.

– Et s'ils en savent rien ?

– Bah, ils s'en remettront.

Plongé en pleine réflexion suite à cet échange, vous vous apprêtez à approfondir la stratégie un peu simpliste de votre ami avant qu'un ronflement tonitruant ne vienne troubler le silence. Vous vous recroquevillez sur votre paillasse en utilisant votre sac comme oreiller.

Vous ignorez si cette journée a été la pire de votre vie, ou si elle annonce au contraire un maigre espoir pour votre avenir. En tout cas, elle fut beaucoup trop longue. Trop épuisé pour gérer vos émotions, vous sombrez dans un profond sommeil. Cette nuit paisible au fond de l'écurie vous fait regagner **4 POINTS DE VIE**, plus **2 POINTS DE VIE** si vous disposez de la **MARMITE**. Si vous avez le **KIT DE SOIN**, n'oubliez pas de multiplier les **POINTS DE VIE** récupérés par deux.

Passez une nuit sans rêves en **12**.

23

Vos yeux ne sont pas encore habitués à l'obscurité relative des lieux, il vous est difficile de deviner les détails des gens assis sur les tables derrière vous. La plupart sont armés, mais une ambiance solitaire et détendue semble régner. Si vous ne faites pas trop de grabuge et évitez de vous faire remarquer, vous pourrez sans doute trouver votre homme ici.

Vos pensées sont immédiatement interrompues lorsqu'une main féminine tapant contre le comptoir vient briser le silence. La tenancière lève un sourcil en vous foudroyant du regard et, après une seconde, vous réalisez ce qu'elle vous demande. Allez en **30**.

24

Votre **ADRESSE** va être mise à l'épreuve dans un lancer de dé… À moins que vous ne soyez **DÉBROUILLARD** et équipé du **KIT D'ESCALADE**, auquel cas la réussite de votre ascension est garantie et vous pénétrez dans la cathédrale par un passage sous le toit en **195**.

Si vous échouez au **JET D'ADRESSE**, vous perdez **2 POINTS DE VIE**, mais vous pouvez réessayer une deuxième fois avec un bonus temporaire de **1** à votre **ADRESSE**. Si vous échouez une seconde fois, perdez **5 POINTS DE VIE** supplémentaires et dirigez-vous en **189**.

25

La pièce a recouvré sa sérénité d'antan et le souvenir des monstruosités qui la hantait n'est plus qu'une couche de sable froid répandue sur le marbre.

« Je me demande si quelqu'un nous croira quand on leur racontera cette histoire…

– Seulement si on les fait boire avant, j'pense. Mais faudrait déjà qu'on s'tire en un seul morceau… »

Sur ces sages paroles, vous quittez les lieux en **80**.

26

« Eeentre, petit iguane, eeentre », vous susurre la douce femme de chambre reptilienne lorsqu'elle vous aperçoit sur le pas de la porte. « Je sssuis à ton ssservice. C'est ta première fois ? »

Vous acquiescez nerveusement de la tête avant de vous assoir sur un coussin, intimidé par l'apparence étrange de votre interlocutrice et par sa longue queue écailleuse qui se balance de gauche à droite. Si l'exotisme de la situation vous titille l'esprit et le corps, vous avez cependant quelques appréhensions à l'idée de vous faire manger pendant l'acte.

« Rassssure-toi, je ne mange pas mes partenaires. Tu n'es pas le premier à t'inquiéter », vous siffle-t-elle pendant que vous poussez un soupir de soulagement. « Tu me flattes de ton choix, tu sais. J'essssaie d'honorer Ytia en donnant du plaisir, mais je dois reconnaître que les clients ne se boussssculent pas… la tenue peut-être », dit-elle, soudainement triste.

Ému par cet instant de faiblesse, vous prenez votre courage à deux mains et saisissez tendrement l'épaule fraîche et lisse de la reptilienne afin de l'allonger délicatement sur un sofa.

Après avoir débuté votre vie sexuelle avec la plus étrange des partenaires, vous décidez de traîner un peu au lit avec cette soubrette écailleuse, mais docile. Trouvant en elle une amie aussi agréable que plaisante, vous partagez malheureusement votre méconnaissance du monde et de ce qui l'entoure. Si vous ne récupérez aucune **INFO**, vous obtenez néanmoins une nouvelle amie. Afin de vous remercier d'avoir honoré la Déesse ensemble, elle saisit sa queue et en détache une **ÉCAILLE DE DRAGON** avant de vous l'offrir. Si vous acceptez poliment son cadeau et l'ajoutez à votre inventaire, vous vous demandez ce que vous allez bien pouvoir en faire. En sortant, vous abandonnez votre réflexion pour traîner le barbare sur son visage et retourner en **100**.

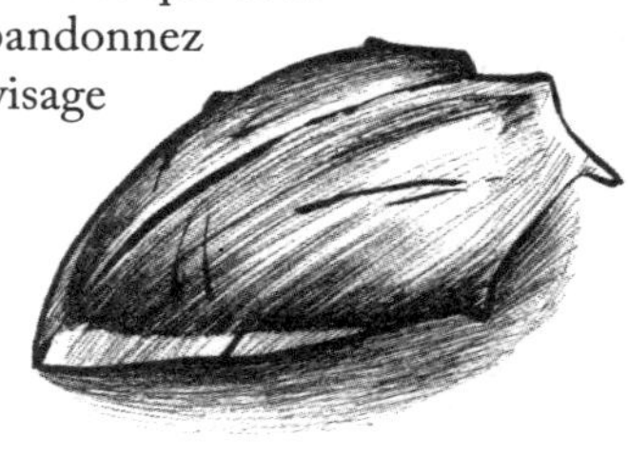

Félicitations, vous avez débloqué le succès « Polir la lance ? ». Cochez la case correspondante à la fin de cet ouvrage.

27

« Kâkâkâ... C'pas trop tôt ! D'puis le temps que j'me kâkâkâsse la tête ! Plus personne vient m'parler ! C'dommage, c'est encore le seul truc que j'sais faire correctement ! Kâkâkâ !

– Euh... Qui... Qui êtes-vous ?

– Bah, ch'uis un crâne, voyons ! Ça s'voit pas ?! »

Le barbare s'avance, menaçant :

« Sorcellerie ! Les crânes, ça parle pas !

– Et les abrutis, ça réfléchit pas non plus ! Pourtant, t'existes, Kâkâkâ !! », rétorque la chose en claquant des dents... ou était-ce un rire ? Vous interrompez votre compagnon :

« Mais qu'est-ce que vous faites ici ?

– Bah, j'existe ! Kâkâkâ, c'est déjà bien assez dur comme ça ! Et je suis censé surveiller pendant qu'les autres font la fête !

– Vous... Vous n'allez pas donner l'alarme ?

– Et avec quoi ? J'vous jure ! Les orcs de DÉBILUS ont l'crâne encore plus vide que l'mien, Kâkâkâ, c'pour vous dire !

– Ah ? T'vu Billy ? Lui aussi, il l'appelle Débilus », ricane le barbare qui est rejoint par le crâne.

« Kâhaha ! Vous savez quoi ?! Vous m'êtes kâkâkârément sympathiques. Si vous répondez à mon énigme, je vous confierai un secret.

– Quel genre de secret ? » demande le PB, suspicieux de nouveau.

« Le mot de passe de la salle du trésor !! Kâkâkâ !! »

Soudain intéressé, le PB s'approche de vous pour mieux l'écouter, tandis que l'étrange squelette poursuit :

« Vous êtes prêts ? Alors, c'est parti : si je sais que tu *sais* que je *sais* que tu savais, et que je ne savais pas que tu savais d'abord, mais qu'avant je *savais* que tu pouvais

savoir qu'éventuellement je **savais** que tu savais que je puisse ***savoir*** avant que je ne le sache, sans que tu saches que je *savais* que tu *savais* que je ne pouvais **savoir** sans que tu *saches* que je **savais** que t'avais su… Au final, est-ce que je ***sais*** ? »

Pour lui répondre **OUI**, allez en **540**. Si vous pensez que **NON**, répondez en **528**. Et si, selon vous, la réponse est «**JE SAIS PAS**», dites-lui en **86**.

28

Flanqué de votre barda et sanglé du précieux sac, vous approchez de Fanta, l'œil pétillant d'une énergie nouvelle :

« Et maintenant ?

– Tiens, prends cette lettre de recommandation, mon garçon. Elle est destinée à un ami. Mon petit doigt me dit que tu n'auras pas besoin de moi pour savoir ce que tu devras faire une fois arrivé. Fais-moi confiance et vois ça comme une dernière leçon de ma part. Le destin est un vent capricieux, mais tu n'es pas né pour faire pousser des citrouilles, crois-moi, Billy.

– J'aurais quand même aimé avoir le choix… »

Réagissant à votre remarque, votre vieil ami vous serre dans ses bras et vous murmure :

« Oui, mais c'est pas toi qui décides. »

Vous rangez la **LETTRE DE RECOMMANDATION** dans votre besace, et allez en **32**.

29

En examinant la belle centauresse allongée dans l'herbe du pré, votre œil observateur a révélé qu'un de ses fers à cheval est légèrement décollé.

Lorsque Solia se relève doucement en s'époussetant, elle vous cherche du regard et ne vous trouve nulle part. Soudainement, quelque chose lui saisit la jambe arrière ! Elle sursaute et pousse un cri en vous voyant lui soulever fermement la jambe afin d'examiner son sabot.

Le barbare, qui était parti se soulager dans un buisson, accourt la hache à la main, le pagne à peine relevé.

« On nous attaque ?! Où ça ?! Où ça ?!

« C'est… Mais… Il… », bafouille la centauresse, rouge comme une pivoine.

« Ah, c'est rien. C'Billy, ça », dit-il en reconnaissant votre expression stoïque. « Quand il est comme ça, vaut mieux l'laisser faire. Ch'uis sûr y sait c'qu'y fait. »

Mais vous n'entendez pas leur conversation, votre esprit est déjà focalisé sur la tâche qui se présente devant vous. D'un geste puissant, vous arrachez les clous tordus et retirez le fer abîmé avant de claquer des doigts en tendant une main vers l'extérieur. Vous la refermez sur le fer tendu avant de continuer votre besogne.

« C'est… Euh… J'en ai toujours un de rechange sur moi… Ju… Juste au cas où… Aaah ! », s'exclame-t-elle alors que vous rabotez la corne excessive et nettoyez les impuretés qui se cachaient dessous.

« J'ai presque fini », dites-vous d'un ton clinique.

Vous redressez les clous et terminez de la ferrer en les enfonçant à la main. Désormais équipée d'un fer à cheval quasi neuf, vous finissez de l'épousseter avant de la relâcher dans la nature. Après quelques pas hésitants, elle s'écrie tout heureuse :

« Par Edire !! Ça faisait des mois que je sentais que quelque chose n'allait pas ! Merci ! La forgeronne a bien fait ce qu'elle a pu, mais c'est… Enfin, c'est… »

Ses paroles meurent sur ses lèvres, alors qu'elle pose les yeux sur l'étrille et la brosse que vous tenez dans les mains.

Levant un sourcil dans sa direction, elle rougit encore plus qu'avant :

« Je n'ai… Je n'ai jamais… Enfin pas avec… Je… Si… Ce serait pas… Mais si tu penses que… Enfin…

– Arrête de l'embêter, gamin. On a pas qu'ça à foutre ! », dit le barbare en vous donnant un léger coup derrière la tête.

Vous le dévisagez candidement :

« Mais… Et le pansage ? C'est important…

– Trouvez-vous une écurie quand tout ça s'ra fini ! On a d'la route à faire. »

Vous rangez vos instruments avec une moue inexpressive. Après tout, vous avez fait ce que vous avez pu. Ça devrait tenir.

Reprenant ses esprits, Solia n'arrive pas à soutenir votre regard plus de quelques secondes en vous remerciant une nouvelle fois. D'abord hésitante, elle redevient peu à peu elle-même à mesure que votre voyage continue en **74**. Ajoutez le **FER À CHEVAL** à votre inventaire.

30

Vous vous repositionnez sur votre siège avec la ferme intention de commander à boire, mais c'était avant que votre gosier ne s'assèche devant le regard calcinant de la tenancière, qui vous fixe toujours.

«De l'eau, siouplé, m'dame », peinez vous à articuler.

D'un pincement de lèvres, la matrone se met sur la pointe des pieds pour saisir une bouteille remplie d'un liquide clair située tout en haut de l'étagère. Vous jetez un regard discret pour essayer de déterminer son contenu, mais l'étiquette arrachée ne vous donne aucune indication. L'odeur alcaline du liquide emplit la pièce tandis qu'elle vous verse une toute petite rasade dans une chope minuscule, avant de la faire racler sur le comptoir dans votre direction.

« Merci », chuchotez-vous sans réfléchir, fasciné par le bruit sifflant que fait maintenant votre verre pourtant immobile. Vous saviez que l'eau de la campagne était supposément plus saine que celle de la ville, mais vous ne vous attendiez pas à ce que l'eau de la

ville tente activement de vous agresser non plus.

Avant que vous ne puissiez finir votre pensée, une voix puissante mais douce résonne à vos oreilles :

« Je s'rais toi gamin, j'boirais pas ça. »

Vous tournez légèrement la tête pour regarder votre interlocuteur. C'est à se demander comment vous avez pu ne pas le remarquer en entrant. Une chevelure de lion, des bras comme des tonneaux et une mâchoire de granit qui achève un visage taillé à la serpe. Ses petits yeux obscurs en disent long sur la force et l'expérience que cet individu possède, mais il dégage néanmoins quelque chose de rassurant.

Un rapide coup d'œil vers lui vous permet de remarquer qu'il n'est pas frileux. Il arbore pour seuls apparats un collier au motif étrange et une culotte de fourrure ceinte d'une simple lanière de cuir soutenant une épée courte et une hache ornée d'un crâne. Les innombrables rayures qui sillonnent celle-ci prouvent que, comme son propriétaire, elle a vu de nombreuses batailles et y a survécu.

Tandis que vous observez discrètement votre voisin, il reprend la parole :

« J'veux dire… Même si j'étais moi, j'boirais pas ça. J'ai déjà vu un centaure en boire une fois et…

– Et ?

– … Il en a bu qu'une fois. »

Malgré son air nonchalant, vous sentez que le géant continue d'observer discrètement votre réaction. Comme quand on remarque un bruit que lorsqu'il s'arrête, vous entendez tout le monde retenir son souffle. Une tension palpable s'est installée dans la salle, brisée seulement par le bruit du chiffon de la tenancière nettoyant nerveusement une chope.

Suivez le conseil de votre voisin en **35**, ou ne le suivez pas en **257**.

31

Non… ça ne s'ouvre pas. Malgré vos efforts, le mécanisme reste obstinément clos. Perdez **1 POINT DE CHANCE** et réessayez en **84**.

32

D'un œil minutieux, Fanta vous inspecte un instant avant de reprendre :

« Suis la route vers l'ouest, mon garçon, et une fois à la capitale, cherche l'auberge du Barbare hydraté. Elle est en ligne droite par rapport à l'entrée de la ville, difficile de la rater », vous annonce-t-il. « Une fois dedans, cherche un homme quasiment nu répondant au nom de “Pyro-Barbare” et présente-toi à lui.

– Hein ? Pierrot-Barbe qui ?

– Pyro-Barbare, petit. C'est comme un barbare, mais qui met le feu.

– Ça a l'air terriblement dangereux.

– Pour les autres, oui. C'est un ancien ami à moi du temps où j'étais mercenaire. Il me doit une faveur et ne pourra pas te refuser assistance.

– Entendu, et ensuite ? »

À ces mots, Fanta vous observe pendant quelques secondes, le visage drapé d'une expression indéchiffrable, son regard perdu sur un point situé loin, ou longtemps, derrière vous. Son visage s'illumine soudain :

« Tu sauras quoi faire en temps voulu, mon garçon… J'en suis certain. Ah, et prends ceci. Tu n'en auras pas besoin, mais c'est toujours rassurant d'en avoir. »

Il vous tend une bourse à moitié pleine que vous considérez plutôt comme à moitié vide.

« Ce n'est pas grand-chose, mais c'est la part des bénéfices de ce que j'ai vendu de Plante-Citrouille. C'est pas deux millions de pièces d'or, mais… », laisse-t-il traîner en haussant les épaules.

« Merci, Fanta », ajoutez-vous le cœur gonflé. « T'en as tellement fait pour moi, je sais pas comment je pourrai te remercier…

– En revenant me voir sur la côte quand tu seras riche et célèbre, pardi ! », éclate-t-il de rire avant de vous serrer dans ses bras. « Plus sérieusement, fais attention. Et n'oublie pas le sac, mon garçon. Tu en auras besoin ! Le sac !

– Merci Fanta. Pour tout », dites-vous avant de finalement prendre la route vers l'ouest et de vous éloigner de votre ami, laissant sa silhouette et celle de votre village s'effacer dans la distance.

« Oh oui… Il en aura besoin », murmure le vieil homme en levant les yeux au ciel sans que vous ne puissiez l'entendre.

Seul sur la route pour la première fois de votre vie, vous suivez le chemin en direction de la capitale d'Erenner, la grande cité de Lennonia, en **43**.

33

Vous glissez dans les longs couloirs jusqu'à trouver la porte de la salle des registres, du moins celle qui contient potentiellement ce que vous cherchez. Silencieusement, vous entrebâillez la porte pour vous assurer que la voie est libre. Par chance, la pièce est vide, et seul un petit bureau affublé d'un coffre-fort meuble

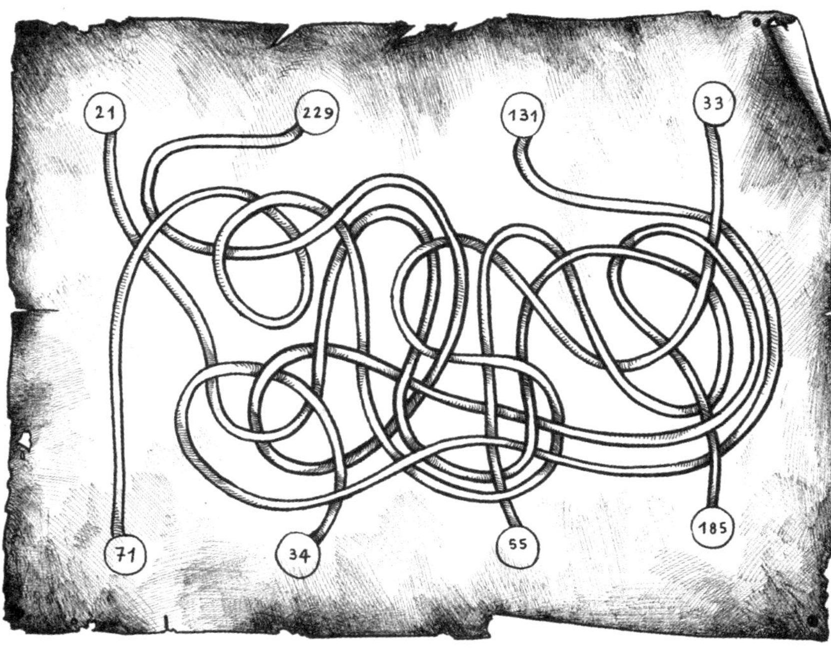

l'endroit. À l'exception bien sûr d'une inévitable plante en pot posée dans un coin, indispensable à tout bâtiment administratif qui se respecte.

Vous observez le mécanisme qui maintient le coffre fermé avant de jeter un œil sur le bureau. Vous constatez avec amusement que l'occupant des lieux a laissé un indice sur un petit bout de papier. Classique. Il ne vous reste plus qu'à entrer la bonne combinaison dans le coffre maintenant.

Partez **du numéro de votre chapitre** afin de trouver le **chapitre correspondant** sur l'**image adjacente** ou essayez une combinaison au hasard.

34

Au détour d'un couloir, vous tombez subitement nez à nez avec la voleuse. Tous deux pris au dépourvu par cette rencontre surprise, vous sursautez mutuellement en silence comme deux chats apeurés par leur propre reflet.

Clairement décontenancée par votre présence, votre alliée de circonstances ne remarque pas l'ombre qui se dessine derrière elle. Par réflexe, vous saisissez son poignet avant de vous dissimuler dans un placard à balais.

Comprenant votre intention, la roublarde retient sa respiration avec vous le temps que l'ancien gardien du bâtiment finisse de passer. Vous poussez un minuscule soupir de soulagement en entendant ses pas s'éloigner.

Sortant de votre cachette, vous pénétrez ensemble dans la pièce vide où se trouvent un bureau et un coffre-fort.

« Il faut vraiment qu'on cesse de se rencontrer comme ça, chaton. Je pourrais croire que c'est moi, le trésor que tu cherches ? », ronronne-t-elle à voix basse en s'adossant doucement à la porte.

« Non m'dame. Je serais clairement en dehors de mes moyens », affirmez-vous d'un ton réaliste. « Ce coffre doit contenir c'que je cherche. Et évidemment, la combinaison doit être sur un pense-bête sur le bureau… Le schéma classique… Ha ha ! », terminez-vous en agitant triomphalement un morceau de papier. Soufflant d'un petit rire, la voleuse s'approche de vous :

« Quelle coïncidence, j'allais justement ouvrir ce coffre. Que dirais-tu de faire la course ? Le premier qui y arrive partage son butin avec l'autre. »

Partez **du numéro de votre chapitre** afin de trouver le **chapitre correspondant** sur l'**image ci-contre** ou essayez une combinaison au hasard.

35

Devant l'aspect de la mixture faussement innocente, vous prenez un instant pour considérer votre palais trop habitué à la douceur du jus de citrouille et au goût de la raison. Après un instant où l'étrange breuvage menace silencieusement de dissoudre votre regard, vous décidez finalement de faire ce que votre voisin vous recommande et repoussez lentement la chope sur le comptoir. La pièce tout entière relâche son souffle et quelques rires éclatent discrètement. La tenancière, vexée, reprend la chope d'un geste vif avant de la remplacer par un bol d'eau sale. Vous l'entendez grommeler quelque chose à propos « d'personne apprécie mes recettes, j'vous jure, tous des goujats... », avant d'espionner un sourire au coin des lèvres de votre voisin. C'était clairement une décision raisonnable et vous **gagnez 1 POINT DE CHANCE MAX**. Si vous êtes **PRUDENT**, vous gagnez aussi **1 POINT DE GLOIRE** !

Si vous disposez de la **LETTRE DE RECOMMANDATION** de Fanta, allez en **105**.

Dans le cas contraire, votre aventure continue en **345**.

36

Les mains tremblantes, vous êtes conscient que vous n'êtes absolument pas de taille pour faire face à un tel monstre ! Par chance, votre ami semble pouvoir s'en sortir seul, mais c'est sans compter sur les trois squelettes qui viennent vers vous ! Terrifié, vous saisissez une caisse pour la jeter sur le premier. Il s'effondre sur le pavé avant de se désagréger en poussière. Incroyable ! Leur immortalité ne semble que factice ! Peut-être leurs ossements sont-ils trop vieux ?! Ils sont morts une fois, le plus dur est déjà fait !! En garde !

2 SQUELETTES

HABILETÉ	PV	ARMURE	DÉGÂTS
4	10	0	0

Règle spéciale *: face aux squelettes, votre ARC à un malus de -1 DÉGÂTS. La MORGENSTERN en revanche inflige +2 DÉGÂTS au lieu de +1. N'oubliez pas vos pouvoirs de CHANCE ! Si vous avez surpris MASSACRE avec vos INFOS, vous disposez de 8 tours pour vaincre ses sbires. Sinon, vous ne disposez que de 5 tours. À l'issue de cette limite de temps, ses renforts vous encerclent et vous achèvent.*

Une fois débarrassé de vos adversaires squelettiques, vous retournez en **194**.

37

La cellule de droite a récemment été occupée, mais ne présente aucune caractéristique anormale. Vous haussez les épaules devant la banalité de la pièce avant de poursuivre l'exploration des deux cellules restantes en **366** et **248** ou de retourner au **COULOIR NORD** en **461**.

38

« C'est vrai qu'à ta place, je me poserais aussi la question », commente sèchement la voyante. « La réponse est assez simple : en t'entraînant dur, petit imbécile ! Ce n'est pas parce que c'est évident que c'est faux, et encore moins facile. » Dans un soupir exaspéré, elle continue : « Mais bon, tu vas avoir besoin d'un coup de main, c'est sûr. Prends ceci. »

Elle vous colle un bâtonnet d'encens sous le nez qui pique vos yeux, mais aiguise vos sens et vous donne **1 POINT D'HABILETÉ**. Vous quittez le cabinet en vous retenant de pleurer et retournez en **100**.

39

En renversant les tables sur votre passage, vous bondissez derrière le comptoir où se tient la tenancière accroupie, une grosse louche en fer à la main. D'un coup de menton, elle désigne une vieille peau de bête au sol sous laquelle est dissimulée une trappe. Alors que vous l'ouvrez, le barbare aux prises avec le chef des orcs passe violemment par-dessus le comptoir avec son adversaire avant de s'écraser sur l'étagère. Tandis que votre compagnon tente de se relever, vous voyez l'orc saisir sa dague, prêt à frapper. Dans un éclair de génie, vous saisissez le guerrier bleu et le tirez en arrière pour le faire basculer à travers la trappe. Vous l'entendez s'écraser lourdement en contrebas dans un fracas abominable.

Réalisant que vous lui avez sauvé la mise, le barbare vous lance un « Bien joué, gamin ! » avant de se relever pour saisir un tonneau de grog aussi large que lui et le propulser d'un geste puissant de l'autre côté du comptoir. Du coin de l'œil, vous voyez la tavernière refermer la trappe dans un claquement sec avant de s'élancer elle aussi pour rejoindre la mêlée. Paniqué, vous essayez de vous frayer un chemin quand vous sentez une main lourde vous attraper par la nuque. Avec un sourire béat, le Pyro-Barbare vous entraîne au fond de l'auberge où une porte dérobée vous permet de vous échapper en **89**.

40

Vous emboîtez le pas à la centauresse qui vous harcèle de questions, visiblement ravie que d'autres aspirants paladins cherchent à rejoindre la confrérie.

« Les aspirants qui arrivent jusqu'ici sont de plus en plus rares. Il faut dire que les entretiens préalables sont compliqués depuis la nouvelle réforme. Les bureaux de recrutement ont beau se multiplier partout, on ne voit pas arriver davantage de candidats pour autant. Où avez-vous effectué le vôtre ?

– Euh… et bien… euh… à Plante-Citrouille », répondez-vous sans avoir eu le temps de réfléchir.

« Plante-Citrouille ? Où est-ce que ça se trouve ?

– En Cielavare », vous sauve le barbare d'un ton n'autorisant aucune question supplémentaire.

« Oh… En tout cas, je suis très contente ! Je n'ai pas beaucoup l'occasion d'être avec des gens de mon âge », dit-elle en trottant à vos côtés. « C'est rare de voir un père et un fils rejoindre l'ordre en même temps.

– Ch'uis pas son père.

– J'suis pas son fils.

– Ah bon ? Mais alors vous êtes…

– Arrivés », finit le barbare.

Un homme à la carrure imposante finit sa prière devant une gigantesque statue d'Edire avant de se tourner vers vous. La jeune femme vous annonce gaiement :

« Pap… Votre Excellence, voici deux nouveaux aspirants pour notre ordre. Ils viennent de Plante-Citrouille en Cielavare ! N'est-ce pas une merveilleuse nouvelle ? »

La voix douce et posée du prêtre se réverbère sur les murs de la cathédrale :

« Merveilleuse en effet. Surtout quang je n'ai reçu absolumeng aucûne lettre les mentionnang. Peu étonnang quand on sait qu'il n'y a aucun bureau de recrûtemeng en Cielavareuh.

– Mais… Mais alors… Vous ! », s'exclame la centauresse en s'apprêtant à se ruer sur vous. « Vous m'avez mené en sabot !! Je vais… »

La voix impérieuse du prêtre résonne à nouveau :

« Calme-toi, ma braveu Solia. Je te rappelleu qu'aucune violênce ne sauré être tolérée en ces lieux sacrés. Va, pitchoune… Je vé m'occuper de nos hôtes ! »

Croisant les bras, la centauresse opère l'une de ces volte-face dont elle a le secret avant de se retirer pour aller bouder dans un coin de la pièce.

« Vous n'avez rieng à craîndre de moi, braves gens. J'ignore ce qui vous amène ici, mais il y a rieng à voler. Tout le monde le sé. Alors dites. Quesseu vous êtes venu faire ici ? »

Poursuivez en **230**.

41

Votre discussion est interrompue par le grincement de la porte de l'auberge. Avant même d'apercevoir les nouveaux arrivants, vous êtes assailli par une odeur de sueur encore plus puissante que celle qui vous a accueillie dans le tripot. En tournant la tête, vous voyez une unité de créatures faire leur entrée. Pour en avoir déjà entraperçu quelques-uns qui passaient par votre village, vous reconnaissez immédiatement qu'il s'agit d'orcs.

Ceux-ci sont flanqués de leur habituel visage patibulaire, et leur épaisse peau bleue cache une musculature plus tassée que celle des humains. On peut parfois en voir descendre quelques-uns de la contrée de Cielavare, où ils travaillent comme mercenaires. S'il est dit que ces guerriers rustiques ont un muscle à la place du cerveau, il est dit aussi qu'ils savent s'en servir. Généralement en mettant des coups de tête à ceux qui disent qu'ils ont un muscle à la place du cerveau.

Contrairement à leur nature solitaire, ceux-ci se déplacent en groupe particulièrement discipliné et arborent tous un symbole que vous n'aviez encore jamais vu : deux points rouges au milieu d'une tache noire dessinés de manière grossière sur un brassard. Si les habitués de la taverne n'apparaissent pas agités devant ce défilé, vous remarquez que certains d'entre eux glissent doucement leur main vers la poignée de leur arme.

Insensible à la tension ambiante, le plus grand des intrus, probablement leur chef à en juger par sa stature, prend la parole d'une voix gutturale :

« Mesdames et messieurs, excusez-nous de vous déranger. Merci de nous prêter toute votre tension quelques minutes. Nous allons passer parmi vous afin de vous soumettre à un test parfaitement indolore et gratuit. Nous vous prions de ne pas sortir de la pièce avant la fin du procès dur… En vous remerciant de votre collation. »

Sur ces paroles, le chef donne un petit coup à son subalterne en lui faisant un signe de la tête. Ce dernier commence alors à inspecter les clients assis à leur table à l'aide d'un petit instrument étrange, qui émet des sons de clochette à intervalles réguliers.

Si le sens exact de son discours a sans doute été perdu sur le trajet entre son cerveau et sa mâchoire proéminente, vous soulignez néanmoins l'effort colossal que l'orc a dû fournir pour réciter ce texte appris par cœur. Tout cela semble suspect cependant, et le curieux objet en forme de jarre que s'empresse de trimballer le soldat orc d'un client à l'autre ne vous dit rien qui vaille.

Arrivé à votre hauteur, il se poste entre vous et le Pyro-Barbare. Son artefact émet soudainement des sons de plus en plus stridents. L'orc semble surpris et fixe le barbare avec insistance avant d'écarquiller les yeux. « C'est lui ! On l'a trouvé, chef ! »

À cette annonce, le chef orc tire une dague de son fourreau. Devant l'éclat de la lame, la tenancière range fébrilement les verres posés sur le comptoir et certains habitués commencent à se lever. Sans lâcher sa corne des yeux, le barbare demande :

« Et qu'est-ce qui m'veux, le bleu ?

– Nos ordres sont clairs, on vient collecter le sang de celui qui fait sonner la machine. »

D'un geste autoritaire, l'orc pose une petite fiole sur la table et la fait glisser en direction du barbare. Ce dernier vous sourit alors, et sans vous quitter des yeux, il annonce à l'orc :

« J'dois dire que vous arrivez pile au bon moment, les gars. Justement, on attendait un truc.

– Quel truc ?

– Bah, ça », conclut-il en lançant son poing immense dans la figure de l'orc qui finit propulsé dans une table.

Alors que la situation explose dans toute la taverne, celui-ci hurle à ses congénères : « Chopez-le !!! »

C'est le moment d'agir !

Vous pouvez engager le combat en **14**, tenter de fuir discrètement en **207** ou de faire diversion en **223**.

42

Ah… », annonce gravement la voyante. « Tu n'es pas prêt pour la réponse à cette question, mais je vais te la donner quand même », clame-t-elle avant de se racler la gorge. « Nous vivons sur un objet géant et sans âme qui dérive dans un océan infini d'étoiles. Tout ce que tu vois n'est qu'une vaste création au but perdu. Nous sommes notre réelle et notre éternelle prison. Un homme au cœur d'acier mène une lutte sans fin contre un morceau d'acier au cœur de pierre, et nous dansons éternellement dans la paume de leurs mains.» Elle inspire une grande bouffée avant de vous la souffler au visage. «Maintenant, pars!! Et va vivre une vie dénuée de sens au milieu d'un fragment de terre aussi froid que son créateur.»

Troublé par cette révélation sibylline, vous quittez la vieille femme en vous disant qu'elle est sans doute complètement folle. Vous perdez **1 POINT DE CHANCE**, mais gagnez **1 POINT DE CHANCE MAX**. Retournez en **100**.

43

Quelque part dans le monde, assis en haut d'une montagne colossale, un homme massif orné d'un casque à cornes de bouc se penche sur un tourbillon de brume tournoyant à ses pieds. Son trône imposant se tient sur un monticule composé uniquement d'épées rouillées, de glaives ébréchés, de lances brisées et de boucliers fendus. S'ajustant sur son siège lui aussi fait d'armes abandonnées, Zarkan, Dieu des Duels et de l'Honneur, contemple le monde des mortels situé sous l'océan de nuages duquel dépasse son sommet d'acier tantôt étincelant, tantôt souillé par le sang des batailles. Son visage concentré, dont seule la partie inférieure est visible, se tord dans un rictus s'approchant presque de la satisfaction.

Aurait-il trouvé un programme intéressant ?

Détachant l'une des cornes de son casque pour y boire un alcool divin, Zarkan ne tourne même pas la tête lorsqu'un portail runique s'ouvre sur sa droite. De la lumière aveuglante surgit une grande femme aux formes longilignes. Si son visage sévère arbore un sourire empli de tendresse, ses yeux, eux, restent fermés. Vêtue d'une cuirasse et d'une jupe cloutée, Atella, Déesse de la Guerre et de la Paix, tient fermement une épée dans une main et un bouclier dans l'autre. Au centre des deux objets se trouve un œil unique d'un vert éclatant qui fixe du regard le trône du Dieu-guerrier. S'approchant lentement, la Déesse parle d'une voix douce, mais alerte :

« Cela fait bien longtemps que tu ne m'avais pas appelée, mon bel ami. Qui y a-t-il ?

– Hmm… », répond Zarkan en faisant un petit mouvement de la main en direction du tourbillon.

Les yeux toujours clos, Atella brandit alors son bouclier au-dessus du bassin afin d'en scruter le contenu avec son œil ardent.

« Oh ? », laisse-t-elle échapper dans un flegme amusé.

« En effet. Préviens Edire. Ça va se passer sur son domaine.

– C'est un service que tu me demandes ? », dit-elle d'un ton amusé.

« Me le refuserais-tu ?

– Je n'ai pas dit ça. C'est juste d'une rare gentillesse de ta part, voilà tout. »

Pour toute réponse, le Dieu-guerrier renifle bruyamment et engloutit une autre gorgée de son hydromel sacré. Le voyant aussi taciturne que d'habitude, Atella continue :

« C'est lui, n'est-ce pas ? Cela fait longtemps qu'il n'a pas essayé quelque chose.

– Vetherr », confirme sombrement Zarkan.

« Et sans prévenir, cette fois. Ce n'est pas très fair-play *de sa part. D'ailleurs, s'il ne t'a pas prévenu, comment as-tu su où regarder ? »*

À cette question, le colosse s'affaisse contre la bannière déchirée qui lui sert de dossier et soulève un coin de ses lèvres. D'une voix résonnante comme une éternité de batailles, il murmure : « J'ai mes sources. », et finit de s'installer confortablement, un air satisfait sur son visage pourtant inexpressif.

Les deux divinités observent ainsi le tourbillon de brume miroitant qui virevolte sous leur regard, reflétant silencieusement les cris, les larmes et les joies du monde des mortels.

Continuez en **68**.

44

Malgré l'aspect pratique de votre nouveau sac, vous n'y glissez que la partie la plus encombrante de votre équipement. N'étant pas encore très à l'aise avec son fonctionnement (et encore choqué de la disparition de votre bras à l'intérieur), vous choisissez de garder vos rations et votre équipement de voyage sur votre dos, juste au cas où.

Lorsque vous sortez de votre maison, Fanta vous lance :

« Eh bien, tu as fait vite, mon garçon. Et je ne t'ai même pas entendu. Tu as toujours été discret. Quand j'ai vu que l'argent que tu avais ramené de nos voyages n'était pas celui de nos ventes de citrouilles, j'ai compris que tu étais plutôt malin. Tu iras loin, Billy. »

Fanta ne semble pas avoir fini de rassembler ce qu'il souhaite vous donner, mais vous pouvez décider d'aller quand même lui parler en **28** ou tenter de récupérer quelque chose d'utile dans les huttes vides de Plante-Citrouille en **106**.

45

Un peu impressionné par cet hôte singulier, vous bégayez :

« Je… Je suis…

– … Un envoyé de SA prôvidence, sans aucun doute », vous interrompt-il en vous donnant une lourde claque sur les épaules avant de continuer. « Té, ça ne vous aura pas échappé, mais la cathédrale est fermée aujourd'hui. Nous faisons face à une crise, et juste au moment où je commençais à désespérer, voilà que vous apparaissez comme par miracle…

– Euh… C'était moins un miracle qu'une agression, mais j'suis content que ça vous fasse plaisir…

– Il n'y a pas de hasard. C'est Edire qui vous envoie, j'en suis persuâdé. Voyez-vous, j'ai un petit problème sur les bras et j'aurais bieng besoing d'une oreille attentive. Quesse vous en dites, heing ?

– Mouep. Tu m'f'ras un résumé, Billy. J'ai soif», conclut votre ami en allant s'abreuver à un bénitier.

Clairement, le Vicaire essaye de vous faire comprendre quelque chose.

Si avant d'écouter ses « soucis », vous souhaitez savoir précisément qui est Edire, posez-lui la question en **209**.

Si son problème vous semble plus urgent, tendez-lui l'oreille en **110**.

46

Ding, ding, ding! Une fourchette cogne contre un verre sale et le PB signale la fin de votre combat.

« Gamin, tu t'es battu comme un lion ! Un petit lion, hein, genre, un lionçonnet. Mais un lion quand même ! », clame votre ami, levant votre bras droit en signe de victoire.

« J'ai… J'ai gagné ?

– Je veux qu't'as gagné, regarde ! », continue t-il joyeusement en retournant l'ivrogne qui git au sol d'un coup de botte.

Évanoui, l'homme semble enfin cuver plusieurs décennies de beuveries en ronflant bruyamment. Dans l'euphorie de votre victoire, vous décidez de célébrer votre succès comme un homme :

« Tavernier ! Un verre de lait… Non écrémé !

– A'plus d'lait ici d'puis un moment, p'tit. Mais j'ai d'l'eau sale, s'tu veux.

– Ah… Bon bah, un verre d'eau, s'vous plaît », temporisez-vous.

Le tenancier pose une chopine d'eau croupie sur le comptoir en vous toisant. Enivré par votre succès, vous avalez ce gruau infect d'une seule traite avant de le regretter immédiatement. L'hydratation après le sport, c'est important. Aussi regagnez-vous **2 POINTS DE VIE**.

« Sans v'loir casser l'ambiance, j'pense pas qu'c'était lui, l'Fleuriste…

– Non. C'est moi », l'interrompt une voix extrêmement grave depuis un coin de la salle.

Assise à une table située dans un angle mort, une large silhouette vous fait signe de la rejoindre en **414**.

Félicitations, vous avez débloqué le succès «Laissez la bouteille». Cochez la case correspondante à la fin de cet ouvrage.

47

« Excusez-moi, madame, mais qui est-ce ? », demandez-vous à la vieille femme en pointant du doigt la statuette de l'autel.

« Il s'agit de la Déesse Atella, mon enfant. C'est sa statue que tu vois là. Elle est ornée de son bouclier et de son épée, car son regard ne nous quitte jamais.

– C'est elle, la Déesse de la Guerre et d'la Paix ? Ma mère m'a raconté une histoire avec elle quand j'étais petit, mais les yeux sur les armes me faisaient peur…

– Il s'agit de ses enfants, Itos – l'épée – et Otos – le bouclier. Selon la légende, elle s'est arraché les yeux pour les forger sur les armes du monde entier afin de guider la main de ses fidèles, pour toujours veiller sur nous. Chaque parole, chaque argument, chaque coup que tu portes est une loupe pour son regard bienveillant. » Elle vous examine un instant et reprend : « Tu ne m'as pas l'air très au fait des différents dieux qui nous gouvernent, petit. D'où sors-tu ?

– De Plante-Citrouille, m'dame. C'est un peu plus loin à l'est…

– Je vois. Atella fait partie des treize Dieux Majeurs. Ce sont eux qui guident notre destin. Oh, il y a bien quelques esprits mineurs ici et là, mais les treize surveillent constamment tous nos faits et gestes. Dis-moi, connais-tu les mois qui composent une année ?

– Bien sûr ! » Vous commencez à réciter les leçons que vous a données votre mère il y a bien longtemps. « Zarkan, Blathnat, Atella, Edire, Runir, Ytia, Mélène, Mutra, Neit, Phumtar, Nyses et Parodikos. » Au bout d'un instant de réflexion, vous réalisez que ça ne fait que douze. « C'est qui, le treizième ?

– Il s'agit du traître, mon garçon : Vetherr, le Dieu des Monstres, l'ennemi de l'homme, le porteur du Fardeau… N'utilise son nom que si c'est nécessaire, ou subis son courroux. »

Vous êtes interrompus par votre compagnon : « J'connais un endroit pas très loin d'ici où se planquer, le temps que ça se tasse. Suis-moi. » Alors que vous vous apprêtez à partir, la vieille femme vous lance un sourire et vous tend quelque chose. Vous empochez un **PETIT MÉDAILLON**. Son pouvoir protecteur restaurera **2 POINTS DE VIE** après chaque combat gagné. Il est temps de vous rendre en **22**.

48

Tout près du relais à chevaux où vous avez passé la nuit se trouve une taverne à l'apparence lugubre. Rongé par le temps et les intempéries, l'écriteau qui lui sert de devanture se balance paresseusement dans un grincement sonore.

Vous poussez la porte mal huilée. La collecte d'informations se présente mal. L'endroit semble si peu fréquenté que la présence des clients a presque l'air d'être accidentelle.

Il y a toutefois une femme, accoudée au comptoir, qui retient votre attention. Il se dégage de son allure un parfum de mystère et vous ne sauriez dire si sa beauté est attirante de sensualité ou alarmante de danger. Elle semble moins hésitante et s'approche de vous dans un déplacement venteux et parfaitement silencieux.

« Perdu, chaton ? », vous susurre-t-elle d'une voix amusée.

« Non m'dame. Je sais parfaitement où je suis.

– Et où donc ?

– En sécurité », dites-vous en tapotant le flanc du barbare.

La femme éclate doucement d'un petit rire chantant, presque murmuré, avant de reprendre :

« Le danger peut prendre bien des formes, trésor. Mais ce n'est pas ce que tu cherches ici n'est-ce pas ?

– Euh… peut-être. Je m'appelle Billy et lui…

– … Et lui il a soif ! », termine le PB en s'installant au comptoir et en vous ignorant copieusement. Vous vous détendez légèrement. Après tout, si votre compagnon n'est pas sur ses gardes, c'est qu'il ne doit pas y avoir de problème immédiat. Vous décidez d'en avouer plus à la femme mystérieuse :

« On essaye de trouver des informations concernant des orcs qui recherchent…

– … deux voyageurs ? Un petit malingre et un grand rustre ? Pas d'inquiétude, je ne vois qu'un beau renard et un grand loup », dit-elle en vous faisant un clin d'œil et en vous glissant un doigt ganté sur la joue. « Quel dommage cependant, l'argent de la récompense m'aurait été bien agréable. Si seulement je trouvais un autre moyen d'être compensée… »

Devant son sous-entendu théâtral, vous souriez légèrement des yeux en l'enjoignant à continuer d'un moulinet de la main. D'un geste vaporeux, elle désigne un ivrogne obèse affalé sur sa chaise, écroulé sur une gigantesque chopine de bière.

« J'ai un petit pari avec le tenancier. Défie cet homme à la boisson et si tu es le dernier debout, je te dirai le bruit qui court. »

Du regard, vous interrogez le PB qui goulotte déjà son grog.

« C'est à toi qu'elle a proposé, gamin. Avec moi, y a pas d'enjeu, elle le sait ! Allez, fonce. Fais-moi honneur. »

Vous approchez le soiffard d'un pas hésitant afin de présenter le défi qu'il accepte volontiers. Convaincu de vous écraser à la première gorgée, il rit grassement en vous toisant, mais vous remarquez que la femme lui fait discrètement les poches sans même que l'idiot ne s'en rende compte. Vous vous asseyez à sa table où une serveuse pose déjà deux petits verres d'une gnole indéfinissable.

Le client : 18 PV

Jetez un dé pour vous, puis un pour le client chacun votre tour, puis soustrayez les montants de vos ***POINTS DE VIE*** *respectifs. Le premier qui arrive à* ***0 PV*** *tombe en coma éthylique et perd le concours.*

Si vous êtes ***PRUDENT****, l'affrontement prendra une tournure particulière en* **57**.

Si vous êtes ***DÉBROUILLARD****, votre* ***CARACTÈRE*** *vous donne droit à un avantage sur votre adversaire, et vous pouvez lancer votre dé deux fois à chaque tour afin de choisir le score le plus bas.*

Si vous remportez ce jeu complètement idiot à la loyale, la voleuse vous attend en **135**.

En cas d'échec glorieux, le réveil sera difficile en **304**.

49

Avançant méthodiquement dans votre tâche, vous réussissez à dégager une petite partie de l'entrepôt pour révéler une zone de stockage minuscule, dans laquelle se trouve un petit coffret. Ne comportant pas de dessin ou d'étiquette, vous êtes obligé de l'ouvrir pour savoir ce qu'il contient. À l'intérieur, vous découvrez un petit médaillon à l'effigie de Runir, le Dieu-Minotaure des Artisans et du Travail Bien Fait. Un très bel ouvrage, que vous vous empressez d'apporter au contremaître. Après un bref regard, il vous fait comprendre que c'était le sien, et qu'il l'avait égaré. D'une poigne rugueuse, il referme vos doigts sur le **MÉDAILLON DE RUNIR** et le plaque contre votre poitrine.

Le précieux objet vous emplit d'une énergie nouvelle et vous octroie **1 POINT D'ENDURANCE** supplémentaire. Retournez finir de ranger l'entrepôt en **219**.

50

« C'est vous qui avez tué les orcs dehors ? », risquez-vous à lui demander.

« Ils parlaient trop fort et, apparemment, ils m'en voulaient pour quelque chose. Mais je fais plus attention à ce genre de détails. »

Tandis qu'il évoque avec froideur le massacre des créatures, il saisit une serpe en or qu'il se met à récurer calmement. Sa tâche accomplie, il dégaine une truelle constellée de taches suspectes dont vous ne voulez rien savoir. Vous pouvez poursuivre la conversation en le questionnant sur son métier en **298**, sur la mission que vous souhaitez lui confier en **220**, ou sur son passé en **481**. Mais si vous préférez rejoindre au plus vite l'entrée de la Tour des Mages, suivez votre guide en **65**.

51

De retour dans l'atelier, vous veillez une nouvelle fois à ne pas attirer l'attention. Quand la forgeronne vous aperçoit, son visage s'illumine, mais très vite, elle cède à l'incompréhension.

« Vous n'avez pas trouvé le cuir ? », vous interroge-t-elle à voix basse en cherchant des yeux les précieuses lanières.

« Justement, on savait pas lequel prendre, donc on a tout pris », lui répondez-vous.

« Tout pris ? Mais y en avait au moins pour…

– Cherchez pas. C'la magie du gamin.

– C'est pas moi qu'est magique, c'est mon sac. Et tu dis ça parce que tu veux pas le porter ! », pestez-vous contre le PB tout en peinant à extraire les lourds lambeaux de cuir sur la table.

« Ch'uis un Barbare », explique-t-il en reniflant d'un air entendu, tout en croisant les bras sans avoir l'intention de vous aider.

« C'est vraiment impressionnant… Je n'avais jamais vu un enchantement aussi simple d'utilisation. J'adorerais l'examiner plus en détail, mais… Aha ! », s'interrompt-elle d'un air triomphant.

Elle semble avoir enfin trouvé son bonheur parmi les centaines de chutes de cuir que vous lui avez ramenées. Elle sélectionne les plus longues, abandonne le reste et se remet rapidement au travail. Sa curiosité pour votre sac ne s'est pas estompée pour autant.

« Où l'avez-vous trouvé ? Si ce n'est pas indiscret…

– C'est mon mentor, Fanta, qui me l'a offert il y a quelques jours.

– Fanta… Étrange, le nom m'est familier, mais je n'arrive pas à me remémorer à quelle occasion je l'ai déjà entendu… », marmonne-t-elle en apportant les dernières touches à son ouvrage. « Voilà !! Avec ça, je vais pouvoir m'échapper ! Merci mille fois !

– Euh… », fait le barbare d'une voix perplexe. « Elle est bien jolie, votre voile, ma p'tite dame, mais…

– Ce n'est pas une voile ! C'est ma toute dernière invention : un anti-chute ! Et j'suis pas votre "p'tite dame". J'ai au moins trois fois votre âge, vous savez.

– Et moi, j'ai au moins trois fois vos chances de survie si vous pensez qu'ce machin peut vous sauver », proteste le PB. « D'expérience, c'pas la chute qui tue. C'est l'atterrissage.

– En tout cas, je suis content que ça vous fasse plaisir, m'dame.

– "Mademoiselle" », vous corrige-t-elle avec un sourire. « Et j'ai quelque chose pour vous en échange. Tenez. »

Elle vous tend une **GROSSE CLÉ** de fabrication complexe.

« Lorsque je suis arrivée ici, ils m'ont forcée à fabriquer une grande serrure. Mais ces idiots ne savent pas que tout bon serrurier…

– Serrurier… ? C'sait serrurer, une forgeronne ?

– Donnez-moi un morceau de métal, du feu et je forge l'histoire ! Je disais donc que ces idiots ignorent que tout bon serrurier fabrique toujours les clés en double. Voici donc le second exemplaire, elle vous sera sûrement plus utile qu'à moi. Ça semblait assez important pour eux. Elle doit sûrement ouvrir un endroit stratégique ou secret », conclut-elle. « Maintenant que j'ai mon anti-chute, il faut que je trouve le moyen de sortir à l'air libre…

– Suivez-nous, on connaît le chemin !

– Ouais. Suivez l'gamin, mam'zelle. Il connaît l'chemin. »

Vous accompagnez la forgeronne jusqu'à l'endroit par lequel vous êtes arrivés dans la forteresse. Les cheveux soufflés par le vent, elle se tourne vers vous :

« Je ne vous remercierai jamais assez. Merci pour tout.

– Un plaisir, mad'moiselle », rougissez-vous devant son visage radieux.

« Au fait, mon nom est Re'ileen. Mais tout le monde m'appelle Hélène.

– Moi, c'est Billy. Mais tout le monde m'appelle "gamin" », répondez-vous sans réfléchir.

Re'ileen éclate d'un rire sincère.

« Si jamais vous vous en sortez, passez me voir à mon échoppe. Enfin… Ce qu'il en reste… Bonne chance ! », termine-t-elle en déployant son anti-chute.

Avant que vous puissiez lui répondre, elle se jette la tête la première dans le vide en poussant un « Wouhouuu » que le vent a tôt fait de couvrir.

Désormais seul au bord du précipice, vous observez longuement la **GROSSE CLÉ** qu'elle vous a laissée. Le barbare, resté en retrait, vous fait signe de le rejoindre.

« Tu penses qu'elle va s'en sortir ? », lui demandez-vous comme pour vous rassurer.

« Bah. Elle avait l'air d'être sûre d'elle. Au pire, le sol amortira sa chute », conclut-il d'un air satisfait. « Allez, viens. On a des pains à mettre à des planches. ».

Vous décidez de vous réunir à la **PETITE COUR** en **400**.

Félicitations, vous avez débloqué le succès «Le sol amortira sa chute». Cochez la case correspondante à la fin de cet ouvrage.

52

Lorsque vous terminez votre combat, vous voyez que votre ami commence le sien. Il s'est jusqu'alors contenté d'esquiver les attaques du monstre, et quand celui-ci se matérialise enfin, l'achève d'un seul coup de hache. Le sorcier, d'abord surpris, finit par applaudir :

« Prodigieux ! Tout simplement prodigieux ! », s'exclame-t-il avant d'afficher une moue dépitée en regardant son cristal, désormais vide. « Par contre, le prêt-à-lancer, c'est vraiment pour les amateurs. Si on veut des résultats, rien ne vaut un bon sortilège fait maison, vous allez voir ! »

Le sorcier se retrousse les manches et lève les bras au-dessus de lui en entamant une diatribe ésotérique qui bourdonne à vos oreilles. La Tour tout entière vibre autour de vous, et des étincelles de foudre s'accumulent dans toute la pièce. Des arcs électriques ricochent devant vous alors que le mage est entouré d'une énergie formidable. Vous vous tenez prêt à tout quand soudainement, la tempête s'arrête. La lueur qui dardait dans les mains de votre adversaire s'éteint doucement, et un silence total s'installe pendant quelques secondes, avant d'être brisé par un ronflement sonore.

Les bras toujours levés au-dessus de sa tête, le vieil homme dort paisiblement, debout.

Votre ami passe prudemment sa main devant les yeux du vieillard, imperturbable dans son sommeil.

« Heh, 'pparamment, la magie, c'comme les femmes. Ça use. Faut croire qu'il avait plus d'jus ! », se réjouit le PB.

Il saisit le magicien comme un enfant pour le déposer sur son lit. Vous jetez un dernier coup d'œil au sorcier de la Tour des Mages pour constater qu'il dort toujours à poings fermés. Sa sieste inopinée vous donne l'opportunité rêvée pour fouiller l'endroit. Sa gemme est vide, mais, à son poignet, il porte un bracelet qui lui permettait de contrôler les bêtes durant le combat. Si cet ornement permet de contrôler la magie des cristaux, ça vous sera sans doute plus qu'utile face aux forces de Virilus !

« Prends-le, Billy », vous dit le barbare après que vous lui ayez expliqué sa fonction. « J'ai d'jà un collier.

– Mais il est pas magique ?

– Nan, c'juste le mien », vous répond-il nonchalamment.

Vous secouez la tête et enfilez le **BRACELET DE CONTRÔLE** avant de laisser le vieil homme à son sommeil.

Surprenamment, l'officine somptueuse ne comporte pas grand-chose de valeur. Néanmoins, quelques objets intéressants attirent votre attention. Si vous souhaitez examiner l'animal étrange qui piaille sur son perchoir au coin de la pièce, allez en **190**. Si le chaudron sur lequel travaillait le sorcier vous intrigue, approchez-vous en **359**. Si le placard du mage éveille votre curiosité, allez en **318**. Si vous savez exactement combien de fois vous voulez faire le tour du bureau, ajoutez le nombre correspondant à ce chapitre et faites-le maintenant. Si vous ne le connaissez pas, abandonnez et poursuivez votre fouille ailleurs.

53

En avançant prudemment au fond de l'écurie, vous entendez des espèces de croassements en provenance d'un box. Lorsque vous passez la tête pour observer la source de ces sons étranges, vous vous retrouvez nez à nez avec un gigantesque volatile ! Un émeu, comme dans les histoires de votre mère ! Le propriétaire de l'écurie ne doit pas connaître la valeur inestimable du bestiau, ou le danger qu'il peut représenter envers toute forme de civilisation à une centaine de lieues à la ronde !

L'animal légendaire se tient immobile entre les quatre murs de son enclos et semble attendre quelqu'un ou quelque chose. Peut-être le propriétaire de la besace qui est sanglée sur son dos.

Votre instinct premier serait de la fouiller, mais d'après ce que vous savez des récits de votre mère, un émeu ne se laisse pas approcher ou apprivoiser facilement.

Ces créatures mythiques sont même capables de tuer d'un seul coup de bec, et leur caractère aussi volatile que leur santé mentale les rendent absolument imprévisibles.

Si vous avez en votre possession le **SAC DE GRAINS**, vous sentez l'animal s'exciter en **180**.

Si vous souhaitez essayer d'amadouer l'étrange animal en le caressant, tendez la main en **267**.

Si vous ne souhaitez pas prendre de risques inconsidérés, retournez auprès du barbare en **100**.

54

Votre prochain adversaire est un orc massif qui vous semble étrangement familier. Où avez-vous déjà vu cet animal ? À mesure qu'il approche, vos souvenirs se font plus précis et la mémoire vous revient complètement en voyant sa peau bleue luisante. C'était l'un des orcs qui vous recherchait à la taverne du « Barbare hydraté » ! S'il vous reconnaît, c'en est fini de votre escapade ! En lui tournant le dos, vous essayez de prévenir le barbare qui se contente de vous donner une chope pleine de jus de pomme. « Tu peux l'faire, Billy ! J'crois en toi ! »

Reconnaissant malgré vous, vous descendez la boisson sucrée et regagnez **5 POINTS DE VIE** (sans appliquer le bonus du **KIT DE SOIN** si vous l'avez).

Pas le choix, il va falloir rapidement réduire cet adversaire au silence avant qu'il ne vous reconnaisse !

ORC FAMILIER

HABILETÉ	PV	ARMURE	DÉGÂTS
10	16	0	1

***Règle spéciale** : aucune. Battez-vous !*

Alors que le duel bat son plein, les yeux de l'orc s'écarquillent soudain et il tourne la tête pour crier : « Hé ! C'est les… ». Vous profitez de son inattention pour lui placer un coup bien senti dans les parties devant la foule qui pousse un « Houuuu… » de sympathie. La brute s'écroule au sol en gémissant et, afin de vous assurer toute sa discrétion, vous l'achevez par quelques coups de pied dans la bouche.

À votre victoire, des applaudissements sincères retentissent. Toute la salle a apprécié votre performance !

« Ouaiiis !! Il l'a fait, l'gamin ! C'mon ami !! », vous acclame le PB de tout son cœur. Le chant qu'il entame contamine bientôt toute la salle et rebondit de table en table : « Si t'es fier de l'avorton, tapeu sur quelqu'un ! Si t'es fier de l'avorton, tapeu sur quelqu'un ! »

La liesse guerrière est néanmoins interrompue par la trollesse, qui pose lourdement ses quatre chopes sur la table. Plus un bruit. L'assemblée est suspendue à ses lèvres.

« Reste que moi », murmure-t-elle en se léchant les crocs.

Depuis son tabouret, votre compagnon vous fait signe que c'est mort ! C'est mort de chez mort !! Ça passe pas, mais alors pas du tout !!

Vous prenez une minute pour considérer votre situation et regagnez **5 POINTS DE VIE** (sans appliquer le bonus du **KIT DE SOIN** si vous l'avez).

Si vous souhaitez écouter votre ami et en rester là, repartez avec votre honneur bien défendu en **457**. Si vous êtes **DÉBROUILLARD** et que vous avez décidé d'abandonner, récupérez les pièces que le public vous a jetées pendant la chanson et gagnez **1 POINT DE RICHESSE**. Si vous êtes vraiment inconscient, personne ne pourra vous empêcher de poursuivre ce suicide en **421**.

55

Vous composez nerveusement les chiffres sur la roulette du coffre. Malheureusement, la poignée de la porte reste immobile. Pire encore ! Une alarme se déclenche. Fuyant le bâtiment qui résonne au son des clochettes de sécurité, vous sautez par une fenêtre avant d'atterrir en roulé-boulé et de détaler en **70**.

56

Qui aurait cru que votre maîtrise de la **FOURCHE** vous sauverait la vie ? Plutôt que de franchir la passerelle, vous décidez de prendre le mal par la racine et commencez à déraciner frénétiquement le parterre de fleurs affamées. Vous vous frayez un chemin en retournant sauvagement la terre devant vous, arrachant

ainsi les tulipes à dents qui meurent sur-le-champ. Ce désherbage grossier vous rapporte **1 POINT D'HABILETÉ** supplémentaire, mais vous coûte **2 POINTS DE VIE**. Si cela doit vous tuer, découvrez votre funeste destin en **163**. En cas de réussite, poursuivez vaillamment votre route en **452**.

57

En humant dédaigneusement la mixture que contient votre verre, vous remarquez que votre adversaire fait un petit geste louche avant de se saisir de son godet. Ce client est en réalité un tricheur ! Et il tente de remplacer son verre au dernier moment par un autre identique et vide, caché entre les bourrelets de sa bedaine.

Ayant suivi votre regard et réalisé le subterfuge lui aussi, votre compagnon saisit l'ivrogne ventru par les jambes et le soulève pour le secouer. Plusieurs chopes, une bourse d'or et quelques pièces d'argenterie viennent tinter sur le sol. Chassé ensuite de l'établissement par le tenancier et le barbare, le soûlard s'enfuit honteusement.

Il était habile, mais pas assez pour échapper à votre vigilance ! Et puisqu'abandon vaut pognon, vous gagnez **1 RICHESSE** et **1 POINT DE CHANCE MAX.** avant d'être interrompu par la roublarde en **135**.

58

« Mais… il allait pas bien lui ?! Il a même pas attendu le signal ! », vous exclamez-vous en vous tournant vers votre public.

« Zglob ? C'pas un vrai combattant, lui, il est seulement fou. Même pour un gobelin. Mais j'imagine que ça compte. Ça faisait longtemps qu'on l'avait pas calmé aussi proprement », commente la trollesse. « Prêt pour la suite ? », ajoute-t-elle en désignant un gnoll qui s'avance déjà vers vous en ricanant.

D'accord, vous êtes un peu essoufflé, mais c'est parce que l'autre vous a pris par surprise. Cette fois, vous prenez le temps de respirer et mordez dans une belle cuisse de poulet que vous tend votre ami. Regagnez **5 POINTS DE VIE** (sans appliquer le bonus du **KIT DE SOIN** si vous l'avez).

Vous prenez position et faites un signe à la trollesse qui sonne un petit gong. Cette fois, vous ne vous laisserez pas faire et la boule de poils rieuse qui s'approche va très vite s'en rendre compte.

GNOLL SANGUINAIRE

HABILETÉ	PV	ARMURE	DÉGÂTS
5	10	0	0

Règle spéciale : *ce gnoll a la langue aussi acérée que sa lame ! Ses railleries moqueuses touchent là où ça fait mal. Votre HABILETÉ est divisée par DEUX pour ce combat, arrondie au supérieur.*

Sous vos coups, le gnoll atterrit dans le foyer de la cheminée et se roule par terre en ricanant encore. Ses collègues l'éteignent en l'arrosant avec leurs bières et il vous laisse la victoire, toujours aussi hilare. L'assemblée vous acclame poliment en remplissant de nouveau des chopes. Le barbare vous soutient de tout son cœur, mais vous annonce qu'à partir de là, ça risque de devenir sérieux.

Si vous souhaitez vous arrêter, retirez-vous en **457**. Si vous êtes **PAYSAN** ou **DÉBROUILLARD** et que vous décidez d'abandonner maintenant, gagnez **1 POINT DE GLOIRE** (non répétable).

Toutefois, si l'adrénaline n'est pas encore retombée et que vous attendez votre prochain adversaire de pied ferme, c'est en **54** que la fête continue !

59

Le **PASSE-PARTOUT** porte très bien son nom et la serrure de la porte ne lui résiste pas. Cependant, la clé originale qui était restée dans la serrure tombe au sol, poussée par votre **PASSE-PARTOUT**. Vous craignez que les elfes ne vous aient entendu, mais, heureusement, le brouhaha de la rue a couvert votre infiltration. Une fois à l'intérieur, les trois gardiennes sont trop occupées à bavasser pour remarquer votre présence. Vous vous hâtez de monter discrètement à l'étage afin de libérer les enfants en **436**.

60

Vous inspectez la cellule de fond en comble, mais ne trouvez rien en rapport avec la comptine du crâne. En passant la main sur la paillasse, une écharde vient s'enfoncer dans votre doigt et vous perdez **1 POINT DE VIE**. Dommage ! Retournez en **37**.

61

Au milieu du brouhaha, vous entendez des claquements sourds de sabots vous parvenir par intermittence. Votre attention est captée par la présence d'un étrange canasson qui dépasse de la foule de vieillards attroupée devant les portes. Une centauresse ! C'est la première fois que vous en voyez une en cheval et en os !

Haut de jeune femme lié à un corps d'équidé de grande taille, son aspect est d'autant plus remarquable qu'elle semble être en pleine dispute avec les deux gardes. Un spectacle fascinant qu'elle interrompt par une volte-face rageuse sans renverser un seul ancêtre malgré sa carrure imposante. Visiblement outrée, elle se dirige vers une alcôve située sur le côté de la cathédrale, qu'elle a l'air de bien connaître.

Les bras croisés sous sa poitrine, elle affiche un visage contrarié.

Si vous souhaitez essayer de l'aborder, parlez-lui en **16**.

Si vous souhaitez vous adresser directement aux deux paladins, dirigez-vous vers les portes de la cathédrale en **8**.

62

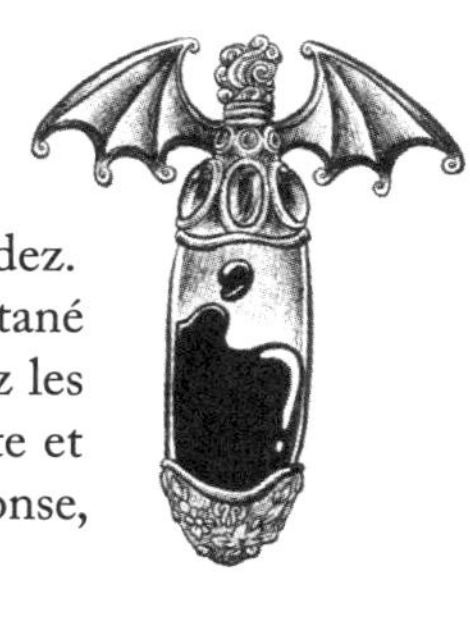

« *Le sang d'une faim dévorante.* » Oui ! C'est ça ! Vous êtes si prêts de votre but véritable !! Il ne reste plus qu'un seul ingrédient… Mais lequel ? Vous repassez en revue les objets que vous possédez. Qu'est-ce qui pourrait bien compléter ce maudit rituel ?! Et ce satané chaudron qui vous raille en frémissant de plaisir ! Additionnez les 3 mots qui composent l'objet comme pour l'énigme précédente et rendez-vous au chapitre correspondant. Si vous n'avez pas la réponse, revenez en **480**.

63

Perdu ! Vous avez tiré un villageois.

Étant bon perdant cependant, vous écoutez attentivement l'histoire que vous raconte l'ancien militaire. Une transmission d'expérience qui s'avère finalement inestimable puisqu'elle vous apporte **1 POINT D'HABILETÉ** supplémentaire. Retournez auprès du barbare en **100**.

64

Avez-vous déjà visité la **TOUR DES MAGES** durant cet acte et réglé le conflit qui s'y trouvait ? Si oui, allez directement en **183**. Sinon, allez en **283**. Vous pouvez aussi continuer vers la **GRAND PLACE** en **285** ou le **QUARTIER COMMERÇANT** en **95**.

65

Déjà très imposant assis, Félix dévoile des mensurations de séquoia au moment où il se lève pour prendre la route.

« Suivez-moi sans vous faire remarquer », dit-il en glissant sa serpe et sa truelle dans son immense ceinturon avant de pousser la porte.

« Tu penses qu'il va pouvoir nous faire entrer dans la Tour des Mages ? », vous inquiétez-vous auprès du PB.

« C'pas ce qu'on lui d'mande, gamin. Mais c'est l'seul qui puisse traverser l'Jardin qui l'entoure en un seul morceau.

– Avec ou sans nous ?

– Probablement les deux en même temps. Reste collé à lui. »

Après quelques minutes de marche, votre petit groupe atteint enfin l'enceinte qui entoure le Jardin. Les murs qui protègent la cité de cette menace intérieure s'avèrent écrasants de hauteur et de puissance minérale. Surpris par le gigantisme du rempart, vous demeurez quelques instants immobile et contemplatif. Vous gardez la tête levée quelques instants, sidéré par une telle œuvre d'où dépasse l'imposante Tour au loin.

« Whoa… J'ai l'impression que les murs sont plus épais que ceux de l'extérieur… », murmurez-vous, le souffle court.

« Faut bien cela pour la protéger, fils.

– La Tour ? », interrogez-vous Félix.

« Non. La ville. »

Sans développer son propos, le géant taciturne ébranle le poste de garde en toquant doucement sur le chambranle. La puissante vibration réveille un petit soldat en sursaut qui se met immédiatement au garde-à-vous. Trop petit pour l'endroit dans une armure trop grande pour lui, il tente de vous barrer le passage avec sa lance :

« Ha… Halte ! Le passé-lacet ! Euh… M’enfin… Le laissez-passer !

– On est avec lui », lance le Pyro-Barbare en abaissant nonchalamment la lance d’un doigt.

« Les… Les ordres s-sont les ordres ! L-lui, il peut passer ! Mais v-vous, j’vous connais pas ! »

Sans le voir, vous entendez le Fleuriste pousser un minuscule soupir. Ce n’est apparemment pas la première fois que le problème se pose.

« On fait quoi, Billy ? Tu veux qu’j’improvise ? », demande votre ami.

Le gardien observe vos échanges avec suspicion, et vous constatez que son armure trop grande n’est pas son seul problème. Ses vêtements sont en piteux état, sa main est tremblante et de toute évidence, son travail le rend nerveux.

Si vous avez aidé la **VOLEUSE** juste avant d’entrer dans la taverne, allez en **605**. Si vous n’avez pas besoin de son aide ou que vous ne l’avez pas rencontrée, essayez autre chose. Si vous avez le **PAMPHLET** avec vous, tentez de rassurer le soldat en **397**. Si vous avez le **KIT DE SOIN** et que vous êtes **PAYSAN** ou **DÉBROUILLARD**, attirez-vous ses faveurs en **244**. Si vous êtes en possession du **LAISSEZ-PASSER**, continuez votre route en **375**. Si vous êtes confiant dans les capacités d’improvisation du barbare, laissez-le appliquer sa méthode en **459**.

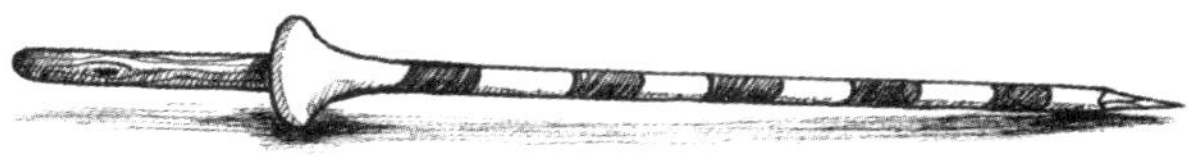

66

Perdu ! Vous avez tiré un villageois.

Étant bon perdant cependant, vous écoutez attentivement l’histoire que vous raconte l’ancien militaire. Une transmission d’expérience qui s’avère finalement inestimable puisqu’elle vous apporte **1 POINT D’HABILETÉ** supplémentaire. Retournez auprès du barbare en **100**.

67

Toujours prompt à participer à une bonne baston, le barbare continue allègrement de frapper les orcs et les habitués du coin. Esquivant une chaise lancée au hasard, le colosse sort une petite fiole de son pagne pour en répandre le contenu sur d’anciennes traces d’alcool au sol. Au contact de l’étrange liquide, le plancher prend feu et la pièce sombre rapidement dans les flammes. La panique est totale ! Un orc tente d’attaquer le barbare par-derrière avec sa lance. D’un croche-pied bien placé, vous réussissez à le faire chuter sur une table où il se brise la mâchoire avant de s’écrouler sur le sol et de commencer à prendre feu lui aussi. Un sacré coup de bol que vous n’avez pas le temps de célébrer, car le colosse vous attrape par le bras et vous tire hors de l’auberge en enfonçant la porte principale, suivi par la majorité des occupants. Pendant que vous reprenez votre souffle, le géant vous traîne dans une petite ruelle adjacente, loin de la foule qui commence à s'agglutiner devant le spectacle de l'incendie avec une expression bovine.

Le « Barbare hydraté », institution centenaire de Lennonia, vit ses derniers instants devant vos yeux. La taverne part en flammes dans des étincelles pétaradantes et des chuintements de bois brûlant. Malgré l'ampleur de la catastrophe, il semble que tous les occupants des lieux aient réussi à s'échapper. Vous observez les orcs rescapés rassembler rapidement leurs blessés avant de s'enfuir sans demander leur reste.

« Mais pourquoi ? Pourquoi vous avez mis l'feu à l'auberge ?! », lui demandez-vous, hors d'haleine.

« Bah, parce que c'est une technique qui marche ! On m'appelle pas l'Pyro-Barbare pour rien ! », vous répond-il fièrement avant de se tourner vers vous. « Fais voir ton sac, gamin…

– Mon sac !!! », vous exclamez-vous subitement.

« Quoi ? J'vais pas t'le piquer, ton sac. J'sais qu'il est magique, j'l'ai reconnu. Si Fanta t'l'a donné, c'pour une bonne raison. J'veux juste y mettre ma corne, il reste encore du grog dedans… Faut pas gâcher.

– Non, j'veux dire : mon sac à dos !! Celui où j'avais toutes mes affaires pour dormir ! Et mes rations !!

– Ah, l'aut'gros truc que t'avais en arrivant ? Bah, euh… Qu'ça t'serve de leçon, gamin ! », s'exclame-t-il soudain. « Toujours faire confiance au Fanfan. Fallait mettre le gros sac dans le p'tit sac. »

Devant votre regard incrédule, il se met à tousser nerveusement avant d'ajouter : « J'ai vu c'que t'as fait dans l'auberge. C'tait pas mal. Si t'avais pas séché l'autre abruti avec sa lance, j'l'aurais payé assez cher. J't'en dois une… Gamin. » Vous acceptez son avant-bras tendu et vous lui serrez la main. « Billy », lui rappelez-vous.

« PB.

– PB ?

– Pyro-Barbare, gam… Billy », rectifie-t-il. « Tout l'monde m'appelle comme ça. Et non, j'te donnerai pas mon vrai nom. De là où j'viens, ça s'fait pas. Au cas où tu t'fasses choper par les gardes, t'comprends ? Le déni plausible, tout ça…

– PB suffira, j'pense », dites-vous avec incertitude.

Si vous avez montré la **LETTRE DE RECOMMANDATION** au PB, poursuivez en **137**.

Si vous avez récupéré la **BROCHE DORÉE** de Fanta dans les ruines de Plante-Citrouille, rendez-vous en **107**.

68

Le territoire de Plante-Citrouille s'arrête précisément au sommet de la petite colline qui surplombe le village. C'est là, au lieu-dit des Trois-Boulots, que débute officiellement la route principale vers la capitale du Royaume d'Erenner.

Après quelques lieues de marche, vous remarquez sur le bord de la route un petit autel à la gloire de Bit'hum, l'esprit protecteur des chemins de terre et des sentiers alentour. Une offrande à cette divinité locale garantit au voyageur une route paisible, sans nids de poule ni glissements de terrain. Et lorsqu'on voyage à bord d'une charrette bondée de citrouilles, ce genre d'assurance s'avère indispensable. Malheureusement, même si vous en aviez une, les quelques pièces que vous avez sur vous seraient trop limitées pour vous le permettre.

Vous jetez un dernier coup d'œil vers votre ferme natale, étranglée par une épaisse fumée noire. Après un bref instant de recueillement, vous reprenez la route sans vous retourner.

Bien que quelques heures séparent votre ancien hameau de la capitale, vous préférez ne pas trop traîner. Certes, l'Erenner est une contrée en paix, dont les habitants sont essentiellement composés de fermiers et de marchands, mais son commerce en plein essor attise souvent l'appétit des brigands de Cielavare ou du royaume voisin d'Isbor. Et les attaques sur les caravanes de marchands ou les voyageurs isolés sont rares, mais pas inconcevables.

Si vous disposez du **PAMPHLET** et de la **LETTRE DE RECOMMANDATION**, vous pouvez décider de faire une pause en **255** afin de lire ce que Fanta a écrit pour son ami.

Si vous ne désirez pas le faire, que vous ne savez pas lire, ou que vous n'avez pas la lettre, dirigez-vous directement en **73**.

69

Vous vous avancez prudemment vers l'émeu qui vous fixe d'un œil vide… ou peut-être menaçant. Lorsqu'il commence à frémir, vous vous immobilisez immédiatement pour le laisser s'approcher. Après une tension passagère, le volatile commence à mâchouiller votre tunique en émettant des petits piaillements. D'un geste lent et délibéré, vous lui caressez le plumage avant de remonter vers son cou.

« Tout doux, touuut doux. Belle Mimine, beeelle… »

Semblant reconnaître le nom que vous lui attribuez, l'émeu cogne sa tête contre la vôtre dans un élan d'affection. Probablement.

« J'me demande si tu serais pas… ? Mais non, ça voudrait dire que tu serais trop vieille maintenant. À moins que ton espèce ait une durée de vie plus longue ? »

L'oiseau semble mimer votre interrogation en penchant doucement la tête sur le côté, avant d'essayer de picorer vos cheveux. Ce serait une sacrée coïncidence s'il s'agissait de la monture de votre grand-père. Peut-être l'animal est-il trop têtu, ou trop bête, pour comprendre et adopter le concept de la vieillesse, ou de la mort ? Quoi qu'il en soit, vous ne pouvez rien en faire, et vous n'allez pas attendre qu'il vous perce le crâne pour sortir de là. Laissant tomber le contenu de la sacoche, vous gagnez quand même **1 POINT DE CHANCE MAX** avant de courir rejoindre votre compagnon en **100**.

70

Après une journée décidément bien chargée, vous essayez de rassembler ce que vous avez appris dans la lumière déclinante du soir. Les rues, grouillantes de monde il y a encore quelques instants, se vident progressivement pendant que la nuit s'empare de la ville.

«J'connais une p'tite auberge pas loin. J'ai soif, j'ai faim et on a besoin d'faire le point. Tu m'suis ?»

Vous acquiescez distraitement de la tête.

Perdu dans vos pensées, vous ne remarquez pas le silence assourdissant qui vous entoure soudainement, perturbé seulement par le sifflement d'un vent glacial et un bruit étrange qui se fait de plus en plus distinct.

Un pas lourd teinté d'acier et d'ossements résonne dans toute la rue, avant qu'une puissante voix rocailleuse ne tonne dans le silence :

« Vous là. Faites face. »

Quelque chose dans cet ordre calme et posé vous fait froid dans le dos. Et ce que vous observez en vous retournant finit de vous glacer le sang. Un guerrier colossal à la peau sombre, harnaché de métal, se tient au bout de la rue. Son ombre, portée par la dernière lueur du soir, s'arrête devant vous pour le faire paraître encore plus imposant. À ses pieds se trouve un grand sac rempli d'ossements, et vous apercevez au centre de sa gigantesque ceinture un emblème orné similaire à celui que vous recherchiez.

Avant que vous ne puissiez l'observer plus ou réfléchir à votre situation, le géant sombre continue en s'adressant au barbare :

« Je suis le général Massacre. Mes ordres sont de te ramener mort ou vif, guerrier. Rends-toi, et je ne te briserai que les jambes. »

Pour toute réponse, le barbare vous pousse doucement sur le côté et saisit sa hache en s'avançant. Dos à vous, il semble s'attendre à ce que vous alliez vous réfugier ailleurs.

« Intéressant, t'as l'air de savoir un peu t'battre. Tu r'ssembles à un orc qu'aurait bouffé tous les autres », lance-t-il.

« Ainsi, tu choisis de m'affronter… Parfait. Je jetterai ton cadavre aux pieds du maître.

– Excusez-moi… », les interrompez-vous soudainement.

La créature semble enfin remarquer votre présence et tourne sa tête en votre direction avant que vous ne poursuiviez :

« Si je comprends bien… »

Si lors de votre première journée dans la capitale vous avez collecté **3 INFOS** ou plus, continuez en **213**.

Si vous n'avez pas réussi à en dénicher autant, poursuivez en **291**.

71

Vous composez nerveusement les chiffres sur la roulette du coffre. À votre grande joie, la poignée bouge et le coffre s'ouvre. Bingo ! Vous récupérez **1 INFO** ainsi que **2 CRITIQUE** supplémentaire avant de quitter les lieux en direction de **70**.

72

Tout le monde peut cuisiner ! Et vos talents peuvent s'exercer partout et à peu de frais. Les rats qui grignotent allègrement les ordures environnantes agrémenteront parfaitement un petit ragoût ! D'un lancer de pierre adroit, le barbare vous en ramène quelques-uns. En deux coups de cuillère à pot, la table est mise et un fumet délicat inonde la ruelle, attirant les autres habitués d'infortune du quartier.

Une fête des mendiants s'improvise et vous apprenez au fil des bols qui défilent que des orcs sont passés dans ces ruelles pour promettre une récompense contre toute indication sur vous. Fort heureusement, les sans-abris apprécient tellement votre repas improvisé qu'ils jurent de ne pas vous dénoncer.

« Un tien vaut mieux que tu l'auras », lance un ivrogne pendant que vous le resservez en ragoût.

« 'rfaitement ! », s'exclament les autres en chœur.

« Des gens comme vous, on n'en fait plus. L'seul qui fait encore ça, c'est ce gentil garçon avec les fleurs », ajoute une vieille dame réchauffée par vos attentions.

« Des fleurs ? T'as la vue qui baisse ! Elles passent leur temps à essayer d'le bouffer ! Y va perdre un bras et nous r'joindre un d'ces jours, c'moiquivouldit ! », lance un autre mendiant édenté avec une casserole sur la tête.

« Un Fleuriste ? Sauriez pas où on peut l'trouver ? », demande votre ami soudainement intéressé.

« C'dépend, qu'est-ce qu'vous lui voulez ? », répond le mendiant édenté d'un air méfiant.

« Oh, tais-toi. Ce sont de bons garçons », lui reproche la vieille femme avant de vous sourire. « Il traîne souvent au fond du trou, c'est un endroit charmant. Le tenancier est un bon garçon. Il nous garde les restes sans les jeter à la poubelle.

– Au fond du trou, vous en êtes sûre, madame ? », lui demandez-vous à votre tour.

« Sûre de quoi, mon garçon ?

– Qu'on peut le trouver là-bas.

– Qui donc ?

– Le Fleuriste !

– Quel Fleuriste ?

Vous vous pincez les yeux avant de soupirer et de resservir la vieille dame. Si la validité de cette information vous laisse dubitatif, une chose est sûre : vous êtes un bon garçon. Vous échangez rapidement la recette avec le plus lucide d'entre eux et quittez l'endroit avant de partager leur misère. Vous trouvez l'endroit indiqué en **354**.

Félicitations, vous avez débloqué le succès «Restos du cœur». Cochez la case correspondante à la fin de cet ouvrage.

73

C'est seulement en fin d'après-midi, fatigué par votre marche soutenue, que vous apercevez dans la lumière dorée du soir les faubourgs de Lennonia, la fameuse capitale d'Erenner dont Fanta et la plupart des voyageurs de Plante-Citrouille vous ont maintes fois raconté les charmes, les vices et les mystères. Depuis ses abords, la ville semble très largement à la hauteur de sa réputation.

Par-delà la cité, c'est d'abord la chaine de montagnes à laquelle elle s'adosse qui retient votre attention. Cette gardienne bienveillante s'avère être le rempart naturel contre toute invasion initiée depuis le nord. S'étendant sur plusieurs centaines de kilomètres, elle tranche le continent d'Alkior en deux, séparant les planteurs de citrouilles des barbares sanguinaires.

Si votre mémoire est bonne, vous vous souvenez que la barrière montagneuse sépare les Territoire du nord et du sud, et tranche le visage du continent d'Alkior d'est en ouest sur des milliers de kilomètres de roches, de neige et d'altitude mortelles entre Cielavare à l'est et les périlleuses Vallées venteuses à l'ouest.

C'est donc sous l'un de ces gigantesques « Crocs du loup » que la ville de Lennonia se blottit. Et vu la menace barbare qui grouille dans les terres de Kränelorn au nord, c'est plutôt une bonne chose.

Votre première impression de la ville est celle d'une citadelle ouverte sur le monde, comme dans les livres d'images que vous lisaient les baladins itinérants. Malgré des murailles de plusieurs mètres de haut, ses portes sont grandes ouvertes et vous vous engouffrez au cœur de la cité.

Si vous souhaitez prendre le temps d'observer la ville avant de vous rendre à l'auberge, allez en **239**.

Si vous préférez plutôt presser le pas en direction de la taverne, allez en **115**.

74

Solia est plutôt du genre bavarde, mais son timbre agréable la rend supportable sur le chemin qui reste à parcourir. Vous économisez votre souffle en vous contentant de sourire à ses élucubrations enjouées.

Lorsque vous entendez un rire bruyant au loin, le barbare vous fait signe de vous arrêter et de vous taire. La centauresse tente de se plaquer au sol aussi bas que possible pendant que vous observez cinq bandits de grand chemin attendre leur prochaine proie au croisement suivant.

Si vous êtes **PRUDENT**, vous remarquez que les bandits s'apprêtent à quitter la route, probablement pour rentrer à leur campement. Vous pouvez donc simplement éviter le combat en patientant avant de reprendre la route jusqu'à la crypte en **261**.

Sinon, prenez vos adversaires par surprise en vous ruant sur eux, suivi de vos compagnons :

5 BANDITS DE GRAND CHEMIN **+6**

HABILETÉ	PV	ARMURE	DÉGÂTS
11	15	0	0

Règle spéciale : *vous êtes encerclés, -1 ADRESSE.*

Ne trouvant rien de grande valeur sur les cadavres, vous abandonnez l'endroit avant d'arriver à votre destination en **261**.

75

« Au lieu de rester planté là komme des kourges, kourrez plutôt me chercher des épices des steppes dans la chambre froide ! Elles sont sur la **TROISIÈME** étagère !! Et plus vite ke ça !!

Craignant de vous prendre vous aussi un « koup sur les doigts », vous vous soumettez sans la moindre discussion à son ordre. Si vous êtes **PAYSAN** ou que vous avez la **MARMITE**, vous reconnaissez la porte dérobée typique qui mène au garde-manger caché derrière un four en **218**, sinon vous devrez trouver un autre chemin par la **SALLE À MANGER** située en **457**.

76

Félicitations ! Vous pénétrez enfin dans ce satané mausolée. À votre grande surprise, la crypte n'est pas le labyrinthe que vous attendiez. Au bout du couloir, vous apercevez à la lueur des torches des silhouettes qui se dessinent sur les murs. Des squelettes ! Cinq pour être exact. S'ils n'ont pas remarqué votre entrée, ce n'est qu'une question de temps. Vous devez prendre l'avantage !

Si vous êtes **PRUDENT** ou **DÉBROUILLARD**, vous en éliminez discrètement deux avant que les trois autres ne réalisent votre intrusion et vous chargent. Si en plus vous êtes équipés d'une **MORGENSTERN** ou d'une **PETITE MASSUE**, vous pouvez en éliminer un troisième avant de combattre les deux restants.

Si vous êtes **GUERRIER** ou **PAYSAN**, faites ce que vous savez faire de mieux et menez une charge héroïque contre ces tas d'os ridicules ! Vous gagnez un premier round préemptif (sans opposition de la part des adversaires) contre les cinq squelettes.

5 GUERRIERS SQUELETTES **+4**

HABILETÉ	PV	ARMURE	DÉGÂTS
12	20	0	0

Règle spéciale : *chaque squelette a 4 PV. Tous les 4 PV retirés à vos adversaires, l'ennemi perd 1 HABILETÉ. Retirez les PV et l' HABILETÉ de votre adversaire selon le nombre de départ de squelettes et au cours du combat. Les squelettes sont immunisés contre l'ARC et il est impossible de l'équiper pour ce combat. En revanche, la MORGENSTERN ou la PETITE MASSUE font chacune +2 DÉGÂTS au lieu de +1 DÉGÂTS.*

Sortir vainqueur de cette rixe vous conduit directement en **394**.

77

Malgré l'aspect pratique de votre nouveau sac, vous n'y glissez que la partie la plus encombrante de votre équipement. N'étant pas encore très à l'aise avec son fonctionnement (et encore choqué de la disparition de votre bras à l'intérieur), vous choisissez de garder vos rations et votre équipement de voyage sur votre dos, juste au cas où.

Lorsque vous sortez de votre maison, Fanta vous lance :

« Prudence est mère de toutes les vertus, mon garçon. Souviens-toi que la violence mène à plus de violence. Maiiis, je ne m'inquiète pas. T'as toujours été un petit veinard. De mémoire, je ne pense pas avoir gagné une seule fois aux dés face à toi. »

Fanta ne semble pas avoir fini de rassembler ce qu'il souhaite vous donner, mais vous pouvez décider d'aller quand même lui parler en **28** ou tenter de récupérer quelque chose d'utile dans les huttes vides de Plante-Citrouille en **106**.

78

Vous essayez de trancher les liens gluants qui entravent les longues jambes de Solia. La jeune guerrière vous observe avec une admiration et une dévotion à peine dissimulées. Encore sous le choc, elle déblatère frénétiquement :

« C'était incroyable !! J'pensais qu'j'allais mourir comme une chèvre et z'êtes arrivés, mais quand l'autre a glissé alors j'ai cru que j'allais être sauvée, puis y s'est pris la pile de meubles comme un abruti, alors j'pensais qu'j'allais mourir encore, et puis elle a crié et j't'ai vu et CRAC ! Chaise sur la tête, t'as même pas hésité et là j'jette ma lance et tu la tues d'un coup genre « TCHAK » !! C'ÉTAIT INCROYABLE !! »

Lorsqu'elle s'arrête enfin, à bout de souffle, vous tournez la tête pour la fixer lentement en haussant un sourcil. Brusquement, elle détourne le regard en rougissant.

« Enfin… Je… J'veux dire… Euh… Merci.

– C'qui l'abruti ? », gémit la pile de meubles avant que le barbare ne s'en extirpe lourdement.

« Ah ! Voilà que la belle Ytia se réveille », vous moquez-vous. « Tu sais que, d'habitude, c'est dans les lits qu'on dort, pas dans les chaises !

– Ferm'la… J'malalatête… », grommelle le géant avant de fouiller votre sac pour en sortir une outre de bière.

Les derniers filaments qui enserraient les jambes de la centauresse cèdent sous vos efforts.

« Merci infiniment. Je ne sais pas ce que j'aurais fait sans vous », s'exclame votre amie en se relevant dans un claquement de sabots.

« Gn'peudire qu'ta vie n'tenait qu'à un fil…

– Force pas trop, tu vas t'donner mal à la tête.

– Grmbl… », bougonne le guerrier en reprenant une rasade.

« Mais Solia, comment tu as fait pour arriver ici ? », demandez-vous.

« Eh bien, lors de l'attaque de Lennonia, je venais à peine de recevoir mon armure et de faire mes vœux. J'ai aidé les autres à repousser l'armée d'invasion, mais quand le château est apparu dans le ciel, tout le monde a été pris de court. Après avoir barricadé la cathédrale, les autres ont voulu monter une expédition punitive en passant par la grosse chaîne qui nous reliait à la forteresse. Le Vicaire était contre le fait que j'y aille, mais il m'a donné sa bénédiction… Notre serment l'exige.

– 'ttends une seconde, ralentis, bourrine… T'es montée par la chaîne ? Mais comment ?!

– Difficilement. Mais c'était de loin la partie la plus simple. Lorsque nous sommes arrivés à la tour, nous avons été attaqués par cette… chose », ajoute-t-elle en pointant du doigt le cadavre de Mortelle. « Au milieu de la bataille, j'ai… j'ai paniqué et je me suis réfugiée dans une écurie… Quand je suis sortie, ils étaient tous morts. J-J'étais morte de honte… A- Alors j'ai juré de retrouver cette saleté et de venger m-mes frères d'armes. Mais… Mais là aussi, je… Je n'ai servi à rien », finit-elle en éclatant en sanglots, dans un mélange de pleurs et de petits hennissements.

Ne sachant pas où poser sa main pour la réconforter, le PB se contente de lui tapoter doucement le flanc.

« Allons, allons, p'tite. Zarkan est fier de toi. Tu t'es battue vaillamment !

– Et techniquement, c'est ta lance qui l'a achevée. Donc, ça compte ! Edire a rien à redire ! », ajoutez-vous.

« Vous… Vous croyez… ? », renifle-t-elle en se calmant progressivement.

« Mais ouais, ch'uis sûr qu'ta Déesse, elle est fière aussi. J'veux dire, c'ton premier jour de boulot, nan ?

– C'est sûr que pour une première mission, elle était plutôt bourrine ! »

Aux pleurs s'ajoute un rire discret.

« Merci les amis », termine-t-elle avec un sourire.

Dans un élan de diplomatie rare, le barbare tente de changer de sujet sans aucune délicatesse :

« Et du coup, comment t'as su qu'elle traînait ici, la musaraigne ? Parce qu'moi ch'uis paumé.

– Je le savais pas », avoue-t-elle en séchant ses larmes. « La porte de l'écurie est la seule porte que je pouvais emprunter. Y en avait bien une autre, mais elle est fermée par deux clés.

– Hmm… Faut qu'tu retournes à la cathédrale. L'père Vicaire aura sans doute b'soin de toi en bas.

– Tu penses que tu peux retrouver le chemin ? », lui demandez-vous.

« Sans problème. Si je galope, ils ne pourront pas m'arrêter. Et descendre la chaîne sera sans doute plus facile que de la monter…

– Excellent. On a encore des choses à faire ici. Fais attention à toi. »

Vous vous apprêtez à prendre congé de Solia quand celle-ci reprend :

« Billy, attends ! » Vous la voyez saisir une petite dague avec laquelle elle tranche sa longue tresse d'un coup sec. « Une vie pour une vie. Qu'Edire m'en soit témoin, que Vetherr en soit le lierre », prononce-t-elle solennellement avant de vous tendre l'offrande capillaire, un genou à terre.

« Euuuh… Merci ? », répondez-vous sans comprendre.

Solia, rétive à certaines émotions, se cabre pour mettre un terme à l'intensité insupportable du moment. Sans rien ajouter, elle trotte vers la porte et quitte la pièce après vous avoir lancé un dernier regard.

Votre compagnon semble médusé par ce qu'il vient de voir. Les yeux écarquillés, il finit par exploser de rire :

« Hé bé, Billy ! Du crin d'centaure ! J'espère qu'tu connais la valeur qu'ça a ?

– J'en ai absolument aucune idée… À la ferme, aucun cheval ne m'a jamais donné sa crinière… Aucune fille non plus d'ailleurs.

– En tout cas, elle est courageuse, la p'tite. C'pas tout le monde qui serait retourné à la baston après un choc pareil. Bourrée d'honneur la bourrine.

– Ah, ça ! C'est sûr qu'elle met le cheval dans "chevalier" ! », dites-vous, fier de votre blague.

« Plutôt la jument dans "jumencelle" », renvoie le barbare dans un sourire.

Pour toute réponse, vous lui décochez un petit coup sur l'épaule, qui n'a pour effet que de le faire ricaner plus fort, et empochez la **TRESSE DE CENTAURESSE**. Maintenant que le calme est revenu, vous observez lentement la pièce dont le sol dégage de plus en plus de nuées puantes. Mortelle se vide de son sang et bientôt, cet endroit ne sera plus qu'un cloaque nauséabond.

Vous remarquez une autre porte que celle par laquelle vous êtes entrés, plus petite et dorée, à l'autre bout de la pièce. Si la curiosité ne vous pique pas, vous pouvez rebrousser chemin en **447**. Mais si vous mourez d'envie de savoir ce qui se cache derrière cette porte mystérieuse, allez en **186**.

79

Il se dit que nulle part en Erenner on ne trouve délices plus suaves qu'à « L'Étreinte d'Ytia », petite maison des plaisirs dont l'enseigne – trois créatures entrelacées – ne laisse aucun doute quant aux services proposés. Fidèle à la volonté des dieux, l'établissement sous tutelle de la Déesse Ytia est jumelé avec l'officine de Mélène et ne saurait prospérer que dans le respect de l'équilibre de la mère et de l'amante. Bien que le lieu exprime une certaine discrétion, vous avez pu le trouver sans difficulté.

Devant le parvis, le barbare se raidit brutalement, avant de s'écrouler face contre terre, complètement paralysé.

« Ah oui, j'oubliais », grince-t-il d'un son étouffé par le sol. « J'suis plus vraiment l'bienvenu ici. L'épicuré m'en veut pour une broutille et susceptible comme il est, il a invoqué une injonction d'éloignement à Ytia. J'me paralyse à chaque fois qu'j'approche de son bouge.

– Ah… Dans ce cas, bougez pas. J'vais y aller seul…

– Aucun risque, gamin. Vas-y pour deux ! Et salue la p'tite Greyyvild de ma part ! », vous répond-il gaiement en soulevant un pouce du sol au prix d'un effort colossal.

En franchissant le seuil, vous passez à travers plusieurs voiles de soie alors qu'un puissant mélange d'encens, de rose et de sueur vous saisit les narines. Avachi sur un fauteuil, un elfe mâle et élancé vous ouvre les bras.

« Bienvenue au Palais d'Ytia, ô toi qui chasses la solitude en pourchassant ses plaisirs. Je suis l'épicuré de cette humble demeure, on m'appelle le plaisancier.

– Euh… Enchanté m'sieur Plaisance. J'm'appelle Billy.

– Eh bien, jeune Billy, tu sembles avoir l'âge et la vigueur requis pour jouir du luxe de la luxure. Dis-moi, jeune étalon, as-tu déjà goûté aux délices de la chair ?

– Ben euh… J'ai pas beaucoup eu l'occasion, vous savez. J'ai mangé du foie de veau un jour, ça compte ?

– Ouh… », vous répond le prêtre-plaisir en faisant une petite moue amusée. « Je pense qu'il va falloir t'initier aux saveurs du monde et de l'au-delà. Les filles !! », termine-t-il en frappant nonchalamment dans ses mains.

À ces mots, le rideau derrière lui se soulève, laissant apparaître un couple de libertines trop occupées à se dévorer la bouche pour remarquer votre présence. À leurs pieds, une femme-reptile en tenue de soubrette époussette le mobilier en vous lançant un regard rêveur.

« Pour ta première fois, tout t'est offert, jeune Billy. Si tes désirs sont quantitatifs, ces sublimes donzelles te feront le plaisir de te pousser aux limites de ton endurance. Si tu préfères le romantisme, pourquoi ne pas céder à l'exotisme de ma belle soubrette ou à la douceur de ses yeux… Ou de ses écailles ? Quant au dernier choix… », termine-t-il d'une voix suave. « Je peux m'occuper de ton initiation personnellement. Mais prends garde. Je te ferai découvrir des plaisirs interdits, des douleurs sensuelles, et des profondeurs de stupre et de décadence telles que ton esprit ne pourra jamais entièrement les saisir, ou même les effacer. Mais chaque expérience vient avec un risque, n'est-ce pas ? Maintenant, bel envoyé de Runir, écoute ton corps. »

Si vous vous sentez en forme et que vous préférez passer un moment avec les deux femmes enlacées, glissez dans une alcôve en **279**.

Si le regard de la femme de chambre reptilienne vous subjugue, retrouvez-la en catimini derrière la porte en **26**.

Si votre cœur bat la chamade pour le prêtre-plaisir, restez dans son boudoir en **361**.

Si vous êtes préalablement passé chez la voyante et que vous disposez du **PHILTRE D'AMOUR**, c'est peut-être le moment de l'essayer en **256**.

Si vous souhaitez préserver le peu d'innocence qu'il vous reste, saisissez le barbare par la botte et traînez-le en **100** sans gaspiller d'unité de temps.

80

Les restes de l'étrange machine de guerre jonchent encore le sol, désormais recouvert d'un gruau rougeâtre, poisseux et puant. Les deux gobelins ont été réduits en purée. D'ici, vous pouvez poursuivre votre exploration du **COULOIR OUEST** en **447**, rejoindre la **PETITE COUR** en **400** ou prendre la direction du sud en **266**. Dans cette dernière direction, un escalier échoue devant la porte d'un **LABORATOIRE**. En face de celui-ci, d'autres escaliers descendent dans des **CATACOMBES** en **425**.

81

À mesure que les lieues défilent, Solia se montre de plus en plus avenante. Elle vous parle de son enfance, et le fait qu'elle errait seule dans les rues avant d'être recueillie par le Père Isabel. Vous échangez gaiement vos histoires, mais remarquez que le barbare reste étonnamment silencieux pour une fois.

Après avoir partagé un repas tous ensemble (ce qui vous fait regagner **2 POINTS DE VIE, +2 si vous avez la MARMITE**), Solia arrache une touffe d'herbe au sol et la mâchouille sans retenue avec un soupir apaisé.

Vous en profitez pour examiner son corps. Sa physionomie hybride reste mystérieuse, mais ses deux parties dégagent une harmonie parfaite. Vous souriez légèrement en repensant à son assaut furieux dans la cathédrale. Son tempérament fougueux est peut-être un trait inhérent à son espèce, mais elle se révèle finalement être une compagnonne de route tout à fait agréable.

Voyant que vous la dévisagez, elle rougit :

« Quoi ? J'ai quelque chose sur le visage ?

– Oui, une marguerite.

– Ah, pardon », fait-elle en saisissant la fleur avant de la gober.

Vous entendez le barbare renifler bruyamment avant de s'éloigner quelques instants.

« Oh, j'oubliais ! », dit Solia en vous tendant une **PETITE MASSUE**. « Si tu n'as rien d'autre, ça peut toujours te sauver ! »

Si vous possédez déjà une **ARME** (**ÉPÉE, LANCE** ou **MORGENSTERN**), déclinez poliment l'offre de Solia en vous rendant en **335**.

Si vous ne possédez pas d'armes ou seulement un **ARC** (le **COUTEAU** et la **FOURCHE** sont des **OUTILS**, pas des **ARMES**), acceptez son geste en **102**.

82

Vous fuyez sans demander votre reste sous les hurlements étouffés du barbare qui parvient à saisir la flasque qui pend à sa ceinture. Dévalant sur le sentier que le Fleuriste vous a indiqué, vous suivez le virage en essayant de préserver votre santé mentale :

« C'est ce qu'il m'a demandé de faire ! C'est ce qu'il aurait voulu ! Il va s'en sortir ! Respirer !! Respirer, c'est important !! », vous répétez-vous pour vous convaincre d'avoir fait le bon choix.

Peut-être pas si bon que cela quand vous sentez une liane vous saisir le poignet. Cette saleté rampante vous a rattrapé et s'apprête à vous faire subir le même sort qu'à votre ami. Si vous êtes équipé d'un **COUTEAU** ou d'une **ÉPÉE**, misez sur l'acier et libérez-vous en **460**. Si vous avez récupéré un **FLACON D'ACIDE**, vous pouvez l'utiliser en **432**. Si vous ne possédez rien de tout cela, votre **ADRESSE** peut vous sauver sur un **JET D'ADRESSE** mémorable en **352**. Si vous êtes vraiment à bout de tout, priez votre **CHANCE** en **116**.

83

« Ah… Si j'avais reçu seulement un écu à chaque fois qu'on me l'a posée celle-là… Heureusement, j'ai toujours demandé plus ! », ricane-t-elle doucement avant de brutalement reprendre son sérieux en vous jetant la réponse au visage : « En commençant par t'aimer toi-même, petit ingrat !! Mais si tu souhaites faire comme tous les autres imbéciles et ignorer mes conseils, prends ceci ! C'est aussi puissant que ton cœur sonne creux ! »

Elle vous jette un **PHILTRE D'AMOUR** que vous attrapez de justesse avant de le fourrer dans votre sac. Vous sentant subitement mal à l'aise, vous quittez les lieux et retournez en **100**.

84

Le petit coffret que vous a remis la roublarde est finement ouvragé, mais semble assez vieux. Sur le devant, vous pouvez faire glisser un mécanisme latéralement et seule la dernière ligne semble gravée à même le bois. Ouvrez la boîte en remettant les chiffres dans le bon ordre. Si vous souhaitez abandonner, vous pouvez laisser le coffret et demander votre chemin ailleurs en **440**, et tant pis pour votre matériel…

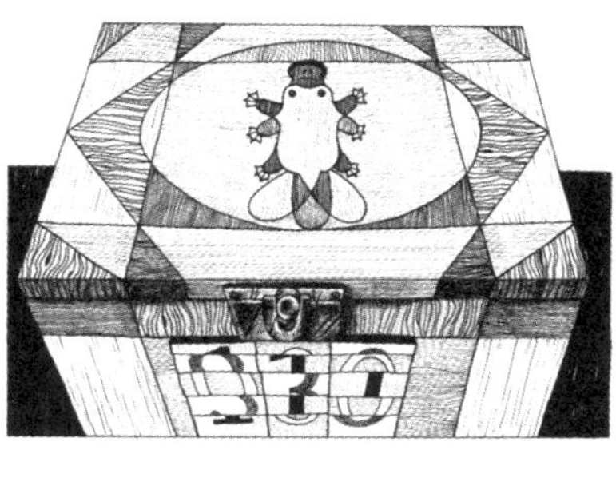

85

Alors que votre ami attend de voir comment vous allez gérer la porte, vous levez un sourcil en sa direction et tendez la main pour tourner la poignée. La porte était ouverte ! Tout simplement ! Cette action pleine de bon sens vous fait regagner **3 POINTS DE CHANCE**. Entrez dans la cathédrale en **134**.

86

« Moi non plus, kâkâkâ !! », répond le crâne. « C'est dommage, j'aurais bien voulu savoir la bonne réponse.

– T'poses des énigmes sans en connaître les réponses ? », s'énerve le PB.

« Bah, quoi ? J'vais pas m'prendre la tête à réfléchir à un truc aussi débile ! J'ai mieux à faire de mes journées, kâkâkâ !! »

Avant que vous ne puissiez réagir à cette dernière remarque, le crâne poursuit en **314**.

87

Gravée à même le bois, vous découvrez une icône de la Déesse Edire. La belle femme altière sur les épaules de laquelle ruisselle une abondante chevelure noire et ondulée n'est recouverte que par un seul pan de tissu rehaussé d'un imposant collier de pierres. Son visage semble dégager autant de puissance dans le regard que de bienveillance dans la posture. Dans sa main droite, une bougie allumée offre la lumière tandis que dans son autre main, un crâne presque souriant promet une mort apaisée.

Vous cherchez du renouvellement et du repos ? Vous aimez tenir vos promesses ? Eh bien, osez entreprendre ce voyage spirituel dans la toute nouvelle Cathédrale d'Edire ! Vénérez la bonne Déesse pour vous assurer un repos éternel sans souci ni anicroche ! Avec Edire, pas la peine de songer à la mort de votre vivant, nous le faisons pour vous !

Parce que chacun a droit au repos éternel, Edire et ses fiers paladins ont à cœur de traquer toute forme d'hérésie qui viendrait augmenter l'insécurité d'outre-tombe ! Mamie est devenue un zombie ? Pas de panique ! Les paladins d'Edire sont là !

Profitez de notre offre inclusive sur nos tombes à tomber par terre ! Consultez nos experts sur les meilleures essences de bois pour votre dernière demeure ! Et si le cercueil bouge : exorcisé ou remboursé !

Si vous êtes intéressés pour rejoindre les rangs divins d'Edire, consultez votre recruteur local durant les heures d'ouverture. Attention, notre Déesse se montre souvent intransigeante sur le respect des vœux prononcés par ses fidèles, mais croyez-nous, sa protection en vaut sa chandelle ! Et en prime, pour chaque décès à son service, une bière offerte !

Avec Edire, les morts vont bien se tenir !

« Qu'est c'qu'ça dit ? », demande votre compagnon.

« Que les gens qui travaillent à l'office du tourisme sont fous », répondez-vous avant de porter à nouveau votre regard sur la foule.

Si le texte ne rend pas vraiment hommage à cette grande Déesse Majeure, son portrait, lui, vous fait regagner **2 POINTS DE CHANCE**. Ce regain n'est valable qu'une seule fois. Retournez en **193**.

Félicitations, vous avez débloqué le succès «Assurance vie». Cochez la case correspondante à la fin de cet ouvrage.

88

Vous ne désirez pas rester sur place pour découvrir ce qui se cache dans la brume et rejoignez vos compagnons à la hâte. Écarquillant les yeux devant votre démarche imprudente, le Fleuriste n'a pas le temps de vous arrêter… Déjà, un cliquetis sinistre envahit l'endroit. La fleur géante qui se tenait derrière lui prend soudain vie et s'élève dans les airs avant d'ouvrir la gueule sur un océan de crocs. Ce spectacle terrifiant vous paralyse alors que la plante abat furieusement sur vous une de ses fleurs-ventouses dont la taille suffit pour vous ingurgiter en une seule bouchée. Votre vie est sur le point de s'achever dans les entrailles de cette créature quand vous sentez une vive douleur dans l'épaule. La bousculade violente du barbare vient de vous sauver la mise et vous vous relevez en urgence. Le Fleuriste esquive un jet d'acide et dégaine sa serpe. Son visage se durcit devant l'immonde plante carnivore qui s'apprête à porter une nouvelle estocade et faire de vous son prochain repas.

Si vous souhaitez combattre cette maudite verdure, battez-vous pour votre vie en **286**. Si vous pensez qu'il est possible de vous glisser entre ses tentacules épineux, faites un **JET D'ADRESSE** en **473**. Si la situation vous échappe, utilisez l'énergie du désespoir et tentez votre **CHANCE** en lui jetant une pierre en **385**.

89

La ruelle par laquelle vous prenez la fuite vous conduit à l'arrière de l'auberge, là où les fournisseurs de la taverne viennent déposer leurs marchandises. À l'intérieur, la bagarre générale fait toujours rage et personne n'a prêté attention à votre exfiltration. Essoufflé, vous vous tournez vers le barbare :

« Merci. Il s'en est fallu de peu.

– Haha ! Tu rigoles ? C'moi qui t'remercie, gamin ! Ça f'sait un sacré bout d'temps qu'j'avais pas eu une baston comme ça ! À un moment, j'ai bien cru qu'ça allait dégénérer quand l'autre abruti a sorti son couteau, mais on l'a envoyé valdinguer jusqu'à Vetherr ! Bwahaha ! », s'esclaffe-t-il en riant presque aux larmes. « Ah… J'ai même réussi à sauver mon grog. Fais voir ton sac, gamin.

– Mon sac !!! », réalisez-vous subitement.

« Bah quoi ? J'vais pas t'le piquer, ton sac. J'sais qu'il est magique, tu sais. J'l'ai reconnu. Si Fanta te l'a confié à toi, c'sans doute pour une bonne raison. J'veux juste y mettre mon godet pour plus tard... Faut pas gâcher.

– Non, j'veux dire : mon sac à dos !! Celui où j'avais toutes mes affaires pour dormir ! Et mes rations !!

– Ah, le gros truc que t'avais sur l'dos en entrant ? Ça m'paraît un peu tard pour retourner l'chercher. Bah ! T'en fais pas, va. Dans cette ville, y a toujours moyen d'trouver à bouffer ou une piaule. Au pire, j'connais des coins. »

Devant votre hésitation, il se met à tousser nerveusement avant d'ajouter : « Au fait, j'rigolais, mais j'me moquais pas. Si t'avais pas envoyé valser l'aut'clampin avec sa dague, j'l'aurais payé assez cher. Du coup... Merci », termine-t-il en vous tendant le bras.

Vous l'acceptez et vous lui serrez la main.

« Tu peux m'appeler PB, gamin.

– Ah... Pour Pyro-Barbare, j'imagine.

– Ouep. Tous mes amis m'appellent comme ça. Et non, j'te donnerai pas mon vrai nom. D'là où j'viens, ça s'fait pas. Au cas où tu t'fasses choper par les gardes, t'comprends ? Le déni plausible, tout ça...

– Au pire, j'peux vous appeler Pierrot ?

– Jamais d'la vie », vous dit-il en refermant sa poigne un peu plus sur la vôtre, un sourire aux lèvres.

Si vous avez montré la **LETTRE DE RECOMMANDATION** au PB, poursuivez en **137**.

Si vous avez récupéré la **BROCHE DORÉE** de Fanta dans les ruines de Plante-Citrouille, rendez-vous en **107**.

90

Votre nouvel ami ne semble pas avoir été trop affecté par ce qui vient de se passer. Vous ne l'aviez pas remarqué dans l'obscurité de la taverne, mais maintenant qu'il est sous la lumière du jour, vous pouvez deviner les nombreuses cicatrices parcourant sa musculature impressionnante. À le contempler en train de réfléchir calmement au milieu de la ruelle, vous comprenez qu'il en a vu d'autres... Ce qui ne vous rassure pas plus que cela.

Vous finissez par lui demander : « Vous avez la moindre idée de ce que ces orcs voulaient faire avec votre sang ? Ou pourquoi ils le voulaient ?

– Aucune... C'bizarre... À part mon ardoise à la taverne, il m'semble pas avoir de dettes en ce moment...

– Pourtant, ils vous cherchaient, c'est sûr. Et ils le faisaient en utilisant ce drôle de truc brillant que leur chef vous a mis sous le nez.

– J'en sais rien, mais j'aurais dû partir avec. Sûr qu'ce truc valait un paquet d'argent », muse-t-il en se grattant le menton. « Écoute, Billy... J'sais pas c'qui se trame par ici, mais on s'quitte plus maintenant. À sa manière, Fanta m'a demandé d'veiller sur toi.

– Oui, mais si c'est vous qui attirez les ennuis ?
– Alors j'les cognerai deux fois plus fort », rugit-il soudainement. « J'ai une dette d'honneur à remplir, et j'm'y tiendrai. Parce que si y a plus d'honneur, y a plus rien, par Zarkan !! »

Vous poussez un petit soupir chargé à la fois d'espoir et de détresse. Pour le meilleur ou pour le pire, vous avez maintenant un allié fidèle dans cette ville. Vous vous seriez bien passé de ses ennemis cependant…

Si vous êtes sortis sans faire brûler l'auberge, rendez-vous en **5**.

Si elle a été réduite en cendres, les citadins commencent à murmurer en votre direction en **277**.

91

Vous forcez sur le **PASSE-PARTOUT** qui refuse de tourner dans la serrure et finit par se briser. D'un geste hésitant, le barbare passe sa main par-dessus votre épaule et tourne la poignée. La porte s'ouvre devant vous.

Sans piper mot, vous vous engouffrez dans la cathédrale avant d'être suivi par votre ami qui hausse les épaules. Retirez le **PASSE-PARTOUT** de votre inventaire avant d'aller en **134.**

92

Vous courez comme un dératé à sa poursuite, mais cette fouine est plus rapide qu'un coup de tampon de Phumtar ! Malheureusement, vous n'allez pas assez vite pour le rattraper et perdez sa trace au cinquième croisement de ruelles. Dépité, vous retrouvez votre ami en **70**.

93

Après vous être extraits de la foule, vous profitez du désordre et du bruit pour vous faufiler discrètement à l'arrière de l'édifice, l'attention des gardes étant entièrement monopolisée par le rassemblement sur le parvis.

Vous pouvez en profiter pour rejoindre la centauresse sous l'alcôve en **16**, mais vous avez aussi le champ libre pour tenter d'escalader la façade arrière en **24**.

94

Persuadé d'avoir repéré un schéma dans la méthode de rangement de vos congénères, vous tentez de gagner du temps en empilant des caisses dans un équilibre précaire afin de dégager une petite boîte qui vous fait de l'œil. Votre calcul était mauvais cependant, et la pile dégringole sur votre tête, vous faisant perdre **2 POINTS DE VIE**.

Vous vous excusez d'un petit haussement d'épaules auprès de vos semblables pour le désordre occasionné. Vous pouvez choisir de retenter votre chance en **219** ou d'abandonner en **378**.

95

Avez-vous vaincu la terrible menace des **QUARTIERS COMMERCANTS** ? Si oui, rendez-vous directement en **584**. Sinon, explorez la rue en **512**. Vous pouvez aussi vous rendre aux **QUARTIERS INSALUBRES** en **157** ou à la **TOUR DES MAGES** en **64**.

96

L'innocente boule à neige tombe dans le liquide du chaudron. Tout y est.

Un cristal d'une pureté éclatante, le sang d'une faim dévorante et le fragment d'une mémoire permanente. Le Chaudron Noir bouillonne sous vos offrandes et la fumée jaunâtre qui s'en échappait tourne au vert clair tandis que, dans votre dos, le son des lames qui s'entrechoquent ne cesse de s'intensifier. Sentant que vous avez fait quelque chose à son rituel, Virilus tente de se dégager du PB qui redouble d'efforts pour vous défendre. Parfait, pensez-vous. Vous cessez de leur prêter la moindre attention et vous laissez enivrer par les millions de voix sinistres qui vous soufflent : *« Que désires-tu ? »*

« Non !! Guerrier, ôte-toi de mon chemin ! Il faut l'arrêter !

– Tout. Absolument tout », répondez-vous en souriant.

« Tu crois qu'c'est pas l'plan, fumier ?! Billy ! Fous en l'air son rituel pourri !

– Insolent ! Je dois… »

« À qui dois-je le donner ? »

Sans même vous retourner vers le barbare, vous murmurez aux âmes qui s'échappent désormais du chaudron : « À moi. Et à moi seul. »

Acceptant votre souhait, le chaudron explose dans un geyser d'énergie pure. Toute la toiture de la tour est arrachée et les deux guerriers sont projetés en arrière dans un tourbillon d'énergie malsaine. Vous seul semblez non affecté par la soudaine éruption d'énergie qui vient percer le ciel et éclaircir les nuages. Les deux lunes brillent dans le ciel qui s'est teinté d'un noir d'encre. Le soleil s'est éteint et la lune noire, Vetherr, semble se liquéfier. Un dôme d'une noirceur engloutissant toute lumière se forme tout autour de la cité de Lennonia, avec pour épicentre le Chaudron Noir.

« Woh p'ta… J'espère qu'tu sais ce qu'tu fais, Billy !! », hurle le barbare en observant les éléments se déchaîner et le dôme « couler » sur la ville.

Virilus s'est tu. Son corps s'est évaporé d'un seul coup et son casque roule sur le sol pour s'arrêter à vos pieds. Vous le ramassez lentement et le posez sur votre tête. Instantanément, vos yeux se vident de toute humanité, remplacée par un rouge luisant, investis des secrets et des pouvoirs des Dieux.

Vous connaissez maintenant la Vérité et ne pouvez retenir un grand éclat de rire caverneux auquel succèdent les cris des milliers de citadins et des forces de Virilus. En contrebas, dans les rues de la ville, la matière visqueuse de la lune noire engloutit tout, plongeant la capitale dans un océan d'obsidienne. Les quelques créatures et lennoniens qui se sont réfugiés sur les toits prient pour leur salut, avant de soudainement vomir des serpentins de lumière qui filent vers la forteresse. Le premier rayon vous arrive et vous l'aspirez goulument à travers votre casque, comme un nouveau-né accepte sa première gorgée de lait. Des dizaines, des centaines d'autres succèdent au premier et vous les absorbez tous avec délice. Toutes les âmes bues sont désormais asservies et leur ancien corps sous votre contrôle. Votre domination est absolue, mais seul le barbare semble immunisé. Son collier, offert par Fanta il y a des années de cela, brille d'une lueur bleutée, l'empêchant de rejoindre les autres sous votre règne bienveillant et inexorable. Se rendant compte de votre tromperie, il brandit sa hache vers vous.

« BILLY ! Maudit chien !! C'est c'que tu voulais d'puis l'début ?! T'AS… T'AS AUCUN HONNEUR !! », hurle-t-il comme si proférer cette injure équivalait à une désacralisation de l'univers.

« Peut-être. Mais tout le reste m'appartiendra désormais. »

Pendant un long moment, vous vous fixez du regard, immobiles et silencieux, jusqu'à ce que votre ancien ami s'élance vers vous dans un cri de rage :

« Sans honneur, tout ça VAUT RIEN !! »

Vous siégez sur le trône de votre forteresse. Depuis que le Chaudron a détruit les murs qui enserraient la pièce, vous jouissez d'une vue panoramique sur la progression lente, mais néanmoins inarrêtable de votre territoire. Le dôme noir, peuplé uniquement de drones asservis et de créatures mutantes, s'élargit de jour en jour, dévorant la biomasse et les minéraux afin d'étendre votre domaine. Il n'y a plus qu'une lune dans le ciel, et celle-ci finira aussi par intégrer votre royaume. Le PB est votre esclave, Virilus est neutralisé, et rien ne pourra stopper l'avènement de votre utopie. Aucun dieu ne peut agir dans votre sphère d'influence, aucun miracle ne pourra empêcher votre domination aveugle, et aucun héros ne viendra plus jamais vous interrompre. Votre conquête sera éternelle…

Mais c'est alors que vous sentez la faim…

Félicitations, vous avez débloqué le succès «Le monde a besoin d'un Roi-liche». Cochez la case correspondante à la fin de cet ouvrage et recommencez à l'acte de votre choix.

97

Craignant pour votre vie, vous portez un coup préemptif à l'un des squelettes qui vous barre la route… Pour le voir se désagréger instantanément sous votre attaque ! Ils valent rien, en fait ! Soit l'autre brute tentait de vous intimider, soit les ossements utilisés étaient trop vieux. Vous vous débarrassez prestement des deux autres avant de charger au secours de votre compagnon. Si les squelettes se sont révélés n'être qu'une maigre barrière à votre assaut, Massacre, lui, est beaucoup plus redoutable. Il est temps de prouver que vous avez ce qu'il faut pour survivre une journée de plus ! À l'attaque !!

MASSACRE **+4**

HABILETÉ	PV	ARMURE	DÉGÂTS
12	20	0	1

Règle spéciale : *tous les 3 tours, Massacre invoque un trait de flamme qui vous fait perdre 3 PV à la fin du tour, après l'application des dommages (ce qui veut dire que si vous êtes PAYSAN, vous subirez quand même ces dégâts malgré votre résistance naturelle). Vous pouvez tenter de l'esquiver comme une attaque normale si vous disposez d'assez d'ADRESSE sans toutefois pouvoir effectuer de CONTRE-ATTAQUE CRITIQUE sur cette esquive cependant. Si vous avez surpris Massacre avec vos INFOS, vous disposez de 8 tours pour le vaincre. Sinon, vous ne disposez que de 5 tours. À l'issue de cette limite de temps, ses renforts vous encerclent et vous achèvent.*

Si vous arrivez à occire le monstre dans les temps, reprenez votre souffle en **194**.

98

Si pour trouver une taverne il suffit de suivre un ivrogne, alors pour trouver une caserne pourquoi ne pas suivre un soldat ?

Croisant par chance une patrouille qui finit justement sa ronde, vous les filez discrètement afin de repérer leur quartier général. Une fois devant celui-ci, vous réajustez votre ceinture et votre sac d'un air décidé. Vous imitant curieusement, le Barbare remonte son pagne et se racle la gorge. Vous poussez les deux portes d'un geste sec, et pénétrez dans le bâtiment.

Surpris par le vacarme de votre entrée, les quelques gardes qui occupent les lieux tournent la tête dans votre direction. D'une voix puissante, votre compagnon lance :

« Alors, la volaille ? Comme ça, on nous cherche ?!

– Eh ben, nous voilà ! », enchaînez-vous d'un air de défi. « Et on voudrait faire une réclamation. »

Dans le silence qui suit, le plus petit des soldats murmure à son supérieur : « Euh… Sergent ? C's'rait t'y pas les deux voyous qu'on qu'doit chercher d'puis hier ?

– Eh, vous deux ! », aboie le sergent. « Approchez un peu que je voie vos deux sales faces d'un peu plus près. »

Marchant d'un pas décidé, le barbare s'approche de la table de jeu où les gardes sont toujours assis. Une fois devant le sergent, il approche son visage à quelques centimètres avant de grogner :

« C'est bon ? Tu la vois bien, ma tronche, là ?

– V… Vou… Vous êtes en état d'arresta… », tente-t-il de gémir avant de recevoir un coup de tête qui l'envoie valser par-dessus son siège. « À mfoi !! À la gfharde !! », hurle-t-il en se relevant.

Le petit groupe se lève et avance furieusement vers vous avec la ferme intention de vous passer aux fers. Un combat s'engage.

Si vous décidez d'en découdre aux côtés du PB, battez-vous à ses côtés en **231**.

Si vous souhaitez prouver votre bravoure, partez vous battre seul en **297**.

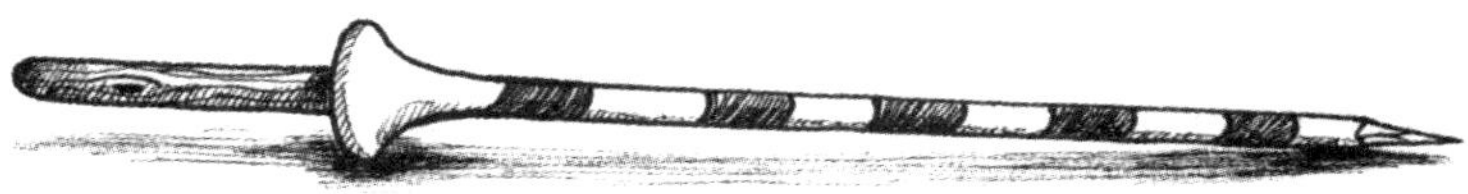

99

Malgré l'aspect pratique de votre nouveau sac, vous n'y glissez que la partie la plus encombrante de votre équipement. N'étant pas encore très à l'aise avec son fonctionnement (et encore choqué de la disparition de votre bras à l'intérieur), vous choisissez de garder vos rations et votre équipement de voyage sur votre dos, juste au cas où.

Lorsque vous sortez de votre maison, Fanta vous lance :

« Pas besoin de cheval avec un gars comme toi. Solide comme un roc ! Tu as toujours été le meilleur pour charger et décharger la cargaison. Et la main verte avec ça ! Tu es l'héritier légitime de la citrouille, Billy. »

Fanta ne semble pas avoir fini de rassembler ce qu'il souhaite vous donner, mais vous pouvez décider d'aller quand même lui parler en **28** ou tenter de récupérer quelque chose d'utile dans les huttes vides de Plante-Citrouille en **106**.

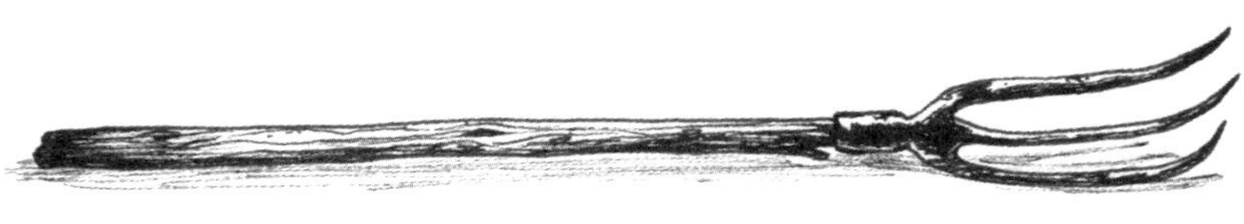

- Acte I -

Lennonia

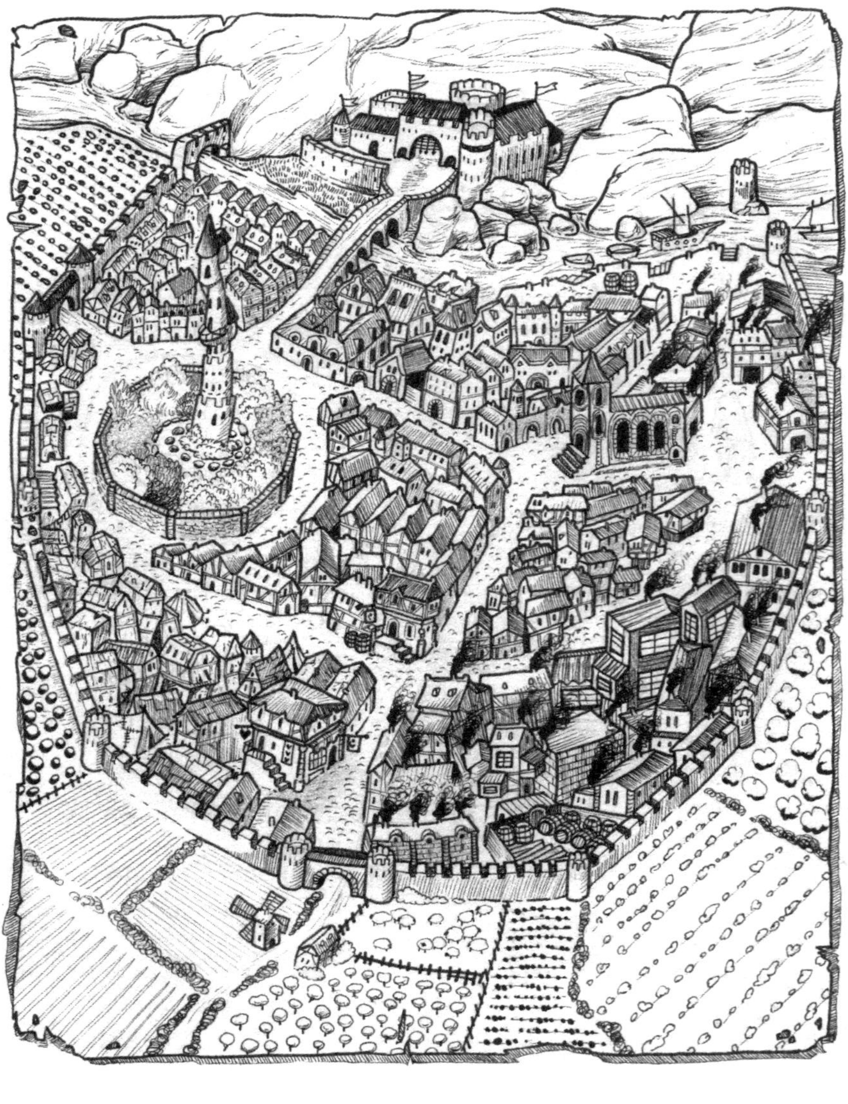

100

À travers vos paupières, vous sentez la lumière du soleil briller fort dans le ciel. Lorsque vous ouvrez péniblement les yeux, vous poussez un cri de frayeur en voyant le visage du Pyro-Barbare se tenir à quelques centimètres du vôtre. En se redressant de toute sa hauteur, il éclate d'un rire sonore :

« Debout là-d'dans !! J'comprends qu't'aies voulu faire la grasse mat'. La dernière fois qu'j'avais aussi bien pioncé, c'était dans une poubelle.

– On est où ? Vous êtes qui ?! Mais qu'est-ce qui pue comme ça ?

– Ramasse tes affaires, gamin, et avale un truc. Aujourd'hui on part en chasse ! »

À mesure que la brume du sommeil se dissipe de votre cerveau, les souvenirs de la veille vous reviennent en bloc : les orcs, la taverne, la rencontre avec le PB, Fanta, votre village… Grignotant paresseusement un morceau de pain, vous redoutez les difficultés que promet ce nouveau jour. Vous aurez besoin de toutes vos forces pour mener à bien les recherches qui s'annoncent.

Avant que le soleil ne se couche, vous devrez rassembler au moins **3 INFOS** sur les orcs à votre recherche et le symbole qu'ils portaient. Qui sont-ils ? Qui est leur commanditaire ? Et pourquoi en veulent-ils à votre ami ? Toutes ces réponses se trouvent sûrement dans les rues de Lennonia.

Explorer la capitale et questionner ses habitants vous semble être la meilleure option. Mais vous n'aurez le temps de visiter que **3 ENDROITS** parmi les possibilités multiples qui s'offrent à vous. **Fiez-vous à votre intuition.**

• Autrefois, votre mère avait souvent l'habitude de consulter une voyante pour trouver les réponses à ses questions. Et c'est précisément à cela que vous pensez en apercevant l'échoppe d'une vieille cartomancienne. Si vous êtes du genre à écouter votre maman, c'est en **158** qu'elle vous dit d'aller.

• Si vous avez la conviction que toutes les réponses peuvent se trouver dans les livres, dirigez-vous vers la bibliothèque en **187.**

• Les gardes et les orcs que vous avez aperçus hier n'avaient pas vraiment l'air de soldats réglos, et vous faisaient davantage penser à des mercenaires vendus au plus offrant. Peut-être que la guilde des mercenaires pourrait vous renseigner sur leurs origines ? Leur commanderie se trouve en **122**.

• À propos des gardes, il ne serait peut-être pas vain d'aller leur parler à la caserne. S'ils sont mêlés à cette traque, l'un d'eux pourrait sûrement s'avérer assez idiot pour vous livrer des informations. Et si c'est le cas, leur mettre une dérouillée ne serait pas de trop… S'ils vous recherchent, ils vont vous trouver en **98** !

• Quel meilleur endroit qu'une bonne vieille taverne pour récolter informations et ragots ? Celle du Barbare hydraté n'est certes plus une option, mais une ville comme Lennonia en compte plusieurs. Pas la peine de choisir, le barbare le fait à votre place. Suivez-le dans un boui-boui plus modeste en **48**.

• D'un murmure convenu, votre ami vous informe qu'une maison close peut receler bien des confidences. Et le temple de la Déesse Ytia est réputé pour ses délices exotiques et ses secrets mal gardés. Adossé à l'église du quartier de Mélène, en **79**, vous pourriez peut-être y mener l'enquête en profondeur.

• Justement, dans l'église du quartier de Mélène se trouve un apothicaire connu pour ses décoctions et ses connaissances en tous genres. Peut-être a-t-il récemment soigné les orcs amochés ? Son officine est ouverte à tous en **171**.

• La foire en folie, nommée « Marché aux Marchands », regorge de toutes sortes de choses. Qui sait, peut-être pourriez-vous y troquer quelque chose contre une information ? Ou l'obtenir par un moyen plus… discutable. Quoi qu'il en soit, promenez-vous au milieu des étals en **165**.

• Vous entendez non loin les éclaboussures des lavandières qui s'attellent à leurs tâches. Leur talent unique pour faire parler les slips sales pourrait s'avérer précieux. Tout le monde a besoin d'une tunique propre de temps en temps, et vos poursuivants ne font pas exception. Approchez-vous poliment en **254**.

• Alors que le Barbare part devant vous, vous entendez un bruit suspect s'échapper de l'écurie. Examiner le relais à chevaux dans lequel vous avez passé la nuit pourrait se révéler judicieux. Sait-on jamais ? Un indice traînait peut-être sous votre nez ? Passez la porte de l'écurie en **53**.

Lorsque vous aurez effectué vos **TROIS CHOIX** et visité les trois lieux correspondants, rendez-vous en **210**.

101

Êtes-vous déjà passé par l'**ATELIER** et accompli ce qui devait y être fait ? Si oui, ne perdez pas votre temps et filez directement en **287**. Sinon, votre exploration peut se poursuivre en **393**.

102

« Euh… Merci ! », dites-vous en tenant la massue d'un air hésitant.

« C'est une masse d'entraînement, mais c'est toujours mieux que rien. »

Vous empochez l'arme de fortune sans avoir de certitude sur son efficacité au combat. Si elle ne vous octroie pas d'**HABILETÉ** supplémentaire, elle vous offre **1 DÉGÂTS** supplémentaire lorsque vous en êtes équipé.

Si vous n'êtes **PAS** monté sur le dos de la centauresse et que vous êtes **PAYSAN**, remarquez quelque chose en **29**.

Si vous profitez de ce bel après-midi ensoleillé pour tenter d'installer une relation de séduction avec cette créature fascinante, dialoguez en **387**.

Si vous préférez vous détendre et passer le reste du voyage en silence, allez en **74**.

Si vous souhaitez poser une question innocente à Solia, demandez en **384**.

103

Après l'avoir trituré un moment, un déclic se fait entendre et le coffret s'ouvre dans un grincement sur un « Ohhh » du barbare. À l'intérieur, vous découvrez une petite poupée de chiffon et un poudrier au miroir brisé. Vous réprimez un sursaut lorsque la voix de la voleuse souffle à votre oreille :

« Vous l'avez ouvert ! Mille mercis ! J'avais peur qu'il ne soit piégé, mais je suis ravie de voir que ce n'était pas le cas.

– Piégé ?! », vous exclamez-vous, soudain pris d'une sueur froide à l'idée de ce qui aurait pu vous arriver.

Si la voleuse vous a **PRIS UN OBJET**, exigez sa restitution en **470**. Si elle n'a rien fait, écoutez-la en **443**.

104

Avec un sourire aussi blanc que les ossements qui l'entourent, Asmodia saisit une petite fiole avant de porter une griffe à sa gorge. N'aimant pas du tout les implications d'un tel geste, vous l'interrompez brusquement :

« Euh… C'est très gentil, mais sans façon », bafouillez-vous, les mains tendues.

« Je vois », susurre-t-elle en se glissant derrière vous en un battement de cœur.

Dans un réflexe de survie, vous protégez votre cou quand la vampiresse vous enlace. Mais avant que le barbare ne puisse lancer sa hache pour vous défendre, elle dépose un baiser glacial sur votre joue… et en profite au passage pour parcourir vos pensées, déchiffrant votre mémoire dans les brumes de votre esprit. Ses yeux aussi rouges que le sang se plongent longuement dans les vôtres et une moue contrite se dessine sur son visage.

« Je comprends mieux à présent. Je ne peux pas dire que j'approuve votre cause, mais je vous suis tout de même redevable », murmure-t-elle avant de s'adresser au barbare. « Je vous donne ma parole de laisser les habitants du coin en paix pendant quelques mois et de ne me nourrir que de criminels. Cela devrait suffire à convaincre votre homme et sa "Déesse" que la menace a disparu. Maintenant, si vous refusez mon hospitalité, je vais vous demander de partir. J'ai du ménage à faire. »

Clairement heurtée dans son orgueil, Asmodia se fond dans les ténèbres de la pièce, attendant patiemment que vous quittiez les lieux.

La brume malfaisante qui envahissait le cimetière semble s'être assagie. Vous retrouvez la centauresse, ainsi que la lumière du jour, devant le portail en fer. Relevant la tête de sa prière, votre amie attend le verdict de votre escapade en **383**.

105

Vous n'aviez pas eu le temps d'y penser jusque-là, mais ce voisin de comptoir musculeux fait ressurgir en vous les dernières paroles de Fanta : « *Cherche un homme quasiment nu répondant au nom de…* ». Vous vous empressez de lui poser la question qui vous brûle maintenant les lèvres :

« Euh… Pierrot… Pierrot-Barbare ? Est-ce que vous êtes M'sieur Barbare ? Ou M'sieur Pierrot… ? »

Le bruit ambiant qui était revenu dans la salle s'interrompt une seconde fois.

« Qui l'demande ? », interroge sèchement la bête.

« Euh… j'm'appelle Billy et j'ai ceci à vous donner. » Vous vous hâtez de sortir la lettre à moitié froissée. « C'est de la part de Fanta, paraît que vous vous connaissez et… »

Pour toute réponse, l'homme continue de téter calmement la chope en forme de corne qu'il tient dans sa main depuis le départ. D'un geste lent et délibéré, il tend une paume gigantesque vers vous. Vous lui remettez immédiatement le papier qu'il déplie négligemment avant de froncer les sourcils. Comme le reste de la salle, vous restez assis silencieusement à observer le colosse pendant qu'il tente de déchiffrer le contenu de la missive.

Aussi étrange que cela puisse vous paraître, le Barbare semble moins la lire que de mener une guerre d'intimidation contre les lettres qui la composent. Cédant sous la menace, les phrases terrifiées finissent par avouer le contenu du message au cerveau du Barbare avant d'être repliées dans un soulagement littéraire.

« Ton nom ? », demande-t-il en reposant le papier sur le comptoir.

« Billy, m'sieur.

– Et tu lui veux quoi, au **Pyro**-Barbare ? », dit-il en appuyant fortement sur la prononciation.

« De l'aide, m'sieur. Mon ami Fanta m'a dit qu'il fallait que j'vous retrouve.

– M'appelle pas "m'sieur", gamin. Ch'uis pas si vieux.

– Oui, m'sieur. »

À cette réponse, la tavernière et quelques mercenaires pouffent d'un petit rire retenu. La tension semble avoir disparu et vous entendez pour la première fois le bruit ambiant de l'auberge revenir à la normale. Soupirant lentement du nez, mais pas sans sourire, le guerrier vous jauge de haut en bas avant de contempler sa boisson d'un air pensif.

« Bon. J'te crois, gamin. En vérité, Fanta m'a contacté y a cinq jours. Il m'a dit d'revenir dans c'boui-boui et d'attendre que quelque chose d'intéressant s'passe. Si tu connais l'vieux aussi bien qu'moi, t'sais bien qu'avec lui faut pas trop s'poser d'questions. »

Vous confirmez de la tête. Il est vrai que votre mentor a toujours eu une manière mystérieuse de vous enseigner les choses, mais ses leçons se sont toujours avérées précieuses au fil du temps. « J'vais être honnête, gamin, j'sais pas vraiment c'que j'vais faire de toi, mais on peut commencer par aller ailleurs. Laisse-moi finir ma corne et… »

Avant qu'il ne puisse terminer sa phrase, un bruit retentit à la porte en **41**.

106

Harnaché de votre tout nouvel attirail, vous laissez Fanta à sa fouille et entreprenez la vôtre. En quête de n'importe quoi d'utile, vous remarquez juste à côté du bûcher un objet brillant... Et qui dit brillant, dit de valeur ! En cas de besoin, tout ce qui a de la valeur peut servir de monnaie d'échange. Le bijou moitié or, moitié obsidienne représente deux oiseaux dos à dos. Un aigle d'or d'un côté, et un corbeau noir de l'autre. Qu'importe l'origine de ce symbole, ce truc doit valoir une petite fortune.

Ayant trouvé ce qu'il cherchait, Fanta s'approche de vous et remarque :

« Cette broche était un cadeau de ma part à ton ancienne voisine. Prends-la, elle te servira sans doute plus qu'à elle.

– Le motif est superbe, d'où ça vient ? », demandez-vous en tournant le petit objet entre vos doigts.

« Oh, c'est un bijou qui m'a été offert par un marchand que j'avais sauvé avec un ami il y a longtemps.

– Un ami ? Je le connais ?

– Pas encore, j'allais y venir...

Vous glissez la **BROCHE DORÉE** dans votre sac, et écoutez la suite auprès de Fanta en **32**.

107

Le Pyro-Barbare ouvre votre besace pour y enfouir sa corne de grog à moitié pleine. En retirant son poing du sac, il en sort par erreur la broche que Fanta vous avait laissée à Plante-Citrouille.

Pris par un élan de nostalgie, le géant l'observe pendant quelques instants avant de la remettre délicatement à sa place. « J'connais cette broche. C'est Fanta qui l'avait faite faire. C't'un vieux cadeau, forgé pour rappeler la dette d'honneur qu'j'lui devais. J'imagine que c'vieux loup voulait s'assurer qu'j'resterais avec toi. Eh bien soit, par Zarkan ! Un barbare paye toujours ses dettes !! À partir de maintenant, c'est toi que j'suivrai. Essaye d'pas trop mourir, qu'on s'amuse un peu », termine-t-il d'un air solennel, mais avec des yeux rieurs. « Et perds pas cette broche, hein, elle vaut un p'tit paquet d'pognon. »

Cette révélation plaisante vous fait gagner **1 POINT DE RICHESSE**. Dirigez-vous en **90**.

108

« Excusez-moi, m'sieur... Enfin... Euh... », bafouillez-vous, vos yeux atteignant à peine le comptoir.

Poussant un soupir ostentatoire, le simien ne semble pas vouloir vous accorder la moindre once d'attention. En laissant traîner votre regard, vous lisez le titre de la couverture de son livre à haute voix : « “*Les monstres sont aussi vos amis ! Encyclopédie des cultes et créatures de Vetherr. Tome 4*”. Tome 4 ?! Mais ce livre est énorme ! »

À cette réaction, le bibliothécaire lève un sourcil plein de surprise en votre direction.

« Jeune humain, sauriez-vous donc lire ?

– Mon mentor m'a appris. J'ai eu beaucoup de mal, mais je voulais savoir ce qui était écrit en dessous des images », ajoutez-vous en agitant votre **PAMPHLET** favori.

À cela, le gorille referme son livre dans un claquement sonore avant de vous sourire de toutes ses dents.

« Veuillez accepter toutes mes excuses, jeune maître. C'est un plaisir de vous accueillir dans ce modeste lieu de lecture. Que puis-je faire pour vous aider ?

– Nous cherchons des informations à propos d'un symbole que des orcs portaient.

– Un symbole, monsieur ? », répète t-il en jetant un regard poli au barbare.

Celui-ci lève défensivement les mains devant lui : « Ah, m'regardez pas ! C'pas moi qui suis v'nu lui mettre des idées pareilles au gamin. Moi, j'touche pas à ça.

– Vous auriez un livre sur ça ? »

Le gorille éclate de rire : « Vous remarquerez, mon cher ami, que la culture ne manque pas dans ces murs. Allons, suivez-moi, nous allons bien trouver votre bonheur. »

Vous suivez difficilement le libraire qui avance sur ses poings au milieu des rangs d'ouvrages classés par catégories : Humains, Elfes, Orcs, Dieux… Au fond d'une allée poussiéreuse, quelques parchemins sont posés sur une petite étagère peu solide. Parmi eux vous remarquez une pochette en peau flanquée d'un symbole familier : deux points rouges dans un cercle noir. Sur la couverture est écrit « *La comptine de Virilus* ».

« Bonne lecture, mon jeune ami », dit le gorille poliment en retournant à son bureau. Semblant se rappeler l'existence du barbare, il saisit sur une étagère adjacente une revue d'anatomie aux images aguicheuses avant de la tendre à votre ami. Celui-ci s'installe par terre, et se met à tourner l'ouvrage dans tous les sens en poussant des petits cris.

Vous ouvrez la pochette et découvrez une simple feuille jaunie par le temps en **338**.

109

Vous comprenez très bien le message que le volatile veut vous transmettre malgré lui et vous disposez désormais d'un code pour ouvrir le verrou du placard. Si vous avez le **SAC DE GRAINS** ou les **BISCUITS**, l'oiseau semble vouloir vous suivre et se jette dans votre sac. Vous espérez juste qu'il ne fera pas ses besoins dedans ! Ajoutez le **PERROQUET** à votre inventaire et rendez-vous en **318**.

110

« Vois-tu, fils, la situation me pèse. Nous avong récemment eu vent de multiples disparitiôns aux alentours d'un manoir qui se trouve un peu plus au nord-ouest de la capitale. Au début, rieng qui nous concerne, mais les paysans nous ont rapporté que la crypte locale serait bourrée de morts-vivangs.

– D'accord, mais en quoi c'est un problème ? C'est pas votre truc de les re-tuer ?

– J'aimerais bieng, fils. J'aimerais bieng… Mais le souci c'est que selon les lois d'Erenner, personne n'a le droit de pénétrer dans une crypte sans l'accord du propriétaire familial. Et le problème, ben, c'est qu'il est mort récemmeng. Du coup, l'héritier n'a pas encore été déclaré et aucune demande officielle n'a été émise pour une purificationg…

– Mais… C'pas une mission divine pour vos gusses ? Genre une location bibine ou chaispasquoi ? », fait le barbare en revenant vers vous.

« Si, c'est bien une vocation divine », corrige le Clerc. « Mais pour faire construire cette cathédrale, j'ai dû promettre de ne pas briser la loi du pays sur laquelle elle se trouve.

– Aaaah, et si vous brisez la règle, vot' Déesse, elle se met en rogne.

– Exactemeng

– Mais si vous laissez des squelettes se promener librement sans agir, elle risque de s'énerver en vous voyant rien faire.

– Précisémeng, c'est pour ça qu'on a fermé la cathédrale aujourd'hui. Si jamais un accident fâcheux devait arriver, je ne voulais pas que d'autres puissent être blessés », finit le prêtre d'un air grave.

« Hé bé… Elle a l'air compliquée votre histoire », constatez-vous.

« Terrible ! Imaginez, peuchère ! La seule façon de sortir de cette impâsse, ce seré qu'une bonne fortûne fasse que des vaillangs aventuriers passent là totalement par hasard et aillent aider ces pauvres gengs. Imaginez l'aubaine que c'seré !

– Et, euh… Si ça devait arriver, qu'est-ce que vous feriez ?

– Té, ce serait un soulagemeng pas possible. D'ailleurs, je serais tellement détendu que j'irais chercher quelques livres sur certains sujets pour les lire à voix haute. À mon âge, vous comprenez, il faut bieng que je me remémore certains passages… »

Si vous souhaitez sincèrement proposer votre aide au Vicaire, allez en **242**.

Si vous saisissez l'idée qu'il vous transmet, insinuez en **351**.

Si vous êtes **PAYSAN**, cessez de perdre du temps en vaines paroles et communiquez directement avec lui en **392**.

111

Pas impressionné pour un sou par son geste théâtral, vous l'imitez et videz la chope cul sec avant de vous évanouir instantanément. Soufflant d'un petit rire, le PB vous installe sur un banc confortable avant de s'endormir sur une paillasse mise à disposition des soûlards.

Le lendemain, vous émergez en **153**. Malgré un terrible mal de tête, cette nuit réparatrice vous a restitué **5 POINTS DE VIE**.

112

Lorsque vous passez la tête par la porte entrebâillée, le couple de libertines ne vous remarque même pas, trop occupé à extérioriser leur désir mutuel.

D'un geste méthodique, vous commencez à vous dévêtir et à plier vos vêtements. Vous avez vu assez d'accouchements de divers animaux de ferme pour savoir ce qu'il se passe avant. Sentant votre détermination stoïque, Runir, le Dieu-Minotaure du Travail Bien Fait vous offre sa bénédiction bovine.

Perturbée par votre posture et votre visage impassible, une des prêtresses tente d'articuler quelque chose avant d'être soudainement saisie par les hanches pour fondre sous votre poigne douce, mais implacable.

Petit, vous passiez de longues heures à observer le bouc de la ferme lorsqu'il honorait ses femelles. Faisant de votre mieux, vous tentez d'émuler l'infatigable animal afin de satisfaire à tour de rôle l'appétit insatiable et vorace de vos partenaires.

Au bout de plusieurs heures, le maître des lieux vient vous interrompre doucement, d'abord amusé par les gémissements qui émanaient de votre chambre, puis alerté par leur arrêt.

« Je vous saurais gré de ne pas trop détériorer la psyché de mes prêtresses, jeune taureau ! Elles étaient conscientes en entrant, merci de mes les restituer en l'état. Apportez-leur de l'eau pendant que je vérifie le pouls de ces demoiselles », rit-il en tenant doucement la main de l'une de ses filles qui balbutie des paroles incompréhensibles, plongée dans l'ivresse d'un plaisir trop intense.

Une fois les jeunes femmes réhydratées, elles vous passent doucement la main dans les cheveux en riant. Fier de votre dévouement pour le savoir-faire, Runir, le Dieu des Artisans, vous octroie **1 POINT D'ENDURANCE** et **1 POINT D'HABILETÉ** supplémentaires. En vous faisant la conversation, le Plaisancier vous divulgue aussi **1 INFO**. Vous rejoignez le PB qui n'a pas bougé d'un iota et le traînez sur son visage en direction du **100**.

Félicitations, vous avez débloqué le succès «Le cheval de trois». Cochez la case correspondante à la fin de cet ouvrage.

113

« Pas de chance ! Mais au moins, on aura passé un peu le temps… », vous sourit la femme. « Malheureusement, je ne suis pas la personne que tu cherches, jeune homme…

– Non. C'est moi », l'interrompt une voix extrêmement grave depuis un coin de la salle.

Assise à une table située dans un angle mort, une large silhouette vous fait signe de la rejoindre en **414**.

114

« Hé, Billy ?! Libère les deux meules pendant que j'm'amuse un peu avec l'autre encagoulé, tu veux ? »

Le PB se rue alors vers l'esclavagiste et entame avec sa hache une danse mortelle à laquelle répondent les coups de fouet du molosse. Captivés par l'affrontement entre deux mâles alpha, les carcajous ne vous remarquent même pas lorsque vous vous approchez des deux prisonniers. Appliquant le même effet de levier dont vous vous serviez pour déraciner les arbres de la ferme, votre **FOURCHE** vient facilement à bout des cadenas qui retiennent leurs chaînes. Désormais libres, les paysans vous remercient de leurs yeux placides et se dirigent vers les deux animaux sauvages dont ils arrachent calmement les mâchoires inférieures. Les bestioles gisent au sol et vous rejoignez votre ami dans son combat, pendant que les deux travailleurs dépècent calmement leurs prises.

ORC ESCLAVAGISTE **+4**

HABILETÉ	PV	ARMURE	DÉGÂTS
10	10	0	0

Règle spéciale : *le fouet de l'esclavagiste lui donne l'avantage sur vous. Lorsque vous calculez les dégâts infligés, enlevez vos PV avant les siens. Si vous mourez tous les deux durant le même round, c'est lui, et non pas vous, qui restera debout à la fin du combat en annulant votre attaque finale !*

Leur tortionnaire ayant rendu l'âme, les deux prisonniers vous applaudissent des sourcils en continuant de tirer la statue. Ils sont certes libres, mais ils sont d'abord PAYSANS et leur nature profonde leur impose certaines règles en **597**.

115

Suivant les instructions de Fanta à la lettre, vous poussez la porte de la taverne. Immédiatement, vous êtes assailli par une forte odeur de sueur ainsi que d'un fumet de ragoût auxquels succèdent un silence assourdissant et une moiteur écrasante. Soudainement intimidé par l'ambiance de l'endroit, vous vous reprenez en main et avancez d'un pas ferme. Après tout, ce n'est pas une petite odeur de renfermé et un ragoût aux ingrédients indéterminés qui vont vous empêcher d'entrer.

Pendant quelques instants, seuls le bruit de vos bottes et les sons étouffés de l'extérieur osent briser le silence de la salle. Derrière son comptoir, une dame d'âge moyen à la poitrine généreuse vous observe d'un air renfrogné. Le plus discrètement possible, vous déposez votre barda de voyage sur le sol et vous vous installez sur un tabouret trop grand pour vous.

Si vous souhaitez d'abord jeter un coup d'œil au lieu et à sa clientèle, allez en **23**.

Si après avoir fait trop de route, vous trouvez qu'il fait trop soif, commandez un verre en **30**.

116

Faites un **JET DE CHANCE**. Si c'est une réussite, dépêtrez-vous en **342**. Si c'est un échec, allez en **271**.

117

Alors que le soleil décline dans le ciel, vous n'arrivez pas à vous débarrasser d'une étrange impression. À plusieurs reprises, vous avez croisé un curieux personnage à la mine douteuse auquel vous n'aviez jusqu'alors prêté aucune attention. Mais lorsque vous le remarquez pour la quatrième fois, votre doute se transforme en certitude : vous êtes suivis.

En faisant mine de ne pas l'avoir vu, vous observez l'homme faire semblant de s'intéresser à la vitrine d'une échoppe, jetant des coups d'œil furtifs, mais révélateurs en votre direction.

Vous tentez d'alerter discrètement votre ami, mais lorsqu'il comprend votre message, il s'exclame à haute voix : « Quoi ?! On est suivis !?! Où ça ?! Où ça ?! »

Ayant entendu votre ami, l'homme commence à s'enfuir en courant au milieu des passants qui se sont retournés vers vous.

Si vous souhaitez prendre le même chemin pour le poursuivre, courez en **92**.

Si vous souhaitez lâcher votre chien de guerre aux trousses de votre cible, laissez le PB chasser en **399**.

Si vous souhaitez tenter de prendre un itinéraire adjacent pour couper la route du fuyard, tournez en **395**.

118

Alors que la bataille fait rage autour de vous, vous saisissez un tabouret et aidez la tavernière à repousser un orc qui s'avance vers le comptoir. Le barbare, en revanche, s'en donne à cœur joie et bastonne le capitaine orc et ses collègues en riant. Du coin de l'œil cependant, vous voyez le chef tirer une dague et s'approcher dans le dos du géant.

Craignant que ce pugilat ne commence à réellement dégénérer, vous vous élancez, votre précieux sac de grains à la main. À portée de l'orc, vous lui jetez votre mélange spécial au visage. La créature bleue est coupée net dans son élan par cet échange agriculturel soudain.

« Aaaaaaargh ! », hurle-t-il dans un cri de stupeur. « Mes zieux !! Mes zieeeux !!! Le gluten !! Ça brûûûle ! Appelez un chaman ! Appelez un chamaaaaaaaaaaa… »

La gueule écumante et le souffle court, l'orc s'effondre au sol devant toute la pièce, pétrifiée par ce spectacle effroyable.

Horrifié par les conséquences d'une action que vous pensiez bénigne, vous sentez une main puissante se refermer sur votre nuque et vous tirer hors de l'auberge. Avant d'être traîné hors des lieux, vous avez le temps d'entrapercevoir un sbire du capitaine orc s'apprêter à lui planter une seringue contenant un liquide étrange dans le cou.

Depuis la rue, vous entendez la rixe reprendre de plus belle et la discorde revient rapidement à l'intérieur. Toujours en vous tenant par le col, le barbare vous engouffre en **89**.

119

Arrivé à sa hauteur, le Fleuriste vous observe d'un œil approbateur avant de brandir sa serpe et de trancher l'épaisse tige d'une dionée gigantesque qui dirigeait silencieusement sur vous une de ses fleurs-mâchoires. Le végétal semble pousser un cri inhumain et gigote au sol, éparpillant des volutes de brume. Son tronc mou ondule frénétiquement en laissant échapper de grosses giclées d'une sève grise et fluide qui s'étale sur les galets du chemin avant de les dissoudre complètement.

« Par Zarkan… ! », murmure le barbare, visiblement horrifié.

« Une plante carnitrex », répond doucement votre guide. « De l'acide en guise de sève et des mâchoires aussi grosses que le torse… Comme à peu près tout ici. Pour des touristes, vous vous en sortez plutôt bien… »

Penché au-dessus de la tige suintante, le Fleuriste collecte prudemment le jus corrosif à l'aide d'une petite fiole en cuivre, avant de vous la tendre :

« En souvenir. »

Sa délicate attention est interrompue par l'embrasement soudain des restes de la plante mortelle. Raccrochant sa flasque d'huile à sa ceinture, le barbare lève un sourcil sous vos regards interrogateurs :

« Bah quoi ? *Pyro*-Barbare. Et j'préfère ces trucs deux fois morts. »

Réprimant un soupir, vous saisissez la **PETITE BOUTEILLE D'ACIDE** et vérifiez qu'elle est bien fermée avant de la glisser dans votre sac. Votre groupe continue sa route jusqu'en **426**.

120

Sans réel angle d'attaque, vous tentez de briser la glace avec l'imposante jeune femme. Au bout de quelques amorces de conversation, celle-ci vous demande :

« Vous n'avez pas l'air d'être des habitués. Vous avez été convoqués par son Éminence Isabel, vous aussi ?

– Euh… oui… M'dame Isabelle nous a convoqués. Elle veut nous voir. Comme… comme vous en fait. Pareil », bégayez-vous, peu convaincu de votre effet.

Elle vous foudroie subitement du regard comme si vous veniez de l'insulter et vous envoie sans ménagement :

« J'ignore ce que vous lui voulez, mais LE PÈRE Isabel est le gardien de cette cathédrale. C'est LUI qui instruit les aspirants paladins et vous ne m'avez pas l'air d'être ici pour apprendre à chasser les morts-vivants.

– J'ai jamais eu b'soin qu'on m'apprenne à défoncer les squelettes pour péter des bras. Ça s'apprend ça ? Y a un diplôme ? », rétorque votre ami.

« Je crois que vous n'avez rien à faire ici. Maintenant, si vous voulez bien m'excuser… », finit-elle en faisant un bruit de désapprobation.

Elle prend rapidement congé de vous et s'éclipse dans la petite allée longeant la cathédrale. Vous décidez de la filer discrètement, mais elle semble s'être volatilisée. En observant les lieux, vous trouvez une porte dérobée cachée derrière une tenture.

« On dirait qu'on vient de trouver un moyen d'entrer », annoncez-vous à votre acolyte.

« Yep. L'a dû passer par la porte. Suivons-là. »

Si vous possédez le **PASSE-PARTOUT**, crochetez la serrure en **91**.

Si vous souhaitez demander au barbare d'enfoncer la porte, allez en **125**.

Enfin, si vous préférez l'examiner avant d'agir, jetez un œil en **85**.

121

Pour ne pas vous faire remarquer, vous décidez d'imiter les autres. C'est la première fois que vous essayez de prier en vous tenant immobile. Autrefois, vous aviez toujours pensé que pour gagner les bonnes grâces d'un dieu, il fallait simplement lui verser de l'argent. Après tout, même les instances les plus divines et les idoles les plus sacrées sont soumises aux lois immuables de ce monde… À savoir les impôts.

Chacun à leur tour, les pèlerins communient avec la Déesse Atella en caressant une statuette à son effigie montée sur un autel. Lorsque vous approchez de l'idole et l'effleurez à votre tour, celle-ci se met à dégager une intense chaleur qui recharge entièrement vos **POINTS DE VIE** et votre **CHANCE** !!

Vous auriez pu jurer que les yeux sculptés sur l'épée et le bouclier de la statuette ont bougé pour vous fixer du regard.

Le barbare vous interrompt : « Il s'fait tard. J'connais un endroit pas très loin d'ici où s'planquer le temps qu'ça se tasse. Cesse de tripoter cette statue et suis-moi. »

Vous naviguez au milieu des rues en suivant votre nouvel ami pour vous rendre en **22**.

122

Le barbare ayant une certaine expérience en matière de mercenariat, c'est sans aucun mal qu'il vous conduit jusqu'à la Guilde des Mercenaires de Lennonia. La bâtisse aux murs décrépis arbore deux épées croisées au-dessus d'une bourse remplie d'or, sur laquelle est inscrite la devise de la guilde, « *Coups pour coût* ».

« J't'attends ici, Billy… Ces gars-là négocient tout au COUP et j'me sens pas en veine. T'as un physique à jouer aux cartes cela dit, ch'uis sûr tu t'en sortiras… »

En approchant de l'entrée, un garde plutôt chétif fait les cent pas en brandissant un bouclier publicitaire : « Parcourez tout l'Erenner ! Devenez mercenaire ! Pillez le royaume d'Isbor ! Gardez leur or ! »

Celui que vous preniez d'abord pour un soldat et qui n'est finalement qu'un simple rabatteur vous fait signe d'approcher. « Tu rêves d'une vie d'aventure, gamin ? Tu veux faire couler le sang et l'argent à flots ? T'as frappé à la bonne porte. Entre et va t'inscrire ! Ça t'changera la vie !

– Merci, mais non merci. J'ai déjà du mal avec la capitale de mon propre pays, alors celle des autres… En revanche, j'ai besoin d'une information…

– Tut tut tut ! », vous interrompt-il. « Une information, ça se demande pas. Ça s'achète ! Mais écoute, c'bientôt ma pause et t'es le premier à être venu m'parler aujourd'hui. Voilà c'que j'te propose. Tu joues un coup au Coup avec moi, et si tu perds, tu devras écouter une de mes histoires de bataille ! Si tu gagnes, non seulement j'irai demander aux autres c'qu'ils savent sur c'que tu recherches, mais en plus, j'te raconterai une de mes histoires de bataille ! C'est un bon marché, tu trouves pas ?

– J'suis obligé d'écouter une de vos histoires de bataille dans les deux cas ?

– J'me sens très seul », avoue l'homme à voix basse.

« Marché conclu ! », dites-vous en lui serrant la main.

Pour gagner cette partie de COUP, vous devez trouver la carte de l'Empereur parmi les cinq cartes posées sur la table. Suivez votre instinct.

L'homme étale cinq cartes devant lui, et retourne celle située le plus à sa gauche. Il s'agit de l'Empereur, les quatre autres cartes ne sont que des villageois. Voyant que vous avez bien noté sa position, il commence à échanger les cartes de place avec une dextérité affolante. Il prend celle située la plus sur votre gauche pour l'échanger avec celle du centre, puis prend celle située à droite de la centrale pour l'intervertir avec la dernière de la rangée, échange la quatrième carte en partant de votre droite avec la troisième, et inverse la position de cette dernière avec la deuxième carte en partant de sa gauche. Il prend celle située tout à sa droite et la permute avec l'antépénultième carte de la ligne, terminant en intervertissant les deux extrêmes.

Déboulonné par la vitesse des échanges, votre cerveau continue de tourner sur lui-même pendant encore quelques instants. Il s'agit maintenant de retrouver l'Empereur !

Si vous souhaitez retourner la première carte située la plus à votre gauche, allez en **356**.

Pour la deuxième, en **63**.

Pour la troisième, donc la centrale, en **17**.

Pour la quatrième, en **66**.

Enfin pour la dernière, située le plus à votre droite, allez en **138**.

123

Alors que la bataille fait rage autour de vous, vous parvenez miraculeusement à esquiver le tourbillon de chaises jetées, de tables brisées et de corps projetés pour arriver devant la porte de derrière. Vous tentez frénétiquement de tourner la poignée en réalisant avec horreur qu'elle est fermée ! Paniqué, vous esquivez involontairement un tabouret qui vient exploser sur le mur à côté de vous en vous prenant les pieds dans un tapis de fourrure.

Le bruit que vous faites en heurtant le sol sonne creux, et vous trouvez une trappe cachée en dessous. La réserve ! Quelle aubaine ! En vous cachant à l'intérieur, vous pourrez sans doute attendre patiemment que la situation se tasse.

Tandis que vous soulevez péniblement la lourde porte, vous êtes heurté par le barbare en poigne avec le chef des orcs. Propulsé contre le mur, vous reprenez rapidement vos esprits et voyez les deux adversaires se débattre au sol avant que l'orc ne brandisse une dague ! L'homme essaye de retenir la lame d'un bras et de pousser la tête de l'orc de l'autre, la plaçant juste au-dessus de l'ouverture menant au sous-sol. Dans un mélange d'inconscience et d'héroïsme, vous saisissez la porte de la trappe pour la refermer lourdement sur le crâne de la créature. D'un geste brusque, le barbare se dégage en le faisant glisser directement dans l'ouverture. Une fois l'orc avalé par le sous-sol, vous refermez l'écoutille en cherchant des yeux une autre issue de secours. D'un sourire béat, le barbare vous saisit sous le bras et enfonce la porte de derrière d'un coup de pied sec. Vous vous enfuyez ensemble de l'auberge en vous faisant bringuebaler en **89**.

124

Après une course effrénée, vous semez presque le barbare en prenant plusieurs virages serrés dans des petites ruelles. Voyant que les gardes vous ont momentanément perdus de vue, vous saisissez l'occasion de tirer votre ami dans une petite alcôve cachée au bord de la route.

Faites un **JET DE CHANCE**. Si le lancer vous est favorable, laissez les gardes passer en **237**. Sinon, défendez-vous en **19**.

125

D'un puissant coup de pied, le barbare enfonce la porte qui n'oppose absolument aucune résistance. Normal, elle était déjà ouverte ! En revanche, votre entrée fracassante résonne dans tout le bâtiment en **139** !

126

« Tout ce qui croupissait là-dedans est mort ! », annoncez-vous la tête haute.

« Et pour d'bon, c'coup-ci. D'ailleurs, y avait un beau paquet d'saloperies. Mais t'aurais dû voir Billy ! Héroïque ! », termine fièrement le barbare en vous donnant une grande claque dans le dos.

Solia exulte tellement que ses cris pourraient réveiller les pensionnaires du cimetière. Elle vous écrase entre ses bras puissants et, cette fois, même le PB peut profiter de son étreinte. Folle de joie, elle en oublie les conventions et vous invite tous les deux à la chevaucher pour le chemin du retour, si toutefois vous en gardez le secret.

Durant le trajet, vous racontez vos péripéties ponctuées des commentaires hilarants de votre ami. Plus d'une fois, le hennissement hilare de la centauresse se fait entendre dans les plaines du chemin du retour, toujours plus court que celui de l'aller. Le récit de la mort du chaman capte son attention et vous n'arrivez à répondre qu'à quelques-unes des questions dont Solia vous bombarde.

Le soleil de fin de journée vous baigne dans sa chaleur apaisante. La bénédiction d'Edire se fait ressentir sur chacun de vous et Solia vous regarde d'un air d'abord surpris, puis radieux. Un halo fugace lui encercle la crinière et elle sait désormais qu'elle appartient officiellement à l'ordre d'Edire.

« Vous avez senti ça ?!

– T'veux parler du p'tit vent chaud là, à l'instant ?

– Avec la voix ? », demandez-vous.

« Oui !! Nous avons été bénis par la Déesse elle-même !

– Ah ! Sympa d'sa part. Moi, elle m'a dit que "Ça allait pour cette fois". J'ai tout gagné aujourd'hui ! Et toi, gamin ? »

La bénédiction d'Edire à différents effets selon votre caractère.

Si vous êtes **GUERRIER**, vous gagnez **1 POINT D'HABILETÉ**.

Si vous êtes **PAYSAN**, vous gagnez **1 POINT DE VIE SUPPLÉMENTAIRE À CHAQUE RÉGÉNÉRATION, QUELLE QU'ELLE SOIT**.

Si vous êtes **PRUDENT**, vous gagnez **3 POINTS DE CHANCE MAX**.

Et enfin, si vous êtes **DÉBROUILLARD**, vous gagnez **3 CRITIQUE** supplémentaires.

Désormais paladine au service de sa Déesse, Solia accélère fébrilement la cadence afin de rejoindre au plus vite la cathédrale pour annoncer la bonne nouvelle à son père adoptif en **333**.

127

« Pas de chance ! Mais au moins, on aura passé un peu le temps… », vous sourit la femme. « Malheureusement, je ne suis pas la personne que tu cherches, jeune homme…

– Non. C'est moi », l'interrompt une voix extrêmement grave depuis un coin de la salle.

Assise à une table située dans un angle mort, une large silhouette vous fait signe de la rejoindre en **414**.

128

La voyante vous observe de ses yeux aveugles pendant un long moment, avant de tirer une longue bouffée de son cigare. Après un instant interminable, elle murmure d'une voix douce : « L'important, mon petit, c'est de cultiver son jardin. »

Vous ne comprenez strictement rien à cette réponse cryptique, mais vous sentez qu'elle contient tout de même une vérité profonde. Quoi qu'il en soit, vous devrez vous en contenter, d'autant qu'elle vous rapporte **1 POINT D'ENDURANCE MAX.**

Perdu dans vos réflexions, vous sortez de la pièce et retournez en **100.**

129

Monsieur Facteur affiche un sourire radieux et vous donne une grande claque dans le dos :

« Bravo, fiston ! T'en as de la cervelle ! Pas comme ces imbéciles qui utilisent un boulier ou d'autres bidules inutiles pour les aider ! Tout dans la tête, n'est-ce pas ?

– Euh… N… Non monsieur… Bien sûr !

– J'ai rien compris à c'qui vient d'se passer », grommelle dangereusement votre ami en votre direction. « Et j'ai toujours pas eu mon vin…

– C'est rien, c'est mathématique.

– Ta thématique, elle m'énerve », bougonne-t-il. « Demande-lui c'qu'on était venus chercher et tirons-nous. J'ai même plus soif… » Vous le voyez s'éloigner boudeur en donnant un coup de pied nonchalant dans un bibelot.

L'humeur vexée du barbare n'entame pas votre sentiment de triomphe cependant, et vous régénérez **1 POINT DE CHANCE** en plus de récupérer **1 INFO.**

Si vous voulez approfondir votre recherche au marché, **ajoutez le numéro de la ruelle que vous cherchez au nombre de ce chapitre, et ajoutez y encore le nombre 36.**

Si n'avez plus rien à faire ici, retournez à la croisée des chemins en **100.**

Félicitations, vous avez débloqué le succès «Big Brain Energy». Cochez la case correspondante à la fin de cet ouvrage.

130

La combinaison ne semble pas fonctionner. En forçant sur le mécanisme, une écharde s'enfonce dans votre doigt et vous fait perdre **1 POINT DE VIE.** Retentez votre chance en **84.**

131

Étouffant un petit cri de surprise, la voleuse vous adresse un sourire lorsque vous tournez la poignée du coffre dans un claquement victorieux. Reconnaissant sa défaite, elle vous laisse fouiller son contenu en premier, et vous découvrez des documents compromettants accompagnés de divers croquis des factions d'Erenner. Ceux qui retiennent votre attention arborent le même symbole noir que dans vos souvenirs, et vous trouvez un autre dessin attaché qui semble être le portrait d'un ancien seigneur de guerre.

« Virilus… », murmure votre amie en lisant par-dessus votre épaule. « Je pensais que ce n'était qu'une légende. Le bruit court que les orcs que vous avez affrontés sont à sa solde, mais je croyais qu'ils n'étaient que les rescapés d'une armée vaincue. Comme un culte au dieu mort, ce genre de choses… Eh bien, mon beau, si ce genre d'énergumènes te cherche, il va falloir te faire encore plus petit.

– C'est possible, vous pensez ?

– J'ai bien peur que non, tu as clairement ce qu'il faut pour faire un grand voleur », vous répond-elle en vous lançant un clin d'œil.

« Pas trop grand alors… Et vous pouvez prendre l'argent, hein, merci de m'avoir demandé.

– Désolée… C'est l'habitude », vous dit-elle d'un sourire gêné en finissant d'empocher le magot. « En tout cas, ce fut un plaisir de jouer avec toi. À la prochaine. »

La voleuse embrasse son index et le presse contre votre joue. Avant que vous n'ayez le temps de rougir, elle se volatilise en s'échappant gracilement par une fenêtre. Vous reprenez vos esprits et prenez les documents qui vous intéressent.

Cette action hautement illégale, mais riche en informations, vous octroie **1 INFO**, **2 CRITIQUE** supplémentaires et **1 POINT DE GLOIRE**.

Vous quittez discrètement le bâtiment en retournant auprès du barbare qui vous attend en **70**.

132

En guise de réponse, le Fleuriste vous offre son silence le plus lourd.

Et son silence en dit long. Long sur votre inexpérience, long sur votre incapacité à savoir quelles questions poser et quand. C'est clairement un homme qui a regardé l'abîme, et l'abîme a baissé les yeux.

Comprenant votre erreur, vous vous ratatinez dans votre siège dans l'espoir de vous rendre invisible. Soufflant du nez, il finit par vous lâcher :

« Je m'appelle Félix, fils. Et c'est tout ce que tu as besoin de savoir. »

Le Fleuriste s'apprête enfin à se lever pour vous guider en direction de la Tour des Mages en **65**.

133

Coursé par la garde, vous foncez à toute vitesse en direction d'une ruelle étroite, le barbare sur vos talons. Au bout d'une courte poursuite, vous trouvez le coupe-gorge idéal ! Ce passage étriqué fera parfaitement l'affaire ! Placé devant votre compagnon, vous levez votre arme en direction de vos poursuivants. Lorsque le premier garde se rue dans la petite allée, il s'empale sur la pointe acérée de votre arme.

Comprenant soudainement votre stratagème, le Barbare se met à sourire et dégage le corps sans vie de votre adversaire. Les trois autres soldats s'approchent de vous en file indienne. C'est à vous de jouer !

Vous devez gagner deux fois le même combat en affrontant chaque garde individuellement. S'il voit ses compagnons tomber, le troisième s'enfuira.

GARDE CORROMPU (x2)

+0

HABILETÉ	PV	ARMURE	DÉGÂTS
4	7	0	1

Règle spéciale : disputez deux fois le même combat à la suite. Votre HABILETÉ minimale est de 4 pour ce combat.

Le combat fut brutal et intense. Au sol rougeâtre et visqueux se mélangent les cadavres des gardes qui dégagent une odeur amère d'excréments et de vin macéré. Vous entendez le barbare applaudir doucement dans votre dos :

« Beau boulot, Billy ! Tu m'fais penser à un empaleur avec qui j'ai fait un bout de route y a longtemps. Mais il n'avait pas ton sens de la finition. »

Si son compliment vous va droit au cœur, la puanteur, elle, commence à vous faire tourner de l'œil. Votre excellent esprit d'initiative vous fait regagner **2 POINTS DE CHANCE**. En examinant rapidement les corps, vous remarquez un écusson arborant le même symbole que celui des orcs de la taverne.

« Quand t'auras fini, j'connais un endroit pas très loin où on pourra s'planquer le temps que ça s'tasse. »

Ajoutez un **ÉCUSSON D'ORC DÉCHIRÉ** à votre inventaire. Puis, suivez votre compagnon en **22**.

134

Au cœur du sanctuaire, vous retrouvez la centauresse en grande conversation avec celui que vous devinez être le Père Isabel. Un homme puissant, mais dont la prestance dégage étonnement plus de douceur que de menace. Ses gestes lents, sa voix posée et son regard broussailleux invitent au réconfort et lorsqu'il vous remarque en train de l'épier, sa réaction confirme votre impression :

« Té ! Entrez, mes amis ! Entrez ! », vous lance-t-il du bout de la pièce devant la centauresse interdite.

« Monseigneur ! Ce sont les deux vagabonds dont je viens de vous parler ! Un homme de presque ma taille et son fils ! Ils furetaient dehors, ce sont sans doute des voleurs !

– Allons ma chèreuh petiote. Tu sais bieng qu'il n'y a rieng à voler ici. Et si tu étaig si pressée de révéler la pôrte de derrière, tu aurais pû carrémeng leur indiquer le cheming… », lance-t-il avec un soupçon de moquerie dans la voix.

Une remontrance à laquelle la centauresse répond en grattant le dallage de son sabot avant de s'éloigner, visiblement boudeuse.

« Apprôchez mes enfangs », répète le Vicaire Isabel. « C'est la prôvidence plutôt que l'appât du gaing qui vous amène à moi. Il n'y que le repôs à trouver ici. Alors dites. Quesseu vous êtes venu faire ici ? »

Poursuivez en **230**.

135

Au bout d'une gorgée de trop, votre adversaire semble se replier sur lui-même avant de s'écrouler sur le sol, ivre mort.

« Et bouala !! Ch'est moi qu'chuis l'meilleur… Même que chais gagné, mesdames !! », annoncez-vous d'un air aussi abruti que satisfait à la femme floue et à ses deux soeurs identiques.

« Gagné quoi, mon lapin ?

– Bah… le… Euh, le… »

Vous penchez la tête sur le côté dans le seau tenu par le barbare pendant que celui-ci sourit aimablement à la voleuse :

« Dites-moi c'que tu sais, j'transmettrai. »

Dans la brume de votre vomi, vous les entendez parler au loin. Même si le concours n'était finalement qu'une diversion pour détrousser le client, vous avez quand même gagné ! Et vous sentez vaguement le barbare vous trimballer quelque part avant d'être soudainement ramené à vous par un torrent d'eau glacée.

« Donc, j'te disais… », reprend votre ami avant de vous tendre un torchon pour vous essuyer. « Elle nous a dit qu'apparemment, un ancien seigneur de guerre nous recherchait. Et qu'si on voulait en savoir plus, on pouvait la r'joindre au marché en passant par la **cinquième rue.** Ah ! Et elle t'a laissé cette espèce de clé tordue aussi.

– Un passe-partout ! Mais ça vaut super cher !! », dites-vous, dégrisé par le flot d'informations.

« Ah bon ? J'préfère défoncer les portes, c'plus économe.

– La **5e** rue, hein… », murmurez-vous en empochant le **PASSE-PARTOUT** avant de gagner **1 INFO** et de retourner en **100**

Félicitations, vous avez débloqué le succès «Cul sec». Cochez la case correspondante à la fin de cet ouvrage.

136

Cette cellule tout à fait normale est vide… ou presque. Au fond de la pièce gît un misérable squelette décapité. Rien d'autre ici n'attire votre attention. Mieux vaut donc explorer les autres cages en **366** ou en **248** ou retourner au **COULOIR NORD** en **461**.

137

Le Pyro-Barbare se souvient alors de la lettre de recommandation que vous lui avez remise dans l'auberge. « J'commence à me demander si l'vieux Fanta n'avait pas une bonne raison d't'avoir envoyé vers moi. Vu c'qui vient de se passer, j'pense que j'vais traîner avec toi un moment, Billy. En plus, tu m'as sauvé la peau ! Et par Zarkan, un vrai barbare paye toujours ses dettes. Toujours ! »

Vous faites désormais route avec le Pyro-Barbare, ce qui vous fait gagner **1 POINT DE GLOIRE**.

Ensemble, vous prenez la route en direction de **90**.

138

Bravo ! Vous avez trouvé l'Empereur !

« Hé bé ça alors », s'éberlue le vétéran. « Je sais pas comment t'as fait, mais en tout cas, bien joué ! Je n'ai qu'une parole, mon gaillard, dis-moi c'que tu veux savoir. »

Vous lui faites un bref résumé de ce que vous savez et ce que vous recherchez. Au bout d'un certain temps, il ressort du bâtiment de la guilde pour vous transmettre ce qu'il a appris. En voyant qu'il s'apprête tristement à reprendre le travail, vous lui rappelez qu'il vous doit aussi une histoire. Le visage du guerrier s'illumine alors, et il s'avère très heureux de pouvoir raconter un de ses récits à quelqu'un qui ne les a pas déjà entendus mille fois.

Son savoir et son expérience vous confèrent **1 POINT D'HABILETÉ** supplémentaire, en plus d'**1 INFO**. Retournez auprès de votre compagnon en **100**.

Félicitations, vous avez débloqué le succès «Joli COUP». Cochez la case correspondante à la fin de cet ouvrage.

139

Au fracas de votre entrée répond un grand éclat de rire chaud et généreux, qui rebondit sur tous les murs de la cathédrale :

« Entrez, mes enfangs, entrez ! Ne sôyez pas timideuh. Je ne suis pas une pôrte, vous n'avez donc rieng a craîndre de moi. »

Le visage rieur de l'homme, qui doit être le Père Isabel, contraste avec l'expression horrifiée de la centauresse qui vous incendie du regard.

« On… Euh… On a réparé vot' porte. Elle grinçait un peu », marmonne le barbare en frottant un pied sur le sol.

La jeune femme, vexée d'avoir été suivie et outrée par votre attitude en ce lieu saint, s'apprête à vous traiter de tous les noms avant qu'un geste du prêtre ne l'interrompe. Elle trotte boudeuse vers un coin de la pièce, préférant oublier votre affront en se plongeant dans une lecture.

Lâchant un petit sourire affectueux dans sa direction, le Père Isabel se tourne vers vous :

« Un acte honorable, homme du nôrd. Mais si on ferme la pôrte, c'est pour éviter que les courangs d'air n'éteignent les boûgies. Le symbôlisme, vous comprenez », dit-il d'un air serein avant de continuer. « J'ignore ce qui vous amène ici, mais il y a rieng à voler. Tout le monde le sé. Nous autres, serviteurs de la Déesse, vivons sobremeng. Alors dites. Quesseu vous êtes venu faire ici ? »

Poursuivez en **230**.

140

Vous saisissez une belle poignée de grains pour la jeter aux mandibules de la créature. Celle-ci oublie immédiatement votre existence et tente de racler le sol de ses pinces pour les manger. Vous ajoutez une généreuse dose à son repas en vous approchant de la charrette. Au bout de quelques instants, un sifflement régulier se fait entendre : la créature ronfle paisiblement, sa tête toujours plongée dans les graines.

« Un jour, gamin, va falloir qu'tu m'expliques c'que tu mets dans c'sac…

– Secret professionnel. C'est mon grand-père qui a créé ce mélange.»

À l'évocation du héros légendaire, le barbare regarde votre sac avec un respect nouveau, et jure intérieurement de ne jamais sous-estimer les gens qui passent leur vie à travailler.

Vous vous empressez de libérer les pauvres riches citoyens de Lennonia en **367**.

141

Au détour d'une rue, vous lancez votre grappin et l'entendez s'accrocher à une cheminée. « Dépêchez-vous, ils sont partis par-là !! », hurle le capitaine des gardes à ses hommes. Lorsqu'ils arrivent, votre compagnon et vous-même avez déjà disparu par les toits. Vous épiez les gardes en contrebas en rangeant votre grappin. Le barbare vous murmure : « J'connais un endroit pas très loin d'ici où se planquer l'temps que ça s'tasse. Viens.»

Vous passez par les toits et redescendez en **22**.

142

La nuit fut longue et revigorante. Preuve en est, vous n'avez compté que deux citrouilles avant de vous endormir. À vos pieds, le barbare ronfle copieusement, allongé sur le dos, la tête dans le vide. Le soleil s'est levé depuis un moment et vous décidez que vous avez assez dormi. Vous secouez l'épaule de votre ami qui se réveille en sursaut :

« Y a d'la bière ? » demande-t-il en guise de bonjour.

« Y a de l'eau bénite si tu veux, mais dépêche-toi, on a déjà trop traîné. »

Vous rassemblez vos affaires rapidement. Votre tête est encore chargée de toutes les informations collectées la veille et vous en savez désormais plus sur la menace qui approche. Toutefois, vous comptez bien vous rendre à la Tour des Mages pour en apprendre davantage.

En sortant, vous croisez le Vicaire perdu dans ses prières. Sans quitter sa méditation, il hoche doucement la tête avec un sourire. Vous le saluez en retour d'un geste rapide et quittez les lieux.

Malgré la matinée avancée, la place de la cathédrale est quasiment vide. Étrange, vous auriez pensé que la réouverture du lieu de culte attirerait de nouveau la foule, mais vous préférez porter votre attention sur la Tour des Mages au loin. S'engouffrant dans une ruelle, le PB passe devant vous.

Soudainement, vous recevez un coup violent à l'arrière de la tête ! Tandis que vos jambes cèdent sous votre poids, vous voyez le barbare se retourner et hurler votre nom. Mais des mains gantelées vous saisissent déjà et un second coup vous fait perdre connaissance.

Continuez en **323.**

143

Les chevaliers finissent de vous traîner devant le maître des lieux, un homme d'une carrure impressionnante qui ne s'interrompt pas pour autant dans sa prière adressée à une gigantesque statue d'Edire.

« Votre Sainteté ! Ces malandrins ont essayé de pénétrer par effraction dans l'enceinte de la cathédrale. Que devons-nous faire d'eux ? », s'enquiert l'un des paladins.

Sans se retourner, le prêtre ordonne d'une voix qui ne laisse entrevoir aucune menace :

« Merci, fils. Vous avez bieng agi en sa lumière. Je vais m'en chareger personellemeng. Vous pouvez disposer. »

Les paladins vous relâchent immédiatement et saluent leur supérieur avant de retourner à leur poste dans un claquement de porte qui se réverbère sur les murs du sanctuaire. Imperturbable, le prêtre poursuit :

« C'est la prôvidence plutôt que l'appât du gaing qui vous amène à moi. Il n'y a que le repôs à trouver ici. Tout le mondeu le sé. Alors dites. Quesseu vous êtes venu faire ici ? »

Poursuivez cette conversation en **230**.

144

Vous humez le contenu de la chope et sortez un mouchoir pour l'en imbiber. Le PB éclate de rire en vous voyant appliquer le torchon huilé sur vos armes :

« C'pas une mauvaise idée. T'vas peut-être pas tous les tuer, mais au moins tu leur fileras une belle chiasse ! »

L'utilisation ingénieuse de cette boisson douteuse vous fait gagner **1 CRITIQUE** supplémentaire. Vous décidez de vous allonger sur un banc adjacent pour y passer la nuit. Le lendemain, vous vous réveillez en **153**.

145

Vous lui accordez votre clémence et la libérez de ses chaînes. À peine détachée, elle s'étire lascivement sous vos yeux et se déplace vers le cadavre du chaman. Sa démarche féline et gracieuse jure avec le spectacle bestial qu'elle offre à l'instant où elle plante ses crocs dans la gorge encore tiède de l'elfe. Vidant le corps de sa substance, elle s'accroche à sa proie comme une femme assoiffée à une outre pleine de vie. Malgré le bruit répugnant de succion, pas une goutte de sang ne vient maculer le sol. La seule trace de son repas réside à la commissure écarlate de ses lèvres qu'elle lèche poliment.

Repue, son regard se fait étonnamment doux. Son corps ragaillardi laisse apparaître un faisceau infini de veines saillantes, et les innombrables micro-coupures semblent disparaître comme si elles n'avaient jamais été présentes. D'un geste fluide, la créature attrape un drap accroché au mur pour s'en envelopper.

« Vous n'imaginez pas comme ça fait un bien fou ! La chaleur est tellement rare pour un vampire... », envoie-t-elle d'un air satisfait. « Merci de m'avoir rendu ma liberté. Permettez-moi de me présenter : mon nom est Asmodia. Ce n'est pas souvent que les gens m'accordent le temps de le faire. Je souhaite vous retourner votre geste, rares sont les personnes qui se seraient montrées raisonnables au vu de ma position. J'ignore ce qui a provoqué chez vous cet accès de clémence... ou de folie... mais je vous en prie, acceptez !

– Non merci », grogne le barbare. « Le jour où j'boirai du sang, c'est l'jour où y aura plus d'bière. »

Le rire d'Asmodia vibre aussi finement qu'une toile d'araignée sur les murs de sa chambre funéraire.

« Non, beau guerrier. Convertir d'autres vampires ne tournerait pas à mon avantage. Si j'ai choisi cet endroit, c'est pour sa tranquillité, pas sa compétition. Non, ce que j'ai à vous offrir est quelque chose de bien plus rare pour un mortel. À moins que vous ne cherchiez quelque chose de plus... Spécifique ? », insinue-t-elle en vous fixant de son regard de rubis.

Encore un dilemme. Si vous acceptez sa récompense, approchez-vous en **374**.

Si courir le risque d'un cadeau empoisonné ne vous enjaille pas, refusez en **104**.

Si votre objectif était de libérer la vampiresse pour lui donner une chance de se défendre afin de l'occire dans les règles de l'honneur, bombez le torse en **203**.

146

Grâce au principe ancestral du levier, vous soulevez la porte en pierre jusqu'à ce que le barbare ait une prise. Vous la calez ensuite avec une grosse plaque funéraire, et descendez les escaliers discrètement en **76**.

147

Au milieu des murmures et des prières, vous chuchotez à votre compagnon : « On est chez qui là ?

– Au temple d'Atella, gamin. Enfin un temple... Pas sûr qu'dans un trou pareil ses disciples obtiennent grand-chose.

– Atella ? La Déesse de la Guerre et de la Paix ?

– Ah, tu connais.

– Seulement des histoires, et son mois du calendrier bien sûr... Mais je l'avais jamais vue.

– T'as vraiment passé toute ta vie dans une citrouille, toi ! Voyons... », pondère le géant en se grattant le menton. « Atella fait partie des treize Dieux Majeurs. C'est aussi la mère d'Itos – l'épée – et d'Otos – le bouclier qu'elle tient dans les mains. L'un représente l'attaque et l'autre… bah, la défense. Maiiiiis c'qu'ils te diront jamais ici, c'est que c'sont les fils de Zarkan… On nous apprend ça en Kränelorn. Niveau déesses, c'est une des plus sympas.

– Pourquoi y a des yeux sur ses armes ?

– Parce qu'elle est aveugle. Selon nos légendes, elle aurait donné les siens à Zarkan en échange d'ses deux rejetons. Mais c'est une chais-pas-quoi, là… Une maître-amphore. En fait, ça veut juste dire que toutes les armes et tous les boucliers, c'est ses yeux, t'comprends ?

– Euh…

– Bref, si t'as une grosse guerre à mener, et j'parle de celle du genre avec des catapultes et tout, c'est Atella qu'il faut prier. La stratégie et les tactiques, c'est son truc.

– Mais, du coup, quelle différence avec Zarkan ? » À cette question, le barbare fait mine de s'indigner.

« Ah, mais rien à voir ! Zarkan, c'est l'Dieu d'la Baston et d'l'Honneur ! Les longues guerres l'ennuient, et il préfère voir les guerriers s'affronter à la loyale ! Diplomatie, stratégie… Tout ça, c'est secondaire ! Vivre debout, et mourir debout. En guerrier ! Ça, c'est Zarkan, gamin ! Bon, j'reconnais qu'il est un peu inconstant, mais tant que tu payes toujours tes dettes et te tiens fièrement, il te regardera à ta juste valeur. » À ces paroles, la prière se termine et les gens commencent à se disperser dans les rues. « J'connais un endroit pas très loin d'ici où on pourra s'planquer, l'temps que ça s'tasse. Viens avec moi », vous glisse le Pyro-Barbare à l'oreille.

Alors qu'il part devant vous, vous jetez un rapide coup d'œil en l'air pour adresser une toute petite prière au dieu qui voudra bien l'entendre. Vous sentez subitement que le ciel vous renvoie votre regard. Cette dernière pensée a plu à Zarkan qui vous offre **1 POINT D'ADRESSE EN PLUS** seulement pour le prochain combat. Vous emboîtez le pas de votre ami en **22**.

148

Les sympathiques PAYSANS du quartier industriel de Lennonia n'ont pas été épargnés par la cruelle invasion de Virilus. Mais c'est avec le calme qui les caractérise qu'ils prennent la chose et aucun d'eux ne se plaint de son nouveau sort ou ne réclame de l'aide. Malgré leur dignité ouvrière, vous faites pourtant face à un triste spectacle : devant le moulin, un orc massif arbore une capuche noire, signe distinctif des esclavagistes. Dans sa main droite, un long fouet ne cesse de claquer sur l'échine de deux pauvres malheureux forçats, forcés de tirer une gigantesque statue à l'effigie du seigneur noir.

« Pas mal comme style. T'crois qu'ça coûte combien pour avoir la même ? », vous interroge le PB.

« Boarf, tu sais, l'art moderne, c'est très surcoté de nos jours.

– J'pourrais d'mander aux disciples de Mutra d'm'en faire une gratos.

– Mutra ? Le Dieu du Soleil et de la Philosophie ? Pourquoi ses disciples te feraient une statue ?

– C'est aussi l'Dieu d'la muscu, gamin. D'ailleurs, si ce Virilus est aussi bien taillé qu'ses cailloux, Zarkan va être content quand on va l'défoncer !

– Ouais, ben avant ça, faut voir c'qu'on veut faire ici. »

Vous êtes interrompu par des grognements gargouillant. Dans le dos des deux villageois surgissent deux immenses carcajous qui viennent graviter autour de l'esclavagiste. Ces deux bestioles aussi dangereuses qu'un élémentaire de colère sont les plus vicieuses qui soient. Armés de longues griffes acérées et d'un tempérament explosif, leur appétit carnivore est bien connu des tribus orcs qui les ont habitués à la chair humaine. Ces deux-là ont sûrement été dressés pour la guerre et ils s'excitent de plus en plus, s'attaquant l'un l'autre comme si la présence de toute cette nourriture réveillait leurs plus bas instincts. Une chose est sûre, il vous faudra une **ENDURANCE** de fer et un mental d'acier pour faire face à cette situation périlleuse.

Si vous avez la **LANCE** dans votre attirail, vous pouvez tenter d'éliminer le contremaître d'un seul coup en **196**. Son fouet a d'ailleurs l'air dangereux, mais votre **KIT D'ESCALADE** pourrait contrer sa menace en **455**. Si vous pensez que les carcajous sont le danger principal, distrayez-les avec votre **MARMITE** en **422** ou avec votre **FOURCHE** en **114**. Si vous n'avez rien de tout ça, optez pour un massacre général en vous lançant à l'assaut en **344.** Enfin, si le sort de ces deux paysans ne vous semble pas prioritaire sur votre mission, repartez en direction de la **GRAND PLACE** en **285** ou vers la **CATHÉDRALE** en **496**.

149

Pour un pas de Solia ou du Pyro-Barbare, il vous en faut trois... Mais peu importe ! Vous avez votre fierté et décidez de faire la route à pied. Pas question de monter à dos de centauresse comme un vulgaire gamin qu'on promène. Cet exercice effréné vous retire **4 POINTS DE VIE**, mais vous fait gagner **1 POINT D'ENDURANCE** (mais vous ne régénérez pas les **3 POINTS DE VIE** qui vont avec). Si vous n'avez pas assez de **POINTS DE VIE**, vous abandonnez et montez à dos de cheval en **7**.

Si vous tenez bon toutefois, votre course haletante se poursuit en **81**.

150

Vous vous réveillez en sursaut après avoir fait un rêve perturbant. Dans celui-ci, plusieurs visions étranges se sont succédé : un océan de sable sans mer, une ville sous terre, un cheval à tête de canard et une plaine si froide qu'elle pétrifie même la mort. Comme tous les songes, son souvenir éphémère s'estompe graduellement dans votre esprit et laisse sa place à une pensée plus immédiate :

« Qui suis-je ? Où suis-je ? Capturés... La prison ! Le siège à l'extérieur ! PB ! », vous remémorez-vous en vous levant.»

L'onguent du barbare a fait des miracles, et seules une odeur de pied et quelques courbatures ont subsisté. Votre ami, qui a repris sa place sur son chevalet vertical, désigne le couloir du menton. Dans le silence de cette fin de matinée, vous entendez des bruits de bottes frapper les pierres de l'escalier. L'adrénaline et l'appréhension se mêlent dans votre ventre tandis que vous vous rallongez sur la couche pour faire semblant de dormir. Au bout de quelques instants, vous entendez l'individu s'arrêter devant votre cellule, mais, au lieu d'ouvrir la porte, une voix familière chuchote :

« Billy ? Mon garçon, tu es là ?! »

Vous n'en croyez pas vos oreilles ! Fanta est venu à votre rescousse ! Sautez de joie en **178**.

151

« Alors là, Billy, on va se mettre LA MAX ! », jubile le barbare tandis que la clé tourne dans le cadenas.

La porte s'ouvre enfin et plus rien ne vous sépare des trésors qui s'amoncellent devant vous. Des caisses d'argent, des coffres d'or, un sac rempli de gemmes et de joyaux ! Il y a même une couronne !

« Oh la vache, y s'est rien refusé !! R'garde ça, Billy ! Ch'uis l'roi d'Isbor ! », rigole le PB en se pavanant avec. « Même si on pillait tout c'pognon, on pourrait pas l'claquer !

– C'est sûr que tu dépenserais jamais tout en achetant juste à boire et à manger.

– On peut acheter aut'chose ? », vous relance-t-il en riant de bon cœur. « Bon, arrête d'faire l'débile et prends l'magot. On a pas qu'ça à foutre.»

Vous le regardez d'un air interdit alors qu'il arbore désormais une cape en fourrure ridicule en plus de sa couronne. Devant votre air consterné, son visage perd son sérieux et il se remet à rire en saisissant le sac de pierres précieuses.

« Tiens, prends ça. C'est c'qui pèse le moins lourd et vaut l'plus cher. On r'viendra plus tard pour le reste. »

Vous enfournez les pierres précieuses dans votre sac, gagnant ainsi **2 POINTS DE RICHESSE**. Vous êtes sur le point de quitter l'endroit quand une petite étagère attire votre attention.

Avez-vous la **BAGUE DE RUBIS** ? Si oui, allez en **18**. Si non, en **233**.

152

Vous entamez une fouille silencieuse et rapide de la pièce sous les yeux du barbare, toujours assis sur le lit. Vous avez beau faire le tour du bureau encore et encore, vous ne trouvez rien que des babioles non enchantées à la valeur très relative.

« Tour des Mages, Tour des Mages… Tu parles ! Y a rien de précieux, ici ! Comment on peut faire de la magie et avoir des trucs aussi nuls ? », ragez-vous à l'égard des babioles loufoques qui vous toisent du haut de leur valeur inexistante.

« Et ça, gamin ? S'rait pas ça c'que tu cherches ? », fait votre ami en tenant une petite boîte en or massif entre les mains.

« Où est-ce que t'as trouvé ça ?! », criez-vous en chuchotant, les yeux exorbités.

« Bah, sous l'oreiller. Les vieux cachent toujours des trucs dans leur plumard. J'croyais qu'tu l'savais ? »

Vous vous retenez à peine de vous arracher les cheveux et préférez examiner le petit réceptacle incrusté de gemmes. Un extérieur aussi ouvragé laisse entendre que son contenu doit avoir dix fois sa valeur ! Vous scrutez l'objet minutieusement en le tournant dans tous les sens. Après tout, il appartient à un magicien sénile qui aurait très bien pu le piéger, puis oublier qu'il était piégé et le repiéger à nouveau. Qui sait quel genre de dangers peuvent se cacher à l'intérieur ? Si vous souhaitez prendre le risque de l'ouvrir, allez en **275**. Sinon, en **192**.

153

Dans les couloirs sombres de la forteresse, une silhouette oblongue progresse en laissant courir le bout de ses doigts le long du mur. Le général Funeste s'en revient des catacombes et se dirige à présent vers la salle du trône où l'attend Virilus.

« Maître des maîtres. Flamme de toute vie. Muscle magique ensemençant le monde de son nectar noir, vous m'avez invoqué et je suis à genoux.

– Que me veut mon ssseigneur-proie ? » demande l'immense femme-araignée qui rejoint l'elfe flamboyant devant son maître.

« Massacre est mort », constate froidement le seigneur noir.

« Ce sauvage grossier a été vaincu ? J'imagine qu'il était trop stupide pour vous servir…

– Non, c'est parce qu'il était trrrop faible.

– NON. IL A SIMPLEMENT PERDU », conclut Virilus. « JE NE LAISSERAI PAS LE SANG ANCIEN M'ÉCHAPPER. FUNESTE !

– Oui, ô glorieux désir ?

– PARS IMMÉDIATEMENT RÉCUPÉRER SON CORPS. IL CONTINUERA DE ME SERVIR MÊME DANS LA MORT. MORTELLE !

– Ssseigneur-proie ?

– PRÉPARE LE RITUEL ET OCCUPE-TOI DE LUI DÈS QU'IL ARRIVERA.

– Oh ! Avec appétit, mon ssseigneur-proie ! Je le libérerrrai de sssssa chair inutile. Il sssera prêt en un inssstant. Alors nous pourrons peut-être…

– NON », l'interrompt Virilus avant de s'adosser à son trône. « EXÉCUTEZ-VOUS OU JE M'EN CHARGERAI. »

Salivant d'avance, la créature mi-femme, mi-araignée se retire de la salle de trône en arpentant le mur. Peu après, le général Funeste s'arrache au regard incandescent de son maître pour accomplir sa mission. De nouveau seul, Virilus patiente dans sa salle du trône, ses yeux rougeoyants brillant dans les ténèbres. Un simple contretemps, rien de plus. Ultimement, il obtiendra ce qu'il désire.

Il l'obtient toujours.

Continuez en **200**.

154

L'odeur indescriptible qui envahit l'endroit ne laisse aucun doute quant à son usage : vous êtes dans les toilettes de la forteresse.

« Si jamais tu veux t'soulager, j'te conseillerai d'faire ça dans l'couloir d'à côté, gamin. T'aurais moins d'chances d'choper quelque chose… »

Si vous souhaitez pousser la porte en direction du **COULOIR OUEST**, hâtez-vous en **447**. Si vous souhaitez passer la porte au **SUD** d'où s'échappent des ronflements, allez en **551**. Si l'odeur ne vous indispose pas trop, vous pouvez prendre le temps de fouiller les placards à la recherche de quelque chose d'utile en **410**.

155

Si la stratégie du Pyro-Barbare est payante, elle manque de discrétion. Dès votre entrée, cinq guerriers squelettes postés aux alentours vous remarquent et vous chargent sans sommations. Contrairement au PB qui jure en se tenant le pied, vous êtes prêt à faire face !

« 'Tain de 'tain !! M'suis bousillé la cheville contre cette saloperie d'porte ! », grogne-t-il.

Le combat s'annonce mal parti, et le PB ne vous donne qu'un bonus d'**HABILETÉ** de +2 pour ce combat :

5 GUERRIERS SQUELETTES **+2**

HABILETÉ	PV	ARMURE	DÉGÂTS
12	20	0	0

Règle spéciale : *chaque squelette a 4 PV. Tous les 4 PV retirés à vos adversaires, l'ennemi perd 1 HABILETÉ. Retirez les PV et l' HABILETÉ de votre adversaire selon le nombre de départ de squelettes et au cours du combat. Les squelettes sont immunisés contre l'ARC et il est impossible de l'équiper pour ce combat. En revanche, la MORGENSTERN ou la PETITE MASSUE font chacune +2 DÉGÂTS au lieu de +1 DÉGÂTS Leur surnombre et le couloir étroit vous font perdre 1 ADRESSE pour le combat.*

Si vous sortez malgré tout vainqueurs de cette rixe, plongez dans les ténèbres en **394**.

156

Malheureusement, votre projectile décrit un long arc de cercle avant d'atterrir inoffensivement derrière la plante.

Vous l'avez ratée... Mais elle, non. Une autre fleur-ventouse s'écrase sur vous, ouverte et béante, et vous gobe comme un vulgaire moucheron. Dans les secondes qui suivent, vos chairs et vos os sont dissous sous les cris désespérés du barbare. Au moins, cette aberration végétale aura eu la délicatesse de ne pas vous laisser souffrir longtemps.

Votre destin s'achève aux portes de la Tour des Mages. Mais vous pouvez reprendre votre histoire en **200**.

Félicitations, vous avez débloqué le succès «Nourris-moi, Seymour !». Cochez la case correspondante à la fin de cet ouvrage et recommencez en 200.

157

Avez-vous déjà visité les **QUARTIERS INSALUBRES** durant cet acte et accompli la tâche qui se présentait à vous ? Si oui, allez directement en **490**. Sinon, allez en **564**. Vous pouvez aussi continuer vers la **CATHÉDRALE** en **496** ou le **QUARTIER COMMERÇANT** en **95**.

158

« *Bienvenue chez Gisèle, voyante du fond des âges et au fond à gauche* », indique une affichette clouée sur la porte.

« J'ai jamais aimé les vieilles », vous annonce le Pyro-Barbare. « Elles finissent toujours par me faire bosser à leur place. Vas-y seul. »

Vous pénétrez dans le cabinet entièrement plongé dans l'obscurité.

« C'est ici », claironne une voix au fond du couloir. « Entre, jeune Billy, entre ! Et surtout ne dis rien. »

Dans la pièce du fond, une vieille femme sans âge est assise derrière un pupitre. Le voile de soie pourpre dans lequel son corps osseux est saucissonné précède un visage sévère strié de dizaines de rides.

« Bonjour, madame…
– Chut, j'ai dit ! Ici, on ne pose pas de questions, on écoute les réponses. »

De sa bouche s'échappent les volutes jaunes d'un énorme cigare qu'elle a coincé entre ses gencives.

« Je connais déjà tes questions. Concentre-toi sur celle qui te paraît la plus importante, et quand tu partiras sans payer, aie au moins la politesse de te sentir mal ! »

Vous aimeriez savoir comment elle sait votre nom, mais préférez suivre ses règles et essayer de vous focaliser sur une question précise.

Si vous souhaitez découvrir le secret des Dieux, pensez en **42**.

Si vous voulez savoir comment devenir plus fort, froncez les sourcils en **38**.

Si votre désir est de connaître le secret du bonheur, souriez en **128**.

Si votre souhaitez savoir comment trouver l'amour, rêvez en **83**.

Si au fond de vous, vous souhaitez régner sur le monde, fermez le poing en **247**.

Enfin, si vous voulez simplement savoir qui a mis votre tête à prix, haussez les épaules en **499**.

159

Vous passez la cellule au peigne fin et tentez d'ausculter la vingt-troisième brique du mur… Sans succès. Dommage, ça valait le coup d'essayer. Perdez **1 POINT DE CHANCE** avant de retourner en **136**.

160

Le Père Isabel vous ouvre à nouveau la porte. Cette fois, il vous mène en silence jusqu'à la chaîne qui relie la forteresse au clocher de la cathédrale. Avant que vous n'entamiez votre ascension, il vous murmure : « Edire vous accompâgne, brâves aventûriers ! Allez maintenang, et vêngez-nous.

– On va bousiller tous ceux qui s'trouvent dans c'machin flottant, Vicaire. J'en fais l'serment.

– Un serviteûr de Zarkan qui fait une prômesse », souffle Isabel d'un petit rire. « Qu'Edire vous protège, mes garçong. »

Vous escaladez la chaîne plantée derrière la statue d'Edire qui tient miraculeusement encore debout. La façade de la cathédrale est complètement éventrée par le câble d'acier et l'ascension s'avère plus complexe que prévu. Grimpez en **403**.

161

« Compte sur moi, Solia ! Je te promets que nous allons tout faire pour régler le problème définitivement ! »

À ces mots, le visage de Solia s'empourpre d'une émotion pleine de reconnaissance. Vous vous sentez soulevé de terre : la centauresse vous a saisi dans ses bras pour vous étreindre. Si la situation est agréable, l'oxygène vous manque. Écrasé contre l'armure qui protège sa poitrine, vous profitez quand même de l'instant avant d'entrer dans le cimetière.

« Et moi, j'ai pas l'droit à un câlin ? », annonce le PB les bras ouverts.

« T'as rien promis, barbare ! Ne crois pas que je ne l'ai pas remarqué.

– Tch. Très peu pour moi. J'vais m'contenter d'honorer mes dettes avant d'en créer d'nouvelles. C'plus raisonnable. »

Sentant l'énergie vous revenir, vous regagnez **2 POINTS DE CHANCE** et **3 POINTS DE VIE** avant de pousser la grille en **234**.

162

Vous bandez votre **ARC** et affligez le premier soldat d'un tir à la tête. L'homme s'écroule au sol sans cérémonie et comme souvent dans ces cas-là, le second s'approche de son camarade pour comprendre ce qui vient de se passer. Agenouillé sur le cadavre de son collègue, vous avez tout le temps de l'achever lui aussi. Les deux hommes gisent désormais sur le sol, victimes de votre précision.

Pensant qu'elle est aussi vulnérable que ses sbires, vous visez la trollesse qui dévie soudainement votre flèche d'un revers de la main fulgurant ! Abasourdi, mais réactif, vous décochez un deuxième tir qui vient cette fois se ficher dans son épaule. Pas le temps d'encocher une troisième flèche quand elle se rue sur vous, bien décidée à laver cet affront.

TROLLESSE AFFAIBLIE **+4**

HABILETÉ	PV	ARMURE	DÉGÂTS
11	12	0	1

Règle spéciale : *en cas de COUP CRITIQUE, votre bonus de CRITIQUE ne s'applique pas. Si vous effectuez une CONTRE-ATTAQUE CRITIQUE lors de votre phase d'esquive (si vous en avez une), infligez seulement les dégâts maximums de votre SITUATION.*

Votre dernier tir vient se loger dans sa gorge, et elle s'écroule enfin au sol devant le regard ébahi des prisonnières. Réalisant que vous venez de les sauver, ces dernières vous remercient chaleureusement en **168**.

163

Vous êtes véloce… Mais pas assez pour échapper aux mâchoires des tulipes à dents. Elles ont faim… Elles ont tout le temps faim et n'auraient raté pour rien au monde l'occasion de dévorer votre chair tendre et délicieuse. Au milieu de votre interminable moment de souffrance sanglante, votre cerveau enregistre que les fleurs entament un chant guilleret. La vie quitte votre corps et les tulipes restent rouges.

Finir votre vie en gruau n'était peut-être pas ce que vous aviez envisagé en commençant cette aventure. Quoi qu'il en soit, vous pouvez la réessayer en partant du **200**.

164

En vous voyant approcher, une des armures donne un coup de tête en votre direction :

« Ah… Des aspirants ! C'est pas l'meilleur moment, mais mettez-vous sur le côté avec la jument là-bas. »

Si vous ne souhaitez pas le contredire, dirigez-vous vers l'alcôve en **16**.

Rien ne vous oblige à lui obéir cependant, auquel cas vous pouvez leur montrer directement le **BRAS SQUELETTIQUE** en **197** ou simplement reculer en **93** pour chercher une autre issue.

165

À cette heure de la journée, le marché commence à se remplir autant de monde que de parfums entêtants. Aux effluves de poulets rôtis se mélangent l'odeur du poisson frais et la cannelle d'un bon vin chaud. La place grouille, braille et harangue le chaland dans un déluge de sons et de couleurs. Une atmosphère qui vous renvoie aux temps jadis, quand vous aussi vous écumiez les marchés avec une charrette pleine de citrouilles. D'un petit coup de coude, votre compagnon vous arrache à votre rêverie :

« T'as vu ça, Billy ? », chuchote-t-il en désignant l'attroupement de soldats autour de l'étal du marchand de vin.

« Il est pas un peu tôt pour boire ?

– Déjà d'une, non », vous rabroue-t-il en faisant la moue. « Et de deux, j'me disais qu'le vendeur de vin y sait p'têt des choses, vu sa clientèle… »

Vous patientez le temps que les soldats s'éloignent pour vous approcher du marchand rondouillard…

« Bienvenue à l'étal de l'Exposant ! Je suis môssieur Facteur. Pour vous, je serai l'Inconnu. Sachez avant toute chose qu'ici on ne paie pas, on réfléchit.

– Bah, c'tout réfléchi. Une bouteille s'vouplé ! », affirme votre compagnon d'un ton enjoué.

« Très peu pour moi, mon garçon. J'ai une sainte horreur du vin, mais c'est tout ce que j'ai trouvé pour partager ma passion des chiffres avec le monde. C'est fou combien les gens s'intéressent aux mathématiques en échange d'un godet gratuit ! Dites-moi ce que vous voulez et je vous soumettrai un problème en échange… Pas d'argent, ici on n'accepte que la matière grise.

– Alors, un renseignement, s'il vous plaît », demandez-vous d'un air confiant. Si ce vieux fou veut vous soumettre une énigme, qu'il essaye !

Le marchand vous tend un papier sur lequel est écrite une formule. Heureusement que Fanta vous a appris quelques notions de mathémagie ! Cela risque de demander un gros effort de calcul mental cependant, même si vous parvenez à déchiffrer les symboles ésotériques en imaginant des citrouilles à la place.

Le problème qu'il vous expose met clairement le barbare en difficulté, à en juger par son regard vide et la fumée qui s'échappe doucement de ses oreilles.

Si vous résolvez l'énigme, allez au numéro du chapitre correspondant à la réponse. Si vous voulez approfondir votre recherche, **ajoutez le numéro de la ruelle dans laquelle vous êtes censés retrouver la voleuse au nombre de ce chapitre.** Si vous ne souhaitez pas rester ici, retournez à la croisée des chemins en **100**.

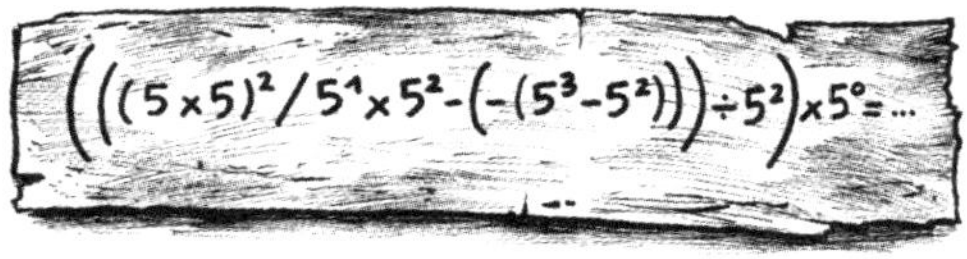

166

En prenant soin de boucher vos narines et celles du barbare, vous ouvrez la fiole du **PHILTRE D'AMOUR** dont les effluves se répandent rapidement dans toute la lavanderie. D'abord de manière subtile, puis de plus en plus directe, les femmes se collent à vous et cherchent désespérément une excuse pour passer leurs doigts fins sur vos vêtements afin de vous en débarrasser sous le prétexte de vous laver. La matrone, particulièrement sensible aux effets du philtre, insiste lourdement pour laver le slip du barbare. Après tout ce que vous venez de traverser, un bon bain et un gommage au gant de crin ne pourront pas vous faire de mal. Vous les sentez s'appliquer et frotter votre corps avec le leur jusque dans les moindres recoins tout en papotant lascivement avec vous.

Le massage qu'offrent leurs formes généreuses vous vaut **2 INFOS** et **4 POINTS DE CHANCE MAX**. Il régénère aussi toute votre **CHANCE**. Désormais aussi propre qu'un sou neuf, vous épiez votre ami au pagne chatoyant baiser la main de la matrone avant vous rejoindre pour reprendre la route en **100**. Retirez le **PHILTRE D'AMOUR** de votre inventaire.

Félicitations, vous avez débloqué le succès «Un slip tout neuf». Cochez la case correspondante à la fin de cet ouvrage.

167

« Donc les gens viennent prier Edire ici ? Tu la connais un peu ou… ?

– Quoi ? Edire ? Euh ben… J'sais pas grand-chose en vrai. C'la Déesse du renouvellement et des promesses. C'est elle qu'les gens consultent en cas de problème avec des saloperies qui traînent dans les marais ou s'tu croises un squelette qui pense qu'la mort c'pas pour lui. Elle supporte pas les morts-vivants. Pour elle, la mort, c'est sacré et incontournable.

– Ah… Et comment elle règle ce genre de problèmes ?

– Comme tout le monde, en lui cassant la gueule. Ses fidèles sont tous des guerriers, d'une manière ou d'une autre… Comme les deux gusses devant la porte, là », dit-il en les montrant du pouce. « Va falloir la jouer fine, ils aiment pas bien les barbares…

– Ah bon ? J'pensais que ton Dieu Zarkan, il irait bien avec elle. La mort, tout ça…

–Nan, elle le boude. La légende dit qu'ils ont couché ensemble, mais qu'il l'a jamais rappelée. Le schéma classique. Les Dieux, hein, t'sais c'que c'est… »

Après cette leçon de théologie simplifiée, vous vous demandez s'il vaut mieux observer la foule en **61** ou parler directement aux deux paladins postés devant les portes de la cathédrale en **8**.

168

Une fois toutes les femmes débarrassées de leurs chaînes, vous décidez de les mettre à l'abri dans ce qui reste de la cathédrale. Malgré l'état déplorable de l'édifice, il tient encore debout et les paladins de l'ordre d'Edire l'occupent toujours.

Libérer les femmes vous octroie **1 POINT DE GLOIRE** supplémentaire. Pendant que le PB les regroupe, vous vous dirigez vers les portes barricadées du temple.

Avez-vous déjà rencontré le Vicaire lors de votre aventure ? Si oui, appelez-le en **358**. Si non, frappez aux portes en **507**.

169

Vous vous engouffrez dans la ruelle et guettez l'arrivée de votre cible depuis une alcôve. Coincés entre deux hautes façades, ce coupe-gorge obscur et ses portes cochères s'avèrent parfaits pour les activités douteuses. Au bout d'une dizaine de minutes, vous roulez des yeux au énième chuchotis du barbare qui vous murmure :

« Et lui, là ! Il est rouge ?

– Non, ça, c'est marron.

– Et lui ! C'rouge, ça ! », fait-il en pointant un vieillard du doigt.

– Oui, mais c'est un rouge orangé. Cramoisi, c'est rouge sombre. Et il a pas de cape.

– On peut pas lui casser la gueule quand même ? Dans l'doute ?

– Non, on attend que… », vous interrompez-vous en examinant un grand escogriffe qui vient de débouler dans la rue d'un pas décidé.

Drapé de sa cape cramoisie, l'homme saisit le vieillard par la gorge tandis que sa main se promène dans les poches de sa victime, tétanisée par la peur. Votre cible est donc un bandit ! Il va falloir la jouer fine. Si vous êtes **PRUDENT**, trouvez une technique d'approche en **273**. Si vous êtes muni d'une **LANCE** et d'une **COTTE DE MAILLES**, rusez en **372**. Si vous avez un **COUTEAU**, glissez-vous derrière le malfrat en **264**. Si vous êtes équipé d'un **ARC**, visez en **326**. Si vous n'avez rien de tout cela ou que vous préférez les bonnes vieilles méthodes, usez et abusez de violence en **173**.

170

En vous faufilant à travers la foule qui parcourt les étals, vous sinuez dans le labyrinthe de ruelles qui entoure la place du marché. Sous l'intersection où vous reconnaissez le numéro cinq, la roublarde vous attend en faisant sauter une pièce entre ses doigts.

« Ah, te voilà, petit renard. Toujours accompagné du grand loup, à ce que je vois.

– J'aime pas les chiens... », grommelle-t-il en faisant la moue. « J'peux pas être un ours plutôt ?

– Désolée, mon grand, j'en connais déjà un », susurre-t-elle en pointant son doigt vers le marché. « Vous voyez le boucher qui tient boutique juste au coin ? J'ai cru comprendre qu'il avait en sa possession des choses qui pourraient vous intéresser.

– Est-ce que j'vais encore servir de distraction ? », demandez-vous en soulevant un sourcil.

« Toujours aussi futé, petit renard. Fais ça pour moi et je lui "emprunterai" ce que vous cherchez. Et en prime, je vous propose de garder un tiers du butin. Marché conclu ?

– 25 % », rétorque brutalement le PB.

« Euh... Entendu », répond la voleuse, visiblement décontenancée.

« Alors, allons-y ! »

Une fois la roublarde hors de vue, vous vous retournez vers votre ami :

« Mais pourquoi vous lui avez demandé un quart alors qu'elle nous offrait un tiers ?!

– Ça fait un quart, 25 % ? Quand j'pillais, on m'a appris qu'il fallait toujours d'mander 25 %. »

Après cette douloureuse leçon de négociation barbare, vous approchez le marchand afin d'attirer son attention.

« Euh... Bonjour m'sieur ! Ils sont comment, vos boudins ?

– Bah, noir, mon p'tit bonhomme. Fais avec le sang de tout ce qui saigne dans la rue. 110 % naturel !

– C'est quoi, les 10 % en plus ?

– Bah, du rat... Des pigeons... C'qui traîne, quoi.

Au fil de la conversation, le vendeur ne tarit plus d'éloge sur ses produits bio et ne remarque pas votre nouvelle alliée en train de farfouiller silencieusement dans sa caisse. En quelques secondes, la voleuse fait son affaire et vous envoie un baiser en signe de repli.

« L'pigeon, ça m'donne des gaz. Allez viens, gamin, on s'casse », envoie le PB qui tourne déjà le dos au marchand.

Vous saluez le vendeur et rejoignez la malandrine dans une petite ruelle adjacente. La bourse qu'elle vous tend contient visiblement bien plus qu'un quart du butin.

« Navré, je n'ai pas trouvé ce que vous cherchez. Mais voilà votre part : "25 %" comme convenu », annonce-t-elle en vous faisant un clin d'œil.

Vous lui rendez son sourire et hochez la tête en direction du barbare qui soupèse son tiers du butin d'un air perplexe. Si votre part est conséquente, elle ne contient en revanche aucune **INFO** utile. Vous gagnez **1 POINT DE RICHESSE**. Retournez à la croisée des chemins en **100**.

171

Fidèle à la volonté des Dieux, le temple de Mélène est collé à celui de sa sœur jumelle Ytia. Si cette dernière est la Déesse des plaisirs et de la luxure, celle qui vous intéresse représente l'abnégation, le sens du devoir et le service rendu. Il n'est pas étonnant que ses fidèles s'adonnent alors à la médecine, et l'apothicaire en chef tient davantage du rebouteux que du moine.

Rabougri à force d'éponger la souffrance, de soigner les plaies et de prendre soin de tous, le vieil homme n'en demeure pas moins alerte dans sa robe de bure noire qui rend les taches de sang moins visibles et son quotidien plus supportable. Malgré son grand âge, il semble possédé par une énergie débordante.

« Le temps n'a pas d'emprise sur les gens de bien. Si vous souffrez, c'est que vous pouvez guérir ! », vous adresse-t-il en vous remarquant sur le pas de sa porte.

« Et si on meurt ? », demandez-vous, légèrement inquiet.

« Dans ce cas, réjouissez-vous, car les bras de Mélène sont le plus bel endroit où finir sa route.

– Zarkan, il aime bien Mélène », clame votre ami. « Même que dans les légendes, c'est elle qu'a inventé les gâteaux. »

Vous aimeriez pouvoir plus discuter avec le prêtre, mais son officine est noire de monde. Soldats blessés, mercenaires en quête d'antidotes, mendiants souffreteux ou clients de bordel aux maladies honteuses… Tous s'en remettent au moine guérisseur qui s'affaire entre ses patients, suppléé d'une chanoinesse aux atours trop généreux pour ne pas avoir servi l'autre Déesse jumelle. Chassant cette vision libidineuse de vos pensées, l'esprit des lieux vous dicte de faire preuve de dévouement pour arriver à vos fins.

Si vous êtes muni du **KIT DE SOIN** ou du **PETIT MÉDAILLON**, offrez votre aide aux plus souffrants afin d'alléger la charge du vieux moine en **215**.

Si vous êtes mal en point, vous pouvez aussi vous faire ausculter par la chanoinesse en **368**.

172

Un rapide coup d'œil vous permet de dénicher la plus grosse fleur du champ. Elle est suffisamment grande pour protéger l'intégralité de votre corps contre le monstre volant. Vous la tranchez en veillant à conserver un morceau de sa tige pour la tenir devant vous comme un pavois de fortune, avant de rester immobile. Oubliant instantanément votre existence en faveur de la plante au nectar délicieux, la guêpe se pose sur votre bouclier improvisé et se délecte de son suc. La mémoire courte du vespidé joue en votre faveur et vous échappez à son attention malgré les centaines de facettes qui constellent ses yeux. Vous déplacez lentement votre fleur à travers le champ pour rejoindre la sortie. Lorsque vous arrivez au bout du chemin, les ailes de la guêpe s'activent soudain et elle reprend son envol en **364**.

173

Sans réfléchir outre mesure, votre compagnon et vous-même vous élancez à l'attaque de l'agresseur. Vous voyant approcher, ce dernier siffle entre ses doigts pour appeler du renfort. Deux guetteurs viennent prêter main-forte à leur collègue en surgissant des extrémités de la rue. Poussant un rugissement, le PB se fait un plaisir de s'en occuper, il vous reste donc à affronter le voyou seul !

BANDIT À LA CAPE CRAMOISIE (ROUGE) **+0**

HABILETÉ	PV	ARMURE	DÉGÂTS
6	10	0	0

Règle spéciale : *sur un jet de 1 ou de 2 durant votre PHASE D'ATTAQUE, le bandit esquive votre coup et ne reçoit aucun dommage et esquive aussi votre CONTRE-ATTAQUE CRITIQUE si vous en effectuez une.*

Le bougre était agile, mais vous avez prévalu ! Les deux guetteurs blessés fuient devant votre ami pendant que vous examinez le sac du bandit écarlate : quelques pièces d'or et un poudrier brisé. Vous empochez le tout avant de rejoindre le barbare pour retourner auprès de la voleuse en **423**.

174

Un rugissement mêlé à un hennissement retentit. La centauresse galope soudainement vers vous, les yeux remplis de colère.

« Monstres !! Vous transportiez ces immondices sur vous depuis le début ? Et en plus, vous vous êtes servis de moi pour les faire pénétrer en ces lieux ?! Comment osez-vous !! Nécromants !!

– SOLIA !

La voix impérieuse du Vicaire interrompt net la jeune femme dans sa course. Hébétée, elle se tourne vers l'ecclésiaste :

« Je craing, ma douce Solia, que tu ne te trompes sur l'identité de nos deux camarades. Regarde-les bieng, ma fille. Tu penses sincèremeng qu'ils ont des têtes à faire de la magie noireuh ? C'est pour nous prévenir qu'ils se sont intrôduits ici. Et vu ta réactiong, je dirais qu'ils ont eu raisong. »

Respirant rapidement, la centauresse s'assagit et vous regarde d'un œil nouveau. Voyant que le danger est passé, le prêtre se met à pouffer en poursuivant :

« Té, franchemint… Ma Solia, pitchoune… Tu allais t'en prendre à ces deux gaillards qui viennent de nous dire qu'ils ont terrâssé un nécromancien à eux tout seuls ? Regarde-le ce grand costaud… Il était déjà en pôsture de garde, prêt à te faire rougir la croupe. Et le petiôt, il n'a même pas bronché, alors que tu chargeais comme une furie. Le minot a un sang-froid qui ne te laisserait aucune chance. »

Désarçonnée par les propos du Vicaire, la jeune fille recule timidement, non sans garder un œil sur vous. Toujours sur ses gardes, le barbare lance d'un ton défiant :

« Z'êtes bien confiant, pourtant. Qui vous dit qu'vous êtes en sécurité avec des gars comme nous après un coup pareil ?

– Peuchère, j'ai servi Edire toute ma vie et que rieng ne donnerait davantage sens à mon serment que de mourir pour elle ! On doit tous se résigner à partir un jour, n'esse-pas ? »

Votre compagnon et le Père semblent se fixer pendant une éternité. Après un duel imaginaire dont eux seuls connaissent l'issue, le barbare raccroche sa hache à sa ceinture :

« Chuis un Pyro-Barbare… », offre-t-il en signe de paix.

« Aaah, un serviteur de Zarkan. Bieng sûr… Et toi, fils, tu es… ? »

Si vous êtes **GUERRIER**, allez en **45**, si vous êtes **PAYSAN**, allez en **45**, si vous êtes **PRUDENT**, allez en **45** et si vous êtes **DÉBROUILLARD**, allez en **45**.

175

Ce ne sont pas des pimbêches à moitié nues qui résisteront à votre acier ! Et qu'importe si dix de plus se ramènent, elles vont pas la ramener longtemps !

Attaquez ! Tuez-les toutes !!

3 ELFES NOIRES **+4**

HABILETÉ	PV	ARMURE	DÉGÂTS
11	8	0	0

Règle spéciale : *ces guerrières sont extrêmement agiles. Si votre dé donne un résultat PAIR durant votre PHASE D'ATTAQUE, elles esquivent votre assaut et vous n'infligez aucun dégât, y compris sur une éventuelle CONTRE-ATTAQUE CRITIQUE.*

Quelques derniers râles et s'en est fini des trois gardiennes des lieux. Sans tarder, vous aidez le PB à traîner leurs corps à l'abri des regards indiscrets. Par chance, l'anarchie qui règne dans les rues a couvert le bruit de la rixe et les rares témoins n'ont pas jugé nécessaire de prévenir les autorités inexistantes… Des bagarres, il y en a partout depuis hier. En fouillant les elfes, vous trouvez un trousseau de clés, sûrement celles des différentes chambres où sont retenus les enfants. Inspectez les étages de l'antre des plaisirs d'Ytia en **436**.

176

Vous pénétrez dans un cabinet de curiosités dans lequel des dizaines de fioles multicolores cohabitent avec des creusets grouillants. Aux murs, les étagères débordent de bocaux où organes et membres baignent dans un jus jaunâtre. Un décor savant au milieu duquel s'entassent des colonnes de livres et des carnets de notes griffonnés. Il règne ici un désordre très calculé… sûrement par le maître des lieux que vous apercevez à l'autre bout de la pièce : un chaman enveloppé dans une blouse blanche maculée qui marmonne tout seul.

Si vous souhaitez retourner dans le **COULOIR AUX GOBELINS**, fermez la porte discrètement en **80**. Si vous désirez parler au savant fou, risquez une conversation en **576**. Si vous avez déjà visité les **ÉCURIES** de la forteresse, laissez une idée germer dans votre esprit en **495**.

177

Vous reniflez la chope avant de la reposer délicatement sur la table.

« Merci, mais j'ai ce qu'il me faut. »

De votre sac, vous sortez un sachet d'infusion à la citrouille et commandez de l'eau chaude au tavernier. Par politesse, vous proposez au PB d'y goûter. Au vu de la grimace qui se dessine sur son visage, le breuvage semble lui dissoudre les dents.

Désarçonné par l'absence d'alcool de votre boisson, votre compagnon part se coucher sans demander son reste. Vous finissez tranquillement votre tisane avant de vous allonger sur une paillasse réservée aux soûlards.

Après une nuit sans rêves et sans angoisses, vous regagnez **2 POINTS DE VIE** et **2 POINTS DE CHANCE** avant de vous réveiller en **153**.

178

Fanta ! Ce bon vieux Fanta est venu vous délivrer des griffes de votre cachot ! Immédiatement, le PB relève la tête et pousse un cri de joie !

« 'Tain ! Mon Fanfan !! S'tu savais comme ch'uis content d'te voir ! », lance-t-il en se ruant contre les barreaux de la cage. « Ça t'dérangerait pas d'nous sortir de là ? »

Pendant une demi-seconde, une incertitude brille dans les yeux de votre ancien mentor que la présence du PB semble étonner. Néanmoins, il intègre ce nouveau paramètre et sourit.

« Pas le moins du monde. D'ailleurs, c'est même pour ça que je suis ici », fait-il en sortant un trousseau de clés de sa poche.

La première clé s'avère être la bonne et, déjà, le barbare et vous-même vous jetez dans les bras de votre vieil ami en riant.

Fanta vous rend votre accolade avant de vous examiner d'un œil critique. Il sort deux boîtes en fer d'une pochette accrochée à son ceinturon et les ouvre avec un bruit de pression. Avant même qu'il ait pu expliquer ce qu'elles contiennent, le géant en saisit une et l'avale d'une traite.

« C'est un tonique. Pas exactement un soin sur le long terme, mais ça devrait vous aider à tenir pour ce qui va arriver.

– Tu veux dire l'attaque d'hier ? Si y a un siège, comment on va s'en sortir ?!

– Il n'y a pas eu de siège, mon garçon. Tu comprendras une fois dehors. Virilus est de retour, et ses forces ont conquis la ville.

– Par Zarkan ! En une nuit ?! Et les murs y z'étaient là pour décorer ?

– La moitié des forces de la ville était déjà à sa solde, il n'a eu qu'à la cueillir et maintenant, vous devez l'arrêter.

– Hein ? Mais pourquoi nous ?

– À cause du rituel qu'il prépare. Statistiquement, vous n'avez aucune chance de lui échapper…

– Alors autant lui rentrer dedans ! Garder l'effet d'surprise ! », s'exclame le barbare, ravi d'avoir compris un plan avant son exécution.

« Mais c'est suicidaire ! », criez-vous à votre mentor

« Peut-être, mais c'est le seul moyen. Fais-moi confiance, mon garçon. »

Vous ignorez si suivre son conseil est une bonne idée, et l'ampleur de la tâche vous submerge : trouver et vaincre Virilus ! Et c'est sans compter sur ses forces qui envahissent la ville, la magie et les créatures à son service. Mais puisqu'il vous a déjà trouvé par le passé, il vous retrouvera tôt ou tard. Pas le choix, vous devez en finir une fois pour toutes !

« Où sont nos affaires ? », demandez-vous avec une conviction toute neuve.

« Dans ce coffre. Tout s'y trouve, j'en suis sûr. »

Vous récupérez votre sac et tout votre matériel. Rien ne semble manquer.

« Hé, Fanfan ! », s'exclame le PB en vous pointant du doigt comme un enfant fier de montrer son dessin à un parent. « R'gad ! J'ai pris soin du Billy ! C'ça qu'tu voulais, hein ? »

Le vieil homme pose sa main gantée sur l'épaule du géant avant de le prendre dans ses bras :

« Je suis heureux que tu aies survécu. Maintenant, hâtez-vous. Vous ne devriez rencontrer personne sur ce chemin, mais c'est une variable qui peut changer à tout moment ! » À ces mots, il fait mine d'examiner la salle avant d'appuyer d'un air décidé sur une pierre du mur. Un déclic, elle s'enfonce, et un passage souterrain s'ouvre doucement.

« Comment… ? », demandez-vous.

« Laisse, Billy, Fanta, c't'un gars qui sait. Nous, on doit faire maintenant », interrompt le PB en saisissant une lanterne pour s'enfoncer dans le boyau.

Pour toute réponse, votre mentor vous offre un sourire énigmatique. Avant de suivre votre ami, vous vous retournez une dernière fois :

« Et toi ?

– Je vais rester ici un moment, puis quitter la ville discrètement et partir pour la côte. Pour de vrai, cette fois », ajoute-t-il en vous adressant un sourire. « J'ai fait ma part, il ne tient qu'à toi de faire la tienne. Bonne chance, mon garçon. »

Vous quittez la prison en passant par les souterrains. Pendant que vous marchez avec votre ami, vous descendez la boisson de Fanta. Regagnez le **QUART** de vos **POINTS DE VIE MAXIMUM** (arrondis au supérieur et appliquez **TOUS** les bonus magiques, d'objets ou d'équipements). Un breuvage vraiment étrange qui pique la langue. Pas le temps d'y penser cependant, vous trouvez une échelle qui mène à la surface. Vous assurant que la voie est libre, vous dégagez la plaque qui bouchait l'entrée et sortez dans une arrière-ruelle en **300**.

179

Pas le temps pour ça ! Vous êtes recherchés et chaque seconde compte. Lorsque vous le menacez de votre arme sans même avoir eu le temps de lui demander quoi que ce soit, le bougre inonde son pantalon.

« V-vous énervez pas, messeigneurs ! Tenez !! C'tout c'que j'ai… C'est tout ce que j'ai ! »

Tremblant, il retourne sa chope et une pièce solitaire vient tinter sur le pavé. Le regard figé sur vos visages, ses yeux s'écarquillent brièvement. « Mais… Mais z'êtes…

– On est qui ? », menacez-vous lentement.

« Aaaah ! P-personne !! Z'êtes personne, oui ! Enfin, z'êtes pas ceux pour qui on a promis une récompense ! Pas d'doute !! Ouep ! Pas ceux-là !!

– Une récompense ? Par qui ?

– Pas par les orcs qui nous ont donné ça tout à l'heure ! C'sûr !! », termine le vieillard en vous tendant un bout de chiffon d'une main tremblotante.

La carte griffonnée grossièrement semble indiquer un bâtiment non loin d'ici.

« Et c'te gnôle, c'est les orcs qui t'l'ont filée aussi ?

– Pas touche !! C'est mon mien ! », beugle le mendiant dans un sursaut d'orgueil avant de poser à nouveau les yeux sur votre arme.

« Bon », conclut le barbare en lui lançant une pièce de cuivre. « On existe pas, sinon t'existes plus. Pigé ?

– Oui, messires ! Merci, messires.

– Viens, Billy, on a un rencard avec ces guignols », dit votre ami en quittant la ruelle.

« Quoi ? Tu veux qu'on s'rende pour récupérer notre propre récompense ?

– Tentant, mais non. J'veux juste savoir à quoi on a à faire d'abord.

– Et ensuite ?

– Bah, leur casser la gueule et récupérer la récompense.

– Je vois. »

Une réponse prévisible qui vous laisse le temps d'arriver en **354**.

180

Vous jetez quelques graines dans le box et l'animal se jette dessus avec une vitesse et une précision foudroyantes. Il picore tout ce que vous lui jetez ainsi qu'une partie des murs, avant de s'approcher de vous afin de vous remercier.

Ah, non. Il essaye de manger tout ce qui dépasse. Sans succès.

Pendant qu'il se distrait à essayer de mâchouiller la bandoulière de votre sac magique, vous tentez de fouiller sa besace. À l'intérieur, vous découvrez un vieux document avec deux dessins. Sur la première feuille se trouve une série de croquis représentant un guerrier terriblement menaçant ainsi que son ascension et sa chute. Vous remarquez que la bannière de ce seigneur de guerre ressemble énormément au motif que vous recherchez.

Sur la deuxième page se trouve un portrait. En le regardant de plus près, vous poussez un petit cri de surprise, avant de rassurer l'émeu qui s'était arrêté de grignoter votre sac pour tenter d'ingérer vos cheveux.

Deux hommes côte à côte sont dessinés sur le portrait. Aucun doute, il s'agit de votre grand-père ! Malgré son aspect rajeuni et ses cheveux fournis, son regard fou et son sourire déjà édenté sont reconnaissables entre mille !

Le véritable mystère qui vous bouleverse, cependant, tient dans l'apparence de la personne qui l'accompagne. Sans même avoir eu à le replacer, vous avez immédiatement reconnu votre ancien mentor, Fanta, qui possède exactement la même tête sur le dessin qu'aujourd'hui.

Vous n'êtes ni stupide ni fou. Il est évident que cet émeu est bel et bien Mimine, la monture de feu votre grand-père, et que ce portrait précède votre naissance, voire celle de votre mère ! Il y a quelque chose qui cloche dans cette histoire.

Un piaillement sonore vous fait sursauter de nouveau, et vous passez la main dans vos cheveux pour constater qu'il en manque définitivement une touffe. Le volatile semble s'énerver et commence à battre des ailes. Comprenant instinctivement ce qu'il réclame, vous vous empressez de remettre les précieux documents dans la sacoche de sa selle avant de vous éloigner sans lui tourner le dos. L'animal semble se désintéresser de vous et reprend sa consommation inexorable d'absolument tout ce qui l'entoure.

Ces révélations énigmatiques vous octroient **1 INFO** ainsi qu'**1 POINT DE CHANCE MAX**. Ne souhaitant pas embêter le barbare avec vos découvertes familiales, vous lui faites un bref résumé du premier document en vous dirigeant vers le **100**.

181

Votre flair de **GUERRIER** vous pousse à trouver l'armurerie la plus proche. La boutique d'armes la plus réputée de la ville est tenue par une ancienne forgeronne, installée depuis près d'un siècle. Vos assaillants étant habitués au maniement des armes, il se peut qu'ils fréquentent ce genre d'endroit.

En arrivant sur place, vous ne cachez pas votre surprise lorsque l'artisane s'avère être une Elfe de petite taille portant un tablier usé. Interrompant son travail pour vous jauger, son corps fuselé et son regard affuté semblent parfaitement illustrer le proverbe « Qui s'y frotte s'y pique ». Et au vu de son âge potentiel, ça ne vous surprendrait par qu'elle en soit à l'origine.

Avant que vous ne puissiez ouvrir la bouche, elle annonce :

« Pour répondre à votre question, c'est mon père qui a ouvert cet endroit il y a plus d'un siècle. Non, il n'est plus là et oui, vous ne trouverez pas meilleure maison pour tout ce qui coupe, pique et fracasse. Ceci étant dit, qu'est-ce que je peux faire pour vous ?

– Ah… Bonjour, madame, on cherche une information.

– Je fais essentiellement dans l'armement », vous coupe-t-elle. « Vous trouverez moins d'informations ici que de moyens d'infirmer les autres. » Après une brève inspection, elle vous lance : « Vous m'avez l'air d'être un garçon plutôt adroit. Que diriez-vous d'un marché ? Je vous dirai tout ce que je sais contre un peu de publicité pour mes créations.

– M… Moi ? Pas lui ? », dites-vous en pointant votre ami du doigt.

« C'est clairement un barbare. Et le seul moyen de mettre une armure à ces inconscients, c'est de la leur clouer dessus.

– Merci, il accepte », répond sincèrement le géant avec un grand sourire.

« Hé ! », vous indignez-vous avant de soupirer. « Bon, est-ce que je peux au moins choisir c'que je vais devoir porter ? »

L'armurière vous expose joyeusement ses toutes dernières créations. Elle vous demande de porter l'une de ses pièces d'équipement lors de vos deux prochains combats. Le problème, c'est que ce n'est pas du sur-mesure et que cet équipement publicitaire peut autant vous avantager que vous handicaper. À vous de choisir parmi ces trois objets :

☞ **Cape Publicitaire :** +2 ADRESSE et ENNEMI +2 DÉGÂTS
☞ **Bracelets Promotionnels Lourds :** -3 HABILETÉ, +1 ARMURE
☞ **Fléau Rouge fluo à paillettes :** À chaque tour, si votre score combat est inférieur ou égal à 3, vous perdez **3 POINTS DE VIE**. S'il est supérieur à 3, c'est votre ENNEMI qui perd **3 POINTS DE VIE**.

Vous êtes libre de quitter la boutique en déclinant son offre pour filer directement en **70**.
Si toutefois vous acceptez, **équipez-vous obligatoirement** de l'objet publicitaire pour vos **2 prochains combats** et gagnez **1 INFO**. Lorsque vous aurez mené vos

deux combats, jetez la pièce d'équipement publicitaire. Enfin, si vous possédez une **ÉCAILLE DE DRAGON**, vous pouvez lui proposer une alternative en **322**.

182

« Ce qui se passe dans la forteresse, reste dans la forteresse. »

C'est ce qu'insinue le regard complice du barbare qui répond à votre question silencieuse. Tant que vous ne la mentionnerez jamais, l'expérience qui va suivre renforcera votre amitié… Après tout, c'est la guerre ! Des sacrifices sont parfois nécessaires et celui-ci n'est pas le pire d'entre eux. Empli d'une détermination nouvelle, vous approchez des elfes en retirant vos vêtements : « Mesdames, à table. »

Rien ne saurait ensuite décrire le tourbillon de stupre sensuel, de sueurs luisantes et de plaisirs tactiles qui imprègnera les bains pour très longtemps. Si le barbare endosse une grosse partie de la charge dans un coin de la pièce, vous n'êtes pas en reste et, à vous deux, vous finissez enfin par arriver à bout de ce terrible adversaire qu'est l'endurance féminine.

Épuisées mais satisfaites, les elfes rassasiées se prêtent volontiers aux confidences sur l'oreiller et acceptent de répondre à l'une de vos questions. Si vous souhaitez les interroger sur le **POINT FAIBLE DE VIRILUS**, allez en **336**. Si vous souhaitez savoir comment **CONTOURNER LES GOBELINS DANS LE COULOIR SUD**, allez en **514**.

183

L'odeur de bois brûlé qui emplit vos narines remplace désormais les riches senteurs florales du Jardin, et seule l'altière Tour des Mages se dresse encore debout, surplombant l'océan de cendres qui l'entoure désormais. Les riches citadins de Lennonia que vous avez sauvés ont quitté les lieux, et vous observez la forteresse volante qui obscurcit le ciel, accessible d'un saut de puce depuis le sommet de la tour.

Si vous souhaitez pénétrer dans la citadelle de Virilus par la Tour, rendez-vous au pied de celle-ci en **472**. Sinon, continuez à explorer la ville en vous rendant à la **GRAND PLACE** en **285** ou au **QUARTIER COMMERÇANT** en **95**.

184

L'endroit est gigantesque… Parfait pour y faire décoller ou atterrir des volatiles géants. Derrière vous, par la porte entrebâillée, vous apercevez ce qui ressemble à une halle de stockage. Plus de doute, vous êtes arrivés par la plateforme des livraisons aériennes. De chaque côté du tarmac se dressent deux tours monumentales. **L'ENTREPÔT** est apparemment désert, ce qui pourrait vous inciter à y pénétrer en **340**. Mais si vous préférez une approche plus discrète, vous pouvez utiliser votre **KIT D'ESCALADE** pour grimper sur la **TOUR NORD** en **10** ou la **TOUR SUD** en **581**.

185

Vous composez nerveusement les chiffres sur la roulette du coffre. Malheureusement, la poignée de la porte reste immobile. Pire encore ! Une alarme se déclenche. Fuyant le bâtiment qui résonne au son des clochettes de sécurité, vous sautez par une fenêtre avant d'atterrir en roulé-boulé et de détaler en **70**.

186

Au moment où vous pénétrez dans la salle du trésor, la porte se ferme derrière vous. Ne trouvant pas de poignée pour rouvrir le passage, vous décidez d'examiner l'antichambre sécurisée. Divisée en deux par de lourds barreaux, la pièce rayonne d'une montagne de richesses inestimables, dont la majeure partie se situe derrière une gigantesque porte cadenassée qui vous bloque l'accès. Avant même d'essayer quoi que ce soit sur la serrure, vous vous ruez sur les gros lingots d'or qui traînent sur une table à côté de vous. Sans doute devaient-ils attendre leur transfert dans le coffre principal ! Vous voilà riches !

Malheureusement, chaque lingot pèse une tonne, et vous réalisez que si votre sac magique peut contenir un volume d'objets virtuellement infini, leur poids n'est pas complètement annulé. Le moindre lingot accuse plus d'une vingtaine de kilos, et sacrifier votre mobilité au milieu de la forteresse ennemie semble être une très mauvaise idée. À contrecœur, vous abandonnez le butin et ramassez plutôt la **CLÉ A**, posée à côté. Alors qu'il soulevait un tapis en cherchant une issue, le barbare trouve une trappe qui mène à un tunnel secret : sans doute la sortie ! Vous examinez le cadenas en acier arkadien qui vous sépare du gros de la salle du trésor. Toutes vos tentatives pour l'ouvrir échouent, même les plus créatives.

Si vous avez la **GROSSE CLÉ**, insérez-la dans la serrure en **151**. Si vous ne l'avez pas ou que vous souhaitez quitter les lieux, empruntez le passage souterrain en **313**. N'oubliez pas d'ajouter la **CLÉ A** à votre inventaire.

187

Trouver une bibliothèque dans une cité dont la plupart des habitants sont illettrés n'est pas chose aisée. Les rares passants à qui vous demandez votre chemin vous regardent en chiens de faïence quand ils ne vous considèrent pas comme des illuminés. Et ce n'est qu'après une longue errance dans Lennonia qu'une bâtisse dont le fronton flanqué d'un grimoire gravé à même la pierre attire votre attention.

En poussant la lourde porte, vous sursautez brutalement quand vous tombez nez à nez avec un gorille colossal qui s'avère être le gardien des lieux. Levant distraitement les yeux à travers son pince-nez, celui-ci répond à votre cri d'une voix impeccable :

« Bonjour à vous aussi, monsieur. »

En vous voyant rester bouche bée sur le pas de la porte, l'étrange libraire replonge dans sa lecture. Lorsque vous vous décidez enfin à pénétrer les lieux, il se contente de vous ignorer en ajustant son pince-nez.

Si vous êtes munis du **PAMPHLET**, vous pouvez lui demander s'ils possèdent une section sur les différentes factions d'Erenner et leurs symboles en **108**.

Si vous possédez un **ÉCUSSON D'ORC**, montrez-le à ce curieux gardien en **269.**

Si vous ne disposez ni de l'un ni de l'autre, rendez-vous en **371**.

188

Sur le trajet qui vous a mené jusqu'à la place où se trouve l'auberge, vous avez pu constater l'étendue de l'invasion. Plusieurs portes brisées, des corps entassés et des traces de sang jonchent encore les rues. Les quelques gobelins que vous avez croisés vous ont à peine prêté attention, trop occupés à dépouiller le cadavre d'un marchand obèse… Une erreur monumentale toutefois, puisque le Pyro-Barbare n'en laisse réchapper aucun, ajoutant quelques macchabées de plus à la décoration extérieure.

Sur la petite place se dressent plusieurs grandes cages dans lesquelles sont enfermés des dizaines d'hommes encore en vie, certains implorants, d'autres résignés à leur sombre destin.

« Pas d'femmes et pas d'gosses… Ils ont pas l'air d'vouloir en faire des esclaves non plus », constate le PB.

« Un sacrifice, alors ?
– Ou leur repas. Dans tous les cas, on pourra pas péter la serrure sans attirer leur attention », chuchote-t-il en désignant du pouce une patrouille qui surgit de derrière les cages pour pénétrer dans les restes calcinés du « Barbare hydraté ».

Si la structure de l'auberge avait tant bien que mal résisté à votre première visite, son ossature calcinée n'a pas survécu à l'invasion, et le mobilier carbonisé ne semble pas gêner le moins du monde les créatures qui se ruent à l'intérieur pour fêter leur victoire. Parmi le groupe de soldats, une immense silhouette se détache : un ogre.

« Tch. Ç'va pas être évident. C'est aussi con qu'fort, ces trucs-là », précise votre ami qui ne semble pas particulièrement affolé par cette créature repoussante et réputée pour sa voracité sans limites. « Imagine un gros bébé débile qu'a toujours faim, mais qu'y a personne pour l'empêcher de s'fourrer tout c'qu'il trouve dans la bouche…
– Je vois le genre… Il avait une grosse clé autour du cou. Tu crois que… ?
– Ouais. C'la clé des cages. C'pour ça qu'il est docile. Son garde-manger est à sa portée. »

Vous entendez des chants gutturaux s'élever des décombres de la taverne tandis que vous vous demandez comment récupérer cette maudite clé. L'opération est risquée et vous pressentez que plusieurs solutions se joueront surtout sur la **CHANCE**.

Si vous êtes munis du **PAMPHLET**, vous pouvez tenter une tromperie habile en **463**. Si vous possédez la **MARMITE**, optez pour une diversion plus bruyante en **217**. Si vous avez le **PHILTRE D'AMOUR**, réglez ce léger problème à l'amiable en **506**. Si vous avez le **SAC DE GRAINS**, tentez de tromper vos ennemis en **208**. Autrement, vous pouvez utiliser votre **ADRESSE** pour créer une diversion en **346** ou simplement affronter courageusement ces envahisseurs en **370**.

Si vous ne souhaitez pas prendre de risques et passer votre chemin, vous pouvez vous rendre au quartier de la **TOUR DES MAGES** en **283** ou rejoindre le **QUARTIER BOULANGER** en **148**.

189

Visiblement, vous n'êtes pas fait pour l'escalade et encore moins pour les opérations furtives. Au cours de votre dernière tentative, vous glissez et entraînez le barbare dans votre chute. Les deux paladins de garde accourent, attirés par le raffut, et décident de vous livrer à leur chef. Totalement hilare suite à votre cascade maladroite, votre compagnon ne résiste même pas et se fait traîner avec vous en **143**.

190

Dressé sur son perchoir, un étrange volatile très coloré vous observe d'un œil inexpressif. Une crête de plumes se dresse à intervalles réguliers sur le haut de son crâne et – ô miracle – il parle !

« Oujenétai ! Oujenétai !

– Quesskcé qu'ce poulet ? Il est possédé ? », s'effraie le PB.

« Aucune idée… Mais il a pas l'air dangereux », dites-vous en caressant le curieux animal.

« Bwark ! Aukunidée ! Aukunidée ! », répète-t-il en roucoulant sous vos doigts.

« Il parle pas vraiment, j'ai l'impression, il imite ce qu'il entend.

– C'pas comme ça qu'on apprend à parler ?

– Pas faux…

– Rrrwaaark ! Le sang anciiiiiieeeeeennnnnnnn, paaaaaaas anciiiiieeeeennn ! », couine la bête. « Sang est neeeeeeuuuuuf. Sang est neeeeeuuuuf !

– "**Sang est neuf**" ? T'crois qu'c'est un truc que répète souvent l'vieux ? Pourquoi il lui dirait ça, au sac à plumes ?

– Sakabièrr ! Sakabièrr !

– Hey ! C'pas c'que j'ai dit ! »

Vous réprimez un rire devant l'audace de l'oiseau avant de répondre à sa question :

« Aucune idée. Il devait pas vouloir l'oublier, j'imagine… »

Vous restez perplexe devant la créature qui vous fixe toujours avec curiosité. Vous lui gratouillez négligemment le cou en envisageant vos autres options. Vous pouvez examiner le chaudron en **359** ou le placard du mage en **318**. Si vous souhaitez chercher un moyen de quitter les lieux, rendez-vous en **445**.

191

« Qu'est-ce que c'est que ce drôle d'oiseau sur son perchoir ?

– Aha ! Il s'agit de Cramembert ! Mon puissant et fidèle phénix ! Un compagnon absolument indispensable. Ne vous fiez pas à son apparence, il est plutôt espiègle.

– Kwaaack ! Esspiaigle ! Esspiaiiigle !!

– J'rêve ou l'piaf vient d'parler là ?

– Laissez, il profite du fait qu'il y a des invités pour crâner.

– Crrrânndepiâf !! Crrrânndepiâf », lance le volatile au barbare.

Vous pouffez devant l'indignation de votre ami et commencez à caresser le curieux oiseau. Immédiatement, il se colle à votre main et vous laisse lui gratouiller le cou.

« Vous lui parlez souvent ? », demandez-vous au sorcier.

« Oui… C'est l'interlocuteur rêvé ! Il passe son temps à me renvoyer mes idées ! Mais je crois qu'il vous aime bien.

– Z'aimbien ! Kwaaack !

– Je pense que sortir lui ferait du bien. Laissez-moi vous dire, jeune homme : si vous avez de quoi m'aider pour mon Jardin, je veux bien vous le prêter. Il me faudrait de nouvelles bottes, je crois que les anciennes ont été mangées par quelque chose… Quoique c'est très spécifique, n'est-ce pas ? Autrement, si vous avez de quoi le nourrir, il vous suivra quoi que j'en dise. De toute façon, il finira bien par revenir, hein mon Cram-Cram ?

– Krâââmemberrr ! Krâââmemberrr ! », répond l'intéressé.

Si vous avez les **BOTTES EN FER**, vous pouvez les échanger contre l'étrange volatile. Si vous avez le **SAC DE GRAINS**, le perroquet plonge dans votre besace sans vous demander votre avis. Dans les deux cas, vous avez un nouveau compagnon pour la suite de votre aventure… Mais considérez-le comme un vulgaire objet et ajoutez le **PERROQUET** à votre inventaire ! Si ce n'est pas déjà fait, demandez le soutien du sorcier face à la menace qui vous poursuit en **415**. Si vous aimeriez qu'il utilise un enchantement de son cru pour vous aider, allez en **330**. Si vous pensez avoir tout dit au mage, il est temps de poursuivre en **464**.

192

Vous mettez quand même la boîte dans votre sac. Après tout, elle est en or et possède une grande valeur. Vous arriverez sans aucun doute à la refourguer à un imbécile qui prendra la responsabilité de ce qui se trouve à l'intérieur, et ce qu'il pourrait en subir. De plus, l'écrin constitue la preuve que vous avez pénétré dans la Tour des Mages et survécu. Un exploit qui vous octroie **1 POINT DE GLOIRE** et **1 RICHESSE** supplémentaire. Vous pouvez maintenant examiner l'étrange animal en **190**, le chaudron bloubloutant tranquillement en **359**, ou le placard fermé en **318**.

- Acte II -

La Cathédrale

193

Excepté le château, les deux édifices les plus imposants de Lennonia sont la Tour des Mages et la Cathédrale d'Edire. Visibles depuis toute la ville, les deux monuments semblent s'affronter dans une joute de puissance minérale et de hauteur vertigineuse. Points cardinaux de la cité, ce sont des repères idéaux pour le voyageur égaré.

C'est donc vers la cathédrale que vous vous dirigez, espérant y trouver les réponses à des questions qui vous dépassent, comme tout Lennonien en recherche de vérité.

Devant cette construction imposante, vous ne pouvez réprimer votre émerveillement. Sa façade ornée est illustrée par le visage de la Déesse Edire, maîtresse du repos et du renouvellement. Étonnamment, votre compagnon ne semble pas partager votre admiration :

« Quand les chevaliers d'la cathédrale vont apprendre qu'des gugusses peuvent s'amuser à promener des squelettes dans toute la ville, y vont pas aimer. »

Le sortant d'on ne sait où, il agite un tout petit bout d'ossement récupéré la veille sous votre nez, en vous regardant d'un air complice. « Eh. J'l'ai glissé dans mon slip hier après la baston. Y a pas qu'toi qui gardes des preuves.

– La mienne est plus grosse que la tienne », dites-vous en tapotant votre sac où le bras squelettique s'agite toujours.

Faisant semblant de bouder, il vous jette l'osselet qui rebondit sur votre tête.

Malgré l'heure matinale, le parvis de la cathédrale est bondé. La foule est principalement composée de vieillards ou des rares personnes qui disposent du pouvoir mystérieux de se lever tôt.

Si vous êtes munis du **PAMPHLET**, vous pouvez commencer par déchiffrer le panneau touristique pour en apprendre davantage sur la divinité maîtresse des lieux en **87**.

Si vous ne savez pas lire ou que vous n'avez pas confiance en l'office du tourisme local, demandez au PB ce qu'il sait d'Edire en **167**.

Vous pouvez aussi observer la foule en **61** ou parler directement aux deux chevaliers en armure postés devant les portes de la cathédrale en **8**.

194

Contre toute attente, le colosse sombre est vaincu. Son corps sans vie s'écroule face contre terre, lourd comme un arbre abattu. Sous son cadavre, le sol semble bouillir, et vous ressentez l'énergie maléfique le quitter dans une vapeur. Le général Massacre n'est plus.

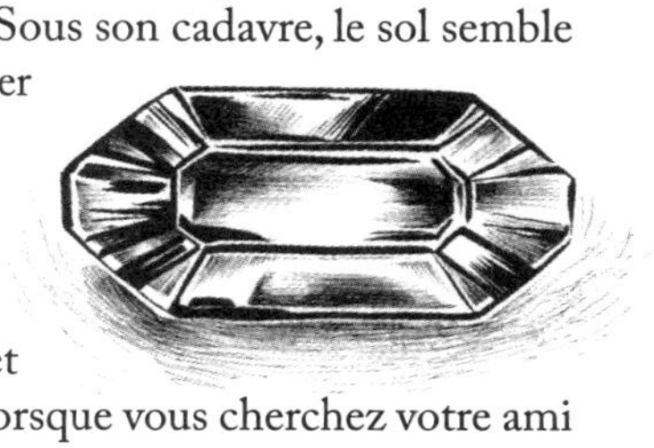

La gemme qu'il tenait à la main roule à vos pieds, désormais terne. Si la lumière qui l'animait a disparu, elle reste chaude au toucher et vous l'enfouissez tout au fond de votre besace. Lorsque vous cherchez votre ami des yeux, il est agenouillé devant les restes des squelettes que vous avez vaincus. Dépassant de leur tas de poussières, certains bouts d'os ont visiblement refusé de trépasser. Après un bref instant de réflexion, le barbare saisit un avant-bras qui tente vainement de lui tâter le visage avant d'écraser le reste des ossements au sol.

« Faut pas qu'on traîne, PB ! Tu connais pas un endroit ? »

Vous entendez au loin des voix autoritaires et des pas lourds qui approchent. Peut-être la garde… Ou pire.

« Une préférence ? », demande-t-il calmement avant de fourrer le bras squelettique dans votre sac.

« On s'en fout ! L'important, c'est vite ! Sors-nous d'là !!

– Pigé. Accroche-toi. »

D'un geste soudain, votre compagnon vous soulève d'un bras et déguerpit dans les ruelles obscures à une vitesse fulgurante. Au bout d'une quinzaine de minutes sans que vos pieds touchent le sol, le Pyro-Barbare vous traîne dans un bâtiment peu éclairé en passant par un sous-sol. Une salle de jeu clandestine ! Parfait pour disparaître ! Mettez enfin pied à terre et ajoutez la **GEMME MAGIQUE** et le **BRAS SQUELETTIQUE** à votre inventaire avant de regarder autour de vous en **9**.

Félicitations, vous avez débloqué le succès «Filtre à journaliste». Cochez la case correspondante à la fin de cet ouvrage.

195

Vous voilà à l'intérieur de la cathédrale dans laquelle pèse un silence sonore ! Au bout de la nef se dresse une magnifique statue d'Edire au pied de laquelle un homme de grande stature vous tourne le dos. Vous tentez de vous faufiler discrètement quand sa voix résonne dans vos oreilles, portée par l'acoustique des lieux :

« Il n'y a rieng à trouver ici, sauf le repôs. Mais vous n'êteuh pas des voleurs, dites ?

– Comment qu'il a su qu'on était là ? », murmurez-vous au barbare.

« Vous êtes passés devang le vitrail principal », continue le prêtre en riant. « Les ombres portent loing sous la lumière d'Edire. Allons, descendez. Je ne vais pas vous faire de mal, peuchère. »

Réalisant que vos silhouettes sont clairement visibles sur le mur situé en face de l'homme, vous jurez intérieurement avant d'interroger le barbare des yeux. Il hausse des épaules en souriant avant de descendre avec vous en **230**.

196

Les carcajous ont reniflé votre présence et se jettent sur vous, suivis par leur maître.

« Les loutres sont à moi ! », vocifère le PB qui abat déjà sa hache sur un tourbillon de griffes.

L'esclavagiste abandonne ses bêtes à leur combat, préférant sadiquement s'occuper de votre cas. Il fait claquer son fouet pour vous impressionner, et vous en profitez pour l'enrouler autour de votre **LANCE**. Trop sûr de lui, il tire sur son manche afin de vous arracher l'arme des mains alors que vous dirigez celle-ci droit dans sa gorge. Abasourdi, le contremaître s'écroule dans un gargouillis grotesque, le visage désormais scellé par la surprise.

Le PB termine son combat contre le dernier carcajou dans un hurlement furieux. Griffé de toute part, il arrache la colonne vertébrale de la créature d'un coup de dents enragé avant de la recracher au sol.

« 'tain la vache ! C'est super vénère, les loutres, en fait ! Même les loups d'Kränelorn y sont pas aussi mal lunés. Ils leur font bouffer des chaises ou quoi ?! »

Stoïques, les deux prisonniers ont assisté au spectacle et applaudissent des sourcils. Un léger voile dans leur regard vous fait comprendre qu'ils aimeraient tout de même être libérés après avoir terminé leur travail en **597**.

197

Pensant que le **BRAS SQUELETTIQUE** suffira à vous faire entrer, vous vous apprêtez à le laisser gigoter sous le nez des gardes. Les doigts puissants de votre ami se referment sur votre avant-bras avant que vous n'ayez sorti la relique maudite.

« Mais ça va pas ?! T'es dingue ou quoi ?! Si tu leur agites ça sous le nez, ils vont nous prendre pour des sorciers et nous tomber dessus direct ! Faut jamais parler aux grouillots, toujours aux patrons. C'plus facile de négocier avec eux. »

Le barbare a sûrement raison. Mieux vaudrait trouver une autre méthode.

Si vous avez la **MORGENSTERN** sur vous, les gardes vous remarquent en **164**.

Si vous ne l'avez pas ou que discuter avec ces deux molosses semble inutile, faites le tour de la cathédrale en **93**.

198

Faites un **JET DE CHANCE**. En cas d'échec, rien ne se passe et les hyènes rient de plus belle à votre entrée ratée en **317**. Mais si la chance vous a souri, allez en **206**.

199

Vous descendez d'une traite le contenu de votre verre sans émettre la moindre réaction. Impressionné par votre stoïcisme, le PB rigole en s'apercevant que vous vous êtes endormi debout, les yeux ouverts. Toujours hilare, il s'allonge sur une paillasse mise à la disposition des soûlards et s'endort.

Le lendemain, vous reprenez conscience de votre existence au même endroit où vous étiez assis la veille. Cette nuit réparatrice et paisible vous a rendu **5 POINTS DE VIE**. Les yeux un peu secs, vous vous rafraîchissez le visage avant d'aller réveiller votre ami en **153**.

200

Réveillés par les derniers parieurs qui quittent la salle au petit matin, vous préparez votre journée en prenant un rapide petit-déjeuner autour de la même table que la veille.

« Bon, si ch'm'chouviens bien… », reprend votre ami la bouche à moitié pleine. « On veut des infos sur l'sang ancien. Pour ça, on à l'caillou qui brille et l'bras qui bouge…

– Et soit on demande à un mage s'il connaît ce genre de magie, soit on demande au prêtre d'Edire s'il a l'habitude de ce genre d'hérésie.

– Aller voir l'un ou l'autre va nous prendre toute la journée. Alors, qu'est-ce qu'on fait, Billy ? »

De toute évidence, le sang ancien est au centre du mystère.

Si vous pensez que la nécromancie joue un rôle important dans cette histoire, consultez l'ordre d'Edire en empruntant la route de la Cathédrale en **193**.

Si vous pensez que la piste du cristal magique est plus intéressante à suivre, cherchez un expert sur le sujet en empruntant la route de la Tour des Mages en **216**.

201

Vous devancez le barbare avant qu'il ne puisse ouvrir la bouche :

« Oui, c'est fait. Tout ce qui était dedans est mort », annoncez-vous avec un sourire forcé en donnant un petit coup de coude à votre ami.

« Euh… Ouaip ! Même qu'y sont toujours morts ! Enfin, 'core plus qu'avant ! »

L'excitation de Solia se transforme peu à peu en incompréhension, puis en doute. N'ayant pas les moyens de remettre votre parole en cause, elle vous lance un sourire hésitant, mais reste soupçonneuse. Ça ne vous empêche pas de reprendre la route ensemble.

Sur le chemin du retour, vous lui narrez vos exploits auxquels elle accorde une oreille distraite. Les silences qu'elle fait traîner sont imprégnés de suspicion, car elle sent que vous ne lui avez pas tout dit. Elle n'est pas la seule à voir clair dans vos fariboles, car Edire connait les choix que vous avez faits et vous retire **1 POINT DE GLOIRE** pour votre mensonge et votre promesse brisée. Vous atteignez finalement la cathédrale en **333**.

202

Alors que vous bégayez en essayant de gagner du temps, vous sortez la **BOUTEILLE DE MAGIE PURE**, tout en vous demandant comment vous en servir. La lumière qui s'en échappe inonde soudain la pièce et dissipe la brume parfumée qui la saturait. Médusée par cette apparition, une des elfes se saisit brutalement de la fiole, tandis que les autres l'entourent, observant intensément son contenu :

« Mais c'est… », dit l'une.

« Aucun doute… Mais normalement, ce n'est pas… », rétorque l'autre.

« Il y en a tellement… », ajoute une troisième en se léchant les lèvres.

Les six femmes lèvent subitement leurs yeux sur vous d'un air interrogateur. Vous leur répondez d'un geste de la main, pouvant s'interpréter par « Je vous en prie, mesdames » ou « J'ai absolument aucune idée de ce qui s'passe ».

Excitée, la première débouche la bouteille et en boit une gorgée. Elle s'effondre brusquement, un large sourire accroché au visage. Les halètements et les soupirs qu'elle entame ensuite témoignent d'un moment d'extase sans pareil. Sans tarder, les autres s'échangent la fiole pour en partager le précieux nectar. Prises de spasmes euphoriques, elles se tortillent au sol avant de ramper vers vous. Vous voyez le PB disparaître alors que vous êtes happé par une masse de corps en sueur et vous vous abandonnez à ce groupe de femelles en chaleur.

Après un long moment d'extase partagé – à moins qu'il ne s'agissait d'un court instant de soumission forcée –, vous surgissez de dessous le tas d'elfes. Face à vous, le PB sirote tranquillement une coupe de vin, un œil entendu posé sur vous.

« Hé bé… Ça s'est… mieux passé… que je l'aurais cru », laissez-vous échapper dans un souffle.

« J'vu ça. T'avais l'air d'bien t'amuser. Au fait, pendant qu'elles t'montaient d'ssus, j'ai vu ces anguilles t'murmurer des trucs à l'oreille. Elles disaient quoi ?

– Paraît que Virilus à un point faible : son casque. Apparemment, il l'enlève jamais, et il y tient beaucoup.

– Pas mal, gamin », dit-il avant de vous tendre le reste de sa coupe que vous videz d'une traite.

Quand les elfes reprennent leurs esprits, elles se montrent très coopératives et vous indiquent – sans que vous ayez demandé quoi que ce soit – qu'un passage secret vous permettrait de prendre les **GOBELINS DU COULOIR SUD** par surprise **en soustrayant 10** au prochain chapitre. Affamées par autant d'exercice, elles quittent les bains joyeusement et se mettent en quête d'un gobelin à dévorer. Quant à vous, il ne vous reste plus qu'à filer en **292**.

203

« Désolé. Mais c'est pas pour ça qu'on vous a détachée », dites-vous en adoptant votre posture de combat.

En vous voyant prêt à attaquer, la vampiresse et le barbare éclatent tous deux d'un rire diamétralement opposé, tel un torrent de feu se heurtant à un océan de glace.

« J'aime ta façon d'penser, gamin ! Ça, c'est un adversaire digne ! L'honneur ! Y a que ça d'vrai !! », rit votre compagnon à gorge déployée en dégainant sa hache pour vous soutenir.

« Comme c'est cocasse. Vous êtes impayables ! Je dois dire que je suis surprise, c'est la première fois que je rencontre de tels imbéciles. Et le sang du dernier coule dans mes veines ! », se reprend-elle en longeant le mur. « Mais soit. Si votre désir est de mourir, je vais me faire un plaisir de vous accorder cette faveur.

– T'laisse pas impressionner, Billy, à nous deux on peut… »

Mais votre ami n'a pas le temps de finir sa phrase avant qu'un coup de paume dans le plexus ne le projette à travers toute la pièce, détruisant une table sur son passage. La vitesse de votre adversaire est telle que vous ne l'avez même pas vue se déplacer !

« Oh, quel régal ! », s'exclame-t-elle. « Avec sa carrure, je vais pouvoir le conserver pendant des mois sur le chevalet de l'autre idiot. Et toi, tu seras parfait pour me faire passer l'arrière-goût atroce qu'il m'a laissé. »

Reculant devant le prédateur ancestral qui s'avance vers vous, vous finissez contre un mur, le souffle court. Son regard vous paralyse. Vous sentez ses lèvres s'approcher délicatement de votre cou sans que vous ne puissiez bouger le moindre muscle. « J'ai bien peur que ta loyauté ne t'empêche pas d'être succulent. Mais ne t'inquiète pas, je ne laisserai pas la moindre goutte. »

Cette fois-ci, vous vous êtes vraiment mis dedans. Mais loin de votre perception, un écho se fait ressentir autour de vous en **225**.

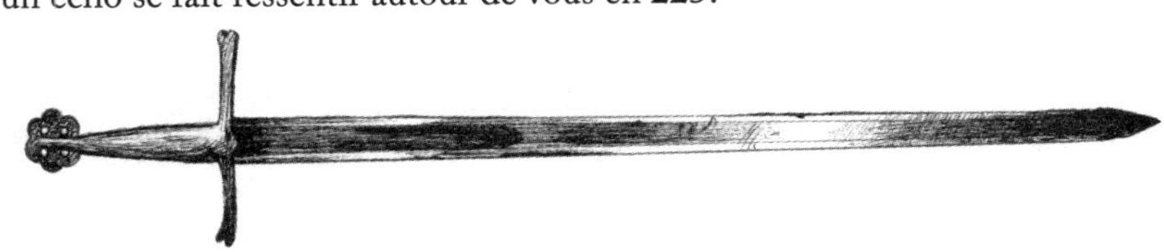

204

L'énorme lustre chargé de bougies est suspendu juste au-dessus du chef orc qui s'approche vers vous d'un air menaçant. Refermant votre main sur un couteau à fromage, vous attendez nerveusement le moment propice pour sectionner la corde située juste à côté de vous. Le guerrier à la peau bleue pousse un rugissement et s'arrête pour dégainer une dague. Vous profitez de ce moment d'inattention pour trancher d'un coup sec le lien du lustre qui vient s'écraser dans un fracas assourdissant pile sur la tête de votre adversaire ! Célébrant momentanément votre victoire, toutes les cellules de votre cerveau prennent le temps de se féliciter mutuellement pour ce succès retentissant !

C'était malheureusement sans compter avec le plancher de la taverne, imbibé d'innombrables traces d'alcool. En quelques secondes, les flammes des bougies embrasent le parquet et se propagent joyeusement. Pire encore ! Dans un élan de rage, le chef orc essaye de se dégager des décombres pour tenter d'attaquer le barbare aux prises avec un autre combattant. Par pur réflexe, vous jetez votre arme de fortune en direction de l'orc et celle-ci vient se ficher dans son bras. Alerté par son cri de douleur, le barbare se débarrasse de son assaillant et repousse le chef orc blessé d'un violent coup de pied dans la poitrine. Sans aucune hésitation, le colosse vous tire à travers la porte principale afin de vous traîner dans une ruelle secondaire, loin de la foule qui commence à s'agglutiner devant le spectacle de l'incendie en **249**.

205

D'un tour de cou foudroyant, Solia se retrouve face à vous. L'œil rageur, elle vous fixe sans rien dire avant de vous désarçonner d'une ruée brutale. Visiblement très contrariée, elle reprend la route d'un trot fulminant.

Le barbare vous aide à vous relever en secouant la tête de gauche à droite.

« Maismaismais… qu'est-ce que j'ai dit de mal ? », vous étonnez-vous.

« On t'a jamais dit qu'il faut jamais dire ça ?! Dire à une centauresse qu'elle a une queue d'cheval… Ça te ferait quoi si moi, j'te traitais de tête de cul ? Je s'rais toi, j'me f'rais tout plat. »

Perdez **7 POINTS DE VIE**. Si vous survivez, Solia accepte vos plus plates excuses et vous reprenez la route en silence en **261**.

Si la chute de votre monture vous a été fatale, apprenez le destin tragique d'Erenner en **224**.

206

Tandis que l'attelage poursuit calmement son chemin au rythme des rires des gnolls, vous remarquez que la terre se met à bouillir sur son passage. Surgissant des entrailles du sol, le Fleuriste jaillit en dessous du scorpion ! Tel un esprit vengeur de la forêt, il éventre l'animal d'un coup de serpe dorée et saute sur la charrette, tandis que le monstre se vide de ses boyaux en hurlant. Félix égorge ensuite les deux gnolls simultanément à l'aide de sa fidèle truelle et de sa serpe meurtrière, étincelantes au milieu des gerbes de sang. Dressé sur la calèche, le visage couvert de cendres, il semble humer l'air avant de tourner le regard vers vous :

« Vous aussi, vous avez survécu à l'incendie ? Décidément, vous m'impressionnez de plus en plus. PB. Billy », termine-t-il en vous saluant poliment de la tête.

« Mais, mais, mais… ?! Comment vous avez… Que… ? », bafouillez-vous.

« On était pas là lorsque tout a cramé. C'probablement l'dragon qu'a allumé tes fraises. Sinon, comment t'as survécu, mon gars ? Technique secrète d'Fleuriste ?

– Non. D'Eccborian… Quand les flammes vous encerclent, il faut s'enterrer dans de la terre humide. J'ai été réveillé par des cris. Et en sortant de mon trou, j'ai vu ça. Des amis à vous ?

– Pas vraiment, mais ceux qu'sont dans la boîte derrière, ouais. Pas b'soin d'les débroussailler ceux-là. Merci d'nous avoir ameubli l'bouleau, eh ! »

Sur ce jeu de mots vaseux, Félix se fend d'un sourire sincère avant de disparaître lentement dans la fumée alentour.

« Je ferai attention où je dors dorénavant. Au plaisir », annonce-t-il en s'évanouissant dans la nature fantôme.

Vos retrouvailles furent aussi réjouissantes que brèves, mais les gémissements des riches prisonniers vous rappellent à l'ordre. Vous libérez le groupe en **367**.

207

Vous profitez de la bagarre générale pour ramper sur le sol. Au milieu de la bastonnade, vous essayez de trouver une issue avant de vous prendre un meuble sur le crâne.

Si vous souhaitez essayer de vous réfugier derrière le comptoir, réussissez un **JET D'ADRESSE** pour plonger en **39**. Si vous espérez emprunter la porte de derrière en croisant les doigts pour qu'elle ne soit pas fermée, réussissez un **JET DE CHANCE** pour aller en **123**. Vous ne pouvez faire qu'un seul choix et qu'un seul jet. Si vous échouez à l'un ou à l'autre, ou que vous préférez une méthode moins subtile, forcez le passage en vous frayant un chemin vers la porte d'entrée en **15**.

208

« J'ai une idée, gamin. T'as toujours ton sac ?

– Bien sûr.

– Nan, j'parle de celui où t'as l'grain. Celui avec toutes les couleurs dedans.

– C'est ce que j'ai dit.
– Génial, alors voilà l'plan… »

Vous ignorez comment le PB a réussi à vous convaincre de vous faire passer pour un garçon d'auberge, et pourtant, vous voilà à sillonner entre les tables des soldats, remplissant leurs chopes et prenant leurs commandes.

Trop heureux à l'idée de ne pas avoir à se lever pour remplir leur verre eux-mêmes, la bande de soldats idiots ne s'interroge même pas sur votre présence parmi eux. Au bout de quelques tournées, vous annoncez d'une voix forte en déposant un petit bol de grains devant chacun d'entre eux :

« Après-rot ! C'est l'heure de l'après-rot, les amis ! », leur lancez-vous sans vous démonter. « À Lennonia, c'est une tradition ! On mange et on boit avant de manger et de boire ! »

Enchanté par la possibilité de s'empiffrer, le groupe commence à gober de pleines poignées de grains que chacun fait descendre à grands coups de chopine. Il ne faut que quelques secondes pour qu'un premier gobelin commence à s'étouffer, sentant son gosier gonfler comme une baudruche.

« Aaaaaaarrrrgghh, f'est… f'est du… f'est du… »

Il n'a pas le temps de finir son râle que son crâne double de volume avant d'exploser, éclaboussant ses collègues alentour qui éclatent de rire. Une hystérie collective s'empare de la salle avant que, les uns après les autres, les soldats ne subissent le même sort, repeignant d'un rouge noir et grumeleux les murs de l'auberge. Partout, les têtes éclatent comme des citrouilles trop mûres restées trop longtemps au soleil. Les yeux quittent leurs orbites, les gorges glaviotent et les cris se succèdent avant que la pièce tombe dans un silence de crypte. La faction de dangereux soldats n'est plus qu'une gigantesque purée de boudin noir qui recouvre généreusement le plancher.

Attiré par le bruit, le PB vous a rejoint, admirant le spectacle non sans une certaine satisfaction.

« Si je peux demander, t'as appris ça où ? », le questionnez-vous.

« Quand j'étais môme, on volait des poignées d'grains pour les jeter dans des tonneaux de grog. Chais pas pourquoi, mais ils finissaient tous par péter au bout d'quelqu'secondes en mettant d'la mousse partout !

– En tout cas, je dois admettre que c'était une idée de génie. »

Un encouragement qu'il reçoit avec la candeur d'un enfant de cinq ans en vous soulevant du sol, triomphant. Vous récupérez la clé de la cage sur le cadavre de l'ogre avant de retourner libérer les prisonniers en **420**.

209

« J'ai une question d'abord. Vous pouvez me parler d'Edire ?

– Aaaah. Grande dame, petiôt. Comme tu le sais sans doute, elle est la Déesse du Repôs et du Renouvellemeng. Chaque saison, c'est elle qui fait repousser les plantes et fleurir la nature. Et elle nous accueille tous en son seing lorsque nous trépassons.

– Aaah, c'est pour ça que son mois c'est celui du printemps !

– Absolumeng. Elle est l'impératrice de la vie, et la gardienne des promesses tenues. Chaque chevalier d'Edire est lié à elle par son sermeng, et le briser est une faute très grave dont la punition est souvent… Expéditive. Mais en retour, elle nous offre sa bénédiction et la gârantie que notre esprit sera entre ses mains lors de l'inévitable.

– Mais du coup… Vous avez pas peur de la mort ?

– Comme tout le monde, mon cœur est empli d'incertitude. Mais regarde-la, fils, regarde-la bieng», fait-il en vous montrant sa statue. «Ne te sens-tu pas apaisé par son tendre sourire ?

– Elle a l'air gentille, mais un peu sévère.

– Ah ça, té ! C'est sûr il faut pas la vexer, heing. Comme toutes les grandes dames, elle peut être un peu soupe au lait…»

Vous sentez un vent mystérieux souffler quelques bougies derrière le Vicaire, qui se retourne paisiblement pour les rallumer. «Mais elle a vraiment bon cœur. Et puis je la compreng, heing. Faut savoir être un peu exigeang de temps en temps, avec tous ces morts-vivangs qui se baladent encore. Tieng, d'ailleurs que je t'en parle…»

La chaleur des bougies rallumées vous réchauffe agréablement et vous fait regagner **2 POINTS DE VIE**. Dirigez-vous en **110**.

210

On peut dire que cette journée a été très animée. Des trois lieux que vous avez visités, vous avez tiré différentes expériences. Cependant, un **QUATRIÈME** lieu attire votre attention. Découvrez lequel en suivant votre **CARACTÈRE**.

- Le **GUERRIER** que vous êtes aurait tendance à chercher un armurier en prévision des combats à venir. Et puisque ces orcs se sont forcément équipés quelque part, il n'est pas exclu que la boutique du forgeron en **181** ait quelque chose à vous raconter.

- En tant que **PAYSAN**, vous souhaitez chercher l'aide de vos semblables. Le moulin à grains – dont vous apercevez les ailes non loin de là – doit certainement abriter quelques braves gaillards susceptibles de vous venir en aide en **219**.

- Étant un gamin **DÉBROUILLARD**, vous savez que vos poursuivants font forcément partie d'un groupe, d'une secte, d'une association ou d'un gang. Il est donc absolument certain que leurs statuts ont été déposés au registre du commerce dont les bureaux sont en **214**. Impossible de consulter ce genre de document librement cependant. Il va vous falloir «improviser».

- Étant plutôt **PRUDENT**, vous n'arrivez pas à chasser l'impression que quelqu'un vous observe. Parfois, la chance et la paranoïa vont de pair, et vous souhaitez en avoir le cœur net en **117**.

211

Votre question innocente semble déclencher une véritable tempête dans le regard du Fleuriste. Sur son visage gravé dans la pierre, ses yeux sont comme deux fenêtres grandes ouvertes sur ses émotions. Peut-être est-ce parce qu'il se voit en vous, ou quelqu'un qu'il connaît ? Quoi qu'il en soit, il prend une longue inspiration avant de commencer son récit :

« Mon nom est Félix. Je suis né à Lantremont, en Eccborian…

– Eccborian ? Mais c'est pas une légende, c'pays ?! », l'interrompt le PB, interloqué.

« Non. Le pays existe bel et bien. Mais si vous voulez mon avis, c'est qu'une question de temps avant qu'il disparaisse. Un jour, j'ai vu une opportunité pour fuir, et je l'ai saisie.

– Vous avez fui ? Pourquoi ?

– Les vampires règnent en maître en Eccborian. Et la lumière du soleil ne brille que quelques heures. J'avais tout perdu, alors j'avais plus rien à perdre », poursuit-il. « Sur ma route, j'ai été capturé par des harpies. Elles m'ont gardé en vie pendant un mois, mais sincèrement c'était pas désagréable. C'est de braves filles quand elles essayent pas de vous manger. Mais une fois encore, je me suis enfui…

– Là, je comprends pourquoi…

– J'ai passé trois semaines à les semer dans la forêt. C'est qu'elles s'étaient attachées, vous voyez ? Bref, j'étais entièrement nu, et j'ai dû boire de l'eau boueuse et chasser le gibier à mains nues. J'ai passé le plus dur de l'hiver dans une caverne d'ours. Il m'a tenu chaud.

– Vous avez pas fui, ce coup-ci ?

– L'ours ? Non, il était docile. C'est sûr, au début, ils griffent un peu, mais ils finissent par s'habituer. Et les jours duraient tellement longtemps… Quelque temps après, je suis tombé sur une cabane de bûcherons dans la forêt. Ils m'ont recueilli, nourri et logé. J'ai rejoint leur rang pour payer ma dette, mais, au bout de quelques jours, le hameau a été dévasté par un raid kränelornien…

– Z'êtes sûr qu'vous porteriez pas un peu la poisse, vous ? », s'interroge le PB.

« La quoi ?

– Laissez. Et du coup ? Après le raid ?

– J'ai pu fuir la bataille et courir en direction de l'est. Après plusieurs jours de marche, je suis tombé sur Lennonia et sa Guilde des Fleuristes. J'étais vagabond en franchissant les portes de cette cité, un candidat parfait pour la Guilde. Pas de passé, pas d'avenir, pas de question et une faim de loup. J'ai signé et j'ai appris.

Tout le monde me disait que c'était dangereux, mais de tout ce que j'ai fait jusqu'à présent, c'est de loin le métier le plus vivable…

– Hé béh… Sacrée promenade ! », concluez-vous en clignant des yeux.

Assagi par votre attention, Félix vous donne quelques conseils sur l'art du combat contre les animaux et les végétaux que vous écoutez religieusement. Le PB, quant à lui, profite de cette initiation pour commander un autre verre. Ce cours improvisé vous octroie **1 POINT DE CHANCE MAX.** et **1 POINT D'HABILETÉ** supplémentaires !

Mais c'est pas tout ça… La journée avance et si vous voulez atteindre la Tour des Mages, préparez-vous en **65**.

212

Vous n'êtes peut-être pas paladin, mais Edire vous en doit une, et ce qui se tient devant vous est de loin la plus grosse hérésie que vous puissiez trouver ! À son tour de faire son boulot !

Répondant à vos pensées, le **MÉDAILLON D'EDIRE** vibre entre vos doigts. Le nombre ahurissant de morts-vivants stimule sa puissance et vous peinez à le maintenir au creux de votre main. Sans même formuler le souhait de faire disparaître cette armée d'atrocités, le médaillon se dresse devant vous. Dans une lumière soudaine et aveuglante, Edire reprend ses droits et la purge est instantanée. Aussi inexorablement qu'un sablier retourné, le millier de squelettes et leur général tombent en poussière et recouvrent la pièce d'une épaisse couche de sable aux fragrances de mort. Sans un cri ni la moindre résistance, les enfants d'Edire sont rappelés, ne laissant derrière eux qu'une plage grise et immaculée.

Une brise douce et réconfortante résonne dans votre esprit : « Eh bien, au moins, tu choisis bien tes faveurs. Belle prise, mon enfant. Je te remercie pour cette offrande.

– De rien, madame. Merci à vous », répondez-vous à haute voix.

« Hein ? Tu d'sais quelqu'chose ? » demande votre ami en essayant de former un château de sable.

« Rien. Allez, arrête de faire des pâtés, on a fait ce qu'il fallait. »

Vous regardez le médaillon au sol qui n'est plus qu'une pierre charbonneuse. Désormais, sa valeur ne sera que sentimentale. Vous sentez que l'énergie oppressante des lieux s'est dissipée, remplacée par l'atmosphère familière de la normalité. Vous poussez un soupir de soulagement avant de poursuivre en **25**.

213

« … Vous travaillez pour un ancien seigneur de guerre nommé Virilus qui, de ce que l'on sait, cherche à soumettre le monde pour le plonger dans une ère de ténèbres. Mais il a été brutalement vaincu par le héros légendaire lors de sa dernière tentative. J'ai bon ?

– Comment connais-tu son nom ?! Son retour est resté secret sauf pour ses fidèles !!
– Pas si secret qu'ça apparemment», poursuivez-vous face à la surprise de la créature. «Il y a un truc qui colle pas par contre. Ce Virilus veut à tout prix nous capturer discrètement, et il y met les moyens. Il a corrompu la garde de la ville et envoyé son armée à nos trousses, tout ça pour récupérer une bête fiole de sang de barbare…
– Une "bête fiole" ?! Pauvre ignorant ! Ne sais-tu donc pas que le sang ancien est la marque des dieux ?! Et comment as-tu appris l'existence secrète de son armée des ténèbres ?!
– Bah, parce que vous avez dit qu'vous étiez le *général* Massacre ? Et que tous ceux qui nous ont poursuivis portaient son symbole», dites-vous devant la colère montante du colosse sombre. «De plus, s'il a déjà été vaincu par le passé, c'est qu'il doit pas être aussi puissant que vous le dites.
– Misérable moustique !! Pitoyable ver de terre !! Comment oses-tu douter de la toute-puissance du seigneur noir ?! Je vais t'écraser comme le vermisseau que tu es !!»

Fou de rage, le général Massacre brise le sol avec son marteau avant de brandir une gemme luisante de sa main gauche. L'étrange cristal jaunâtre brille d'une lueur vive avant qu'un serpentin de lumière écœurante ne glisse dans le sac d'ossements à ses pieds. Comme mus par une force invisible, les os se mettent à s'assembler pour créer trois squelettes munis de cimeterres qui se tournent vers vous dans des gestes saccadés et inhumains.

«Whoa…», fait votre ami en faisant un demi-pas en arrière. «C'nouveau ça…»

Mais vous n'avez pas le temps de vous horrifier de la situation, car la gemme que tient le général Massacre brille de nouveau, d'une couleur embrasée cette fois.

«Goûtez au pouvoir du Chaudron Noir !!!»

Un rayon d'énergie enflammé vient éclater sur le sol, juste là où se trouvait le barbare une seconde auparavant. Se relevant de sa roulade, il vous hurle avant de passer à l'attaque : «Bouge, gamin ! Reste pas là !!»

Hors de question de fuir cependant ! Les squelettes ont profité de la diversion pour vous barrer la route. Vous n'avez pas le choix ! Vous devez éliminer cette brute épaisse et ses sbires avant que la garde ne rapplique ou pire !

Si vous êtes **PRUDENT**, allez en **36**.

Sinon, défendez votre vie en **97**.

*Si vous avez obtenu **4 INFOS** ou **PLUS**, Félicitations ! Vous avez débloqué le succès «Reportage exclusif». Cochez la case correspondante à la fin de cet ouvrage.*

214

S'il y a un endroit où les **INFOS** pullulent, c'est sans aucun doute au registre du commerce. Artisans, associations de malfaiteurs, sectes, guildes, cellule révolutionnaire… Tous sont obligés de s'y enregistrer avant d'exercer leur activité dans l'enceinte de la capitale.

Le bâtiment jouxte la maison municipale en plein centre de la cité et vous n'avez aucun mal à vous faufiler à l'insu du vieux concierge endormi. Un coup d'œil sur le plan du bâtiment vous apprend que tout ce qui concerne les factions armées et classées « sensibles » se trouve au 2e étage, couloir B22, escalier 9, porte IV.

Votre inspection est interrompue par des bruits de pas provenant du couloir. Vous jetant un regard précipité, le barbare se rue à la rencontre du scribe afin de détourner son attention en lui demandant l'emplacement des toilettes les plus proches. Saluant mentalement son sacrifice, vous grimpez les escaliers aussi furtivement que possible.

Si vous avez préalablement rencontré la voleuse, tombez nez à nez avec elle en **34**.

Sinon, dirigez-vous dans le labyrinthe administratif en direction du bureau des registres en **33**.

215

« Il y a bien trop de gens malades ici pour vous deux ! », dites-vous au moine-médecin.

« C'est vrai qu'on manque de bras et qu'un peu d'aide serait la bienvenue. Si tu veux m'aider, petit, va voir les patients derrière ce rideau. Leurs blessures sont bénignes et nécessitent des soins légers. Tu devrais y arriver, mon garçon. »

Vous trouvez derrière le rideau une dizaine de soldats éclopés de retour d'une patrouille qui a mal tourné. Coupures, bosses, ecchymoses… rien que vous ne puissiez soigner. Malgré son air démuni, votre compagnon essaye lui aussi de vous aider au mieux en "anesthésiant" les patients qui dérangent les autres.

En pansant la plaie d'un soldat, votre conversation dérive sur le sujet de vos recherches. Reconnaissants pour vos soins, ses frères d'armes partagent toutes les instructions qui ont été données en secret à votre sujet, et jurent sur La Mère de ne pas vous poursuivre.

« Tout va bien, mon garçon ? », demande le prêtre au bout de quelques heures « Tu voulais me demander quelque chose ?

– Pas besoin, j'ai trouvé ce que j'cherchais », lui affirmez-vous en remballant vos affaires.

« Puisse La Mère te bénir, toi et ton ami. Une bonne action peut porter loin, et souviens-toi que chaque grain de sable dessine une route vers une plage sereine. »

Méditant sur le sens de ses paroles, vous êtes interrompus sur le chemin de la sortie par la chanoinesse aux formes généreuses qui vous tend une part de tarte aux pommes. Mordant à pleines dents dans la sienne, votre ami vous lance :

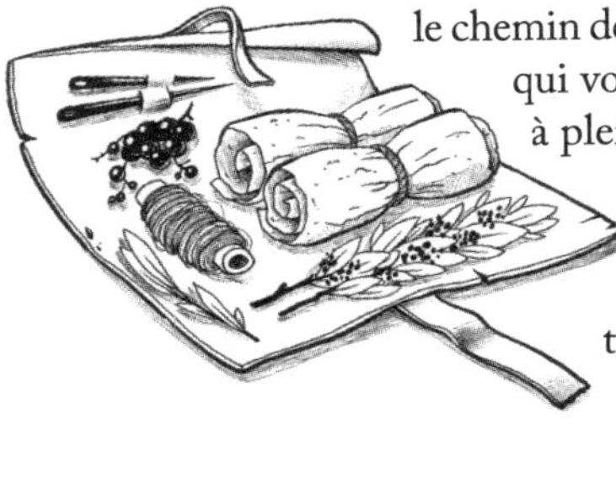

« T'vois Billy ? J't'avais dit qu'Mélène, elle était bien. »

Récupérez **1 INFO** et dégustez votre part de tarte sur la route en **100**.

- Acte II -

La Tour des Mages

216

Parmi tous les édifices de la capitale, la Tour des Mages et la cathédrale font partie des plus imposants. Visibles depuis toute la ville, elles semblent s'affronter dans une joute d'improbabilité architecturale et de hauteur vertigineuse. Points cardinaux de la cité, elles illustrent respectivement l'adulation de la population envers le mystique et l'inexplicable.

Contrairement à la cathédrale cependant, la Tour Magique n'est pas connue pour son accueil, et y pénétrer s'avère une entreprise quasi impossible. Si l'idée d'investir un repère de sorciers s'avère déjà dissuasive, l'existence du « Jardin » qui l'entoure rend l'opération suicidaire.

Autrefois petit parc paisible avant l'installation de la tour, ce Jardin est devenu une jungle incontrôlable, grouillant de créatures sauvages et d'une végétation assez dense pour étouffer les cris de ses victimes. L'existence d'une telle anomalie n'est possible que grâce à un mur d'enceinte fortifié qui entoure hermétiquement cette nature dangereuse et la sépare de la vie paisible des citadins.

Parmi eux, l'appellation de la « Tour des Mages » reste ouverte à interprétation, puisqu'en réalité personne ne sait combien de mages se trouvent réellement à l'intérieur, ou s'il y en a eu un pour commencer. Érigée peu de temps après la fondation de la capitale, les habitants ont depuis longtemps oublié de questionner la raison de son existence ou son contenu. En revanche, ils vous diront placidement que les lumières étranges qui s'en échappent la nuit sont très pratiques pour guider l'ivrogne occasionnel sur le chemin de sa maison.

Après avoir fait part de votre volonté de commencer vos recherches par la Tour, le barbare vous répond en se grattant le crâne :

« S'tu veux entrer là-d'dans, gamin, va nous falloir un guide. Et pas n'import' lequel. Va nous falloir un Fleuriste…

– On vient pas d'en passer un sur l'chemin ?

– Nan, c'pas d'un cueilleur de pâquerettes dont j'te parle. Y nous faut un membre d'la Guilde des Fleuristes.

– C'est quoi, la différence entre un fleuriste normal et un Fleuriste de la Guilde ?

– Facile : l'premiers savent faire la différence entre deux types de rouges, l'deuxièmes sont des durs à cuire qui risquent leur peau pour rapporter des plantes rares ou des ingrédients, paraît-il. J'en ai rencontré une, une fois. Solide gueuse, hein. D'genre capable d'arracher une tête de smidolon à main nues. Si j'avais pas été bourré, j's'rais tombé amoureux… Bref. Pour atteindre la Tour, faut passer par l'Jardin. Pour passer l'Jardin, faut un Fleuriste.

– Entendu… », dites-vous en notant mentalement les informations du barbare. « Et où on les trouve, ces gens ?

– Si tu buvais plus, tu l'saurais déjà. Ils ont pas d'QG, faut en trouver un. Généralement, ils traînent dans les bars du vieux quartier, sans dout' pour oublier les saloperies qu'ils voient durant l'boulot.

– Le vieux quartier ? Mais c'est pas celui qui entoure la Tour justement ? Et donc le fameux Jardin ?

– C'la vie. L'gens s'attachent plus aux trucs qu'y détestent qu'aux trucs qu'y z'aiment. C'est euh… C'est genre dans la tête, t'vois ?

– Psychologique ?

– Sans doute, gamin. S'doute… »

Votre ami s'engage sur le chemin en ruminant ses paroles. Emboîtez-lui le pas et dirigez-vous vers le quartier insalubre en **311**.

217

Les soldats sont nombreux et mieux vaudrait les faire fuir que de les affronter. Une diversion est donc de mise ! Faites un **JET DE CHANCE** et, s'il échoue, filez directement en **370**. Si la chance vous sourit, exprimez votre ingéniosité en **541**.

218

La pièce glaciale où vous entrez est remplie de denrées alimentaires. Un garde-manger copieusement garni où des saucissons dodus tapissent le plafond tel un troupeau de chauves-souris en sommeil. Ça sent la viande fumée et, partout autour de vous, dansent de monstrueux quartiers de viande au bout de leurs crochets de boucher. Sur les étagères, bocaux, épices et ingrédients en tous genres achèvent la décoration. Si vous n'aviez pas aussi froid, vous auriez presque faim.

Si l'endroit ne présente aucun intérêt, mieux vaut retourner au chaud en **340**. En revanche, si vous savez sur quelle étagère chercher, ajoutez le nombre correspondant au numéro de paragraphe.

Si vous êtes **PAYSAN** ou que vous possédez la **MARMITE**, vous pouvez emprunter un passage dérobé que seuls les cuisiniers connaissent en **376**.

219

Sur le chemin vers le quartier des boulangers, vos narines sont happées par une douce fragrance de pain chaud émanant de la fenêtre d'un entrepôt. Le **PAYSAN** que vous êtes est dans son élément, et tous les bâtiments qui se dressent devant vous sont pour vous un terrain de jeu.

Vous arrivez au moulin qui doit certainement alimenter tout ce petit monde en farine. Un repaire de bons paysans où vous trouverez ce que vous cherchez. Se sentant perdu dans ce quartier inhabituel, votre ami tente de suivre votre rythme au milieu des caisses, des charrettes et des ouvriers qui s'affairent.

Si votre entrée ne dérange aucun des nombreux travailleurs qui œuvrent silencieusement, ils se figent tous cependant à la vue du barbare, et commencent à constituer un cordon infranchissable sans prononcer le moindre mot, tout en vous fixant de leurs épais sourcils.

Vous approchez de celui qui semble être le meneur et commencez alors un curieux rituel silencieux où chacun reste figé face à l'autre. Pas un geste ou une parole, seulement deux sacs de grains et des micro-expressions, indiscernables pour le commun des mortels. Après une longue conversation totalement muette, vous vous détendez et revenez auprès du PB :

« Lui, c'est le contremaître Casimir », annoncez-vous avec respect. « Un type vraiment sympa. Il dit qu'il peut nous aider, mais…

– Mais ?

– Moi seul peux entrer dans le moulin. Les gens de ma condition peuvent être assez… Exclusifs parfois. Ils sont mal à l'aise avec les bourgeois, v'comprenez…

– Mmmmh… Pigé. Mais si t'es pas sorti dans une heure, c'est mes pains qu'y vont devoir manger. »

Surgissant derrière lui, un ouvrier installe le Pyro-Barbare sur un tabouret et lui apporte un morceau de fromage attaché à un bout de pain. Votre bête de compagnie confortablement installée, vous suivez le contremaître à la carrure solide dans la réserve.

Au passage, Casimir pointe d'un signe de tête imperceptible un portrait accroché au mur que vous n'aviez pas remarqué. Vous reconnaissez immédiatement l'homme représenté sur la toile : il s'agit de Pépé Citrouille !! Son aspect distinctif et son regard fou ont vraiment bien été capturés par l'artisan. Visiblement, le cadre est là depuis longtemps, et vous êtes agréablement surpris par la représentation fidèle du jeune homme vigoureux que devait être votre grand-père. D'un frémissement de sa barbe, vous sentez l'admiration que Casimir porte à l'employé du mois éternel, même une décennie après sa mort.

Lorsque les autres travailleurs jettent un coup d'œil vers vous, certains s'arrêtent avec déférence pendant une microseconde afin d'exprimer leur respect envers le petit-fils de « l'homme qui n'a jamais cessé de travailler ». Un garçon particulièrement expressif s'accorde même un haussement de sourcils d'admiration, vous faisant comprendre que la légende de votre Pépé est telle que parfois, la nuit, il vient encore les aider à trimballer des sacs.

« Maintenant, petit, c'est ton tour », murmure Casimir à voix basse.

Tous les travailleurs se figent instantanément. Vous comprenez qu'à ce jour, personne dans la pièce n'avait encore entendu la voix du contremaître. Vous remarquez entre ses mains puissantes une petite boîte qui recèle sans doute les

anciennes affaires de votre aïeul. Comprenant instinctivement le message, vous vous mettez au travail avec les autres et commencez à ranger l'entrepôt.

Comptez le nombre de tonneaux, de caisses et de sacs de grains sur l'image en page précédente pour trouver respectivement les centaines, dizaines et unités du chapitre correspondant. Votre instinct d'employé vous indique aussi qu'il y a sans doute un rangement secret quelque part. Pour cela, trouvez les chiffres cachés du lieu pour les accoler ensemble et vous rendre au chapitre correspondant. Si vous n'arrivez pas à faire l'inventaire, vous pouvez tenter d'aider du mieux que vous le pouvez avant de retourner voir Casimir en **378**.

220

« Vous savez pourquoi on fait appel à vous ?

– Vous voulez vous rendre à la Tour des Mages », répond-il sur un ton blasé. « Tout le monde veut pénétrer dans la Tour des Mages. Si vous cherchiez uniquement une plante rare, vous voudriez pas m'accompagner. Pfeuh ! Les touristes, de nos jours, j'vous jure… »

Vous pouvez poursuivre la conversation en le questionnant sur les orcs morts en **50**, sur son métier en **298**, ou sur son passé en **481**. Mais si vous préférez rejoindre au plus vite l'entrée de la Tour des Mages, suivez-le en **65**.

221

Vous fouillez l'étagère indiquée par le chef et découvrez un petit bocal correspondant à la description sommaire qu'il vous en a faite. Vous empochez le **BOCAL À ÉPICES** avant de retourner en **431**.

222

Devant les elfes affamées, vous vous parez d'un grand sourire innocent avant de sortir vos **PRODUITS DE NETTOYAGE**.

« Rien de tout ça, mesdames ! On est juste là pour vous offrir un massage capillaire. Ordre du… euh… Maître !

– Un massage ?! », s'exclame celle qui semble diriger le groupe.

« Avec des soins complets ?! », s'en extasie une autre.

« Parfaitement ! », continuez-vous. « Et mon assistant ici présent est un expert en massage. Il va bien s'occuper de vous !

– Ton assistant ? », murmure votre ami.

« Tais-toi, tu me remercieras plus tard », chuchotez-vous en retour.

Vous vous mettez immédiatement au travail en débouchant la bouteille de nettoyant universel, avec la légère inquiétude que le produit ne soit pas à la hauteur de sa réputation. Par chance, les elfes ne semblent rien remarquer.

Les unes après les autres, elles se laissent aller à vos soins en papotant tranquillement. Tandis qu'elle se fait pétrir par les mains massives du barbare, l'une d'entre elles s'exclame : « Hmm... Vous êtes plus doué que le dernier masseur. Vous avez beaucoup d'expérience ?

– Eurm... Je... Euh... Je manie très bien la masse », répond le colosse, mal à l'aise au milieu de toute cette eau propre.

« Et l'autre petit est tellement mignon... J'en croquerais bien un bout !

– Ah non ! », s'indigne celle que vous papouillez. « La dernière fois qu'on l'a mangé, il a fallu des mois avant que Funeste ne daigne nous en trouver un autre. Donc, ceux-là, on les garde ! »

La conversation va bon train et la confiance s'installe au point que vous vous y immiscez en posant quelques questions innocentes. D'abord anodines, celles-ci se précisent et vous finissez par oser des questions plus suspectes... Mais là encore, les elfes répondent volontiers sans la moindre méfiance. Vous n'êtes qu'un outil pour elles et un outil ne complote pas. Questionnez-les à propos du **POINT FAIBLE DE VIRILUS** en **336** ou **COMMENT PASSER LES GOBELINS DU COULOIR SUD** en **514**.

Félicitations, vous avez débloqué le succès «Parce qu'elles le valent bien». Cochez la case correspondante à la fin de cet ouvrage.

223

Malgré vos efforts pour rester en dehors de ça, vous êtes à deux doigts d'être entraîné dans la bagarre générale où orcs, ivrognes et barbare s'affrontent. Soudain, le chef orc se tient devant vous. Il va falloir créer une diversion !

Vous pouvez saisir un couteau et sectionner la corde du gigantesque lustre suspendu au-dessus de lui en **204** ou – si vous l'avez – utiliser votre **SAC DE GRAINS** pour essayer de l'aveugler en **118**.

224

La chute vous a été fatale et les conséquences de votre mort résonneront à jamais dans l'histoire du continent d'Alkior.

Dans un accès de rage vengeresse, votre ami a décapité Solia, amorçant la guerre à venir entre les créatures magiques et l'ancienne Guilde des Barbares de Kränelorn. Dernier membre de la tribu sacrée des Pyro-Barbares, il retournera dans son pays natal afin d'unifier tous les clans en une grande armée qui déferlera sur le continent. Libérant la capitale de Lennonia de l'emprise du terrible Virilus, il sera porté en héros et entraînera l'ensemble des royaumes humains dans sa croisade contre les créatures magiques, sentientes et non sentientes.

D'union en alliance, la horde humaine imposera son hégémonie dans tout l'Errener, commandée par « l'Héritier de l'honneur ». Essayant de venir en aide aux dernières créatures magiques de la région, le culte d'Edire sortira de sa neutralité avant d'être écrasé par la botte impitoyable des guerriers kränelorniens. En quelques années seulement, les pays dirigés par les humains livrent leurs derniers citoyens d'origine magique afin d'éviter les foudres de la croisade menée par votre ami. En quelques décennies, les empires elfiques et le peuple nain au sud sont eux aussi intégralement soumis puis exterminés, unifiant le continent désormais sous le règne exclusif des hommes. Les derniers royaumes, dirigés par des opportunistes, traquent les ultimes créatures magiques dans l'espoir de s'attirer les faveurs sanglantes du « Roi de l'honneur ». Forgée dans le sang, la puissance des hommes est sans égale ni clémence envers les protecteurs de la féérie et des espèces mutantes.

Assis sur son trône coiffé d'un immense crâne de dragon, le Roi barbare, du haut de ses 118 ans, voit à ses pieds rouler la tête de la dernière créature magique du monde. Un jeune Centaure. Savourant l'ironie de cette dernière victoire, il pose les yeux sur la statue de son défunt ami :

« Ma dette… Est payée… »

Son expression dure se relâche enfin, et il s'éteint doucement sur son trône après une vie de gloire, de conquêtes et de sang.

Vous vous réveillez brusquement dans une plaine blanche qui s'étend à perte de vue. Le sol est lisse comme un miroir, et vous prenez conscience de la vénération que vous portent vos innombrables fidèles. Vous êtes devenu le 13e Dieu Majeur, et rejoignez les autres divinités dans la tour de nacre et d'ébène qui s'étend vers l'horizon. Vous êtes Billy, le Dieu Fortuit des Conséquences Involontaires, des Spirales Incontrôlables et des Situations Hasardeuses. Vous n'aviez rien voulu de tout cela, et c'est tant mieux. Vous êtes en bonne voie pour exercer vos fonctions !

Si vous souhaitez choisir un autre destin, rien ne vous empêche de repartir à Plante-Citrouille et de recommencer votre aventure.

*Félicitations, vous avez débloqué le succès « Well. That escalated quickly ». Cochez la case correspondante à la fin de cet ouvrage et recommencez à partir du **200** ou du début de l'aventure.*

225

Siégeant sur son trône au-dessus du monde, Zarkan, Dieu des Duels et de l'Honneur, se penche sur le spectacle qui s'offre à lui. Arrachant un lambeau de viande avec ses dents, il contemple la tournure palpitante que prend votre vie avec une attention renouvelée.

« Oh ? », s'exclame-t-il doucement lorsque son barbare passe à travers une table pour s'éclater contre un mur.

Captivé par ce retournement de situation, il ne prend pas garde à l'explosion de lumière obscure qui signe l'arrivée d'Edire, Déesse de la vie et de la mort. La divinité, petite, sublime et délicieusement potelée semble oublier la grâce impériale qui la caractérise lorsqu'elle se précipite sur le trône du Dieu-guerrier, le forçant à lui faire une place.

« J'ai raté quelque chose ?! Atella m'a dit que c'était important !

– Hmmm... », offre Zarkan pour toute réponse.

« Alors, c'est lui... Et ils font face à... UNE VAMPIRE *?! », hurle-t-elle d'une colère soudaine, faisant crépiter l'air dans ses cheveux.*

Saisissant délicatement le menton fin de la femme, Zarkan tourne doucement sa tête vers la sienne. Le contact éphémère surprend Edire, et la Déesse oublie sa colère pendant un instant avant de repousser la main d'un petit geste boudeur.

« Ne prends pas trop tes aises ! Je t'en veux encore, tu sais ?

– Et pourtant, m'aideras-tu ? »

Edire pousse un soupir de frustration avant de tendre sa main hautainement vers son ancien amant :

« Rien qu'un instant alors. Et c'est bien parce qu'il se bat pour la bonne cause, rien de plus.

– Comme au bon vieux temps », murmure le géant en posant un baiser sur la paume tendue de la Déesse.

Sans plus attendre, Edire souffle tendrement sur la flamme qui est apparue au creux de sa main et celle-ci se tord pour devenir un rayon de lumière qui plonge en contrebas, dans le monde des mortels.

Recevez la bénédiction d'Edire et de Zarkan en **339**.

226

Avez-vous déjà fait face au maître de la salle des tortures ? Si oui, rendez-vous directement en **251**. Si non, avez-vous déjà rencontré le **FLEURISTE** lors de votre aventure ? Si oui, rendez-vous en **236**. Si vous ignorez tout de ce personnage, peut-être êtes-vous en possession du **BOCAL À ÉPICES**, auquel cas allez en **228**. Si vous ne remplissez aucune de ces conditions, avancez courageusement en **320**.

227

La roublarde est décidément très douée quand il s'agit d'être discrète, méconnaissable ou invisible. De loin, vous ne l'aviez pas reconnue et par un étrange phénomène, ce n'est qu'à quelques pas d'elle que vous réalisez qu'il s'agit de la même personne que vous avez rencontrée la veille.

« Bonjour, petit renard ! Heureux de me revoir ? », vous murmure-t-elle de sa voix suave. « J'ai entendu dire que tu cherchais quelqu'un ?

– Euh… Oui, mais comment…

– Les murs ont des oreilles, les miennes généralement.

– Bah, surtout quand t'étais à la table just'derrière nous dans la salle de jeux ! »

La voleuse regarde le barbare en levant un sourcil impressionné.

« Ah… Et moi qui pensais avoir été discrète. J'étais dans ton dos pourtant, comment tu as su ?

– L'odeur », répond votre ami sans équivoque.

La femme se fend d'un petit rire en secouant la tête avant de poursuivre :

« Il s'avère que je sais où se trouve la personne dont vous avez besoin. Je suis même disposée à vous le dire…

– … À condition qu'on fasse quelque chose pour vous ? », terminez-vous à sa place.

« Chaton ! Tu lis dans mes pensées ! On me doit de l'argent, et il se trouve que mon débiteur est justement dans les parages. Si mon instinct est le bon, il ne tardera pas à passer dans cette ruelle. Tu le reconnaîtras facilement. C'est un grand type enveloppé dans une cape cramoisie.

– Cramoiquoi ? Une cape cramée et moisie en même temps ?

– Nan, elle veut dire rouge.

– Une cape rouge, cramée et moisie ? C'fait d'moins en moins d'sens… », dit le barbare en plissant les yeux pendant que la voleuse continue.

« Ramène-moi ce qu'il a sur lui et je te trouverai ton Fleuriste. Sinon, j'ai aussi cet écrin que je n'arrive plus à ouvrir. Je connaissais la combinaison autrefois, mais je ne m'en souviens plus et je ne souhaite pas le briser », conclut-elle en éloignant l'objet de la main déjà tendue du barbare.

Deux options s'offrent donc à vous. Si vous acceptez d'aller récupérer l'argent de la voleuse, patientez dans la ruelle qu'elle vous désigne en **169**. Si vous pensez pouvoir déchiffrer le mystère de la boîte, examinez-la en **84**.

228

Devant la porte est posé un plat en argent sous cloche. Dessous fume une belle pièce de viande persillée.

«Je ne sais pas qui se trouve derrière cette porte, mais il est suffisamment important pour se faire livrer», constatez-vous en fouillant votre sac.

«Qu'est-c'qu'tu fous ?» s'interroge le PB.

«Juste une idée… Si jamais ça marche pas, on le saura très vite de toute façon.»

Vous débouchez le **BOCAL À ÉPICES** et répandez le reste de son contenu sur le plat avant de frapper à la porte. Vous attrapez le barbare et vous vous éclipsez dans un coin sombre du couloir pour guetter la suite. Au bout de quelques secondes, la porte s'entrouvre et une fine main gantée vient saisir le plat. Puis, plus rien. Vous patientez encore un moment avant de coller votre œil contre le trou de la serrure. À l'intérieur, vous devinez une silhouette longiligne affalée sur un fauteuil, totalement immobile, la tête penchée en arrière. Plusieurs minutes s'écoulent sans que la forme bouge, et vous décidez de pénétrer prudemment dans la pièce. Le spectacle est proprement saisissant. Un elfe mâle à l'accoutrement truculent fardé d'un maquillage excessif gît sur son fauteuil les yeux révulsés dans un rictus béat… Mort. Vous observez de copieuses volutes de fumée blanche sortir de ses longues oreilles qui pointent de sa chevelure éclatante. À ses pieds, la viande mortellement épicée est encore tiède.

« Hé bé… On pourrait penser qu'j'm'y connais en feu, mais c'la première fois qu'j'vois un gars cramer d'l'intérieur. Bravo gamin !

– Ne crois pas que j't'ai pas vu en prendre un bout ! Tu lâches ! » lui reprochez-vous en pointant le morceau de viande qu'il vient de saisir du bout des doigts.

« Mais y m'a donné faim l'aut' gland ! C'pas ma faute ! »

Les bonnes vieilles méthodes « politiques » sont souvent les meilleures. Si vous êtes **PRUDENT**, gagnez **1 POINT DE GLOIRE** pour cette mort « accidentelle » rondement menée.

Vous procédez à un rapide examen des lieux. Perdue au milieu des divers ustensiles de torture, vous remarquez une clé massive qui n'a rien à faire là, et sa présence incongrue vous pousse à la prendre. Empochez la **CLÉ B** avant de vous retirer en **461**.

Félicitations, vous avez débloqué le succès «Le pudding à l'arsenic». Cochez la case correspondante à la fin de cet ouvrage.

229

Vous composez nerveusement les chiffres sur la roulette du coffre. Malheureusement, la poignée de la porte reste immobile. Pire encore ! Une alarme se déclenche. Fuyant le bâtiment qui résonne au son des clochettes de sécurité, vous sautez par une fenêtre avant d'atterrir en roulé-boulé et de détaler en **70**.

230

Vous prenez un instant pour observer le prêtre avant de lui répondre. L'homme de foi d'une cinquantaine d'années porte un plastron bien entretenu, mais usé. Ses habits de prêtre ressemblent plus à une armure de guerre légère, et la masse attachée à sa ceinture a clairement connu son lot d'affrontements. Si vous vous attendiez à ce que le Vicaire soit un vieillard sans défense, force est de constater qu'en tant que maître des paladins de son ordre, l'homme est aussi solide que les piliers de son temple. Malgré son air bourru et sa carrure impressionnante, il dégage tout de la force tranquille, et le soleil dans sa voix éclipse les rayons de lumière qui perlent à travers les vitraux de son sanctuaire.

Un bref mouvement de sourcils de sa part vous fait comprendre qu'il attendait poliment que vous finissiez votre inspection avant que vous ne poursuiviez :

« Euh… Votre prêtritude, nous… »

Le clerc éclate de rire à cette appellation.

« Wo saînte mère de cire, je ne me suis même pas présenté. Je suis le Père Isabel, Vicaire de cette môdeste chapelle, et grân-prêtre d'Edire. Maintenânt mon fils, dis-moi ce qui te tracasse.

– Hier soir, nous avons été attaqués par un guerrier maléfique… Massacre, qu'il s'appelait.

– Et même qu'il disait qu'y bossait pour un certain Debilus.

– … Virilus. Mais c'est pas l'plus grave ! Le plus grave, c'est qu'il avait des pouvoirs magiques, et qu'il a créé des squelettes vivants avec !

– Même qu'ils étaient nazes, mais c'pour l'principe », renifle le barbare avec dédain.

Le visage du Vicaire perd peu à peu son sourire :

« Vous ne me faiteuh pas de blagues, j'espère ? Cé t'y pas possible ! Ce Viriluseu, il a été rayé des registres maléfiques depuis que j'étais tout minôt.

– Pas assez fort apparemment », marmonne le barbare.

« Vous avez une preuve au moing ? Parquessé grave ce que vous dites là. »

Vous sortez lentement le bras squelettique de votre sac. Exposé à l'air libre, sa main osseuse s'agite dans tous les sens pour tenter d'agripper quelque chose. Sous le choc, le Vicaire recule instantanément, le visage flanqué d'une moue écœurée.

« Vind'ire !! Lâche ça, fils, vite !! », vous ordonne-t-il avant de se saisir de sa masse et de pilonner le bras gigotant jusqu'à ce qu'il n'en reste que poussière.

Avez-vous déjà rencontré la centauresse ? Si oui, sa réaction se fait attendre en **174**. Sinon, vous allez rapidement faire sa connaissance en **241**.

231

Adossé à la cuisse du PB, vous serrez les poings, le visage bleu de rage. Vous allez tout donner dans ce combat contre les quatre hommes aguerris qui foncent sur vous.

4 HOMMES D'ARMES **+4**

HABILETÉ	PV	ARMURE	DÉGÂTS
11	16	0	2

Règle spéciale : *tous les 4 PV perdus, l'ennemi perd 1 POINT D'HABILETÉ.*

Si vous sortez vainqueur de cette bataille, vous obtiendrez votre **INFO** en **316**, par Zarkan !!

232

Vous tombez nez à nez avec un ogre qui se dirigeait vers les toilettes. Celui-ci a faim et décide que vous ferez un parfait encas. Par chance, les autres soldats dorment trop profondément, et aucun ennemi ne remarque votre escarmouche.

OGRE MAL EMBOUCHÉ **+4**

HABILETÉ	PV	ARMURE	DÉGÂTS
10	20	0	1

Règle spéciale : *cet ogre n'est pas vraiment lui-même quand il a faim. Apprenez-lui les bonnes manières, mais prenez garde : lorsque ses PV sont à 10 ou moins, il DOUBLE ses DÉGÂTS sur la TABLE DES SITUATIONS.*

Après avoir mis cet abruti au régime forcé, vous pouvez désormais vous tourner en direction des **LATRINES** en **154**, du **COULOIR EST** en **447** ou vous plonger dans la jungle de corps assoupis pour découvrir un passage dérobé vers le sud d'où résonnent des voix chantantes et féminines en **553**.

233

« … Billy ? Tu viens, gamin ? Faut qu'on s'arrache avant…

– J'arrive ! », lui répondez-vous en jetant un dernier regard vers la petite étagère. Il n'y a rien de précieux dessus à part quelques bibelots sans valeur. Vous rejoignez votre ami en **313**.

234

Pendant une dizaine de minutes, vous explorez le cimetière afin de trouver la fameuse crypte. Malgré le soleil, un frisson vous parcourt l'échine. Pas âme qui vive, pas un bougre dans les allées pour honorer ses morts. Une atmosphère lugubre pèse sur l'endroit qui semble tout entier soumis à un maléfice surnaturel. Vous êtes persuadé d'entendre des murmures émerger de certaines tombes, flottant quelques instants dans l'air vicié avant de se cogner à un ciel soudainement très bas.

«J'ai un mauvais pressentiment… T'es sûr qu'on a bien fait d'accepter de venir ici ?

– Y a qu'une chose dont ch'uis sûr, gamin. C'est qu'ici, on manquera pas d'bière.»

Vous laissez le barbare rire seul de sa blague vaseuse pour renifler l'air environnant avant de vous arrêter devant une porte en pierre. Vous avez enfin trouvé l'entrée de la Crypte des Rats, accompagnée des effluves putrides de la mort.

Sur le côté de la porte, vous voyez une gravure adjacente à un mécanisme sans doute conçu pour ouvrir les lieux. Une énigme, sans aucun doute.

Si vous n'arrivez pas à la déchiffrer, mais que vous possédez une **LANCE** ou une **FOURCHE**, vous pouvez aisément forcer le passage en utilisant votre outil comme pied-de-biche en **146**.

Si vous n'avez pas d'autres solutions, le PB propose «stratégiquement» d'enfoncer la porte avec une pierre tombale en **155**.

235

Pas d'autres choix ! Faites un **JET DE CHANCE** et priez. Si la chance vous sourit, poursuivez votre chemin en **452**. Si la roue tourne mal, rendez-vous en **163**.

236

En entrouvrant discrètement la porte, votre première vision est alarmante. Attaché à un plan de travail dont les rigoles trahissent une table de torture, vous reconnaissez Félix le Fleuriste malgré son visage plongé dans la pénombre. Toujours impassible et digne, sa respiration n'affiche aucun signe de détresse alors que virevolte autour de lui une créature au comportement flamboyant. Un elfe mâle à la peau pâle, paré d'un accoutrement excentrique, pivote autour de la table de manière théâtrale. D'aspect androgyne, une longue chevelure, d'où émergent deux oreilles saillantes, ruisselle sur des épaules aussi blanches que la neige. Chaussé d'une paire de cuissardes à hauts talons, il exécute une danse lascive autour du corps endormi, glissant sur ses lèvres la lame qu'il tient à la main. Le burlesque de la scène rajoute à son horreur, et le tortionnaire semble savourer sa proie avant de passer aux choses sérieuses. Il glisse gracieusement de la table de torture à son petit atelier, saisissant à chaque fois un nouvel instrument qu'il observe en frissonnant de plaisir.

Félix, quant à lui, semble indifférent au rituel macabre qui se déroule autour de lui et se tient parfaitement immobile sous les exhalations obscènes de l'elfe chatoyant. Est-il sous l'emprise d'un puissant sédatif ? Attend-il une opportunité ? Et comment s'est-il fait capturer ?! Aucune importance, vous devez faire quelque chose !

Vous ouvrez bruyamment la porte afin d'interrompre provisoirement cette cérémonie. Lorsqu'il se tourne vers vous, la surprise traverse le visage de l'elfe avant que ses yeux ne fondent de malice :

« Ô ! Par Shul'or ! » s'exclame-t-il en se léchant les lèvres « Des invités inattendus ! Ah… Quel délice ! Et dire que je n'ai même pas eu le temps de faire nettoyer le sang des précédents…

– Relâche le Plantier, sinon c'toi qu'on plante ! » gronde le PB.

« Hanw ! Mais qu'avons-nous là ? Un animal des steppes gelées… Un peu rugueux à mon goût, mais si je n'étais pas déjà pris par ce vigoureux étalon, je me délecterais volontiers de toi, beau guerrier.

– Je crois qu'il parle de toi », précisez-vous au barbare.

« T'sûr ?

– Et quel est donc ce petit ravissement ? » ajoute l'elfe truculent en vous dévorant du regard. « Une fleur des prés, un flocon de neige attiré ici comme un papillon par une bougie. Ah ! L'extase de couper le fil éphémère de ta vie… De te voir supplier… Quelle beautééé…

– Là, c'est d'toi qu'il parle, j'pense », vous précise votre ami.

« Mais où ai-je l'esprit ? Il est de bonne société de se présenter avant de s'introduire », reprend-il en reniflant profondément la longue dague qu'il tient toujours à la main avant d'exhaler doucement. « Je suis Funeste, responsable des Ressources Horribles du seul et unique seigneur noir, et vous êtes dans mon boudoir des péchés », termine-t-il en s'inclinant.

« En clair, il est tortionnaire.

– J'avais pigé.

– Oh, mais rassurez-vous ! Vous saisirez bientôt l'art divin de la souffrance, le souffle haletant des suppliques et la douceur de la douleur… Ah… ! La torture est un art si subtil et si délicat… Mais l'attente est parfois trop difficile… L'anticipation trop intense… Je n'ai malheureusement pas le temps de jouer avec vous. Je me contenterai donc de la vision exquise de vos corps exsangues avant d'amener votre sang au Maître… », continue l'elfe en frémissant.

Trop absorbé par sa logorrhée autocentrée, Funeste ne voit pas Félix remuer derrière lui. Le Fleuriste s'est défait de ses liens et, en une fraction de seconde, il se jette au cou de son tortionnaire. Sa poigne est implacable, et l'elfe tente d'abord de se débattre avant que l'écume ne lui monte aux lèvres. Asphyxié, il s'abandonne finalement au plaisir alors que ses talons ne touchent plus le sol :

« Rgh… Pl… Arh… Plus… Plus fort… Aaaah… », supplie-t-il une dernière fois, un sourire aux lèvres.

Enserrés par les doigts puissants de Félix, les os de son cou craquent comme de la paille sèche. Il s'écroule sur le sol, telle une marionnette aux fils coupés. Funeste n'est plus, mais son corps désarticulé rayonne encore d'un style fabuleux, souligné par sa garde-robe audacieuse. Pour faire bonne mesure, le PB le décapite d'un puissant coup de hache. L'observant calmement, le Fleuriste vous demande :

« Un ami à vous ?
– Pas vraiment… Qu'est-c'qu'tu fous ici ?!
– Une excellente question. Je me rappelle m'être reposé quelques instants et à mon réveil… Eh bien… ça », répond-il en désignant la pièce de la main.
« Vous… Vous dormiez ?!
– Oui », répond-il simplement.
Vous vous pincez les yeux avant de lui préciser :
« Vous êtes dans la forteresse de Virilus. Celle qui vole au-dessus de la ville.
– Ah. Ça n'explique pas grand-chose, mais je te remercie.
– J'imagine que vous savez rien sur l'endroit du coup ? Pas d'indices sur l'emplacement du Chaudron Noir ?
– Hmm… Non. Puis-je savoir pourquoi ?
– Il faut absolument qu'on le détruise !
– Oh. Dans ce cas… », fait-il en fouillant ses affaires éparpillées sur la table de Funeste. « Prends ceci. Je m'en servais pour me débarrasser des mauvaises herbes dans le Jardin. Même le plus coriace des chaudrons n'y résistera pas. Une goutte devrait suffire. Verse-la… Doucement. »
Félix vous tend un flacon de **CHLOROGLYCÉRINE**, un extrait végétal instable d'une puissance monumentale.
« Merci », chuchotez-vous de peur que votre voix ne fasse vibrer le liquide trop fort.
« Euh… T'sais comment redescendre ou… ?
– Je trouverai. Faites attention à vous. Le tourisme, c'est parfois dangereux. Billy. PB », salue Félix en quittant la pièce.
Décidément, cet homme a le chic pour se mettre dans des pétrins pire que les vôtres. Vous glissez la **CHLOROGLYCÉRINE** dans votre sac avec une précaution infinie. Si vous êtes **PRUDENT**, gagnez **1 POINT DE GLOIRE** pour ce sauvetage audacieux.
L'examen de la salle de torture révèle une clé massive posée sur le bureau. Sa présence incongrue vous pousse à la prendre, et vous ajoutez la **CLÉ B** à votre inventaire avant de quitter les lieux en **461**.

Félicitations, vous avez débloqué le succès « C'était quoi le safeword ? ». Cochez la case correspondante à la fin de cet ouvrage.

237

Respiration bloquée et dos collé au mur, vous entendez le son des bottes des soldats claquer sur le sol de la ruelle, avant de disparaître au loin.
« Je crois qu'on est tirés d'affaire », murmurez-vous à votre compagnon.
« J'connais un endroit pas loin d'ici où se planquer l'temps que ça s'tasse. Viens avec moi. »
Vous quittez votre cachette improvisée, et parcourez les rues en **22**.

238

Sur le parvis de la cathédrale, la foule mécontente s'est dissipée. Les deux paladins de garde ne vous jettent même pas un regard. Vous patientez au pied des marches et voyez Solia qui surgit à son tour de l'obscurité intérieure. Son trot résonne gaiement sur les pavés de la place, et elle arbore désormais une barde argentée et une mine beaucoup plus enjouée qu'il y a quelques minutes.

« Je crois qu'on est partis du mauvais sabot tous les trois ! », envoie-t-elle joyeusement. « Après tout, si vous allez me suivre, il vaut mieux qu'on apprenne à se connaître. Je m'appelle Solia. »

Vous serrez sa main tendue en demandant :

« Juste Solia ?

– Oui, et toi ?

– Juste Billy. Et lui c'est PB », dites-vous en pointant votre ami du pouce.

« Pas mal l'armure. J'savais pas qu'on en f'sait taille pouliche », lance celui-ci en haussant un sourcil narquois.

« Je l'ai bricolée moi-même avec des plastrons. J'ai l'air plutôt bourrine avec, non ? », lui renvoie-t-elle avec un sourire avant de partir au trot.

« Eh. Elle m'plaît bien, cette petite », susurre votre ami avant de s'élancer à son tour.

La route risque d'être un peu longue pour vous. Si vous pensez que l'exercice vous fera le plus grand bien, gardez le rythme en **149**.

Si vous craignez de ne pas pouvoir suivre, vous pouvez toujours essayer de faire le voyage à dos de centauresse en **7**.

239

Vous vous promenez dans la grande avenue qui débute depuis la porte et qui s'avère être davantage une rue étroite, irrégulière et privée de courants d'air. Tout au long de cette « avenue », votre nez subit sa première agression par une odeur d'à peu près tous les parfums. Un arôme d'oignon frit accompagné d'un soupçon d'excrément frais et de relents de vinasse se mêle aux effluves de terre mouillée et des quelques flaques d'eau croupie qui tapissent le sol.

Généralement, les routes pavées sont un luxe réservé aux quartiers huppés, et de toute évidence celui de la porte sud n'en est visiblement pas un. Les ordures, les eaux stagnantes et les quelques cochons qui s'y vautrent joyeusement ne dérangent cependant pas la bonne tenue du commerce ni la bonne humeur des citadins. Vous voyez des gens grouiller près des étalages, crier sur la place ou même chanter au pied de rangées de maisons aux couleurs hétérogènes. Au milieu des charpentes grossières et des murs inégaux s'étendent d'innombrables échoppes de marchands, de camelots ou de forains. Ici, les artisans sont les seigneurs des lieux, et le tablier traditionnel semble être l'habit de choix pour le citadin moyen. La pluie de la veille ayant transformé cette rue en marécage, vous constatez que les plus fortunés se déplacent à cheval et les plus astucieux marchent sur des échasses.

Vous progressez dans ce joyeux cloaque d'où surgissent fréquemment des maladies aux noms exotiques tel que le « mal des ardents » ou encore le « feu sacré ». Au bout de l'avenue, vous arrivez sur une petite place ronde miraculeusement pavée et en relativement bon état. Une bonne âme fortunée du quartier, sans doute lasse de saloper ses beaux souliers, aura eu la généreuse idée de financer le pavage de l'endroit.

D'un coup d'œil rapide, vous cherchez du regard l'enseigne de la taverne. Au bout de quelques secondes, vous trouvez un bâtiment orné d'une vieille plaque rouillée sur laquelle vous déchiffrez « Au Barbare hydraté ». Heureux d'avoir trouvé l'endroit aussi facilement, vous poussez la porte en **115**.

240

La gueule de la bête s'ouvre sur des mandibules acérées comme des lames de rasoir. Le vrombissement de ses ailes retentit, et elle lance contre vous une charge erratique, mais acharnée ! Repoussez-la !!

GUÊPE GÉANTE

HABILETÉ	PV	ARMURE	DÉGÂTS
8	10	0	0

Règle spéciale : *sur un jet de 1, 2 ou 3 lors de votre PHASE D'ATTAQUE, la guêpe esquive totalement votre attaque et votre contre-attaque critique si vous en avez une, sauf si vous êtes équipé de la LANCE ou de l'ARC, auquel cas le combat se déroule normalement. Lorsque la créature atteint 3 PV ou moins, mettez fin au combat.*

La créature bourdonne rageusement sous vos coups, et un grand dard noir surgit de son arrière-train. Elle prend son envol pour décrire un cercle dans les airs avant de vrombir sur vous ! Continuez en **364**.

241

Derrière vous, un rugissement mêlé à un hennissement retentit soudainement. Vous reconnaissez la centauresse aperçue plus tôt sur le parvis qui vous charge à toute allure avant de se planter face à vous, le regard noir de colère. Elle se cambre, rue et hennit avant de vous invectiver avec rage :

« Qui êtes-vous pour transporter pareilles immondices et oser les exhiber en ces lieux ? Préparez-vous à périr, nécromants !! Je…

– SOLIA !

La voix impérieuse du Vicaire interrompt net la jeune femme dans sa course. Hébétée, elle se tourne vers l'ecclésiaste :

« Je craing, ma douce Solia, que tu ne te trompes sur l'identité de nos deux camarades. Regarde-les bieng, ma fille. Tu penses sincèremeng qu'ils ont des têtes à faire de la magie noireuh ? C'est pour nous prévenir qu'ils se sont intrôduits ici. Et vu ta réactiong, je dirais qu'ils ont eu raisong. »

Respirant rapidement, la jeune femme s'assagit peu à peu. Voyant que le danger est passé, le Vicaire vous présente alors Solia, une centauresse aspirant à intégrer l'ordre d'Edire pour en devenir une paladine :

« Sa fougue en fera une merveilleuse guerrière d'Edire, si toutefois elle achève sa formation avang de ruer sur tout ce qui bougeuh. » Le prêtre se met à pouffer en poursuivant : « Té, franchemint... Ma Solia, pitchoune... Tu allais t'en prendre à ces deux gaillards qui viennent de nous dire qu'ils ont terrâssé un nécromancien à eux tout seuls ? Regarde-le ce grand costaud... Il était déjà en pôsture de garde, prêt à te faire rougir la croupe. Et le petiôt, il n'a même pas bronché, alors que tu chargeais comme une furie. Le minot a un sang-froid qui ne te laisserait aucune chance. »

Rouge comme une pivoine, Solia recule timidement, non sans garder un œil sur vous.

« Elle m'a fait sursauter, la bourrine... Pas qu'ça d'vienne une habitude », fait votre ami en raccrochant sa hache à sa ceinture.

« Allons, un vaillang barbareuh comme toi n'a rieng à craîndre.

– Pyro-Barbare... », corrige votre acolyte.

« J'avais deviné. Et toi, fils, tu es... ? »

Si vous êtes **GUERRIER**, allez en **45**, si vous êtes **PAYSAN**, allez en **45**, si vous êtes **PRUDENT**, allez en **45** et si vous êtes **DÉBROUILLARD**, allez en **45**.

242

« Vous voulez peut-être qu'on aille s'en occuper pour vous ? », lui proposez-vous sincèrement.

Le Vicaire prend aussitôt un air inquiet et se met à scruter une présence invisible au plafond, qui semble presque plisser des yeux.

« Vin'dire ! Vous êtes fadas ? Jamais de la vie ! Cette tâche sacrée m'incômbe et cela reviendré à enfreindre les lois divines que de vous y envoyer à ma place ! »

Un coup de tonnerre que vous n'êtes pas certain d'avoir entendu résonne subitement dans la cathédrale. Le Vicaire Isabel semble l'avoir bel et bien perçu et poursuit d'un air contrarié.

« Edire désapprouverait lourdemeng que je vous demande d'intervenir. Je n'ai pour l'instant pas d'autres possibilités que d'envoyer un représentang de l'ordre sur place pour une simple surveillânce. Solia ! »

La centauresse s'approche, étonnée, mais excitée à l'idée que le Vicaire lui confie une mission.

« Tu vas te rendre sur place dès à préseng, ma fille. Essaye de savoir si d'autres pauvres bougres ont disparu… Mais n'intervieng en aucune façong ! Et ne presse pas trop le sabot sur la route… », finit-il en vous lançant un regard implorant en direction de la jeune femme.

Vous vous êtes montrés serviables, mais ça ne paie pas toujours. La désapprobation d'Edire vous coûte **2 POINTS DE CHANCE**, mais vous échappez à une malédiction sans appel. N'ayant pas vraiment le choix si vous voulez ces infos, vous quittez la cathédrale par la porte et attendez la centauresse en **238**.

243

Dans l'espoir de trouver une idée, vous feuilletez le **PAMPHLET** un peu au hasard quand votre attention s'arrête sur « Humour à Mort ». Vous y lisez ceci :

« Contrairement aux idées reçues, les gens de Lennonia sont friands d'humour et de galéjades ! Les joyeux immigrés kränelorniens ont justement un sens de l'humour très affûté et sont à l'origine d'une tradition très connue en Erenner : la blague Carambarbare. Régalez-vous de ces extraits cocasses et saugrenus… »

Vous vous postez devant la charrette et scandez la blague douteuse :

« C'est trois steaks qui se promènent quand, subitement, deux d'entre eux disparaissent. Le troisième s'inquiète et les cherche partout. Tout à coup, ses amis réapparaissent et il leur demande : "Bah alors ? Vous étiez où ? " Et ils répondent : "Bah, on c'té cachés !" »

D'abord stupéfait par votre tirade, les deux gnolls écoutent attentivement votre blague avant d'éclater furieusement de rire. Vous continuez sur votre lancée :

« Que fait une naine quand elle chute de sa balançoire ? Bah, elle tombe de haut ! »

Leur rigolade redouble d'intensité.

« P'tain, mais c'est complètement nul ! Déjà d'une, la viande, c'parle pas ! Et d'deux, la naine, elle aurait jamais pu monter sur la balançoire ! », s'indigne le PB.

L'incompréhension de votre ami achève les gnolls qui finissent par s'étouffer et… mourir de rire. On peut décidément rire de tout, mais pas avec n'importe qui. Malheureusement, votre plan n'a eu aucun effet sur le scorpion. Aucun humour, ces bêtes-là.

Adaptez votre approche en **295**.

244

Lorsque vous fouillez dans votre sac, la poigne du gardien se resserre sur sa lance. Voyant que vous sortez seulement un équipement de couture, son attitude méfiante laisse place à de la perplexité.

« Quess'qu'tu fais, Billy ? », demande le Pyro-Barbare.

« J'supporte pas les trous dans les vêtements, alors j'me mets à sa place. Si je devais garder un endroit comme ça avec des habits pareils… Ça vous dérange pas si je jette un œil à votre tunique ?

– V-Vous voulez ra-rapiécer mes vêtements ? V-Vraiment ? C'quoi, le pi-piège ?

– Je peux rien promettre pour votre armure, mais le tissu, j'en fais mon affaire », annoncez-vous au garde en contournant sa lance pour vous mettre au travail.

Trop surpris par l'incongruité de votre initiative, le soldat ne bouge pas un muscle tandis que vous rapiécez sa manche. Après avoir examiné votre travail d'un œil incertain, il se relaxe imperceptiblement et vous laisse repriser ses vêtements. Vous rendez la tunique presque présentable avec une dextérité qui impressionne vos deux acolytes. Pendant que vous vous affairez sur son pantalon, le gardien vous fixe d'un œil sourcilleux.

« É-écoutez… Je v-vous suis très r-reconnaissant. M,-mais je peux quand même pas v-vous laisser entrer… S-surtout que v-vous êtes un chic type. C-Ce serait d-dommage…

– Hmm… Corrigez-moi si j'me trompe… Votre métier, c'est d'empêcher les choses de sortir du Jardin ?

– T-Tout à fait.

– Mais pas d'empêcher les gens d'y rentrer, non ?

– Euh… », réalise le garde en se grattant le casque. « Ben… C-C'est que… T-Techniquement… »

Devant votre insistance et l'aspect menaçant de vos compagnons, le garde cède enfin. Il pousse un grand soupir avant de se tourner pour abaisser un levier. La petite herse qui vous sépare du Jardin se soulève dans un grincement sourd, et vos compagnons s'y engouffrent. En vous regardant passer, il vous tend un ballotin.

« A-Attendez ! P-Prenez quelques b-biscuits. C-C'est ma grand-maman qui les a faits…

– Merci, c'est gentil », dites-vous en levant un sourcil.

Le petit soldat hausse les épaules d'un air désolé.

« C-C'est t-tout ce que je p-peux vous proposer en guise de repas des c-condamnés. C-C'est la m-moindre des choses… »

Vous enfournez le ballotin de **BISCUITS** dans votre sac avant de rattraper vos compagnons en **430**.

245

Si ce que le PB prétend est vrai, l'acier d'Arkadie a la réputation d'être l'un des plus fiables jamais forgé. Votre doute s'efface quand, devant vos yeux ébahis, le bois qui entoure la serrure s'effrite silencieusement comme de la craie. Même la serrure, pourtant en fer solide, n'oppose pas plus de résistance ! Au bout de quelques minutes seulement, la structure tout entière est déchaussée et il ne vous reste plus qu'à la retirer discrètement avant d'entrer. Une fois à l'intérieur, les trois gardiennes continuent de bavasser sans remarquer votre intrusion dans la remise. Vous vous hâtez de monter à l'étage afin de libérer les enfants en **436**.

246

S'il ne faut pas vendre la peau de l'ours avant de l'avoir tué, il ne faut jamais donner celle de Massacre même quand il est mort. Décidément, le repos éternel est visiblement un concept que le général de Virilus a du mal à intégrer. Malgré les dommages terribles que vous lui avez infligés, son squelette se relève avant de reprendre position à la tête de l'armée des morts. Face à ce gardien immortel, vous ne pouvez rien faire. Vous décidez de retourner en **80**.

247

Votre question semble la choquer. Elle ne s'attendait clairement pas à cela, et prend soudainement un air grave. Elle saisit une petite boîte située sur une étagère et la jette devant vous : « Si tu veux vraiment faire ça... Il te faudra :

- *un cristal d'une pureté éclatante*
- *le sang d'une faim dévorante*
- *le fragment d'une mémoire permanente*

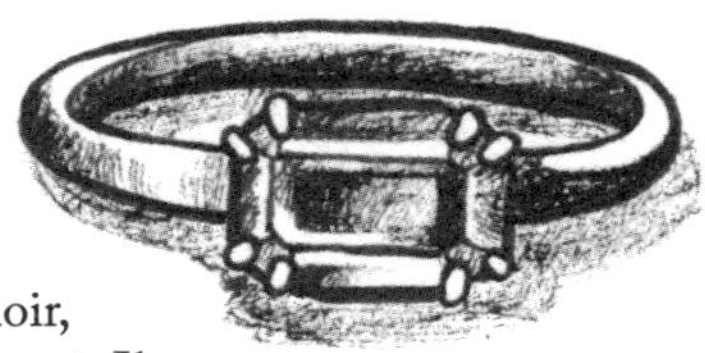

J'en ai déjà trop dit... Maintenant, sors d'ici et pars affronter l'odieux destin qui est le tien ! »

Chassé hors de son cabinet par son regard noir, vous ouvrez le petit coffret qu'elle vous a donné. Il contient un **ANNEAU DE RUBIS** d'une couleur et d'une perfection que vous n'aviez encore jamais vues. L'objet semble vibrer entre vos doigts, et vous l'empochez avant de retourner en **100**.

248

Si vous avez rencontré la **VOLEUSE** lors de votre exploration de Lennonia ou sur la route de la **TOUR DES MAGES**, explorez la cellule en **556**. Si vous lui avez déjà parlé ici ou que vous ignorez de qui il s'agit, allez en **37**.

249

Le « Barbare hydraté », institution centenaire de Lennonia, vit ses derniers instants devant vos yeux. La taverne part en flammes dans des étincelles pétaradantes et des chuintements de bois brûlant. Malgré l'ampleur de la catastrophe, il semble que tous les occupants des lieux aient réussi à s'échapper. Vous observez les orcs rescapés rassembler rapidement leurs blessés avant de s'enfuir sans demander leur reste.

« Bien joué, gamin ! J'aurais pas fait mieux moi-même ! », s'exclame soudainement votre grand compagnon. « Rien d'tel qu'un grand feu pour faire diversion ! Si tu veux, j'peux t'former ! Tu f'rais un excellent Pyro-Barbare, p'tit.

– Très peu pour moi », haletez-vous en reprenant votre souffle. « Merci, mais non merci.

– Dommage. T'as une bonne technique pourtant. Et c'lancer d'couteau ! Du grand art !

– Mon sac !!! », vous exclamez-vous subitement.

« Quoi, ton sac ? Tu l'as pas perdu, il est toujours sur toi. Faut prendre l'temps d'respirer gamin…

– Non, j'veux dire : mon sac à dos !! Celui où j'avais toutes mes affaires pour dormir ! Et mes rations !!

– Ah, le gros truc que t'as posé à côté du comptoir ? Bah, c'juste du barda normal ça, gamin, t'en trouveras d'autres », affirme-t-il d'un air détendu. « Et puis, au moins, t'as toujours celui qu'est magique.

– Comment vous savez que… ?

– J'l'ai reconnu, p'tit. C'était celui d'Fanta. Et s'il t'l'a donné, ça doit être pour une sacrée bonne raison. D'ailleurs, ouvre-le. J'veux juste y mettre mon grog… Après tout, c'pas parce que j'l'ai pas payé qu'il est pas à moi. Faut pas gâcher. »

D'un regard incrédule, vous remarquez la corne qu'il tenait à la main durant toute cette altercation. Vous voyant lorgner sa boisson, il en boit une gorgée jalouse avant d'ajouter nerveusement : « J'ai vu c'que t'as fait dans l'auberge. C'tait vraiment bien joué, gamin. Si t'avais pas arrêté l'aut'abruti sorti du lustre, j'l'aurais payé assez cher. J'crois qu'on a mal été présentés. Tu peux m'appeler PB », vous sourit-il en vous tendant le bras.

Vous l'acceptez et vous lui serrez la main.

« Billy. Mais vous pouvez m'appeler B, si vous voulez.

– Te moque pas, p'tit gars. Tous mes amis m'appellent comme ça. Et avant qu'tu d'mandes, j'te donnerai pas mon vrai nom. D'là où j'viens, ça s'fait pas. Au cas où tu t'fasses choper par les gardes, t'comprends ? Le déni plausible, tout ça… Et vu l'état dans lequel t'as mis l'auberge, j'pense qu'tu vas bientôt devoir nier pas mal de trucs. »

Si vous avez montré la **LETTRE DE RECOMMANDATION** au PB, poursuivez en **137**.

Si vous avez récupéré la **BROCHE DORÉE** de Fanta dans les ruines de Plante-Citrouille, rendez-vous en **107**.

250

Autrefois, cette caisse déglinguée devait être un distributeur de boissons. À travers la vitre fêlée, vous remarquez qu'il reste encore quelques bouteilles que vous pouvez attraper en glissant votre bras par le trou de distribution. Vous ne pouvez prendre qu'une boisson à la fois, dont l'effet s'activera au prochain combat. Si vous revenez ici après votre affrontement, vous pourrez choisir une autre boisson ou boire la même. Faites votre choix avant de retourner au centre de la cour en **400**.

Virilus Cola	Vin aux Carottes Judicieuses	Château Massacre	Un verre de Mamelou le lait pour tous les enfants
+2 HAB, et perdez 3 PV	Regagnez TOUS vos PV.	+2 aux DÉGÂTS SUBIS, +2 CRIT	Regagnez toute votre CHANCE, mais vous ne pourrez pas fuir le prochain combat si vous êtes PRUDENT ou utiliser votre CHANCE pour le gagner automatiquement.

251

Le corps du général Funeste n'en finit pas de vous surprendre. Même dans la mort, son accoutrement excentrique et son style inimitable font toujours leur effet. Personne n'a daigné le toucher depuis votre passage, laissant son apparence fabuleuse hanter les murs de la forteresse. Cette salle de torture est devenue son mausolée et plus rien ne vous retient ici, sauf si vous avez oublié la **CLÉ B**, auquel cas rajoutez-la à votre inventaire. Regagnez le **COULOIR NORD** en **461**.

252

Vous commenciez à peine à tisser des liens avec la charmante Solia que le temps tourne à nouveau à l'orage. Elle vous fixe d'un œil noir, sans dire un mot, remuant la terre à coups de sabots. Soudain, elle vous expulse d'une ruade à plusieurs mètres, reprenant la route au galop.

Vous n'avez rien de cassé, mais ça fait un mal de chien !

« Mais qu'est-ce qu'elle a ? Qu'est-ce que j'ai dit ? », grincez-vous de douleur.

« T'es vraiment qu'un clampin ! On t'a jamais dit qu'il faut jamais dire ça ?! Dire à une centauresse qu'elle a une queue d'cheval… Ça t'ferait quoi si moi, j'te traitais d'tête de cul ? Je s'rais toi, j'me f'rais tout plat. »

Après une montagne d'excuses, Solia accepte finalement de vous pardonner. Pour cette manœuvre malhabile,

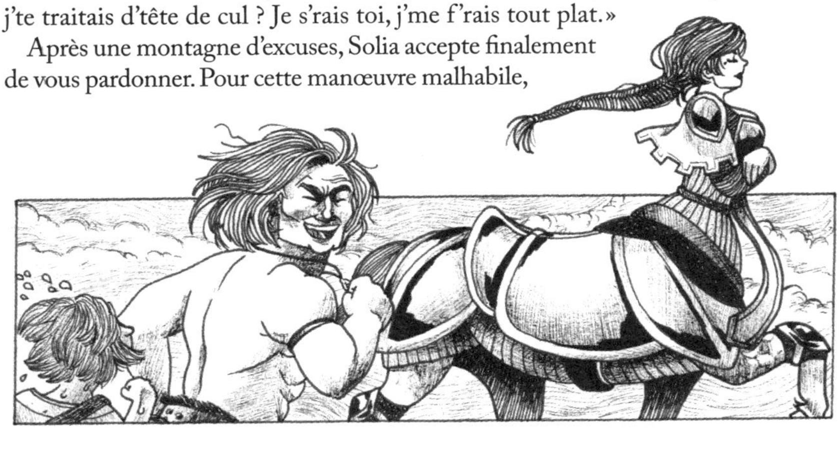

vous perdez **1 POINT D'HABILETÉ** et vous rejoignez silencieusement votre destination en **261**.

253

Faites un **JET D'ADRESSE**. En cas d'échec, vous pouvez oublier la provocation et la ruse… C'est l'affrontement direct qui vous attend en **274**. Si vous réussissez, attirez l'attention de la trollesse en **263**.

254

Sous le porche de la lavanderie, quelques femmes, manches retroussées et calots retenant leurs cheveux, s'affairent à la tâche en papotant gaiement. La plus imposante d'entre elles, sans doute la matrone, vous enjoint d'une voix forte :

« Déposez vot' linge dans la grande corbeille, laissez une pièce dans l'pot et r'passez demain.

– Euh… On n'a rien à laver, m'dame. On aimerait juste…

– Ici, on lave sans poser d'questions », vous interrompt-elle. « L'travail est d'jà assez dur comme ça. Alors si en plus on doit tenir un bureau des renseignements… non merci, mon p'tit gars. »

Si vous disposez de la **COTTE DE MAILLES**, vous leur proposez votre aide afin de récurer les taches les plus récalcitrantes et obtenir **1 INFO** et **1 POINT DE CHANCE MAX.** supplémentaires.

Si vous êtes équipé de la **MARMITE**, vous pouvez simplement la leur prêter afin de faciliter leur tâche. Vous recevrez alors **1 INFO** et **1 POINT DE CHANCE MAX.**

Si vous avez les deux en votre possession, vous pouvez alors cumuler l'aide proposée pour récupérer les deux récompenses d'un coup, soit **2 INFOS** et **2 POINTS DE CHANCE MAX.**

Si vous n'avez aucun de ces équipements, mais que vous possédez le **PHILTRE D'AMOUR**, vous pourriez l'essayer sur ces charmantes lavandières en **166**.

Si vous êtes **DÉBROUILLARD**, un objet étendu attire votre attention en **284**.

Enfin, si vous souhaitez revenir à la croisée des chemins, retournez en **100**.

255

Mon cher Billy,

Je sais que c'est toi qui lis cette lettre, et avant que tu ne te sentes coupable, sache que je l'ai écrite avec cette intention. J'ai pu faire un peu de chemin avec ton grand-père il y a de cela quelques dizaines d'années, et je constate qu'avec le temps, tu lui ressemble de plus en plus.

Va au « Barbare hydraté » et trouve l'homme dont je t'ai parlé. Il te protégera contre les évènements qui sont certains d'arriver.

Il est un peu brut et taquin, mais c'est une bonne âme. J'ai pu lui parler il y a quelques jours. Si tu lui montres ton nouveau sac, il le reconnaîtra et fera ce que je lui ai demandé.

Garde toujours ce sac auprès de toi, Billy, et comme le disait ton grand-père, n'oublie pas de respirer.

Respirer, c'est important.

Ton ami et mentor,
Fanta

PS : Ne te laisse pas impressionner par ton nouvel allié lorsqu'il fera semblant de lire cette lettre. Il vérifie juste si ma signature est la bonne.

Un sourire aux lèvres, vous repliez la missive avant de prendre une grande inspiration et de gagner **1 POINT DE CHANCE MAX.** Reprenez la route en **73**.

256

La perspective d'un tel effort pour une simple information vous rend pernicieux ! Vous supposez en débouchant la fiole que le **PHILTRE D'AMOUR** de la vieille voyante devrait adoucir ces gens sans sacrifier votre virginité. Vous brandissez le flacon, prêt à en répandre dans toute la pièce, quand le maître des lieux vous attrape par le bras.

« Hérétique !! Tu oses apporter cette flasque de mensonges pour souiller cette maison des plaisirs sacrés ?! Donne-moi ça », hurle-t-il en vous arrachant la fiole des mains avant de cracher dedans. « Nous sommes tous des professionnels assermentés par la Déesse elle-même, cœur vide. On ne triche pas avec le désir ! Tu as de la chance que la Déesse oublie et pardonne tout, sinon je t'aurais fait étouffer dans le pus de ton égoïsme !! Quitte ce lieu à jamais, et marche seul avec ton reflet immonde ! »

Châtié pour avoir tenté de jouer avec le sentiment du lieu, vous quittez L'Étreinte d'Ytia en sentant derrière vous le regard réprobateur des deux prêtresses et les larmes de la douce femme de chambre reptilienne. Une expérience misérable qui vous coûte **2 POINTS DE CHANCE** et **4 POINTS DE VIE.** Retournez piteusement auprès du barbare pour le traîner en **100**, et retirez le **PHILTRE** de votre inventaire.

257

Oh, et puis merde !! Marre de passer pour un gamin ! Marre d'obéir à tous ceux qui vous parlent avec une voix un peu grave ! Marre de toujours faire ce que les autres vous disent !! Votre nouvelle vie est aussi l'occasion d'exister par

vous-même et de faire exactement ce dont vous avez envie, même si c'est des grosses conneries. Car ce sont désormais vos conneries !!

Vous videz le verre d'un seul trait, ne serait-ce que pour fermer son clapet à ce voisin de bar qui vous toise. Alors que vous vous retournez vers lui pour lâcher un cri de victoire, vous êtes stoppé net dans votre élan.

Le jus acide semble joyeusement dissoudre votre œsophage avant de déclencher un brasier innommable dans vos boyaux. Il mène un duel acharné avec votre estomac pour savoir qui digérera l'autre pendant que vous restez paralysé sur votre tabouret.

Votre visage passe par toutes les couleurs avant que votre système digestif n'emporte finalement la victoire dans un gargouillement sonore. Avant même que vous ne puissiez articuler un mot, le géant vous coupe le souffle d'une grande claque dans le dos en riant :

« Hahaha ! Impressionnant, gamin !! J'ai jamais osé demander ce qu'il y avait dedans ! Personnellement j'aiguise mes lames avec ! » À ces paroles, toute la pièce éclate de rire. « Tout mon respect, p'tit. J'sais pas en quoi t'es fait, mais c'du coriace », finit-il.

Vous levez la tête vers la tavernière qui vous adresse un sourire éclatant. Si quelques instants auparavant elle vous semblait aussi intimidante et sévère qu'une directrice d'école, son visage s'est transformé. C'est maintenant une femme fière et radieuse qui s'apprête à vous reverser un autre verre du même breuvage infect que vous déclinez poliment, mais fermement.

Félicitations : vous perdez **2 POINTS DE VIE**, mais si vous êtes **GUERRIER**, vous gagnez **1 POINT DE GLOIRE**.

Si vous disposez de la **LETTRE DE RECOMMANDATION** de Fanta, allez en **105**.

Dans le cas contraire, votre aventure continue en **345**.

258

« Qu'est-ce que c'est que ces drôles de draps à pois sur les portes ? Y a pas ça dans les autres quartiers ? », demandez-vous au PB.

« L'torchon avec des taches ? C'est l'symbole de Nyses, ça, gamin.

– La divinité du secret ? Mais j'croyais qu'on avait pas l'droit d'en faire la représentation.

– C'pas qu'on a pas l'droit, c'est qu'personne en sait rien d'ce Dieu… Ou d'cette Déesse. Y fait bien son boulot, t'vois ? Mais les gens… Les gens y z'ont besoin d'vénérer un truc. Un genre de signe, ou d'symbole. C'est agriculturel, t'comprends ?

– Tu veux dire culturel ?

– Agriculturel, c'pas culturel, mais pour les pégus ?

– C'est… Quelque part, j'peux pas dire non », soupirez-vous.

« Bref, comme Nyses c'la divinité des voleurs et des adultères, l'est plutôt populaire dans l'quartier. Mettre un drap d'vant sa porte garantit que si tu t'fais cambrioler, l'voleur te laissera un reçu. Question d'honneur pour eux. En échange, Nyses les soutient dans leurs filouteries. »

Vous pondérez les propos du barbare avant de finalement demander :

« … Un adultère, c'comme une boisson qui désaltère que les adultes ?

– C'est… Bah… J'peux pas t'dire non, gamin », soupire votre ami.

À l'évocation de Nyses, un **DÉBROUILLARD** ressentira une paix intérieure à l'idée que cette entité invisible veille sur lui et regagnera ainsi **2 POINTS DE VIE**. Si vous n'êtes pas **DÉBROUILLARD**, vous tentez de visualiser à quoi pourrait ressembler une telle divinité avant que votre cerveau ne vous remette une page blanche. Vous haussez les épaules et reprenez votre enquête en **355** pour vous adresser à la femme qui vous observe, ou en **440** pour examiner le vieillard dans la rue adjacente.

259

Vous rangez la dernière caisse avant de mettre une croix sur le registre. Dans un silence de cathédrale, le contremaître et ses hommes approuvent votre comportement. Une brève cérémonie de remise de la boîte commence alors, où chacun semble tenir un rôle bien précis. Une fois l'objet entre vos mains, chacun s'en retourne à sa besogne sans témoigner la moindre curiosité quant à son contenu.

Vous y découvrez un croquis plus vrai que nature sur lequel votre grand-père semble s'acharner au milieu d'une armée terrifiante dont les étendards arborent le symbole que vous recherchiez. Serait-ce une représentation de l'une des batailles que votre mère vous a autrefois contées ? Caché sous le croquis, il reste trois boutons de pantalon et une petite ficelle vieillie par le temps. Vous empochez le tout, plus par respect pour la mémoire de votre aïeul que pour leur réelle utilité. Saluant vos semblables d'un mouvement imperceptible de la tête, vous rejoignez votre ami mâle domestique qui se prélassait paresseusement afin de lui transmettre **1 INFO** supplémentaire. Ensemble, allez en **70**.

260

La tranquillité du lieu est subitement interrompue par le bruissement d'une haie. Encore une ignominie florale à affronter ?! Vous adoptez une posture défensive avant d'être rassuré par la silhouette familière du Fleuriste qui surgit de derrière le fourré. Dans sa main, un reste de plante visqueuse se débat encore. D'un geste méthodique, il décapite la plante d'un coup de serpe avant de fourrer ce qu'il reste de la tête dans son sac. Tandis qu'il vous jauge du regard, vous voyez briller dans ses yeux une minuscule étincelle de surprise et de soulagement. Son œil se porte ensuite sur la condition du barbare, qui a l'air d'être passé dans une centrifugeuse remplie d'épines et de branches. Comparant les deux colosses devant vous, vous ne pouvez pas vous empêcher d'exprimer votre étonnement.

« Vous n'avez rien ? Même pas une égratignure ?

– J'ai l'habitude », répond Félix d'un ton stoïque.

« C'doit être une sacrée habitude si s'faire bouffer fait partie du boulot… », grommelle le barbare.

« J'ai pas à m'plaindre. De toutes les espèces vivantes à la surface et dans les entrailles de ce monde, les gens sont de loin les plus dangereux. Un animal ou un végétal ne prémédite jamais. Il se défend ou il se nourrit.

– Ouais, beh nous, en tout cas, on déguste ! », ajoute votre ami.

Après un instant, le Fleuriste lève un sourcil en direction de la grosse fumée noire qui s'échappe de ce qui était autrefois la prairie aux tulipes.

« Vous avez mis le feu à la forêt ? », demande-t-il, surpris.

« J'ai l'habitude », répond le barbare avec un sourire vengeur.

Il se contente de jeter un regard d'approbation dans votre direction. Décidément, pour des touristes, vous vous en tirez surprenamment bien. Continuez en **386**.

261

Ce n'est qu'en début d'après-midi et au prix d'une longue marche que vous atteignez enfin le cimetière familial du Domaine de la Souricière. Et rien qu'à l'odeur de terre poussiéreuse qui sature l'air, vous sentez que vous êtes au bon endroit.

« J'ai bien peur de ne pas pouvoir aller plus loin », annonce votre amie.

« Quoi, t'es trop large pour naviguer dans une crypte ? Enfin… Sans vouloir t'vexer par rapport à ton gros…

– Ça dépend, t'arriverais à ouvrir la porte avec tes petits bras ? Sans vouloir t'offenser, bien entendu », glisse-t-elle d'un sourire narquois.

« Eh. Bien renvoyé, j'l'ai méritée celle-là », ricane le barbare.

« Plus sérieusement, je ne peux pas vous accompagner dans la crypte… Bien que je ne sois qu'aspirante paladine, je fais désormais partie de l'ordre. Et même si je n'ai pas encore fait mes vœux…

– … Tu voudrais pas risquer de créer un incident diplomatique dont les conséquences seraient fâcheuses », terminez-vous.

« Oui, c'est déjà limite de vous avoir amenés ici. Mais si vous réussissez…

– Quand on réussira.

– Vous enlèverez un sacré poids des épaules du Père Isabel.

– J'imagine bien… », dit le barbare en se grattant le menton. « Surtout qu'il a pas l'air de pouvoir y faire grand-chose. Les dieux y z'aiment pas ça, qu'leurs fidèles fassent pas grand-chose. Ça leur laisse trop d'temps pour s'mettre à réfléchir… Bon, bah quand faut y'aller…

– Attendez ! », lance Solia en vous saisissant la main. « Avant que vous ne partiez, promettez-moi que vous ferez tout ce qui est en votre pouvoir pour éradiquer le mal en ces lieux. Faites-moi la promesse solennelle de vous acquitter de cette tâche, quoi qu'il vous en coûte. Pour mon père… »

Vous levez la tête pour vous perdre dans son regard envoûtant. D'un côté, vous comprenez l'importance de votre mission, mais ne rien promettre en **312** est peut-être le meilleur moyen de ne pas la décevoir.

Si ignorer la requête sincère d'une si belle créature vous est insupportable, ou que vous avez pleinement confiance en vos capacités, faites la promesse solennelle de purger le mal en **161**.

262

Vous ne cillez pas lorsque l'orc tient son visage railleur à quelques centimètres du vôtre. Au contraire, vous poussez un petit soupir dédaigneux et dépliez votre **PAMPHLET** en faisant semblant de le lire d'une voix calme.

« Ah. Oui, je vois. Le général Massacre m'avait mentionné qu'une forte tête se croyait au-dessus des règles. Tut-tut-tut… Je ne vais pas vous mentir, ça commence mal pour vous », ajoutez-vous en faisant mine d'inscrire quelque chose sur votre papier.

À la mention de l'ancien général, les yeux de l'orc s'emplissent de panique et son visage pâlit pour prendre une teinte cyan. Démuni par votre baratin, il balbutie des excuses pitoyables et se met au garde-à-vous avec les autres. Vous passez en revue les troupes qui sont alignées en rang en faisant claquer vos bottes sur le sol.

« Bien. Maintenant que vous avez compris dans quel pétrin vous êtes, je vais vous donner une chance de vous rattraper : à mon appel, vous entrerez en rang dans la remise du fond pour un examen en profondeur. Vous ne sortirez pas du bâtiment. Vous ne poserez aucune question. Vous répondrez quand je vous adresserai la parole. SUIS-JE CLAIR ?! »

Un mélange de « Oui, chef ! » et de hululements de gnolls répond à votre question. Vous saisissez le barbare par le bras et allez dans la remise. Une fois à l'intérieur, il se tient derrière la porte, la hache levée tel un bourreau impatient. Les uns après les autres, les soldats tombent tous dans votre piège à la seconde même où ils referment la porte. Vous pensiez en avoir fini lorsque le dernier de la file pénètre dans la pièce. Il s'agit de l'ogre, curieux de savoir où sont passés tous ses en-cas. Tandis qu'il traverse le chambranle comme s'il était fait de papier, il vous regarde d'un œil interrogateur en se grattant la tête.

Cette fois, votre camarade ne pourra pas assommer cet animal. Peut-être que si vous essayez de lui parler fort et lentement, vous pourriez l'amadouer en **365**… Mais si la bagarre vous démange vraiment, combattez-le en **555**.

263

Vous ramassez une poignée de sable avant de demander au PB de rester en retrait. Vos bruits de pas, d'abord couverts par les pleurs et les chuchotements des prisonnières, finissent par résonner sur toute la place, désormais silencieuse à votre approche. La trollesse, stupéfaite, vous fixe d'un œil mauvais.

« Déguerpis, sale nabot. Ou je vais te… ARGH !!! »

La poignée de sable l'atteint en pleine figure. Deux de ses bras sont occupés à essuyer ses yeux tandis que les deux autres tentent de vous saisir. Vous esquivez son empoignade et lui assénez un violent coup de pied au genou avant de détaler comme un lapin. Jurant dans une langue gutturale, l'effrayante guerrière rugit :

« Espèce de sale petit… !! Qu'est-ce que vous attendez ?! Tuez-le !! », ordonne-t-elle aux gardes, eux aussi pris de court.

Anticipant le mouvement de vos poursuivants, vous saisissez une brique parmi les débris qui jonchent le parvis et visez leur tête. Votre tir fait mouche, et un soldat s'écroule au sol, le nez en sang. Le deuxième hésite, voyant que vous saisissez une autre pierre.

« Misérables ! Je dois donc tout faire moi-même ?! », crie la trollesse en vous chargeant, toujours en partie aveuglée.

Elle ne semble pas remarquer que vous l'attendez, adossé aux fortifications du temple. Une stratégie qui paraît gagnante jusqu'à ce qu'elle s'arrête net devant les pics, débarrassée du sable qui l'aveuglait.

« Bien tenté, petit homme ! », annonce-t-elle lorsqu'en ouvrant les yeux, elle se découvre à quelques centimètres des pointes qui allaient la transpercer.

C'était sans compter sur l'intervention du barbare dans son dos qui, d'un coup d'épaule massif, la propulse contre les pics et l'embroche sauvagement. Empalée, la trollesse tente mollement de s'extirper avant de rendre son dernier souffle.

« J'me suis permis d'finir, tu m'en veux pas ? », dit le barbare, un peu gêné de s'être mêlé de votre initiative.

« Nan, mais t'as bien fait. Merci ! »

Le soldat restant, qui était en train d'aider son collègue à se relever, n'en croit pas ses yeux, alors qu'une chaîne l'étrangle par-derrière. Tenue non pas par une, mais par une dizaine de filles qui tirent de toutes leurs forces, cette rébellion inattendue finit par avoir raison de lui. Son comparse ne tarde pas à subir le même sort, et il périt lui aussi sous la vindicte de ses otages.

Vous trouvez les clés sur le cadavre de la trollesse avant de vous diriger vers les prisonnières en **168**.

264

Distrait par sa propre agression, l'homme à la cape rouge ne vous voit pas venir et sent soudainement votre **COUTEAU** sous sa gorge. Paniqué, il n'essaye toutefois pas de se débattre et se contente de bégayer :

« Mais, mais… Mais qu'est-ce que…

– Tchtchtchhh… Continue de faire du bruit et je repeins la rue.

– J's'rais toi, j'l'écouterais. Si c'était moi qui tenais l'couteau, j'frais ça d'un coup sec, sans bavures. Mais lui, il a la main qui tremble, t'vois ? Y va saloper l'travail et t'laisser sur l'pavé comme une truie pas finie. Du coup, voilà c'que j'te propose : tu laisses ton matos au sol, et en échange, le gamin t'épluche pas. Ça t'va ?

– Si je crie, mes gars viendront vous écorcher…

– Tut-tut-tut. Quand on a un couteau sous la gorge, mon grand, il s'passe un truc qu'on appelle un accord tacite », termine le barbare en frottant le fil de sa hache avec son pouce. « Alors ? »

Vaincu, le voyou dépose son butin au sol – un peu d'or et un poudrier brisé – avant de détaler sans demander son reste. Le vieillard qu'il avait molesté a lui aussi disparu, sans doute plus effrayé par vous que par son agresseur. Vous ramassez le butin et rejoignez la malandrine en **423**.

265

Le PB leste la corde en la nouant à une lourde pierre, puis la fait tournoyer comme une fronde avant d'effectuer un formidable lancer. Le rocher s'élève longuement dans les airs... Avant de retomber sur l'herbe dans un bruit sourd.

« T'y arriveras jamais, tu l'sais ça ? », ricanez-vous d'un air narquois.

« Grbml... T'es fils unique ?

– Euh... Oui ? », répondez-vous sans comprendre.

« L'premier essai, c'toujours l'plus foireux... R'garde ça ! »

Cette fois-ci, le rocher s'envole dans le ciel et un bruit métallique indique que le caillou s'est bien enroulé à une barre de fer plantée en hauteur.

« HA ! J't'avais dit qu'ça... Beh... ? T'es où, p'tit ? », questionne le barbare en vous cherchant des yeux.

Vous avez déjà escaladé une dizaine de mètres de la Tour des Mages avec votre **KIT D'ESCALADE** pendant que le PB lançait son caillou ridicule, et vous le toisez en jetant un regard par-dessus votre épaule. Il vous fixe, incrédule, avant de vous suivre en riant de bon cœur.

Si vous êtes **DÉBROUILLARD**, cette prouesse à l'escalade vous vaut **1 POINT DE GLOIRE** supplémentaire avant d'atteindre votre but en **360**.

266

Avez-vous déjà franchi la porte du **LABORATOIRE** ? Si oui, vous avez fait le nécessaire et pouvez continuer directement en **536**. Sinon, poursuivez en **176**.

267

Tentez votre **CHANCE**, faites un **JET DE CHANCE** et retirez **1 POINT DE CHANCE**.

Si vous avez réussi, rendez-vous en **69**.

Sinon, fuyez l'animal en retournant à la croisée des chemins en **100**.

268

Derrière la porte, vous avez la confirmation qu'il s'agit bel et bien d'une armurerie. La pièce est tapissée de râteliers d'armes de toutes les sortes et de toutes les tailles ! Votre excitation est à son comble devant ce spectacle réjouissant jusqu'à ce que le PB fasse retomber votre enthousiasme :

« Y a rien d'digne ici ! Rien que d'la camelote pourave ! R'gad', gamin, elles sont trop rouillées ! C'vaut rien.
– Et ces bougies ? Elles ont l'air de sentir bon.
– C'des **EXPLOSIFS** ça, Billy ! Si tu les allumes, tu sentiras plus rien du tout. »
Ces bâtons sont remplis de poudre noire et exploseront si vous les allumez. Décidément, on n'arrête pas le progrès ! Si vous avez l'**ARC**, le PB peut vous apprendre à en faire **3 FLÈCHES EXPLOSIVES** (**+4 DÉGÂTS** pour **1 TOUR**, une fois par **TOUR**). Si vous voulez quand même fouiller l'**ARMURERIE** dans l'espoir de trouver quelque chose de correct, rejoignez le PB en **593**. Sinon, retournez en **400**. Vous ne pouvez prendre les **EXPLOSIFS** qu'une fois.

269

Visiblement mal à l'aise au milieu de toute cette littérature, le Pyro-Barbare vous fait comprendre d'un petit signe de tête qu'il vous attendra dehors. Probablement en jetant des cailloux sur les passants.
Vous avancez donc seul vers le bureau du gigantesque gardien. En vous voyant approcher, celui-ci lève un énorme sourcil en votre direction.
« Que puis-je faire pour vous aider, jeune homme ? »
D'une certaine manière, son aspect distingué accompagne sa politesse. Vous cachez votre fascination – sans grand succès - et lui montrez l'écusson arraché sur votre adversaire la veille.
« Euh… J'ai trouvé ceci et personne semble savoir ce que c'est. Je me disais qu'ici, quelqu'un comme vous pourrait me renseigner.
– Quelqu'un comme moi, mon jeune ami ? » demande le gorille d'un ton mystérieux.
« Bah oui », répondez-vous candidement : « Quelqu'un qui sait. »
Affichant un large sourire, le bibliothécaire referme son livre avant de le poser doucement sur la table.
« Eh bien, soit. Voyons voir si "je sais", comme vous l'avez si éloquemment exprimé. »
Vous lui tendez l'écusson qu'il saisit délicatement entre son pouce et son index. L'objet vous paraît minuscule entre ses doigts immenses, tandis qu'il le scrute attentivement par-dessus son pince-nez…
« Oooh. Intéressant. Je ne pensais pas revoir pareille curiosité avant la fin de mon mandat de bibliothécaire… sachant que je suis préposé à vie », ajoute-t-il d'un petit sourire. « Ce que vous avez là, mon jeune ami, n'est autre que l'emblème d'un certain Virilus. Ça ne fait aucun doute. Je me garderais bien de vous questionner quant à sa provenance, mais sachez toutefois que vous possédez là les armoiries d'un ancien seigneur de guerre autrefois très craint. Et pour cause, la cruauté de ses exactions a laissé une marque sanglante dans l'histoire de cette région. Il est fort dommage que plus personne ne s'intéresse à l'Histoire,

n'est-ce pas ? De mémoire, il a été vaincu par un général de cette contrée il y a plusieurs décennies de cela et a ensuite sombré dans l'oubli. L'éminent Blathnat en soit loué », termine-t-il d'une voix plaisante en vous rendant le morceau de tissu. « Une rare curiosité, sans aucun doute. Y a-t-il autre chose que je puisse faire pour vous être agréable, mon jeune ami ?

– Merci ! C'est déjà beaucoup ! Bonne journée, m'sieur ! »

En vous voyant sortir, votre compagnon repose les cailloux qu'il avait ramassés pour passer le temps. Vous lui faites un rapide résumé de ce que vous a dit l'aimable libraire. Avec **2 INFOS** en poche, vous retournez en **100**.

270

Dans la lumière dorée du soir, la silhouette massive du Père Isabel se dessine sur le parvis de la cathédrale. À son visage radieux, on devine son soulagement de vous voir tous revenir sains et saufs.

« Mes enfangs… Quelleuh joie de vous revoîr ! Et toi, ma chère Sôlia, qu'il m'est doûx de t'accueillir encore en ces lieux. Entrez, entrez ! Vous me racônterez absolumeng tout après que j'ai soigné vos plaies. J'imagine ô combieng le voyage a dû être éprouvang. »

Après avoir serré le Vicaire dans une étreinte pleine d'affection, Solia est prise d'un gigantesque bâillement :

« Chette exchpédition a été fatigante en effet… J'ai besoin d'enlever mon armure et de me reposer un instant. Vous ne m'en voudrez pas de vous abandonner, mais j'ai raté ma sixième sieste et il me faut ma demi-heure de sommeil… », s'excuse-t-elle.

« Bieng sûr, tu me raconteras tout à ton réveil, ma fille. Va, pitchoune ! »

Avant de prendre congé, la centauresse vous exprime sa plus profonde gratitude pour ce que vous avez accompli.

Vous recevez les premiers soins d'usage et partagez ensuite un repas copieux en compagnie du Père Isabel et de Solia qui vous rejoint dans la soirée. Au cours du dîner, vous régalez le prêtre de votre récit, et il vous remercie encore une fois pour vos efforts. Le maintien de l'ordre spirituel dans sa région est maintenu.

« Eh bieng, messieûrs. Mon humbleuh demeûre est vôtre pour une nuit dûmeng méritée. Si vous avez besoing de moi, vous me trouverez dans mon étûde, où je m'en vé faire mes lectureuh du soîr.

– Tu t'y colles, Billy ? Chuis claqué. Pis les bouquins, c'pas mon truc.

– Va dormir. J'm'en charge. Mais prends pas toute la paillasse, hein ! »

Acquiesçant d'un petit signe de tête, votre compagnon ignore la couche pour s'allonger comme un chat devant une dizaine de bougies allumées. De votre côté, vous suivez le Vicaire afin d'espionner sa lecture. Assis sur l'un des bancs situés à l'extérieur de son étude, vous l'entendez se racler la gorge avant de poursuivre d'une voix beaucoup trop forte :

Extrait du Livre des morts – page 952, paragraphe 71, verset 4

Virilus, chevalier noir aux mille faims, jura vengeance après l'affront de sa défaite
Au guerrier légendaire qui le terrassa, il promit une mort lente
Sur son cadavre ou sa descendance, il récoltera le récipient du sang ancien
Nectar de son plan funeste, origine de tous les fléaux qui un jour s'abattront
Car au reste de l'humanité qui l'oublia, il réservera un esclavage éternel
Et pour régner sur son obscur royaume, il n'aura pas de trop d'une vie sans mort
Quand le fond du Chaudron Noir trouvera le sang ancien
L'éternité de Virilus privera les hommes d'une mort sans vie

Extrait de l'Histoire du Culte d'Edire en Erenner - page 1181

Par un jeu de hasard et de folie, le guerrier légendaire devint Empereur de ces terres
Mais son règne ne dura que le temps d'une éclipse fugace
Le temps pour lui d'honorer Sa Parole, et de confier le sort des morts en nos mains
Et d'offrir la construction des murs abritant les desseins de la Déesse
« Tant que les délais sont respectés », car aucune note n'échappe à sa vigilance d'acier
Allié de circonstance, son ombre bienveillante veille sur notre serment
Et nous respecterons « La loi, bande de chenapans ! »
La mort est don et en ces lieux, la lueur veille tandis que la cire coule
Et scelle nos serments, dans la vie comme dans le devoir

Extrait du Manuel des hérésies - page 59 | Chapitre des artefacts noirs
Le chaudron sombre, épicentre du vide, creuset des désirs impies
Offrant le pouvoir à qui l'exige, ôtant la vie à qui le demande
Taillé dans le crâne du Roi des rois, noirci par ses rêves
Il est l'esclave des esclaves, et les lie tous à lui
Les rêves deviennent chair et la chair devient servitude
Pour le briser, vous devez briser son armée
Pour briser le souhait, vous devez briser son rêve
Mais prenez garde, car son pouvoir s'accumule
Et chaque seconde vous sépare un peu plus de la victoire
Car si une goutte de la mémoire du sang ancien
Venait trouver sa voie dans sa gueule béante
Alors le sceau du Chaudron Noir sera violé
Et l'ordre du monde sera modifié à jamais
Esclave du souhait de son maître, éternel et immuable

Le « clap » d'un grimoire qui se ferme met fin à la lecture et Isabel en profite pour se tourner vers vous d'un air complice.

« Ah ? Tu étais là tout ce temgs, fils ? Té, je ne t'avé pas entendu ! Mais tu tombes bieng. Avang d'aller dormir, preng ceci garçon… »

Son énorme main calleuse s'ouvre sur un médaillon frappé du symbole d'Edire.

« Avec ça, fils, tu pourras demangder ûne, et je dis bieng ÛNE faveur à Edire. Pour service rendu à sa paroîsse, elle ne pourra pas te refuser. Et l'appelleuh pas pour rieng, d'accord ? Allez, va te coucher, minot. Demaing, je rouvre mon église. »

Le cerveau encore encombré d'un trop grand nombre d'informations, vous laissez le Vicaire vous conduire à la couche située à côté de votre ami qui dort à poings fermés. Regagnez **12 POINTS DE VIE** et ajoutez le **MÉDAILLON D'EDIRE** à votre inventaire avant de pousser un soupir de soulagement en terminant cette journée pleine d'aventure en **142**.

271

Depuis que vous avez franchi l'enceinte de ce Jardin, un mauvais pressentiment vous oppresse. Vous savez maintenant ce qui vous angoissait : l'imminence de votre propre mort ! Cette maudite vigne aura eu raison de vous et de vos camarades. Votre fin a certes un goût de raisin, mais vous avez la possibilité de réessayer en **200**.

272

Les ricanements des deux gobelins résonnent dans le couloir. Ils reprennent leur basse besogne et vous inondent à nouveau de carreaux sifflants. Entre deux rafales, vous lancez votre projectile à l'aveuglette depuis le coin du couloir. Un bref hurlement de panique se fait entendre avant qu'une explosion ne secoue les murs. Un vent brûlant vous lèche le visage et caresse les cheveux du barbare.

De vos assaillants et leur furieuse machine, il ne reste qu'un cratère fumant au milieu de débris indescriptibles. Bon débarras ! Vous avez résolu la situation du **CROISEMENT OUEST** ! Vous pouvez poursuivre tranquillement en **80**.

273

Vu l'obscurité de la ruelle, il se pourrait que vous vous trompiez de cible. C'est du moins la pensée qui vous pousse à vous rapprocher silencieusement de l'homme afin de vérifier la couleur de sa cape sous une meilleure lumière. Vous vous prenez les pieds dans un nid-de-poule caché par une flaque traîtresse pour vous écraser aux pieds de l'homme que vous étiez censé espionner discrètement. Surpris, ce dernier lâche sa victime et recule en jetant un œil nerveux vers le bout de la rue. Il trébuche sur vous. L'arrière de sa tête vient heurter lourdement un rebord de fenêtre et il perd immédiatement connaissance.

« Du génie ! », s'esclaffe le Pyro-Barbare admirativement. « J'ai vraiment cru que t'étais tombé ! T'as vraiment de sacrées techniques ! »

Sauvé par votre intervention inopinée, le vieil homme vous remercie chaleureusement, vous rendant **3 POINTS DE CHANCE**. Vous acceptez humblement sa reconnaissance, pendant que votre ami dépouille le malfrat de sa cape et la tend au vieillard, qui accepte sans comprendre.

« Tenez. C'du vrai rouge. Pas moisi. L'orange, ça vous va pas », affirme-t-il d'un ton péremptoire avant de se tourner vers vous. « J'ai trouvé du pognon et une grosse médaille. R'tournons voir la griffeuse. »

Vous suivez votre ami hors de la ruelle en observant le poudrier brisé et le petit sac d'or qu'il vous a remis en **423**.

274

La trollesse est peut-être un adversaire redoutable, mais vous êtes Billy, et rien ni personne ne vous arrêtera !

Attaquez ! Tuez-les tous !!

GARDES CORROMPUS

HABILETÉ	PV	ARMURE	DÉGÂTS
6	8	0	0

***Règle spéciale** : aucune, balayez ces minables et dépêchez-vous d'assister votre ami !*

Suite à ce combat héroïque pour vous et désespéré pour eux, vous piétinez le corps de vos adversaires pour en finir avec cette drôlesse de trollesse !

TROLLESSE

HABILETÉ	PV	ARMURE	DÉGÂTS
13	16	0	1

***Règle spéciale** : grâce à ses multiples bras, la trollesse n'est jamais prise de court et ne peut pas subir de COUP CRITIQUE. Si jamais vous effectuez un COUP CRITIQUE lors de votre phase d'esquive (si vous en avez une), ne lui infligez aucun dégât et esquivez simplement son attaque.*

Victorieux, vous poussez un cri triomphal qui résonne sur toute la place devant le regard ébahi des prisonnières ! Réalisant que vous venez de les sauver, ces dernières vous remercient chaleureusement en **168**.

275

Vous tenez la boîte à bout de bras afin de la maintenir le plus loin possible de votre figure. Le visage totalement crispé, vous désenclenchez le loquet dans un petit « clic ».

Pas de boule de feu. Pas d'explosion. Pas de nuage de poison.

Vous poussez un grand soupir de soulagement et le ramenez vers vous pour découvrir… Des biscuits.

« D'biscuits ? », demande votre ami en lorgnant par-dessus votre épaule.

« Ils sont peut-être magiques ?

– Qu'un moyen d'le savoir », affirme-t-il en en avalant un sans hésiter.

En voyant son expression révulsée, vous craignez un empoisonnement, mais le barbare vous rassure :

« C'rien, g'min. Y sont juste dég'lasses. Un jour, quand j'étais môme, j'ai boulotté un bout d'charbon qui traînait. Au moins, maint'nant, j'le regrette plus… »

Pour le trésor, c'est râpé. Mais si son contenu est sans intérêt, l'écrin, lui, constitue la preuve que vous avez pénétré dans la Tour des Mages et survécu. Un exploit qui vous octroie **1 POINT DE GLOIRE** et **1 RICHESSE** supplémentaire. Vous empaquetez aussi quelques **BISCUITS** dans votre sac. Sait-on jamais, vous pourriez bien être en train de mourir de faim un jour, et choisir de vous laisser partir sans souffrance à l'idée d'en manger un.

Vous pouvez maintenant examiner l'étrange animal en **190**, le chaudron bloubloutant tranquillement en **359**, ou le placard fermé en **318**.

Félicitations, vous avez débloqué le succès «Tout ça pour ça». Cochez la case correspondante à la fin de cet ouvrage.

276

L'atmosphère soufrée qui s'échappe de l'ouverture est à peine respirable et vous progressez péniblement, secoué par des spasmes nauséeux. Le peu de lumière ajoute un lot d'horreur à l'endroit, d'autant que ce qui craque sous vos pas ressemble à des ossements… humains peut-être. Vous avancez dans cette pénombre inquiétante, le visage régulièrement happé par des filaments gluants. Contrairement à l'antichambre voisine, les toiles d'araignées sont fraîches et le

silence assourdissant. Le seul son qui vous parvient est le léger frottement des doigts du barbare qui serre sa hache vigoureusement. Au milieu de cette tension insoutenable, une voix sifflante vous fait sursauter :

« Qui oooose sss'aventurer dans le repairrre de Mortelle ?

– Montre-toi, saleté !! », hurle le barbare, l'arme brandie.

Des cliquetis semblables à des pointes d'acier frappées contre la pierre vous parviennent pour unique réponse. Un rire strident jaillit des ténèbres :

« Mon ssseigneur-proie est trop bon ! Je n'aurais jamais cru que certaines proies pouvaient être aussssi ssstupides ! Approcheeeez… »

Vous n'en faites rien et demeurez parfaitement immobile. À mesure que vos yeux s'habituent à l'obscurité, vous commencez à distinguer la forme d'une créature particulièrement grande. Mi-femme, mi-araignée, cette espèce d'hybride atroce s'avance vers vous en vous jaugeant de ses six yeux luisants. Elle se déplace dans son antre à une vitesse saisissante, tantôt au sol, tantôt au plafond, faisant parfaitement corps avec le lieu. En un éclair, elle est face à vous et ses globes oculaires roulent frénétiquement sur son visage sensuel tandis qu'elle examine la moindre parcelle de son futur dîner.

« Et moi qui essperais faire un repas décent… », soupire-t-elle. « Le petit n'est qu'ossss et tendons…

– Ça t'fera une belle jambe quand j't'aurai coupé les sept autres ! », menace le barbare sans montrer la moindre peur.

Un sourire immonde éclaire le visage sublime de la « femme » lorsqu'elle reprend :

« Lui en revanche sssera parfait. Il me donnera des forrrrrces pour m'accoupler avec mon ssseigneur-proie !

– Vous… Vous accoupler ? Avec Virilus, vous voulez dire ?! », vous exclamez-vous, abasourdi.

« Ouiiiii… Cela fait maintenant une éternité que je poursuis mon ssseigneur-proie dans le but de le dévorrrer après l'union, comme l'exige la grrrande toile », explique-t-elle avant de continuer dans un soudain élan d'admiration fanatique. « Mais il est trop forrrt !! J'ai essayé, esssayé et encore essssayé ! Jamais aucune proie ne m'avait résisté comme lui ! Je le dévorrrerai un jour et en attendant ce jour, il est mieeen et je sssuis sienne ! »

Elle pose une main sur sa joue, l'air pensif :

« Sssi je me retiens de tout manger et que je lui amène vos têtes, il sssera sssans doute distrait… Sssi en plus j'ajoute quelques bougies… »

Absorbée par sa rêverie, elle ne vous voit pas la contourner pour la prendre en tenaille. Mais à peine avez-vous pris position que la créature hybride reprend ses esprits :

« Aaaah… Les proies veulent jouer aussssi ? Tâchez de ne pas perdre trop de pattes lorsque je vous tuerai, je préfère mes repas entiers ! »

Sur ces crissements, vous esquivez un jet de toile gluant avant de vous lancer à l'assaut.

MORTELLE **+4**

HABILETÉ	PV	ARMURE	DÉGÂTS
12	26	0	0

Règle spéciale : *l'antre de Mortelle est jonchée de toiles d'araignées qui gênent vos mouvements. Jusqu'à ce que vous fassiez un 5 ou un 6 lors d'une PHASE D'ATTAQUE, le PB aura un malus de 2 POINTS D'HABILETÉ, et vous un malus de 2 POINTS D'ADRESSE. Entre chaque tour, l'acide de Mortelle vous inflige les blessures qu'elle vous a causées durant la PHASE D'ATTAQUE du tour. Sa carapace chitineuse est sensible à une attaque en puissance cependant. Si vous lui infligez 5 POINTS DE DÉGÂTS ou plus pendant votre PHASE D'ATTAQUE, doublez les DÉGÂTS que vous lui infligez durant ce tour.*

Si vous ne survivez pas à ce combat, tentez de nouveau votre chance en **400**. Mais si vous êtes victorieux, c'est épuisé, mais vivant que vous retrouvez le PB en **4**.

277

Les passants qui ont été témoins de la scène continuent d'observer l'auberge partir en fumée. Certains commencent à s'agiter en vous montrant du doigt :

« C'est eux qui sont responsables ! Ils sont sortis les premiers !!

– Le grand a l'air dangereux. Mais que fait la garde ?!

– Faut les enfermer !!

– Vous, là ! Halte !! »

Ces dernières paroles proviennent d'une patrouille de garde qui se lance à votre poursuite ! Mieux vaut ne pas traîner dans le coin !

Si vous êtes équipé d'un **KIT D'ESCALADE**, vous pouvez fuir par les toits en **141**.

Si votre attirail comporte une **FOURCHE** ou une **LANCE**, vous pouvez tenter de les mener dans un guet-apens en **133**.

Si vous préférez prendre la poudre d'escampette en courant à toute vitesse, vous pouvez tenter votre **CHANCE** pour échapper aux gardes en **124**.

Enfin, si vous préférez la méthode frontale, préparez-vous à vous battre en **19**.

278

Malheureusement pour vous, **GUERRIER** n'a jamais été synonyme d'invincible. Vous n'avez même pas le temps de dégainer votre arme que la masse tentaculaire vous a déjà saisi par les poignets. Une autre liane vous enserre le cou et, très vite, l'air vient à manquer. Asphyxié, vous perdez lentement connaissance. Votre dernière heure s'avère finalement assez douce, semblable au sommeil qui vous assaille après une longue journée de labeur dans les champs. En revanche, demain ne sera pas un autre jour, à moins de reprendre l'aventure en **200**.

Félicitations, vous avez débloqué le succès «Cercle vicieux». Cochez la case correspondante à la fin de cet ouvrage et recommencez en 200.

279

Si vous êtes **PAYSAN**, allez en **112**. Sinon, allez en **289**.

280

Vous retournez la troisième carte. Il s'agit de l'esclave ! Vous regagnez **2 POINTS DE CHANCE** et si vous êtes **PRUDENT**, vous recevez aussi **1 POINT DE GLOIRE**.

« Félicitations, jeune homme. Malheureusement, je ne suis pas Fleuriste.

– Non. C'est moi », l'interrompt une voix extrêmement grave depuis un coin de la salle.

Assise à une table située dans un angle mort, une large silhouette vous fait signe de la rejoindre en **414**.

281

« On y est, il est juste en haut des escaliers... J'peux l'sentir d'ici », grogne le barbare.

Vous reniflez l'air ambiant. À part l'odeur de pierre et de sang omniprésente, rien n'attire votre attention.

« J'parle pas d'l'odeur, gamin », vous corrige-t-il en vous voyant faire. « Nan, c'est... C'comme un appel, tu vois ? T'as jamais senti des trucs avant qu'ils arrivent ? Genre comme si subitement tu t'souvenais de demain ? »

Vous regardez le PB, un sourcil levé.

« Laisse tomber... Bon, s'il faut réfléchir à une stratégie pour toi, c'est l'moment.

– Tu veux dire une stratégie pour Virilus ?

– Nan, pour toi. Mon plan pour l'aut', c'est d'lui rentrer dedans avec tout c'que j'ai. T'as deux choix, Billy. Soit on s'met à deux pour l'buter, et là faudra pas y aller avec une demi-molle, soit t'essayes d'faire foirer son rituel pendant qu'j'lui fais une danse, mais dans c'cas-là faudra t'bouger l'fion. T'penses être capable d'faire ça ?

– Lequel des deux ?

– Celui qu'tu veux, ç'change pas grand-chose pour ma pomme », vous répond-il en plongeant la main dans votre sac pour en retirer une petite fiole rouge. « Bois-en la moitié et laisse-moi l'reste.

– Qu'est-ce que c'est ?

– Potion d'Mélène. Elle a plus d'dix ans. C'pour ça qu'j'te laisse en boire d'abord.

– Mais ?! Tu veux dire que t'avais une potion de soin depuis le début ?!

– La meilleure potion, Billy, c'est celle qu'on boit pas », affirme-t-il d'un ton péremptoire.

Vous recouvrez immédiatement tous vos **POINTS DE VIE**. Certaines de vos cicatrices s'effacent même sous les effets de la potion. Goût fraise. Vous prenez une grande inspiration et montez les escaliers qui mènent à la salle du trône en **441**.

282

Si vous avez déjà vaincu les **GOBELINS DU COULOIR SUD**, rendez-vous en **80**. Sinon, surprenez ces affreux personnages en **561**.

283

C'est un paysage apocalyptique qui vous accueille aux abords de la Tour des Mages. Le "Jardin", luxuriante jungle qui entourait la fameuse Tour et qui faisait la réputation terrifiante de l'endroit, n'est plus. À sa place, un océan de cendres et de bois brûlé crépite sous un vent stérile, laissant apparaître çà et là les vestiges d'arbres millénaires ou

de créatures mythologiques qui vivaient ici quelques jours auparavant. Le feu a entièrement consumé l'endroit, et s'avère désormais l'ultime prédateur de cette jungle autrefois féroce. Sur la route pavée qui sillonne entre les écorces calcinées et les étincelles dansantes, deux gnolls perchés sur une carriole vous barrent la route. Ces humanoïdes à tête d'hyène passent leur temps à rire bêtement de tout ce qui les entoure, et font partie des races déclarées comme ennemies à toute civilisation, qui ont évolué au-delà du stade d'insulter les autres à longueur de journée.

Leur calèche infernale est tractée par un scorpion géant qui avance au rythme des gloussements bestiaux de ses cochers. Pas le moins inquiétés par l'arthropode surdimensionné, les deux mercenaires le fouettent copieusement en laissant échapper des rires aigus à chaque claquement. La charrette s'avère en réalité une calèche reconvertie en cage mobile dans laquelle est enfermé un groupe d'humains. À leurs suppliques distinguées et leur manucure impeccable, vous imaginez qu'il s'agit de nobles Lennoniens tant, même dans la détresse, ils arrivent à faire étalage de leur opulence. Malgré leurs pleurs rupins et leurs hurlements dodus, ils ne reçoivent de leurs geôliers que des crachats et des rires moqueurs.

« Ha ! Ça les change d'leurs calèches, les grosses galettes ! », envoie le PB avec un rictus mauvais. « Par contre, ch'avais pas qu'les scorpions pouvaient être aussi gros. Ou qu'on pouvait les dompter. T'crois qu'ils font des courses ? »

Plus concerné par le dard étincelant de la bête géante que par son dressage, vous envisagez ce que l'éventuel sauvetage des riches nobles de Lennonia pourrait vous rapporter.

Plusieurs choix s'offrent à vous. Vous pouvez mener une charge héroïque sur les créatures en **317** ou même mener une attaque à distance si vous êtes équipé de l'**ARC** en **382**. Si vous êtes armé d'un **COUTEAU** ou d'une **ÉPÉE**, vous avez la possibilité d'opter pour un assaut discret en **324**. Si vous êtes muni du **PAMPHLET**, peut-être pourrez-vous vaincre les gnolls à leur propre jeu en **243**. Si vous avez choisi le chemin de la Tour des Mages durant l'**ACTE 2** de votre aventure, vous pouvez jouer la chance en **198**. Finalement, si ce scorpion vous paraît vraiment trop gros, et ces hyènes trop féroces, laissez les parvenus de Lennonia s'en tirer seuls en partant pour le **QUARTIER COMMERÇANT** en **95**, ou la **GRAND PLACE** en **285**.

284

En prenant votre air le plus innocent, vous faites les yeux doux à la grande dame qui vous fait face :

« Sans vouloir abuser de votre gentillesse, est-ce que je pourrais au moins jeter un œil au panier des objets trouvés ? »

La femme au regard sévère vous lorgne pendant de longues secondes en espérant lire le mensonge dans vos yeux. N'étant pas votre mère, elle finit par fondre devant votre visage :

« Mouais… Vas-y, garçon. Mais ne touche à rien ! »

Pas sûr qu'elle ait avalé votre mise en scène, mais qu'importe. Sur le dessus du panier, vous trouvez une bandoulière en cuir qui permettrait d'attacher un couteau sur votre épaule. Si vous êtes en possession de l'**ARC** et du **COUTEAU**, vous pouvez désormais manier les deux armes en même temps et bénéficier de leur **BONUS D'HABILETÉ** cumulé. Chapardant discrètement l'objet, vous retournez auprès des lavandières en **254**.

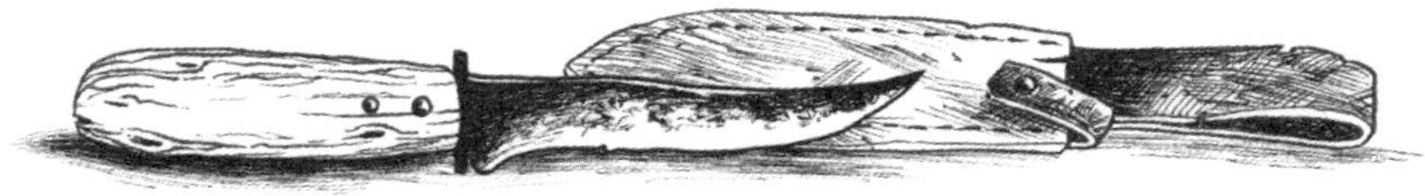

285

Avez-vous libéré les villageois de la **GRAND PLACE** ? Si oui, rendez-vous en **489**. Sinon, allez en **413**. Vous pouvez aussi continuer directement vers la **TOUR DES MAGES** en **64** ou vers le **QUARTIER DES BOULANGERS** en **450**.

286

Vous jurez en vous tenant l'épaule. Vous avez fait une mauvaise chute ! Perdez **4 POINTS D'HABILETÉ** pour ce combat. Votre **HABILETÉ** ne peut pas descendre en dessous de **1**.

Fort heureusement, vous n'êtes pas seul et vous rejoignez le barbare enragé et le Fleuriste taciturne au combat.

PLANTE CARNITREX

+7

HABILETÉ	PV	ARMURE	DÉGÂTS
13	18	0	0

Règle spéciale : *l'acide de cette plante monstrueuse ANNULE votre ARMURE si vous en avez. Entre chaque tour, les spores acides qui s'échappent de ses feuilles vous font perdre automatiquement 1 POINT DE VIE. Votre épaule blessée vous fait perdre 4 POINTS D'HABILETÉ pour ce combat.*

Au bout d'un combat acharné, la plante est vaincue et sa tige inerte répand un liquide visqueux qui ronge toute matière sur son passage. Félix, accroupi sur le cadavre végétal, récolte un peu de cet acide dans une fiole en cuivre qu'il vous remet avant d'annoncer :

« Pour des touristes, vous avez eu de la chance. À l'avenir, suis mes instructions, fils. »

À peine a-t-il terminé sa phrase que la plante se dégonfle, relâchant des myriades de graines autour d'elle.

« Des spores empoisonnées ! Retenez votre respiration et courez !

– Mfhais f'est pas fvrai !! Quelle faloperie fans nom ! », jure le barbare en cavalant sur le chemin, les mains plaquées contre son visage.

Bloquant votre respiration vous aussi, vous empochez la **PETITE BOUTEILLE D'ACIDE** et prenez vos jambes à votre cou en direction de **426**.

287

Le métal en fusion chauffe toujours autant la pièce, animée par les coups de marteau sur les enclumes. La mort du contremaître et la disparition de la prisonnière ne semblent pas avoir perturbé les habitudes du lieu. Mener un combat ici pourrait s'avérer dangereux en raison des lames acérées qui traînent et du feu omniprésent. Un accident est si vite arrivé après tout ! Si vous souhaitez rejoindre le **COULOIR OUEST**, poussez la porte en **447**. Si vous avez l'intention de passer la petite porte à l'**EST**, allez en **520**.

288

Bienvenue dans l'ancien centre culturel de la grande capitale de Lennonia ! Visitez son Jardin verdoyant, contemplez sa Tour des Mages vertigineuse et venez vous délecter des saveurs uniques et inoubliables qui se dégagent de ce quartier historique !

Joyau étincelant d'une valeur inestimable, ce quartier à l'architecture audacieuse fut autrefois le centre de cette grande cité qui ne s'appelait pas encore Lennonia, mais Kapitale, créée organiquement autour d'un grand marché où s'échangeaient les denrées les plus typiques et l'alcool le plus subtil de tout l'Erenner.

Ne supportant plus les senteurs traditionnelles des riches échanges interculturels de ses citoyens atypiques ou les feux de joie spontanés allumés en son honneur, l'auguste visionnaire Sebaste Chatelaino Ier, XIVe Roi de Kapitale, décida dans un éclair de génie civil de déplacer l'intégralité de son centre-ville à plusieurs centaines de mètres, laissant les citoyens de l'ancienne agglomération s'adapter courageusement à leur nouvelle autarcie. Une décision audacieuse qui causera toutefois sa mort naturelle par assassinat seulement un an plus tard, juste après l'inauguration exceptionnelle de la nouvelle capitale de Lennonia.

Lennonia, rutilante et joyeuse, continuera ainsi son expansion territoriale pour enfin renouer avec l'ancienne bourgade, l'intégrant ainsi à la structure historique dans laquelle nous espérons que vous passez un agréable séjour.

Quelques gestes barrières sont de mise cependant : gardez toujours un couteau sur vous pour vous piquer de curiosité pour les coutumes locales ! Facilitez une communication fluide et constructive en faisant des gestes amples lors des inévitables échanges culturels qui ne manqueront pas de

vous surprendre ! N'hésitez pas à cuire votre nourriture une deuxième fois afin d'en dégager toute la saveur traditionnelle ! Regardez vos chaussures quand vous marchez pour ne rien manquer de la composition artistique et à l'agencement astucieux du compost au sol ! Ne caressez pas les mammifères qui ne vous appartiennent pas et profitez des cascades aux senteurs florales que nos joyeux citadins déversent par leurs fenêtres !

Suivez ces simples règles afin de passer un instant bref, mais inoubliable dans cet arrondissement traditionnel et pittoresque de Lennonia.

Le quartier historique, c'est le chic !

« Quess'que ça dit ? », vous demande votre ami en lorgnant par-dessus votre épaule

« Que si on touche quelque chose, il faudra se laver les mains en les mettant dans l'feu. »

Si les draps sombres qui pendent aux portes de certaines bâtisses retiennent votre attention, demandez leur signification à votre ami en **258**. Si vous préférez ne pas vous attarder ici, vous pouvez interroger la jeune femme qui vous observe avec insistance depuis votre arrivée en **355** ou vous diriger vers le joyeux vieillard qui chantonne gaiement dans sa misère en **440**.

Quel que soit votre choix, vous regagnez **2 POINTS DE CHANCE** et rangez le **PAMPHLET** dans votre sac.

Félicitations, vous avez débloqué le succès «Secret d'histoire». Cochez la case correspondante à la fin de cet ouvrage.

289

Lorsque vous passez la tête par la porte entrebâillée, le couple de libertines ne vous remarque même pas, trop occupé à extérioriser leur désir mutuel.

« Euh... c'est ici... pour... »

Avant que vous ne puissiez finir de vous introduire, l'une d'elles se jette sur vous comme une louve en chasse et vous débarrasse en un instant de vos guenilles, avant de vous livrer en pâture à sa partenaire. Toute résistance semble inutile, et vous n'êtes qu'un jouet que deux filles capricieuses se disputent, se partagent et épuisent. Seul votre cœur jeune et une alimentation riche en fibre vous sauve de l'arrêt cardiaque et vous permet de survivre jusqu'à satisfaction des deux furies. Vous avez fait honneur à Ytia, mais il vous en a coûté !

« Tu as un goût de citrouille, jeune étalon », vous lance l'une d'elles après vous avoir jeté vos vêtements à la figure.

« Je l'aurais plutôt appelé petit poney », susurre l'autre d'un air mutin. « N'oublie pas de bien t'hydrater, surtout, et de manger des fruits. »

Sur ces bonnes paroles, elles se jettent l'une sur l'autre en vous faisant signe de déguerpir d'une main fine. Vous fuyez les gémissements insatiables et quittez la chambre avec certes **1 POINT D'ENDURANCE** supplémentaire, mais pas la moindre **INFO** sur vos mystérieux poursuivants. Retournez poncer la rue avec le visage du barbare en le traînant en **100**.

290

Malgré l'urgence de la situation, vous manipulez la petite fiole avec précaution et la jetez sur Virilus. Avec une cible aussi large, aucun risque de rater son tir. Brisant la bouteille au vol avec son épée, le seigneur noir est happé par une puissante déflagration. Le souffle détruit son **ARMURE** et lui fait perdre **8 POINTS DE VIE**. Revenez en **475**.

291

« … Bah non. J'comprends rien en fait. Ça vous dérangerait de nous expliquer ? »

Désarçonné par votre interruption, l'orc monstrueux répond sans réfléchir :

« Mon maître, l'éternel Virilus, est revenu d'entre les damnés, et sa soif de conquête est encore plus grande qu'avant ! Il nous est revenu, et nous a ordonné de trouver le sang ancien. Cet humain… », continue-t-il en pointant votre ami de son marteau « … Possède le sang des dieux. Et lorsque je ramènerai son corps écrasé à mon maître, alors le monde tout entier se soumettra à son armée du Chaudron Noir !! Tous ici n'êtes que des vies en sursis dont l'unique dessein n'a toujours été que de satisfaire le maître. Vos âmes le nourriront ! Vos corps le serviront ! Votre libre arbitre n'est qu'une mascarade qui prendra bientôt fin. Tous auront le privilège de le servir, de le satisfaire et de n'exister qu'à travers lui. Ton sang pour le monde barbare, le maître l'exige, et le maître l'aura.

– Merci. C'est bien plus clair comme ça », dites-vous par politesse.

« Et du coup euh… On s'bat quand même ou… ?

– À genoux, chiens !! », rugit Massacre en brandissant un joyau brillant avant qu'un serpentin d'une lumière écœurante ne se glisse dans le sac d'ossements à ses pieds. Comme mues par une force invisible, les os se mettent à s'assembler pour créer trois squelettes munis de cimeterres qui se tournent vers vous dans des gestes saccadés et inhumains.

« Whoa… », fait votre ami en faisant un demi-pas en arrière. « C'nouveau ça… »

Mais vous n'avez pas le temps de vous horrifier de la situation, car la gemme que tient le général Massacre brille de nouveau, d'une couleur embrasée cette fois.

« Goûtez au pouvoir du chaudron noir !!! »

Un rayon d'énergie enflammé vient éclater sur le sol juste là où se trouvait le barbare une seconde auparavant. Se relevant de sa roulade, il vous hurle avant de passer à l'attaque : « Bouge, gamin ! Reste pas là !! »

Hors de question de fuir cependant ! Les squelettes ont profité de la diversion pour vous barrer la route. Vous n'avez pas le choix ! Vous devez éliminer cette brute épaisse et ses sbires avant que la garde ne rapplique ou pire !

Si vous êtes **PRUDENT**, allez en **36**. Sinon, défendez votre vie en **97**.

292

L'absence de vie dans ce lieu décidément saugrenu vous laisse pensif. Franchement, qui installerait des bains dans une forteresse ? Et d'où tirent-ils toute cette eau ?

Au milieu de la buée et de la vapeur, vous ne voyez qu'une seule issue : le **DORTOIR** en **551**… Sauf si vous avez encore quelque chose à faire ici ?

293

Sa hache à la main, le barbare coupe, cisaille et tranche avec une furie dont vous n'aviez jusque-là jamais été témoin. À chaque fois, d'autres lianes surgissent et, très vite, votre ami est dépassé par la quantité de végétaux qui s'accumule.

«'Chieeeer !! », rugit le barbare. « Mais, qu'essqu'tu fous ?!

– Ça s'voit pas ?! J'essaye de t'aider », criez-vous en retour en arrachant des poignées de vignes à mains nues.

« T'es taré ?! T'occupe pas d'moi ! Cours, gamin !!

– Mais…

– COURS !!! », vous ordonne le PB aux prises avec les nombreuses lianes qui finissent par le submerger.

La masse grouillante et tentaculaire commence dangereusement à s'approcher de vous. Si vous traînez dans le coin, c'en est sans doute fini de vous ! Si vous êtes **GUERRIER** cependant, vous pouvez tenter un assaut désespéré en **278**, mais vos chances sont inexistantes. Sinon, décampez à toutes jambes en vous enfonçant sur le chemin en **82**.

294

Un rapide coup d'œil sur votre arme illumine le visage de la femme équine.

« Oh ! Vous êtes de nouveaux aspirants ? C'est fantastique ! », s'excite-t-elle en trépignant légèrement sur le pavé. « Je m'appelle Solia. J'attends que le Père vienne me chercher, mais ses prières de l'aube peuvent durer très longtemps. » Elle jette un regard par-dessus vos épaules et se penche légèrement vers vous : « Je ne sais pas vous, mais moi je ne suis pas très patiente. Il ne m'en voudra sûrement pas si je lui amène deux nouveaux aspirants. Suivez-moi… »

En opinant de la tête, vous vous laissez porter par cet heureux hasard et lui emboîtez le sabot jusqu'à une porte dérobée, sur le flanc de la cathédrale.

« Désolée si j'entre la première… Mais je passe à peine par ici. Par contre, vous n'aurez pas de mal à me suivre », dit-elle en souriant avant d'emprunter le passage trop étroit pour elle.

Vous jetez un regard à votre ami avant de hausser les épaules tous les deux. Vous la suivez docilement en **40**.

295

Le scorpion, libre de l'emprise de ses tortionnaires, retourne immédiatement à l'état sauvage et lève son dard immense à votre approche. Toujours attaché à la carriole, sa mobilité est réduite, mais sa carapace chitineuse est presque indestructible ! Si vous possédez la **PETITE BOUTEILLE D'ACIDE**, c'est peut-être le moment de s'en servir en **515**. Si vous avez votre fidèle **SAC DE GRAINS** avec vous, détournez l'attention de la bête en **140**. Sinon, affrontez la bête en **545** et menez un glorieux combat !

296

« Qui êtes-vous et quel est cet endroit ? », demandez-vous innocemment au curieux personnage qui vous fait face.

« Qui je suis ? C'est vous « qui je suis ». Moi je suis… et vous, vous êtes suivis ! » L'étrange bonhomme éclate soudainement de rire. « C'est de l'humour magique… Ne vous formalisez pas. Ça me fait penser que ma sœur aurait adoré cette blague. Elle est voyante à Lennonia. Une vieille carne qui fume des cigares ? Vous la connaissez ? Moi, je la connais…

– Non, je voulais dire… C'est vous, le Mage de la Tour des Mages ?

– Je préfère le terme de "sorcier" », lance-t-il d'un air indigné en croisant les bras avant de continuer, surpris : « Et comment ça, "des Mages" ? Y en a d'autres ? Quoique… ça peut être moi… C'est difficile de savoir "quand" on est de nos jours…

– C'est vous qui avez fait construire cet endroit ?

– C'est exact, jeune homme ! Lorsque je suis venu à Kapitale, je suis tombé sur un merveilleux petit jardin. Il était tellement beau que j'ai décidé de m'y installer pour pouvoir le contempler de ma fenêtre !

– Comme ça ? Genre, l'endroit appartenait pas à des gens ? », demande votre ami.

Le sorcier semble le regarder sans comprendre. Plusieurs secondes s'écoulent dans un silence absolu. Au bout d'un moment, le vieil homme reprend :

« Fichu jardin ! Il faut vraiment que je le tonde, mais où vais-je trouver le temps ? Il me faut un sortilège de ralentissement temporel… À moins que je ne m'en sois déjà servi…

– Pourquoi pas un sortilège pour tondre le jardin ? », suggérez-vous gentiment.

« Un sortilège pour… ha ha ha ! », s'esclaffe le sorcier. « Elle est bien bonne celle-là… "Un sortilège pour tondre le jardin", haaa… Absurde. Délicieusement absurde… C'est étrange, vous me rappelez quelqu'un, jeune homme. Je vous aurais pas juré serment d'allégeance des fois ?

– Euh… Pas que je sache… », répondez-vous sincèrement.

– Ah ! Tant mieux, parce que j'avais menti ! Et donc ? Qu'est-ce que je peux faire pour vous ? »

Visiblement le mage n'est pas disposé à rester sain d'esprit plus de quelques minutes. Il semblerait qu'il faille lui poser la bonne question au bon moment. Tout est affaire de synchronisation lorsqu'on s'adresse à un esprit thaumaturge. Si vous souhaitez l'interroger au sujet de la **GEMME MAGIQUE** que vous aviez récupérée sur le général Massacre, allez en **474**. Si vous êtes **DÉBROUILLARD**, demandez-lui où se trouve son trésor en **524**.

297

Votre nouvel ami ne sera pas toujours là pour couvrir vos arrières ! Alors, autant se faire tout de suite à l'idée. Vous le laissez aux prises avec deux soldats tandis que vous foncez glorieusement au-devant des deux sergents restés en arrière.

2 SERGENTS D'ARME

HABILETÉ	PV	ARMURE	DÉGÂTS
8	12	1	1

Règle spéciale : *aucune. Bonne chance !*

Si vous sortez vainqueur de cette bataille et que vous êtes **GUERRIER**, gagnez **1 POINT DE GLOIRE** avant de vous rendre en **316**, par Zarkan !!

298

« Par curiosité, pourquoi vous faites ce métier ? », lui demandez-vous.

« C'est un hobby », répond-il après un instant de réflexion.

Il ne semble pas vouloir développer sa réponse, et vous abandonnez le sujet. Vous pouvez poursuivre la conversation en le questionnant sur les orcs morts en **50**, sur la mission que vous souhaitez lui confier en **220**, ou sur son passé en **481**. Mais si vous préférez rejoindre au plus vite l'entrée de la Tour des Mages, suivez-le en **65**.

299

« Poc ! » C'est le bruit sec que fait l'effigie boisée en venant rebondir sur votre front. Le choc ne vous a même pas fait cligner des yeux. En revanche, les piaillements incessants et incompréhensibles de cet énergumène commencent à vous faire mal aux dents. Décidément, vous ne comprenez pas comment ce volatile agaçant a pu terroriser la population de toute une région. Qui a peur d'un elfe qui se prend pour un poulet ? Petit, vous les étrangliez à main nues avant que votre maman ne les plume. Celui-là n'échappera pas à la règle et vous vous approchez d'un pas implacable avant de lui empoigner le cou.

« Crac » C'est le bruit sec que fait sa nuque entre vos doigts fermes. Le geste est chirurgical et la mort instantanée. Vous entendez un rire éclater dans votre dos alors que vous commencez machinalement à plumer la coiffe du chaman mort.

« Il t'a lancé une effigie de duel, mais j'imagine qu't'étais pas au courant. Tiens, garde-la, ça t'fera un souvenir », dit le PB en vous tendant le petit objet en bois.

Empochant l'**EFFIGIE DE DUEL**, vous vous apprêtez à lui répondre quand une voix provenant d'une salle située au fond de la pièce résonne en **407**.

- Acte III -

L'Invasion

300

Votre séjour en prison fut bref et pourtant, un millénaire de terreur et de guerre semble s'être abattu sur Lennonia pendant votre incarcération. C'est au milieu d'un champ de ruines que vous retrouvez votre liberté. Le feu, en bête immonde, a satisfait son appétit féroce sur les toits de la ville et s'est repu des hurlements de ceux qu'il a totalement consumés. Ce qui reste de la population ne vaque plus joyeusement à ses occupations, mais reste caché – hagard – loin des créatures, gobelins et autres trolls qui défilent dans la rue en arborant fièrement les couleurs des forces du seigneur noir. Toute joie et toute effervescence ont été confisquées au bénéfice de la souffrance, et une odeur de bois brûlé, de sang et de terre humide recouvre ce qui était il y a peu un havre civilisé où le soleil chauffait les murs. Malgré l'heure avancée, les ténèbres couvrent la ville de leur linceul.

« Quel bordel… On aurait p'têt mieux fait d'rester en taule », analyse le PB.

« Regarde ! » Du bout du doigt, vous désignez le ciel d'un noir boueux.

Pareil à un océan de pétrole, une matière sombre se meut dans les airs. Ce que vous pensiez être un ciel d'apocalypse est en réalité le dessous d'un gigantesque château en suspension au-dessus de Lennonia, tellement énorme qu'il en éclipse le soleil.

« Une forteresse volante… », balbutiez-vous, comme pour vous convaincre que ce spectacle invraisemblable est bien réel.

« Ah. Ça explique pourquoi ils ont gagné aussi vite. Ils s'sont bien installés, les fumiers.

– Comment un truc pareil peut-il voler ?!

– 'cune idée. C'qui veut dire qu'c'est forcément d'la sorcellerie.

– Et on est censés l'infiltrer ? Comment on va monter ?!

– Hmm… », fait votre compagnon en observant les curieuses membranes qui relient le bâtiment à la terre, comme autant de cordons ombilicaux.

L'une d'elles descend jusqu'à un point de la ville non loin de vous. Les autres se perdent aux quatre coins de Lennonia, semblant ancrer la forteresse solidement au-dessus de la capitale. À les observer vous aussi, vous remarquez qu'il s'agit d'immenses chaînes finissant par d'énormes crochets, plantés à même le sol ou dans les bâtiments. Ces liens gigantesques piègent la ville comme une araignée qui s'abat sur sa proie.

Un gardien aérien semble veiller sur la bonne marche de cette invasion : un dragon rouge. En le voyant battre de ses puissantes ailes et cracher du feu par intermittence, vous comprenez pourquoi la ville est rongée par les flammes.

Recouvert d'une armure d'écailles écarlates, sa puissance n'émane pas tant de sa taille que de son aspect féroce. Il est en effet plus petit que ceux des livres de contes, mais son rugissement est suffisamment terrifiant pour que vous évitiez soigneusement son champ de vision.

« Bon… C'est quoi, le plan ? », demandez-vous à votre ami.

« Faire le tour d'la ville. Casser des gueules. Trouver l'moyen d'entrer dans c'machin volant. Casser des gueules. Arrêter Virilus en… Euh…

– En lui cassant la gueule ? », suggérez-vous.

« C'l'idée. Viens, Billy, y a plusieurs quartiers dans cette ville. Explorons. Et si tu t'sens pas d'passer par un endroit en particulier, cherches-en un autre. Aucune place forte n'est imprenable, même celles qui volent. Si des soldats en sont sortis, c'est qu'on peut y rentrer. »

Vous pouvez désormais explorer la ville une seconde fois. Chaque **QUARTIER** est relié à deux autres. Pour votre salut, vous devez trouver un moyen de pénétrer dans la forteresse volante. Néanmoins, rien ne nous empêche d'aider la populace en explorant la ville avant d'entamer votre ascension.

La place de l'auberge du « Barbare hydraté » se trouve non loin de là. Par instinct, vous décidez de vous rendre là où tout a commencé, en **188**.

301

Vous glissez les chiffres dans ce qui vous paraît être le bon ordre, mais la boîte refuse toujours de s'ouvrir. Perdez **1 POINT DE CHANCE** et réessayez en **84**.

302

La **FLASQUE D'HUILE** ! Le Pyro-Barbare vous l'avait confiée ! Voyons si ce qu'il dit est vrai. Vous répandez une partie de son contenu à l'intérieur du chaudron. Immédiatement, la surface s'embrase. Le seigneur noir semble lui aussi être victime d'une combustion spontanée et utilise toute sa magie pour contenir les flammes qui le dévorent. Virilus perd **2 POINTS DE VIE PAR TOUR**. Vous avez saboté en partie le rituel ! Revenez en **480**.

303

Vous vous frottez le poing après avoir asséné le coup final. L'ivrogne, maintenant étalé au pied de sa table, ronfle bruyamment après son passage à tabac. Le PB, qui s'était installé sur un tabouret, lève un sourcil en votre direction. Vous haussez les épaules :

« J'espère que j'l'ai pas tapé trop fort, il avait pas l'air bien stable.

– Bah, t'en fais pas ! Tu l'as juste envoyé s'coucher. Avec c'qu'il a descendu, il sentira pas grand-chose avant un moment.

– Quand même, j'pense pas que c'était lui, le Fleuriste…

– Non. C'est moi », vous interrompt une voix extrêmement grave qui résonne calmement dans votre dos.

Assise à une table située dans un angle mort de la salle, une immense silhouette vous fait signe de la rejoindre en **414**.

304

Malgré un effort héroïque de votre part, c'est la tête au fond d'un abreuvoir rempli d'eau glacée que se termine votre compétition alcoolique. La dernière chose dont vous vous souvenez, c'est d'avoir vomi dans votre verre avant de le boire. Puis… plus rien. Au-dessus de vous, le PB vous fixe d'un air satisfait.

« AAAH, TE R'VOILÀ. T'AS PERDU, MAIS T'AS PRIS UNE CUITE. POUR MOI, C'T'UNE VICTOIRE. AH ! AU FAIT ! LA FILLE A PAYÉ POUR NOS CONSOS ET M'A DIT DE T'DIRE : "AU PLAISIR, POUSSIN." LE BEAU GESTE JUSQU'AU BOUT. ÇA, C'EST DU SPORT, GAMIN ! »

Suppliez votre ami de parler moins fort et décuvez en **100**.

305

Toujours aussi froid contre votre peau, vous enlevez le pendentif de **SANG DE VAMPIRE** avant de le laisser choir dans le chaudron. Une aura maléfique et encore plus terrifiante qu'avant surgit dans votre dos. Virilus, galvanisé par votre offrande, devient encore plus effrayant. Ses coups sont plus rapides et plus précis, et ses yeux brillent d'une lueur intense ! Lorsque vous lancerez un **1** lors de votre **PHASE D'ATTAQUE**, Virilus gagnera **1 POINT DE VIE** et **1 POINT D'HABILETÉ** supplémentaires. Pour le sabotage, c'est râpé. Revenez en **480**.

306

Affalé sur ses chopes, l'homme lève un œil ivre sur vous lorsque vous approchez de lui. En une fraction de seconde, son regard passe de la surprise à la haine.

« Giraud !! Espèce de salaud ! J'vais t'crever ! », vous lance-t-il en désincarcérant subitement sa graisse de derrière la table. Titubant, mais debout, il semble vouloir en découdre avec vous.

« On dirait qu'le sac à vin t'aime pas, gamin ! », se moque le PB. « T'laisse pas impressionner. Il est plein d'bière. Tu devrais en venir à bout sans mon aide et sans arme. Ça t'fera de l'entraînement. »

Que cette outre à vin vous prenne pour un autre ne semble pas déranger votre acolyte. L'heure n'est visiblement plus aux explications. En garde !!

IVROGNE QUI DÉTESTE GIRAUD

+0

HABILETÉ	PV	ARMURE	DÉGÂTS
3	8	0	0

Règle spéciale : *vous ne pouvez pas utiliser vos ARMES ou vos OUTILS et vous devez vous battre avec votre HABILETÉ naturelle. À chaque tour, votre adversaire perd 1 POINT D'HABILETÉ.*

Battez-vous et sortez vainqueur en **303**. Si vous êtes **PRUDENT**, allez en **46**.

307

Le sang toxique de l'ancienne maîtresse des lieux a continué de se répandre et de ronger tout ce qu'il y a de soluble dans la pièce. Seuls subsistent son cadavre et des centaines de lambeaux de toiles, calcinés pour la plupart. Des geysers malodorants émanent des derniers cocons présents, empuantissant encore l'atmosphère irrespirable de cet antre. Il n'y a plus rien pour vous ici. Retournez dans le **COULOIR OUEST** en **447**, ou passez la petite porte dorée en **186**.

308

Divisez votre **CHANCE** par 2 (arrondi au supérieur), puis faites un **JET DE CHANCE** (si vous le réussissez, reprenez votre score de **CHANCE** initial et retirez **1 POINT**). En cas d'échec, les elfes découvrent votre supercherie et vous attaquent en **175**. Si la roue tourne en votre faveur, affabulez-les en **417**. Si vous avez un score d'**ADRESSE** supérieur ou égal à 4, ou que vous possédez le **PAMPHLET**, réussissez automatiquement le jet, mais retirez-vous quand même **1 POINT DE CHANCE**.

309

Votre cœur s'effrite un peu devant les grands yeux de la centauresse. Baissant les vôtres, vous choisissez de lui avouer la vérité :

« Nous sommes tombés sur des squelettes et un chaman. Eux, ils sont morts, enfin, j'veux dire… Morts-morts. Mais au fond de la crypte, y a une vampiresse, et elle avait rien à voir avec tout ça. En toute conscience, on pouvait pas juste la tuer comme ça.

– Et pis, l'avait l'air vachement vieille pour une vampire. Moi j'dis, on a eu d'la veine d's'en tirer à si bon compte. »

Surprise par votre franchise, Solia reste silencieuse pendant un long moment avant de vous sourire timidement :

«Je vous remercie de votre honnêteté. Il vous aurait été plus simple de me mentir et ce n'était pas votre combat. Vous en avez déjà fait beaucoup pour nous. Aussi difficile qu'elle soit à accepter, c'est la vérité qui compte. De plus, le temps que vous avez gagné permettra sans doute au Vicaire d'obtenir une audience auprès du nouvel héritier de ces terres… Si les nobles se décident un jour.

– J'passerai le mot à quelques gars à l'occasion, si ça peut rendr'service… Mais j'promets rien, hein », marmonne le barbare.

À ces paroles, Solia vous lance un sourire radieux. Même si vous n'avez pas tenu votre promesse, votre honneur est sauf. Et si vous en aviez perdu, Edire vous rend **1 POINT DE CHANCE MAX**. Vous reprenez la route pour rejoindre le Vicaire en **333**.

310

Malheureusement, la combinaison ne fonctionne pas. Il doit y avoir une erreur… Vous êtes quasiment sûr de ne pas vous être trompé. Phumtar, le Dieu qui illustre l'écrin, semble vous toiser d'un regard narquois. Perdez **1 POINT DE CHANCE** et réessayez en **84**.

311

Afin d'atteindre votre but, vous faites un détour par les tristement célèbres quartiers insalubres, l'une des zones les plus malfamées de Lennonia. L'enchevêtrement de ruelles étroites et de maisons biscornues est habité d'une populace douteuse qui vit de rapines et d'arnaques. L'unique autorité en vigueur est l'usage de la force armée que les mercenaires utilisent allègrement pour tenter de maintenir un ordre fragile. Pour autant, les tenanciers alentour ne s'en plaignent pas, car en plus d'assurer leur sécurité, les soldats de fortune s'empressent toujours de dépenser leur solde dans leurs bouges infâmes.

Vous gardant toujours à portée de bras, votre compagnon prend soin de ne croiser le regard de personne :

« Si y reste un Fleuriste dans cette ville, il est sans doute en train d'vider une bouteille quelque part.

– Si tôt ?

– Hmm… », acquiesce le barbare en ignorant votre surprise. «J'connais pas bien l'coin, va falloir demander.»

Vous jetez un coup d'œil furtif autour de vous pour observer quelques clochards aux gueules cassées, des filles à consommer et des vagabonds nerveux. Les regards en biais se croisent telles des lames pendant un duel, et seuls deux candidats potentiels passent votre examen : une jeune femme encapuchonnée qui se tient adossée à un mur et un vieux clochard avec une longue barbe assis sur un tapis miteux.

Si vous avez le **PAMPHLET** et êtes curieux de savoir ce que l'office du tourisme raconte au sujet de ce quartier, lisez-le en **288**. Si les draps sombres qui pendent aux portes de certaines bâtisses retiennent votre attention, demandez leur signification à votre ami en **258**. Si vous préférez ne pas vous attarder ici, vous pouvez interroger la jeune femme qui vous observe avec insistance depuis votre arrivée en **355** ou vous diriger vers le joyeux vieillard qui chantonne gaiement dans sa misère en **440**.

312

« Je suis désolé, je ne peux pas promettre ça », déclarez-vous d'un ton ferme.

« Je comprends. »

Vous lisez la déception dans le regard de la centauresse.

« Votre quête est ailleurs et vous n'êtes là que dans votre propre intérêt. Faites ce qui vous semble devoir être fait. Je prierai Edire pour votre protection. »

Solia s'éloigne afin de rester à une distance raisonnable et vous regarde pénétrer dans le cimetière, les mains jointes dans une prière silencieuse. Malgré votre refus, l'inquiétude se lit sur son visage tandis que vous poussez la grille en **234**.

313

Vous descendez dans le passage situé sous la trappe pour arriver à un tunnel étroit. Long de plusieurs dizaines de mètres, vous suivez l'étrange boyau éclairé par quelques fissures disparates.

« Quand même, quelle idée de mettre des portes à sens unique pour une salle au trésor !

– C't'un piège pour piéger les voleurs, gamin. C'la plus vieille astuce du monde.

– Je veux bien, mais pourquoi t'es passé devant ? Tu prends toute la place…

– Parce qu'généralement, ils piègent la sortie aussi.

– Oh… Merci.

– Pas d'quoi », vous répond votre ami.

Fort heureusement, les inquiétudes du barbare sont infondées et vous continuez d'avancer sans encombre dans le couloir secret. À l'autre bout, vous grimpez des escaliers abrupts qui vous mènent à la **TOUR NORD**. De nouveau à l'air libre, le pan de mur que vous venez d'emprunter pour sortir se referme derrière vous, ne laissant aucune trace visible de votre passage. Continuez en **10**.

314

« Bah, j'm'en fous ! D'toute façon, j'vais te l'dire. Mais avant, pourrais-tu me rendre un service ?

– Mais, vous aviez dit que…

– Comme j'connais pas la réponse, ch'uis pas sûr que t'aies eu juste. Du coup, ça compte pas ! Kâkâkâ !!

– Hmm, il marque un point », suggère le barbare avant que vous ne puissiez protester.

« Me dis pas qu't'es d'accord avec lui ?!

– Kâkâkâ, le tas d'muscles a plus de jugeote que j'le pensais ! Allez ! J'te jure, c'est vraiment qu'un tout petit service, pour la bonne kâukâukause… »

Si vous décidez d'accéder à sa requête, allez en **566**. Mais vous pouvez tout à fait abandonner le crâne et la perspective d'un trésor en **363**.

315

« Pas de chance ! Mais au moins, on aura passé un peu le temps... », vous sourit la femme. « Malheureusement, je ne suis pas la personne que tu cherches, jeune homme...

– Non. C'est moi », l'interrompt une voix extrêmement grave depuis un coin de la salle.

Assise à une table située dans un angle mort, une large silhouette vous fait signe de la rejoindre en **414**.

316

Vaincu et terrifié, le dernier soldat vous supplie de le laisser en vie : « On nous a promis des primes, pas des prunes ! », s'exclame-t-il. Dans un petit glapissement, ses pieds décollent du sol sous la poigne du barbare qui lui hurle : « Tu vas parler, oui ?! Réponds à la question !

– Mais, mais, mais vous m'avez encore rien demandé ! », gémit-il en agitant ses pieds dans le vide.

« C'pas une excuse !!

– Attends ! », l'interrompez-vous avant de vous adresser au garde : « On est recherchés par des orcs, et maintenant par vous, mais on connaît ni la raison ni le commanditaire. Dites-nous c'que vous savez, et mon copain vous ajoutera pas à la liste des accidents du travail.

– O... Oui ! On... On... On peut faire une déposition ensemble si vous voulez !

– Bonne idée », répond le barbare. « Moi, j'te repose et toi, tu déposes les armes ».

Une fois remis au sol, il vous annonce que vous n'êtes pas officiellement recherchés, mais que le sergent et ses hommes se sont vu promettre une grosse récompense s'ils vous mettaient la main dessus. Les consignes étaient de vous enfermer et d'attendre. En revanche, ils ignorent l'identité de leur commanditaire, car la transaction s'est faite *via* un messager elfe. Voyant que vous n'obtiendrez plus rien de ces imbéciles corrompus, vous quittez le bâtiment avant de retourner au **100** en récupérant tout de même **1 INFO**.

Félicitations, vous avez débloqué le succès « Calamity Billy ». Cochez la case correspondante à la fin de cet ouvrage.

317

Vous vous disputez brièvement sur qui affrontera le scorpion entre le barbare et vous. Après quelques échanges, votre ami charge le scorpion en hurlant : « Dans l'doute, on tue tout l'monde ! On comptera après ! »

Tandis qu'il engage le combat, les deux gnolls vous encerclent tout en ricanant et en claquant des doigts. Les remarques désobligeantes jaillissant de leur langue acerbe font mouche ! À chaque fois, elles font ressurgir vos insécurités les plus profondes ! Ne les sous-estimez pas ! Les mots sont une arme, et leurs paroles sont aussi acérées que leurs crocs !

Attaquez ! Tuez-les tous !!

GNOLLS MOQUEURS

HABILETÉ	PV	ARMURE	DÉGÂTS
6	15	0	0

***Règle spéciale** : les provocations des gnolls vous perturbent, et votre HABILETÉ est divisée par deux pour toute la durée du combat (arrondie au chiffre inférieur). Votre HABILETÉ ne peut pas descendre en dessous de 1.*

Si vous sortez victorieux de ce combat étonnamment blessant, ramassez votre amour-propre et libérez ces pauvres gens riches en **367**.

318

Gravé au couteau à même la porte, un message énigmatique est inscrit sur le placard :

« Note à moi-même. Cramembert à la réponse ! Trois phénix multipliés ouvrent la porte ! »

Si vous comprenez cette énigme, vous pouvez vous rendre au chapitre correspondant pour ouvrir la serrure. Vous pouvez aussi examiner l'étrange animal en **190**, le chaudron bloubloutant tranquillement en **359**, ou chercher un moyen de quitter les lieux en **445**.

319

« Monsieur, vous tombez à pic ! C'est votre jour de chance ! », annoncez-vous gaiement au vieillard en l'approchant.

« J'm'abonnerai pas à votre magazine ! J'connais la combine ! Pas d'ça avec moi ! », grommelle le mendiant d'un air soupçonneux.

Lorsque vous ouvrez votre main sur l'une de vos richesses, le vieil ivrogne écarquille les yeux et se fige lorsque vous la refermez sur le butin.

« On recherche quelqu'un.

– Quel hasard ! Z'êtes pas les premiers. D'ailleurs, j'crois qu'c'est vous qu'ils recherchaient.

– Explique », grogne votre ami.

« Des orcs sont passés ce matin. Ils ont donné ça à moi et tous les copains. Ils ont dit d'nous rendre à cette adresse si on vous voyait. » Il vous tend un morceau de tissu sur lequel un dessin grossier indique un endroit situé à un pâté de maisons.

« Mais tu nous as pas vus, pas vrai ?

– 'bsolument, messeigneurs. J'ai vu personne !

– Et t'aurais pas vu un Fleuriste par hasard ?

– Euh… Vous m'avez perdu… Je suis censé l'avoir vu ou pas ? », dit-il, son regard nerveux circulant rapidement entre votre main et le poing du barbare.

« Dis-nous juste où on pourrait le trouver.

– Ah !! Au fond du trou, messires ! C'est justement l'endroit qui est indiqué sur cette carte…

– Merci », dites-vous en relâchant l'objet brillant en échange du bout de tissu. « Ah, et rendez-vous service. Dites à vos copains de pas se rendre là-bas. Il risquerait de bouffer un pain, et pas du genre moelleux.

– Ça m'paraît raisonnable. Bonne journée, messires. »

Vous abandonnez le mendiant à son trésor et quittez la rue en direction de la taverne où se trouve le Fleuriste. Si vous avez donné la **BROCHE DORÉE** au mendiant, perdez **1 POINT DE RICHESSE**. Continuez en **354**.

320

La pièce mal éclairée dans laquelle vous entrez affiche tout l'attirail de la parfaite salle de torture. Un bureau et son siège richement orné, une table de travail équipée d'épaisses sangles en cuir et un atelier fourni d'ustensiles en tout genre. Vous percevez un bref mouvement dans la pénombre et une créature fabuleuse surgit devant vous. D'apparence aussi improbable qu'exotique, un elfe truculent paré d'un accoutrement excentrique vous inspecte, les yeux pleins de malice. Son visage est transi de plaisir et de sa longue chevelure qui ruisselle sur ses épaules émergent deux oreilles saillantes. Chaussé d'une paire de cuissardes à hauts talons, il glisse négligemment une dague sur ses lèvres, d'où jaillit une langue beaucoup trop longue et beaucoup trop agile.

« Hanw ! Mais qu'avons-nous là ? Un doux papillon et un puissant animal viennent se réfugier dans mon antre des supplices ! Excellent ! Fantastique !! Je n'aurai même pas à venir vous chercher pour apporter votre sang au Maître… Ah ! », frissonne-t-il de plaisir à la mention du seigneur noir.

« V'nir nous… Mais alors, c'vous qui nous avez foutus en taule ?! » rugit le barbare.

« Bra-vo ! », se réjouit votre hôte abject en applaudissant doucement. « Brâaa-vo ! Ah ! Vraiment, vous avez l'air… Délicieux. Surtout toi, jeune Billy. Absolument succulent ! »

Quelque chose dans sa manière de prononcer votre nom vous glace le sang.

« Qui… Qui êtes-vous ? » balbutiez-vous, déconcerté par son apparence flamboyante.

« Oh ! Mais où sont mes manières ? Il est d'usage de se présenter avant de s'introduire… », muse-t-il en caressant une longue dague d'un doigt. « Je suis Funeste ! Responsable des Ressources Horribles de notre seigneur et maître, le sublime Viriluuus. »

Il achève sa présentation par une pirouette gracieuse qui termine devant un miroir. « Ah… », gémit-il en s'observant. « Quel style… Quelle élégance ! Vraiment de toute beauté !! »

Funeste le maître des tortures s'oublie devant son reflet, se contemplant sous toutes les coutures.

« L'est pas bien, c'guignol ? » vous chuchote le barbare.

« Je sais pas ce qu'il a bu, mais ça devait être très coloré. »

S'arrachant à son reflet, Funeste virevolte dans la pièce à une vitesse effrayante. Sa main fine et gantée vient doucement se poser sur le torse du Pyro-Barbare sans que celui-ci ait le temps de réagir. Brandissant sa hache, il porte un coup dans le vide, mais l'elfe est déjà à vos côtés, vous pinçant la joue. Pétrifié, vous sentez son souffle sur votre nuque.

« Ah ! Quelle textuûure !! Quelle élasticité !! Vraiment ! Tu feras un justaucorps par-fait ! »

Il esquive négligemment une nouvelle attaque enragée du barbare, et continue :

« Saviez-vous qu'une fois vidée de son sang, la peau humaine vaut tous les cuirs du monde ? Une seconde peau si délicieuse, j'en tremble déjà ! Laisse-moi te montrer le patron du léotard que j'ai dessiné. Un dos nu à se damner !

– La seule peau qu'on va s'faire, c'la tienne ! Bats-toi, 'spèce de plumeau dégénéré ! », crie le barbare en attaquant plusieurs fois sans effleurer l'elfe.

« Ô mon rustique et pittoresque ami… Si seulement tu avais la souplesse de cet enfant… Mais j'ai besoin d'une couenne solide pour ma nouvelle malle. Pas la couleur que j'aurais voulu, mais je saurai m'en contenter… Contre mauvaise fourrure, bon cœur ! »

Funeste fait un saut périlleux arrière élégant et atterrit sur la table en tirant deux longues dagues de ses cuissardes :

« Quelle chance j'ai de pouvoir affronter les hommes qui ont allégé le monde du poids de Massacre ! Ce rustre sans élégance, ce goujat impoli, ce pétrousquin malappris ! Ô, quel délice de finir son travail ! On dit que le sang des vainqueurs à un goût de miel… Laissez-moi vérifier. »

Vous patience cède enfin devant la voix railleuse de ce paltoquet, et vous le chargez avec votre ami.

FUNESTE **+4**

HABILETÉ	PV	ARMURE	DÉGÂTS
8	12	0	0

Règle spéciale : *Funeste est rapide ! Trop rapide ! Sa vitesse et sa grâce n'ont d'égale que sa beauté ! Face à lui, vous perdez 2 POINTS D'ADRESSE pour ce combat. Aussi, si vous obtenez un chiffre impair lors de votre PHASE D'ATTAQUE, Funeste esquivera totalement votre attaque, y compris sur une CONTRE-ATTAQUE CRITIQUE. Si jamais vous obtenez un 1 lors de votre PHASE D'ATTAQUE, non seulement Funeste esquive, mais sa propre contre-attaque lui donne un bonus de +2 DÉGÂTS pour ce tour-ci.*

Funeste est vaincu et son existence s'achève dans un dernier râle de béatitude extatique. En s'écroulant sur sa propre table de torture, son entrecuisse laisse échapper une clé massive qui tombe lourdement sur le sol. Vous ramassez avec dégout la **CLÉ B** avant d'abandonner le cadavre de cet elfe décidément trop investi en **461**.

321

Vous placez le **DARD EXPLOSIF** dans la serrure de la porte et vous apprêtez à jeter un caillou dessus à bonne distance avant que le PB ne vous arrête :

« Attends, Billy ! Laisse-moi essayer un truc », dit-il en tendant la main.

Vous lui remettez la pierre qu'il jette violemment contre la porte, bien au-dessus de la serrure. Il recommence plusieurs fois l'opération jusqu'à ce qu'une voix tonne derrière les gonds.

« Qui est l'imbécile qui cogne contre… »

Le dernier tir de votre ami atteint le dard de plein fouet. L'explosion qui en découle est beaucoup plus puissante que prévu et votre distance de sécurité beaucoup trop courte. La déflagration ne se contente pas de faire sauter le verrou, mais arrache l'intégralité du chambranle dans un fracas de pierre, de bois et de métal. Vous suivez le barbare qui se rue à l'intérieur, encore enveloppé d'un épais nuage de poussière et de fumée.

« FBI ! Ramn'ez-vous les myrtilles !! », vocifère-t-il en piétinant le cadavre de l'elfe trop curieuse qui gît au sol dans une mare de sang noir.

Les deux autres tirent leurs armes par pur réflexe, sonnées par l'impact.

2 ELFES NOIRES SURPRISES **+4**

HABILETÉ	PV	ARMURE	DÉGÂTS
9	6	0	0

***Règle spéciale** : votre entrée était spectaculaire ! Durant le premier tour, l'ennemi n'attaque pas. Cependant, vos adversaires sont agiles : si le dé vous donne un résultat IMPAIR durant votre PHASE D'ATTAQUE, elles esquivent votre assaut et vous n'infligez aucun dégât, y compris sur une éventuelle CONTRE-ATTAQUE CRITIQUE.*

Quelques derniers râles et c'en est fini des trois gardiennes des lieux. Sans tarder, vous aidez le PB à traîner leurs corps à l'abri des regards indiscrets. Par chance, l'anarchie qui règne dans les rues a couvert le bruit de la rixe et les rares témoins n'ont pas jugé nécessaire de prévenir les autorités inexistantes… Des explosions, il y en a partout depuis hier. En fouillant l'elfe carbonisée, vous trouvez un trousseau de clés avant de vous tourner vers le PB :

« FBI ? », lui demandez-vous.

« “Fédération des Barbares Invincibles”, mais c’tait trop long à dire. Faut toujours hurler un truc au pif quand on rentre par surprise.

– Mais ça ruine pas l’effet de surprise ?

– Non, ça rajoute une couche. Parc’qu’en plus de s’demander si y s’font attaquer, y perdent du temps à réfléchir à c’que tu leur dis. »

Inspectez les étages de l’antre des plaisirs d’Ytia et libérez les enfants en **436**.

Félicitations, vous avez débloqué le succès «FBI ! OPEN UP !». Cochez la case correspondante à la fin de cet ouvrage.

322

En examinant l’objet entre ses doigts gantés, l’elfe vous fixe d’un regard mêlé de méfiance et d’admiration.

« Prodigieux. Ce genre d’artefact est aussi introuvable que puissant. Si tu me laisses une heure pour t’en faire un collier portant mon symbole qui dit à tout le monde que j’en suis l’orfèvre, je te dirai tout ce que tu veux savoir. Et j’irai demander aux autres en allant chercher les pièces qui me manquent. »

Sa proposition semble plutôt alléchante, car elle peut vous procurer **2 INFOS** et vous faire gagner **2 POINTS D’HABILETÉ**. Mais si cette formidable **ÉCAILLE DE DRAGON** est si rare, peut-être vaut-elle mieux que de finir autour de votre cou ?

Si vous acceptez, patientez puis équipez son œuvre avant de poursuivre en **70**.

Sinon, retournez faire un choix en **181**.

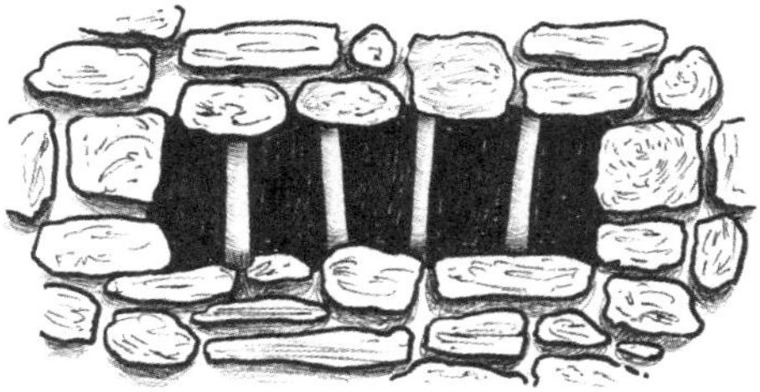

323

Vous ouvrez lentement les yeux sur un monde flou, fichu d'un mal de crâne impossible. Le réveil est rude, et vous n'avez pas le temps de comprendre ce qui vous arrive que déjà la douleur vous assaille de toute part. Reprenant péniblement connaissance, l'environnement qui vous entoure devient de plus en plus net et vous réalisez enfin que vous êtes enfermé dans un cachot sinistre, éclairé seulement par une petite lucarne qui laisse perler une lumière grise à l'intérieur. Vous poussez un léger gémissement de douleur en tentant de vous asseoir et attirez l'attention d'une voix familière derrière vous.

« Eh. Enfin réveillé, Billy ? »

Le Pyro-Barbare est dans un sale état. Menotté à un grand cercle en bois fixé au mur, ses poignets sont solidement attachés au-dessus de ses épaules et son corps est couvert d'ecchymoses. Malgré le sale quart d'heure qu'il a passé sous la bastonnade, ses yeux restent défiants et son sourire railleur. Sa posture ne semble pas trop le gêner, et il affiche même une nonchalance liée à la force de l'habitude. Il vous lance joyeusement :

« Bienv'nue en taule, gamin ! T'm'as fait peur, t'sais ? Tu t'es pris un sacré coup.

– J'ai bien peur que oui… Qu'est-ce qui s'est passé ?

– À la seconde où on a foutu l'pied dehors, ils nous sont tombés dessus à quinze. Le premier d'ces enfoirés t'a eu dans l'dos. T'en fais pas, j'ai sauvé l'honneur, mais j'ai pu en sécher que quatre avant d'me faire avoir aussi… »

Vous tentez de vous lever pour l'aider, mais vous manquez de trébucher à cause du boulet qui enserre votre cheville. Vous jurez en le soulevant, avant de chuter à nouveau lorsque celui-ci se fait retenir par une autre chaîne, cette fois ancrée au sol.

« Haha ! J'oubliais qu'c'est ta première fois. Ils attachent les boulets, aussi. Y d'vaient en avoir marre qu'on les vole en s'évadant. »

Frottant votre visage pour dissiper la douleur, vous vous résignez à vous asseoir dans votre coin de la pièce pour l'instant.

« J'ai dormi combien de temps ? Et pourquoi j'ai mal partout ? J'ai l'impression de m'être fait rouler dessus par une charrette…

– Quelques heures, tout au plus. Et c'est probablement arrivé, puisqu'ils t'ont traîné par le pied à travers tout'la ville. Mais j'pense que c'est aux escaliers qu't'as bouffé l'plus…

– Tout s'explique », grincez-vous des dents en vous étirant les os du dos dans un craquement sourd. « On est où, là ?

– Au château d'Lennonia, plus exactement en d'ssous. Sincèrement, d'toutes les cabanes que j'ai visitées, celle-ci est plus qu'honnête. Y a d'la lumière... D'l'air frais... Y a même d'la paille sur le lit ! Bon, l'matelas est en granit, mais quand même », rit-il en faisant rouler ses muscles endoloris.

« Il faut qu'on sorte d'ici ! », vous exclamez-vous. « Virilus...

– Nous a eus... », termine calmement le barbare en cessant de sourire. « Même si j'pouvais m'balader dans cette cellule, j'pourrais pas tordre les barres de la porte. Je sais qu'ça fait bizarre à dire quand ça vient d'moi, mais l'mieux à faire, c'est d'patienter. Installe-toi sur la couche et essaye d'te reposer. La journée a été longue. »

Vous hésitez à suivre son conseil. Vous avez tant de questions qui vous taraudent l'esprit : où sont vos affaires ? Qui sait que vous êtes là ? Qu'allez-vous devenir ? Allez-vous seulement vous en sortir ? Et n'y a-t-il vraiment qu'un seau pour deux ?

L'angoisse s'ajoute aux douleurs qui vous tenaillent l'estomac, tandis que vous jetez un œil par la lucarne qui donne sur un ciel orangé d'un début de soirée. Vous aimeriez partager vos craintes avec votre ami, mais à le voir dans cette posture, épaules avachies et visage assoupi, vous craignez qu'il ne soit pas réceptif à vos inquiétudes. Le brave homme s'est battu comme un lion avec l'énergie du désespoir pour vous défendre, et en fait maintenant les frais. Vous décidez de suivre son conseil en poussant un soupir. Vous vous installez sur la paillasse qui s'avère étonnamment confortable pour du granit, comme le barbare l'avait dit. Épuisé et vaincu, vous sombrez vous aussi dans le sommeil. Perdez la moitié de vos **POINTS DE VIE** (arrondi au chiffre supérieur) et dormez jusqu'en **492**.

324

Vous rampez discrètement au milieu des cendres, votre lame entre les dents. Embusqué derrière une souche, votre ami observe fébrilement votre lente avancée. Faites un **JET D'ADRESSE**. En cas d'échec, les créatures vous remarquent en **317**. Si vous réussissez, infiltrez-vous en **588**.

325

« L'problème est réglé », annonce le Pyro-Barbare. « On n'a rien promis, mais on a fait l'taf ! Les villageois peuvent pioncer tranquilles. »

Voyant que vous hochez la tête pour confirmer les dires de votre ami, la centauresse vous gratifie d'un cri de joie mêlé à un hennissement. Durant le trajet du retour, vous racontez vos péripéties à la jeune femme, noyé sous son flot de questions incessant.

Un souffle étrange semble parcourir la plaine sans vous toucher. La crinière portée par ce vent mystique, Solia reste silencieuse avant de vous regarder d'un air radieux. Vous pourriez jurer que, pendant un instant, une légère lueur s'est échappée de la centauresse, et elle vous annonce qu'elle est désormais une paladine de l'ordre d'Edire ! Pendant qu'elle gambade sur la route en se cabrant de joie, votre ami et vous-même cherchez à sentir la brise mystérieuse qui parcourt la plaine, sans succès.

« Plutôt fermé, leur p'tit club », bougonne le barbare, déçu.

« Ah ? Et c'est quoi, les conditions pour rentrer dans la Guilde des Barbares ?

– Survivre. Mais ça, c'pour la Guilde normale, pas celle des Pyro-Barbares », dit-il dans un sursaut d'orgueil.

« Et pour celle-là ? Qu'est-ce qui faut faire ?

– Survivre plus fort. »

Tout essoufflée, la jeune femme reprend la route d'un trot joyeux, impatiente de regagner la capitale pour annoncer la bonne nouvelle à son père adoptif. Suivez-la en **333**.

326

Vous bandez discrètement votre arc et décochez une flèche qui s'enfonce dans la gorge de l'agresseur. Il s'effondre au sol en laissant échapper le butin qu'il tenait. Effrayé, le vieillard s'enfuit à toutes jambes.

« Joli tir, mais t'as pourri sa cape. Quoiqu'ça s'voit pas trop », siffle le PB.

« J'visais son épaule… Mais j'voulais pas le tuer…

– C'rien Billy, c'est la rue, ça », termine votre ami en regardant la tache écarlate de votre œuvre se répandre au sol.

Vous ramassez quand même le petit sac pour trouver l'or de la voleuse ainsi qu'un petit poudrier avant de la rejoindre en **423**.

327

Posté devant l'armoire, vous hésitez une seconde avant de l'ouvrir, craignant ce qui pourrait vous sauter au visage. Moins sceptique que vous, le PB vous saisit le cadenas des doigts, compose le code et ouvre en grand les deux battants de l'armoire… Vide.

Enfin, presque vide… Vos yeux sont attirés par une lueur bleuâtre. Seule sur l'étagère du haut, une **BOUTEILLE DE MAGIE PURE** illumine la pièce. Ce concentré de puissance unique valait bien tous les risques que vous avez pris pour arriver jusqu'ici. À elle seule, cette minuscule fiole incarne toute la puissance qu'une montagne de gemmes magiques pourrait détenir et pourrait bien détruire tout Lennonia si elle venait à tomber entre de mauvaises mains. Sous vos doigts, la flasque semble presque ronronner, tandis que des volutes de puissance tourbillonnent à l'intérieur, attendant la volonté d'un maître encore indéterminé.

Même si la bouteille semble très solide, vous la manipulez avec une délicatesse infinie et la rangez dans votre besace. Ajoutez la **BOUTEILLE DE MAGIE PURE** à votre inventaire et n'essayez pas de la boire ! Cette arme secrète vous donnera sans doute un immense avantage face aux forces du seigneur noir. Reste à savoir quand il faudra s'en servir !

Maintenant, il s'agit de trouver un moyen de quitter les lieux en **445**.

328

La **LIME EN ACIER D'ARKADIE** luit légèrement dans votre main. Son métal mythique vibrant au son du combat semble chanter ! L'acier qui la compose à soif de guerre et la lime ne s'épanchera qu'avec le sang de ses ennemis ! La qualité d'un tel objet ne peut que vous mener à la victoire ! Vous poussez un cri et la lancez comme une dague vengeresse vers le seigneur noir… Pour qu'elle rebondisse négligemment sur son torse, sans lui causer le moindre dommage. Retournez en **475**.

329

Vous continuez de jeter tout et n'importe quoi dans le chaudron, mais rien n'y fait ! Tout y passe : chaises, tentures, bannières, liquides étranges, objets anodins et tout le contenu de votre sac magique ! Le chaudron ne cesse de s'intensifier et les vapeurs qui s'en échappent sont aussi denses et aussi brûlantes que celles d'un volcan. Profitant de l'écran de fumée, le seigneur noir inflige un puissant revers de la main au barbare, l'envoyant valdinguer contre une étagère. Vous tâtonnez l'air en essayant de vous repérer dans cette purée de pois quand une vive douleur vous transperce soudain la poitrine.

La pointe de l'épée noire de Virilus dépasse désormais de votre sternum. Avant que vous ne puissiez souffler un mot, il l'enfonce un peu plus dans votre dos et vous êtes soulevé du sol.

« GAMIN ! NOOON !! », hurle votre ami alors que vous perdez rapidement connaissance.

Sans cérémonie, le seigneur noir vous plonge tout entier dans le chaudron. La dernière chose que vous voyez est une lumière rouge vif qui jaillit tel un geyser vers le ciel. La vie quitte votre corps et vos yeux deviennent aveugles.

Vous percevez les bras de la Déesse Edire vous accueillir en son sein. Tous les Dieux sont là, horrifiés par une vision que vous ne pouvez percevoir. Au milieu du brouhaha, une nouvelle présence divine se fait sentir. Elle n'a rien de maléfique. Elle est simplement implacable dans son but. VIRILUS, Dieu de l'Ambition et de l'Innocence, transperce le sein de la Déesse Edire, qui règne sur la vie et sur la mort. Il vous arrache de l'étreinte bienveillante et absorbe votre essence, vous liant à jamais à lui. Bientôt, les autres Dieux tombent aussi et sont engloutis par sa faim infinie. Même Zarkan, Dieu de l'Adversité et des Duels, finit par succomber après un combat millénaire.

Désormais, il n'y a plus de bien ou de mal, plus de vie ou de mort. Il n'y a que VIRILUS. Et avec lui, vous regardez les étoiles et partagez la pensée de millions d'âmes qui s'entremêlent à la vôtre en son sein.

« DÉLICIEUX. »

Vous n'avez pas réussi à arrêter Virilus, mais il ne tient qu'à vous d'y parvenir en réessayant avec un nouveau Billy en **400**. Bonne chance !

Félicitations, vous avez débloqué le succès «L'innocent». Cochez la case correspondante à la fin de cet ouvrage et recommencez à l'acte de votre choix.

330

Les légendes de votre maman vous reviennent à l'esprit. Dans ces histoires, les héros reçoivent toujours une bénédiction sous une forme ou une autre à un moment de la narration. Vous demandez d'une voix incertaine :

« Veuillez pardonner ma curiosité, m'sieur Sorcier, mais puisqu'on est ici, vous n'auriez pas un sortilège à nous donner ? Même un tout p'tit qui vous sert à rien ?

– Comment ? Je laisse les petits sortilèges aux illusionnistes ! Ici, vous êtes dans une maison de renom qui n'offre que des sorts de qualité. Je ne sous-traite rien auprès de ces affabulateurs de Stia ! Ces prestidigitateurs de pacotille ne font même pas leur propre magie ! Ils utilisent des esprits et des Djinns. Des esprits ! Pfeuh ! », s'énerve-t-il en croisant les bras. « Vous voulez un enchantement ? J'ai ce qu'il vous faut ! Un rituel d'amélioration dont j'ai terminé l'incantation il y a quelques jours… Quelques années ? Bref, que Blathnat m'arrache les yeux si je trahis la réputation de ma profession ! »

Le mage tend un doigt noueux vers vous et déclame :

« *Tu rends hommage et le mage te rend !* »

Quelques secondes s'écoulent sans que rien ne se passe. Hésitant, vous finissez par demander :

« Ça y est… ? C'est… C'est fini ?

– Absolument. Félicitations.

– Pas de rituel mystique ? Pas d'encens ou de parole magique dans des langues oubliées ?

– Hein ? Aaah, vous parlez de l'ancienne méthode ? C'est du passé, ça, mon garçon ! Depuis le temps, vous pensez bien que j'ai modernisé toute l'affaire ! »

Vous tentez tant bien que mal de cacher votre déception avec un sourire nerveux. Le barbare, rassuré par le caractère anodin du rituel, sort de derrière le fauteuil où il s'était caché pour demander :

« Et moi ? J'ai l'droit à un truc aussi ?

– Bien sûr ! Pour toi, voilà un biscuit !

– Un biscuit magique ?

– Ah, j'irais pas jusque-là, mais il est plutôt bon, ça fait trois siècles que j'en mange. Je peux pas m'en passer. »

Vous regardez votre reflet dans un miroir sur le mur, le sortilège apparemment anodin du sorcier vous confère une amélioration en fonction de votre **CARACTÈRE** ! Si vous êtes **GUERRIER**, allez en **411**. Si vous êtes **PAYSAN**, allez en **599**. Si vous êtes **PRUDENT**, allez en **577**. Si vous êtes **DÉBROUILLARD**, allez en **544**.

331

Vous jetez la vieille paire de **BOTTES DE GARDE** dans la potion et celle-ci se dissout sans faire d'histoire. Une odeur de pieds envahit la pièce, mais cela ne dérange pas les deux combattants. Pour le sabotage, c'est raté. Revenez en **480**.

332

En farfouillant dans les cargaisons à l'endroit décrit par la forgeronne, vous mettez la main sur les **LANIÈRES DE CUIR** qu'elle vous a demandées. Il y en a de différentes tailles et puisqu'elle n'a rien précisé, vous les enfournez toutes dans votre sac. Tout ce cuir pèse lourd cependant. Votre sac vous permet en effet de stocker une infinité de choses indépendamment de leur taille, mais pas de leur poids. Chargé comme un mulet, vous vous traînez aussi vite que vous le pouvez afin de rejoindre l'atelier en **51**.

333

Sur l'arrondi de la boule se dessinent trois silhouettes sur une route. Un jeune garçon, une centauresse et un barbare traversent la plaine en direction de Lennonia. La vision est nimbée, lointaine, mais suffisamment évocatrice pour que celui qui les observe à travers la sphère en retire une certaine satisfaction.

« Ainsi, c'est là que tu te cachais. »

Penché sur l'artefact magique, Virilus contemple l'ascension d'un regard étincelant. Doucement, l'image s'estompe jusqu'à disparaître totalement dans le noir profond du globe. Dans l'immense pièce obscure, la tension est palpable. Chaque pas du seigneur noir vers son autel frappe le sol et retentit jusqu'aux tripes du général Funeste, agenouillé en face du trône.

« FUNESTE.

– Mon seigneur… Mon maître… », gémit l'elfe en ondulant de plaisir.

« JE SAIS OÙ IL SE TROUVE. RASSEMBLE TES HOMMES ET CAPTURE-LE IMMÉDIATEMENT.

– Ô perfection noire, aurais-je l'audace de suggérer une autre méthode ?

– TU DISCUTES MES ORDRES ?

– Jamais, ô rêve de mort ! Mais votre plan est imminent et tous vos soldats ont été rappelés.

– HMM… PARLE.

– Ah… ! », minaude Funeste sous le regard incandescent du colosse ténébreux. « Je peux ordonner à mes agents de les capturer ! Il suffit de leur promettre une récompense qu'ils ne recevront jamais. Non pas que vous obéir ne soit pas un délice en soi…

– TRÈS BIEN. CAPTURE AUSSI L'AUTRE.

– Oui ! Maître vénéré, j'irai les chercher moi-même s'il le faut !

– DIS-LEUR DE SE RENDRE À LA CATHÉDRALE. QU'ILS LES ATTENDENT À L'EXTÉRIEUR.

– L'attente est délicieuse lorsqu'elle n'est vouée qu'à vous servir, ô invincible seigneur.

– TU AS TES ORDRES. AMÈNE-LES DEVANT MOI OU RAPPORTE-MOI TA TÊTE. »

En quittant la salle, Funeste ne peut réprimer encore quelques spasmes langoureux. Juché sur des cuissardes à hauts talons, il rase les murs, ivre de plaisir. Mais déjà, il reprend ses esprits :

« Rassemble immédiatement les messagers ! Le maître exige, et le maître aura ! », ordonne-t-il au sous-fifre resté dans le couloir.

Continuez en **270**.

334

Vous saisissez les fioles de **PRODUITS CHIMIQUES HASARDEUX** et les jetez à bonne distance dans l'horrible chaudron. La fumée qui s'en échappe devient rose et le son bloubloutant qui s'en dégage ne cesse de s'intensifier. Virilus est perturbé et ses veines prennent des couleurs étranges. Il perd **1 POINT D'HABILETÉ PAR TOUR** et vous avez en partie saboté son rituel ! Revenez en **480**.

335

« Non merci ! C'est gentil, mais j'ai déjà c'qu'il faut. Et que deux bras !
– Et deux jambes », ajoute-t-elle en rangeant la massue avec un sourire. « Parfois, je me demande comment vous faites pour ne pas tomber. J'ai toujours l'impression que vous allez culbuter vers l'arrière, c'est terrible. »

Si vous n'êtes **PAS** monté sur le dos de la centauresse et que vous êtes **PAYSAN**, remarquez quelque chose en **29**.

Si vous profitez de ce bel après-midi ensoleillé pour tenter d'installer une relation de séduction avec cette créature fascinante, dialoguez en **387**.

Si vous préférez vous détendre et passer le reste du voyage en silence, allez en **74**.

Si vous souhaitez poser une question innocente à Solia, demandez en **384**.

336

Elles ne savent pas grand-chose du Maître, mais ont entendu dire qu'il ne retire jamais son casque, même lorsqu'il descend lui-même dans leurs thermes. Il a l'air de beaucoup y tenir.

Ce n'est pas grand-chose, mais c'est une info qui pourrait servir. Ayant terminé leurs ablutions, elles quittent la pièce et vous laissent seuls en **292**.

337

Vous approchez prudemment l'animal, en laissant apparaître distinctement dans le creux de votre main **L'ÉCAILLE DE DRAGON** que vous a donnée votre amie reptilienne de la maison des plaisirs. La bête semble intriguée et ne lâche pas la relique du regard. Se penchant vers vous, elle la renifle et recule soudain, terrifiée. Le dragon pousse de petits glapissements avant de se terrer sous un tas d'or, ne laissant dépasser qu'une queue tremblante. Vous ignorez la raison d'un tel comportement, mais remarquez seulement que l'écaille est curieusement semblable à celles dont il est recouvert, en plus luisante. Lorsque vous rangez l'écaille pour l'approcher de nouveau, le reptile sort lentement de sa cachette et s'incline bassement devant vous en se plaquant au sol. Autour de vous, le temps est suspendu. Tout ce que la place compte de soldats et de badauds cachés derrière leurs fenêtres vous fixent médusés. Vous avez dompté un dragon et personne désormais n'ose vous approcher ! Votre compagnon ne laisse pas passer cette chance inespérée et enfourne de grandes brassées d'or dans votre sac magique que vous gardez ouvert pour lui. Au bout de quelques minutes cependant, un petit souci technique se porte à votre attention :

« PB ? J'ai… Euh… J'ai un problème.

– C'quoi l'pépin, gamin ? T'es trop riche ? », répond le barbare.

« Oui et non. Le sac… Il est…

– L'sac magique ? Il est cassé ?! M'dis pas qu'il marche plus ! J'ai encore des bouteilles à l'intérieur !!

– C'pas ça… C'est juste qu'apparemment, il annule pas tout le poids de ce qu'on met dedans… », dites-vous en serrant les dents, à moitié enfoncé dans le sol.

La rue retentit de l'éclat de rire de votre ami pendant qu'il ressort la quasi-totalité du butin emmagasiné. Même sous votre contrôle magique, le dragon semble se moquer de votre situation. Réflexion faite, vous optez pour plusieurs sachets de pierres précieuses d'une valeur de **2 POINTS DE RICHESSE**. Pour avoir soumis le dragon de par vos hauts faits de boudoir, gagnez **1 POINT DE GLOIRE** avant de vous tourner vers l'immense reptile en **584**.

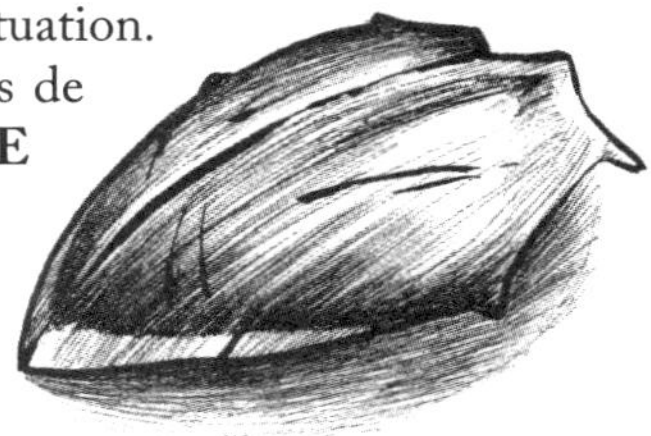

338

Durant la nuit sans lune, il vint au monde sur la glace des steppes. À cette terre, il hurla sa douleur, arraché au ventre d'une mère mourante et défiante des Dieux.

Puis, il sentit la faim.

Alors, il prit son sein dur et froid entre ses lèvres et but.

Mais il avait encore faim.

Quand vint le temps de marcher, il chercha sa place en ce monde. Il traqua, frappa et dévora les bêtes sauvages autour de lui.

Mais il avait encore faim.

Quand vint le temps des questions, il grogna, hurla et menaça la nature elle-même, jusqu'à rencontrer les premiers humains.

Mais il avait encore faim.

Quand vint le temps de la force, il poussa, tira et sculpta son corps jusqu'à la perfection, et la sueur de ses efforts s'évaporait sur ses muscles brûlants de rage.

Mais il avait encore faim.

Quand vint le temps de la maîtrise, il para, feinta et travailla sans relâche, terrassant les maîtres d'armes les plus sanglants et les plus habiles.

Mais il avait encore faim.

Quand vint le temps de la gloire, il se fit soldat. De bataille en bataille, il se délectait des souffrances infligées et buvait les louanges de ses frères de guerre jusqu'à la lie.

Mais il avait encore faim.

Quand vint le temps de la conquête, il prit le commandement. D'abord un fort, puis un domaine, et enfin un royaume, arraché à un roi qu'on disait puissant et invincible.

Mais il avait encore faim.

Quand vint le temps de la domination, il enchaîna et soumit toutes les races et les créatures vivantes sur ses terres pour les traîner devant lui.

Mais il avait encore faim.

Quand vint le temps de la chair, il ouvrit son palais à des milliers de femmes qu'il honora des semaines durant. La moiteur des corps imbibait le marbre des murs son stupre étouffait ses adeptes de sa luxure mortelle.

Mais il avait encore faim.

Quand vint le temps de l'interdit, il mutila et tortura du plus frêle serviteur au plus puissant de ses guerriers, s'imprégnant de leur douleur et dévorant leur folie.

Mais il avait encore faim.

Quand vint le temps de la magie, il expérimenta, invoqua et s'initia aux arts les plus séculaires et maléfiques, pactisant avec des démons dont il dévora le feu.

Mais il avait encore faim.

Quand vint le temps de se connaître soi-même, il vit dans l'eau croupie de son existence le reflet des Dieux qui le toisaient de haut.

Alors il sut enfin…

… Il sut enfin comment calmer sa faim.

Au dos, quelques notes ajoutées par un scribe vous apprennent que le seigneur noir Virilus fut autrefois un guerrier magique très puissant dont le cercle noir aux deux points rouges était l'emblème. Sa rage conquérante fut pourtant stoppée il y a quelques décennies par un héros légendaire qui, pour une raison inconnue, épargna sa vie. Cette dernière phrase rédigée comme une menace vous fige le sang : « *Depuis sa défaite, il est mû par un désir ardent de vengeance. Son inévitable retour se fera dans le sang et la terreur. Lisez ces mots ! Justice ne sera rendue que lorsqu'il aura asservi tout le continent d'Alkior et au-delà ! Craignez pour vos vies misérables, car il sera parmi nous. Ni le courage, ni la fuite, ni la soumission ne nous sauvera d'un avenir de ténèbres. Quand son emblème ressurgira, sa marque noire s'étendra.* »

Ce Virilus serait donc revenu ? Et il serait aux trousses de votre ami ? Mais pour quelle raison ? Et pourquoi en vouloir à ce Pyro-Barbare en particulier ? L'endroit vous a fourni autant de réponses que de questions. La bonne nouvelle cependant, c'est que vous disposez des **3 INFOS** nécessaires, et regagnez **7 POINTS DE CHANCE**. Si vous êtes **PRUDENT**, vous gagnez aussi **1 POINT DE GLOIRE** pour votre initiative éclairée.

Arrachant le PB à sa rêverie, vous lui racontez tout ce que vous venez d'apprendre. En quittant la bibliothèque, le libraire vous salue de son immense main. Retournez à la croisée des chemins en **100**.

Félicitations, vous avez débloqué le succès «Chut !». Cochez la case correspondante à la fin de cet ouvrage.

339

Pétrifié, vous ne pouvez qu'attendre le moment où Asmodia plantera ses crocs dans votre jugulaire et mettra fin à votre vie.

Tout ce que vous entendez cependant, c'est un «clunk» sonore suivi d'un hurlement strident. Se tenant la bouche, la vampiresse recule en renversant les meubles de la pièce. Lorsqu'elle vous crie dessus, vous voyez qu'un de ses crocs s'est brisé :

«Maudit chien ! Qu'est-ce que…»

Mais sa bravade meurt sur ses lèvres lorsqu'elle pose les yeux sur votre silhouette désormais nimbée d'une radiance luisante, comme le spectre persistant d'une lueur sur une rétine.

Vous ne comprenez pas ce qu'il vous arrive. Un visage féminin à l'expression déterminée s'incruste par flash dans votre esprit.

«Tu ne m'auras pas ! Jamais je ne reviendrai !! JAMAIS !!!», feule la vampiresse désormais hystérique envers une personne qu'elle seule semble voir.

Même avec cette force renouvelée, le combat s'annonce mortel. Donnez tout ce que vous avez !

ASMODIA **+10**

HABILETÉ	PV	ARMURE	DÉGÂTS
20	27	0	0

Règle spéciale : *la vampiresse est très rapide et son expérience naturelle du combat vous fait perdre 1 ADRESSE. Si votre dé fait un 1 ou un 2 durant votre PHASE D'ATTAQUE, elle ne prend aucun DÉGÂTS et régénère 1 POINT DE VIE. Cependant, si vous avez le PETIT MÉDAILLON d'Atella ou le MÉDAILLON DE RUNIR, sa régénération est annulée.*

Aux prises avec votre ennemie, votre combat se termine dans une empoignade sauvage. Maintenant ses griffes hors de portée de votre visage, vous plongez rageusement vos dents vers son cou pour en arracher brutalement la jugulaire dans une éruption de sang noir. Sous le choc, la vampiresse n'a d'autres choix que de regarder son sang s'écouler à grands flots de sa gorge béante, avant de mourir dans un gargouillis obscène contre vous. Trop écœuré pour goûter à l'ironie de la situation, vous recrachez le morceau de chair répugnant au sol et repoussez son corps inerte. L'énergie fabuleuse s'est totalement épuisée, vous laissant chancelant avec un mal de crâne à tout rompre. La mémoire des dernières minutes vous fait défaut, et vous contemplez sans comprendre le spectacle macabre dont vous êtes l'auteur. Pris d'un haut-le-cœur, vous passez quelques instants à vous rincer la bouche dans un bassin d'eau croupie avant que le barbare ne revienne à lui.

« Wôh la vache... », dit-il en titubant. « On est pas morts ?! Eh beh, ça !! J'aurais jamais cru qu't'avais ça dans le ventre !

– Justement, j'souhaite pas qu'ça y reste... Hé ! », vous écriez-vous, soulevé de terre par votre ami.

« Hahaha !!! Ch'uis tellement fier de toi, Billy !! Comment t'as fait ?!

– Aucune idée. J'me souviens d'une lumière vive, puis plus rien...

– En tout cas, elle s'est cassé les dents sur toi !

– T'crois pas si bien dire... », dites-vous en essayant de vous dégager de son étreinte musculeuse.

« Alors ça, quand les gens l'sauront ! Crois-moi qu'à la Guilde, y vont pas en revenir ! Une vampire... À la loyale ! Et maintenant on pille !! »

Abasourdi par cette transition soudaine, vous contemplez votre compagnon saccager allègrement le tombeau ancestral pour y récupérer tout ce qui a de la valeur, sans aucune considération pour la dimension sacrée du lieu. Votre stupeur est interrompue par une nouvelle vision : une beauté divine qui semble incapable de contenir sa joie. Consciente de son écart, elle se ressaisit pour vous adresser un hochement de tête impérial, vous octroyant **1 POINT DE GLOIRE** supplémentaire. La vision s'efface et vous constatez le butin rassemblé entretemps par votre ami.

« Quelques pierres qui brillent, d'l'argenterie poussiéreuse, mais surtout ça ! Une lime en acier d'Arcadie ! Crois-moi gamin, ce métal-là, il déconne zéro ! Jamais on pourra la tordre. Un vrai trésor ! »

Vous rangez maladroitement le magot dans votre sac, gagnant **1 RICHESSE** et une **LIME D'ARKADIE** avant de retrouver le soleil et la centauresse qui vous attendent à l'extérieur en **383**.

Félicitations, vous avez débloqué le succès «Billy Ultra Instinct». Cochez la case correspondante à la fin de cet ouvrage.

340

Vous pénétrez une pièce immense dont l'amoncellement de caisses et de fournitures hétéroclites ne laisse aucun doute sur le fait qu'il s'agit d'un entrepôt de stockage. Pas grand-chose n'est utilisable en l'état. Le fatras est tel que, si vous ne savez pas ce que vous cherchez, vous risquez de passer des jours à fouiller l'endroit. Mais peut-être savez-vous exactement où regarder, auquel cas soustrayez le bon chiffre au chapitre actuel.

En allant vers l'**EST**, vous rejoignez le balcon d'atterrissage au **184**. Vous pouvez aussi emprunter cette porte qui donne vers le **NORD** en **520** ou vous enfoncer plus profondément dans l'**ENTREPÔT** vers l'**OUEST** en **218**. Enfin, un petit couloir au **SUD** laisse entrevoir une autre direction possible en **363**.

341

Les deux ouvriers que vous avez libérés balaient tranquillement la rue sans vous prêter attention. Leur posture exprime que leur offre tient toujours et qu'ils attendent sagement votre décision en s'occupant. Si vous souhaitez appliquer leur plan pour monter à bord de la forteresse, acceptez en **353**. Si vous souhaitez continuer à vadrouiller dans les rues de Lennonia, rendez-vous à la **GRAND PLACE** en **285** ou à la **CATHÉDRALE** en **496.**

342

La terreur indicible qui vous saisit les entrailles a par chance rendu vos mains totalement moites. D'un geste fluide, vous libérez votre poignet de l'emprise des vignes et détalez sur le sentier jusqu'à ce que votre cœur vous somme d'arrêter. Immobile au milieu du chemin, vous ne percevez plus le moindre bruit, et encore moins la voix de vos compagnons. Vous êtes désormais aussi vivant que seul.

Vous réprimez un sentiment de panique à l'idée d'errer au milieu de cette jungle hostile. Vous pouvez continuer votre route jusqu'à un croisement qui la voit se séparer en deux directions totalement opposées. Laquelle mène à la Tour des Mages ? Celle de **GAUCHE** en **435**, le long de laquelle vous percevez au loin des sortes de claquements ? Ou celle de **DROITE** en **510**, d'où provient un étrange bourdonnement ?

343

« M… moi ? Vous voulez dire que c'est moi qui ai le sang ancien ?! », soufflez-vous, estomaqué.

« Le gamin ? C'lui qu'est béni par… Uther ! Billy ! Ton grand-père ! Évidemment qu't'es un héros comme lui ! 'Tain j'aurais dû l'savoir… Râaargh ! Ch'uis dégoûté !! », rugit votre ami.

« Tu voulais tant que ça avoir du sang magique ?!

– C'pas la question ! J'm'en fous d'ça ! C'juste que Débilus, là, y va pas m'prendre au sérieux alors que j'voulais l'déglinguer ! T'as d'jà fait un duel avec quelqu'un qui pensait à quelqu'un d'autre ?! Y a rien d'plus vexant !

– Si tu souhaites mourir le premier, barbare… », menace lentement Virilus en plissant les yeux.

Pendant votre échange, votre ami s'est subrepticement déplacé pour avoir un meilleur angle d'attaque sur le seigneur noir. Comprenant le stratagème du PB, et voyant que la patience de Virilus atteint ses limites, vous tentez de détourner son attention avec une ultime question. Si vous souhaitez demander au seigneur noir comment il a survécu après avoir été vaincu par votre grand-père, allez en **347**. Si vous voulez en savoir plus sur ses projets, faites-le parler en **552**. Enfin, si vous avez vaincu Mortelle, la femme-araignée, et que vous préférez le provoquer, raillez-le en **408**.

344

Vous adoptez une posture de combat et appliquez votre stratégie la plus fiable : « Attaquez ! Tuez-les tous !! »

ORC ESCLAVAGISTE ET 2 CARCAJOUS **+4**

HABILETÉ	PV	ARMURE	DÉGÂTS
10	10	0	0

***Règle spéciale** : quand vous infligez des dégâts, choisissez entre blesser l'orc ou éliminer l'un des deux carcajous. Tant qu'il y a un carcajou en vie, faites un JET D'ENDURANCE à chaque tour comme si vous faisiez un JET D'AGILITÉ (en utilisant votre score d'ENDURANCE au lieu de votre score d'AGILITÉ). Si vous le ratez, vous n'attaquez pas ce tour-ci.*

Ces maudits chiens tombent enfin sous vos coups, suivis de leur maître. Stoïques, les deux prisonniers ont assisté au spectacle et applaudissent des sourcils. Un léger voile dans leur regard vous fait comprendre qu'ils aimeraient tout de même être libérés après avoir terminé leur travail en **597**.

345

Ayant brisé la glace, même timidement, avec votre voisin de comptoir, vous vous empressez de lui poser la question qui vous a mené ici en premier lieu :

« Excusez-moi, m'sieur, mais vous connaîtriez pas un Pierrot-Barbare dans le coin ? »

Aussi rapidement qu'elle était revenue, l'ambiance de la pièce disparaît encore une fois. Vous persistez néanmoins :

« Mon ami m'a dit que je pourrais le trouver ici, mais je connais personne dans le coin… »

D'un geste lent et délibéré, l'homme assis à côté de vous déglutit une puissante gorgée du contenu de sa chope avant de se tourner dans votre direction. De la manière dont toute la pièce vous fixe, vous êtes saisi d'une réalisation soudaine :

« Euh, m'sieur ? C'est… C'est vous, Pierrot-Barbare ? »

Un reniflement moqueur éclate au fond de la salle avant qu'un regard noir du géant ne le réduise au silence. Son corps semble tendu comme un tigre prêt à bondir, mais sa voix poursuit calmement :

« Tout dépend, p'tit. Tu lui veux quoi, au **Pyro**-Barbare ?

– C'est mon ami Fanta qui m'a dirigé ici. Il m'a dit qu'il fallait que j'vous trouve dans cette taverne. » À l'évocation de votre ami commun, vous voyez l'homme jeter un bref coup d'œil à votre sac avant de vous demander :

« Une quarantaine de printemps passée ? L'air jovial ? Toujours avec des plans qui paraissent foireux, mais qui finissent par marcher on sait pas trop comment ? Des cheveux longs tressés avec une natte ?

– Des chev… ? », vous étonnez-vous avant d'ajouter sur un ton soupçonneux : « Il est chauve. »

Un bref instant de silence tendu s'écoule avant d'être brisé par le rire tonitruant du barbare. Tous les habitués l'accompagnent en riant à leur tour. Un homme aux longs cheveux bruns lui lance du fond de la pièce :

« Bah alors, mon grand ? Qu'est-c'qu't'essayes de piéger l'petit ? Tu vois bien qu'il a plus de jugeote que toi ! D'habitude, c'est les emmerdes que t'attires, pas les gosses !

– Oh, ferme-la, Fredrick ! Tu vois bien qu'c'est clairement les deux, c'coup-ci », lui répond le barbare en riant avant de se retourner vers vous. « Désolé pour ça, p'tit, mais d'nos jours, on est jamais sûr à qui s'fier. Les amis de mes amis sont a priori pas mes ennemis, tu sais c'que c'est... »

Vous respirez avant de vous réinstaller péniblement sur votre tabouret pendant que le géant poursuit : « M'enfin, ce vieux loup d'Fanta m'a contacté y a cinq jours et m'a demandé d'attendre ici qu'il s'passe un truc. Tu sais bien comment est c'vieux fou, quand il a une idée derrière la tête, ça finit toujours par marcher.

– Oui... Justement, d'ailleurs, il m'a dit de vous retrouver ici, mais pas ce que j'étais... Enfin, ce qu'on était censés faire ensuite. »

Faisant une moue dubitative, le barbare contemple le fond de sa boisson et semble prendre une décision :

« J'vais être sincère, ch'ais pas non plus. C'que j'te propose, gamin, c'est qu'on aille ailleurs. Laisse-moi finir ma corne et... »

Avant qu'il ne puisse finir sa phrase, un bruit retentit à la porte en **41**.

346

Bien que les gnolls, gobelins et autres orcs travaillent tous sous la même bannière, il suffit parfois d'une toute petite étincelle pour qu'ils s'entretuent. C'est précisément ce que vous avez en tête lorsque vous approchez discrètement des petits fûts de bière entassés au fond de la pièce. Votre plan est simple : jeter un objet à la tête de l'un des soldats sans vous faire voir et laisser faire la nature. Glissant furtivement derrière le comptoir, vous lancez un tonnelet qui vient s'éventrer sur le crâne d'un orc magistral. Vexé, celui-ci met à scruter la pièce frénétiquement à la recherche du plaisantin :

« Qui qu'a fait ça ! F'mal ! C'toi ? »

Faisant preuve d'une intuition folle, il accuse spontanément son voisin gnoll qui ricane avant de se prendre une carafe en argile en pleine gueule. Les instincts tribaux reprennent spontanément le dessus et toute la taverne se transforme en arène où une bagarre générale ravage ce qu'il reste des lieux.

Vous revenez auprès du PB, qui observe la rixe depuis la porte :

« T'es un vrai p'tit fouteur de merde, gamin ! Ils ont l'air d'bien s'amuser là-de... »

Sa phrase est interrompue par une limande visqueuse en plein visage ! « Plotch » fait le vieux poisson en giflant le molosse.

« Wôh p'tain ?! C'qui l'ordure qu'a balancé ça ?! L'est même pas frais, c'poiscaille !!

– Koi ? Pas frais mon poisson ?! Mais j'l'ai volé c'matin !! », répond un gobelin qui se prend immédiatement une chaise de la part du barbare.

Oubliant le plan initial, le PB s'est jeté joyeusement dans la mêlée, bien décidé à se faire justice. Au diable la discrétion. Vous soupirez et le suivez.

BAGARRE GÉNÉRALE

HABILETÉ	PV	ARMURE	DÉGÂTS
1 + (1d6) x2	18	0	0

***Règle spéciale :** le chaos est total ! À chaque tour, lancez un dé pour déterminer l'HABILETÉ adverse selon le calcul affiché au-dessus, puis lancez un dé pour déterminer votre PHASE D'ATTAQUE normalement. Le Pyro-Barbare vous aide indirectement : à chaque tour après le premier, retirez 1 point d'HABILETÉ à votre adversaire.*

Une fois sorti vainqueur de la mêlée, récupérez la clé et libérez les prisonniers en **420**. Sinon, recommencez votre aventure en partant du **300** ou depuis le début.

Félicitations, vous avez débloqué le succès « Bière qui roule... ». Cochez la case correspondante à la fin de cet ouvrage.

347

« Attendez... La légende dit qu'Uther la-Dent-dure vous avait vaincu ! Comment vous êtes revenu à la vie si mon grand-père vous a tué ? C'est à cause du Chaudron Noir aussi ?

– Uther-le-Terrible. Ainsi, il possédait le sang ancien, lui aussi. J'aurais dû m'en douter... », muse le seigneur noir, distrait par votre question. « Non. Nous ne nous sommes jamais affrontés sur le champ de bataille. Il a détruit la majeure partie de mes armées sur le continent avec des stratégies imprévisibles. Un des rares hommes que j'aurais pu faire général s'il n'avait pas été aussi instable.

– Alors les écrits mentaient ?

– L'histoire forme l'esprit des hommes. Les humains pensent généralement l'inverse, mais comme pour beaucoup, ils ont tort. »

Jetez un coup d'œil au barbare qui vous signale qu'il est prêt en **469**.

348

« Avec tout mon respect, madame : non.

– … Non ? »

Ses yeux de rubis s'écarquillent à votre refus.

« Sauf vot'respect, hein », insistez-vous en faisant signe au barbare.

Retenue par ses chaînes, la vampiresse tente de se jeter en avant alors que son visage se transforme en monstruosité de crocs et de haine.

« Misérables chiens !!! Vous n'êtes que des… »

Sa tirade vitriolée est interrompue par un coup sauvage sur le crâne. Au milieu des cris stridents et du sang noir, votre ami réarme son bras avant de lui asséner un autre coup violent avec un gros pied de table.

« Nutritif, hein ?! Eh ben, bouffe ça !! », hurle-t-il en s'acharnant encore et encore sur la créature.

Bientôt, les insultes laissent place aux hurlements, puis les gargouillis au silence. La bougresse est coriace et nécessite une longue série de coups avant de trépasser dans un sublime embrasement de flammes bleues. La créature impie est enfin réclamée par la Déesse, et son abomination ne hantera plus jamais les habitants des villages alentour.

Alors que le feu se meurt, un chuchotement béni caresse les murs, et les quelques bougies éparpillées dans l'endroit s'allument timidement et nimbent la pièce d'une lumière paisible. Si la mort et son parfum ont quitté l'endroit, le tas de cendres fumant et les cadavres de la pièce adjacente vous poussent à procéder à une fouille rapide des lieux. Au bout de quelques minutes, vous rassemblez vos trouvailles avec votre ami :

« Quelques pierres qui brillent, d'l'argenterie poussiéreuse, mais surtout ça ! Une lime en acier d'Arcadie ! Crois-moi, gamin, ce métal-là, y déconne zéro ! Jamais on pourra la tordre. Un vrai trésor !

– Mais… C'est pas à nous ?

– Ben, bien sûr que non ! Si on pillait nos propres trésors, on d'viendrait jamais riches ! »

Logique typiquement kränelornienne. Vous rangez le magot dans votre sac, gagnant **1 POINT DE RICHESSE** et une **LIME D'ARKADIE** avant de retrouver le soleil et la centauresse qui vous attendent à l'extérieur en **383**.

Félicitations, vous avez débloqué le succès «Une misérable petite pile de secrets». Cochez la case correspondante à la fin de cet ouvrage.

349

Lorsque vous approchez de l'immense squelette pour le tuer une seconde fois, il lève son marteau de guerre d'un mouvement saccadé et se prépare à l'assaut.

MASSACRE

+4

HABILETÉ	PV	ARMURE	DÉGÂTS
13	18	0	1

***Règle spéciale :** l'ancien général n'est plus, mais ça ne l'empêche pas d'être un redoutable adversaire ! Heureusement, il est LENT et n'attaquera pas au premier tour. Étant désormais un squelette, il est sensible aux armes contondantes comme la PETITE MASSUE ou la MORGENSTERN qui lui infligent encore 1 DÉGÂTS supplémentaire. L'ARC en revanche est inefficace et lui inflige -1 DÉGÂTS.*

Sa vengeance n'aura pas lieu ! Cette fois, c'en est fini de Massacre !

« C't'une bonne chose d'faite », dit le PB. « Mais on en fait quoi d'ceux-là maint'nant ? On peut pas les laisser comme ça… C'clairement l'genre de truc qui va…

– … Nous le mettre dans l'os ? » hasardez-vous.

« J'allais dire "nous retomber sur l'coin d'la tronche plus tard", mais joli. Maintenant, trouve une solution au lieu d'faire l'malin !

– On pourrait les laisser là ? Ils ont pas l'air vivants… Enfin, morts-vivants-vivants. Enfin, tu m'as compris…

– Ouep. Mais si ces fils d'occiput s'mettent à bouger, ils risquent de nous péter les genoux avec les leurs. »

Une rapide analyse de la situation vous laisse entrevoir plusieurs solutions. Si vous êtes muni de la **MORGENSTERN**, vous pouvez régler le problème à l'ancienne en **406**. Si elle figure encore dans votre inventaire, utilisez la **BOUTEILLE DE MAGIE PURE** en **467**. Si vous en avez trouvé, placez les **EXPLOSIFS** en **498**. Enfin, si aucune solution ne vous est possible, quittez les lieux tant qu'il vous reste des jambes en **246**.

350

Vous avez toujours vécu votre vie sur le fil. Le fil de l'épée !!

Attaquez ! Tuez-les tous !! Même s'il est tout seul, ça compte !

DRAGON ROUGE INFÉRIEUR

+3

HABILETÉ	PV	ARMURE	DÉGÂTS
15	40	0	1

***Règle spéciale :** les tintements qui proviennent du pagne du PB sont perturbants, aussi il ne vous apporte qu'un bonus de +3 à votre HABILETÉ. N'oubliez pas d'inclure le DÉGÂTS supplémentaire du dragon à son attaque. Lorsqu'il arrive à 20 PV ou moins, terminez le combat.*

Au bout d'une bataille acharnée, la bête est à bout de force et s'incline respectueusement devant vous. Par quelques hochements, elle vous fait comprendre qu'elle reconnaît votre force et vous laisse même garder les pièces que vous avez prises. La créature n'est pas totalement soumise toutefois, et se remet à grogner lorsque le barbare essaye de saisir une poignée supplémentaire. Alors que vous comptez votre butin chèrement gagné, le PB fait tinter joyeusement son pagne à la hauteur de votre nez.

« Tu es un boursier, Billy !

– Arrête ! Mets-les toi-même dans le sac, j'veux rien voir ! », geignez-vous en riant.

Gagnez **1 POINT DE RICHESSE**. Si vous êtes **GUERRIER**, la reconnaissance du dragon vous apporte **1 POINT DE GLOIRE**. Poursuivez en **584**.

Félicitations, vous avez débloqué le succès «Billy Enfant-de-Dragon». Cochez la case correspondante à la fin de cet ouvrage.

351

Vous mettez les mains dans votre dos, et levez les yeux au ciel d'un air désintéressé :

« L'Errener compte de nombreux voyageurs courageux… Il s'pourrait bien qu'un ou deux d'entre eux passent dans l'coin.

– Ce serait une chânce inouïe.

– Et l'endroit s'appelle comment ? Par pure curiosité, bien entendu.

– Bieng entendu. Il s'agit de la Crypte des Rats du Manoir de la Souricière.

– À supposer que de vaillants aventuriers passent par l'endroit, il serait impensable qu'ils ne détruisent pas les abominations qui s'y trouvent.

– Parfaitemeng impensable, en effet…

– On ne saurait vous accuser d'avoir enfreint les lois du châtelain et votre obligation de service serait respectée, assurément…

– Assuréméng. D'ailleurs, afin de garantir que personne n'explore malencontreusement l'endroit, je vais demander à Solia de s'assurer que rien ne vienne perturber une bonne œuvre éventuelle.

– Oui, faudrait pas que des gens se perdent. Hypothétiquement.

– Hypothétiquemeng », acquiesce le prêtre. « Le soulagemeng serait tel que je serais en mesure d'héberger des gens pour un temps… Ils pourraient se reposer pendant que j'irais me replonger dans certaing vieux textes. Je dois justement vérifier la rumeur du retour hypothétique d'un certaing individu…

– Quelle coïncidence ce serait !

– N'esseu pas ?

– Bonne journée alors !

– Pareillemeng. »

Vous vous tournez mutuellement le dos pour vaquer à vos occupations respectives. N'ayant pas raté une miette de vos échanges, la centauresse trotte vers l'armurerie pour se préparer. Aucune affaire n'ayant été conclue, vous regagnez **2**

POINTS DE CHANCE avant d'attraper le barbare par le poignet pour quitter la cathédrale en **238**.

352

Faites un **JET D'ADRESSE**. Si c'est une réussite, dépêtrez-vous en **437**. Si c'est un échec, allez en **271**.

353

Dans la volière géante, le gardien ne semble pas surpris de vous voir. Il ne pose aucune question et commence déjà à équiper l'un de ses fameux pigeons facteurs, vaisseau de plumes de la taille d'un navire de pêche ! Sur le dos de l'oiseau, il attache une boîte en bois qui, pour vous, ressemble plus à votre cercueil qu'à un colis express. Sur son couvercle, le responsable des expéditions appose les cachets réglementaires, tels que : « Livrézon expressse » ou encore « Priorit'air ».

Vous entrez avec le PB dans la caisse avant de prendre le temps de soigneusement choisir une position qui vous permettra de tenir le temps du voyage. Au bout de quelques inconfortables instants et de moult contorsions, vous trouvez finalement une posture qui vous permettra de ne garder que quelques séquelles pour le restant de vos jours. Le PB n'a malheureusement pas cette chance, mais ne semble pas trop s'en plaindre.

« J'ai dormi dans des endroits pires qu'ça », clame-t-il fièrement avant que vous n'entendiez un ouvrier taper sur le côté de la caisse. Soudain, la sensation du décollage vous retourne l'estomac. Il semblerait que l'oiseau géant ait commencé son ascension vertigineuse vers la citadelle volante. Faites-vous livrer en **402**.

354

Vos pérégrinations dans les quartiers insalubres vous ont amené jusqu'à ce bouge crasseux. Malgré le désordre habituel du quartier, vous ne vous attendiez pas à trouver trois cadavres d'orcs entassés devant la taverne. Les blessures que vous observez sur leurs carcasses encore tièdes ont l'air d'avoir été causées par une lame experte avec une minutie remarquable... Il se pourrait que vous soyez au bon endroit.

« T'es sûr que c'est une bonne idée finalement ? », demandez-vous en jetant un œil nerveux aux orcs qui gisent dans le caniveau.

« T'peux ranger les cadavres, s'tu veux... Moi, j'ai soif. »

L'endroit sent le renfermé et la lumière du jour qui perle par la porte ne semble pas suffisante pour éclairer totalement les lieux. Au bout de quelques secondes, vos yeux s'habituent peu à peu à l'obscurité qui règne, causée par les fenêtres barricadées et les bougies aux flammes vacillantes. À part le tavernier, trois clients sont assis à des tables différentes : un homme bourru qui semble se nourrir exclusivement d'alcool, une femme qui manipule habilement un jeu de cartes et un homme émacié qui grommelle fébrilement devant une montagne de parchemins étalés sur sa table. L'un d'entre eux est sans doute le Fleuriste… Mais lequel ?

Si vous souhaitez approcher du soiffard, asseyez-vous en **306**. Si vous souhaitez discuter avec la femme aux cartes, dirigez-vous en **493**. Si enfin vous souhaitez vous intéresser à ce que fait le scribe au milieu de ses manuscrits, frayez-vous un chemin à travers sa paperasse en **442**.

355

Si vous avez déjà rencontré la voleuse durant le premier acte de votre aventure, engagez la conversation en **227**. Si vous voyez cette femme pour la première fois, parlez-lui en **446**.

356

Perdu ! Vous avez tiré un villageois.

Étant bon perdant cependant, vous écoutez attentivement l'histoire que vous raconte l'ancien militaire. Une transmission d'expérience qui s'avère finalement inestimable puisqu'elle vous apporte **1 POINT D'HABILETÉ** supplémentaire. Retournez auprès du barbare en **100**.

357

Vous n'avez pas le temps de réaliser ce qui vient de se passer que la forteresse commence à trembler ! Les secousses s'intensifient rapidement et votre ami réalise avant vous ce qui est en train de se produire :

« Woh, p'tain, Billy !! On perd d'l'altitude ! C'pas bon ! C'pas bon du tout ! », hurle-t-il alors que vous chancelez sur le sol qui s'incline peu à peu.

« Par Phumtar ! Les gens en dessous ! Si ce machin s'écrase sur la ville, ils vont tous mourir !!

– Pense d'abord à tes miches, gamin ! Faut qu'on s'tire d'ici !!

– Et pour aller où ?! Pour s'jeter dans le vide ?! On est foutus !!

– C'est jamais foutu, Billy ! Trouve une solution ! Fais comme Fanta ! PENSE !! »

Vous tournez la tête dans toutes les directions en cherchant une issue, mais vous ne voyez que le monde qui penche. Parmi les meubles qui commencent à glisser au sol, vous apercevez le sac magique ! Vous le rattrapez *in extremis* alors qu'il s'apprête à tomber dans le vide, mais une nouvelle secousse vous fait basculer vous aussi ! La tête à l'envers, vous sentez la main du barbare vous retenir la cheville de justesse avant de vous ramener sur la terre ferme ! Vous ne prenez pas le temps de le remercier et courez vers le Chaudron Noir, resté vissé sur le sol.

Vous jetez le sac dans la mixture nauséabonde qui entre en ébullition. Sans attendre qu'il demande, vous hurlez dans le chaudron : « J'VEUX QU'ON SURVIVE À CES CONNERIIIIIIES !!! »

Répondant à votre appel, un tourbillon d'énergie blanche jaillit du bouillon et le ciel se couvre subitement. Au milieu de la tempête qui se lève, une voix éthérée se fait entendre dans tout l'Erenner.

Paramètre accepté.

Le vent souffle de plus en plus fort et la forteresse commence à dévier de sa trajectoire, aussi inarrêtable qu'une dérive de continent. Le PB saisit sa ceinture et vous attache au Chaudron Noir. Il l'agrippe ensuite et se prépare à l'impact. La forteresse termine sa course dans un fracas assourdissant de pierre, de poussière et de chaos. Vous vous accrochez tant bien que mal à votre ami avant de perdre connaissance. Continuez en **527**.

358

Vous cognez aussi fort que possible sur la porte massive pour vous faire entendre. Après quelques instants d'attente, la laque d'une lucarne coulisse laissant entrevoir les yeux colériques d'un paladin.

« On ne se rendra jamais ! Déguerpissez !!

– On est pas avec eux, on vient d'libérer les gueuses ! », lance le PB.

« Aidez-nous ! », supplie une femme qui porte une jeune elfe dans les bras.

Les yeux du paladin disparaissent pour en laisser apparaître de plus familiers : le Vicaire Isabel ! Sans attendre, il ordonne à ses hommes d'ouvrir la porte afin d'accueillir cette caravane malheureuse. Avec l'aide des femmes, vous arrachez les planches qui scellaient les portes de l'extérieur.

« Mes enfang ! Je suis tellemeng conteng de vous revoir ! Entrez, entrez toutes. La grâce d'Edire vous protègera ! », lance-t-il aux réfugiées avant de vous sourire. « Je vais d'abôre m'occuper de ces malheureûses avang de soigner vos blessûres. »

Vous patientez sagement que le Père Isabel ait passé en revue la plupart des rescapées. Peu de temps après, il s'occupe de vous, une trousse de soins à la main.

« Commeuh ça, vous voulez mener un assaut contre le château volang ? Té, vous êtes bieng tombés ! Lorsque la grosse chaîne s'en est venue brîser le clôcher, j'ai immédiatemeng envoyé mes palading l'escalader ! Quand vous êtes passés il y a quelques jours, je n'aurais jamaig crû que Virilusseu débârquerait aussi rapidemeng…

– Où est Solia ? », demandez-vous en cherchant la centauresse des yeux.

Regagnez **5 POINTS DE VIE**. Si, plus tôt dans votre aventure, la centauresse est devenue une paladine officielle de l'ordre d'Edire, allez en **523**. Sinon, rendez-vous en **516**.

359

Dans le chaudron, rien de magique… quoique. La merveilleuse soupe au potiron qui y mijote vous fait regagner **6 POINTS DE VIE** (non répétables). Elle est assaisonnée à point !

Après vous être rassasié, vous remettez le couvercle sur le chaudron et baissez légèrement le feu pour ne pas que la soupe brûle. Vous reprenez vos recherches en examinant l'étrange animal en **190** ou le placard du mage en **318**. Si vous souhaitez chercher un moyen de quitter les lieux, rendez-vous en **445**.

360

Sur l'arrondi de la boule se dessinent deux silhouettes escaladant le long d'un mur. Un enfant et un barbare gravissent une gigantesque muraille blanche sous les assauts incessants de violentes bourrasques. La vision est nimbée, lointaine, mais suffisamment évocatrice pour que celui qui les observe à travers la sphère en retire une certaine satisfaction.

« Ainsi, c'est là que tu te cachais. »

Penché sur l'artefact magique, Virilus contemple l'ascension d'un regard étincelant. Doucement, l'image s'estompe jusqu'à disparaître totalement dans le noir profond du globe. Dans l'immense pièce obscure, la tension est palpable. Chaque pas du seigneur noir vers son autel frappe le sol et retentit jusqu'aux tripes du général Funeste, agenouillé en face du trône.

« Funeste.

– Mon seigneur… Mon maître… », gémit l'elfe en ondulant de plaisir.

« Je sais où il se trouve. Rassemble tes hommes et capture-le immédiatement.

– Ô perfection noire, aurais-je l'audace de suggérer une autre méthode ?

– Tu discutes mes ordres ?

– Jamais, ô rêve de mort ! Mais votre plan est imminent et tous vos soldats ont été rappelés.

– Hmm… Parle.

– Ah… ! », minaude Funeste sous le regard incandescent du colosse ténébreux. « Je peux ordonner à mes agents de les capturer ! Il suffit de leur promettre une récompense qu'ils ne recevront jamais. Non pas que vous obéir ne soit pas un délice en soi…

– Très bien. Capture aussi l'autre.

– Oui ! Maître vénéré, j'irai les chercher moi-même s'il le faut !

– Dis-leur de se rendre là où les hommes frappent le fer. Qu'ils attendent à la porte rouge.

– Rouge comme le sang qui bouillonne en moi à l'idée de vous servir, votre grandeur. Vous êtes le tout qui me fait aimer n'être rien !

– Tu as tes ordres. Amène-les devant moi ou rapporte-moi ta tête. »

En quittant la salle, Funeste ne peut réprimer encore quelques spasmes langoureux. Juché sur des cuissardes à hauts talons, il rase les murs, ivre de plaisir. Mais déjà, il reprend ses esprits :

« Rassemble immédiatement les messagers ! Le maître exige, et le maître aura ! », ordonne-t-il au sous-fifre resté dans le couloir.

Continuez en **458**.

361

En restant fermement debout devant le maître des plaisirs, vous soutenez son regard jusqu'à ce que le sien s'illumine. Sans vous quitter des yeux, il bannit d'un geste les diverses occupantes de la pièce avant de se lever gracilement. En se glissant auprès de vous, il murmure à votre oreille : « *Ce qui se passe dans la chambre reste dans la chambre.* »

L'unique chose à savoir sur cette parenthèse exotique de votre aventure est qu'elle sera suffisamment intense et profonde pour faire de vous un autre Billy. Au sortir de vos ébats, votre esprit ne saisit pas l'ampleur de ce que votre corps a subi. Mais une chose est sûre, votre perspective du monde est définitivement plus large.

Au milieu de votre supplice sensuel, vous avez eu la présence d'esprit de vous souvenir de la raison de votre venue. Ne pouvant résister à la moindre de vos suppliques, l'elfe vous fait part de sa longue expérience en vous transmettant **1 INFO**. Si l'abandon de votre innocence vous aura coûté **2 POINTS DE VIE MAX.** il vous aura aussi enseigné **3 CRITIQUE** supplémentaires. Béni par la Déesse, vous oubliez rapidement vos douleurs et vous traînez péniblement le barbare pour le mettre hors de portée de sa malédiction en **100**.

Félicitations, vous avez débloqué le succès «Billy Stardust». Cochez la case correspondante à la fin de cet ouvrage.

362

Vous passez la main sur le **BRACELET DE CONTRÔLE** que vous avez dérobé au vieux sorcier. L'objet entre en résonance avec le gantelet de Virilus et annule ses pouvoirs. Vous ne vous expliquez pas ce phénomène étrange et profitez plutôt du fait que la magie de Virilus est scellée ! **ANNULEZ** les sortilèges du seigneur noir et ne faites **PAS DE JET DE 6** entre chaque tour. Retournez en **475**.

363

Vous voilà dans une minuscule alcôve, lieu de passage qui jouxte une petite cour. Seules une table ronde et une étagère complètent cet endroit qui devait sans doute servir de poste de garde. De l'étagère proviennent de curieux claquements et des propos incongrus… Un crâne esseulé s'y excite en poussant des « Kâ kâ kâ ». Si vous souhaitez parler au **CRÂNE MYSTÉRIEUX**, la conversation est possible en **27**. Si vous souhaitez vous rendre dans la **PETITE COUR** adjacente, continuez en **400**. D'ici, il vous est également possible de rejoindre l'**ENTREPÔT** en **340**

364

Alors qu'elle voltige dans les airs, la tête de la guêpe quitte brutalement son corps dans une formidable giclée de sang noir. Un éclat brillant fend l'air en décrivant un long arc de cercle et finit sa danse macabre dans les mains de l'homme qui vient de surgir du feuillage. Le Fleuriste vient de rattraper sa serpe d'or après avoir décapité la créature en plein vol.

Il s'approche du cadavre encore frémissant pour lui arracher son dard d'un geste expert. Méthodique jusqu'au bout, il achève la bête d'un ultime coup de truelle dans le thorax, si tant est que cette aberration de la nature eût un cœur.

« Et d'un… », dit-il en vous regardant.

« Comment ça : “et d'un” ? Y en a d'autres ?! », vous inquiétez-vous en jetant un œil paniqué aux alentours.

« Eh bien oui ? Le grand gars qui était avec toi ? »

Vous comprenez que le Fleuriste ne parlait pas de la créature qu'il désosse négligemment, mais du nombre de touristes qu'il est censé amener à bon port. Il vous tend le dard du monstre après l'avoir nettoyé :

« Si cette chose t'avait touché, tu servirais d'engrais maintenant.

– Ah… Ah bon ?

– Oui, leur dard explose au contact. Assez pour détruire un tronc d'arbre s'il est trop près de leur ruche.

– Ces trucs ont une ruche ?! », criez-vous en vous retournant vers lui.

« Avançons avant que les fourmis rappliquent », répond-il calmement en reprenant la route.

Blanc comme un linge, vous déglutissez péniblement à l'idée que d'autres monstres surdimensionnés surgissent de nulle part. Ajoutez le **DARD EXPLOSIF** à votre inventaire et filez-lui le train en **519**.

365

Faites un **JET DE CHANCE**. S'il échoue, vous n'aurez d'autre choix que d'aller en **555** pour affronter l'ogre. S'il réussit, rendez-vous en **513**.

366

Cette cellule vide est étonnamment bien entretenue. Si elle était utilisée normalement, il devrait y avoir des traces de ses précédents occupants, mais aucun reste humain ou aucune tache de sang ne vient maculer la pièce. Le sol est parfaitement balayé et les murs sont intacts… Il y a quelque chose de suspect à propos de ce cachot, mais malgré un examen plus approfondi, vous ne trouvez rien. Explorez les cellules restantes en **136** ou en **248** ou retournez au **COULOIR NORD** en **461**.

367

Lorsque vous ouvrez la porte de la cage, le groupe de nobles qui vous suppliait il y a encore quelques secondes semble avoir repris ses esprits et vous remercie dignement sans la moindre effusion. Vous reconnaissez le sourire carnassier qui se dessine sur le visage de votre ami et l'interrompez avant qu'il ne passe à l'action :

« Non ! On sauve les gens ! Ça veut dire qu'on les pille pas ! Méchant PB ! Méchant ! »

Choqué par votre remontrance préemptive, le barbare se ratatine comme un enfant pris sur le fait :

« J'peux pas rapiner les rupins ? Même pas un p'tit bout ? », vous supplie-t-il.

« Non.

– Bien les soulager d'leurs biens ?

– Non.

– Détrousser leurs trousses ?

– Non.

– Faucher leur blé ?

– Non plus.

– Chourer leurs chausses ?

– Toujours nan.

– Barboter leurs bottes ?

– C'est nan. Rien du tout !

– Mais… Quessqu'j'vais faire alors ? J'vais pas m'faire rouler par ces roulures, quand même ?! On leur a sauvé les miches, c'pas rien ! », s'indigne-t-il.

« Hem hem », l'interrompt un raclement de gorge si distingué qu'il sonne lointain à vos oreilles, séparé par une distance sociale infranchissable. Le barbare, dépité, lève un œil vers l'homme aux vêtements impeccables qui s'adresse à lui.

« Voilà pour vous, mon brave. Et tâchez de ne pas tout dépenser en frivolités », fait le gentilhomme en lui tendant une bourse bien remplie avec un mépris tout aristocratique.

Votre compagnon n'en revient pas ! Une récompense ! Gagnée honnêtement ! L'air hagard, il vous tend à son tour l'énorme bourse :

« Tiens, Billy... P-prends-la... Je... Ch'aurais pas quoi acheter avec.

– Quoi, tu connais pas la valeur de l'argent ?

– Que de l'argent sale. J'sais pas combien ça vaut, l'argent propre. Mieux vaut qu'tu l'gardes. »

Vous réconfortez amicalement votre ami en lui tapotant l'épaule. Cette générosité inopinée vous fait gagner **1 POINT DE RICHESSE**.

Devant vous, l'immense tour magique se dresse de toute sa hauteur et vient chatouiller le bas de l'épaisse forteresse volante. Rendez-vous en **183**.

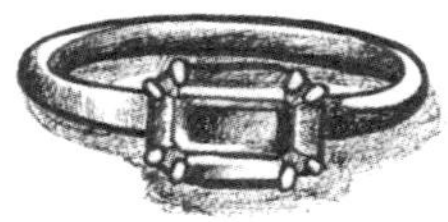

368

Vous approchez de la chanoinesse, et patientez à l'endroit qu'elle vous indique. Vous remarquez que le PB l'observe avec insistance :

« Ah, c'frustrant. J'pourrais jurer que j'la connais... », vous murmure-t-il. « Faudrait qu'j'la voie nue pour être sûr. »

Voyant que la prêtresse revient vers vous, vous mettez une béquille au géant afin de le sortir de sa rêverie. Inquiète de voir un jeune garçon aussi mignon venir se faire soigner, elle vous prend immédiatement en charge et restaure tous vos **PV**.

« Qu'est-ce que je vous dois, madame ? », lui demandez-vous.

« L'amour de Mélène n'a pas de prix. Essaye juste de rester en bonne santé. Si tu souhaites nous aider cependant, nous serions ravis de te laisser t'occuper des blessés légers. Le prêtre est débordé. »

Si vous êtes en possession du **KIT DE SOIN** ou du **PETIT MÉDAILLON**, vous pouvez rendre la pareille en **215**.

S'il n'y a plus rien pour vous ici, retournez à la croisée des chemins en **100**.

369

Étrangement, les cuisines sont inversement proportionnelles à la forteresse qu'elles doivent nourrir. L'endroit est minuscule, mais propre, et chaque centimètre carré semble remplir une fonction précise. Au milieu des marmites bouillonnantes, des cocottes sifflantes et des batteries d'ustensiles, vous cherchez le maître des lieux quand une voix s'élève du sol. En baissant les yeux, vous remarquez un gobelin en tenue blanche qui a l'air furieux :

« K'est-ce ke vous faites dans ma kuisine ?! Et sans vous laver les mains en plus !! »

Poussant un grognement, le barbare s'apprête à saisir sa hache avant de recevoir un coup de cuillère sec sur les doigts !

« Pas d'ça ici !! », le sermonne le cuistot comme s'il rabrouait un enfant turbulent. « C'est un établissement sérieux, ici ! », ajoute-t-il avant de mettre sa cuillère dans un évier et d'en saisir une propre.

Cet hôte acariâtre vous laisse démuni ! Si vous avez choisi la **MARMITE** au début de votre aventure, le gobelin reconnaît en vous la fibre du commis et vous enjoint à le suivre en **419**. Autrement, il vous accapare en **75**.

370

Pas le choix, quand faut y aller, faut y aller.
Attaquez ! Tuez-les tous !!

SOLDATS DE LA TAVERNE

+4

HABILETÉ	PV	ARMURE	DÉGÂTS
16	30	0	0

Règle spéciale : *tous les 2 PV perdus par l'ennemi lui font perdre 1 point d'HABILETÉ. Vous êtes en sous-nombre et avez un malus de -3 ADRESSE, mais regagnez 1 point d'ADRESSE tous les 10 PV perdus par l'ennemi.*

Une fois la faction vaincue, libérez les prisonniers en **420**. Sinon, recommencez votre aventure en partant du **300** ou depuis le début.

371

En vous voyant approcher de son bureau, le gigantesque gorille aux poils blancs s'extirpe de sa lecture pour lever un sourcil inquisiteur en votre direction.

« Puis-je faire quelque chose pour vous, messieurs ? Auriez-vous perdu votre chemin ? », vous lance-t-il d'un ton ferme et distingué.

« Nan », répond le PB avant de désigner l'entrée de la bibliothèque d'un coup de menton. « On veut aller là.

– Certainement pas, monsieur. Ici, nous ne conservons que des livres, de vieilles choses inutiles truffées de mots bien trop savants pour vous. Et au vu de la richesse de votre odeur et de votre vocabulaire, je doute que vous y trouviez quelconque satisfaction », ajoute le libraire avant de se lever lentement. « Sans aucune valeur pour vous, ils sont pour moi ce que cette terre porte de plus précieux. Je vais donc vous demander poliment de rebrousser chemin avant que mes plus bas instincts ne m'obligent à me frapper le poitrail. Une extrémité que j'abhorre, mais qui s'avère malheureusement parfois nécessaire, vous en conviendrez sans doute, monsieur. »

Cerné par autant de syllabes, votre compagnon opte pour une retraite stratégique et éloquente : « Euh… D'accord.

– Vous m'en voyez ravi, messieurs. Passez une excellente journée et tâchez de ne pas trop détrousser dans mon quartier. »

Il semblerait que le gardien vous ait pris pour de vulgaires bandits. Vous êtes éconduits en **100**.

372

« Tu connais l'expression "se mettre en garde" ? », demandez-vous à votre acolyte en laissant déborder les mailles de vos braies.

« Hein ? Oooooooh… », fait-il en vous voyant vous équiper de votre lance. « Pas bête ! File-moi ton sac le temps qu'tu fasses diversion. »

Vous finissez d'ajuster votre **COTTE DE MAILLES** et votre **LANCE** avant de vous tourner vers votre compagnon :

« Alors ? C'est ressemblant ? »

Le colosse semble hésiter, avant de ramasser un bout de suie au sol pour vous barbouiller la joue. Satisfait de son œuvre, il vous lance un grand sourire et soupire en vous voyant vous élancer :

« Ah… Y grandissent tellement vite d'nos jours… »

Sans relever la remarque du PB, vous avancez vers le voyou d'un air décidé. Ce dernier se tourne vers vous d'abord surpris, puis inquiet. Les guetteurs auraient dû le prévenir de l'arrivée d'un garde ! Bien que peu effrayé par votre aspect, il préfère néanmoins éviter tout contact avec un représentant de l'ordre. Il abandonne son maigre butin en vous le jetant au visage avant de filer sans demander son reste.

Même si vous venez de le sauver, le vieillard n'a pas l'air d'avoir la conscience tranquille non plus et détale également en vous voyant. Vous jurez en vous frottant le nez, mais ramassez le butin laissé au sol avec un sourire. Quelques pièces et un poudrier. C'est sans doute ce dernier que vous avez senti sur votre nez. Le barbare vous félicite et vous rend votre gibecière magique sur le chemin du retour en **423**.

373

Un rapide coup d'œil dans le trou de la serrure vous apprend que la clé s'y trouve encore. Excellent ! Vous glissez un tissu sous la porte avant d'enfoncer le couteau dans le verrou. Le tintement sourd de la victoire vous parvient aux oreilles, et vous tirez lentement le tissu sur lequel se trouve la clé. Vous interrompez le barbare qui s'apprêtait à vous applaudir avant d'ouvrir la porte silencieusement. Une fois à l'intérieur, les trois gardiennes sont trop occupées à bavasser pour remarquer votre présence. Vous vous hâtez de monter discrètement à l'étage afin de libérer les enfants en **436**.

374

Avec un sourire aussi blanc que les ossements qui l'entourent, Asmodia saisit une fiole et la porte à son cou. Brusquement, une griffe vient ouvrir sa gorge et laisser couler un mince filet de sang noir dans le petit réceptacle. Aussi vite qu'elle l'a ouverte, la plaie obscure se referme pour ne laisser aucune trace sur sa peau blafarde et sans défaut. Elle attache la fiole à une petite chaîne en argent, avant de vous la passer autour du cou.

« Voici, mon jeune ami. À vous de découvrir son pouvoir. Mais un petit conseil : il se porte en talisman et non pas à même la peau comme cet imbécile qui s'en est fait des tatouages.

– Euh… Merci madame », dites-vous en examinant la bile noire qui pend désormais sur votre torse. « Des contre-indications particulières ?

– Cache-le sous ta tunique, sinon la créature qui t'attend à l'extérieur va sans doute te causer des problèmes. »

Dans un réflexe de survie, vous protégez votre cou quand la vampiresse s'approche et vous enlace. Mais elle ne fait que déposer un baiser glacial sur votre joue… et en profite au passage pour lire dans vos pensées, comme une bise fraîche qui parcourrait les volutes de votre esprit. Ses yeux aussi rouges que le sang se plongent longuement dans les vôtres et un sourire énigmatique traverse furtivement son visage.

« Je vois. Je ne peux pas dire que j'approuve votre cause, mais je n'ai rien contre vos méthodes », murmure-t-elle avant de s'adresser au barbare. « Je vous donne ma parole de laisser les habitants du coin en paix pendant quelques mois. Cela devrait suffire à convaincre votre homme que la menace a disparu. Avec les sacrifices que l'autre ignorant s'amusait à accomplir, j'ai assez de liquide pour tenir un long moment. Les gens de la région vont pouvoir dormir sur leurs deux oreilles. Maintenant, quittez mon logement. J'ai du ménage à faire. »

Sur cette promesse, la vampiresse fond dans l'obscurité d'où vous l'avez extirpée tandis qu'elle chantonne une mélodie lugubre.

La brume malfaisante qui envahissait le cimetière semble s'être assagie. Et vous retrouvez la centauresse, ainsi que la lumière du jour, devant le portail en fer. Malgré la chaleur du soleil, vous sentez la morsure glacée du **SANG DE VAMPIRE** sur votre poitrine. Cet objet impie vous octroie une régénération d'**1 POINT DE VIE** à chaque fois que vous ferez un **6** lors de votre **PHASE D'ATTAQUE** en combat.

Relevant la tête de sa prière, votre amie attend le verdict de votre escapade en **383**.

375

« Voilà pour vous, mon brave », dites-vous en lui donnant le fameux bout de papier.

Le garde n'est pas dupe du faux laissez-passer que vous lui tendez et souffle dans son sifflet à s'en faire éclater les poumons. En quelques secondes, une trentaine de soldats vous encercle, non pas dans le but de vous capturer, mais bien de vous éliminer. L'aide de vos camarades ne vous sauvera pas cette fois. Vous mourez aux portes de la Tour des Mages et êtes contraint de reprendre votre quête depuis le début de l'aventure.

La triche ne paie pas, et il est impossible d'obtenir un **LAISSEZ-PASSER** dans cet ouvrage. À défaut de tricher, essayez de le faire intelligemment… Puis, rendez-vous compte que ça demande environ autant d'efforts que de faire la chose de manière légitime.

Votre nouveau Billy sera fort et honnête ! Bonne chance dans votre nouvelle aventure !

376

Avez-vous déjà visité les **CUISINES** ? Si oui, allez en **591**. Si c'est la première fois que vous mettez les pieds ici, poursuivez en **369**.

377

L'elfe rate son lancer et l'effigie rebondit sur un braséro suspendu avant d'atterrir à vos pieds. En l'examinant, vous reconnaissez un petit totem de duel ! C'est une tradition des contrées sauvages : on le lance à un adversaire que l'on souhaite défier. Il en était souvent question dans les histoires que vous racontait votre maman. Vous êtes content d'en voir enfin un en vrai !

Vos tergiversations sont interrompues par un nouveau gloussement possédé et l'elfe se rue sur vous avec la ferme intention de vous occire. Aveuglé par sa folie ou sa rage, il ne prête pas attention aux flaques de sang frais qui jonchent le sol, et glisse sur l'une d'elles pour s'empaler sur l'un des ornements mortuaires qu'il avait soigneusement disposés autour de sa table de sacrifice. Dans un gargouillis macabre, il tend mollement la main vers vous avant de succomber. Sa fin est pathétique.

« Bien joué, Billy ! », s'exclame votre partenaire. « Impressionnant ! Tu l'as même pas touché ! Une technique parfaite ! »

Avant que vous ne puissiez décliner le compliment, une voix se fait entendre dans une pièce située au fond de la salle. Vous empochez l'**EFFIGIE DE DUEL** avant de vous rendre en **407**.

378

Dépassé par l'ampleur du travail, vous n'arrivez pas à empiler les caisses, à compter les saucissons ou à classer les sacs de grains. Plutôt que de vous acharner, vous décidez de laisser faire les professionnels et restez hors de leur chemin. Le contremaître ne vous juge pas, et vous offre son soutien moral ainsi que de quoi manger.

Si vous devez abandonner les anciennes affaires de votre grand-père, le bref repas que vous prenez vous rend la **TOTALITÉ** de vos **POINTS DE VIE**. Vous comprenez aux regards vides posés sur vous qu'il est temps de partir en **70**.

379

«Un cristal d'une pureté éclatante...» Les paroles de la voyante résonnent dans votre mémoire. Le Chaudron Noir frémit légèrement lorsque vous y plongez la **BAGUE DE RUBIS**. Maintenant, il s'agit de se souvenir de la suite ! Voyons... Comment s'appelait la vampiresse déjà ? Additionnez les lettres de son nom et allez au chapitre correspondant (A = 1, B = 2, etc.). Si vous n'avez pas la réponse, revenez en **480**.

380

Un bruissement de feuilles retentit à côté de vous. Quelque chose s'anime sur votre gauche ! À peine le temps d'en comprendre la raison qu'un fracas monumental brise le silence. Feuilles et débris de bois pleuvent subitement autour de vous alors qu'un hurlement bestial se fait entendre. Tout ce qui volait ne vole plus, laissant apparaître la silhouette massive du Pyro-Barbare dont l'expression enragée laisse soudainement place à une joie soulagée :

«HA ! J'le savais !!

– Je l'savais !», hurlez-vous de joie en même temps que votre ami !

Il était inconcevable que les aventures de ce puissant guerrier s'achèvent ainsi. Certaines forces de la nature sont inarrêtables, et vous sentez que votre ami en fait partie. Le colosse est fou de joie de vous retrouver, mais son apparence est effrayante. Son corps est écorché vif, strié d'innombrables coupures, morsures et brûlures. Des petites branches dépassent de ses cheveux hirsutes, et il traîne par une patte le cadavre d'une fourmi géante qu'il a visiblement saucissonné à l'aide d'une liane qui brûle encore. Le bon camarade ripailleur que vous connaissez a l'air complètement possédé, mais semble s'exorciser tout seul lorsqu'il vous serre dans ses bras :

«Ah bah quand même», clame-t-il en riant. «J'savais qu'en forêt, faut toujours aller tout droit si t'es paumé. Mais si ça, c'pas un coup d'chance ! Et t'as même retrouvé l'guide !»

L'intéressé lève un sourcil en sa direction, une lueur d'approbation dans les yeux.

«Pour des touristes, je dois dire que vous m'avez agréablement surpris.

– Ah ça, j'savais qu'les Fleuristes c'tait pas des rigolos, mais vous z'êtes aut'chose.

– Vous feriez un bon Fleuriste. Ça vous intéresse ?», lui demande soudainement Félix.

«C'gentil, mais non. Pour moi, un ennemi, faut qu'ça bouge et qu'ça saigne. Si faut s'battre cont' des arbres toute la journée, tout d'suite, c'est moins marrant... Surtout quand l'arbre il gagne en plus...»

Cette fois-ci, Félix se fend d'un petit sourire et se contente de hocher la tête. Poursuivez en **386**.

381

À peine avez-vous posé le pied dehors que vous êtes accueillis par un tonnerre d'applaudissements. Les gardes, qui s'apprêtaient à vous arrêter pour vous interroger, sont interrompus par la clameur qui s'élève derrière eux. Une petite foule s'est agglutinée et vous reconnaît comme les destructeurs de la forteresse noire et le digne héritier du héros d'autrefois. Apparemment, les gens ont eu vent de vos récents exploits et vous êtes happés par une foule en liesse. Vous recevez des remerciements à tout rompre, des embrassades viriles et même quelques baisers spontanés. Le barbare, maniant aussi bien la hache que le sens du spectacle, brandit soudainement l'épée de Virilus qu'il avait subtilisée avant de descendre. Reconnaissant le geste de victoire pour ce qu'il est, la population de Lennonia profite de cet éclat de bonheur et entame une danse improvisée en votre honneur. Cette effusion de joie est toutefois interrompue par l'arrivée en grande fanfare de l'intendant de Lennonia. Du haut de son cheval, celui-ci vous toise d'un air hautain, ennuyé à l'idée de devoir remercier un gamin et un kränelornien de manière officielle.

À la seconde où il daigne vous lancer un regard, ses yeux triplent de volume.

L'intendant, dont la fonction est de régner sans partage sur tout l'Erenner en attendant le retour de la lignée impériale, reconnaît immédiatement les oreilles caractéristiques de votre grand-père. Il ne lui faut pas longtemps en écoutant votre histoire pour réaliser le lien qui vous connecte avec le précédent empereur. Ne voulant pas se mettre à dos le peuple et garder un œil sur l'unique prétendant potentiel à son trône, il vous invite nerveusement à passer quelques jours à ses côtés, sans doute pour s'assurer de vos intentions. À son grand soulagement, vous lui déclarez simplement :

« Non merci. Si mon grand-père a pas voulu rester, c'est que c'est pas pour moi non plus. »

Souhaitant quand même vous laisser un petit quelque chose, il vous demande ce que vous désirez, en plus de nommer une rue à votre nom.

« Un nouveau pagne, c's'rait pas mal », répond le PB après une intense réflexion. « Comme ça, j'pourrai garder l'ancien en rechange. »

Son souhait fut accordé, et l'affaire considérée close.

Vous sillonnez désormais les rues de Lennonia en saluant sa population, bien décidés à fêter votre victoire.

Combien de **POINTS DE RICHESSE** avez-vous accumulés au cours de votre aventure ? Si votre montant est de **0 POINT**, allez en **476**. S'il est de **1** ou **2 POINTS**, allez en **535**. S'il s'élève à **3** ou **4 POINTS**, allez en **578**. Enfin, si vous débordez de **RICHESSE** avec **5 POINTS** ou plus, dépensez allègrement en **454**.

Félicitations, vous avez débloqué le succès «Soyez témoins !!». Cochez la case correspondante à la fin de cet ouvrage.

382

Sans réfléchir, vous encochez une flèche et bandez votre **ARC**. Qu'allez-vous viser en premier ? La tête de l'une des hyènes en **433** ou le scorpion en **494** ?

383

À votre retour, Solia témoigne sa joie et son soulagement en ruant comme une jument sauvage. Elle galope frénétiquement autour de vous et vous assiège de questions :

« Vous êtes de retour ! Qu'Edire soit louée. Vous n'avez rien ?! Qu'est-ce qu'il y avait ?! Combien étaient-ils ?! Ne me faites pas attendre, je vous en supplie, et dites-moi que l'œuvre de la Déesse a été accomplie ! »

Si vous aviez promis à Solia que vous alliez éradiquer le mal de ces lieux, allez en **409**.

Sinon, rappelez-lui simplement que vous avez fait le travail, mais aucune promesse en **325**.

384

À votre tour, vous décidez d'alimenter la conversation en posant à Solia une question qui vous taraude depuis que vous avez vu sa magnifique coiffure :

« Vous faites vos queues de cheval vous-même ? »

Un silence de mort s'abat sur votre petit convoi alors que la centauresse s'arrête brusquement.

Êtes-vous à bord de la centauresse ? Si oui, allez en **205**. Sinon en **252**.

385

Plus d'une fois, votre maman vous a houspillé pour avoir explosé les tournesols à coup de pierres. Cette activité inutile, mais divertissante était l'une de vos favorites à Plante-Citrouille. Peut-être pas si inutile que cela finalement, car vous saisissez un gadin au sol et visez la bouche de cette horreur ! Tentez un **JET DE CHANCE**. Si vous réussissez, n'oubliez pas de vous retirer **1 POINT DE CHANCE** avant de lancer votre projectile en **398**. Si vous échouez, allez en **156**.

386

Après un peu de repos, vous reprenez l'inspection de la base de la Tour au cas où vous auriez raté quelque chose. Malheureusement, rien ne semble perturber la surface de son mur blanc, si ce n'est le lierre élégant qui l'enlace.

« De ce que j'en sais, il n'y a pas de porte », vous dit Félix en inspectant son équipement. « Sur ce, je vais vous laisser. Longue journée à vous.

– Ah ! C'juste ! Eh ben, bonne chasse ! 'fin… Bonne coupe.

– Quoi ?! Vous allez nous abandonner ici ?! », vous indignez-vous, paniqué par le regard stoïque du Fleuriste.

« Vous n'avez rien à craindre si vous suivez ce chemin en partant. Le Jardin n'attaque pas les gens qui en sortent, seulement ceux qui y rentrent.

– Mais ça fait aucun sens !

– Pas plus que le reste. Je pense que c'est le principe de l'endroit. Ah, au fait, c'est pour vous », termine-t-il en vous tendant une grosse corde. « Et bonne chance. »

Sa mission achevée, il disparaît dans la forêt d'un pas tranquille. Si vous ne saviez pas ce qui l'attend à l'intérieur, vous jureriez qu'il part pour une simple promenade.

Vous redirigez votre attention sur la Tour que votre ami inspecte déjà.

« C'est vachement haut quand même », remarquez-vous innocemment.

« Mouep.

– Tu penses qu'on peut grimper par-là ?

– Mouep. Ça t'fait peur ?

– Mouep », répondez-vous à votre tour.

Vous vous tordez le cou aux côtés du barbare en scrutant la hauteur vertigineuse qui s'élève devant vous.

« Là », fait-il en pointant du doigt un renfoncement au loin. « J'vois une fenêtre au sommet.

– C'est pas une corniche plutôt ?

– Nan, l'légumes, ça pousse pas aussi haut. J'croyais qu't'étais fermier ? Bon bah… Quand faut y aller… »

Vous poussez un soupir en vous massant la nuque avant de lui tendre la corde. Cet instant de paix vous faire regagner **2 POINTS DE VIE**. Si vous possédez un **KIT D'ESCALADE**, entamez votre ascension en **265**, sinon c'est *via* **418** que vous commencez à grimper.

387

La drague n'est pas vraiment une discipline dans laquelle vous excellez et la lourdeur de votre approche n'a d'égal que les banalités dont vous assommez Solia. Elle porte toutefois sur vous un regard amusé, voire flatté par tant d'efforts, et vous laisse dérouler votre numéro de « séducteur ». Vous arrêtez le convoi aux abords d'un champ de coquelicots afin d'en cueillir un bouquet et le lui offrir.

« Pour vous, sublime créature.

– Merci, petit charmeur. »

Elle accepte poliment votre présent et, après l'avoir reniflé, commence à le manger.

Vos efforts méritoires, mais futiles sont interrompus par une horde de bandits de grand chemin ! Votre petite halte amoureuse a aveuglé votre vigilance !

Faites un **JET DE CHANCE** pour déterminer si les bandits ont l'avantage ou non. Si vous échouez, les bandits bénéficieront d'un tour préemptif durant lequel vous ne pourrez pas infliger de dommages. Si vous réussissez, le combat s'engage normalement, la centauresse et le barbare à vos côtés :

5 BANDITS DE GRAND CHEMIN **+6**

HABILETÉ	PV	ARMURE	DÉGÂTS
11	15	0	0

Règle spéciale : *vous êtes encerclés, -1 ADRESSE. Si jamais vous ratez votre jet de CHANCE, les ennemis ont le droit à un tour d'attaque sans que vous ne puissiez esquiver ou riposter.*

Ne trouvant rien de grande valeur sur les cadavres, vous abandonnez l'endroit avant d'arriver à votre destination en **261**.

388

Vous fermez les doigts sur la **LIME EN ACIER D'ARKADIE**. Sans trop savoir pourquoi, vous la mettez dans le chaudron et attendez qu'elle se dissolve. Le morceau de métal résiste stoïquement à la potion tandis que le Chaudron Noir bouillonne rageusement. L'acier d'Arkadie refuse d'être fondu par une chaleur aussi dérisoire et renie la magie du chaudron impie. Votre action n'a eu aucun effet sur Virilus, mais le rituel en a en revanche pris un sacré coup ! Vous l'avez saboté en partie ! Revenez en **480**.

389

Vous inspectez la vingt-troisième pierre du mur en partant de la gauche et celle-ci s'enfonce sous vos doigts ! Dans un déclic rugueux, un passage secret s'ouvre et vous entraîne en **186** avant de se refermer derrière vous.

390

Cette **GROSSE CLÉ** que vous a remise la forgeronne a peut-être un lien avec cette porte ? Malheureusement, elle ne correspond à aucun des deux orifices. Dommage, ça valait le coup d'essayer. Retournez vers le **COULOIR NORD** en **461**.

391

Vous accrochez aisément votre grappin de fortune à la rambarde située de l'autre côté des tulipes. Le **KIT D'ESCALADE** s'est avéré un choix judicieux puisqu'il vous permet de surmonter cette épreuve sans la moindre difficulté et de poursuivre en **452**.

392

Malgré son statut de serviteur d'Edire, votre instinct ne vous y trompe pas. Le Père Isabel est avant toute chose un PAYSAN comme vous. Ses sourcils drus et ses épaules carrées sont révélateurs, et vous vous lassez du temps interminable que prend cet échange d'informations verbal.

Son explication à peine achevée, vous le fixez en un froncement de sourcils, entamant alors un dialogue accéléré, indiscernable pour ceux qui ne savent pas déchiffrer les milliers de micro-expressions propres aux gens de votre condition.

Le moment est interminable, figé et silencieux. Vous semblez avoir beaucoup de choses à vous dire et tombez visiblement d'accord au bout de quelques secondes quand chacun détourne le regard. Le Vicaire se retire, non sans avoir déposé au préalable quelques bandages bénis sur un banc de prière. Vous vous en emparez et passez devant votre compagnon hébété pour attendre Solia devant la porte de la cathédrale.

« Euh, Billy ? Qu'est'c'qu'…

– Nous partons pour la Crypte des Rats du Manoir de la Souricière », lui expliquez-vous. « Nous allons nous y rendre purement par hasard en suivant la première jument en armure que nous croiserons. Préparez-vous tous les deux et rejoignez-vous dehors accidentellement, nous discuterons en chemin à l'insu de notre plein gré. »

Si la centauresse reste médusée par cette soudaine autorité qui n'est pas sans rappeler celle du Vicaire, elle s'exécute néanmoins. Le PB, lui, ne s'est toujours pas remis de l'échange ubuesque auquel il vient d'assister entre le Père Isabel et vous. Ajoutez **2 BANDAGES BÉNIS (+4 PV À LA FIN D'UN COMBAT, DEUX FOIS, ou 8 PV À LA FIN D'UN COMBAT, UNE FOIS)** et attendez vos compagnons en **238**.

393

À peine êtes-vous entrés dans l'atelier qu'une chaleur étouffante vous gifle et vous écrase. L'endroit est chauffé à blanc par les forges qui crachent du métal en fusion sans discontinuer. Il est occupé par quelques gobelins trop affairés pour remarquer votre arrivée. Inutile d'attirer leur attention… Mieux vaut rester discret.

Dans un coin de la salle, une elfe à l'apparence assez jeune s'attèle à sa tâche, le regard chargé de détermination. Manches relevées et front noirci par de la suie, elle dénote par son apparente douceur dans cet environnement hostile. Vous pouvez vous faufiler auprès d'elle pour lui parler. Si vous êtes **GUERRIER**, tentez votre approche en **517**, sinon rendez-vous en **488**. Il n'est cependant pas trop tard pour quitter la pièce vers le **COULOIR OUEST** en **447** ou prendre la petite porte à l'**EST** en **520**.

394

Provenant du fond de la crypte, des incantations stridentes se mêlent aux cliquetis des derniers squelettes agonisants. Vous suivez l'atroce mélopée jusqu'à découvrir un sanctuaire intérieur révélant un spectacle macabre : une pièce

Si vous êtes **GUERRIER**, ripostez en **511**.
Si vous êtes **PAYSAN**, agissez instinctivement en **299**.
Si vous êtes **PRUDENT**, avisez en **377**.
Enfin, si vous êtes **DÉBROUILLARD**, calculez vos chances en **444**.

395

Tandis que le PB se lance à ses trousses, vous empruntez la rue parallèle en espérant qu'elle vous permette de devancer l'espion au prochain embranchement. Excellent calcul ! Vous tombez nez à nez avec l'individu. Paniqué, il fait un demi-tour pour finir dans le poing puissant du barbare qui lui fracasse le nez.

« Mhrfrrgblr !! », s'étouffe-t-il en tombant en arrière.

« Alors, comme ça, tu nous espionnes ?

– Pitié !! Me faites pas d'mal !! Si je vous dis tout, vous m'épargnerez ?

– Moi oui », répondez-vous.

« Je sais pas grand-chose ! J'ai seulement été payé par un puissant seigneur maléfique revenu d'entre les morts nommé Virilus pour suivre tous vos faits et gestes ! J'vous jure, j'me souviens de rien !

« Quand ça ? », menace le barbare en levant son poing.

« Aaaah !! Ce matin même à 11h18, juste à côté de la petite place dans le quartier des pigeons sur un banc situé entre le teinturier et la fabrique de bougies par un elfe habillé avec des collants terriblement seyants et une musculature souple, mais impeccable et des lèvres luisantes qui dégageaient une odeur attirante de cerise qui travaille pour lui ! C'est tout c'que j'peux m'rappeler ! Tout est flou !! »

En réponse à ces aveux, le barbare saisit l'espion et le jette dans un canal adjacent. Vous l'entendez hurler pendant une seconde avant qu'il ne soit interrompu par un gros « plouf ».

« Mais on avait promis de le laisser vivre !

– Il vivra.

– Mais s'il sait pas nager ?

– Il coulera. »

Vous poussez un soupir. Ce qui est fait est fait. Et après tout, vous avez pu tirer **1 INFO** de tout ceci. Vous reprenez discrètement la route vers **70**.

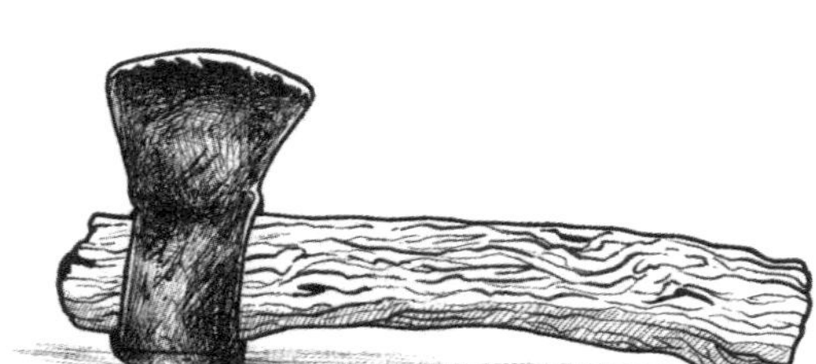

396

Vous ne mettez pas beaucoup de temps pour trouver une chaîne dans l'une des charrettes laissées à l'abandon. L'enroulant autour du dragon pour créer une sangle de fortune, le PB s'installe à bord et vous aide à monter devant lui.

« Tiens, Billy, sers-t'en comme dragonne », dit-il en vous passant la chaîne.

« Tu veux dire comme rêne ?

– T'préfères pas monter en dragon ? », rétorque-t-il d'un air amusé.

Vous soufflez tous les deux du nez à cette blague puérile avant de prendre une grande inspiration. Chevauchant le dragon, vous tirez légèrement sa bride.

« Amène-nous à ton maître ! », lui ordonnez-vous avec autorité.

La bête déploie alors ses ailes et vous quittez la terre ferme dans le fracas et les tremblements. Votre ascension est fulgurante et bientôt, Lennonia n'est plus qu'une fourmilière embrasée où circulent nerveusement des petits points. Ce baptême en dragon est incroyable, mais déjà votre esprit est happé par la masse noire qui approche au-dessus de vous. Une vision inquiétante qui remplace ce plaisir fugace par une ferme détermination. L'instant est magique, mais vous conduit peut-être à la mort tandis que les ailes du puissant reptile vous emmènent dans les cieux, droit sur la forteresse de Virilus en **401**.

397

« Ah non, c'est pas du tout pour ça », vous exclamez-vous sous l'œil inquisiteur du garde.

« A-Ah bon ? », demandent le gardien et le barbare en même temps avant de se regarder mutuellement.

« C'est juste un message de la part de votre supérieur. Regardez… Vous voyez le sceau officiel, là, dans le coin ? »

Vous sortez le **PAMPHLET** touristique de votre besace et pointez le symbole de la ville dans l'encadré inférieur.

« Euh… Mfoui… ? Enfin, euh… », bafouille le soldat, manifestement désemparé par les symboles alphabétiques qui s'étalent sous ses yeux.

« Ça dit : *"Oyez ! Au garde en faction devant la porte de la susmentionnée Tour des Mages."* Ça, c'est vous », annoncez-vous en levant les yeux vers lui. « *"Le prénommé…"* », laissez-vous traîner en suspens.

« Guillemain.

– Ah oui, c'est ce qui est écrit. *"Le prénommé Guillemain est sommé de se présenter séance tenante au quartier général afin de se voir attribuer ses nouvelles fonctions et le matériel* ad hoc. *Il est prié pour cela de déposer son équipement actuel dans sa guérite afin que son successeur puisse en être équipé dans les plus brefs délais."* Félicitations, il semblerait que vous ayez été promu », ajoutez-vous en souriant.

« Pro-Promu ? », demande-t-il, incrédule. « Et je dois laisser mon équipement ici ?

– C’est écrit noir sur blanc. Voyez par vous-même… »

Vous lui plantez le **PAMPHLET** sous le nez à la page de la Tour des Mages. S’il reconnaît le dessin, ce pauvre soldat illettré n’a pas la moindre idée de ce qui est écrit dessous. Il fait néanmoins mine de vérifier en restant un long moment l’œil posé sur la page.

« E-En effet. B-Bon bah, j’devrais y aller, alors !

– Oui ! Dépêchez-vous ! Et toutes mes félicitations !

– Me-Merci ! À vous aussi ! », vous lance le jeune homme, enjaillé à l’idée d’occuper ses nouvelles fonctions.

Il dépose rapidement son matériel sur la chaise qu’il occupait avant de quitter les lieux, le sourire aux lèvres. De tout ce qu’il a abandonné, seuls ses **BOTTES EN FER** et son **CASQUE EN FER** ont l’air utilisables, et encore ! Tout est trop grand pour vous, mais vous pouvez quand même les enfourner dans votre sac. Amusés par votre ruse, les deux colosses passent la herse qui mène au Jardin en ricanant doucement. Vous les suivez en **430**.

398

En pleine gueule ! L’immonde plante gobe goulûment le rocher avant de hoqueter. Vous constatez que la pierre est restée coincée dans son œsophage, et la plante claque frénétiquement des dents en poussant des cris étouffés. Vous avez distrait le monstre, laissant au PB et à Félix la seconde nécessaire pour lui trancher la tige d’un mouvement commun.

La fleur colossale s'écrase au sol et répand un liquide visqueux qui ronge absolument tout sur son passage. Essuyant sa serpe sur les feuilles de la créature, le Fleuriste murmure :

« C'était un joli tir. Mais, la prochaine fois, suis mes instructions, fils. Maintenant, partons avant que… »

Dans un dégonflement sonore, le cadavre végétal relâche une grande quantité de spores dans l'atmosphère.

« Quoi encore ?! », rugit le barbare.

« Des spores empoisonnées ! Couvrez-vous la bouche et courez !! », s'exclame votre guide en taillant un passage à la serpe.

« Mfhais f'est pas fvrai !! Quelle faloperie fans nom ! », jure le barbare en cavalant sur le chemin, les mains plaquées contre son visage.

Vous retenez votre respiration et prenez vos jambes à votre cou en direction de **426**.

399

« Allez ! Là, là ! Chasse !! Chasse !! », dites-vous en claquant des doigts dans la direction du fuyard.

« Ouça ? Ouç… J'ai !! », hurle le barbare avant de charger à la poursuite de sa cible en bousculant les passants dans les étals.

Confiant dans les capacités de traque de votre compagnon, vous attendez patiemment qu'il revienne. Au bout d'un quart d'heure, il revient vers vous seul et couvert de sang, l'air penaud.

« C'pas l'mien… », vous rassure-t-il en voyant votre visage inquiet « J'ai… euh… J'ai pu l'faire parler. Un peu. »

Si envoyer le barbare aux trousses de votre espion était un bon réflexe, ne pas l'accompagner s'est avéré fatal. Pas pour vous certes, mais quand même. Fort heureusement, vous récupérez malgré tout **1 INFO** et déguerpissez pour rincer le barbare dans un abreuvoir en **70**.

- Acte IV -

La Forteresse

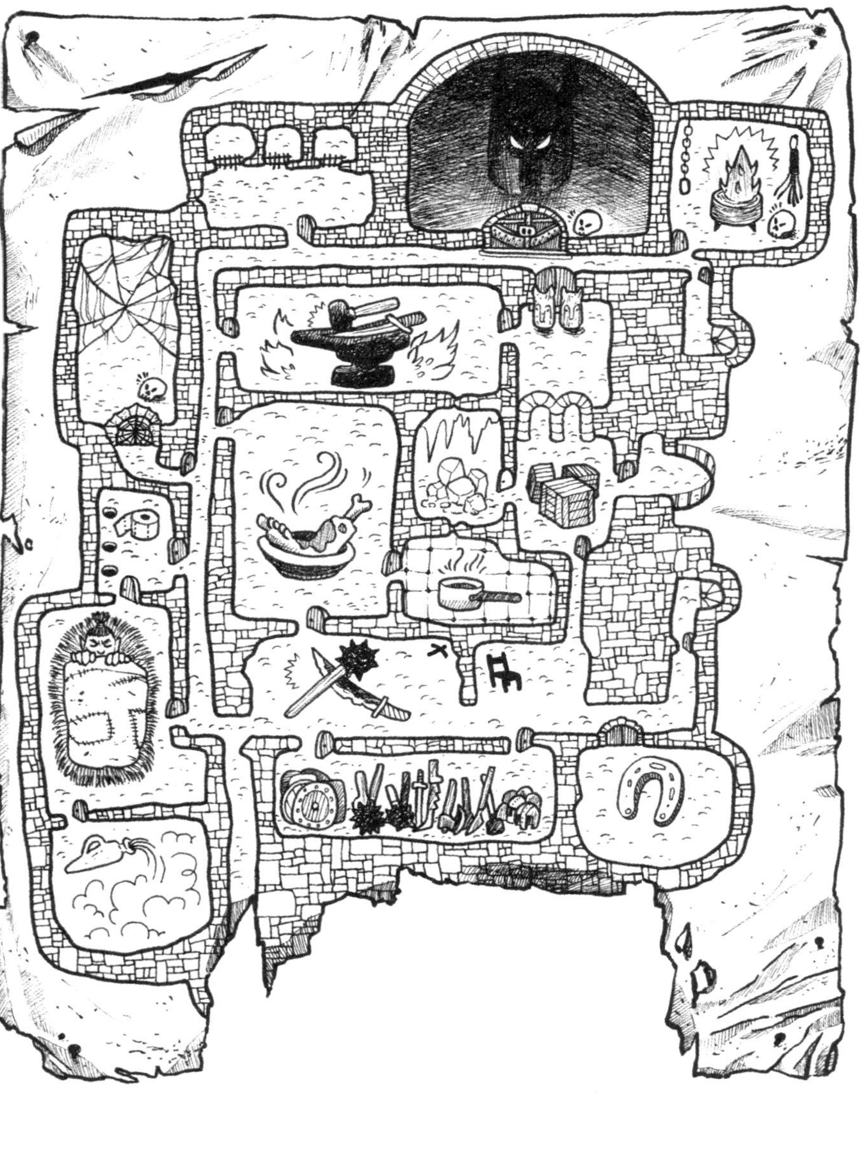

400

Vous pénétrez dans une petite cour à ciel ouvert. Les quelques tables et armes éparpillées çà et là indiquent que l'endroit fait office de salle d'exercice. Sur le mur est collée une carte grossière des lieux, juste à côté d'un étrange distributeur. Vous pouvez examiner ce curieux appareil en **250** ou rejoindre la petite annexe qui jouxte la cour en **363**. À l'ouest se trouve un croisement en **449**. Au sud, se dressent deux portes. Sur l'une d'elles est inscrit **268** entre deux épées gravées, et sur l'autre l'inscription **580** coincée entre deux chevaux cabrés. À l'est, l'escalier en colimaçon **581** mène à la **TOUR SUD**. Vous remarquez une dernière porte d'où provient des bruits de ripaille dans le mur nord de la courette en **457**.

401

Contrairement à ce que vous pensiez, l'immense reptile ne vous amène pas à son nid. Vous voyez plutôt une plateforme d'atterrissage approcher rapidement. Très rapidement ! Trop rapidement !! Le dragon se pose sans aucune considération et vous éjecte lors de son atterrissage brutal. Par miracle, vous faites une roulade et réussissez à vous stabiliser après quelques mètres. Le barbare, lui, finit la tête la première dans une caisse qui vole en éclats. Le dragon semble agité et son attitude soumise laisse désormais place à un comportement terrifié. Tournant le dos à la forteresse, il décolle dans un puissant battement d'ailes qui manque de vous faire tomber une seconde fois. Très vite, il devient un point rouge dans le ciel, reprenant sa routine incendiaire.

« Stupide lézard… », murmurez-vous en vous époussetant. « PB ?! Ça va ?

– Touvabien ! J'rien… Une chance qu'cette caisse était là, hein ? », dit-il en s'extirpant des décombres. « Bah ? L'est passé où, l'sac à écailles ?

– Parti. J'imagine que ce qu'il y a à l'intérieur de la forteresse l'inquiète plus que nous », répondez-vous en aidant votre ami à se relever.

« Il a tort. Si j'le revois, j'jure qu'il finit en slip. Au moins, la vue est belle », ajoute-t-il en riant avant de reprendre son sérieux. « On y est », murmure-t-il. « Plus qu'à trouver l'enfoiré responsable de tout ça. »

Vous jetez un dernier regard vers l'horizon avant de vous lancer dans l'exploration de la forteresse de Virilus. Continuez en **184**.

402

La suite du voyage n'est qu'une longue agonie, le nez plongé sous l'aisselle juteuse du PB. Au bout d'un silence interrompu seulement par le bruit des battements d'ailes, vous sentez un trou d'air avant de heurter le sol avec grand fracas. La tête désormais à l'envers, le PB pousse un grognement avant de dégager le couvercle de la caisse d'un coup de bottes. Vous vous extirpez de la boîte sur ce qui ressemble clairement à une plateforme d'atterrissage. La vue est absolument époustouflante, et vous êtes haut dans le ciel. Si le temps n'avait pas été aussi nuageux, vous auriez sans doute pu voir Plante-Citrouille.

« On y est », murmure votre compagnon en scrutant lui aussi l'horizon. « Plus qu'à trouver l'enfoiré responsable d'tout ça. »

Vous acquiescez silencieusement et vous vous retournez avec lui pour pénétrer dans la Forteresse de Virilus. Jetez un coup d'œil en **184**.

403

L'ascension de l'immense chaîne se passe sans encombre, elle est suffisamment large pour être empruntée à quatre pattes jusqu'au moment où sa pente devient trop verticale. Vous l'escaladez alors comme une échelle surdimensionnée tandis que le vent siffle de plus en plus fort à vos oreilles.

« Allez, Billy ! On y est presque ! », hurle votre ami pour se faire entendre par-dessus les bourrasques.

« Mais enfin ! J'y vais doucement, c'est super dangereux ! T'as pas peur toi ?!

– Suffit d'pas regarder en bas !

– Et ça marche ?

– Non, c'des conneries ! Mais plus vite on aura fini, plus vite on pourra respirer, grimpe ! »

Enfin arrivé sur une tour de la forteresse, vous reprenez votre souffle pendant que le barbare fait un rapide examen des lieux.

« Ils devaient pas s'y attendre », suggérez-vous en observant qu'il n'y a aucune sentinelle.

« Nan, y s'attendaient plutôt pas à une deuxième vague, r'garde », pointe-t-il du pouce en direction d'une pile de cadavres entassés dans un coin, principalement des paladins d'Edire et quelques gnolls. « On y est. Plus qu'à trouver l'enfoiré responsable de tout ça. »

Vous détournez le regard de ce spectacle macabre avant de vous lancer dans l'exploration de la forteresse de Virilus en **581**.

405

La montée jusqu'aux soubassements de la forteresse fut périlleuse, mais vous y voilà… ou presque. La petite corniche que vous avez réussi à rejoindre depuis la ville est assez large pour vous deux, et vous commencez à inspecter la roche à la recherche d'un passage potentiel.

« C'est quoi, c'truc au-d'ssus ? », interroge le PB en désignant un orifice au-dessus de vous.

La réponse ne se fait pas attendre. Une trombe d'eau puante en jaillit et manque de vous asperger de son liquide fielleux. Esquivant instinctivement la douche, le PB prend un air écœuré.

« Mais quesske'que c'est qu'cette matière… ? Mais c'est… Mais c'est d'la merde ?! », annonce-t-il, interdit.

« Faut croire que les orcs ont des besoins aussi ! » Vous observez les indentations dans la pierre qui forment une échelle. « Je suis désolé, mais je crois que c'est notre porte d'entrée.

– Quoi ?!? Par l'trou des chiottes ?! Jamais !

– Dis-toi que, comme ça, on accèdera directement à la salle du trône », ajoutez-vous avec un sourire.

Le silence du barbare et tel qu'il couvre le souffle du vent. Décroisant lentement les bras, il semble prendre une décision.

« Très bien. J'vais l'faire. Mais uniquement parce t'as fait une super vanne », dit-il d'un ton sérieux.

« Merci de respecter l'effort. »

Hissé sur les épaules du barbare, vous passez la tête à travers l'orifice juste assez large pour vous deux. Le PB vous emboîte le pas et vous escaladez péniblement ce boyau infect jusqu'au sommet du petit tunnel, qui débouche sans surprise dans les latrines de la forteresse. Par chance, personne ne s'est soulagé pendant votre infiltration. Ravi de laisser cette épreuve difficile derrière lui, le PB s'exclame :

« Ha ! Ils s'attendront jamais à c'qu'on débarque par ici. J'ai fait quelques sièges dans ma vie, mais j'en suis jamais passé par un !

– Faut bien une première fois à tout », dites-vous en lui souriant avant de reprendre sérieusement. « On y est…

– Ouep… Plus qu'à trouver l'enfoiré responsable de tout ça. »

Sur cette injonction, vous commencez votre exploration de la forteresse de Virilus. Allez en **154**.

406

Vous tendez votre **MORGENSTERN** au barbare. Celui-ci, d'abord estomaqué, prend l'arme avec révérence avant de s'élancer joyeusement dans la marée d'ossements. Armé de votre massue, vous le regardez prendre un malin plaisir à fracasser des squelettes qui ne lui opposent aucune résistance. Tournoyant sur lui-même comme un enfant équipé d'un marteau au milieu d'un magasin de porcelaine, ce défouloir inattendu remplit votre ami de joie. Au bout d'une quinzaine de minutes, vous le rappelez à vous pour le forcer à prendre une pause et vous vous essayez également à ce défouloir macabre. Alors que vous écrasez votre cinquantième crâne, vous prenez conscience de l'aspect déshonorant de ce massacre à sens unique. Toutefois, vous chassez ces scrupules de votre esprit. Un mort, ça doit rester mort, et c'est pour ça que parfois, il faut les tuer deux fois.

Après avoir passé un long moment dans ces **CATACOMBES**, votre mission d'épuration massive prend fin. Votre épuisement vous coûte **2 POINTS D'ENDURANCE**, mais cet entraînement impromptu portera bientôt ses fruits, car vous gagnerez **1 POINT D'ENDURANCE PAR COMBAT** lors de vos **3 PROCHAINS AFFRONTEMENTS**. C'est avec un certain soulagement que vous voyez le barbare broyer le dernier de ces fils d'occiput avant de filer en **25**.

407

Attachée à un chevalet de fer dans une pièce adjacente, une femme sublime et entièrement nue vous appelle. Dans cet antre mal éclairé, vous arrivez à peine à distinguer son visage.

« Vaillants guerriers ! Je vous en supplie ! Libérez-moi… », gémit-elle en se trémoussant de manière suggestive dans les ombres portées de la pièce.

Guidé par sa voix envoûtante, vous inspectez la femme attachée avant de reculer devant la pâleur de sa peau immaculée et l'éclat chatoyant de ses yeux rouges : un vampire ! Plus exactement une vampiresse, à en juger par les formes généreuses qu'elle étale sans gêne devant vos yeux. Les squelettes et le chaman n'étaient qu'une partie de la raison du courroux d'Edire et des inquiétudes du Vicaire. La créature semble réaliser que son petit numéro n'aura pas l'effet escompté, et sa voix aussi douce qu'un linceul de velours vient lécher vos oreilles.

« N'ayez aucune crainte. Je ne vous ferai aucun mal. Ôtez-moi ces maudits fers, et je saurai vous récompenser.

– Comment vous appelez-vous ?

– Mon nom est sans importance…

– C'est un joli nom. J'm'appelle Billy. »

Même en n'ayant plus besoin de respirer, la vampiresse pousse tout de même un petit soupir.

En y regardant de plus près, vous voyez que son corps est couvert de lacérations fines. Le chaman devait sans doute la garder captive pour une raison ou une autre. Si elle était attachée, c'est qu'elle ne faisait probablement pas partie des forces de Virilus.

« Qu'est-ce qui nous garantit que vous n'allez pas nous sauter au cou dès qu'on vous aura libérée ? », annoncez-vous d'un ton presque ferme.

« Jeune homme, je n'ai aucune raison de m'attaquer à mes sauveurs. Je peux sentir l'odeur du sang frais dans mon salon, je n'aurai donc pas besoin du vôtre. Et j'ai une petite dent contre ce maudit elfe. Je vous ai entendu le tuer d'ici, et mon seul regret est de ne pas avoir pu vous aider.

– Mouais… On reste des proies pour elle, gamin. Ch'uis pas sûr de pouvoir la gérer si jamais elle tient pas parole », vous murmure le barbare.

« Je vous entends, vous savez ? Et même s'il est vrai que vous semblez respectivement délicieux et nutritifs, mangeriez-vous le cheval qui vient de vous sauver ? Je vous assure que je peux me montrer parfaitement… Courtoise. »

Si le risque s'avère trop grand pour vous, vous pouvez percer le cœur de la vampiresse en **348**.

Si vous ne pouvez vous résoudre à tuer une femme sans défense, mais que vous ne souhaitez pas prendre le risque de la détacher, éloignez-vous en **491**.

Si vous lui accordez votre confiance, que vous avez un agenda caché, ou que vous souhaitez faire les choses proprement, libérez-la de ses entraves en **145**.

408

« J'ai… Euh… J'ai une question.

– PARLE.

– Votre madame-araignée, là…

– MORTELLE.

– Oui, voilà. Vous… Vous lui avez vraiment fait… Des choses ? », finissez-vous en vous frottant le bout des doigts.

Les yeux du seigneur noir s'agrandissent devant cette question insensée pendant que vous poursuivez : « Parce que, j'veux dire, la partie haute, j'peux comprendre. Mais la partie inférieure… Comment ça marche ? Enfin, vous êtes à la bonne taille, mais vu les œufs qu'elle laissait traîner dans son antre, ça devait finir en sacrée omelette cette histoire. »

Le PB crispe la mâchoire afin de contenir son rire. Concentré sur sa manœuvre, il se retient de tout son cœur d'ajouter son grain de sel.

« Après, je respecte vos goûts, hein ? Et puis, on apprécie sa touche féminine dans toute la forteresse. Cossu, j'dois dire. On sent que c'est elle qui a fait la décoration. Elle a vidé les crânes elle-même ou c'est vous qui les lui donniez pour l'occuper pendant qu'vous faisiez votre affaire ?

– INSOLENT », tonne calmement le seigneur noir.

Si un regard pouvait tuer, vous seriez vaporisé sur place. Allez en **469**.

Félicitations, vous avez débloqué le succès « Pas d'omelette sans casser du fion ». Cochez la case correspondante à la fin de cet ouvrage.

409

Qu'allez-vous dire à Solia au sujet de la vampiresse et du mal qui hantait les lieux ?

Que OUI vous l'avez tuée, en **126** et tenu parole ?

Ou préférez-vous lui mentir en lui assurant que vous avez éliminé la menace en **201**, sans l'avoir fait ?

Si vous avez brisé votre promesse et épargné la vampiresse, vous pouvez aussi lui confesser votre échec et avouer que vous n'avez pas tenu parole en **309**.

410

L'inspection des placards est rapide puisqu'ils ne contiennent que quelques **PRODUITS DE NETTOYAGE**, dont une bouteille de détergent 36/1, le nettoyant le plus célèbre d'Erenner ! Pour le faire connaître, la manufacture qui l'a produit a eu l'idée de génie d'envoyer une armée de troubadours chanter ses mérites à travers tout le pays. Si tout le monde aujourd'hui n'utilise pas le détergent 36/1, tout le monde en revanche connaît sa chanson…

« Oooh, j'connais ça. C'une bonne marque, ça, nan ? C'était quoi, déjà, la chanson ?

– Seeeert de savon, de lave-trognon, détartrage linge ou carrelage ♫…

– … D'blanchissant plus blanc que blanc, de décapant épatant, ♫ », poursuit votre ami en chantant.

« … Débouche-latrine senteur marine…

– … Dentifrice crème protectrice…

– … De pommade pour les malades…

– … Affûtage et récurage », enchaînez-vous l'un l'autre avant d'entamer en chœur.

« D'arme chimique, de soude caustique, d'huile de coude pour arme lourde, d'additif, de débouche-pif, d'aromate saveur tomate, de shampoing goût pomme de pin, pas l'temps d'tout réciter ! Ça nous prendrait tout l'étéééé ! Gardez-en-un sous la main ! Détergent trente-six en uuuuuuun ♫ !! »

Un silence un peu gêné ponctue ce duo mélodique.

« J'vais le prendre. Si ce truc peut vraiment faire la moitié de ce qu'il prétend, c'est peut-être lui qu'il faudra envoyer contre Virilus. »

Incapable de garder son sérieux plus longtemps, le barbare éclate de rire. Vous empochez les **PRODUITS DE NETTOYAGE** avant de revenir en **154**.

Félicitations, vous avez débloqué le succès « Culture Pub ». Cochez la case correspondante à la fin de cet ouvrage.

411

Vous ne vous sentez pas plus fort, mais plus chanceux. Gagnez **1 POINT DE CHANCE MAX**. Ce vieux filou rabougri ne vous a techniquement pas menti… Ça reste un enchantement. Reste à voir à quoi il vous servira.

Vous pouvez interroger le mage sur son animal étrange en **191**, ou lui demander son aide face aux forces de Virilus en **415**. Si vous pensez lui avoir tout dit, cherchez un moyen de partir en **464**.

412

Vous repassez en mémoire la confession des elfes noires. Le point faible de Virilus pourrait être son casque qu'il n'enlève jamais ! Gagnez **1 DÉGÂTS** supplémentaire sur toutes vos attaques. Vous énerverez Virilus cependant, qui lui aussi gagnera le même bonus à ses attaques. Retournez en **475**.

413

La grand place n'a pas changé depuis votre dernière visite. Les hommes du quartier sont toujours enfermés dans les grandes cages qui ornent les lieux. Malheureusement, la clé pend toujours au cou de ce maudit ogre qui fait ripaille en compagnie des divers soldats de Virilus qui ont envahi le « Barbare hydraté ». Vous entendez toujours leurs chants gutturaux s'élever des décombres de la taverne calcinée, tandis que vous vous demandez comment récupérer cette clé. L'opération est risquée et vous pressentez que plusieurs solutions se joueront surtout sur votre **CHANCE**.

Si vous êtes munis du **PAMPHLET**, vous pouvez tenter une tromperie habile en **463**. Si vous possédez la **MARMITE**, optez pour une diversion plus bruyante en **217**. Si vous avez le **PHILTRE D'AMOUR**, réglez ce léger problème à l'amiable en **506**. Si vous avez le **SAC DE GRAINS**, tentez de tromper vos ennemis en **208**. Autrement, vous pouvez utiliser votre **ADRESSE** pour créer une diversion en **346** ou simplement affronter courageusement ces envahisseurs en **370**.

Si vous ne souhaitez pas prendre de risques et passer votre chemin, vous pouvez vous rendre au quartier de la **TOUR DES MAGES** en **64** ou rejoindre le **QUARTIER BOULANGER** en **450**.

414

En vous approchant de sa table, vous voyez un homme massif affublé d'un pourpoint vert contempler calmement le reste de la pièce. Sa carrure est si impressionnante qu'elle rivalise avec celle du barbare, et son visage est tellement buriné que vous ne sauriez dire s'il est composé entièrement de cicatrices ou de rides. Ses cheveux sont poivre et sel, et plusieurs outils de jardinage usés pendent à sa lourde ceinture de cuir.

« J'vois l'bonhomme. Laisse, Billy. C'coup-ci, j'm'en charge », vous chuchote le barbare avant de s'approcher lentement pour s'asseoir en face du Fleuriste.

Plusieurs secondes s'écoulent dans un silence absolu et vos propres battements de cœur se font assourdissants dans la tension qui s'installe. Les deux colosses se scrutent longuement, avant que l'homme ne prenne la parole d'une voix si profonde que la terre elle-même semblerait trop légère à côté :

« … combien ?

– Deux personnes… », répond le barbare avant de questionner le Fleuriste à son tour. « Combien ?

– Une bouteille. »

Plongeant la main dans votre sac, le barbare en sort une petite fiole sans étiquette avant de la poser sur la table. D'un signe de la main, il vous enjoint à vous asseoir pendant que votre interlocuteur examine la bouteille pour en remplir deux verres minuscules. En vous jaugeant du regard, le Fleuriste attrape un grand pichet d'eau dans lequel il fait tomber une larme de l'étrange liquide avant de vous le tendre. Les deux géants saisissent ensuite leur liqueur sans se quitter des yeux.

« Félix. Fleuriste.

– PB. Pyro-Barbare.

– Billy ! Euh… Billy », bafouillez-vous tandis que les deux colosses finissent les présentations en avalant leur boisson d'un seul trait.

Le visage lardé d'un grand sourire, le barbare se tourne vers vous.

« Si t'as des questions à lui poser, gamin, c'maintenant. Il a l'air d'être de bonne humeur. »

Pour toute réponse, l'inconnu souffle puissamment du nez avant de porter son regard sur vous.

Le Fleuriste est taciturne, mais après s'être rincé les amygdales, il sera disposé à répondre à l'une de vos questions. Si vous êtes **PAYSAN** ou **GUERRIER**, vous pouvez d'abord finir votre verre en **439**. Si vous souhaitez l'interroger à propos des orcs morts devant l'entrée, allez en **50**. Si vous souhaitez en savoir plus sur son métier, allez en **298**. Si vous souhaitez lui préciser ce que vous voulez de lui, rendez-vous en **220**. Enfin, si vous êtes curieux à propos de son passé, demandez-lui en **481**.

415

Vous vous apprêtez à lui demander son aide quand le mage vous interrompt d'une voix extrêmement sérieuse :

« Tut, tut, tut… Je vois que vous êtes un connaisseur qui ne s'intéresse qu'aux objets exceptionnellement rares ! Je peux sentir que vous avez fait tout ce chemin pour venir me voir, pris tous ces risques pour augmenter vos connaissances ! Je ne peux décemment pas vous laisser repartir sans un p'tit quelque chose… Et j'ai exactement ce qu'il vous faut… » Tandis qu'il continue, la pièce s'assombrit peu à peu et des volutes de puissance apparaissent autour de lui.

Vous commencez à regretter d'avoir voulu lui demander son aide. La magie est quelque chose de très nouveau pour vous. Savoir que le vide existe et se retrouver réellement face à un précipice n'évoque pas du tout les mêmes sensations, et votre sentiment actuel vous renvoie davantage au second cas de figure. Vous jetez un œil au barbare qui devient blanc comme un linge face à l'expression sinistre du sorcier dérangé qui caquète comme un possédé. Ce dernier glisse sur le sol pour ouvrir son armoire qui inonde le bureau d'une lumière vive ! La main levée pour protéger vos yeux, vous résistez face au vent soudain qui vous malmène. Le sorcier continue sans faire attention à vous, le visage empli de joie, de fierté et de démence.

« VOICI ! Admirez mon œuvre et contemplez le fruit de mes expériences ! »

Il saisit la bouteille en cristal qu'il cachait dans son placard et ; aussitôt, le vent

s'estompe, la lumière revient et le tourbillon de chaos mystique qui envahissait la pièce disparaît sans laisser de traces.

« Le résultat de mes recherches, les jeunes ! Une **BOUTEILLE DE MAGIE PURE CONCENTRÉE**. De la magiiiiie à l'état liquiiiiide, normalement impossiiiible à créer ! Mais j'ai réussi ! Quand Blathnat va apprendre ça, il va enfin m'accorder sa bénédiction !

– Vous avez fait ça juste pour satisfaire le Dieu du Savoir ?

– Blathnat ? Grands Dieux, non ! S'il apprenait que je passe mon temps à le vénérer comme un imbécile au lieu de poursuivre mes recherches, il me rendrait aveugle ! Non, je consacre mon temps aux sciences dures, fiston ! Comme la magie ! Perdre mon temps à admirer une statue et chanter des âneries au lieu de réciter mes incantations… Je suis un homme de raison, voyons ! », termine-t-il avec une ferveur toute religieuse. « Tenez ! C'est de la bonne !

– Vous… Vous nous la donnez ? Comme ça ?

– J'oserais jamais m'en servir, c'est beaucoup trop puissant ! De plus, ce genre de magie fonctionne mieux si l'esprit qui s'en sert est simple. Comme vous avez l'air d'être celui qui en a un, c'est à vous que je le confie. Avec moi, ça tournerait mal quoi qu'il arrive ! Non, non… La chose la plus responsable à faire, c'est de l'offrir à de parfaits inconnus ! Autant de risques que ça se passe bien que ça se passe mal. Et cinquante pour cent, c'est cent pour cent, mon garçon ! »

Vous ne discutez pas l'étrange logique du vénérable vieillard et acceptez la bouteille d'une main hésitante. Son contenu semble farouchement décidé à accomplir la volonté brute de la première personne qui lui souhaiterait quelque chose et les volutes de puissance qui tourbillonnent à l'intérieur ronronnent sous vos doigts. À elle seule, cette minuscule fiole incarne tous les mystères qui entourent la Tour des Mages et pourrait bien détruire tout Lennonia si elle venait à tomber entre de mauvaises mains. Ajoutez la **BOUTEILLE DE MAGIE PURE** à votre inventaire ! Cette arme secrète vous donnera sans doute un immense avantage face aux forces du seigneur noir. Reste à savoir quand il faudra s'en servir !

Satisfait de sa présentation, le magicien gâteux vous regarde avec un sourire vacant. Vous pouvez l'interroger au sujet de son animal étrange qui trône sur un perchoir en **191**. Si vous voulez encore plus de magie et souhaitez lui demander de vous enchanter, poursuivez en **330**. Si vous pensez avoir tout dit au mage, il est temps de poursuivre en **464**.

416

Vous prenez la **PETITE BOUTEILLE D'ACIDE** et la jetez telle quelle dans le chaudron. Rien n'a l'air de se produire, mais vous entendez un cri de rage derrière vous. L'armure du seigneur noir fume et tombe en lambeaux. Malheureusement, sa musculature statuesque le protège de l'essentiel des dommages. Son équipement en a néanmoins pris un coup ! Virilus perd son **BONUS DE DÉGÂTS** et son **ARMURE**. Vous avez saboté en partie le rituel ! Revenez en **480**.

417

« Tiens, Billy, r'garde c'que j'ai trouvé », annonce votre ami en vous tendant une tenue de marchand tout à fait à votre taille. « C't'un ogre vach'ment sympa qui m'l'a donnée. Il était en train d'éplucher deux gars morts, un daron et son gosse. J'me suis dit qu'ce s'rait parfait pour ton plan.

– Il te les a données ? Comme ça ?

– Ouais, c'pas comme si ça allait servir au gars. Puis, pour un ogre, les fringues, c'comme le vert des radis, t'vois ?

– Ça se mange, la tige des radis… »

Vous secouez la tête devant la mine révulsée du barbare et enfilez la tunique de soie. Elle est richement ornée et vous y attachez le **BIJOU** avant de vous tourner vers votre ami.

« J'ai l'air de quoi ?

– D'une victime. C'parfait », opine le PB qui déchire son déguisement de marchand en l'enfilant. « Et moi ? J'semble à quoi ?

– À un nouveau riche. Genre très nouveau. Genre tu l'as volé y a cinq minutes », dites-vous à votre ami qui rigole bêtement en ajustant un chapeau à plume.

« T'sais quoi ? Même si ça marche pas, ch'uis pas déçu. »

Les trois elfes qui discutaient gaiement s'interrompent à votre approche pour vous jauger d'un œil méfiant.

« Toutes mes salutations, mesdames ! J'ai ouï dire que vos esclaves sont frais en cette période de l'année. Voyez-vous, je suis à la recherche d'un produit particulier ! De l'esclave de petite taille ! On m'a dit que peut-être vous auriez cela en catalogue !

– Vous voulez… Acheter les petits humains ?

– Absolument ! Il faut qu'ils soient à ma taille, voyez-vous ? J'ai les grands en horreur ! Ils me toisent et ne me respectent jamais, comme cet imbécile immense que j'ai pourtant payé une fortune ! », répondez-vous avec aplomb en désignant le PB avec mépris.

Désarmées par votre argument et votre approche directe, les femmes sombres clignent ostentatoirement des yeux avant de se concerter en chuchotant :

« … le droit de vendre ses esclaves, les filles ?

– … C'est vrai qu'il a l'air bête avec ce chapeau…

– … l'or prend moins de place… Sera content…

– … Mais appétissant…

– … Se rendra jamais compte qu'il en manque un ou deux…

– … Et ces muscles, miam ! »

Elles se retournent enfin vers vous après avoir atteint un consensus.

« Vous avez de quoi payer ?

– Oh, cet abruti vaut bien au moins cinq enfants et il en vaudrait le double s'il n'était pas aussi bête. Pour le reste, j'ai de quoi payer », affirmez-vous en flashant votre **BIJOU**.

Convaincues, elles vous invitent à les suivre à l'étage afin de faire votre choix. Une fois en haut, vous insistez pour que tous les enfants soient réunis dans une même pièce. Après avoir fait mine de les examiner, vous déclarez calmement :

« Je les prends tous.

– T-tous ?

– Bien sûr. J'en ai largement les moyens. Pendant que vous me les emballez, mon imbécile ira chercher deux coffres d'argent. Cela vous convient-il ?

– D-deux coffres ? », bégaye la meneuse, éberluée devant votre offre.

« Très bien, trois coffres. Vous êtes très dure en affaires », ajoutez-vous en pinçant les lèvres.

Cachant à peine sa surprise, l'elfe qui mène les négociations se tourne vers les deux autres et chuchote avec urgence :

« Trouvez immédiatement un tisserand et ramenez tout le papier de soie que vous trouverez ! Torturez-le s'il le faut ! Mais faites vite !

Vous percevez dans l'escalier le cliquetis des bijoux indiquant que les deux sublimes créatures s'éloignent.

« Au fait, c'est elle qui s'est moquée de ton chapeau », signalez-vous devant l'elfe qui se tourne vers vous sans comprendre.

« BONK », fait le poing du barbare qui s'écrase sur le crâne de l'elfe qui s'effondre. « On s'moque pas du chapeau, c'pas poli », murmure-t-il en souriant.

« Merci, Billy, j'l'aurais pas reconnue sinon. »

Si vous êtes **PRUDENT**, gagnez **1 POINT DE GLOIRE** pour cette stratégie audacieuse. Libérez ensuite les enfants en **436**.

418

« T'inquiète, Billy, j'ai une idée.»

Le PB vous saisit par le col et commence à vous saucissonner avec la corde.

« Hé, mais… ! On était pas censés s'attacher ensemble ?!

– Bah, j't'attache solidement, t'vois ? », montre-t-il en vous ficelant pieds et poings liés.

« C'est vraiment nécessaire de me ligoter les mains ?

– Y a que comme ça que j'sais faire. Défonce professionnelle », s'excuse-t-il sans cesser pour autant.

« Déformation professionnelle.

– C'est c'que j'ai dit… Voilà ! », termine-t-il. « Allez… En piste, gamin ! »

Il vous soulève comme une vulgaire marchandise et utilise le reste de la corde pour vous sécuriser avec lui.

« J'imagine que d'habitude, tu fais ça à des princesses ?

– Plutôt des prêtresses. Pourquoi tu crois qu'j'suis banni des temples d'Ytia ? », dit-il nonchalamment. « Maintenant, profite de la vue, et évite de dormir sur l'trajet.

– Aucun risque », répondez-vous nerveusement, incapable de fermer les yeux sur le vide qui s'accumule en dessous de vous.

Cette ascension est l'une des plus vertigineuses que vous ayez jamais faites. Et sûrement l'une des plus humiliantes aussi. Au moins, la vue est magnifique, et les prises assurées du barbare garantissent une ascension surprenamment stable. Vous décidez de mettre votre ego de côté et de profiter du voyage en attendant d'arriver en **360**.

419

« Kommis ! Il me faut une sauce pour cette viande, et k'ça saute !! »

Son ton autoritaire propre aux grands chefs et ses ordres succincts ne laissent aucune place à la contestation et vous filez directement vous laver les mains dans l'évier le plus proche avant de vous atteler à la tâche. Moins enclin à recevoir des ordres, le barbare essaye de vous raisonner, mais se voit immédiatement séché par un maillet jeté au visage :

« Toi ! Le grand poireau ! Attendris-moi ce rôti ! J'veux k'il soit aussi moelleux ke l'kul d'une elfe !! Et mets-y du nerf, sinon c'est toi ke j'vais attendrir !! »

Désemparé, votre compagnon cède devant l'autorité du meilleur ouvrier de Kobblin (comme en atteste le sigle qu'il arbore fièrement sur son tablier) et commence à marteler vigoureusement la viande posée sur le plan de travail. Après de longues minutes à rissoler, fricasser, découper, arranger et hacher dans un rythme effréné, vous reposez vos ustensiles, satisfait de votre travail. Vous vous levez de votre tabouret et enjoignez au barbare de cesser de faire la vaisselle. Cette petite escapade auprès d'un des plus grands chefs du continent d'Alkior fut très instructive, et vous fait gagner **1 POINT D'HABILETÉ** supplémentaire (non répétable). Voyant que vous avez quitté votre poste, le cuisinier vous interpelle en **75**.

420

La voie est complètement libre… vous avez fait place nette ! Vous vous empressez de libérer les villageois sous leurs accolades et leurs remerciements. Certains vous enlacent en sortant, d'autres vous serrent la main et l'un d'entre eux vous promet même la main de sa fille, que le barbare décline poliment à votre place. Déçu, l'homme s'éloigne et vous vous tournez vers votre ami :

« Beh alors ? J'ai plus l'droit d'choisir ?
– Eh. J'me suis fait avoir d'la même façon une fois. Un gars m'avait fourgué un ch'val parce que j'lui avais sauvé la mise. Le canasson était tellement malade que j'ai failli crever avec ! »

Vos rêves totalement brisés par la bienveillance de votre compagnon, vous poussez un soupir et observez l'effervescence qui anime à nouveau l'esplanade.

À votre surprise, plutôt que de fuir et de se cacher, ils s'empressent de rassembler des armes de fortune et de barricader la zone dans le but de tenir la place. Cet élan combattif vous rend espoir, et vous regagnez **1 POINT DE CHANCE**. Si vous êtes **PRUDENT**, gagnez aussi **1 POINT DE GLOIRE** avant de vous rendre en **489**.

421

L'immense femme aux quatre bras s'extrait lentement de son fauteuil. Comme pour s'échauffer, elle soulève la table et envoie valdinguer ses occupants en hurlant. Vous esquivez le meuble volant et braillez à votre tour pour lui signifier qu'elle ne vous impressionne pas, avant de vous lancer à corps perdu dans la bataille !

CHAMPIONNE TROLLESSE

HABILETÉ	PV	ARMURE	DÉGÂTS
11	20	0	1

***Règle spéciale** : la championne de l'arène est forte, très forte. Son secret est de viser votre tête avec ses poings du haut pendant que vos deux bras gèrent les deux du bas. À chaque fois que vous recevez des dégâts, diminuez votre HABILETÉ de 1 pour ce combat. Si vos POINTS DE VIE atteignent 0, vous ne mourez pas.*

Si vous remportez ce dernier combat, allez en **505**. Si vous êtes vaincu, inclinez-vous en **548**.

422

Au fond de votre **MARMITE** traînent toujours des restes de citrouille ainsi qu'une véritable entrecôte que vous trouvez en tâtant le fond. Les carcajous repèrent immédiatement la viande dans votre main et commencent à glapir en sautillant devant vous.

« Nooon !! Pas manger ! Pas steak homme ! Vilain Kiki ! Méchant Bibi !! »

L'esclavagiste tente de rappeler ses bêtes à l'ordre, mais rien n'y fait ! Peu obéissants, les bestiaux se ruent sur la victuaille avant de détaler dans une ruelle en se disputant le lambeau de viande. L'orc vous fait face en claquant son fouet, furieux de l'abandon de ses limiers sanguinaires :

ORC ESCLAVAGISTE **+4**

HABILETÉ	PV	ARMURE	DÉGÂTS
10	10	0	0

Règle spéciale : *le fouet de l'esclavagiste lui donne l'avantage sur vous. Lorsque vous calculez les dégâts infligés, enlevez vos PV avant les siens. Si vous mourez tous les deux durant le même round, c'est lui, et non pas vous, qui restera debout à la fin du combat en annulant votre attaque finale !*

Leur tortionnaire ayant rendu l'âme, les deux prisonniers vous applaudissent des sourcils en continuant de tirer la statue. Un léger voile dans leur regard vous fait comprendre qu'ils aimeraient tout de même être libérés après avoir terminé leur travail en **597**.

423

« Vous avez mis moins de temps que je ne le pensais. Tout s'est bien passé ?

– Impeccable. Par contre, l'gars avait une cape couleur vinasse », sourit votre imposant ami.

« Voilà l'argent », dites-vous en lui remettant le petit sac d'or.

« Formidable. Mais vous n'avez rien trouvé d'autre ? », demande-t-elle, désintéressée par les pièces qui tintent entre ses doigts agiles.

« Ce truc, vous voulez dire ?

– Ah ! » s'exclame-t-elle soudainement. « Je vous propose un échange dans ce cas : l'or contre le poudrier. » Sa voix est rieuse, mais ses yeux sont implorants.

« Un p'tit instant. Qu'est-c'qu'il a, c'poudrier ? L'est pas magique au moins ?! », s'exclame-t-il en s'éloignant de vous, l'air horrifié.

« Non, rien de tout cela. Il a juste une valeur… Sentimentale », soupire-t-elle en passant un doigt sur la cicatrice qui balafre son visage autrement parfait.

« Si vous me racontez son histoire, je vous le rendrai volontiers. »

Voyant que ça risque de prendre un moment, le barbare hausse les épaules et commence à affûter sa hache en tendant une oreille distraite. Plongeant son regard émeraude dans le vôtre, la jeune femme prend une grande inspiration avant de sourire tristement :

« Je n'ai pas toujours été voleuse, tu sais ? Petite, j'étais la fille d'un serrurier. Nous n'étions pas extrêmement riches, mais nous ne manquions de rien. Mais un jour, un membre de la pègre locale est venu demander à mon père une serrure inviolable. Mon père a travaillé nuit et jour pour satisfaire sa commande, mais ce n'était jamais assez. Le caïd a perdu patience et m'a giflée pour le punir, sans retirer sa chevalière. Lorsqu'il a vu le sang, mon père est devenu fou de rage et a tué ce fumier sur le coup. Malheureusement, ils n'en sont pas restés là, et une semaine plus tard, mon père avait "mystérieusement" disparu. »

Silencieux, vous observez la large entaille qui parcourt son visage en pensant que, finalement, votre vie n'était pas si mal même si elle était monotone.

« Après ça, j'ai erré sans savoir quoi faire pendant quelques jours. Je suis même allée au temple d'Ytia pour m'y enrôler, mais le dernier cadeau que m'a laissé mon ancienne vie ne m'a pas permis de devenir prêtresse là-bas. Depuis, je me suis forgée… D'autres talents. Ironique, n'est-ce pas ? Mon père a passé sa vie à construire des serrures tandis que je passe la mienne à les ouvrir…

– Eh. Marrant ça… », glousse le barbare sans délicatesse en finissant de polir son arme.

Vous tendez le poudrier à la voleuse qui l'ouvre délicatement. En jetant un œil par-dessus son épaule, vous observez un petit miroir brisé à l'intérieur. Elle vous lance un sourire sincère :

« Merci de m'avoir écoutée, petit renard. C'est bien la première fois que je raconte ça à quelqu'un.

– De rien. Même si, à la base, je voulais juste connaître votre nom en fait », dites-vous d'un air gêné.

La voleuse reste bouche bée devant vous avant d'éclater d'un rire chantant.

« Celle-là, c'est la meilleure ! Et moi qui vidais allègrement mon sac ! », finit-elle en séchant ses larmes. « Luscinia. Mais tu peux m'appeler Luci.

– Enchanté Luci. Moi, c'est Billy.

– Ouais, salut », ajoute le barbare d'un signe de tête.

« Billy, hein ? Ah ! J'oubliais. Si vous cherchez le Fleuriste, vous le trouverez au fond du trou à cette heure-ci. »

Suivant les pas de Luscinia, vous trouvez la ruelle où se trouve la planque de votre guide. Aussi légère qu'une brise, elle passe une main finement gantée sur le torse du barbare et dépose un baiser sur votre joue avant de disparaître pour vous laisser en **354**.

424

« Un géant et un gringalet ? C'est vrai que la coïncidence est troublante… Mais j'vous assure que c'est pas nous », répondez-vous.

« Ah ! Bon, ben, dommage… Vous avez d'autres questions ? », reprend le sorcier, un sourire avenant aux lèvres.

Vous pouvez interroger le mage au sujet de l'animal étrange qui trône au fond de la pièce en **191**. Vous pourriez aussi lui demander son soutien face à la menace qui vous poursuit en **415**. Si vous aimeriez qu'il utilise un enchantement de son cru pour vous aider, allez en **330**.

425

Avez-vous déjà exploré les **CATACOMBES** ? Si oui, poursuivez en **25**. Sinon, continuez en **477**.

426

Vous poursuivez votre route pour vous enfoncer encore plus profondément dans cette jungle grouillante. Le risque de voir surgir une des anomalies qui y vit est omniprésent et c'est à pas feutrés que vous progressez. La brume s'est dissipée, et vous retrouvez le chemin bordé de petites pierres que vous suiviez au départ.

« La Tour n'est plus très loin », chuchote Félix. « Il suffit de suivre ce sentier. À partir d'ici, faites extrêmement attention aux… »

Il n'a pas le temps de finir sa phrase qu'une liane lui saisit la cheville. Le Fleuriste trébuche et se voit traîné sur plusieurs mètres avant de disparaître derrière une haie. Ni vous, ni le PB n'avez eu le temps de lui venir en aide et d'autres lianes d'une gigantesque vigne sauvage surgissent et capturent le barbare.

« Woôoh 'tain de m… !! Billy ! Tire-toi ! Vite !! », crie-t-il en se débattant.

Vous pouvez tenter de l'aider en **293** ou fuir pour votre vie en suivant la route indiquée par votre guide en **82**.

427

Lorsque vous tentez d'expliquer votre situation, les gardes vous passent aux fers immédiatement, pensant que vous faites partie des forces du seigneur noir. L'aile de la prison a survécu à la « rénovation fracassante » de l'édifice. Vous êtes donc enfermés dans la même cellule que celle où vous étiez auparavant. Au bout de seulement quelques heures, un notaire impérial vient prendre votre déposition. Vous lui clarifiez enfin la situation, expliquant que vous étiez prisonniers à l'intérieur de la forteresse. N'ayant ni les moyens ni le temps de vérifier vos dires, vous êtes relâchés et « poliment » éconduits à même la rue, jetés comme de vulgaires ordures. Mais bon… Au moins, vous êtes vivants. Et libres ! Vous sillonnez désormais les rues de Lennonia, bien décidés à fêter votre victoire.

Combien de **POINTS DE RICHESSE** avez-vous accumulés au cours de votre aventure ? Si votre montant est de **0 POINT**, allez en **476**. S'il est de **1** ou **2 POINTS**, allez en **535**. S'il s'élève à **3** ou **4 POINTS**, allez en **578**. Enfin, si vous débordez de **RICHESSE** avec **5 POINTS** ou plus, dépensez allègrement en **454**.

428

Adossé au mur, le PB avait définitivement abandonné l'idée de vous venir en aide.

« Décidément, tu t'débrouilles pas trop mal », vous lance-t-il avant de se diriger vers le campement du clochard.

« T'aurais pu me filer un coup d'main !

– Bah, j'attendais qu'le vent souffle pour qu'il s'écroule tout seul », dit-il en farfouillant bruyamment dans le tas d'ordures.

Au bout de quelques instants, il en sort une chopine en terre cuite dont il renifle le goulot.

« Pfouah ! D'la gnôle d'orc. C'clodo était tellement à bout qu'y s'est laissé acheter pour deux bouteilles de picrate des steppes. Honteux…

– Ça veut dire qu'on est vraiment recherchés partout ! On peut plus faire confiance à personne !!

– D'habitude, j'me sentirais flatté, mais si la récompense pour not' capture, c'est deux bouteilles de pinard pouraves, j'suis vexé. Mais t'as raison, si notre tête est mise à prix jusque dans les bas-fonds d'Lennonia, ça risque d'être compliqué d'trouver un guide…

– Attends, y a un truc qui dépasse de sa poche », l'interrompez-vous en saisissant délicatement le bout de tissu sur lequel un dessin grossier indique un endroit.

« Hmm… Une seconde… J'reconnais la ruelle. Elle est pas loin d'ici. C'sans doute là qu'on peut récupérer la récompense. J'propose d'y aller.

– Mais on se jetterait pas dans la gueule du loup ?

– Pour mieux lui casser la gueule justement. Il s'y attendra pas. Et quand on s'sera débarrassés d'ces guignols, y aura plus personne pour nous empêcher d'trouver un guide. D'toute façon, on a pas d'autres pistes.

– Mais ça pourrait être un piège !

– Justement, comme ça, on s'ra sûrs ! », dit-il en quittant la ruelle.

Vous soupirez en jetant le morceau de tissu dans le petit feu avant d'emboîter le pas du barbare en **354**.

429

Vous débouchez toutes les bouteilles de l'alchimiste fou et les jetez sur Virilus. Les divers **PRODUITS CHIMIQUES HASARDEUX** dissolvent, brûlent et vaporisent une partie du seigneur noir, le rendant sensible aux **COUPS CRITIQUES** et diminuant son **HABILETÉ D'1 POINT PAR TOUR**. Retournez en **475**.

430

Après quelques pas à l'intérieur de l'enceinte, vous êtes assailli par une puissante odeur de jungle et le bruit d'innombrables animaux exotiques lointains. À la température et à l'humidité anormale du lieu répond une végétation luxuriante tout aussi extraordinaire. Force est de constater que le terme de « Jardin » est un euphémisme criminel. Au milieu de cette jungle sauvage, vous discernez les résidus d'un ancien parc paisible et les traces de quelques arches de jardin, noyées sous une nature impitoyable. Devant vous sillonne un sentier bordé de galets colorés, relique ancienne d'un temps où l'endroit ne mettait pas ses visiteurs en bas de la chaîne alimentaire.

Vous déglutissez nerveusement en observant les outils de jardin endommagés qui jonchent le sol, accompagnés des crânes de leurs anciens propriétaires. Sans doute les restes d'autres Fleuristes moins doués que votre guide… Ou moins chanceux.

Vous ne quittez pas le vôtre d'une semelle et progressez prudemment sur le chemin. Le doute s'installe à chaque pas et l'absence des chants d'oiseaux vous inquiète. L'atmosphère s'assombrit à mesure de votre progression et le ciel finit par disparaître complètement après quelque temps, obscurci par une canopée oppressante. Un silence assourdissant s'installe, brisé seulement par les coups de serpe secs du Fleuriste qui vous taille un chemin. Méthodiquement, il tranche des rosiers sauvages aux épines aussi grosses que des dagues.

Ce qui était jusque-là un sentier noueux devient rapidement un labyrinthe insondable. Et sans que vous vous en rendiez compte, une brume odorante monte du sol humide et occulte peu à peu l'itinéraire que vous avez suivi.

« Ça commence… », annonce Félix sans se tourner vers vous. « Restez près de moi et faites exactement ce que je fais. »

S'avançant prudemment sur le sentier désormais caché par le brouillard, il fait **1** grand saut

en avant par-dessus une racine, atterrit en faisant **1** roulé-boulé, et finit par se diriger mécaniquement vers une immense fleur étrange en comptant jusqu'à **9**.

Vous constatez que le barbare imite votre guide sans la moindre hésitation. Après avoir accompli lui aussi cette danse étrange, il vous fait signe d'avancer. Le vent et la lumière vous jouent-ils des tours, ou est-ce que les volutes de fumée tourbillonnent réellement autour de vous ? Et la fleur, vous auriez pu jurer qu'elle vient juste de bouger ! Vous êtes tenté de rejoindre votre ami en **88**, mais peut-être vaudrait-il mieux s'en tenir au plan initial et suivre les instructions de votre guide ?

431

« Juste à temps ! Bravo, marmiton ! », s'exclame le gobelin avant de vider la moitié du bocal dans une marmite et de vous le rendre.

L'ébullition qui s'ensuit est douteuse, mais ça n'empêche pas le cuistot d'y fourrer sa louche pour goûter la mixture. L'artisan ronronne un « Hmmm... » d'approbation avant d'étaler ce gruau brûlant sur un gigantesque morceau de viande. Il parfait son dressage avec un petit brin de persil et vous lance :

« Parfait ! Amenez-moi ça dans la salle à manger, ils m'en diront des nouvelles ! Et pas la peine de revenir me kourir dans les pattes, je n'aurai pas besoin de vous pour le nettoyage après. J'ai enkore un service à faire ! Maintenant, déguerpissez tant ke c'est chaud !! »

Avec l'aide du PB, vous n'êtes pas trop de deux pour soulever l'énorme plat et passer la porte battante. Votre arrivée dans la grande salle ne passe pas inaperçue et un tonnerre de « Oooh » et de « Aaaah... » accompagne votre entrée. Les soldats font grossièrement place nette sur la grande table pour que vous puissiez y déposer le rôti. La scène qui suit n'est autre qu'une curée après la chasse. Tous ces chiens de guerre se disputent la viande comme s'il s'agissait de leur dernier repas. Certains s'arrachent des quartiers de viande à même la bouche, d'autres mordent directement dans le rôti sans prendre la peine d'en couper un morceau, et aucun de ces morts de faim ne prête attention à vous. Placé à bonne distance, vous écoutez discrètement leurs conversations :

« Y sont généreux aujourd'hui ! Y a plein d'viande ! », se réjouit un premier orc.

« Crétin ! C'est parce que Massacre est plus là », lui rétorque la trollesse. « Il aurait tout mangé à lui seul.

– Kieh kieh... Heureusement qu'Mortelle sort jamais d'son antre ! », renchérit un gnoll la gueule dégoulinante de sauce. « Sinon c'nous qu'elle mangerait, kieh kieh.

– Mrrouep », reprend l'orc en se saisissant d'un os encore fourni. « S'non, quelqu'un a pensé à en garder une part pour l'autre taré d'elfe, là ?

– Funeste ? », interroge la trollesse. « Mais il est allergique aux épices des steppes ! Enfin, tout le monde est allergique... Si t'as pas été élevé avec, impossible d'y survivre, tu le sais bien !

– Ah, c'vrai. Mais moi, ça m'rappelle le goût d'la maison ! »

Cette dernière information s'avère très précieuse. À l'instant, elle vous permet surtout de retenir la main du PB qui s'apprêtait à engloutir une belle tranche de ce rôti mortellement épicé. Vous regardez le **BOCAL À ÉPICES** encore à moitié plein avant de le fourrer dans votre sac. Vous n'avez plus rien à faire ici. Filez donc en **457**.

432

Dans un geste paniqué, vous réussissez à vous saisir de la fiole d'acide et répandez son contenu sur les lianes qui vous serrent de plus en plus. Les vignes se rétractent subitement et lâchent enfin prise. Vous abandonnez la fiole au sol et reprenez votre course effrénée jusqu'à ce que votre cœur vous somme d'arrêter. Reprenant votre souffle, vous ne percevez plus le moindre bruit, et encore moins la voix de vos compagnons. Vous êtes désormais aussi vivant que seul.

Vous réprimez un sentiment de panique à l'idée d'errer au milieu de cette jungle hostile. Vous pouvez continuer votre route jusqu'à un croisement qui la voit se séparer en deux directions totalement opposées. Laquelle mène à la Tour des Mages ? Celle de **GAUCHE** en **435**, le long de laquelle vous percevez au loin des sortes de claquements ? Ou celle de **DROITE** en **510**, d'où provient un étrange bourdonnement ?

433

Vous visez le crâne du premier gnoll et faites mouche dès le premier tir. La bête s'arrête instantanément de rire avant de tomber du haut de la charrette, ce qui provoque l'hilarité de son acolyte jusqu'à l'étouffement. La bestiole rit tellement du malheur de l'autre qu'elle finit par basculer en arrière et tomber elle aussi du chariot. À l'atterrissage, sa tête rencontre un caillou saillant qui lui est fatal.

Le barbare pousse un sifflement impressionné :

« Avoue, gamin, c'tait un coup d'chance ? », vous lance-t-il.

Vous ne lui avouerez jamais, mais oui. Vous n'avez pas le temps de vous en réjouir cependant, car il vous reste ce satané scorpion à éliminer en **295**.

434

Faites un **JET D'ADRESSE** en retirant **2 POINTS D'ADRESSE** à votre score d'**ADRESSE**, ou payez **6 POINTS DE CHANCE**. Si vous avez réussi ou payé, rendez-vous en **521**. Dans le cas contraire, allez en **465**.

435

Une cinquantaine de mètres plus loin, un chemin caillouteux vous amène jusqu'à une vieille passerelle faite de corde et de bois tressés, en dessous de laquelle les claquements perçus plus tôt se font plus nets et plus précis. Ce n'est qu'une fois devant la passerelle délabrée que vous comprenez ce qui se cache dans le fossé : un véritable océan de tulipes géantes qui poussent des chants joyeux et claquent occasionnellement des dents. Si vous aviez le moindre doute sur leur nature, la plupart redoublent d'efforts pour tendre leur tige le plus possible afin d'essayer de grignoter vos mollets. Après s'être acharnées quelques instants, les fleurs se rétractent avec un sourire énigmatique et attendent patiemment que vous soyez à leur portée.

Impossible de les contourner. Des haies épaisses enserrent le couloir végétal surplombé par le petit pont. Si vous possédez le **KIT D'ESCALADE**, passez le pont en **391**. Si vous êtes équipé de la **FOURCHE**, frayez-vous un chemin en **56**. Si vous possédez 2 objets parmi la **COTTE DE MAILLES, LA MARMITE, LE CASQUE EN FER** ou les **BOTTES EN FER**, forcez le passage en **497**. Enfin, si vous n'avez rien de tout cela, comptez sur votre **CHANCE** en **235**.

436

Tous les enfants sont libres… Reste à savoir ce que vous allez en faire. Ils sont très nombreux et la moitié d'entre eux n'ont pas la moindre idée d'où ils viennent et à qui il faut les ramener. Fort heureusement, vous savez comment les adultes réussissent à faire travailler les enfants : il suffit d'en faire un jeu ! Du moins, c'est comme ça que votre carrière de fermier a commencé malgré vous. Lorsque vous les appelez doucement autour de vous, ceux qui sanglotaient s'arrêtent. Vous vous armez de votre candeur la plus sincère en chuchotant au groupe :

« Hé ! Ça vous dit un cache-cache ?

– Ouaiiis ! », répond spontanément le PB avec les autres bambins.

« Lequel d'entre vous connaît une bonne cachette dans le coin ?

– Moi, m'sieur ! », répond le plus grand d'entre eux, qui a compris votre manège. « Il y a une sous-pente abandonnée au-dessus d'un entrepôt pas loin. Les orph… Les grands du quartier, c'est là-bas qu'ils vont ! On peut passer par le cellier du docteur qu'est juste à côté ! Il est sympa !

– Super ! Tu seras le chef du groupe. Le but du jeu, c'est de se faire attraper par aucun adulte et d'arriver là-bas sans se faire remarquer ! Une fois là-bas, vous en bougez plus jusqu'à ce que… euh… »

Vous ne savez pas très bien comment finir cette phrase, conscient que ce n'est qu'un bref répit que vous leur offrez si vous ne contrez pas rapidement les desseins de Virilus.

« Jusqu'à que vous z'ayez l'âge de boire ! », rebondit le PB qui a senti votre détresse et cherche à vous aider du mieux qu'il peut.

« De boire quoiii ? », demande une petite fille.

« Du vin ! Même que mon papa, il en boit tout le temps, et après il crie », explique un autre.

« On peut garder le coussin ? Il est tout doux.

– Oui ! Prenez tous un coussin, en rang par deux et allez-y ! », les pressez-vous.

« Et qu'ça saute ! Sinon je vais vous maaanger !! », glousse le barbare en faisant une grimace faussement terrifiante.

Riant au nez de votre ami, les enfants ne cherchent plus à comprendre et filent à petits pas. Vous accompagnez la marmaille jusqu'à l'étage du temple de Mélène qui jouxte le vôtre par une passerelle. Le meneur des enfants, qui a l'air d'être le seul à réellement comprendre les enjeux, mène la troupe en vous lançant un regard aussi brave que nerveux. Quelque part, ce jeune garçon est comme vous : perdu au milieu d'une horreur qui le dépasse. Avant de vous séparer, vous lui murmurez le conseil de votre ami :

« Courage, petit. Sois un enfant quand tu le peux, et un homme quand tu le dois. »

À vos paroles, il semble trouver une nouvelle détermination et hoche fermement la tête en emmenant le petit cortège par les passages dérobés du sous-sol.

Ce sauvetage inespéré sera répété par tous les orphelins de la ville ! Si vous êtes **DÉBROUILLARD**, gagnez **1 POINT DE GLOIRE**. De nouveau seuls, plusieurs choix s'offrent à vous : aller à la **CATHÉDRALE** en **496**, au **QUARTIER COMMERÇANT** en **95** ou grimper à la chaîne reliée à la forteresse pour en finir une bonne fois en **403**.

Félicitations, vous avez débloqué le succès «La vie est belle». Cochez la case correspondante à la fin de cet ouvrage.

437

D'un mouvement souple du poignet, vous réussissez à vous dépêtrer de l'entrave de ces plantes trop affectueuses. Vous nouez ensemble les trois lianes qui tentent de vous saisir avec une précision et une vitesse stupéfiantes.

Vous laissez le nœud de vignes derrière vous et sprintez sur le sentier jusqu'à ce que votre cœur vous somme d'arrêter. Reprenant votre souffle, vous ne percevez plus le moindre bruit et encore moins la voix de vos compagnons. Vous êtes désormais aussi vivant que seul.

Vous réprimez un sentiment de panique à l'idée d'errer au milieu de cette jungle hostile. Vous pouvez continuer votre route jusqu'à un croisement qui la voit se séparer en deux directions totalement opposées. Laquelle mène à la Tour des Mages ? Celle de **GAUCHE** en **435**, le long de laquelle vous percevez au loin des sortes de claquements ? Ou celle de **DROITE** en **510**, d'où provient un étrange bourdonnement ?

438

Vous prenez **L'ÉCAILLE DE DRAGON** que votre amie lézarde vous a offerte. Peut-être qu'un ingrédient aussi rare et exotique fera échouer la potion ? Vous jetez cette preuve d'affection au fond de la marmite maléfique et son effet est immédiat. Derrière vous, Virilus se couvre d'écailles solides comme l'acier avant que celle-ci ne disparaisse sous sa peau. Miséricorde ! Ce n'était peut-être pas une si bonne idée finalement. Qui aurait cru que sacrifier un cadeau aussi intime pouvait s'avérer aussi dangereux ? Virilus gagne **1 POINT D'ARMURE** supplémentaire qui ignore tous les autres effets visant à l'enlever. Pour le sabotage, c'est raté. Revenez en **480**.

439

Vous décidez de faire comme les hommes attablés avec vous, et descendez le pichet d'une seule traite. Durant une fraction de seconde, le fantôme d'un goût fruité vient vous caresser le palais avant de déclarer une guerre sainte à tout votre royaume buccal. Cette eau de mort porte presque bien son nom et vous fait regagner **2 POINTS DE VIE**. Malheureusement, elle vous fait aussi perdre **1 POINT D'HABILETÉ** pour votre prochain combat. Une fois votre voix revenue, vous posez votre question. Si vous souhaitez l'interroger à propos des orcs morts devant l'entrée, allez en **50**. Si vous souhaitez en savoir plus sur son métier, allez en **298**. Si vous souhaitez lui préciser ce que vous voulez de lui, rendez-vous en **220**. Enfin, si vous êtes curieux à propos de son passé, demandez-lui en **481**.

440

Ne voulant pas prendre de risques en alpaguant une personne au hasard dans la rue, vous errez au fil de votre intuition dans la ruelle adjacente pour vous adresser au vieux clochard aviné qui vous lorgne du coin de l'œil avec un sourire détendu.

« Bizarre. J'ai l'impression de l'avoir déjà vu dans une autre rue.

– C'normal, tous les clochards s'ressemblent, Billy.

– Ohé brav'gens ! Z'auriez pas une p'tite pièce ? Ou à bouâar ? », vous lance le mendiant en tendant une chope qu'il espère voir se remplir soit de l'un, soit de l'autre.

Des hommes comme ça sont souvent une mine d'informations précieuses, encore faut-il les extraire convenablement. Si vous êtes **PAYSAN** ou que vous possédez une **MARMITE**, mitonnez-lui un petit encas en **72**. Si vous souhaitez lui montrer la **GEMME MAGIQUE** que vous avez récupérée sur le général Massacre, sortez l'éclat en **483**. Si vous êtes **GUERRIER** ou que vous possédez le **COUTEAU** et que vous n'avez pas le temps pour ses jérémiades, soumettez-le à un interrogatoire musclé en **179**. Enfin, si vous possédez le **PETIT MÉDAILLON**, la **BROCHE DORÉE** ou la **BAGUE DE RUBIS**, soudoyez-le en **319**.

441

Surgissant une à une de leur plan d'existence, les Divinités du panthéon se réunissent pour s'installer devant la brume de vision de Zarkan, le Dieu-guerrier. Ne souhaitant pas rater une seule miette de la conclusion de son combat contre le Dieu des Monstres, les autres Déités s'installent confortablement en demi-cercle autour du spectacle que vous vous apprêtez à leur offrir. Mutra, le Dieu à tête d'aigle et à la musculature parfaite, s'indigne à votre vue.

« Ce maigrelet est bien vaillant, mais il manque clairement d'entraînement. Son ami par contre…

– Haaan… Moi j'l'aime bien, le p'tit. Il a l'air cooool… », rétorque Neit, Dieu de la Vitesse et de la Musique, allongé sur un nuage.

– Il est où, Phumtaaar ? Il va rater la scène où les gens meurent ! », demande innocemment Ytia, la Déesse des Plaisirs et du Crépuscule.

– Allons, tu sais bien qu'il doit gérer la gravité de toutes les choses. Cette forteresse volante est impressionnante, mais ça doit le rendre complètement fou », lui répond affectueusement Mélène, Déesse de la Maternité et de l'Aube, en passant les doigts dans les cheveux de sa sœur.

« Et Runiiir, il vient pas ?

– Il travaille, ma chérie. On ira le voir après pour lui dire, d'accord ?

– Taisez-vous donc, on n'entend rien ! », les réprimande Edire d'un ton autoritaire.

« Haaan, ils sont obligés d'se baaattre ? C'du mauvais karma, ça… La musiiique, frèèère, c'est ça, la voie ! », constate paisiblement Neit en ajustant sa guitare.

« Je ne dis pas que tu as tort. Mais un peu de muscles en plus ne leur feraient pas de mal…

– Ils vont s'insulter, dis ? Moi, j'aime bien quand on m'insulte pendant que…

– Silence », ordonne Zarkan d'un geste du doigt aux autres Dieux qui se taisent immédiatement. « Ça commence. »

Continuez en **500**.

442

Perdu au milieu d'une montagne de parchemins, l'homme submergé par ses écrits ne semble même pas vous remarquer. La coiffe plumée qu'il arbore est celle des académiciens du royaume voisin d'Isbor. Il n'a pas le profil d'un Fleuriste, mais peut-être qu'un érudit de sa trempe peut vous renseigner. Sa stature d'intellectuel vous impressionne quelque peu, contrairement au Pyro-Barbare qui le toise d'un œil moqueur.

« Excusez-nous, m'sieur… », commencez-vous. « Mon ami et moi sommes à la recherche d'un Fleuriste qui aurait ses habitudes ici. Vous n'auriez pas une information à son sujet ?

– Désolé, fiston, mais en ce moment, je ne m'intéresse qu'aux voleurs.

– On vous a volé un truc, l'ancien ? », demande votre ami en reniflant.

« Seulement ma patience ! Je bats le pavé de ces infâmes quartiers dans l'unique but d'enrichir nos connaissances sur Nyses, la divinité des voiles et des secrets. Je lui ai dédié mon prochain livre, voyez-vous ? J'enseigne la théologie dans les plus grandes académies et mon prochain séminaire sera consacré à son sujet. Je dois impérativement finir mon ouvrage avant d'entamer ma thèse. L'œuvre de toute une vie !! Cet ouvrage est d'une importance capitale, vous comprenez ? Ca-pi-tale !

– Euh… D'accord…

– Mais j'ai bien peur d'avoir entamé une quête sans fin ! Aucune de mes recherches n'est concluante ! Je ne trouve rien à son sujet. Je ne sais même pas si Nyses est un homme ou une femme ou même autre chose ! Ça me rend fou ! Tous les Dieux ont une apparence fixe ! Même Vetherr, le Dieu des Monstres, est représenté de la même manière, quel que soit le pays ! Saviez-vous que Mutra était apparu lui-même pour rectifier la statue de son propre temple ? La Déesse Mélène apparaît aux femmes enceintes, et sa sœur Ytia aux hommes ivres… Bien que sa description soit variable, mais je pense que ce sont les témoignages qui posent problème dans ce cas précis… Mais rien au sujet de Nyses ! Rien ! Même les raisons pour lesquelles des gens attachent des capes à leurs maisons en vénération changent du jour au lendemain ! Et le pire, c'est que je sens son regard, quelqu'un a effacé mes notes, je vois des ombres du coin de l'œil ! Je sens que j'approche, mais plus je m'approche et plus je me perds ! Vous… Vous comprenez ce que je dis ?

– C'que j'comprends, c'est qu'vous faites un drôle de métier », lui répond le Pyro-Barbare. « J'veux dire… Écrire des livres ? C'est déjà assez dur d'les lire…

– Je ne suis qu'un soldat de plus qui combat le monstre qu'est l'ignorance. La plume sera toujours plus forte que l'épée, ne croyez-vous pas ?

– L'a intérêt à être vachement aiguisée vot'plume dans c'cas », gronde le barbare. « Parc'que j'vous vois mal tenir cinq secondes face à une hache.

– Votre hache peut certes mettre fin à ma vie, mais ma plume peut marquer la vôtre à jamais », rétorque l'académicien sans ciller.

Pendant que votre ami essaye de comprendre le sens de ces paroles, l'homme émacié pousse un soupir et se tourne vers vous :

« Vous devez me prendre pour un vieux fou, jeune homme… Bah ! Merci de m'avoir écouté râler. Ça m'a fait du bien.

– De rien… Mais vous vous embêtez pour rien… Si personne n'est d'accord pour dire à quoi ressemble Nyses, dans ce cas, vous pouvez mettre n'importe quoi dans votre livre, ça marchera quand même, non ? »

Les yeux du vieil homme s'écarquillent. Visiblement bouleversé par votre révélation innocente, il se lève et se dirige vers la porte d'un pas chancelant, l'air brisé.

« Mais… Mais qu'est-ce que j'ai dit ?! », demandez-vous à votre ami.

« La vérité, Billy. Parfois, c'qu'est évident, c'est justement c'qu'on voit pas. »

Si vous êtes **PRUDENT** ou **DÉBROUILLARD**, ce petit échange vous fait gagner **1 POINT DE CHANCE**. Si vous êtes **GUERRIER** ou **PAYSAN**, vous regagnez **1 POINT DE VIE**. Mais votre interlocuteur ne vous a été d'aucune aide dans vos recherches.

« En tout cas, c'était pas lui, le Fleuriste…

– Non. C'est moi », vous interrompt une voix extrêmement grave qui résonne calmement dans votre dos.

Assise à une table située dans un angle mort de la salle, une immense silhouette vous fait signe de la rejoindre en **414**.

443

« C'est à vous, j'imagine ? », faites-vous en tendant les deux objets à la roublarde.

« En effet, je pensais ne jamais les revoir. Je les avais perdus lors d'un pari il y a longtemps.

– C'possible, ça, qu'une voleuse perde un pari ? », questionne votre ami.

« Ça arrive plus souvent que tu ne le crois. Nyses n'a pas l'humeur constante, et la roue peut tourner d'un moment à l'autre.

– Vous êtes qui, au juste ? », demandez-vous soudainement.

Désarçonnée par l'innocence spontanée de votre question, la femme hésite en saisissant le poudrier :

« Disons simplement que mon père était serrurier, et qu'il a eu quelques… Problèmes d'argent », soupire-t-elle en passant inconsciemment ses doigts sur sa balafre. Elle observe tristement son reflet dans le poudrier. « Un beau jour, il a fini par énerver le mauvais client et perdre un pari de trop. Après avoir tenté ma chance dans… D'autres domaines, j'ai réalisé qu'ouvrir des serrures était un jeu d'enfant, quand on a passé sa vie à être formée à les construire.

– Hmmm… L'serrures, c'marrant à ouvrir. Surtout à la hache », opine le barbare d'un air approbateur.

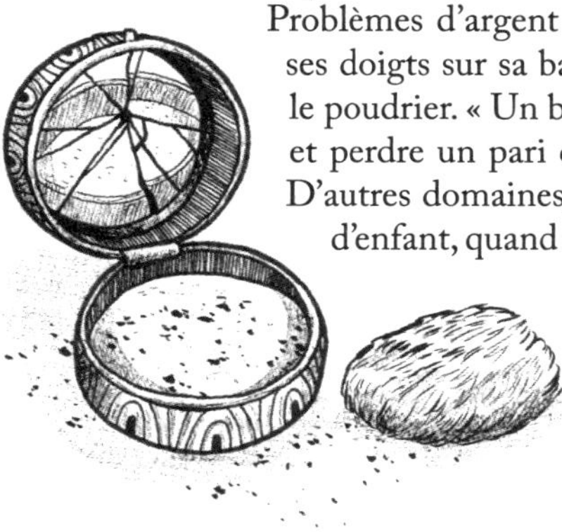

« Il faudra que j'essaye », termine-t-elle avec un sourire. « Ça répond à ta question, jeune renard ?

– Oui, non. J'voulais juste savoir votre nom en fait. »

La voleuse reste bouche bée devant vous avant d'éclater d'un rire chantant.

« Et moi qui racontais joyeusement ma vie ! », finit-elle en gloussant. « Je m'appelle Luscinia. Mais tu peux m'appeler Luci.

– Moi, c'est Billy. Enchanté, Luci.

– Et la p'luche ? », dit votre ami en pointant un immense doigt vers la poupée de chiffons.

– Ah, c'est… C'est juste celle que j'avais quand j'étais petite.

– Bah, y a pas d'honte. On a tous eu un doudou quand on était môme, pas vrai, Billy ?

– Oui, moi, c'était une citrouille. Fallait la changer souvent.

– Et moi, un lapin mort. T'vois Luci ? Rien d'bizarre… »

Cette fois-ci, Luscinia ne retient pas ses larmes en riant aux éclats. Vous l'accompagnez dans son rire et finissez par glousser tous ensemble de bon cœur.

« Ah ! J'oubliais. Si vous cherchez le Fleuriste, vous le trouverez au fond du trou. Il y traîne habituellement à cette heure-ci. »

Le fond du trou s'avère être le nom d'une taverne discrète située à quelques ruelles de là. Vous remerciez la voleuse et prenez la route en direction du **354**.

444

Vous attrapez le projectile au vol sans le moindre mal pour l'examiner. L'objet en bois vous dit vaguement quelque chose… Vous êtes persuadé d'en avoir déjà vu un quelque part… Interrompant vos pensées, le chaman entame un étrange rituel qui semble avoir pour but de vous envoûter. Sa danse grotesque dure plusieurs dizaines de secondes, et son seul effet pour l'instant semble être d'éprouver votre patience. Ne supportant plus ses arabesques ridicules, vous profitez de l'un de ses entrechats pour lui administrer un coup mortel qu'il ne tente même pas d'esquiver. S'étouffant dans son propre sang, il vous lance un regard étonné avant de s'éteindre.

« Mais ?! Ça va pas, gamin ?! », s'indigne le barbare. « Y a des règles pendant un duel ! Celui qui lance l'défi à l'droit d'finir sa présentation… C'est après qu'on s'bat ! La politesse !

– Aaah ! C'est un totem de duel !! J'me disais bien aussi qu'ça me disait quelque chose !

– Ouais, bah, pour l'honneur, tu r'passeras… »

Vous vous apprêtez à présenter vos excuses à votre ami quand une voix se fait entendre depuis une salle située au fond de la pièce. Vous empochez l'**EFFIGIE DE DUEL** avant de vous rendre en **407**.

445

« Bon, j'crois qu'y a plus rien ici », grommelle le PB.

« Mais comment on fait pour repartir ?! On repart par la fenêtre ?

– Mauvaise idée. J'suis doué pour grimper, pas pour descendre.

– Sauf pour descendre les chopes ! Ah bah, là ! Alors là, y a du monde !

– Ouais, ben après c'qu'j'ai traversé dans c'Jardin pourave pour tes miches, faut pas s'demander d'où ça vient !

– On y est allés ensemble, j'te signale ! Et moi, j'croule pas sous mon poids en bière !

– Rappelle-moi, môssieur Billy, qui a eu la riche idée d'venir dans cette Tour des Nazes ?

– Toi ! C'est toi qui me l'as proposé ! C'matin, clampin !

– Ouais, mais c'toi qu'as choisi ! Et maintenant, on est plantés là comme des…

– Dites ? Ça vous dérangerait de faire un peu moins de boucan, les jeunes ? »

Vous tournez tous deux le regard vers le sorcier, réveillé par votre tintamarre.

« Faut pas vous disputer pour si peu… Si vous voulez partir, il vous suffit d'emprunter le portail, derrière le placard », poursuit-il calmement.

Une faible lueur, qui n'était pas présente quelques instants plus tôt, émane désormais de l'arrière de l'armoire. Le barbare essaye de la déplacer, mais l'objet est trop volumineux pour lui.

« Allons, vous n'allez pas y arriver seuls. Il faut que vous travailliez ensemble.

– L'a raison… Tu m'files un coup d'main, Billy ?

– Ouais… Désolé », dites-vous d'un ton gêné.

« Nan, c'moi », s'excuse-t-il à son tour. « C'toute cette verdure et cette magie… Ç'm'a rendu nerveux.

– C'est rien. J'comprends. Et j'pensais pas c'que j'disais.

– Si, tu l'pensais, mais c'tait pas méchant », ajoute-t-il avec un grand sourire.

Vous soufflez du nez et finissez de déplacer ensemble l'armoire qui obstruait le passage. Le spectacle ainsi dévoilé est proprement inexplicable : derrière le placard se trouve une ouverture donnant directement sur une petite ruelle de Lennonia ! Épuisé par votre journée, vous n'êtes plus surpris par une telle sorcellerie. Le barbare, perplexe, passe doucement sa main au travers, comme un enfant qui testerait la surface de l'eau.

« Voiiiilà ! Rien de tel qu'un peu de travail en équipe pour rabibocher les gens ! J'ignore qui vous êtes, mais je suis fier de vous, les jeunes.

– Merci… », répondez-vous, essoufflé. « Mais pourquoi vous avez mis votre placard devant la sortie magique ?

– Pour éviter les courants d'air, pardi ! À mon âge, c'est important ! Et j'aurai bientôt… Euh…

– Beaucoup ?

– Beaucoup ! Tout à fait ! À quelques vaches près. Faites attention en sortant du passage, vous risquez d'arriver à une heure aléatoire. Une demi-journée de plus ou de moins, c'est selon la saison. Ah ! Et j'y pense, si vous voulez revenir ici, récitez juste "*la formule magique*" en bas de la Tour !

– Et c'est quoi, la formule magique ?

– Juste ça, "*la formule magique*".

– Ah.

– Et ne faites pas attention au Jardin, il faut que je le tonde. N'hésitez pas à repasser me voir ! J'essayerai sans doute à nouveau de vous tuer, mais vous me rappellerez pourquoi, hein ?

– Euh… Bien sûr ?

– Merci, vous êtes bien charmants ! Maintenant, allez, allez ! Et refermez le portail derrière vous ! Et attention à la marche !

– À la quoaAAAH ?!! », criez-vous en chutant au travers du portail.

Cette Tour des Mages a visiblement encore bien des secrets à dévoiler, mais vous n'avez pas le temps d'y réfléchir en dégringolant dans la ruelle en **468**.

446

Au milieu de la foule matinale, une femme retient votre attention. Elle est vêtue d'un châle sombre qui cache une partie de son visage et se tient adossée au mur d'une boutique délabrée. Les bras croisés, elle vous fixe de ses yeux d'émeraude avec une insistance presque gênante. Lorsqu'elle vous sourit d'un air mystérieux et vous fait signe d'approcher, vous restez méfiant.

« Ahh… Et voilà donc les deux tourtereaux que toute la ville recherche… Pas d'inquiétude, je n'ai aucune intention de vous livrer à qui que ce soit. J'ignore si vous l'avez remarqué, mais la garde n'est pas très populaire dans le quartier.

– Qu'est-ce que vous nous voulez alors ?

– Simplement répondre à votre question, même si j'ignore encore ce qu'elle est », vous répond-elle d'une voix délicieusement caressante. « Il est évident que vous n'êtes pas du coin, et que vous ne savez pas où aller. Donc, vous cherchez quelque chose… Ou quelqu'un.

– 'tention Billy ! Elle utilise sa tête ! », grogne le barbare en se mettant devant vous.

« Si tu préfères que je me serve de mes mains, il n'y a qu'à demander… », soupire-t-elle en tournoyant entre vous deux et en laissant courir ses doigts gantés comme une traîne de mariée prise dans le vent.

La balafre qui se trouve sous son œil gauche ne suffit pas à vous détacher de son regard hypnotisant. Vous ne sentez aucune animosité de sa part, même s'il se dégage de cette curieuse amazone une vibration aussi sensuelle que dangereuse.

« Nous cherchons un Fleuriste pour aller à la Tour des Mages. Vous pourriez nous aider ? », demandez-vous en sortant de l'ombre de votre colossal ami.

« Rien de ce qui concerne les quartiers malfamés ne m'est étranger. Et tout ce que je désire, je l'obtiens.

– Elle dit qu'c'est une voleuse, Billy.

– J'avais compris », souriez-vous en tapotant le bras de votre ami. « Et laissez-moi deviner, ce que vous désirez en ce moment, c'est un service ? »

Pour toute réponse, la roublarde vous offre un regard amusé en se mordant un coin de la lèvre, puis sort une petite cassette de sa cape.

« Tout à fait. Voyez-vous, j'ai récemment réussi à mettre la main sur ce coffret, mais je n'ai pas réussi à trouver la combinaison. L'objet qui se trouve à l'intérieur est assez fragile, et je ne peux donc pas le briser pour l'ouvrir », ajoute-t-elle en mettant le réceptacle hors de portée du barbare qui s'apprêtait à le saisir avant de vous le jeter sur le sol.

« Et si on échoue ?

– Alors il faudra que je me contente de ce butin.

La voleuse exhibe **VOTRE DEUXIÈME OBJET CHOISI AU DÉPART** qu'elle vient de vous subtiliser avec une redoutable discrétion. Le PB a déjà dégainé sa hache quand la roublarde poursuit :

« Allons, allons. Il ne serait pas raisonnable de se faire remarquer dans ce genre de quartier avec une prime sur la tête. Les orcs, les gardes… Qui sait quoi d'autre pourrait être à votre recherche ? Et puis, c'est une question d'assurance, vous comprenez ? Vous avez quelque chose à moi, j'ai quelque chose à vous.

– Si j'ouvre ce coffret, vous nous direz où est le Fleuriste ? », questionnez-vous en commençant à examiner l'objet.

Mais lorsque vous levez les yeux, la voleuse s'est volatilisée. Il ne vous reste plus qu'à ouvrir cette maudite boîte en **84**.

447

Vous voici dans un long couloir timidement éclairé par quelques torches suspendues à intervalles très irréguliers. Suffisamment cependant pour deviner qu'il distribue de nombreuses pièces, à en juger par le nombre de portes sous vos yeux. Vous êtes actuellement dans le **COULOIR OUEST**. Au **SUD** de votre position, le couloir bifurque vers la gauche en direction de la **PETITE COUR** en **400**. En regardant dans cette direction, vous remarquez une **PETITE ALCÔVE** très sombre et menaçante en **569**. Au nord cependant, le couloir prend un virage vers la droite en direction du **COULOIR NORD** en **461**. Sur le mur **EST** de la longue allée, la grande double porte d'où proviennent des chants joyeux s'ouvre sur la **SALLE À MANGER** en **457**. Un peu plus au **NORD** de celle-ci, une autre entrée laisse échapper les

bruits d'un **ATELIER** en **101**. Le long du mur **OUEST**, un autre accès laisse échapper des ronflements, vous laissant supposer qu'il s'agit d'un **DORTOIR** en **551**. Toujours sur ce mur **OUEST**, non loin du centre du couloir, une petite porte contient difficilement une odeur infâme. Sans doute les **LATRINES** en **154**.

« J'suis perdu », annonce le barbare avec une certitude absolue.

Vous roulez des yeux et décidez du chemin à prendre.

448

La détonation que vous avez entendue est suivie par plusieurs autres, plus petites. Vous entendez au loin la foule de Lennonia paniquer, le bruit des cloches d'alarme retentir et des soldats courir sur le pont qui sépare le château de la capitale.

« Qu'est-ce qu'y se passe ?! On nous attaque ?

– 'Cune idée, mais on a de la chance », fait votre ami.

« Comment ça ?

– On est dans l'endroit l'plus sécurisé qu'je connaisse. Sauf si on s'prend un tir de catapulte dans la poire, mais… »

Dehors, un concert de bruits indescriptibles précède le fracas de bâtiments entiers qui s'écroulent, ponctué par un grincement de métal.

« Des balistes à harpons ? C'fait pas d'sens. C'des trucs pour agripper les navires qu'tu tires d'puis un château normalement », analyse votre ami.

« Tu penses que c'est Virilus ?!

– C'probable. On a buté son général, donc il a une armée. Et si y veut conquérir l'monde, pourquoi pas commencer ici ? En plus, s'il nous cherche…

– … Il fait deux pierres deux coups », terminez-vous. « S'il sait qu'on est ici, il doit penser qu'on est à sa merci et qu'il peut nous cueillir quand il veut.

– Y m'énerve, à s'croire tout permis ! J'te jure que j'vais l'saigner, c'seigneur !

– Il faut qu'on sorte d'ici tout de suite !

– Ouais, non. On a encore du temps d'vant nous. Un siège, ça dure des plombes. Les soldats vont finir par stresser et y vont vouloir se détendre. Y en a forcément un qui va r'venir pour m'chatouiller. À c'moment-là, j'fais semblant d'être encore attaché et là…

– … On l'défonce ! J'peux même utiliser ce qu'il reste de pain pour l'assommer ! »

Le colosse éclate de rire devant votre élan guerrier.

« C'est l'idée, Billy ! J'commence à déteindre sur toi, j'crois. Maintenant, essaye quand même d'te détendre. J'sais qu'c'est pas facile quand ça bastonne sec dehors, mais c'est l'mieux qu'on puisse faire pour l'instant. »

Vous vous rasseyez sur la paillasse et passez le temps avec votre compagnon de cellule en essayant d'ignorer la situation dehors. Les cris paniqués laissent place aux sons lointains de combats, la fumée des incendies s'élève dans le ciel et, depuis votre fenêtre, vous pouvez apercevoir un morceau de ce qui semble être une immense chaîne ancrée dans un bâtiment. Vous priez intérieurement au Dieu qui voudra bien vous écouter qu'un garde normal descende, et non pas un suppôt de Virilus. Une fois la nuit tombée, vous entendez des cris de pillage, des célébrations ivres et d'autres incendies. Fort heureusement, une pluie battante inonde la ville et étouffe les flammes ainsi que le son des hurlements. Vous parvenez enfin à dormir après avoir appliqué l'onguent aux herbes sur vos blessures. Regagnez le **QUART** de vos **POINTS DE VIE MAX.** (arrondis à l'inférieur et aucun bonus d'objet ou d'équipement ne s'applique à votre régénération) et réveillez-vous en **150**.

449

Vous entrez dans un couloir sombre. Quelques rares torches accrochées aux murs ponctuent votre chemin d'îlots de lumière blafarde.

Avez-vous déjà résolu la situation du **CROISEMENT OUEST** ? Si oui, allez directement en **80**. Si c'est la première fois que vous en entendez parler, ou que vous n'avez pas réglé le problème, avancez prudemment en **587**.

450

Avez-vous déjà visité le **QUARTIER BOULANGER** durant cet acte et réglé le conflit qui s'y trouvait ? Si oui, allez directement en **341**. Sinon, allez en **148**. Vous pouvez aussi continuer vers la **GRAND PLACE** en **285** ou vers le **CATHÉDRALE** en **496**.

451

Malgré des efforts « surorciens » pour prendre le dessus, vous ne bougez pas. Vous êtes une souche d'arbre qu'un nourrisson tenterait d'arracher. L'esclavagiste tire, tire et tire encore jusqu'à ce que le sol se dérobe sous ses pieds et que sa tête rencontre un reste de marbre qui a sûrement dû servir à confectionner la statue. Un minerai dur auquel son crâne ne résiste pas. Inerte, baignant dans une flaque de sang, vous comprenez que l'adversaire a rendu l'âme. Et ses carcajous aussi d'ailleurs, puisqu'ils se ruent sur l'occasion de dévorer ce qui reste de leur maître.

Stoïques, les deux prisonniers ont assisté au spectacle et applaudissent des sourcils. Un léger voile dans leur regard vous fait comprendre qu'ils aimeraient tout de même être libérés après avoir terminé leur travail en **597**.

452

À peine avez-vous franchi la rivière de tulipes à dents qu'un hurlement sauvage éclate derrière vous. Sur le côté des fleurs restantes, vous voyez une haie qui sert de mur virer d'abord au rouge sombre, puis au jaune vif, avant d'exploser dans une immense lumière blanche nimbée de flammes. Sortant du trou creusé dans la haie calcinée, vous voyez surgir une bête ivre de rage au milieu de la marée de fleurs anthropophages qui se tournent immédiatement vers l'intrus. Lacéré de morsures, de griffures et d'entailles, le Pyro-Barbare semble insensible à la douleur, possédé par une folie aveuglante. À sa main droite, sa hache enflammée décapite de la tulipe par douzaines. De sa main gauche, il répand le contenu d'une flasque sur les créatures végétales qui hurlent avant d'être réduites en cendres. Le champ de tulipes n'est bientôt plus qu'un océan de feu et de sang au cœur duquel le colosse enragé vocifère. L'apocalypse qu'il déclenche le met en transe et sur son visage se lit une joie infinie à l'idée de semer la mort.

En se retournant, vos regards se croisent enfin, et vous pouvez voir qu'au milieu de la démence qui se lit dans ses yeux se trouve un noyau de raison aussi pur que le diamant. Se frayant un chemin vers vous, il arrache sans broncher les dernières plantes accrochées à sa peau, le couvrant de suçons écarlates. Le spectacle fascinant d'un Pyro-Barbare dans toute sa splendeur vous inonde de soulagement, teinté d'une pointe d'appréhension. Encore pris dans le feu de l'action, le barbare vous hurle :

« Ch'uis désolé qu't'aies eu à voir ça ! D'habitude, ch'uis plutôt serein !

– J'en doute pas », répondez-vous en riant. « Je suis content que tu sois vivant.

– Moi aussi. Le feu, Billy !

– Le feu ?

– Le feu ! La solution à tout. Pour le reste, y a le métal », termine-t-il en vous tendant sa flasque sans cérémonie.

Vous humez le contenu de la **FLASQUE D'HUILE** sans reconnaître la substance qui se trouve à l'intérieur.

« La bois pas. L'liquide qui se trouve à l'intérieur mettra le feu à n'importe quoi. C't'un secret d'mon clan. Dis pas qu'c'est moi qui t'l'ai donnée, hein, et fais gaffe avec. »

D'une main encore fumante, le géant vous ébouriffe les cheveux avec un sourire dément. Ravi de le voir revenu à la normale, c'est avec le cœur léger que vous prenez ensemble le chemin en **519**.

453

« Pas de chance ! Mais au moins, on aura passé un peu le temps… », vous sourit la femme. « Malheureusement, je ne suis pas la personne que tu cherches, jeune homme…

– Non. C'est moi », l'interrompt une voix extrêmement grave depuis un coin de la salle.

Assise à une table située dans un angle mort, une large silhouette vous fait signe de la rejoindre en **414**.

454

Incalculable. C'est le résultat de votre examen de l'immense fortune que vous avez amassée au cours de votre aventure. Vous en avez peut-être trop fait ? Comment dépenser tout cet argent ? La réponse est simple : en le confiant au barbare. Cette décision désastreuse est finalement l'une des meilleures que vous aurez prises de votre vie. Durant une semaine entière, vous profitez de toutes les largesses que Lennonia peut vous offrir : festins alcoolisés, filles généreuses, festivités excessives et jeux déraisonnables. Votre fortune est telle que, dans un moment d'ivresse qui aura duré plus de quatre jours, vous épongez même la dette que votre ami avait accumulée au « Barbare hydraté » et financez sa restauration. Pensant que votre opulente richesse allait s'amenuiser au fil de la semaine, elle triple soudainement de valeur lorsque vous remportez un jeu du Coup par pure chance contre un riche mécène qui était venu vous défier. Beau joueur, celui-ci a payé sa dette rubis sur l'ongle et vous a laissé avec une somme encore plus importante que celle que vous aviez au départ, anéantissant vos espoirs de redevenir sobres un jour. Dans un rare éclair de lucidité, vous décidez de mettre cet argent au service de Lennonia et entreprenez une tournée des grands ducs dans toute la ville, finançant les réparations et aidant ceux qui ont tout perdu. Vous dilapidez ainsi vos économies joyeusement, sautant de taverne en taverne et enchaînant ripaille et mécénat. Toutes les bonnes choses ont une fin cependant et, au dernier jour, vous voyez enfin vos fonds diminuer et décidez de les utiliser pour un ultime investissement. Vous financez la réhabilitation du Jardin de la Tour des Mages, avec pour expresse condition que le lieu redevienne le havre de paix bucolique dans lequel les gens seraient de nouveau cueillis par la beauté de la nature et non sa nature féroce. L'officier chargé de la reconstruction de Lennonia accepte votre don généreux et vous demande si vous avez un souhait particulier pour l'endroit. Après une longue considération, vous commandez auprès des meilleurs artisans une sculpture de votre grand-père, ornée d'une plaque commémorative qui liste tous les noms qu'il a pu porter et dont le barbare se souvient. Et c'est ainsi que, seulement quelques jours plus tard, une statue aussi vraie que nature du Héros Légendaire trône au milieu d'un champ de cendres, destiné à être à nouveau couvert de fleurs par le temps.

Sur la plaque dorée clouée sur la statue, on peut lire :

UTHER-LA-DENT-DURE

HÉROS LÉGENDAIRE

EMPEREUR UTHER-IX. UTHER LE SANGUINAIRE. UTHER L'INVINCIBLE. UTHER LE FOU-À-LIER. UTHER LE RESPIRANT. UTHER LA MAIN GRISE. UTHER L'ENSEMENCEUR. UTHER TORD-ENTRAILLES. UTHER LE ROND-CARRÉ. UTHER-ALLEZ-TOUS-VOUS-FAIRE-VOIR. UTHER LE MAL-CHOISI. UTHER LE TERRIBLE.

Et tout en bas de la plaque, inscrit en lettres minuscules, « Pépé Citrouille ».

La légende de votre grand-père est désormais ressuscitée et protégée des ravages du temps. Un investissement coûteux, mais nécessaire à l'honneur de votre famille, qui peut maintenant reposer en paix.

Il est maintenant temps de marcher sur la route de votre destin !

• Si vous êtes **GUERRIER**, allez en **579**. Si cependant vous avez battue la **VAMPIRESSE** en combat singulier, soumis le **DRAGON** à la loyale, et vaincu **VIRILUS** en duel, alors vous pouvez choisir de prendre la route en **589**.
• Si vous êtes **PAYSAN**, allez en **585**. Si toutefois vous possédez le **FER A CHEVAL** et la **TRESSE DE CENTAURESSE,** vous pouvez choisir de vivre une vie productive en **601**.
• Si vous êtes **PRUDENT**, allez en **559**. Si en revanche vous avez réussi à vivre la totalité de l'aventure sans avoir participé à un seul combat, à part celui contre les Squelettes de **MASSACRE** à la fin de l'Acte 1 et le combat final contre **VIRILUS**, alors une vie paisible s'offre à vous en **586**
• Si vous êtes **DEBROUILLARD**, allez en **590**. Si vous avez réussi à mettre la main sur **7 POINTS DE RICHESSE** ou **PLUS** (avant d'avoir tout dépensé, bien sûr), allez en **594**.

Félicitations, vous avez débloqué le succès «Mémoire honorée». Cochez la case correspondante à la fin de cet ouvrage.

455

Les carcajous ont reniflé votre présence et courent dans votre direction, suivis par leur maître.

Celui-ci fait claquer son fouet pour vous impressionner. Bien mal lui en a pris, puisque son dernier coup vient s'emmêler à la corde de votre **KIT D'ESCALADE**. L'orc se met alors à tirer sur son manche afin de vous arracher la corde des mains. Si votre **ENDURANCE** est supérieure ou égale à **4**, rendez-vous en **451**. Si ce n'est pas le cas, il vous faudra défendre chèrement votre peau en **344**.

456

Vous allumez les **EXPLOSIFS** à l'aide d'une torche et plongez sous une table après les avoir jetés dans le chaudron. Pensant que la mèche s'est éteinte, vous sortez de votre cachette quand un immense « **BOUM** » retentit et projette une grande partie du liquide en un geyser furieux. Le Chaudron Noir a résisté, mais sa potion et le seigneur noir en ont pris un coup ! Virilus perd **5 POINTS DE VIE** et vous avez saboté en partie le rituel ! Revenez en **480**.

457

En pénétrant dans cette grande halle, vous comprenez mieux pourquoi il en émane des bruits de ripailles et de fête. Agglutinées autour d'un gigantesque festin, une partie des forces de Virilus célèbrent la victoire. Alcool, viande et plus de viande passent joyeusement de main en main et personne ne semble faire attention à vous. Le spectacle de ces monstres se réjouissant de la mort qu'ils ont semée sous leurs pieds vous laisse perplexe, mais vous êtes bien le seul… Le barbare, quant à lui, observe la scène avec sérénité, une chope dans la main droite et une cuisse de poulet dans la gauche.

« Bah quoi ? J'm'adapte », répond-il à votre regard accusateur.

Vous aimeriez lui faire remarquer que le moment est peut-être mal choisi pour un pique-nique quand une clameur soulève la salle. Comme projeté depuis le fond, un gobelin traverse la pièce et s'écrase sur une table qui vole en morceaux.

« Oléééééé ! », scande la foule.

À l'autre bout du hall, vous remarquez un gobelin qui lève les bras, triomphant. Autour de lui, un groupe composé d'orcs, de gnolls, de gobelins et de quelques mercenaires humains l'applaudissent.

« T'vois Billy ? Ça, c'est un truc que j'aime chez les gens d'en face ! Les gars ont l'sens d'la fête ! », déclare le PB. « En Kränelorn, nous aussi on a l'habitude d'célébrer nos victoires en s'butant. C'bien, c'permet d'filtrer les nullos et ça laisse plus de place pour les remplacer. Ch'ais pas si c'est naturel ou chai-pas-quoi, mais nous, on s'déglingue avant d'se déglinguer, t'vois c'que j'veux dire », ajoute-t-il en vous donnant un coup de coude complice. « 'tain, ils m'font envie avec leur baston, j'te jure, mais ils sont nazes. C'serait trop facile… J'veux pas être le gars qu'personne connaît et qui vient rafler l'grand prix d'une soirée entre potes. C'toujours un connard, c'gars-là… »

Même ivres, les soldats de Virilus sont trop nombreux pour une attaque frontale, mais heureusement, l'ambiance festive vous permet de passer inaperçus dans la foule.

Si vous avez soif de gloire, vous pouvez prouver votre valeur dans l'arène improvisée en **462**, mais si vous préférez profiter de votre anonymat pour explorer les cuisines, glissez-vous en **376**. Enfin, si vous souhaitez quitter la pièce, vous pouvez rejoindre le **COULOIR OUEST** en **447** ou la **PETITE COUR** en **400**.

458

Arrivé à la première et unique fenêtre de la Tour, vous l'enjambez et pénétrez dans ce qui ressemble autant à un chambre qu'une officine. Un antre de

curiosités au milieu duquel un bonhomme chétif et pâlot fait les cent pas, nullement dérangé par votre intrusion. Perdu dans ses pensées, il marmonne des formules incompréhensibles… Du moins, son allure de sorcier vous fait supposer qu'il s'agit de formules. Et puisque vous êtes dans la Tour des Mages, vous supposez aussi qu'il en est un lui-même. Le vieil homme cesse brusquement de marcher, et lève la tête vers vous. Comme deux garnements qui se sont fait repérer en s'introduisant dans le jardin de leur voisin, le PB et vous-même restez là, interdits par le regard du magicien qui vous fixe sans vous voir. Au bout de quelques secondes interminables, il reprend sa ronde en murmurant d'autres paroles ésotériques… Pour finalement réaliser ce qu'il vient de voir. C'est lui qui met finalement un terme à ce moment ubuesque en se tournant vers vous.

« Des invités ? Voilà qui était prévisible, mais inattendu. Ou peut-être étiez-vous attendus, mais imprévisibles ? » Tout en vous parlant, il semble scruter à travers vous en se grattant nerveusement le crâne. « Mais où sont mes manières ?! Des chaises, vite ! Il me faut un rituel pour créer des chaises. Ne bougez pas, ça ne prendra que quelques semaines… Vous n'auriez pas vu des guêpes en chemin ? J'ai fraîchement planté des tulipes et je crains que ces vilaines bêtes n'aillent les butiner dans mon dos. Elles ne sont pas encore arrivées à maturité, voyez-vous ? Vous aimez la tourte de lapin aux orties rouges ? Il doit m'en rester une quelque part. Qui êtes-vous ? Vous travaillez ici ? Ah non, ça, c'est moi… Euh… Mes visiteurs… Vous êtes mes visiteurs et vous m'avez demandé des chaises. Mais que voulez-vous enfin ?! »

L'incapacité de concentration de votre interlocuteur risque de compliquer l'obtention d'informations fiables. Vous pouvez quand même essayer de lui en soutirer au sujet de la Tour en **296.** Si vous souhaitez l'interroger au sujet de la **GEMME MAGIQUE** que vous aviez récupérée sur le général Massacre et sur le Sang Ancien, allez en **474**. Si vous êtes **DÉBROUILLARD**, demandez-lui où se trouve son trésor en **524**.

459

Sans lâcher son sourire détendu, le barbare s'approche simplement du gardien avant de lui asséner un immense coup de pied directement dans le plexus. Comme tiré en arrière par une corde invisible, le pauvre bougre s'écrase au fond de sa guérite, laissant son casque retomber au sol à l'endroit qu'il occupait une seconde avant.

« C't'ouvert », déclare votre camarade en montrant du pouce le gardien inconscient.

« J'suis pas très sûr que c'était légal… », lui faites-vous remarquer en croisant les bras.

« Bah ! Les règles, c'est surfait. Si tu les ignores, la moitié du temps, les gens inventent des prétextes pour qu'elles s'appliquent pas à toi au lieu de faire l'effort de t'forcer à les respecter. J'ai jamais eu à m'justifier, ils font ça tout seuls…

– Mais… Quand il va se réveiller, il va donner l'alarme, non ?

– Et admettre qu'il a mal fait son boulot ? Ha ! Aucune chance. »

Ignorant votre échange, le Fleuriste est déjà en train de lever la herse qui vous sépare de votre objectif. Avant de lui emboîter le pas, vous pouvez choisir ou non de ramasser le **CASQUE DE GARDE** qui est resté au sol. Il est trop grand pour vous et ne vous apporte aucun bonus, mais sait-on jamais ? Entrez dans le Jardin par la porte en **430**.

Félicitations, vous avez débloqué le succès « Par Toutatis ». Cochez la case correspondante à la fin de cet ouvrage.

460

Tchak !! D'un geste déterminé et chirurgical, vous sectionnez la liane qui vous saisit le poignet. Les fibres qui vous enserraient retombent mollement au sol, et vous en profitez pour prendre la poudre d'escampette. Les veines gorgées d'adrénaline, vos jambes semblent vous soulever de terre et vous redoublez de vitesse. Vous continuez de sprinter sur le sentier jusqu'à ce que votre cœur vous somme d'arrêter. Reprenant votre souffle, vous ne percevez plus le moindre bruit, et encore moins la voix de vos compagnons. Vous êtes désormais aussi vivant que seul.

Vous réprimez un sentiment de panique à l'idée d'errer au milieu de cette jungle hostile. Vous pouvez continuer votre route jusqu'à un croisement qui la voit se séparer en deux directions totalement opposées. Laquelle mène à la Tour des Mages ? Celle de **GAUCHE** en **435**, le long de laquelle vous percevez au loin des sortes de claquements ? Ou celle de **DROITE** en **510**, d'où provient un étrange bourdonnement ?

461

Le **COULOIR NORD**, dans lequel vous venez de pénétrer, a deux particularités : c'est un couloir et il est situé au nord de la forteresse. Outre l'accès au **COULOIR OUEST** en **447**, ce passage dessert quatre portes différentes et un escalier. Située au virage, une porte à barreaux mène sans doute aux **CACHOTS** en **583**. L'immense double porte centrale, qui se tient au milieu du couloir, ne vous inspire rien qui vaille, mais vous pouvez l'examiner en **547**. À l'**EST**, plusieurs taches de sang vous signalent la présence d'une **SALLE DE TORTURES** en **226**. En face de celle-ci, une petite porte anodine mène à la **PIÈCE AUX STATUES** en **520**, tandis que, tout au bout du couloir, un escalier monte à la **TOUR NORD** en **10**.

« Et maint'nant ? » demande votre ami.

462

D'un air décidé, vous tapotez l'épaule de l'orc le plus proche.

« Hein ? Quoi ? Ah, c'est l'service ! J'prendrai un autre grog !

– J'suis pas serveur », rétorquez-vous sèchement. « Je veux m'inscrire aux combats ! »

Un silence s'installe parmi les guerriers avant qu'ils n'éclatent tous de rire.

« Toi ? Tu veux t'battre ?! Mais t'es tellement une demi-portion que j'pourrais même pas t'bouffer », vous taquine-t-il en posant sa chope sur votre tête.

« J'pourrais vous surprendre. C'est quoi, les règles ?

– Pas d'règles, sauf qu'on tue pas », vous interrompt subitement une trollesse assise en bout de table. « Tu te bats contre ceux qui s'avancent contre toi, et tu t'arrêtes quand tu veux, ou quand t'es mort… accidentellement, évidemment ! », termine-t-elle en vous dévorant du regard.

Votre confiance s'effrite face à son imposante carrure et à ses quatre bras musclés alors que le barbare vous lance un « Vas-y, gamin ! Défonce-les tous !! J'te r'garde ! », tout en levant sa chope pleine à ras bord. Avant même que vous ne puissiez répondre, le gobelin qui était passé à travers la table sort des décombres. Les yeux injectés de sang, il vous charge à vue et passe à l'attaque !

GOBELIN FOU

HABILETÉ	PV	ARMURE	DÉGÂTS
2	6	0	0

Règle spéciale *: ce gobelin est possédé ! Lorsque ses PV atteignent 0, il joue un tour de plus, vous attaquant une fois supplémentaire ! On leur avait bien dit de pas les arroser avant minuit !*

Vous terminez le combat en propulsant la petite créature d'un coup de botte. Son vol plané est moins impressionnant que le précédent, mais il termine dans la même table qu'il avait déjà brisée. Cette fois-ci, il est K.O.

Une belle première victoire ! Mais êtes-vous galvanisé au point de poursuivre cette curieuse compétition en **58** ou préférez-vous déclarer forfait en **457** ? Si vous êtes **PRUDENT** et décidez d'abandonner maintenant, gagnez **1 POINT DE GLOIRE** (non répétable).

463

Vous décidez d'une stratégie pour le moins originale. Muni de votre **PAMPHLET**, vous dites à votre ami :

« J'ai un plan, mais il va falloir que t'aies l'air méchant, et qu'tu joues le rôle de garde du corps, tu me suis ?

– Euh… C'pas exactement c'que j'fais déjà ?

– Parfait ! Change rien ! Tiens ça derrière moi et laisse-moi parler », dites-vous en lui donnant un étendard de Virilus qui trônait à même la rue.

Vous poussez le battant de la taverne avec la grâce et le maintien d'un haut dignitaire des forces du mal. Au grincement de la porte, tous les occupants de l'auberge interrompent leur beuverie pour se tourner vers vous. Plusieurs gnolls, une poignée d'orcs et une ribambelle de gobelins vous regardent d'un œil interdit tandis que l'ogre continue calmement de manger une soupe.

« SOLDATS ! GAAAARDE-À-VOUS !! », hurlez-vous d'une voix autoritaire.

Par pur réflexe, certains d'entre eux se lèvent de leur chaise et exécutent un salut maladroit avant même de réfléchir à la situation. Les autres n'ont pas le temps de réagir avant que vous ne poursuiviez :

« Inspection surprise post-invasion ! Je suis *Implacable*, haut inquisiteur de la grande armée de Virilus, nommé par le seigneur noir lui-même ! Tremblez, car c'est l'heure de votre évaluation ! » À ce dernier mot, les quelques soldats qui étaient restés assis se lèvent en tremblotant.

« Haw whouais ? Un aworton commwe twouâ ?! Tu m'wfais marrer ! », lance un orc plus lucide que les autres en s'avançant vers vous.

Faites un **JET DE CHANCE**. Si vous réussissez, rendez-vous en **262**. Si vous échouez, partez pour le **518**. Posséder un **ÉCUSSON D'ORC** vous fait automatiquement réussir le jet, qui vous coûte quand même **1 DE CHANCE**.

464

Avant de partir, une dernière question vous vient en tête :

« Ah, maintenant que j'y pense : vous connaîtriez pas un Chaudron Noir par hasard ?

– Un chaudron noir… ? Non… Ça ne me dit rien. Mais si c'est en rapport avec le Sang Ancien, c'est sans doute un catalyste.

– Un cataquoâ ? », demande le PB en fronçant les sourcils.

« Un ca-ta-lyste. C'est ce qu'on utilise pour contenir la magie utilisée dans les rituels, comme le mien de chaudron par exemple. Il en faut un, sinon elle se disperse partout et non seulement les taches ne partent jamais, mais elles s'installent définitivement et apprennent la langue », explique patiemment le mage au barbare comme s'il parlait d'expérience. « S'il s'appelle le “Chaudron Noir”, c'est qu'il doit avoir quelque chose de spécial. Vous avez vu des trucs inhabituels récemment ?

– Hors d'ici, vous voulez dire ? Bah euh… », hésitez-vous devant le florilège d'événements improbables dont vous avez été victimes ces derniers jours.

« Y a les tas d'os que l'autre Massacre a utilisés contre nous.

– Et aussi la peste de fer qu'a détruit mon village ? J'veux dire, on a eu d'autres maladies, hein ? C'est juste que celle-là était bizarre…

– Ah bah voilà ! Faut pas chercher plus loin », opine le mage en poursuivant. « Sans doute un artefact nécromantique – qui relève les morts en morts-vivants », ajoute-t-il à l'égard de votre ami.

« J'avais pigé. Mais d'coup, ça présage rien d'bon, c'est ça ?

– S'il se sert de ce chaudron pour préparer un rituel avec du Sang Ancien, c'est qu'il prépare quelque chose de gros. Si j'comprends bien, vous voulez pas qu'ça arrive, c'est ça ?

– Euh… Oui ! Enfin idéalement…

– Rien d'plus simple ! Les rituels sont quelque chose de très précis ! Si vous voulez en faire rater un, balancez tout ce que vous pouvez trouver dedans, c'est très efficace !

– Mais c'est pas un peu dangereux ?

– Ah si. Mortel même, mais si vous voulez l'arrêter ET survivre, c'est encore plus compliqué… »

Voyant que le vieux sage se perd à nouveau dans ses pensées, vous préférez retirer vos billes du jeu et partir avant qu'il ne change d'humeur. Le PB croise votre regard un instant avant de frapper dans ses mains :

« Bon, c'pas tout ça, mais j'retournerais bien pioncer à une auberge… Celle du Fleuriste avait l'air confortable. Hein, Billy ?

– Oui, nous ne voudrions pas vous déranger plus longtemps.

– Bien sûr, bien sûr ! Ah la jeunesse… Au revoir alors ! »

Le sorcier se détourne de vous et rejoint son chaudron en se massant le front. Au bout de quelques instants, vous vous raclez la gorge. Le vieil homme sursaute et se retourne brusquement vers vous :

« Mais ?! Vous êtes encore là ?

– Euh… C'est par où la sortie ? », demandez-vous gentiment.

« Oh ! Suis-je bête ! Prenez le portail derrière l'armoire. Je vais vous l'ouvrir. »

Il agite négligemment une main vers son placard qui glisse sur le sol pour révéler une énième absurdité inexplicable : un trou dans la réalité qui donne sur une petite ruelle de Lennonia. Après la journée que vous venez de traverser, ce spectacle ne vous émeut pas plus que ça. Le barbare, perplexe, passe doucement sa main au travers, comme un enfant qui testerait la surface de l'eau.

« Merci infiniment, m'sieur Sorcier ! Vous nous avez été d'une grande aide.

– De rien, les jeunes… Ah ! Et faites attention en sortant. Il est possible que vous arriviez hier ou demain… Si vous vous croisez, vous vous parlez pas, hein ! On sait jamais ! Et si vous voulez revenir ici, récitez juste "*la formule magique*" en bas de la tour !

– Et c'est quoi, la formule magique ?

– Juste ça, "*la formule magique*".

– Ah.

– Et ne faites pas attention au Jardin, il faut que je le tonde. N'hésitez pas à repasser me voir, les chaises seront prêtes d'ici là ! Maintenant, allez ! Pensez à refermer le portail derrière vous ! Et attention à la marche !

– À la quoâAAAH ?!! », criez-vous en chutant à travers le couloir magique.

Cette Tour des Mages a visiblement encore bien des secrets à dévoiler, mais vous n'avez pas le temps d'y réfléchir en dégringolant dans la ruelle en **468**.

465

À peine approchez-vous du monstre incendiaire qu'il lève la tête dans votre direction, surpris par autant d'audace. Sans effort, il éructe un léger filet de gaz qui s'embrase au contact de l'air et vous enveloppe d'un halo de flammes. La douleur est insoutenable. Vous aimeriez crier, mais votre bouche inondée de feu n'émet aucun son. Vous souffrez à en perdre la raison et sentez les tissus embrasés de votre tunique se mélanger à votre chair rôtie. Avant que vos yeux ne fondent, vous pensez voir votre ami soumis au même supplice. Ce pacifisme malheureux met fin à votre aventure dans une danse macabre et enflammée et ne pourra reprendre qu'en **300**.

466

L'expérience qui s'ensuivit fut à la fois burlesque, hilarante et terriblement humiliante. Vous avez réussi tant bien que mal à rire ensemble de la situation, d'abord nerveusement, puis aux éclats. Si la dignité en a pris un coup, votre amitié, elle, s'en est trouvée renforcée.

Après vous être lavé les mains à l'eau de pluie, qui pénètre toujours par la lucarne, vous partagez le maigre repas que le garde vous a apporté un peu plus tôt.

« Et du coup ? Ça fait longtemps que t'es un barbare ? », demandez-vous en examinant votre déjeuner.

– C'doit faire… », commence-t-il à calculer. « 'ttends, les années passées en taule, ça compte ou pas ?

– Tu viens de Kränelorn, c'est ça ? C'comment là-bas ? », dites-vous en rongeant votre quignon de pain aussi dur que du marbre.

« Froid. Beaucoup plus qu'ici. J'viens des terres gelées au nord d'Cielavare. J'faisais partie d'un vieux clan. Pas bien nombreux, mais solide. Mon daron était forgeron et mes mamans…

– "Tes" mamans ? », demandez-vous.

« Ah, en Kränelorn, c'est l'clan tout entier qui t'élève, généralement à coup d'tatanes. T'as qu'un seul père, mais toutes les daronnes ont le droit d'te mettre des gifles, et elles s'en privent pas », se remémore-t-il avec un sourire. « Bref, j'étais encore qu'un p'tit bolet, à peine quelques étés… Quand il est arrivé au village.

– Qui ça ? », demandez-vous.

« Le héros légendaire. Il s'était arrêté à la forge pour qu'mon père lui coupe les cheveux. Y f'sait pas confiance aux coiffeurs, tu vois, mais un forgeron, ça, c'est fiable ! », poursuit-il. « Bref, il s'est fait forger une nouvelle coiffure en deux coups d'pince et quand j'suis venu balayer, il a ramassé les cheveux au sol et me les a donnés directement. J'oublierai jamais c'qu'il m'a dit à c'moment-là : "Tiens fiston ! Amuse-toi avec tant qu'tu peux ! Comme ça, quand ça d'viendra sérieux, t'auras pas d'regret !"

– Et du coup ?

– Bah, j'en ai fait un ballon avec du cuir, et il a même joué avec moi. Mais quand il a dû r'partir au front, son visage a complètement changé. Y s'était durci, tu vois ? C'là qu'j'ai compris c'qu'il voulait vraiment dire… Soit un enfant quand tu le peux et un homme quand tu le dois. Et… » Le barbare s'interrompt en soufflant du nez avant de vous sourire : « Et t'es trop jeune pour entendre la suite, j'imagine…

– Oh, allez ! Tu peux pas arrêter là ! Qu'est-ce qu'il a dit ?!

– Rien du tout ! Passe-moi un bout d'quignon ! J'la dalle ! », rigole-t-il en claquant de la mâchoire.

Vous lui tendez l'un des galets qui constituent votre repas. Vous tentez de l'humidifier afin de le ramollir, mais vous ne parvenez qu'à le faire luire comme une pierre que vous auriez ramassée au fond d'une rivière. Ça n'empêche pas votre ami de croquer dedans, broyant la roche farineuse entre ses gencives.

« 'tain 'a vache ! Heureuchment ch'ai la dent dure ! Ha !

– Comme mon pépé Citrouille, eh.

– Y bouffait des pierres au p'tit-décheuner, lui auchi ? », demande le barbare en mâchant péniblement.

« Non… Enfin, pas qu'je sache. C'est juste que c'est comme ça que les gens l'appelaient : "Uther-la-Dent-dure". », répondez-vous simplement.

La bouche grande ouverte, votre ami écarquille les yeux avant de s'étouffer avec son pain. Au bout de quelques quintes, il déglutit difficilement avant de hurler.

« La-Dent-dure ?! LE "UTHER LA-DENT-DURE" ?!

– Quoi ?! Qu'est-ce que j'ai dit ?!

– Tu t'fous d'moi ?! T'es le p'tit fils du putain de héros légendaire ?! L'mec qu'a gagné la guerre des empires à lui tout seul ?! Celui qu'a buté plus de trois cents personnes lors de la bataille de Larmelac ?! Qui montait le sanguinaire émeu de combat ? Celui qu'est devenu empereur des DEUX royaumes et a disparu au bout d'trois mois ?! CE Uther ?!

– Hein ? Mais… Mais… Mais c'est des histoires tout ça… Ma maman m'a dit… »

Les muscles du barbare doublent de volume et tressaillent sous l'effort, il arrache ses entraves du mur sans s'en rendre compte et s'avance vers vous. Il vous saisit par les épaules et vous soulève du sol, le regard possédé.

« C'est pas des histoires si c'est de l'Histoire, Billy !! Comment tu sais pas ça ?! Zarkan sait qu'j'lis pas des bouquins, mais même moi, j'sais qui c'était ! Ce mec était une éminence de la gifle ! Il était LA gifle !! Comment t'as dit qu'il s'est appelé après ?!

– P-Pépé Citrouille… ?

– Pépé Citrouille… », répète le PB sans comprendre. « Tu savais vraiment rien, hein ? », murmure-t-il en vous regardant d'un œil creux.

« Bah… Non ? Pépé parlait jamais de son passé, et personne le mentionnait autour de lui. Quand il est mort, ma maman a commencé à me raconter des histoires, mais j'pensais que c'était pour m'aider à m'sentir mieux, et m'faire croire qu'il était jamais vraiment parti.

– … Comment il est mort ? », supplie-t-il religieusement.

« Dans son lit. Ma mère disait que ses dernières paroles étaient qu'il avait tout vu et que le monde était fou, et que planter des citrouilles, c'était la meilleure chose à faire. Puis il a étranglé le soigneur. On a dû l'enterrer avec. » Vous vous libérez de la poigne du barbare pour retomber au sol. « Mais… Tu pouvais te libérer tout seul depuis le début ?!? »

Réalisant ce qu'il vient d'accomplir, l'homme se fend un sourire peiné. « Ah… Et merd'. J'voulais pas qu'tu l'saches.

– Et dire que j't'ai aidé ! Espèce de gros dégueulasse !

– J'avais pas l'choix ! Si j'm'étais libéré, t'crois qu'ils nous f'ront quoi quand ils reviendront ? Tant qu'on est ensemble, on a une chance ! Et pis attaché comme ça, c'est moi qu'ils ont visé. Si j'avais pu m'défendre, tu crois qu'ils s'seraient rabattus sur qui, hein ? », grogne-t-il en grinçant des dents.

Vous blanchissez soudainement en prenant conscience du sacrifice de votre ami. Celui-ci semble d'abord gêné, puis réaffirme :

« J'ai juré, par Zarkan. Pour l'honneur. »

Vous n'avez pas le temps de lui répondre quand retentit une grande explosion à l'extérieur, suivie du cri commun de plusieurs centaines de personnes. Pressez-vous contre la fenêtre en **448**.

467

Vous débouchez la **BOUTEILLE DE MAGIE PURE** qui assaille vos narines avec une odeur alcaline. Le barbare, immobile, vous observe patiemment.

« Euuuh… Je suis censé la boire ou… ?

– C'pas moi l'expert en magie, gamin. P'têt faut juste lui dire c'que tu veux ? » suggère votre ami.

« Bon bah… ça coûte rien d'essayer. »

Dressant la fiole, vous énoncez d'une voix haute et claire : « Je souhaite que toute cette armée disparaisse ! »

De longues secondes gênantes s'écoulent sans que rien ne se passe.
« Faut p'têt faire une rime… ? Ch'ais pas, hein, c'est juste une… »
Le PB est subitement interrompu par un tourbillon jaillissant de la bouteille qui siffle entre vos mains. Redoublant d'efforts pour ne pas la lâcher, vous la voyez briller de plus en plus intensément et cracher des étincelles colorées dans toute la pièce ! Un éclair aveuglant vous force à fermer les yeux avant que l'énergie ne se taise. Devant vous, l'armée des morts commence à se désagréger en un banc de sable osseux. Squelette après squelette, la toute puissante infanterie se disloque et recouvre le sol d'une épaisse couche de poussière grise et glacée. Le dernier grain tombe enfin, et le silence recouvre à nouveau la salle.
« Hé bé… ça ferait une super arène ! » commente le barbare en passant ses doigts dans cette matière mortuaire. « Plutôt efficace ton truc. Il t'reste du jus dans ton machin ?
– Plus une goutte.
– Tant mieux », conclut-il sombrement en fixant la fiole d'un regard indéchiffrable.
Vous abandonnez la bouteille avant de continuer en **25**.

468

Votre chute interminable s'achève lamentablement au pied de l'escalier d'un immeuble étroit et sombre. Sortant lui aussi du passage enchanté, le PB s'écroule sur vous en vous plaquant une seconde fois au sol. Vous vous relevez péniblement, fourbu par cette dégringolade.
« 'tain… Y a pas un type qui pourrait inventer un truc pour monter et descendre sans s'faire autant chier ? » râle-t-il en poussant la porte peinte en rouge en face de vous.
Dehors, l'air est saturé par une odeur d'acier chauffé et des coups de marteau omniprésents, mais vous ne remarquez que la quinzaine de pointes de lances qui sont braquées sur vous.
« Halte ! Vous êtes en état d'arrestation ! Au nom de… Euh… », commence un garde avant d'hésiter.
« Ah ouais, j'vois l'genre. Une grosse justice bien juteuse, hein ?
– Saisissez-les !! », rugit un autre soldat.
Plongeant vers le sol, le guerrier passe en dessous des lances pour attaquer les soldats au corps-à-corps. Avant que vous ne puissiez faire quoi que ce soit, vous recevez un coup violent à l'arrière de la tête ! Tandis que vos jambes cèdent sous votre poids, vous voyez votre ami se retourner et hurler votre nom avant de frapper un garde dans la bouche. Mais des mains gantelées vous saisissent déjà et un second coup vous fait perdre connaissance.

Continuez en **323**.

469

« Suffit », s'exclame Virilus en se levant lentement de son trône. La pièce entière se met à trembler sous la puissance qu'il impose tandis qu'il se saisit d'une flamberge obscure. Sa musculature et sa taille sont encore plus imposantes que ce que vous imaginiez et il dégage une aura de pouvoir et de domination absolue. Sa simple présence vous terrifie, et vous vous sentez soudain beaucoup moins confiant à l'idée d'affronter ce monstre. Le seigneur noir est une créature de légende, beaucoup trop forte pour tout ce qui existe, mais vous ne reculerez pas ! Tout ce que vous avez ramassé durant vos aventures se trouve dans votre fidèle sac magique et vous ne devrez négliger aucun de vos atouts face au maître du Chaudron Noir.

Si vous pensez que l'attaquer de front en l'affaiblissant avec vos **OBJETS** est la bonne stratégie, assistez le Pyro-Barbare en **475**. Si vous préférez saboter le rituel et l'affaiblir en détruisant le chaudron maudit à l'aide de vos **OBJETS**, dépêchez-vous en **480**.

470

« Un instant, rendez-moi d'abord ce que vous m'avez pris !

– Un marché est un marché, jeune renard.

– Billy », rectifiez-vous machinalement en lui remettant le poudrier et la poupée contre votre **OBJET VOLÉ**.

« Enchantée, Billy. Et ton grand ami… ?

– Ch'uis un Pyro-Barbare », grogne le colosse comme si cela répondait à toute question possible.

« … très bien. Pour ma part, je m'appelle Luscinia, mais vous pouvez m'appeler Luci. Maintenant que nous avons établi une certaine confiance, je peux répondre à votre question. Vous trouverez le Fleuriste dans une auberge qui s'appelle “Le Fond du trou”. Il y traîne généralement à cette heure-ci. Si jamais il n'y est pas, vous n'aurez qu'à l'attendre. »

Sans la quitter des yeux, vous remerciez Luscinia et reprenez la route. Ses indications vous mènent à quelques ruelles de là en **354**.

471

Vous sortez doucement, tooouuut douuucement la minuscule fiole de **CHLOROGLYCÉRINE** offerte par le Fleuriste avant d'en verser une seule goutte dans…

Vous êtes projeté en arrière par la déflagration. Une chance pour vous puisque ce souffle initial vous a protégé de la seconde explosion qui a eu lieu quand le reste de la bouteille est tombée dans le chaudron. Beaucoup plus grosse, celle-ci inflige de gros dommages et Virilus perd **5 POINTS DE VIE** et **5 POINTS D'HABILETÉ**. Vous secouez la tête en vous relevant. Ça, c'est du jardinage ! Vous avez saboté en partie le rituel ! Revenez en **480**.

472

Une fois arrivés au pied de l'édifice, aucune porte ne vous permet d'entrer. Le mur lisse de la Tour vous nargue, totalement inexpugnable. L'escalader s'avère aussi impossible. Lissés par la cendre poudreuse de l'ancienne jungle incendiée, ses murs sont trop glissants pour espérer pouvoir les grimper. Sans compter sur une patrouille qui pourrait vous surprendre en pleine ascension !

Connaissez-vous le mot de passe de la Tour ? Si oui, rendez-vous en **502**. Sinon, vous n'avez pas d'autre choix que de changer de quartier en vous rendant soit à la **GRAND PLACE** en **285**, soit au **QUARTIER COMMERÇANT** en **95** .

473

Avec un peu d'**ADRESSE**, vous devriez vous en sortir. Faites un **JET D'ADRESSE** et laissez le destin décider de votre sort. Si vous réussissez, allez en **487**. Si vous échouez, rendez-vous en **156**.

474

« Vous reconnaissez ça ? », lui demandez-vous en lui présentant la **GEMME MAGIQUE** dont l'éclat mystique a depuis longtemps disparu.

« Aaaah… Un fragment de puissance ! Fascinantes petites choses, n'est-ce pas ? » Votre hôte recouvre subitement toute sa lucidité et sa concentration. « J'ai récemment eu la chance de pouvoir mettre la main sur quelques exemplaires identiques à celle-ci, moyennant un minuscule service à un correspondant… Ces cristaux n'existent pas à l'état naturel en Erenner ni en Alkior de fait. Ils ne peuvent être trouvés que dans une minuscule vallée située dans la légendaire Eccborian. La vallée de l'Or, si mes souvenirs sont exacts. Jeune homme, savez-vous comment fonctionne la magie ?

– Euh… Non.

– Eh bien, je ne vais pas vous embrouiller l'esprit avec des détails, surtout que votre grand ami ne m'a pas l'air très lucide… Pour faire bref, l'art d'influencer et de plier les règles matérielles de notre réalité peut provenir de plusieurs sources, comme les Dieux ou l'énergie vitale qui réside dans la volonté. Le cristal que vous détenez en est une, et il est précieux, car il contenait de manière stable cette énergie. Le problème avec son utilisation, c'est que l'effet produit ne provient pas de son porteur, mais de la gemme elle-même. Ce qui peut donner des résultats… Assez erratiques. Personnellement, je préfère un bon vieux rituel, ça ne prend que quelques semaines, tout au plus… » Le sorcier recommence sa ronde en marmonnant dans sa barbe. Lorsqu'il fait un deuxième tour sans vous voir, il vous regarde brusquement comme s'il vous voyait pour la première fois.

« Ah !! Qui êtes-vous ?! Mes invités, c'est ça !! Euh… Où en étais-je ?

– La gemme et son pouvoir instable », lui soufflez-vous gentiment.

« Ah oui ! Il y a peu, je travaillais sur une formule afin de reproduire ses effets. Je gagnerais un temps fou dans mes recherches si j'y parvenais. J'ai réussi à distiller le pouvoir des gemmes, mais je n'ai pas encore osé en boire. Vous ne voudriez pas essayer, par hasard ? »

Vous déclinez poliment son offre et préférez poursuivre l'interrogatoire tant qu'il est encore concentré.

« Cette gemme, elle a un rapport avec le Sang Ancien ?

– Comme c'est cocasse. Vous êtes le deuxième cette semaine… Ce mois… ? Cette année… ? », se perd le magicien un instant avant de se reprendre. « En tout cas, vous êtes le deuxième à m'interroger à ce sujet. Nous savons très peu de choses sur le Sang Ancien en vérité. Ma meilleure déduction est qu'il s'agit d'un sang tiré de la bénédiction d'un Dieu, qui se transmet ensuite sur la lignée du receveur. Si ma théorie s'avère juste, il n'a donc d'ancien que le nom. Il y a quelques écrits qui relatent des légendes de ces porteurs, comme le Roi Valkar par exemple, et tous ont des interprétations différentes, ce qui rend impossible la compréhension du processus. Une chose qui lie tous ces mythes, c'est que l'effet varie selon le Dieu qui offre son sang. Mon correspondant pense que récemment Zarkan, le Dieu de l'Adversité, aurait donné le sien », muse-t-il tout en tournant autour du Pyro-Barbare d'un air soudainement intéressé.

« Vous êtes un solide gaillard », dit-il. « Quand mes chaises seront prêtes, auriez-vous la bonté de vous asseoir afin que je prélève un échantillon de votre sang, justement ? Je sens une étrange vitalité en vous qui pique ma curiosité. »

À ces mots, le PB saisit sa hache. Vous vous apprêtez à le stopper dans son élan meurtrier, mais il se contente d'en dévisser le manche pour en sortir une mèche de cheveux.

« Quand j'étais p'tit, on m'a donné ça. C'est c'jour-là où ch'uis d'venu un Barbare. Y a p'têt un rapport.

– Fascinant… Absolument fascinant…

– T'es pas “né” barbare ? », lui demandez-vous, interloqué.

« Et toi, t'es pas “né” pégu ?

– Touché.

– Il y a clairement une trace résiduelle… », continue le sorcier en passant sa main par-dessus la mèche, sans la toucher. « J'aimerais bien vous étudier plus longuement, mais il faut que je finisse d'invoquer ces chaises… »

Le mage se tape soudainement la main sur le front et s'exclame : « Mais j'y pense tout à coup ! Mon correspondant m'a fait parvenir un message un peu plus tôt ! Il recherche apparemment deux voyageurs, un géant et un gringalet. Il m'a demandé de les lui ramener morts ou vifs. Ce serait pas vous des fois ? »

Dilemme. Faut-il prendre le risque de répondre **OUI** en **534**, ou **NON** en **424** ?

475

« Prêt, gamin ? », vous demande votre ami.

Mais vous ne répondez pas, accaparé par la présence du seigneur noir qui descend les marches de son autel.

« Inconscients. Vous auriez pu choisir une mort rapide. J'aurais même permis à vos âmes de rejoindre ces faux Dieux. Mais vous préférez l'oblitération totale », lance Virilus en apposant sa lame sur son gantelet gauche, serti d'une immense gemme magique. « Qu'il en soit ainsi », termine-t-il en assénant un coup d'épée à la table en obsidienne qui vous sépare.

L'impact est terrible et la grande plaque de roche se pulvérise sous l'attaque du seigneur noir. La table explose, provoquant un déluge de verre et de fragments de pierre volcanique. Le Pyro-Barbare profite de l'ouverture, et fonce sur Virilus qui pare son assaut et contre-attaque avec une rapidité surprenante. Votre ami se jette au sol pour éviter la lame d'un cheveu avant de hurler :

« Maintenant, Billy !! Balance tout c'que t'as !! BUUULIAAA !!! »

Vous plongez la main dans votre sac. Choisissez tous les objets que vous souhaitez utiliser sur Virilus et appliquez leurs effets durant le combat en bas de ce chapitre. Vous pouvez vous servir :

= De la **CHLOROGLYCÉRINE** en **290**
= De la **LIME EN ACIER D'ARKADIE** en **328**
= Du **BRACELET DE CONTRÔLE** en **362**
= De son **POINT FAIBLE** en **412**
= Des **PRODUITS CHIMIQUES HASARDEUX** en **429**
= Du **DARD EXPLOSIF** en **482**
= De la **NATTE DE LA CENTAURESSE** en **485**
= De la **BOUTEILLE D'ACIDE** en **508**
= De l'**ICÔNE DIVINE** en **509**
= Des **EXPLOSIFS** en **532**
= Du **MÉDAILLON D'EDIRE** en **558**
= De la **FLASQUE D'HUILE** en **565**
= De son **ARMÉE DE SQUELETTES DÉTRUITE** en **567.**
= De la **BOUTEILLE DE MAGIE PURE** en **568**
= Du **BOCAL À ÉPICES** en **582**
= Du **SANG DE VAMPIRE** en **598**
= Du **PERROQUET** en **603**

Pensez à noter les **EFFETS** que vous infligez à Virilus quelque part ! Une fois chose faite, affrontez enfin le seigneur noir !

VIRILUS

+5

HABILETÉ	PV	ARMURE	DÉGÂTS
30	40	1	1

Règle spéciale : *le seigneur noir est l'adversaire le plus terrible que vous avez rencontré jusque-là et vous n'avez aucun moyen de vous enfuir ! Pour ce combat, la règle de la DOMINATION est inactive. Vous ne pouvez pas non plus gagner ce combat automatiquement en utilisant vos POINTS DE CHANCE. Pas de défaite ou de victoire automatique, vous devrez vous battre jusqu'au bout ! Le Pyro-Barbare a enflammé sa hache et donne tout, amenant le bonus qu'il apporte à votre HABILETÉ à +5. Le gant de Virilus lui donne un avantage magique : à chaque tour, lancez un dé supplémentaire en plus de votre PHASE D'ATTAQUE et de votre PHASE D'ESQUIVE (si vous en avez une). Sur un 1, un 2 ou un 3, vous perdez automatiquement 1 POINT DE VIE avant même d'appliquer votre PHASE D'ATTAQUE. Sur un 4 ou un 5, vous causez -1 DÉGÂTS pour ce tour. Enfin, sur un 6, vous gagnez 2 HABILETÉ pour ce tour. Sauf contre-indication, Virilus est insensible aux COUPS CRITIQUES et ne subit donc aucun dégât de vos CONTRE-ATTAQUES CRITIQUES. N'oubliez pas de noter et d'appliquer tous les effets de vos objets ! Bonne chance ! Lorsque votre adversaire atteint 20 PV ou moins, mettez fin au combat.*

Si vous parvenez à prendre l'avantage sur Virilus et réduisez sa vie de moitié, continuez en **607**.

476

Vous êtes sans le sou, mais les rues de Lennonia sont en joie. Certes, la mort et la destruction sont présentes, mais l'invasion a finalement été très courte, ne laissant pas le temps aux forces du mal de briser la ville comme une guerre prolongée aurait pu le faire. S'il y a quelques morts à pleurer et des toitures à rebâtir, le bilan reste plutôt léger. Vous vous joignez donc aux festivités, acceptant un verre de vin ici, un morceau de viande par-là, et aidez la population à rassembler les corps des envahisseurs pour les jeter sur de grands bûchers improvisés. Pas vraiment une odeur de fête, mais l'ambiance reste chaleureuse autour des flammes qui consument vos ennemis et scellent votre victoire. Vous savourez un verre de lait à la cannelle en écoutant le barbare chanter d'une voix étonnamment juste, avant de passer la nuit auprès du réconfortant feu de joie. Vous êtes peut-être pauvre, mais vous n'êtes pas seul, et c'est ça qui compte.

Il est maintenant temps de marcher sur la route de votre destin !

• Si vous êtes **GUERRIER**, allez en **579**. Si cependant vous avez battue la **VAMPIRESSE** en combat singulier, soumis le **DRAGON** à la loyale, et vaincu **VIRILUS** en duel, alors vous pouvez choisir de prendre la route en **589**.
• Si vous êtes **PAYSAN**, allez en **585**. Si toutefois vous possédez le **FER A CHEVAL** et la **TRESSE DE CENTAURESSE,** vous pouvez choisir de vivre une vie productive en **601**.
• Si vous êtes **PRUDENT**, allez en **559**. Si en revanche vous avez réussi à vivre la totalité de l'aventure sans avoir participé à un seul combat, à part celui contre les Squelettes de **MASSACRE** à la fin de l'Acte 1 et le combat final contre **VIRILUS**, alors une vie paisible s'offre à vous en **586**
• Si vous êtes **DEBROUILLARD**, allez en **590**. Vous ne remplissez malheureusement pas la condition de posséder **7 POINTS DE RICHESSE** ou **PLUS** pour obtenir la seconde fin.

477

Autrefois, cette forteresse maléfique était un château où régnait la vie, la lumière et l'allégresse. C'est du moins ce que vous inspire cet endroit qui fut à n'en pas douter une grande salle de bal. Le plafond voûté présente les restes défraîchis d'une fresque, et d'anciens lustres de verre sont restés suspendus à plusieurs mètres au-dessus d'un sol en marbre. Le lieu est désormais dévoré par une obscurité humide que seuls contredisent des halos de lumière dont vous ignorez la source. L'endroit respire les ténèbres et vos yeux peinent à s'habituer à cette pénombre froide, révélant progressivement une vision terrifiante. Alignée en plusieurs colonnes, une armée de squelettes immobiles vous fait face. Dressées de tout leur long, les statues d'os sont inertes. Elles

sont un bon millier, assez pour envahir n'importe quelle cité. À leur tête, vous remarquez un squelette beaucoup plus massif que les autres, dépassant les autres soldats macabres de plusieurs têtes. Dans ce qu'il reste de sa main, un marteau de guerre brisé pourrait bien encore répandre la mort. Vous reconnaissez trop tard le squelette de l'ancien général de Virilus qui vous a affronté à peine quelques jours plus tôt.

« 'ttends, j'le r'connais celui-là. C'est pas l'général Machin ?

– Massacre !

– C'est c'que j'ai dit... Parfois, j'ai l'impression qu'tu m'prends pour... »

Le barbare est interrompu par les deux orbites du guerrier mort qui s'allument pour le fixer du regard. Malgré l'énergie qui anime ces éclats rougeâtres, le squelette géant reste néanmoins immobile. Le général Massacre, que vous pensiez avoir occis quelques jours plus tôt, a visiblement trouvé un second souffle... Enfin, façon de parler. Désormais lié à son maître par une servitude éternelle, ce chien de guerre semble attendre que vous passiez à sa portée pour abattre sur vous sa terrible vengeance.

Si vous avez le **MÉDAILLON D'EDIRE**, il est peut-être temps d'appeler la Déesse du Renouvellement et du Repos pour qu'elle fasse un grand ménage en **212**. Si vous n'avez pas besoin de son aide, affrontez une nouvelle fois cette brute épaisse en **349**. Si vous pensez que traîner dans le coin raccourcit terriblement votre espérance de vie, battez en retraite en **80**.

478

Vous prenez la **BROCHE DORÉE** avant de la jeter dans le chaudron. Celle-ci flotte pendant une seconde avant de sombrer sous la surface. Aucun effet, ni à la potion ni à Virilus. Vous perdez **1 POINT DE RICHESSE** par contre. Dommage. Pour le sabotage, c'est raté. Revenez en **480**.

479

À son appel, les hommes se rassemblent autour du PB :

« Bon, l'gars ! On vous a sauvé les miches, et il est temps pour vous d'sauver les nôtres. C'qu'on veut faire, c'monter dans c'machin », envoie le PB à la foule en pointant un doigt au ciel. « Z'avez des suggestions ? »

La foule se fige, médusée par une idée aussi saugrenue. Toutefois, une main timide se lève.

« Euh... J'sais pas pourquoi vous voulez entrer dans c't'engin de Vetherr, mais on vous doit bien ça. Mon cousin fabrique des échelles et des escaliers. Son atelier est juste là.

– Ah oui ! C'est t'y pas une idée, ça ! On va ben trouver d'quoi vous faire grimper », s'exclame le cousin en ouvrant son atelier.

« Excusez-moi, m'sieur, mais va falloir qu'elle soit sacrément longue, votre échelle », ajoutez-vous, dubitatif.

« Vous aut' ! Vous avez entendu ? », envoie alors un garçon d'auberge à la foule. « On va aider ces deux oiseaux à monter dans c'machin. Me d'mandez pas pourquoi, c'est eux qui savent ! En attendant, j'efface toutes les ardoises des clients du "Barbare hydraté" qui m'aideront ! Allez chercher tout ce qui r'ssemble à une échelle dans la boutique du cousin de l'aut' gars ! Et qu'ça saute !! »

Il ne se passe pas plus de quelques minutes avant qu'une dizaine d'anciens clients ne revienne les bras chargés d'échelles. Visiblement, le crédit accumulé au fil des années par l'auberge aurait pu racheter la moitié du pays.

« Clouez-les les unes aux autres ! », ordonne le garçon qui a pris les choses en main.

Le résultat n'a l'air ni stable ni solide, mais de toute façon, vous n'aurez pas mieux. Une fois terminée, les villageois soulèvent cette monstruosité artisanale et l'apposent à la paroi de pierre inférieure de la forteresse volante.

Les yeux fermés pour vous protéger du vent, ou de la peur, vous entamez la longue et périlleuse ascension de l'échelle branlante. Après plusieurs millénaires d'escalade et de sueurs froides, vous parvenez enfin au sommet. Juste avant de quitter l'échelle, le PB jette un rapide regard vers le sol :

« Eh beh, heureusement que j'ai pas r'gardé en bas », annonce-t-il, le visage crispé comme du granit.

« Pourquoi ? T'as l'vertige ?

– Oui. » À cette réponse simple, succincte et honnête, vous comprenez qu'il n'est pas utile d'insister.

À peine le pied posé sur le rocher qui soutient la forteresse, l'échelle rend l'âme et s'écrase au sol en plusieurs morceaux sous les acclamations des villageois, heureux de vous avoir aidés dans votre quête… À moins qu'ils ne hurlent de panique en raison des morceaux de bois qui leur tombent dessus. Difficile à dire à cette distance. Votre esprit est déjà trop envahi par ce qui vous attend à l'intérieur de la citadelle obscure en **405**.

480

Vous êtes pétrifié de terreur par la simple présence du seigneur noir qui descend lentement les marches de son autel en votre direction. Son ombre vous recouvre progressivement, obscurcissant tous vos espoirs de survie.

« INCONSCIENTS. VOUS AURIEZ PU CHOISIR UNE MORT RAPIDE. J'AURAIS…

– Ouais, ouais, c'ça ! Tu t'bats ou tu miaules ?! Allez viens !

– BARBARE INSIGNIFIANT… », gronde le seigneur noir en se tournant vers votre ami.

– Bah alors, qu'est-ce qui y a ? On préfère les gamins ?! Et si tu commençais par quelqu'un d'ta taille pour changer ?! »

Ses provocations portent leurs fruits. Virilus se détourne de vous et s'avance lentement vers le PB qui se jette à l'assaut ! Vif comme l'éclair, leur premier échange fait jaillir des étincelles qui pleuvent sur toute la pièce et vous seriez

bien incapable de décrire le spectacle qui s'offre à vous. En un sens, c'est une fresque incroyable. Un duel au sommet mettant en scène deux colosses invincibles menant un combat de titans. Vous pourriez presque apprécier la beauté de la chose si vous n'y assistiez pas d'aussi près.

Vous courez vers l'ancien crâne de titan devenu le Chaudron Noir. Les épaisses volutes jaunâtres qui s'en dégagent s'intensifient, comme réveillées par votre présence. Vous ne voulez en aucun cas mettre votre sang dans cette mixture bouillonnante, mais comptez bien mettre fin au rituel ! Réfléchissez bien à ce que vous allez y mettre et dépêchez-vous ! Le combat entre les deux géants fait rage et le barbare ne pourra pas résister éternellement !

Choisissez **5 OBJETS** parmi les suivants et pensez à noter leurs effets. Pour avancer, vous devez infliger au moins **3 EFFETS NÉGATIFS** au rituel et affaiblir Virilus. Chaque objet ne peut être utilisé qu'**UNE SEULE FOIS** et sera très probablement détruit dans le bouillon infernal du Chaudron Noir. Les effets sont cumulatifs.

Vous pouvez utiliser :

= La **FLASQUE D'HUILE** en **302**
= Le **SANG DE VAMPIRE** en **305**
= Les **BOTTES DE GARDE** en **331**
= Les **PRODUITS CHIMIQUES HASARDEUX** en **334**
= La **BAGUE DE RUBIS** en **379**
= La **LIME EN ACIER D'ARKADIE** en **388**
= La **PETITE BOUTEILLE D'ACIDE** en **416**
= L'**ÉCAILLE DE DRAGON** en **438**
= Les **EXPLOSIFS** en **456**
= La **CHLOROGLYCÉRINE** en **471**
= La **BROCHE DORÉE** en **478**
= Les **PRODUITS DE NETTOYAGE** en **525**
= L'**EFFIGIE DE DUEL** en **526**
= Le **PERROQUET** en **529**
= La **BOUTEILLE DE MAGIE PURE** en **539**
= Le **MÉDAILLON D'EDIRE** en **542**
= La **TRESSE DE CENTAURESSE** en **557**
= La **BOULE À NEIGE** en **562**
= Le **BOCAL À ÉPICES** en **570**
= Le **DARD EXPLOSIF** en **600**
= L'**ICÔNE DES PALADINS** en **606**

Pensez à noter les **EFFETS** que vous infligez à Virilus quelque part ! Prenez un papier, n'importe quoi !

Si vous avez réussi à infliger **AU MOINS 3 EFFETS NÉGATIFS** au rituel sur vos **5 OBJETS**, allez en **607**. Sinon, continuez en **329**.

481

« On a entendu beaucoup de choses à votre sujet », lui annoncez-vous. « Mais vous, d'où venez-vous ? C'est quoi, votre histoire ? »

Si vous êtes **PRUDENT** ou **DÉBROUILLARD**, allez en **211**. Si vous êtes **GUERRIER** ou **PAYSAN**, rendez-vous en **132**.

482

Vous jetez le **DARD EXPLOSIF** droit sur Virilus qui le pare au vol d'un coup d'épée. Une réaction prévisible, mais regrettable pour lui. La déflagration concentrée détruit son **ARMURE** et lui fait perdre **2 POINTS DE VIE**. Retournez en **475**.

483

En vous voyant approcher, le clochard sort de sa torpeur. Son visage buriné et son regard empreint de folie vous font douter de sa capacité à vous renseigner. N'ayant pas d'autres options pour le moment, vous sortez l'ancienne gemme magique de votre sac :

« Bonjour, monsieur… Vous auriez déjà vu quelque chose comme ça ? »

Le mendiant laisse traîner son regard sur la pierre précieuse avant de déplier subitement sa carcasse dégingandée. Affichant un sourire édenté, il se met à gesticuler dans tous les sens avant de saisir le tesson de bouteille qui traînait à ses pieds pour vous menacer avec. Le bougre vous prend par surprise et ses gestes imprévisibles empêchent votre compagnon de l'approcher pour le maîtriser !

« J'crois pas ma chance !! À moi la récompense ! Hahaha !! », lâche-t-il frénétiquement en se jetant sur vous.

Malgré sa petite taille et son apparence rachitique, le barbare semble incapable de le maîtriser. L'ivrogne serpente entre ses bras et tente de vous porter un coup avec son tesson. Débarrassez-vous de ce fou avant qu'il n'arrive malheur !!

MENDIANT FOU À LIER

+0

HABILETÉ	PV	ARMURE	DÉGÂTS
3	8	0	0

Règle spéciale : *à chaque fois qu'il vous porte un coup, vous perdez 1 POINT DE CHANCE, même si son attaque ne fait aucun dommage. Vous pouvez esquiver cet effet.*

Le vieil homme s'écroule au sol, et vous regardez autour de vous. Personne ne semble avoir remarqué l'altercation. Rendez-vous en **428**.

484

Des cris de stupeur lointains vous font lentement reprendre connaissance. Vous tentez de vous asseoir au milieu des décombres et essayez de comprendre ce qui s'est passé. Cherchant le barbare des yeux, vous le trouvez assis au bord de la plateforme en train de contempler le soleil couchant sur ce qui reste de la capitale. Sans tourner la tête vers vous, il vous lance joyeusement : « T'es d'bout, gamin ? Tant mieux.

– On… On est vivants ? », demandez-vous, incrédule.

« Y a intérêt. Si j'étais mort, j'aurais pas aussi mal. »

Vous vous assoyez à ses côtés et laissez vous aussi vos jambes pendre dans le vide. Vous restez ainsi tous les deux en silence devant l'effervescence lointaine de la cité qui semble reprendre vie, libérée de l'ombre qui planait littéralement au-dessus d'elle.

« *Ton* Billy ? », demandez-vous avec un sourire narquois.

« Ah… T'sais c'que c'est. On s'dit qu'on va pas l'garder, qu'on travaille en solo… Mais au final, on s'y attache, au p'tit bonhomme », dit-il d'un air gêné avant de vous ébouriffer les cheveux.

Vous vous soustrayez de son immense paluche et réalisez soudain :

« Le sac !!

– R'garde dans l'chaudron, c'tout c'qu'il en reste », dit-il en levant le pouce vers la majorité du contenu de vos aventures qui se déversent de la gueule du chaudron renversé et fendu.

Votre sac n'a malheureusement pas survécu au rituel et tout ce qu'il contenait de fragile est désormais inutilisable… Même ce qui n'était pas fragile d'ailleurs. Vous prenez le temps de ramasser vos **RICHESSES** éparpillées aux quatre vents et de les empaqueter dans un baluchon de fortune. Perdez **1 POINT DE RICHESSE**.

Tandis que vous regroupez ce qui reste de votre équipement, vous remarquez une bouteille de cidre encore intacte, sans avoir le souvenir de l'avoir transportée. D'ailleurs, à la réflexion, il y a beaucoup de chopes et de verre brisé au sol. Cette bouteille de cidre semble être la seule à avoir survécu à l'apocalypse.

« Ah ? C't'à moi, ça. Coup d'bol qu'elle soit pas pétée », constate allègrement votre ami en la débouchant.

Vous acceptez la première gorgée avant de lui rendre la bouteille. Le liquide doux et sucré vous réchauffe et atténue la morsure du vent. Un étrange sentiment de paix vous envahit lorsque vous portez à nouveau les yeux sur la ville en contrebas. Au milieu du tumulte de la ville blessée, vous voyez des Lennoniens affluer timidement vers le château où vous vous trouvez. La plupart d'entre eux sont libres, et vous ne voyez pas un seul membre des forces de Virilus. Cependant, un détail fait naître le doute.

« Euh, PB ? On est où exactement ?

– Techniquement où, en vrai ?

– C'est quoi, la différence ?

– Techniquement, on est au sommet de la forteresse de Virilus. En vrai, on est là où se trouvait le château de Lennonia avant.

– Mais alors... La forteresse...

– Ouep.

– On s'est écrasés sur... ?

– Mouep.

– Par Mélène, qu'est-ce que j'ai fait !?! Et les gens du château ?!

– Les nobles étaient d'sortie au royaume d'Isbor. Une histoire de traité, t'sais c'que c'est. Par contre, pour les larbins... Boarf, c'sont des choses qui arrivent. T'as sauvé la ville, ç'vaut bien une ou deux femmes de chambre.

– Ouais, ben ces gars-là ont pas l'air d'accord... », murmurez-vous nerveusement en voyant une procession militaire fendre la foule pour franchir le pont qui sépare le fort de la ville.

Des soldats en armure rutilante se déversent dans toute la capitale afin d'aider la population et d'évaluer les dommages.

« Aïe, manquait plus qu'ça... », soupire le barbare « J'espérais qu'on puisse s'tirer avant qu'il rapplique. Il d'vait r'venir que la semaine prochaine...

– Qui c'est ?

– L'intendant Impérial.

– De quel empire ?

– Celui-là.

– Oh... Et on vient de remplacer son château.

– Pour être passé par les prisons d'l'ancien, c'sans doute une amélioration. Allez, viens Billy, s'ils nous trouvent là, y vont croire qu'c'est d'notre faute.

– Bah, techniquement... », dites-vous en filant le train du géant.

Vous descendez les étages et évitez les gravats sans rencontrer âme qui vive. Tous les soldats de Virilus gisent raides morts dans les couloirs de la forteresse. Tout comme leur maître était connecté au chaudron, son armée était connectée au seigneur noir et a péri avec lui. Vous poussez les portes principales de la forteresse qui s'alignent comme par miracle avec les escaliers en marbre de l'ancien palais. Si ce n'est pour la couleur du dallage et les innombrables fissures, on pourrait jurer que la forteresse a toujours occupé l'endroit.

Combien de **POINTS DE GLOIRE** avez-vous accumulés au cours de votre aventure ? Si votre montant est de **0 POINT**, allez en **427**. S'il est de **1** ou **2 POINT**s, allez en **501**. S'il s'élève à **3** ou **4 POINTS**, allez en **602**. Enfin, si vous rayonnez de **GLOIRE** avec **5 POINTS** ou plus, avancez dignement en **381**.

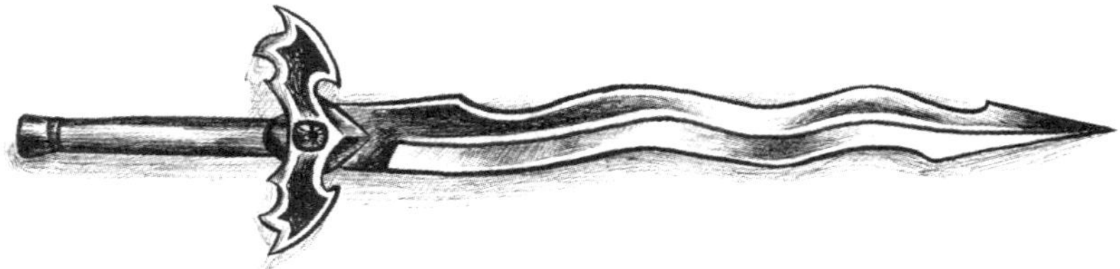

485

Vous saisissez la **NATTE DE LA CENTAURESSE**. Elle ne vous sert à rien, mais vous rappelle que vous n'êtes pas le seul à lutter contre ce démon terrifiant ! Des gens courageux se battent dehors et s'acharnent face aux ténèbres ! Hors de question d'abandonner ces âmes vaillantes à leur triste sort. Vous allez tout donner et serrer les dents ! Gagnez **1 POINT DE DÉGÂT** supplémentaire et **IGNOREZ UNE ATTAQUE** de Virilus au cours du combat. Retournez en **475**.

486

Une fois la porte passée, vous êtes agréablement saisi par une épaisse vapeur au parfum de lavande. Le brouillard odorant caresse vos narines, mais obstrue votre vue, et c'est à tâtons que vous avancez, en suivant les voix pétillantes qui se font de plus en plus précises. Là, au fond d'une grande pièce rectangulaire, vous apercevez une demi-douzaine d'elfes noires qui se prélassent nues dans un grand bassin d'eau chaude. Leurs rires et leurs plaisanteries répondent au clapotis des jets d'eau, et elles ne semblent pas vous avoir remarqués pour l'instant. Devant ce panorama somptueux, le barbare détourne subitement le regard d'un air perturbé :

« Des bains… », murmure-t-il, horrifié. « Que Zarkan me protège…

– C'est vraiment ça qui te choque ?! », dites-vous, incapable d'arracher votre regard du tableau exotique qui s'étale sous vos yeux.

Alertées par votre échange, les elfes se tournent enfin vers vous.

« Des Hommes ?! », s'exclame l'une d'entre elles, reprise par sa voisine qui applaudit de joie.

« Le seigneur nous envoie enfin de la chair fraîche !! Ça commençait à bien faire de devoir se contenter d'orcs !

– Surtout depuis qu'ils ont compris… Ils ne viennent plus jouer avec nous », soupire une troisième en s'approchant langoureusement avant de se lécher les lèvres. « Et vous, vous êtes venus jouer ? Ou nous nourrir ? »

De toute évidence, ces dames à l'apparence aussi aguicheuse que menaçante ont terriblement faim de quelque chose. Reste à savoir de quoi. Si vous avez le **PRODUIT DE NETTOYAGE**, vous pouvez leur proposer un massage capillaire et éviter une confrontation directe en **222**. Si vous préférez la jouer frontale, vous pouvez tirer vos armes et occire ces péronnelles qui vous barrent la route en **574**. Si vous avez visité le **PALAIS DES PLAISIRS D'YTIA** plus tôt dans l'aventure,

vous pouvez mettre votre enseignement à bon usage et régler le problème comme il se doit en **182**. Si jamais vous pensez que la situation est désespérée, vous pouvez tenter d'utiliser la **BOUTEILLE DE MAGIE PURE** en **202**.

487

Qui dit plante, dit limite de portée ! Avec cette stratégie en tête, vous slalomez entre les tentacules épineux de la créature qui semble vous avoir exclusivement pris pour cible. Un saut, une roulade, un pas de côté… Chaque mouvement est un mélange de talent et de pure chance. Sautant par-dessus un banc délabré qui traînait sur le chemin, votre fuite se termine sur une impasse. Horrifié, vous vous retournez pour voir les fleurs-ventouses se jeter sur vous. Vous fermez les yeux en priant pour une mort rapide, mais celle-ci ne vient jamais.

À la place, la liane qui se trouve à quelques centimètres de votre visage claque des dents de manière impuissante. La tige qui la relie à la fleur principale est aussi tendue que possible, et vous êtes juste en dehors du rayon d'action de ses bulbes affamés. Trop concentrée sur vous, la créature monstrueuse ne fait pas attention au PB et à Félix qui en profitent pour lui trancher les tiges de quelques coups secs.

La fleur colossale s'écrase au sol et répand un liquide visqueux qui ronge absolument tout sur son passage. Essuyant sa serpe sur les feuilles de la créature, le Fleuriste murmure :

« Excellente stratégie, fils. Mais, la prochaine fois, suis mes instructions. Maintenant, partons avant que… »

Dans un dégonflement sonore, le cadavre végétal relâche une grande quantité de spores dans l'atmosphère.

« 'Tain, mais… ?! », s'exclame le barbare.

« Empoisonnées ! Couvrez-vous la bouche !! », rugit votre guide en dégageant un passage à la serpe.

« Par les pectoraux de Mutra ! F'est pas fvrai !! Quelle faloperie abfolue ! », jure le barbare en cavalant sur le chemin, les mains plaquées contre son visage.

Vous retenez votre respiration et prenez vos jambes à votre cou en direction de **426**.

488

Trop absorbée par sa besogne, la jeune femme ne remarque pas tout de suite le gobelin derrière elle qui semble la prendre sur le fait. Paniquée, elle essaye tant bien que mal de lui dissimuler ce qu'elle était en train de faire, en vain. Le gobelin entreprend une tirade agacée et la réprimande dans un langage incompréhensible en vous tournant le dos. Voilà votre chance !

Vous faites signe au PB qui ne saisit pas tout de suite que vous lui désignez l'enclume à ses pieds. Ayant finalement compris votre intention, un sourire carnassier se dessine sur son visage et il attrape l'objet qui paraît ne rien peser entre ses mains. L'enclume soulevée au-dessus de lui, il s'approche subrepticement du petit contremaître et laisse la gravité faire son travail. Le quintal d'acier retombe dans un « *ZKLUNK* » sonore pile sur le crâne du gobelin, mettant brutalement fin à sa logorrhée. En fixant l'elfe médusée, vous faites mine de désapprouver :

« Tsk, tsk... Un regrettable accident du travail. Navrant, vraiment.

– L'aurait dû mettre un casque », rétorque le barbare en haussant des épaules.

« Ça aurait changé quelque chose pour lui ?

– Pas vraiment, mais ç'aurait fait un meilleur bruit. »

Votre petite altercation est passée totalement inaperçue au milieu des sons de l'atelier. Les autres gobelins sont visiblement durs à la tâche et il en faut bien plus pour les distraire. Ayant l'air à peine plus âgée que vous, la jeune elfe est d'une beauté saisissante malgré les quantités astronomiques de suie qui lui maculent le visage. Et puisqu'elle ne porte rien d'autre qu'un tablier de forgeron et quelques vêtements déchirés, vous restez béat devant ses formes gracieuses. Néanmoins, votre rêverie est gâchée par la vision d'une chaîne à sa cheville qui la retient à son poste de travail :

« Vous êtes venus pour me sauver ? », demande-t-elle incrédule.

« Euh, non… Mais pourquoi pas ? Si on peut faire quelque chose pour vous… », bégayez-vous.

Elle semble hésiter un bref instant avant de poursuivre en **573**.

489

Les villageois tiennent la place courageusement, et vous saluent d'un signe de la tête. Un choix s'offre à vous. D'autres malheureux ont peut-être besoin de votre aide ailleurs dans Lennonia, mais vous avez un but à atteindre : monter dans la forteresse. Que choisir ? De votre position, vous pouvez vous rendre au quartier de la **TOUR DES MAGES** en **64** ou rejoindre le **QUARTIER BOULANGER** en **450**. Mais si vous souhaitez demander aux villageois de vous aider à pénétrer dans la forteresse, adressez-vous à eux en **479**.

490

Les rues du vieux quartier sont toujours aussi festives, et le bordel d'Ytia entièrement vide. Les enfants sont depuis longtemps partis se mettre à l'abri et vous espérez que le jeune garçon qui les menait a réussi sa mission. Au milieu du chaos ambiant, personne ne fait attention à vous. Si vous souhaitez encore explorer la ville, rendez-vous à la **CATHÉDRALE** en **496** ou au **QUARTIER COMMERÇANT** en **95**. Si vous voulez enfin grimper à la chaîne de la forteresse qui dépasse de la maison des plaisirs, allez en **403**.

491

« Sans façon. Merci », dites-vous en tournant les talons et en entamant une fouille de l'endroit.

« Attendez, messires !! Si vous me libérez, je vous ferai don de mes richesses ! J'ai pu accumuler quelques pierres précieuses au fil des siècles, et je sais que vous leur trouvez toujours une quelconque valeur… Si je vous révèle leur emplacement…

– … Vous nous gâch'riez la surprise ! C'pas du pillage si tu dis où c'est ! », termine votre ami en plaçant un seau en bois sur la tête de la captive, qui vous invective maintenant de tous les noms.

Malgré sa lourde insistance et son ton supplicié, vous préférez ignorer l'écho de sa voix et la laisser à son triste sort. Après quelques minutes, vous trouvez la cache « secrète » de la vampiresse sous son matelas de fortune.

« Marrant ça. J'toujours pensé qu'les monstres, ça dormait sous les lits, pas qu'ils y planquaient leur pognon.

– En même temps, qui viendrait voler une vampiresse ?

– Bah, nous », finit-il en versant les pierres précieuses dans votre sac.

Vous gagnez **1 POINT DE RICHESSE** et trouvez aussi une **LIME D'ARCARDIE** que vous ajoutez à votre inventaire. Le précieux objet fait d'un métal lointain est théoriquement incassable selon les dires excités de votre ami.

Son enthousiasme s'éteint cependant lorsqu'un grondement érafle les murs et souffle les rares bougies qui éclairaient encore l'endroit. Edire semble vous faire comprendre que votre choix ne la satisfait aucunement, et son mécontentement vous fait perdre **2 POINTS DE CHANCE MAX**. Vous préférez ne pas traîner dans les parages et rejoignez la centauresse en **383**.

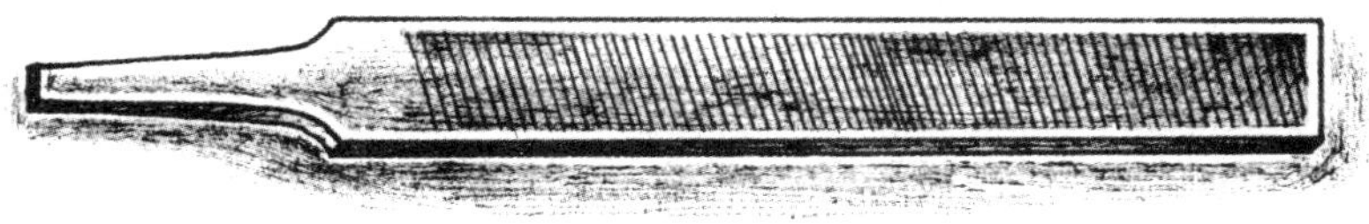

492

Vous êtes réveillés au petit matin par le gardien qui fait claquer sa matraque contre votre cellule. En réponse à votre sursaut, celui-ci passe un plateau à travers les barreaux avant de déposer deux miches de pain et une cruche d'eau dessus. Sans que vous ne puissiez lui dire un mot, il quitte la pièce en remontant les escaliers, ses bruits de pas résonnant contre la pierre de plus en plus faiblement à vos oreilles. Bientôt, vous n'entendez plus que le bruit de la pluie matinale qui s'écoule à travers la fenêtre barrée.

De nouveau seuls, vous essayez de vous lever lentement. Les contusions de la veille semblent s'être estompées en partie. Au moins, vous n'avez rien de cassé. Le barbare, en revanche, semble avoir de nouveaux bleus au ventre et son visage est enflé.

« Hé ! Tu t'es pas réveillé quand l'aut' enfoiré est passé cette nuit… R'marque, c'pas plus mal », finit-il en grinçant des dents.

N'oubliant cette fois pas votre boulet et ses chaînes, vous vous approchez de lui pour l'examiner.

« Par Mélène, ils t'ont encore tabassé ?! Mais j'ai rien entendu !! », vous exclamez-vous, horrifié.

« Bah, j'pas fait d'bruit. Tu dormais… C'pas poli.

– Je peux faire quelque chose ?! », implorez-vous.

« Dans ma botte droite… À la ch'ville. Y a un sachet avec d'la poudre gluante d'dans. Mets-en sur les bleus. »

Vous vous exécutez immédiatement et trouvez l'onguent avant de l'appliquer sur les blessures de votre ami. À chaque fois que la poudre touche sa chair, son sourire rassurant vacille imperceptiblement. Si l'expérience est douloureuse, il n'en dit pas un mot et vous demande :

« Parle-moi d'toi, gamin… Tu m'as dit qu'tu v'nais d'un patelin qui s'appelle Plante-Citrouille, c'ça ?

– S'appelait. L'endroit est désert maintenant. La peste de fer nous a touchés y a quelques mois.

– La peste d'fer ? J'la connais pas, celle-là… », muse le barbare.

« Au début, on croyait que c'était juste une vilaine toux. Mais quand les voisins ont commencé à l'attraper, on a tout essayé : les onguents, les remèdes, l'isolement… On a vérifié l'eau du puits et on a demandé à un hameau voisin s'ils avaient pas de quoi manger, de peur que ça vienne de là, mais eux aussi avaient disparu.

– Ah… Euh… C'pas contagieux ? Enfin j'veux dire t'es sûr que… ?

– Non, j'suis pas atteint », poursuivez-vous. « Ceux qui ne sont pas affectés le deviennent jamais. Du coup, quand l'gros Faras est mort, c'est moi qui ai dû m'occuper des corps.

– Désolé, gamin.

– C'est pas ta faute. Toi, ton métier, c'est de mettre les gens au sol, pas dedans. Mais faut bien que quelqu'un s'en occupe. » L'homme hoche doucement la tête pendant que vous continuez à le soigner. « Ma mère a été la dernière touchée, alors que tout le monde mourait autour de nous. Au début, j'étais triste, mais au bout d'un moment… On attend juste que ça se termine, tu vois ? C'était ma seule famille… À part pépé Citrouille, mais il était déjà mort… Et Fanta, quand j'y pense, c'est pas vraiment un oncle, mais ça compte, j'imagine. »

Le barbare reste silencieux.

« Quand c'est enfin arrivé, j'avais préparé le feu, et je savais quoi faire… Mais après ça, j'étais perdu. Puis Fanta a débarqué et c'est là qu'il m'a dit d'aller te trouver… Tu connais la suite.

– Mais pas la fin, gamin. J'vais nous sortir de là, t'verras », conclut-il avec un sourire. « À c'sujet, j'ai une bonne et une mauvaise nouvelle.

– Vas-y.

– La bonne nouvelle, c'est qu'je me sens déjà mieux. C't'onguent fait des miracles, ça fait pas disparaître les blessures, mais tu les sens plus. C'pareil.

– Et la mauvaise ? »

Le colosse est immobilisé, mais son regard se fait soudainement nerveux. « Faut 'bsolument qu'je pisse », termine-t-il en pinçant les lèvres.

Contenez courageusement la situation en **466**.

493

« Bonjour, jeune homme. Un p'tit Coup vite fait ? », demande la femme en vous regardant approcher.

Entre ses doigts, les cartes se faufilent et l'expérience au jeu de cette étrangère ne fait aucun doute.

« Euh, si ça peut m'aider à trouver ce que je cherche, pourquoi pas ? Vous auriez pas entendu parler d'un Fleuriste qui traînerait dans l'coin ?

– Dis-moi où est l'esclave, petit, et peut-être que je te répondrais. »

À ces mots, elle pose cinq cartes devant elle et attend votre réponse.

Apparemment, vous devez deviner l'emplacement de l'esclave parmi les cartes qu'elle vient d'étaler devant vous. Tentez votre chance en retournant la première en **113**, la deuxième en **315**, la troisième en **280**, la quatrième en **453** ou la cinquième en **127**.

494

Vous décochez une flèche qui rebondit sur la carapace de la créature géante sans même la faire réagir. Devant ce spectacle, les gnolls éclatent d'un rire dément, et tombent de leur charrette en se tenant les côtes. Votre échec n'est pas total, car vous **ANNULEZ LES RÈGLES SPÉCIALES** du prochain combat contre les hyènes qui pleurent littéralement de rire à votre approche. Menez une attaque frontale en **317**.

495

Vous refermez doucement la porte et demandez au barbare de la surveiller, avant de retourner discrètement aux **ÉCURIES**. Par chance, il n'y a pas âme qui vive sur le chemin et vous rejoignez l'enclos de l'émeu sans vous faire remarquer. Quand l'animal vous voit, il vous salue d'un bruissement de plumes et semble se demander comment manger tout ce qui l'entoure. Vous le calmez de quelques caresses, avant de saisir sa bride et de l'entraîner vers l'extérieur. Cette forteresse est décidément un vrai moulin, puisque vous faites le chemin inverse en direction du **LABORATOIRE** sans vous faire remarquer, encore une fois.

Le PB se retient de rire en vous voyant revenir avec l'animal. Ayant compris votre stratagème, il entrouvre la porte du **LABORATOIRE** et le force à entrer, avant de lui flanquer une claque magistrale sur l'arrière-train. Surpris, l'émeu lâche un piaillement strident avant de s'engouffrer dans la pièce, piqué par un accès de folie. Votre ami referme délicatement la porte derrière lui et vous distinguez des bruits de verre qui se brisent, des cris et même quelques petites explosions, gageant du chaos infini que la bestiole déchaîne. Quand le silence revient enfin, vous entrez prudemment à l'intérieur pour trouver Mimine les plumes hérissées, un reste de blouse blanche à son bec rougi.

« Hé bé, il a passé un sacré coup d'plumeau. J'savais pas qu'les piafs c'tait carnivore…

– Je crois pas qu'il soit au courant non plus… », murmurez-vous en observant la créature qui picore les éclats de verre au sol.

Pas le temps pour un cours d'anatomie aviaire, vous pénétrez dans le labo en ruines pour y entamer une fouille détaillée en **536**.

Félicitations, vous avez débloqué le succès « Un émeu dans un magasin de porcelaine ». Cochez la case correspondante à la fin de cet ouvrage.

496

Avez-vous déjà visité la **CATHÉDRALE** durant cet acte et réglé son problème ? Si oui, allez directement en **531**. Sinon, allez en **537**. Vous pouvez aussi continuer vers le **QUARTIER BOULANGER** en **450** ou les **QUARTIERS INSALUBRES** en **157**.

497

Ça passe ou ça casse ! Vous renoncez à l'idée de franchir la passerelle et optez pour la solution dite de Phumtar. La légende dit que le Dieu-ornithorynque de la Justice se roule en boule en cas de danger et, équipé de deux objets de protection, vous reculez pour prendre de l'élan. Vous sprintez brièvement sur une courte distance avant de vous jeter en roulé-boulé et saccager tout ce qui se trouve sur votre passage ! Les tulipes volent, plient et sont arrachées par votre charge avant même de pouvoir refermer leurs dents sur vous ! Votre stratégie est approximative et grotesque… Mais elle marche !

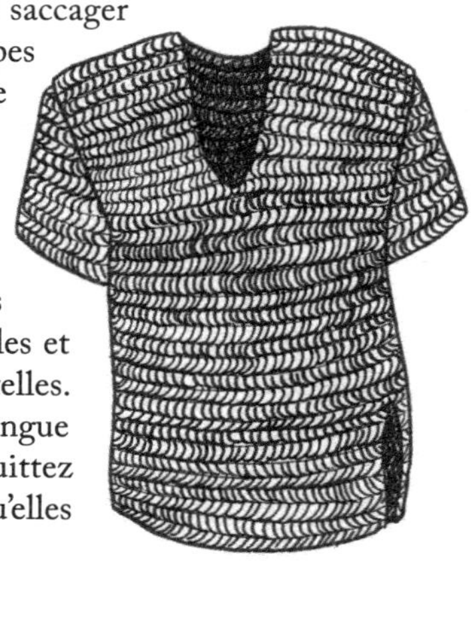

Derrière vous se dessine maintenant un sillon chaotique de terre retournée et de tulipes à dents écrasées. Le sol est rouge de leurs pétales et une tranchée traverse cet océan de fleurs mortelles. Certaines d'entre elles, vexées, vous tirent la langue alors que vous époussetez vos vêtements et quittez les lieux. Pour votre part, elles n'ont eu que ce qu'elles méritaient ! Votre route se poursuit en **452**.

498

De vous deux, seul votre ami semble savoir se servir de ces bougies dangereuses. Vous le voyez se mêler aux squelettes afin de placer les bâtons d'explosif à intervalles réguliers dans les rangs. Bien qu'immobiles, les soldats d'os paraissent menaçants et vous craignez qu'à tout moment l'un d'eux ne soit pris d'un spasme meurtrier. Heureusement, il n'en est rien et le barbare répand joyeusement ce qui reste de poudre au pied des squelettes. Une fois les charges posées, il vous enjoint à vous mettre à l'abri. Vous ignorez si la distance de sécurité est bien réglementaire, tandis que votre ami frotte la poignée de sa hache pour en faire jaillir des étincelles. Et c'est non sans un dernier doute que vous vous bouchez les oreilles et fermez les yeux.

« 'ttention gamin ! C'va péter ! » s'enjaille-t-il d'un rire puéril.

La colonne de poudre s'enflamme jusqu'au premier bâton qui explose et entraîne les suivant dans un formidable jeu de dominos embrasé. Gardant la tête baissée, vous ne voyez pas les squelettes se faire pulvériser par la puissante déflagration qui a eu raison de vos oreilles malgré tout :

« INCROYABLE ! ÇA A MARCHÉ !! » hurlez-vous au barbare.

« QUOI ?!

– J'DISAIS : ÇA A MARCHÉ !

– J'T'ENTENDS PAS, BILLY, MAIS EN TOUT CAS, ÇA A MARCHÉ ! »

Vous levez les bras victorieusement avant de laisser vos tympans refroidir en **25**.

499

« Aaaah, c'est juste pour ça que tu es venu ? Bah, fallait le dire tout de suite, mon garçon ! »

La gentille voyante vous informe d'absolument tout ce qu'elle peut vous dire, et s'avère être une mine d'informations exceptionnelle ! Comme quoi être poli avec les petites vieilles, ça finit toujours par payer.

Elle ne vous reprend même pas quand vous lui serrez la main avant de quitter précipitamment sa tente. Gagnez **2 INFOS** et retournez en **100.**

- Acte Virilus -

500

Vous montez les escaliers pour arriver dans une pièce circulaire. Malgré les torches qui l'éclairent, des ténèbres denses et presque solides semblent avoir pris possession des lieux. Surélevé par une estrade et entouré de deux grandes bannières, Virilus, le seigneur noir, est assis sur son trône. Ce surêtre est colossal et deux rubis rouges percent les ténèbres de son casque, vous observant attentivement. À ses côtés darde une lueur jaunâtre : le Chaudron Noir ! Le récipient impie est posé sur un petit piédestal, chauffé par un feu obscur et laissant échapper des volutes purulentes. Le rituel de Virilus touche presque à sa fin, et il n'attend que vous pour la touche finale. Lorsque le seigneur noir prend la parole, votre sang se glace.

« ENFIN, TE VOILÀ… LONGTEMPS, J'AI ATTENDU CE MOMENT.

– Vous… Vous nous attendiez ?

– Ah… C'qu'on comptait sur l'effet d'surprise… Bon, bah, tant pis.

– JE SAIS RECONNAÎTRE DES ENVOYÉS DES DIEUX QUAND ILS VIENNENT MOURIR DEVANT MOI. VOUS POSSÉDEZ QUELQUE CHOSE QUE JE DÉSIRE ET JE VOUS LE PRENDRAI.

– Attendez… Vous dites qu'on est des envoyés des Dieux ? »

Virilus tourne légèrement la tête vers vous.

« VOUS AVEZ ÉCHAPPÉ À MON EMPRISE, TUÉ MES GÉNÉRAUX ET VIOLÉ MA FORTERESSE », gronde-t-il sombrement. « MAIS TOUT CELA EST INSIGNIFIANT. VOUS M'AVEZ APPORTÉ LE SANG ANCIEN SUR UN PLATEAU D'ARGENT, ET JE N'AI QU'À ME SERVIR.

– Minute, mon gars ! S'tu veux mon sang, va falloir v'nir le chercher !

– TON SANG COULERA COMME TOUS LES AUTRES, BARBARE. MAIS CE N'EST PAS LE TIEN QUE JE DÉSIRE… TOI », lance-t-il en vous pointant du doigt. « OUI. TOI, JEUNE HUMAIN. TOI SEUL POSSÈDES LE SANG ANCIEN QUI VIENDRA NOURRIR MES DESSEINS ! »

Quel twist ! Quel retournement de situation incroyable ! Ou pas… Si vous aviez vu ce coup du sort venir à des kilomètres, soupirez en **572**. Si c'est une surprise totale, allez en **343**.

501

Vous parvenez à convaincre les soldats qui vous encerclent que vous ne faites pas partie des forces de l'ancien seigneur noir. Vu que les corps des créatures jonchent les rues et que quelques citadins corroborent votre version des faits, les gardes abaissent leurs lances et prennent votre déposition. Vous leur expliquez que vous étiez prisonniers à bord de la forteresse et détaillez sa chute sur l'ancien palais de Lennonia. Les chevaliers, partiellement intimidés par le barbare qui s'impatiente, vous laissent donc partir et un apothicaire de guerre vous donne même une couverture et un verre de lait. Rien pour le PB cependant, qui continue de fixer d'un œil noir tous ceux qui le séparent de la taverne la plus proche. Bien décidés à fêter votre victoire, vous sillonnez les rues de Lennonia, saluant au passage les rares bougres qui vous reconnaissent.

Combien de **POINTS DE RICHESSE** avez-vous accumulés au cours de votre aventure ? Si votre montant est de **0 POINT**, allez en **476**. S'il est de **1** ou **2 POINTS**, allez en **535**. S'il s'élève à **3** ou **4 POINTS**, allez en **578**. Enfin, si vous débordez de **RICHESSE** avec **5 POINTS** ou plus, dépensez allègrement en **454**.

502

En vous assoyant sur le même banc que vous aviez déjà utilisé quelques jours plus tôt, vous soufflez un instant :

« Bon. Voilà le plan. Une fois dans la chambre du sorcier, on passe par la fenêtre qu'on avait empruntée pour monter sur le toit. Puis, de là, on saute sur la base du château.

– Bonne idée, gamin. Toutes les forteresses ont des tunnels, on en trouvera bien un qui traîne en haut.

– Parfait. Suffit juste de dire le mot de passe dès qu'on est prêts.

– T'veux dire l'formule magique ? », termine le barbare avant que vous ne soyez soudainement tous deux aspirés dans un cyclone de bruits, de couleurs et de chaos. Hurlant dans le cosmos infini, votre voix se fond avec votre corps dans la compression spatiale du voyage magique.

Une expérience traumatisante qui en entraîne une autre, puisque vous êtes expulsés d'un seul coup sur le toit de la Tour pour basculer dans le vide, bien réel cette fois. Dans un réflexe surhumain, le barbare vous attrape par le poignet et s'accroche au bord de la gouttière de son autre main. Le colosse vous soulève d'un seul bras et vous projette sur les tuiles avant de se hisser à son tour. Vous réalisez avec horreur ce qui vient de se passer et commencez tous les deux à trembler comme des feuilles.

« Quessquicépassé ?! Mais Quessquicépassé ?! », répète en boucle le barbare.

« La formule... T'AS MAL DIT LA FORMULE, BULBE D'ANDOUILLE !!

– L'formule ?! », réitère-t-il sans comprendre.

« "LA" FORMULE ! "LA" !! ARTICULE LA PROCHAINE FOIS !!

– Mes articulations, elles m'font mal, s'tu veux tout savoir », grogne-t-il en se rasseyant avant de vous sourire. « En même temps, faire une cascade pareille sans s'échauffer, c't'un coup à s'péter un truc ça. »

Désarmé par son visage béat, vous susurrez avant de fermer les yeux :

« Dès que mon cœur se remet à battre, je te tue. »

Le rire soulagé du barbare est contagieux, et bientôt, vous ricanez ensemble aussi bêtement que les hyènes que vous avez rencontrées plus bas.

L'ambiance joviale s'évapore lorsque vous tournez la tête pour apercevoir la masse noire qui vous surplombe. Elle n'est qu'à une hauteur d'homme et, après une vive protestation de votre part, le PB vous lance sur la plateforme avant de sauter à son tour. Au moins, vous n'avez pas à chercher une entrée longtemps. Vous suivez l'ouverture d'un ancien égout pour enfin pénétrer dans la forteresse. Continuez en **405**.

503

Si une statue pouvait transpirer, il y aurait du gravier dans toute la pièce… En vous voyant approcher muni d'un équipement qui pourrait leur être fatal, les deux golems reviennent à leurs fondamentaux de statues et se figent. Si une lame ou une pointe a pour simple effet de les chatouiller, ce genre de matériel les réduirait en tas de gravats. Vous les tenez donc en respect.

Si vous souhaitez passer la double porte vers le **COULOIR NORD**, ignorez les statues en **461**. Vous pouvez aussi emprunter la petite porte à l'ouest vers ce que vous supposez être un **ATELIER**, tournez la poignée en **101**. Si vous voulez retourner à l'**ENTREPÔT** au sud, dirigez-vous en **340**.

504

Le PB semble excité par cette trollesse. L'idée d'affronter une telle créature provoque chez lui des réactions incontrôlables. Que voulez-vous, il aime les bagarres exotiques, et l'étalage de force dont vient de faire preuve la guerrière aux quatre bras le laisse rêveur… Malgré cela, il reste sagement caché avec vous derrière une caisse, conscient qu'attaquer la femme mettrait en péril la vie des prisonnières. Si seulement il pouvait empêcher les dommages collatéraux, il s'en donnerait à cœur joie.

Vous lisez dans ses pensées et lui agitez l'**EFFIGIE DE DUEL** sous le nez. Il se met à trépigner d'impatience comme un enfant trop pressé d'ouvrir son cadeau. Vous sortez de derrière les caisses et annoncez d'une voix forte : « C'est l'heure du duel !! »

À vos paroles, toute la place s'est tue. La trollesse attrape au vol l'effigie que vous lui jetez au visage pour la broyer d'une seule main.

« Toi, en duel face à moi ? Tu veux donc mourir ? », répond-elle d'une voix agacée.

« Non, m'dame. Mais mon champion, oui !

– Oooh ? », murmure-t-elle face à l'agréable surprise que constitue le barbare. « Il a l'air moins maigre que les autres. Intéressant ! Vous deux, surveillez la marchandise et n'intervenez pas ! Si vous touchez à un seul de leurs cheveux, vous finirez comme lui ! », lance-t-elle à l'égard de ses deux larbins en leur jetant la tête décapitée qu'elle tenait toujours.

Un cercle d'esclaves se crée autour des deux duellistes qui se savourent des yeux, comme on humerait l'odeur d'un festin avant de se jeter dessus.

La suite tient davantage de la boucherie que du combat. Ivre d'une joie enragée, votre acolyte se jette sans retenue dans la bataille, fendant l'air de sa hache. Autour d'eux, les femmes qui forment l'arène poussent des petits cris de stupeur en suivant le spectacle offert par les deux gladiateurs. Galvanisé par son public, le PB ménage le suspense et entretient le spectacle. Une roulade après un coup au visage, une esquive, une parade suivie d'un coup de tête ! Il redouble d'efforts pour mettre à bas la terrible créature qui se bat comme une diablesse. Un autre coup, un revers de la main, une parade, une autre esquive… Il s'apprête à lui porter un coup fatal quand une chaîne vient enserrer le cou de la trollesse !

« Mais… QU'EST-CE QUE VOUS… !! », s'étouffe-t-elle de rage en battant des bras.

« Aidez-moi, les filles ! Tenez-lui les bras et étranglez-la, elle aussi !! », crie une jeune femme sur le dos de la créature.

La gardienne aperçoit enfin les cadavres de ses sbires qui gisent sur le côté. Plongée dans son combat, elle ne s'était pas rendu compte de l'insurrection silencieuse de ses captives.

« Gblarg… Aucun… Honneur… », siffle-t-elle avant de rendre l'âme, asphyxiée par ses assaillantes.

« Et alors ? On est des esclaves, non ? », crache la meneuse de la rébellion avant d'ajouter à l'égard du barbare. « Merci d'avoir détourné son attention, guerrier. Vous avez été formidable. »

Vexé d'avoir été interrompu dans son combat, il ravale ses paroles avant de hausser les épaules :

« C'rien, j'avais fini d'toute façon. Remerciez l'gamin, c'lui qu'a eu l'idée », ajoute-t-il en vous lançant un regard complice.

Vous acceptez les chaleureux remerciements des prisonnières qui tendent des mains envieuses vers vous alors que vous circulez dans leur rang pour les libérer en **168**.

505

Dans un dernier râle, la géante s'écroule sur un fût de bière qui s'éventre sous son poids. L'éruption du précieux nectar inonde la pièce et la foule éructe de joie ! L'adrénaline coule encore dans vos veines et vous êtes à deux doigts de poser votre poing sur le visage du PB quand celui-ci vous soulève en guise de célébration.

« Avorton, cham-pion ! Avorton, cham-pion ! », scande-t-il, bientôt suivi par tous les soldats. Les chopes tintent en rythme sur les tables, mais à nouveau, le silence s'installe quand la trollesse reprend ses esprits et titube jusqu'à vous :

« Ton nom, guerrier.

– Billy », répondez-vous fièrement avant d'ajouter penaud : « M'dame.
– Le seigneur Virilus a de la chance d'avoir quelqu'un comme toi dans ses rangs, guerrier Billy. Je comprends mieux pourquoi tu es ici avec nous. »

Elle se recoiffe avec deux mains, tandis que les deux autres s'affairent à retirer la ceinture qu'elle porte autour de la taille. Elle vous tend l'ornement en cuir qui vous revient de droit. Cette **CEINTURE DE CHAMPION** ne vous confère aucun bonus en particulier, mais elle est la preuve irréfutable que vous êtes un sacré dur à cuire !

« Ch'uis tellement fier d'toi, gamin ! On aurait dit un p'tit animal ! Du genre que tu coinces dans un coin et qui t'défonce ! C'était glorieux !! », vous acclame votre ami.

Dans la pièce, la ferveur se dissipe rapidement et, déjà, la plupart des soldats sont occupés à faire place nette après ce tournoi d'anthologie.

« Crois-moi, Billy, si on s'en sort, tout l'monde saura qu'tu leur as mis une belle raclée ! Les vrais guerriers r'connaissent ce genre de ceinture. Porte-la fièrement ! »

Vous êtes convié à la table des festivités pour un repas qui vous rend **8 POINTS DE VIE**. Si vous êtes **GUERRIER**, vous gagnez également **1 POINT DE GLOIRE** (non répétable). Après quelques plats, vous vous éclipsez discrètement en **457**.

Félicitations, vous avez débloqué le succès «Octogone». Cochez la case correspondante à la fin de cet ouvrage.

506

Être petit dans un monde de grandes brutes présente certains avantages et personne ne vous remarque lorsque vous vous faufilez dans l'auberge pour verser le contenu du **PHILTRE D'AMOUR** dans l'un des fûts de bière posés sur le comptoir. Vous restez ensuite sagement recroquevillé dans la réserve en attendant que l'élixir fasse son effet. D'abord très bruyante et électrique, vous sentez que l'atmosphère se tamise peu à peu jusqu'à n'entendre plus que des murmures dans la salle principale. Le panorama qui se déploie alors sous vos yeux vous fascine autant qu'il vous révulse. Orcs, gnolls et gobelins sont des espèces qui ne vivent que pour se battre, et parfois entre elles. C'est donc avec beaucoup de surprise que vous les observez s'enlacer, se frotter et se cajoler sans considération de sexe ou d'espèce. Les vêtements commencent à voler et l'ambiance dérive doucement vers une orgie qui ne déplairait pas à Ytia, la bienveillante, mais toutefois décadente Déesse du Stupre.

Alors que vous désespérez devant le spectacle le plus répugnant de votre courte existence, les bêtes amoureuses commencent à se lever en couples et à quitter la pièce. Le dernier à partir est un gobelin qui serre affectueusement la tête de l'ogre qui quitte l'auberge d'un pas lourd et joyeux, laissant sa précieuse clé sur un pagne jeté négligemment au sol. Sans vouloir vous appesantir sur les implications de ce que vous venez de déclencher, vous courez au secours des prisonniers en **420**.

507

Vous cognez aussi fort que possible sur la porte massive pour vous faire entendre. Après quelques instants d'attente, la laque d'une lucarne coulisse laissant entrevoir les yeux colériques d'un paladin.

« On ne se rendra jamais ! Monstres !!

– La voie est libre ! Vous pouvez ouvrir la porte maintenant », assurez-vous au gardien qui redouble de méfiance.

« Pas question !! Je peux sentir de la magie de mort provenir de votre sac depuis ici ! Vous avez sur vous un artefact hérétique, et si cette porte ne nous séparait pas, je vous tuerais sur le champ !!

– Mais… Mais ces femmes ont besoin d'aide ! Certaines sont blessées ! Vous allez pas refuser des réfugiées ?! », suppliez-vous.

Le chevalier semble hésiter un instant, avant de concéder :

« Nous déblaierons la porte seulement si vous partez ! Elles pourront alors entrer et être mises sous la protection d'Edire et de son Vicaire ! Mais vous, vous devez ficher le camp ! Et emportez votre hérésie à Vetherr ! »

Qui aurait cru que garder le bras d'un des squelettes qui accompagnaient le général Massacre allait créer un tel dilemme ? Vous optez pour la sécurité des rescapées et acceptez le marché du paladin. Allez en **531**.

508

Vous saisissez la **PETITE BOUTEILLE D'ACIDE** et la jetez au visage du seigneur noir. Si vous espériez lui faire fondre le crâne, c'est raté. Son lien avec le Chaudron Noir le protège, mais l'acide semble lui irriter les yeux, lui faisant perdre **4 POINTS D'HABILETÉ**. Retournez en **475**.

509

L'ICÔNE DIVINE des paladins d'Edire semble luire d'un éclat pendant une fraction de seconde. Vous sentez la protection éphémère et capricieuse de la Déesse, mais vous lui adressez quand même vos remerciements. Gagnez **1 POINT D'ARMURE** supplémentaire. Retournez en **475**.

510

Au bout de quelques minutes d'errance, un petit regroupement de très grosses fleurs à l'apparence inoffensive retient votre attention. En son centre, vous identifiez la source des bourdonnements entendus plus tôt : ils proviennent d'une guêpe géante !! L'insecte surdimensionné s'arrête aussitôt après vous avoir repéré et dirige ses deux énormes ocelles en votre direction. Cette vespula est sans doute aussi redoutable que monstrueuse ! Sans que vous compreniez pourquoi, elle semble vous considérer comme une menace potentielle et vous fait dangereusement face. Si vous possédez le **PHILTRE d'AMOUR**, il pourrait s'avérer utile en **538**. Si vous êtes équipé d'un **COUTEAU** ou d'une **ÉPÉE**, une stratégie d'évasion prend forme dans votre esprit en **172**. Si vous n'avez rien de tout cela, vous n'avez pas d'autres choix que d'affronter la bête qui vous barre le passage en **240**.

511

Mis en garde par le barbare, le lancer trop prévisible de l'elfe vous laisse de marbre. D'une main experte, vous rattrapez le projectile au vol et lui montrez en retour ce que signifie le verbe « lancer ». D'un geste aussi fluide que sec, vous lui retournez l'effigie qui s'écrase sur l'arête de son nez sans qu'il ait vu le coup venir. Un craquement mouillé résonne dans la pièce et le chaman hurle de douleur avant de s'effondrer, le visage broyé. Sans lui laisser le temps de se relever, vous foncez dans sa direction pour lui asséner un somptueux coup de grâce, qui finit de l'achever.

Dans votre dos, vous entendez les applaudissements de votre ami :

« Hé bé… C'était l'duel l'plus expéditif qu'j'ai jamais vu. Et j'm'y connais », vous congratule-t-il.

« Ah ? C'était un duel ?

– Bah visiblement, il a cru qu'ça allait en être un », termine-t-il en montrant l'effigie brisée sur le sol.

Votre discussion est interrompue par une voix provenant d'une petite pièce située au fond de la salle en **407**.

512

Au quartier des commerçants, tout converge vers « l'avenue du négoce » où se tient la grande bourse des échanges de Lennonia. Moyennant une légère taxe, les artisans, camelots et vendeurs ambulants pouvaient s'arracher une place dans cette allée pour y étaler leurs denrées exotiques venues des quatre coins d'Erenner.

Poisson frais, mets délicats, tissus fins et autres matériaux rares faisaient la prospérité de la cité. Pavée, clinquante et réputée pour ses façades richement ornées, elle incarnait il y a encore quelques jours l'influence et la puissance d'un haut lieu de commerce.

Désormais, elle n'incarne plus que l'image d'un dépotoir à butin abritant une montagne d'or et de biens précieux, réunis ici par les armées du seigneur noir à force de pillages et de larcins. Une décharge opulente où sont jetés négligemment vases, coffres d'or, bijoux et argenteries par un incessant va-et-vient de charrettes, inlassablement tractées par les sbires de Virilus.

Au centre de ce tas de richesses inestimables trône le gardien que vous avez aperçu un peu plus tôt planer dans le ciel : le dragon rouge. Couché sur les monticules de fortunes volées, il surveille d'un œil paresseux les offrandes qui s'accumulent devant lui. Épiant depuis un coin de la ruelle, vous admirez le plus gros magot qu'il vous ait été donné de voir.

« Ah ouais… J'aimerais bien dire qu'y a pas d'lézard, mais là… », siffle votre ami entre ses dents.

« J'ai jamais vu autant d'or de ma vie.

– C'parce que t'as pas vécu assez longtemps, et ç'va pas s'arranger si… »

C'est à ce moment précis qu'un gobelin trop confiant dépose un coffret rempli de bijoux au pied de la colline de richesses. Frappé par sa cupidité atavique, il se saisit d'un calice, fait mine de le nettoyer et s'éloigne doucement. Le dragon, jusque-là amorphe, n'ouvre qu'un œil avant de se jeter avec une vivacité terrifiante

sur le voleur, qui n'a pas le temps de comprendre ni même de hurler. Un instant plus tard, le monstre avale calmement sa prise, sans en laisser la moindre trace.

« … Voilà… Si ça », termine votre ami.

« Plutôt pointilleux, le comptable », ajoutez-vous.

Le terrifiant gardien regagne son poste après avoir balayé la place d'un regard vicieux. Son apparente somnolence n'est qu'un subterfuge pour mieux surveiller le butin de son maître, prêt à dévorer le premier imprudent qui envisagerait d'y toucher.

Faire face à cette situation va demander une **HABILETÉ** à toute épreuve ! Un plan de bataille s'impose !

Si vous êtes en possession de **L'ÉCAILLE DE DRAGON**, rendez-vous directement en **337**. Si vous pensez que c'est le bon moment pour utiliser votre **BOUTEILLE DE MAGIE PURE**, faites un souhait en **592**. Si vous avez le **PHILTRE D'AMOUR**, brisez la bouteille en **20**. Si vous pensez qu'il est possible d'amadouer le dragon, tentez le dialogue en **434**. Enfin, si vous souhaitez faire vos preuves et affronter ce lézard prétentieux, provoquez-le en **3**. Si cet obstacle vous paraît insurmontable, abandonnez la promesse d'un butin fabuleux en vous rendant aux **QUARTIERS INSALUBRES** en **157** ou à la **TOUR DES MAGES** en **64**.

513

L'ogre, cherchant innocemment à comprendre, vous fixe d'un sourire béat en attendant votre réponse…

« Félicitations ! », lui envoyez-vous sous le regard affolé du barbare. « J'ai sous les yeux votre dossier qui atteste de vos excellents états de service… Contrairement à vos camarades ici présents… » L'ogre regarde la pile de cadavres entassés dans un coin de la pièce, et se désigne du doigt en poussant un gémissement perplexe.

« Tout à fait ! », ajoutez-vous. « Il a fallu que nous procédions à une revue des troupes afin de ne garder que le meilleur. Et le meilleur, c'est vous ! Vous avez donc gagné le droit de manger vos collègues.

– Régale-toi, soldat ! », ajoute le PB en lui tendant un gobelin.

Ça, l'ogre l'a bien compris ! Il s'assoit lourdement au sol et accepte la jambe tendue avant de croquer dedans d'un air extatique. D'humeur partageuse, il vous tend un morceau de chair avec un sourire.

« Ah… Non merci. C'est gentil, mais pas pendant le service. D'ailleurs, il faut que je termine mon inspection avant de pouvoir aller manger aussi. Vous voulez bien me remettre la clé ? »

Comprenant votre impatience à l'idée de finir le travail pour enfin vous sustenter, l'ogre vous remet gentiment la clé qu'il détenait autour du cou, et vous salue de la main. Lorsque vous quittez la pièce, vous l'entendez arracher une jambe d'orc et l'avaler goulument.

« Heh. Il était presqu'mignon. T'trouves pas ?

– Le mot important, c'est "presque".
Libérez les citoyens prisonniers en **420**.

Félicitations, vous avez débloqué le succès «J'ai eu de la chance d'être appelé le premier». Cochez la case correspondante à la fin de cet ouvrage.

514

Elles vous montrent une porte dérobée que vous pouvez emprunter **en soustrayant le chiffre 10** au prochain chapitre. Ayant terminé leurs ablutions, elles quittent la pièce et vous laissent seuls en **292**.

515

L'immense créature vous surveille de ses yeux vigilants, toujours prête à vous transpercer à la moindre approche. Vous tenez le souvenir que vous a laissé le Fleuriste lorsque vous avez survécu une première fois à cet endroit.

Suite à votre lancer, la **PETITE BOUTEILLE D'ACIDE** décrit un arc en cloche. Vif comme l'éclair, le dard de la créature brise la fiole juste au-dessus de sa tête et son contenu se répand sur sa carapace. Le grincement strident qui s'ensuit est proprement inhumain, et le monstre gémit en s'agitant dans tous les sens. Dans un bouillonnement sifflant, l'odieux liquide creuse le crâne du scorpion et dissout son cerveau avant de continuer sa route vers le sol pour disparaître dans un petit cratère fumant.

Le barbare vous regarde, blanc comme un linge :

« Et t'avais ça dans ton sac ? Fallait oser, gamin.

– De ce que j'ai vu, t'as des alcools encore pires que ça. D'ailleurs, un jour, tu penseras à les virer de MON sac ! », répondez-vous à votre ami qui fait mine de n'avoir rien entendu.

« Allez, viens, Billy, allons détrousser les rupins.

– Libérer les rupins », corrigez-vous.

« C'est c'que j'ai dit. »

Portez-vous au secours de ces pauvres riches en **367**.

516

Le visage d'Isabel se brise, et la douleur se lit dans ses yeux.

« Elle n'a… Elle n'a pas pu… Elle est dans les bras de la Déesse, désormais.

– Ouais… Pigé », termine le barbare, la mine sombre.

Vous pleurez intérieurement la disparition de la jeune femme. Son sourire radieux n'éclairera plus les murs du temple d'Edire. Après un bref instant de recueillement, le Vicaire reprend.

« Si vous voulez mônter dans ce môdit château, escaladez la chaîne plantée à l'étageuh et mettez-leur un coup de ma part. Je dois retourner m'occuper des petiotes. »

Si vous souhaitez utiliser cette passerelle pour rejoindre la forteresse, allez en **403**. Si vous préférez retarder votre ascension, quittez la cathédrale et rejoignez le **QUARTIER BOULANGER** en **450** ou les **QUARTIERS INSALUBRES** en **157**.

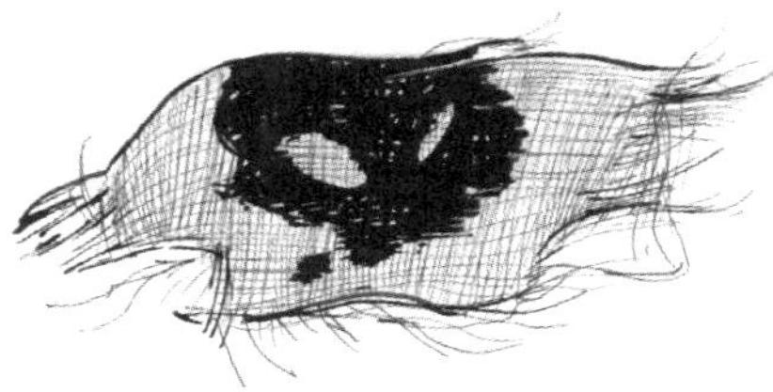

517

Pas de doute, l'elfe n'est autre que la forgeronne que vous aviez rencontrée quelques jours plus tôt lors de vos recherches sur Virilus. Lorsqu'elle vous aperçoit, ses yeux s'écarquillent. Elle s'apprête à vous faire signe quand un gobelin rugueux surgit et lui baragouine des remontrances dans un langage incompréhensible. Son regard rebondit de son geôlier à vous et vous comprenez qu'elle implore votre aide. Le PB aussi l'a compris et s'avance calmement jusqu'au contremaître. Ignorant ses protestations, il saisit le gobelin comme s'il ne pesait rien et le lance négligemment dans une cuve de métal en fusion.

Un « PSCHHHHT » fumant, c'est tout ce qu'il reste du petit être irascible. Trop absorbés par leur tâche, les autres gobelins n'ont même pas remarqué « l'accident ».

« C'est pas vraiment des choses à dire à une dame, ça », grommelle-t-il en s'essuyant les mains sur son pagne.

« Mais… Tu comprends le gobelin ?

– L'a bien fallu qu'j'apprenne. Comment j'peux savoir où ils ont mal sinon ? », répond-il en haussant les épaules.

L'elfe forgeronne interrompt votre échange.

« Runir soit loué ! Je n'aurais jamais pensé que vous seriez mes sauveurs. Je veux dire, vous étiez de bons clients, mais je ne pensais pas…

– R'mercie Zarkan pour ça, forgeronne. On est là pour régler nos comptes avec l'fumier qui dirige l'endroit.

– Quand bien même, je vous remercie », dit-elle en vous adressant un sourire chaleureux, chose rare pour les gens de son espèce.

Vous rougissez copieusement et jetez un coup d'œil aux alentours pour vous assurer qu'il n'y a pas de danger immédiat. Ou peut-être pour dissimuler votre gêne… L'elfe reprend la parole en **573**.

518

« Rasseyez-vous immédiatement ! Vous pensez que Virilus tolérerait ce genre de comportement ? », criez-vous en gonflant le torse au maximum.

« Jwe pense surtouw qu'un haut enquiquineur mort, ça diwra wrien à personne !! »

Les autres employés de Virilus réalisent soudain l'aubaine qu'ils ont : se débarrasser d'un inspecteur du travail sans conséquence ! Ils tirent leurs armes au clair et se jettent sur vous !

SOLDATS DE LA TAVERNE **+4**

HABILETÉ	PV	ARMURE	DÉGÂTS
16	30	0	0

Règle spéciale : *tous les 2 PV perdus par l'ennemi lui font perdre 1 point d'HABILETÉ. Vous êtes en sous-nombre et avez un malus de -3 ADRESSE, mais regagnez 1 point d'ADRESSE tous les 10 PV perdus par l'ennemi.*

Félicitations si vous survivez à cette guerre frontale. Lorsque la faction sera entièrement vaincue, récupérez la clé sur le cadavre de l'ogre et libérez les prisonniers en **420**. Sinon, mourez et remontez le temps en retournant au **300** ou au tout début de l'aventure.

519

Au milieu de cette jungle opaque, le temps semble suspendu. Vous ignorez si votre marche a duré quelques heures ou quelques secondes quand vous apercevez enfin une petite clairière de laquelle émerge la Tour des Mages.

Somptueux cylindre de pierre blanche, l'édifice s'élève à des hauteurs vertigineuses et se tient au milieu d'un petit parc tout à fait raisonnable et bien entretenu. Soulagé de pouvoir enfin vous tenir dans un endroit qui ne cherche pas activement à vous dévorer, vous faites le tour de l'édifice, mais ne trouvez aucun accès à sa base qui permettrait de pénétrer à l'intérieur. Vous vous asseyez pour réfléchir sur l'un des petits bancs installés contre le mur de la Tour. Vos yeux vagabondent sur cet enclos bucolique qui contraste avec l'orée menaçante de la jungle qui l'entoure. La paix fragile qui règne dans ce sanctuaire floral pourrait même être agréable si vous ne redoutiez pas les dangers que renferme cette masse verdoyante. Si vous êtes arrivé en compagnie du barbare, poursuivez en **260**. Si c'est le Fleuriste qui vous a escorté jusque-là, continuez en **380**.

520

La pièce rectangulaire dans laquelle vous venez d'entrer n'est visiblement qu'une antichambre au fond de laquelle se dressent deux gigantesques statues

devant une porte massive à double battant. Sur le côté, un autre accès plus petit vous propose une alternative. Derrière celui-ci, un bruit d'acier qui s'entrechoque vous amène à penser qu'il mène à un atelier ou une forge. À peine avancez-vous en direction du fond que les deux statues prennent vie. Elles se déploient sans quitter leur socle, comme pour vous empêcher l'accès à l'une ou l'autre porte.

Le PB vous grogne que, sans le matériel nécessaire, il vous sera impossible de venir à bout de ces golems. Si vous avez des **EXPLOSIFS** ou une **MORGENSTERN**, forcez le passage en **503**. Sinon, passez la porte située au sud en direction de l'**ENTREPÔT** en **340**.

521

À peine approchez-vous du dragon qu'il lève la tête dans votre direction, surpris par autant d'audace. Sans effort, il éructe un léger filet de gaz qui s'embrase au contact de l'air et un torrent de flammes jaillit dans votre direction. Vous évitez l'impact grâce à une esquive miraculeuse avant de reculer à distance raisonnable. Comprenant que vous battez en retraite, le monstre n'insiste pas et repose sa tête sur son trésor, non sans vous lancer un regard dédaigneux.

« Mais t'es complètement fada ?! T'croyais quoi ? Qu'il allait t'faire un câlin ?!

– Je… Je pensais juste…

– Rien du tout ! Tu pensais que pouic ! Ch'uis censé t'protéger, mais j'peux pas faire ça si tu t'jettes directos dans la gueule du loup ! 'nfin du dragon ! M'fin tu m'as compris ! Refais jamais ça ! S'tu veux qu'on l'dépèce, dis-le, mais qu'on fasse ça ensemble ! », vous sermonne-t-il en vous serrant dans ses bras.

Vous hochez la tête avant d'étouffer dans son étreinte. Apparemment, vous lui avez fichu une sacrée frousse. Pendant qu'il reprend son calme, vous considérez vos autres options. Vous pouvez faire face au lézard, proprement cette fois, en **3**. Si, en fouillant dans votre équipement, vous trouvez **L'ÉCAILLE DE DRAGON**, la **BOUTEILLE DE MAGIE PURE** ou le **PHILTRE D'AMOUR**, vous disposez également de trois autres options respectivement en **337**, **592** et **20**. Si vous ne vous remettez pas de cette expérience, vous pouvez aussi quitter les lieux pour aller aux **QUARTIERS INSALUBRES** en **157** ou à la **TOUR DES MAGES** en **64**.

522

Si la porte d'entrée de la maison des plaisirs est surveillée par les trois elfes, celle de derrière qui servait au personnel n'est pas gardée. En revanche, elle est bouclée à double tour et il va vous falloir un outil pour la forcer. Plusieurs objets peuvent vous permettre de vaincre la serrure discrètement. Si vous avez le **PASSE-PARTOUT**, ouvrez la porte en **59**. Si vous êtes équipé du **COUTEAU**, utilisez une vieille astuce en **373**. Si vous avez la chance d'avoir une **LIME**, mettez-vous au travail en **245**. Enfin, si vous préférez enfoncer la porte avec le **DARD EXPLOSIF**, faites une entrée fracassante en **321**.

523

Les yeux du Vicaire se voilent d'inquiétude.

« Elle est pareuti avec les aûtres pour mener une contre-attaque. Elle n'est pas revenue depuis. Si jamais vous voulez mônter là-haut…

– On gard'ra un œil ouvert au sujet d'la pouliche. Pigé », termine le barbare, la mine sombre.

Le Vicaire finit de vous soigner et vous remercie. Il vous montre ensuite le passage qui mène à l'étage où se trouve l'éperon d'une des immenses chaînes qui ancrent la forteresse.

Si vous souhaitez utiliser cette passerelle pour rejoindre la forteresse, allez en **403**. Si vous préférez retarder votre ascension, quittez la cathédrale et rejoignez le **QUARTIER BOULANGER** en **450** ou les **QUARTIERS INSALUBRES** en **157**.

524

Les gens de l'acabit de ce vieil homme sont généralement des grands esprits. Le souci avec les esprits trop grands, c'est que la réalité leur est tellement insignifiante qu'ils finissent par ne jamais faire attention aux choses les plus simples. Les barrières mentales qu'ils érigent pour survivre aux secrets les plus noirs et les plus obscurs de l'univers sont généralement impuissantes face aux questions les plus naïves.

« Excusez-moi, mais où gardez-vous votre or exactement ? », demandez-vous simplement au sorcier.

« De l'or ? Mais qu'est-ce que vous voulez que je fasse avec de l'or ?! Tous les résultats de mes expériences sont consignés dans ce placard au fond. Mais je vous déconseille d'y toucher… C'est bourré de magie là-dedans et je ne sais pas ce qui se passerait si des inconnus mettaient leur nez dedans. Même moi, j'hésite à l'ouvrir ces temps-ci.

– Vous n'avez rien de précieux, alors ?

– Précieux ? Bien sûr que si, mon garçon. Mon bien le plus précieux est caché ici même ! Je vous dirais bien de ne pas l'approcher, mais je vous avoue que je ne sais plus exactement où il se trouve ! J'ai beau faire **CENT** tours autour de mon bureau, j'oublie à chaque fois mon pense-bête pour le trouver.

Ce placard vous intrigue, mais, pour le moment, vous feriez mieux de lui soutirer des informations au sujet de sa Tour en **296** ou de la **GEMME MAGIQUE** et du Sang Ancien en **474**.

525

Vous ouvrez la célèbre bouteille de détergent 3b/1 et videz son contenu dans le chaudron. Rien ne se passe au contact de la mixture, cependant une lumière rayonne derrière vous. En vous retournant, vous constatez que Virilus est devenu étincelant. Son armure brille de mille feux, sa peau est impeccable et même sa cape a l'air plus soyeuse. Le combat ne s'arrête pas pour autant, mais le seigneur noir semble éprouver des difficultés. Sans doute le savon qui lui pique les yeux. Il perd désormais **1 POINT DE VIE PAR TOUR** et **1 POINT D'HABILETÉ PAR TOUR**.

Ne jouez jamais avec des produits chimiques, les enfants ! Et si jamais ils rentrent en contact avec vos yeux, rincez-les abondamment avec de l'eau et contactez immédiatement un médecin !

Les **PRODUITS DE NETTOYAGE** n'ont malheureusement pas affecté le rituel. Revenez en **480**.

526

Lorsque vous plongez l'**EFFIGIE DE DUEL** dans le chaudron, Virilus tourne la tête vers vous. Pendant un bref instant, vous devenez sa seule cible et le barbare ne laisse pas passer cette chance de lui infliger une ou deux attaques bien placées. Usant de toute sa volonté, le seigneur noir ignore votre défi pour refaire face à votre ami. Virilus perd **4 POINTS DE VIE**. En ajoutant votre existence dans l'équation de la formule, vous avez saboté en partie le rituel ! Revenez en **480**.

527

Quelques heures plus tôt, une grande vibration terrestre s'est faite ressentir, suivie par un son assourdissant. Sans même avoir à se retourner, Fanta sait que, d'une manière ou d'une autre, vous avez mené votre mission à bien. Les chances que vous ayez survécu à l'impact sont dérisoires. Et pourtant, l'ancien voyageur ne peut s'empêcher d'espérer que quelque part, oui, quelque part, vous avez encore une fois brisé le cycle des probabilités.

Une chose merveilleuse, la vie. Quand on pense que l'existence de chaque être n'est la résultante que d'une infinité de coïncidences tellement circonstancielles et improbables qu'aucune force de l'univers n'aurait pu faire mieux. Une petite colonne de poussière s'élève au loin depuis la capitale, mais Fanta ne la regarde pas. Il continue son chemin linéaire sur l'océan des possibles, non sans vous accorder une pensée ainsi qu'à votre compagnon. Son travail a porté ses fruits... En tant que mentor, il vous a aidé à vous accomplir, mais en tant que héros, vous lui avez montré de quoi vous étiez capable.

Vous le trouverez, il en est certain. Bien sûr, les calculs prédisent l'inverse, mais il a foi en vous. Car telle est votre force : si vous ne savez pas que quelque chose est impossible, vous l'accomplirez inévitablement.

« Oui », murmure-t-il pour lui-même. « Inévitablement. »

Les autres Dieux ont depuis longtemps quitté la montagne des armes brisées, partis pour continuer de fêter la victoire éphémère d'un pion face à un autre sur l'échiquier du destin. Les restes de leurs effusions traînent ici et là autour du trône de Zarkan. L'haltère de Mutra, la tiare d'Atella, une bougie d'Edire et quelques gâteaux de Mélène sont les seules preuves de la joie spontanée que les Dieux ont ressentie en vous acclamant tandis que vous mettiez à bas Virilus. Lorsque la forteresse s'est écrasée sur le sol, Ytia et Parodikos ont éclaté de rire devant la panique de Phumtar, le Dieu-ornithorynque censé gérer la gravité.

Le seul à n'avoir pas montré la moindre émotion fut Zarkan, le Dieu des Duels et de l'Honneur, toujours assis sur son trône, son regard impénétrable éternellement insatisfait.

Atella, Déesse de la Paix et de la Guerre, fut la dernière à partir. Elle se tourna vers le Dieu taciturne : « Tu ne viens pas ? Une victoire comme ça, ça se célèbre, tu sais ?

– Hmm », répondit-il en avalant une puissante gorgée d'hydromel de feu.

« Fais comme tu veux… Mais la prochaine fois, je risque de t'emprunter tes champions, tu sais ? Doués comme ils sont, ils pourraient peut-être accomplir une ou deux de mes prophéties.

– Nous verrons », murmure le colosse avant de porter à nouveau la bouteille à ses lèvres.

La Déesse pousse un petit soupir et disparaît pour rejoindre les autres.

De nouveau seul, Zarkan attend.

Il ne faut pas longtemps pour que, derrière lui, une porte sombre se détache de la réalité. Passant le battant, un aristocrate aux longs cheveux blancs s'avance lentement. Il invoque un fauteuil d'un geste négligent de la main et s'assoit en face du Dieu-guerrier.

Vetherr, Dieu des Monstres et de la Nécessité, incarne la vision parfaite d'un noble seigneur sévère et rude. Ses vêtements riches, mais usés témoignent de son ardeur au travail et de sa détermination à accomplir la tâche qui lui incombe : la destruction de l'humanité. Par tous les moyens. Quitte à se tacher les mains du sang des monstres qu'il a créés encore et encore.

Mais ce n'est pas parce qu'on est le père des monstres que l'on se doit d'agir comme l'un d'entre eux. Aussi est-il venu féliciter le vainqueur de cette manche, comme il était coutume pour toutes les précédentes. Noblesse oblige.

Produisant une deuxième corne, Zarkan la tend à son ennemi de toujours, l'éternel rival d'une humanité qui se débat sous les crocs de l'adversité.

« Toutes mes félicitations. C'était un bel échange », le congratule Vetherr. « Même si je dois avouer qu'être défait si près du but donne un goût particulièrement amer à ce dénouement. »

Pour toute réponse, le Dieu-guerrier hoche imperceptiblement la tête avant de boire une autre gorgée.

« Pour tout avouer, j'avais complètement mis de côté cette créature après son premier échec. Mais j'imagine que l'ambition est insuffisante face à l'adversité, n'est-ce pas ?

– Et pourtant, ne trouves-tu pas cette partie intéressante ? », murmure le géant.

« Je mentirais en disant qu'elle me déplaît, mais je ne joue pas pour jouer, sache-le. Et garde bien à l'esprit que, contrairement à toi, je n'ai besoin de gagner qu'une seule fois. » Le Dieu-gris se lève doucement et se dirige vers la porte : « La prochaine fois, tes petits hommes ne suffiront pas. J'espère que tu auras mieux à me proposer.

– Même s'ils n'ont qu'une chance sur un milliard de réussir, ce sera quand même divertissant. »

Vetherr, le Dieu en deuil, salue son ennemi de toujours en s'inclinant avant de repartir par sa porte sombre, ne laissant aucune trace de sa venue.

Pour une fois depuis des décennies, Zarkan s'autorise un petit sourire avant de murmurer dans le vide :

« Et les chances sur un milliard, ça arrive neuf fois sur dix. »

Tournez la page en **484**.

528

« Vous êtes sûrs ? » questionne le crâne.

Si **OUI,** poursuivre en **6**. Si un doute persiste, retournez en **27**.

529

Vous saisissez fermement le **PERROQUET** dans votre sac et le jetez cruellement dans le chaudron. Rien ne se passe et seules quelques bulles bouillonnent à sa surface. Virilus n'a pas l'air d'avoir changé… Peut-être est-il mieux nourri désormais. Pour le sabotage, vous repasserez. Revenez en **480**. Si vous avez la **BOUTEILLE DE MAGIE PURE**, vous pouvez l'utiliser sur la mixture contenant désormais le volatile infernal en **595**.

530

L'inspection des lieux n'était pas inutile, du moins si vous parvenez à déchiffrer le rébus griffonné sur l'un des merlons de la muraille. Après l'avoir observé, revenez en **10**.

531

Nonobstant les cadavres de la trollesse et de ses sbires, la place de la cathédrale est désormais vide. Les femmes de Lennonia ont été libérées de leurs chaînes, et sont maintenant en sécurité à l'intérieur du temple d'Edire. Et sans en perdre une seule ! Vous avez fait du beau travail !

D'ici, vous pouvez rallier le **QUARTIER DES BOULANGERS** en **450** ou les **QUARTIERS INSALUBRES** en **157**. Pour monter dans la forteresse, vous pourriez utiliser la chaîne plantée dans la cathédrale. Si vous êtes sûr de vouloir continuer et que vous avez déjà parlé au Vicaire, allez en **160**. Sinon, réessayez la porte en **543**.

532

Vous prenez les **EXPLOSIFS** et les jetez sur le seigneur noir. D'un geste instinctif, le Pyro-Barbare les allume de sa hache enflammée et plonge à l'opposé. La détonation est suffisante pour faire trembler la pièce et vous êtes projeté contre une étagère, mais ça a marché ! Virilus a subi des dommages considérables et perd **10 POINTS DE VIE**. Retournez en **475**.

533

Vous reconnaissez immédiatement Mimine ! Comment a-t-elle bien pu finir ici ? Victime de la razzia des troupes de Virilus lors de l'invasion sûrement. Vous

ne pouvez rien pour cette pauvre bête qui s'excite en vous voyant. Vous réussissez à la calmer en lui murmurant quelques paroles réconfortantes. La maîtrise de cet animal infernal vous octroie **1 POINT D'HABILETÉ** supplémentaire. Refermez doucement l'enclos et retournez dans la **PETITE COUR** en **400**.

534

« Votre correspondant… Ce serait pas un certain Virilus des fois ?

– Si fait, si fait, mon garçon ! Comment avez-vous deviné ?

– Dans ce cas, j'ai bien peur que oui, ce soit nous qu'il recherche.

– Aaah, très bien. Dans ce cas, je vais vous demander poliment de mourir. C'est pas contre vous, vous voyez ? C'est juste pour être courtois. Les gens me demandent rarement des choses, ce serait pas aimable de les décevoir… »

À ces mots, il saisit une gemme luisante de sa manche et invoque deux panthères translucides qui se matérialisent dans une grande lumière. Les créatures aux formes brumeuses montrent leurs crocs fantomatiques et se tapissent au sol, prêtes à bondir sur vous.

« Sans rancune, hein ? », vous lance l'aimable vieillard.

« Pas d'mal », répond poliment le barbare en se jetant à l'assaut.

Votre panthère a l'air redoutable, mais ne semble pas encore s'être complètement matérialisée. Mieux vaut l'occire avant qu'elle ne soit totalement là !

FANTHÈRE INVOQUÉE

HABILETÉ	PV	ARMURE	DÉGÂTS
8	9	0	0

***Règle spéciale :** le caractère intangible de votre ennemi lui permet d'ignorer votre ARMURE, vos DÉGÂTS supplémentaires (comme le bonus de GUERRIER ou de la MORGENSTERN) et vos COUPS CRITIQUES. Heureusement, elle vous inflige -3 DÉGÂTS, mais gagne +1 DÉGÂTS à chaque tour jusqu'à atteindre 0.*

Si vous remportez ce combat inhabituel contre votre fanthère, gagnez **1 POINT D'HABILETÉ** et poursuivez en **52**.

535

Vous comptez les maigres économies qu'il vous reste. Pas de quoi se payer un festin, mais amplement suffisant pour entrer dans une taverne où des chansons de victoire résonnent déjà. Il ne faut pas longtemps avant qu'une tournée générale ne soit offerte et que vous commandiez une belle pièce de viande dont le barbare dévore une grande partie. L'ambiance est à la joie et vous levez votre verre avec les autres en mémoire de ceux morts dans l'invasion, dont la courte durée n'a pas permis aux forces de Virilus de causer de vrais dégâts à la ville. Quelques morts et quelques toitures brûlées tout au plus, et rien de comparable à ce qu'une occupation prolongée aurait pu causer. Et tout ça grâce à vous ! C'est sur cette pensée que vous offrez une autre tournée générale, souhaitant graver cet instant de joie dans votre mémoire avant de vous évanouir d'ivresse et de bonheur. Votre ami utilise vos dernières pièces pour payer une chambre respectable et vous borde à l'étage avant de retourner finir la fête. Le lendemain, quand l'aubergiste vient vous réveiller à midi, vous découvrez le PB endormi en travers du lit sur vos pieds, un filet de bave aux lèvres.

Il est maintenant temps de marcher sur la route de votre destin !

• Si vous êtes **GUERRIER**, allez en **579**. Si cependant vous avez battue la **VAMPIRESSE** en combat singulier, soumis le **DRAGON** à la loyale, et vaincu **VIRILUS** en duel, alors vous pouvez choisir de prendre la route en **589**.

• Si vous êtes **PAYSAN**, allez en **585**. Si toutefois vous possédez le **FER A CHEVAL** et la **TRESSE DE CENTAURESSE**, vous pouvez choisir de vivre une vie productive en **601**.

• Si vous êtes **PRUDENT**, allez en **559**. Si en revanche vous avez réussi à vivre la totalité de l'aventure sans avoir participé à un seul combat, à part celui contre les Squelettes de **MASSACRE** à la fin de l'Acte 1 et le combat final contre **VIRILUS**, alors une vie paisible s'offre à vous en **586**

• Si vous êtes **DEBROUILLARD**, allez en **590**. Vous ne remplissez malheureusement pas la condition de posséder **7 POINTS DE RICHESSE** ou **PLUS** pour obtenir la seconde fin.

536

Il y avait un laboratoire ici… mais ça, c'était avant ! L'endroit est totalement retourné, ravagé par ce qui vient de se passer. Seule la table des notes du chaman a miraculeusement survécu, mais il n'y reste pas grand-chose d'utilisable, à part quelques fioles frappées d'une tête de mort. Vous mettez prudemment les **PRODUITS CHIMIQUES HASARDEUX** dans votre besace avant de quitter les lieux en **80**. Si vous avez le **PAMPHLET**, survolez les notes de recherche du savant fou en **554**.

537

Ce qui était jusqu'à présent le refuge spirituel des habitants de cette cité n'est plus qu'une ruine décapitée par l'une des immenses chaînes qui relie la forteresse à la ville. Son magnifique clocher n'a pas résisté à l'acier invasif fermement planté dans le sommet de l'édifice. Le monument sacré est en piteux état et son parvis habituellement accueillant et chaleureux est désormais entièrement barricadé. Une palissade en bois, hérissée de pieux solides, ceint le bâtiment, de sorte à empêcher toute charge ennemie. En réponse, les forces de Virilus ont condamné les portes de la cathédrale, scellant l'ordre d'Edire qui se tient toujours à l'intérieur. Impuissants, les pauvres chevaliers ne peuvent qu'observer ce qui se passe sur le parvis du temple. Remuant le couteau dans la plaie, les soldats du seigneur noir utilisent l'esplanade pour réunir toutes les femmes capturées lors de l'invasion. Jeunes jouvencelles, belles femmes mariées et dames délicates, toutes ont été réunies ici afin d'être mises au fer sans distinction de race ou de rang. Elles se tiennent piteusement serrées les unes contre les autres, destinées à rejoindre l'inexorable coffre de guerre du seigneur noir. Environ une cinquantaine, les captives sont sous le joug de trois soldats humains à la mine patibulaire. L'un d'entre eux, encore plus repoussant que les autres, s'approche dangereusement d'une femme située au premier rang pour déchirer sa tunique, prétextant un contrôle lubrique de la marchandise. Soudain, une ombre immense se dessine sur lui. Il n'a pas le temps de se retourner que son crâne est broyé par l'une des mains gigantesques de la maîtresse des lieux, une trollesse à quatre bras visiblement tatillonne sur le règlement :

« Bande de misérables cafards ! On touche pas à la marchandise ! Elles sont pour le Maître ! Le prochain chien qui tente un coup comme ça, je lui mange les bras avant de le tuer !! »

Jaillissant du cadavre, une grande gerbe de sang vient éclabousser le visage de la pauvre fille dénudée qui éclate en sanglots. Les autres prisonnières se regroupent pour protéger la malheureuse, terrifiée par la violence exhibée sous ses yeux.

Satisfaite, la trollesse surveille sa marchandise. C'est une belle prise et le Maître sera content. Si seulement ce satané Funeste pouvait respecter les horaires et enfin faire sa maudite sélection ! À ce rythme-là, la fête sera déjà finie quand il arrivera !

Elle peste intérieurement tandis que les deux gardes restants s'éloignent hâtivement du cortège d'esclaves afin de témoigner leur obéissance.

« T'as vu ça, gamin ? Elle lui a arraché la tête ! Comme ça ! Et puis quat' bras… ça fait quat'fois plus de haches ! Va falloir la jouer serré si on veut sauver les donzelles. T'as un plan ? »

Cachés derrière un tonneau, vous réfléchissez à une stratégie. Si vous êtes en possession d'une **EFFIGIE DE DUEL**, lancez-la sur la trollesse en **504**. Si vous avez toujours le **MÉDAILLON**

D'EDIRE, suppliez la Déesse de venir en aide à ces pauvres âmes en **549**. Si vous êtes armé d'un **ARC**, profitez de l'effet de surprise en **162**. Si vous souhaitez essayer de provoquer la trollesse en esquivant ses attaques, attirez-la dans un piège en **253** ou attaquez-la en menant une charge héroïque en **274**.

Enfin, si toutes ces stratégies vous donnent mal à la tête et que vous souhaitez la garder sur vos épaules, ignorez le sort des esclaves et tournez les talons afin de rejoindre le **QUARTIER BOULANGER** en **450** ou les **QUARTIERS INSALUBRES** en **157**.

538

Vous débouchez la bouteille et obtenez une réaction immédiate de la part de la créature, mais pas celle que vous attendiez ! Le **PHILTRE D'AMOUR** dont vous répandez le contenu au sol agit sur elle comme un puissant répulsif. Elle prend ses ailes à son dard et s'envole pour aller butiner plus loin. Allez en **364** et retirez le **PHILTRE D'AMOUR** de votre inventaire.

539

Vous débouchez la **BOUTEILLE DE MAGIE PURE** devant le Chaudron Noir. Des murmures excités s'échappent des deux objets et les liquides semblent presque tenir une conversation. N'attendant pas la fin de leur débat, vous versez le contenu de la bouteille qui se mélange immédiatement à la potion frémissante. Une vive lumière bleue jaillit derrière vous. Le seigneur noir pousse un cri avant d'accepter la toute-puissance que vous venez de lui offrir ! Son corps s'agrandit et se couvre de tatouages ésotériques, doublant son **HABILETÉ**. Quelle erreur monumentale ! Le barbare tente tant bien que mal de se défendre, mais les attaques du monstre s'accélèrent. Pas d'effet sur le rituel. Pour le sabotage, c'est raté. Revenez en **480**. Si vous souhaitez révéler la véritable forme du **PERROQUET**, plongez-le lui aussi dans la mixture en **595**.

540

« Vous êtes sûrs ? », questionne le crâne.

Si **OUI,** poursuivre en **6**. Si un doute persiste, retournez en **27**.

541

Vous commencez à tambouriner sur votre **MARMITE** afin que tous les soldats vous entendent. Le PB, recouvert de vieux haillons ramassés sur un cadavre d'orc, s'approche de l'auberge en veillant à rester à bonne distance des créatures, afin qu'elles le voient sans le reconnaître.

« ALEEERTE !! L'GARS !! ALEEERTE !! », leur hurle-t-il en tâchant de prendre une voix plus grave que d'habitude. « ON A B'SOIN D'RENFORT AU MUR NORD !!

– Kieh-kieh-Quoi ? », répond le plus petit des gnolls. « Mais… L'mur nord, c'est la montagne !?

– Oui ! C'est loin !! C'pour ça qu'faut y'aller main'ant. Y a beaucoup d'courir pour monter dessus !!

– Viendez tous ! Courriiiiir vite sur montagne, oui ! Y a alarme dessus ! », crie un gobelin, ralliant les troupes derrière lui.

Ces idiots sont tombés dans le panneau et détalent comme si leur vie en dépendait. Triomphants, vous entrez dans la taverne pour tomber nez à nez avec l'ogre, qui pousse un petit gémissement interrogatif.

« Ils sont partis par-là ! », lui lancez-vous en pointant du doigt. « Ils ont dit qu'y avait plein à manger sur la montagne ! Laissez-nous la clé de la cage, comme ça on pourra se mettre dedans et vous pourrez nous manger aussi quand vous reviendrez ! », ajoutez-vous d'une voix enjouée.

L'ogre vous regarde un instant avant de vous offrir un sourire béat. Ravi d'avoir enfin trouvé quelqu'un qui le comprend, il vous donne la clé qui pend autour de son cou avant de vous tapoter gentiment la tête et de partir à la poursuite de ses collègues.

Lorsqu'il s'est suffisamment éloigné, vous entendez le barbare taper dans ses mains, impressionné par votre maîtrise du baratin.

L'endroit est vide et vous avez le champ libre pour libérer les villageois en **420**.

542

Vous portez le **MÉDAILLON D'EDIRE** à vos lèvres et murmurez une prière rapide. Provenant de nulle part, un rayon de lumière s'écrase sur vous et augmente vos capacités. Vous gagnez **1 POINT D'ENDURANCE** ainsi que ses **3 POINTS DE VIE CORRESPONDANTS** et **1 POINT D'ARMURE**. Vous levez un sourcil en direction du ciel et demandez mentalement ce que vous allez bien pouvoir en faire ?! La seule réponse que vous obtenez est un « *Humpf !* » boudeur de la Déesse capricieuse. Pour le sabotage, c'est raté. Revenez en **480**.

543

« Non, c'est non ! Déguerpissez !! », répète le chevalier à travers le huis.

« Allez, soyez sympa ! On a sauvé les filles quand même !

– Si je vous laisse entrer, rien ni personne n'échappera au courroux d'Edire et vous les mettriez aussi en danger ! Maintenant, partez ! »

La porte reste solidement close devant vous. Vous devrez essayer ailleurs.

Ralliez le **QUARTIER DES BOULANGERS** en **450** ou les **QUARTIERS INSALUBRES** en **157**.

544

Vous fermez les yeux et procédez à une vérification rapide de vos fonctions vitales. Aucun doute, ces réserves d'énergie que vous ressentez n'existaient pas avant ! Ce magicien fou vous a donné **1 POINT D'ENDURANCE** supplémentaire. Vous êtes reconnaissant, mais décidez de ne jamais sous-estimer la magie.

Vous pouvez interroger le mage sur son animal étrange en **191**, ou lui demander son aide face aux forces de Virilus en **415**. Si vous pensez lui avoir tout dit, cherchez un moyen de partir en **464**.

545

L'infâme insecte a beau être entravé par l'attelage, il n'en demeure pas moins vif et dangereux. Le vaincre ne va pas être une mince affaire. Chacun posté sur un flanc de la bête, vous entamez un travail de sape plutôt coordonné. L'insecte est excité et ses yeux voraces passent de l'un à l'autre avec une rapidité déconcertante. Soyez rapide et frappez fort.

SCORPION GÉANT

+4

HABILETÉ	PV	ARMURE	DÉGÂTS
6	20	3	0

Règle spéciale : *la bonne nouvelle, c'est qu'il est attaché. La mauvaise, c'est que son armure est extrêmement épaisse.*

Dans un petit cri strident, la créature meurt enfin. Si vous survivez à cette journée, vous pourrez raconter que vous avez terrassé un scorpion géant le jour de l'invasion. On vous appellera peut-être « l'exterminateur » ! Ou alors, personne ne vous croira, mais qu'importe. L'urgence pour l'instant, c'est de sauver ces pauvres riches en **367**.

546

Alors que vous cherchez à rester discret, un croassement s'élève de votre sac. C'est le perroquet dont vous avez hérité qui se rappelle à votre souvenir… Et au pire moment !

« Mais… Saleté ! Ferme-la, tu vas nous faire repérer ! », lâchez-vous en tapant sur la besace.

« 'ttends ! », vous interrompt le PB. « Ton piaf, là, y m'rappelle un truc ! Si j'me trompe pas, y m'semble qu'les elfes noirs flippent face aux oiseaux colorés. C'la phobie de toute leur race. Paraît que c'est pour ça qu'ils vivent dans des endroits clos et sombres, sont sûrs d'pas en rencontrer comme ça.

– C'est bizarre… Y a une raison à ça ?
– 'Cune idée… Vas-y, lâche-le. On s'ra vite fixés d'toute façon. »

Vous décidez de libérer l'animal du sac. Son excitation est palpable. Plumes dressées, crête aux aguets, il flaire quelque chose et ne se fait pas prier lorsque vous entrouvrez votre gibecière pour s'envoler en direction des elfes. Guidé par son instinct, il rejoint directement l'entrée de la maison close avant de fondre sur les trois gardiennes en poussant des cris déments.

« Brâââk !! Bârtouâdmaplouse ! Bârtouâdmaplouse ! Grâââk !! », croasse-t-il, toutes serres sorties.

Rapide, agile, idiot et très coloré, il sème instantanément la pagaille au sein de la petite faction. Les elfes paniquées ont beau lui décocher toutes les flèches de leurs carquois, rien n'y fait. La bestiole tournoie autour d'elles et honore leur chef d'une fiente magistrale. C'en est trop pour les trois gardiennes terrifiées qui battent en retraite en hurlant. Satisfait de sa chasse, le perroquet revient se poser sur votre sac avant de s'enfouir à nouveau à l'intérieur.

La voie est désormais libre. Libérez les enfants en **436**.

547

Plongée dans les ténèbres malgré les torches murales qui vous permettent de deviner son immensité menaçante, la porte menant à la salle du trône de Virilus est fermée. L'entrée est renforcée d'un métal obscur, et seules deux indentations en forme de clés vous indiquent la marche à suivre pour l'ouvrir. Si vous possédez la

GROSSE CLÉ, vous pouvez l'essayer ici en **390**. Si vous avez sur vous la **CLÉ A** et la **CLÉ B**, enfoncez-les dans la porte en **550**. Si vous n'avez rien de tout ceci, ou qu'il vous manque des éléments, retournez au **COULOIR NORD** en **461**.

548

Après un combat rugueux rythmé par des actions courageuses, des esquives téméraires et des attaques suicidaires, votre adversaire finit par vous déborder. Deux bras pour vous bloquer, deux autres pour vous inonder de coups dans la face ! Vous perdez doucement connaissance avec la nette impression de voler dans la pièce. Une autre gifle sur la joue vous arrache à votre torpeur et, par réflexe, vous relevez la garde. Mais à bien observer, vous apercevez le PB penché sur vous tandis que la trollesse a déjà regagné son fauteuil.

« Eh, du calme, gamin. C'fini. Tu t'es très bien battu, mais ça fait 10 minutes que t'es dans les vapes », annonce votre ami.

« 10 minutes ? Mais… mais… J'étais en plein combat, elle m'a saisi et…

– Et elle t'a traîné la tronche la première sur toutes les tables d'la pièce. Deux fois.

– Ah… », murmurez-vous en claquant la langue. « Ça explique le goût de bois qu'j'ai dans la bouche.

– Nan, ça, c'quand tu t'es bouffé l'poteau… Mais écoute, tu t'es vach'ment bien défendu quand même. T'as gagné l'respect de tout l'monde ici.

– Même le tien ? », ajoutez-vous timidement.

« Quiconque est assez fou pour s'jeter aussi éperdument sur un ennemi d'quatre fois sa taille à non seulement droit à mon respect, mais aussi à une bonne bière, Billy », répond-il en vous tendant une chope taille enfant.

Vous buvez humblement votre jus de pomme avec un petit sourire et regagnez **8 POINTS DE VIE** avant de retourner en **457**.

549

Ne sachant pas vraiment comment invoquer cette faveur d'Edire, vous vous contentez de brandir le médaillon que vous a remis le Vicaire en pensant fort à ce que vous aimeriez que la Déesse accomplisse. Un murmure se répand alors, charrié par un vent soudain qui serpente entre les femmes et frappe les deux soldats au visage. Leur face s'illumine brièvement, et ils se tiennent brusquement les yeux en hurlant. Lorsqu'ils retirent leurs mains, vous les voyez tâtonner l'air comme des aveugles en détresse. Aveugles, c'est ce qu'ils sont désormais, à en juger par leurs yeux blanchis et vitreux.

La trollesse se précipite vers vous, chargeant comme une laie en furie, mais au moment de vous percuter, elle se contente de passer à votre hauteur avant de finir sa course contre les pics qui entourent la cathédrale. Transpercée de part en part, son sang inonde le parvis et elle meurt sans comprendre. Elle aussi a été foudroyée par le courroux d'Edire, et vous adressez une prière rapide en remerciement pour cette intervention divine. Un hochement de tête mental vous parvient et vous reprenez rapidement vos esprits en courant libérer les esclaves en **168**.

550

Chacun de vous se saisit d'une clé et vous les enfoncez simultanément dans les creux de la serrure. Un lourd déclic se fait entendre et annonce que le mécanisme s'est mis en branle. Le concerto de roulements et d'écrous dure un long moment avant que le silence retombe et que les deux battants s'entrouvrent, laissant échapper un souffle glacial. Les torches du couloir faiblissent momentanément devant le courant d'air qui balaie la pierre.

Derrière la porte, une antichambre dévoile un escalier aux larges marches. Vous sentez que tout ce que vous avez vécu ces derniers jours, toute cette aventure, les combats furieux et les rencontres inattendues n'ont eu pour seul but que de vous mener jusque devant cette porte. La **SALLE DU TRÔNE DE VIRILUS** n'est plus qu'à un étage de vous.

Vous partagez une petite pensée pour les milliers de Lennoniens qui ignorent que leur destin se joue ici, avant que leur image s'efface de votre esprit pour être remplacée par le visage rieur de Pépé Citrouille.

Vous prenez une grande inspiration – respirer, c'est important. Une décision s'impose : prendre le temps de vous préparer en retournant dans le **COULOIR NORD** en **461**, ou avancer courageusement vers les ténèbres en **281**.

551

Étonnamment, le grincement atroce que vous entendez en poussant la porte ne provient pas des gonds, mais des ronflements multiples qui émanent de nombreux lits, hamacs et paillasses formant une véritable œcuménopole à échelle réduite. Naviguer au milieu des corps endormis sans marcher sur la queue d'un gnoll ou trébucher sur une bouteille vide relève de l'exploit absolu.

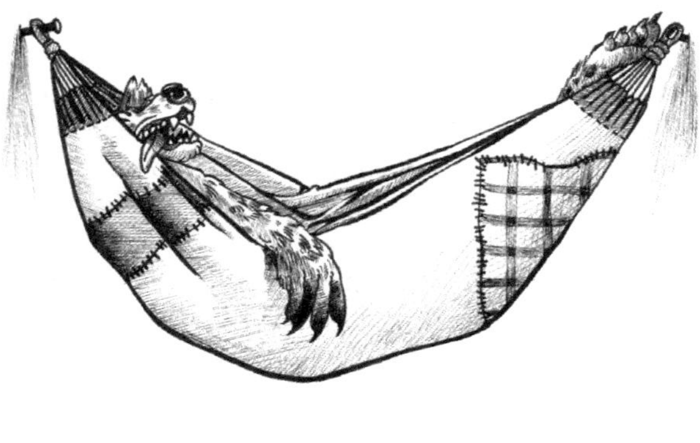

Jetez un dé à chaque fois que vous passez par les dortoirs. Si le résultat est de **5** ou **6**, vous ne réveillez personne durant votre passage. Si le résultat est de **2**, **3** ou **4**, rendez-vous en **575**. Si vous obtenez un **1**, dirigez-vous en **232**.

Une fois votre jet effectué, vous pouvez vous tourner en direction des **LATRINES** en **154**, du **COULOIR EST** en **447** ou vous plonger dans la jungle de corps assoupis pour découvrir un passage dérobé vers le sud d'où résonnent des voix chantantes et féminines en **553**.

552

« Attendez ! Si vous voulez mon sang, j'ai le droit de savoir. Que comptez-vous en faire ? Qu'est-ce que vous voulez à la fin ? »

Virilus vous observe pendant un long moment, la lueur de ses yeux ne vacillant jamais.

« Connais-tu la VÉRITÉ ?

– Euh… Ça dépend laquelle, ça change souvent d'où on regarde.

– Non. Pas la VÉRITÉ. Seuls les Dieux la connaissent. Et elle seule peut calmer ma faim. Toute mon existence, j'ai cherché à connaître la VÉRITÉ. Lorsque j'ai atteint le sommet du monde, un Dieu insolent m'a refusé. C'est alors que je sus enfin comment calmer ma faim. Devenir un Dieu, dévorer les autres et assouvir ce besoin qui me consume.

– Et c'est pour ça que vous avez besoin du chaudron ? », dites-vous en le désignant du doigt.

« Le Chaudron Noir, creusé à même le crâne d'un ancien roi titan. Ses pouvoirs sont multiples, mais le plus intéressant est qu'il peut altérer la réalité sans l'aval de ces Dieux usurpateurs. Lui seul me permettra d'assouvir mon ambition. Pour achever le rituel, il me faut un fragment de leur essence. Un morceau de l'origine.

– Et une fois que vous serez devenu un Dieu, ça mettra pas fin au monde ?

– Non. Le monde sera sous mon égide. Il est une ressource dont je pourrais avoir besoin, et chaque âme n'aura d'autres choix que de me vénérer à la place de ces misérables. Telle est la réalité. J'existe. Et le monde devra se soumettre. »

Vous jetez un coup d'œil au barbare qui vous signale qu'il est prêt en **469**. Si vous êtes **PRUDENT** cependant, vous pouvez négocier un autre destin qu'une mort certaine en **604**.

553

Si vous avez déjà géré la situation des thermes, filez directement en **292**. Autrement, l'endroit n'attend que vous en **486**.

554

Parmi les paperasses innommables qui jonchent son bureau, une pile sur laquelle est écrit « RECHERCHES SUR LE CHAUDRON NOIR » attire votre attention. Vous feuilletez rapidement le papier scientifique qui décrit les nombreux pouvoirs du Chaudron Noir. Il est écrit que l'artefact mystérieux est lié à la force vitale du maître des ténèbres. Apparemment, plus la capacité du chaudron à changer les gens en morts-vivants est utilisée, plus son lien se renforce avec le seigneur noir. Voilà qui est inquiétant. Chaque squelette réanimé par ce processus vient donc alimenter la force du seigneur des ténèbres, mais il est écrit que c'est un équilibre précaire qui peut basculer à tout moment si ces squelettes sont détruits.

En tournant la page, vous êtes pris de vertige à la lecture des mots « La peste de fer » ! Cette pandémie qui a eu raison de tous les habitants de Plante-Citrouille ne s'avère qu'une machination orchestrée par les forces de Virilus afin de renforcer le Chaudron Noir ! L'objectif était d'aspirer l'énergie vitale des victimes et d'en faire une armée de morts-vivants à distance, mais seule l'absorption a fonctionné. Faute de réussite totale, le projet a été abandonné il y a quelques mois, mais la malédiction n'a pas été levée.

Le reste des détails se trouvent malheureusement sur des pages illisibles et pour partie calcinées. Si vous ne comprenez pas précisément le fonctionnement de cette maladie, le remède est clair : détruire l'horrible chaudron.

Une chose est sûre, c'est qu'en mettant fin aux jours du savant fou, vous venez de venger en partie votre village. Détruire le Chaudron Noir devrait leur apporter définitivement le repos qu'ils méritent. Pour cette révélation, gagnez **3 POINTS DE CHANCE MAX.** avant de poursuivre en **80**.

555

OGRE **+4**

HABILETÉ	PV	ARMURE	DÉGÂTS
10	20	0	1

Règle spéciale *: dès que les PV de votre adversaire passent en dessous de 10 (inclus), les dégâts qu'il vous inflige dans la TABLE DES SITUATIONS sont doublés.*

Victoire ! La bestiole colossale est à terre, secouée par quelques derniers spasmes. Vous contemplez la vie qui s'échappe de cette créature abominable avant d'arracher la clé qui pendait à son cou pour libérer les citadins en **420**.

556

Enfermée dans ce cachot, vous retrouvez une vieille connaissance :
« Tiens, bonjour chaton ! Pourquoi ne suis-je pas étonnée de te voir ici ?

– Parce que, décidément, j'attire les ennuis. Qu'est-ce que vous faites là ?! » lancez-vous à la voleuse qui s'étire langoureusement.

« Eh bien, comme tu vois, je prends des vacances. Les châteaux volants sont si confortables en cette période de l'année.

– Moi, tout c'que j'vois, c'est une p'tite souris qui s'est fait piéger comme un rat », ricane le barbare devant la voleuse qui prend un air embarrassé.

« Un piège ?! Elle s'est pas fait capturer ? » demandez-vous sans comprendre.

« Ça me fait mal de l'admettre, mais je me suis fait avoir comme une débutante par un mécanisme idiot et avant que je ne puisse réagir, la porte s'est refermée derrière moi ! Vous savez ce que c'est… Les grands spécialistes se font souvent avoir par les choses les plus simples…

– Comment on peut vous faire sortir d'ici ? On a pas la clé !

– Pas besoin, chaton, les portes sont actionnées par des leviers. Il doit y avoir une poignée là-bas… »

Vous trouvez rapidement un anneau attaché à une chaîne qui pend à l'extrémité de la pièce. À peine la cellule est-elle déverrouillée que la roublarde s'est glissée vers vous pour vous chuchoter à l'oreille :

« J'ai entendu dire qu'on pouvait accéder à une salle au trésor par les cachots. Un crâne bavard me l'a confirmé, mais ce mufle n'a pas voulu me donner le mot de passe. J'espère que vous aurez plus de chance que moi.

– Et qu'est-ce que vous allez faire ?» chuchotez-vous à votre tour sans trop savoir pourquoi.

« Personnellement, je pense que je vais m'éclipser d'ici. Il ne serait pas bon d'abuser de l'hospitalité des lieux après tout. J'ai repéré un énorme tas d'or depuis la fenêtre. Je vais redescendre et voir ce que je peux emprunter à la communauté.»

Sans prendre le temps de vous laisser répondre, la voleuse dépose un baiser sur votre joue et se volatilise aussi vite que le vent. De nouveau seuls, le barbare se tourne vers vous :

« Et moi, j'ai pas eu d'bisou ! » se plaint-il en feignant une moue.

« C'est peut-être parce que tu t'es foutu d'elle au lieu de m'aider à lui ouvrir la porte.

– Hé hé... Ouais... Ça valait l'coup, j'trouve.»

Vous souriez aux frasques de votre ami taquin. Si vous êtes **DÉBROUILLARD**, obtenez **1 POINT DE GLOIRE** supplémentaire (non répétable) avant de poursuivre l'exploration des deux cellules restantes en **366** et **136** ou de retourner au **COULOIR NORD** en **461**.

Félicitations, vous avez débloqué le succès «Sors ! Sors ! T'as la clé !». Cochez la case correspondante à la fin de cet ouvrage.

557

Vous serrez la **TRESSE DE LA CENTAURESSE** entre vos doigts. Peut-être qu'un ingrédient aussi rare et exotique fera échouer la potion ? Vous jetez cette preuve d'affection au fond de la marmite maléfique. Aucun effet. Les mèches de cheveux se dissolvent sans cérémonie. Ça valait la peine d'essayer, mais pour le sabotage, c'est raté. Revenez en **480**.

558

Vous murmurez une prière rapide en brandissant le **MÉDAILLON D'EDIRE**. La Déesse honore sa promesse avec une intervention divine pour le moins inattendue. Vous sentez une sphère de lumière s'allumer en vous, comme la flamme d'une bougie. À n'importe quel moment du combat, vous pouvez utiliser ce pouvoir pour restaurer **TOUS VOS POINTS DE VIE** une seule fois. Lorsque vous la libérerez, la lumière détruira aussi le gantelet de Virilus, scellant sa magie et **ANNULANT** ses sortilèges, et vous ne devrez donc plus faire de **JET DE 6** entre chaque tour, seulement à partir du moment où vous utiliserez ce pouvoir cependant. Retournez en **475**.

559

« Bon, gamin, j'sais pas toi, mais moi j'm'offrirais bien des p'tites vacances. Genre un cadre peinard avec moins d'gens, t'vois ?

– Je… J'aimerais beaucoup retourner à Plante-Citrouille… Pour y enterrer ma famille et voir ce que je voudrais faire.

–Hmm… », fait le barbare d'un air pensif. « Tu veux que j'vienne ?

– Si ça te dérange pas trop », lui demandez-vous avec un sourire gêné.

« Bwahaha ! Si ça m'dérange ? Ça f'sait des années qu'j'avais pas vécu un truc pareil ! J'vais pas t'laisser tomber maint'nant ! Et puis, j'ai promis à Fanta d'te protéger. Ça tient toujours que j'sache.

– Phumtar soit loué. J'avoue qu'après tout ça, j'aurais bien besoin de soutien.

–Euh… Émotionnel ? J'vais voir c'que j'peux faire, mais j'garantis pas…

– Non. De soutien. Littéralement. Pour soutenir la pelle, ce genre de chose », terminez-vous d'un air rieur.

Votre ami rigole aux éclats. Votre pusillanimité ne semble pas le déranger. Au contraire, il y trouve un équilibre qui lui fait défaut et vous emboîte le pas en direction du lieu où tout a commencé.

Le hameau n'a pas changé durant votre absence, mis à part plusieurs intrus qui occupent désormais les maisons abandonnées. Pensant qu'il s'agit de bandits, vous vous ravisez lorsque vous les voyez durs à la tâche, affairés à la récolte des citrouilles. Lorsque vous prenez contact avec eux, ils vous expliquent que ce sont des réfugiés du royaume d'Isbor qui avaient pour espoir d'obtenir un gîte pour la nuit. Après s'être rendu compte que les précédents habitants avaient tous été jetés au bûcher, ils ont investi les fermes afin de recommencer une vie nouvelle. Bien entendu, ils vous offrent de vous rendre immédiatement votre maison. Mais lorsque vous apercevez une femme enceinte accompagnée d'un jeune enfant sortant péniblement de votre ancienne demeure, vous refusez votre droit légitime et leur demandez à votre tour un gîte pour la nuit. Les larmes aux yeux, les nouveaux habitants de Plante-Citrouille vous serrent dans leurs bras et vous régalent de chansons et de joie. Le lendemain, ils aident même le barbare à creuser la tombe des anciens villageois, dont ils avaient conservé les cendres dans une jarre. Une fois les sépultures faites, ils vous laissent vous recueillir avec votre ami devant la tombe de votre mère, située juste à côté de celle de Pépé Citrouille.

« Finalement, ça s'est mieux passé qu'j'le pensais. Y sont plutôt sympas les nouveaux citrons », sourit le PB.

« Oui, je suis content que le village ait survécu.

– Et du coup ? T'comptes rester ? »

Vous gardez longuement le silence à cette question. Voyant que vous ne répondez pas, le barbare continue.

« T'sais qu't'es loin d'être faible. Enfin, j'veux dire, si. T'vaux rien en combat. Mais être fort, c'pas qu'une question d'force. Quequ'part, t'es un peu comme Fanta. T'es un gars qui sait. Et les gars qui savent, faut qu'ce soit eux qui disent c'qui faut qu'les gens qui fassent, fassent. Sinon… Sinon, c'l'merdier, t'vois ?

– Je crois que je vois. Mais toi, ça te dérange pas que je sois… Prudent ?

– Un héros mort, ça reste un mort, Billy. Mais un soldat lâche, ça reste un soldat», termine-t-il en contemplant la tombe de votre grand-père.

Vous prenez une grande inspiration. Après tout, respirer, c'est important.

«Je pense que j'aimerais bien voir le monde. Après tout, je peux pas rester ici. Pas après tout ça. Et je pense que j'ai assez vu la capitale pour toute une vie.

– T'vois Billy ? J'te l'avais dit», vous sourit votre ami. «T'sonnes déjà comme quelqu'un qui sait.»

Au petit matin, les nouveaux habitants sellent pour vous les deux vieux canassons de l'ancienne étable du gros Faras. Lorsque vous enfourchez les braves bêtes, le barbare se tourne vers vous :

« Et maint'nant, Billy ? Une idée par où commencer ?

– Nouvelle-Nouvelle-Azur », dites-vous avec conviction. « Fanta m'a dit qu'il allait vers la côte et je suis sûr qu'on le trouvera là-bas. J'ai encore besoin de ses conseils. Et puis, le soleil nous fera du bien.

– Le p'tit village côtier à l'est, hein ? Celui qu'les aut'kränelorniens ils pillent de temps en temps… ?

– Ah. Oui. C'est vrai que j'avais oublié ce détail… », murmurez-vous nerveusement.

« Bah ! T'inquiète ! C'est qu'des Krän-d'œufs ! Et si ça s'trouve, j'les connais.

– Tu pourrais les convaincre de pas nous attaquer ?

– Ah ! Par Zarkan, non ! Mais j'pourrai au moins leur taper sur la tronche ! Ça m'permettra d'retrouver les copains ! », rugit-il d'un rire tonitruant.

Vous levez les yeux au ciel en faisant avancer votre monture au pas. Décidément, le Pyro-Barbare fait partie des choses qui ne changeront jamais, comme le cycle des saisons… Ou les taxes.

Vous repartez sous un beau soleil d'après-midi, les poches décidément bien vides et le cœur léger. Après une aventure comme ça, vous avez besoin de reposer vos nerfs, et vous avez l'intention de couler quelques jours paisibles dans la ville de Nouvelle-Nouvelle-Azur dans l'espoir d'avoir un peu de temps pour vous préparer à la prochaine aventure qui ne manquera pas de vous traquer. Inévitablement. Ce sont des choses qui arrivent. Surtout à vous.

Vous êtes Billy. Et votre périple ne fait que commencer.

Continuez vos aventures en **608**.

Félicitations, vous avez débloqué le succès «Toujours vivant ! Ha !». Cochez la case correspondante à la fin de cet ouvrage.

560

Alors que vous avancez dans le passage obscur, le bruit étouffé d'un combat vous parvient aux oreilles. Des cris, du métal qui s'entrechoque… Aucun doute, un affrontement a lieu derrière cette porte aux motifs étranges ! Posant la main sur votre épaule, le PB prend les devants en s'avançant avec une discrétion féline. Il saisit délicatement la poignée et entrouvre la porte pour y observer le spectacle. En passant la tête entre ses jambes, vous jetez un coup d'œil et reconnaissez immédiatement la centauresse aux prises avec une atrocité que seule une nature maléfique a pu engendrer : une immense araignée surplombée d'un corps de femme. Les six yeux étincelants de la créature suivent d'un regard amusé les moindres mouvements de la paladine, qui tente d'esquiver les coups de patte acérés de son adversaire. D'un geste presque négligent, la femme tarantulaire pare la lance de la centauresse et se déplace avec une rapidité saisissante, avant de grimper au mur pour se suspendre au plafond en riant.

Parmi les sons du combat, vous entendez votre amie implorer « À moi, Edire !! » avant de lancer une énième attaque désespérée.

« Solia… », chuchotez-vous.

« La canassonne ?! Mais quessqu'elle fout là ?

– On s'en fout ! Faut l'aider !

– Pas encore », vous intime le barbare. « Faut attendre le moment propice, sinon on va la gêner, fais-moi confiance ! »

Avant que vous ne puissiez protester, la chevalière charge une nouvelle fois son adversaire et l'oblige à changer sa position. L'arachnée est désormais dos à la porte ! Dans un claquement de sabots, la centauresse tente de se repositionner en brandissant sa lance. Pour toute réponse, l'horrible créature se contente de toiser sa proie :

« Missssérable herrrbivorrre !! Tu penssses avoir la moindre chance face à Morrrtelle ? », lui envoie-t-elle dans un rire sifflant. « Pauvrrre idiote ! Je te garrrdais pour la fin. Cela faisait tellement longtemps que je n'avais pas joué avec ma nourrriturre… Les autres proies sont plus frrragiles d'habitude ! »

Rapide comme une mouche, elle entame le tissage frénétique d'un filament gluant qu'elle expédie dans les pattes de Solia. Épuisée, la centauresse n'a pas le réflexe d'esquiver la sécrétion et s'empêtre dans la toile avant de s'effondrer lourdement au sol.

« Tout doux, Billy… Tout doux… », murmure le barbare en vous tenant par le collet, la hache à la main. « Attends mon signal… À trois…

– Tu aurrrais dû vénérer Vetherr, petite créaturrre », poursuit Mortelle en s'avançant lentement vers la centauresse qui tente de se libérer de ses liens gluants. « Mais il est désssormais trop tard pourrr…

– TROIS !!! », vocifère le PB en enfonçant la porte.

Profitant de l'effet de surprise, il se rue à une vitesse phénoménale vers l'araignée géante et se couche sur le dos pour glisser sous elle, tranchant la moitié de ses pattes. Sa cascade épique s'achève en roulé-boulé contre une pile de meubles grossièrement entassés dans un coin de la pièce qui finit par s'écrouler sur lui.

La douleur est vive et Mortelle pousse un hurlement terrible. Son sang acide se répand sur le sol qui s'évapore en fumeroles nauséabondes. Son cri est si strident que vous êtes paralysé de douleur. Ce n'est qu'au prix d'un instinct de survie féroce que vous vous saisissez d'une solide chaise en bois et que vous la fracassez sur le visage hurlant de la créature. Ses cris cessent enfin et, malgré le sifflement qui résonne encore dans vos oreilles, vous entendez la centauresse hurler :

« Billy ! Attrape !! »

Solia vous envoie sa lance, tandis que Mortelle se relève devant vous, le visage déformé par la rage. Les griffes saillantes et l'écume aux lèvres, elle s'élance de tout son poids alors que vos doigts se referment sur la hampe. Vous dressez l'arme devant vous et la bête immonde vient s'empaler dans un craquement spongieux. Stoppée net dans son élan, Mortelle caresse la tige de métal d'un regard incrédule avant de murmurer « Mon ssseigneur-proie… » et de s'écrouler pour de bon.

Vous mettez plusieurs secondes avant de relâcher la lance qui vient de vous sauver la vie. Vous prenez votre première inspiration depuis des siècles et laissez l'adrénaline retomber en rejoignant la centauresse. Allez en **78**.

Félicitations, vous avez débloqué le succès «Au fil de l'épée». Cochez la case correspondante à la fin de cet ouvrage.

561

Vous ouvrez la porte secrète indiquée par les elfes impudiques pour tomber nez à nez avec deux gobelins, attelés à la machine de guerre qui règne sur le couloir. Voyant l'ombre du barbare se dessiner sur lui, l'un des gobelins essaye de prévenir l'autre qui se contente de l'ignorer en ricanant. Le PB lève une botte puissante et l'abat d'un geste décisif sur les deux créatures, les réduisant méthodiquement en marmelade. Pour faire bonne mesure, il réitère l'opération une petite cinquantaine de fois, reprenant le mouvement à chaque tressautement involontaire des pauvres bêtes. Lorsque vous lancez un regard interrogateur dans sa direction, le barbare explique :

« Ça m'rappelle quand j'étais môme. Après une bataille, l'une de mes m'mans m'emmenait avec les aut' gosses sauter dans les entrailles d'ceux qu'avaient perdu. Ça fait l'même bruit, c'marrant. »

Désormais, plus rien ne vous empêchera de traverser ce couloir en toute sécurité. Allez en **80**.

562

Vous secouez une dernière fois la **BOULE À NEIGE** avant de la laisser tomber dans le chaudron. Lorsque Virilus vous voit faire, il hurle : « NON ! », avant que le souvenir disparaisse dans les tréfonds de la mixture.

« MISÉRABLE », vous murmure-t-il à travers la pièce.

Son regard empli d'une haine froide reste fixé sur vous pendant qu'il pare négligemment les attaques du barbare. Bravo, vous avez réussi à l'énerver. Virilus inflige désormais **1 POINT DE DÉGÂTS** supplémentaire. Pas d'effet sur le rituel. Pour le sabotage, c'est raté. Revenez en **480**.

563

Vous reprenez tous les deux votre souffle. Le seigneur noir est épuisé, mais vous êtes à bout de force. La fatigue… La douleur… Votre ami… Votre ami !! Dans le dos de Virilus, vous voyez le barbare remonter péniblement sur la plateforme. Votre adversaire ne semble pas l'avoir remarqué et vous essayez d'attirer son attention.

« Et alors… Qu'est-ce que vous… Dites de ça… ? », haletez-vous.

« COMBIEN DE TEMPS COMPTES-TU ENCORE RÉSISTER ? ABANDONNE, ET J'ABRÈGERAI TES SOUFFRANCES. »

Vous ramassez la hache sur le sol.

« Peu importe… Tant qu'j'abandonnerai pas… Vous gagnerez… Jamais… », soufflez-vous avec un sourire.

« INSOLENT !

– Attrape ! », criez-vous en lançant la hache sur le seigneur noir qui l'esquive d'un simple pas de côté.

« HA ! UN EFFORT MÉRITOIRE… MAIS FUTILE », raille-t-il en vous toisant.

« Heh. C'est pas vous qu'je visais…

– BUUULIAAAAA !!! », hurle le Pyro-Barbare en plongeant sa hache dans le dos du seigneur noir.

Virilus se cambre de douleur, mais aucun son ne s'échappe de son casque. Le barbare retire son arme dans un craquement sanglant et l'abat à nouveau dans le torse du maître des ténèbres qui s'est retourné vers lui sans comprendre.

Le vent est tombé et un silence de mort s'est abattu sur l'arène de votre duel. Virilus, dans un ultime sursaut d'orgueil, retire la hache de son torse et inspecte innocemment la blessure mortelle d'où s'écoule le sang provenant de son cœur. Ses doigts se teintent d'un rouge familier et il semble être sur le point de dire quelque chose. Il se ravise et referme le poing en se détournant de vous. Le seigneur noir regagne lentement son trône et s'y installe doucement. Les lumières de ses yeux faiblissent et il s'éteint, impérial, adossé sur son siège dans la même position où vous l'avez trouvé.

Sans avoir prononcé le moindre mot, Virilus meurt sans aucun regret ni le moindre remord. Son existence prend simplement fin, et il l'accepte.

Continuez en **357**.

564

À votre grande surprise, les quartiers insalubres donnent l'impression d'avoir ressuscité depuis l'invasion. Les rues mornes et silencieuses ont, d'une certaine manière, retrouvé leur superbe. S'adaptant à la nouvelle situation politique des lieux, ces quartiers mal famés ont subi une transformation aussi radicale que rapide : des étalages proposant des marchandises volées et toutes sortes de victuailles douteuses sont apparus comme des champignons sur de la moisissure. Les nouveaux « marchands », autrefois proxénètes, meurtriers, escrocs ou tout à la fois, se sont simplement démultiplié pour profiter de l'afflux économique qu'apporte une armée d'occupation. Tout le monde ici semble se réjouir du changement de régime et les soldats de Virilus, d'abord surpris, ont finalement été ravis d'avoir trouvé cette oasis de contrebande et de non-droit.

L'ambiance festive prend d'ailleurs des atours apocalyptiques quand vous voyez des ivrognes cuver leur vin à même la rue, quand des attroupements s'organisent autour de pochetrons qui se défient en combats singuliers, et même quand des brigands opportunistes tentent de convaincre des orcs de souscrire à leur assurance… Oui, la voyoucratie règne en maîtresse avide sur les quartiers insalubres qui tiennent désormais leur revanche sur l'histoire de Lennonia.

Le bâtiment commun qui accueillait la maison des plaisirs d'Ytia et la chapelle de Mélène porte désormais le sceau du seigneur noir. Une chaîne immense le transperce de part en part, reliant l'édifice à la forteresse obscure, une centaine de mètres au-dessus d'elle. Le symbole est puissant, mais les trois elfes noires en faction devant l'entrée de la maison close ne semblent pas s'en formaliser.

Dans les histoires de votre mère, ces prédatrices de décadence ont toujours été décrites comme des créatures d'une sensualité mortelle. Elles sont, par nature, espiègles et sadiques, et leurs prédispositions pour les plaisirs de la chair sont aussi littéraires que littérales. Cependant, il serait idiot de sous-estimer leur adresse au combat, tant leurs réflexes sont aussi acérés que leurs lames.

En prêtant discrètement attention à leur discussion, vous comprenez qu'elles veillent sur une flopée d'enfants enlevés aux citadins et séquestrés dans les chambres du bordel.

Libérer ces enfants innocents risque de vous demander une certaine **ADRESSE**. Mais la possibilité d'accéder à la forteresse depuis la longue chaîne qui la relie au sol serait un bonus non négligeable.

Si vous possédez l'**ANNEAU DE RUBIS** ou la **BROCHE DORÉE**, baratinez les elfes en **308**. Si vous avez le **PERROQUET** dans votre besace, allez en **546**. Si vous pensez qu'emprunter la porte de derrière serait plus fructueux, contournez le bâtiment en **522**. Si vous souhaitez rester classique et ignorer leurs renforts potentiels, chargez ces péronnelles elfiques en **175**.

Ceci étant dit, vous pouvez toutefois ignorer le sort de ces petits malheureux et partir pour la **CATHÉDRALE** en **496** ou le **QUARTIER COMMERÇANT** en **95**.

565

Vous imitez le barbare en prenant la **FLASQUE D'HUILE** qu'il vous a donnée au Jardin. Toutes vos attaques bénéficient désormais de **1 POINT DE DÉGÂTS** supplémentaire. Retournez en **475**.

566

« Retourne-moi, Kâkâkâ », réclame le crâne sérieusement.

« Vous... Vous retourner ? Vous rendre à votre corps, vous voulez dire ?

– Nan, j'veux dire littéralement me retourner. Tu sais depuis combien d'années j'suis là, à regarder ce couloir miteux et à surveiller le passage pour rien ?

– Non...

– Moi non plus, et c'est bien ça qui m'inquiète, kâkâkâ !! Tous les jours, je perds la tête à imaginer ce qui est derrière moi ! Est-ce une tenture aux couleurs éclatantes ? Une fenêtre qui ouvre sur le monde d'en dessous, avec ses lueurs changeantes et ses saisons parfumées ? Le suspense me tue !! Imagine c'que ça signifie pour un mort, kâkâkâ !

– Bon... Entendu. »

D'un geste vaguement solennel, vous faites pivoter lentement le crâne sur lui-même jusqu'à ce qu'il soit face au mur auquel il tournait... le dos. Après un très long silence chargé d'une émotion indescriptible, le crâne reprend :

« Je suis déçu », conclut-il.

Il éclate ensuite d'un rire joyeux : « Kâkâkâ, c'pas grave ! C'était un beau rêve, j'en retrouverai bien un autre. Quant à vous, voici votre réponse : "**Quand vingt-trois soldats rejoindront le chapitre, le passage s'ouvrira**." Voilà ! C'est l'mot d'passe.

– Super. Et elle est où, la salle du trésor ? », interrogez-vous patiemment.

– Kâkâkâ, qu'est-ce que j'en sais, moi ? J'ai entendu ça quand j'avais encore une colonne vertébrale. C'tout c'que j'sais ! Allez ! Et bonne chance pour couler l'endroit ! »

Après cette conversation épuisante, vous regagnez tout de même **2 POINTS DE CHANCE**. Vous pouvez rejoindre l'**ENTREPÔT** en **340** ou poursuivre en direction de la **PETITE COUR** adjacente en **400**.

567

Détruire l'**ARMÉE DE SQUELETTES** dans les tréfonds de la forteresse paye enfin ! Le lien que Virilus entretient avec le Chaudron Noir est affaibli, et il perd **10 POINTS D'HABILETÉ**. Un coup sévère porté non seulement à son armée, mais à ses propres forces. Retournez en **475**.

568

Sans réfléchir, vous débouchez la **BOUTEILLE DE MAGIE PURE** et avalez son contenu d'une seule traite, malgré la contre-indication du sorcier. Vous sentez l'énergie protester dans votre œsophage avant de se dissoudre dans vos veines. Vous brillez désormais comme une luciole et vous sentez vos réserves de **CHANCE** se recharger au maximum ! Vous gagnez aussi **10 POINTS D'HABILETÉ** supplémentaires pour ce combat ! La puissance éphémère vous galvanise, mais elle ne durera pas. Retournez en **475**.

569

Avez-vous débarrassé les lieux de l'infamie qui y logeait ? Si **OUI**, filez en **307**. Si **NON**, avez-vous aidé la centauresse à devenir paladine ? Si oui, rendez-vous en **560**. Si ce n'est pas le cas ou que vous n'avez jamais entendu parler d'une centauresse et ignorez tout des paladins, rendez-vous en **571**.

570

Vous débouchez le **BOCAL À ÉPICES** et videz son contenu dans le chaudron. La mixture verdâtre entre immédiatement en ébullition. Virilus se met à tousser en plein duel et perd **2 POINTS DE VIE PAR TOUR**. De la fumée s'échappe de son casque. Vous ignorez si une pincée de sel aurait pu aider, mais vous avez saboté une partie du rituel ! Revenez en **480**.

571

Alors que vous vous engouffrez dans le passage obscur, vous sentez vos poils se hérisser sur vos bras. Avançant à pas de loup, votre ami s'arrête devant une grande porte centrale, ornée de motifs cabalistiques gravés à même le bois. Impossible de les déchiffrer, mais une chose est sûre : ils n'augurent rien de bon.

« J'ai un mauvais pressentiment », chuchotez-vous en observant nerveusement les toiles d'araignées qui couvrent les murs et les cocons suspects qui jonchent le sol.

« Mouep. J'aime pas ça non plus », ajoute le PB.

« Je pense pas que Virilus soit là, mais si jamais on veut le trouver, va bien falloir qu'on fouille partout, non ?

– Ou qu'on mette l'feu partout. Ça marche aussi.

– Riche idée... », raillez-vous. « Et tu peux faire brûler les pierres ?

– Pas assez fort… », répond sérieusement votre ami. « La pierre, ça brûle jamais bien. Pas faute d'avoir essayé pourtant. »

Vous prenez une grande inspiration. Si vous souhaitez quand même pousser la porte, allez en **276**. Si vous préférez faire marche arrière, expliquez au barbare les concepts de « retraite stratégique » et de « tactique alternative » avant de retourner en **447**.

572

« Évidemment… C'est toujours sur moi que ça tombe, ces trucs-là », soupirez-vous.

« AINSI, TU SAVAIS.

– Quoi ?! Mais j'pensais que… », s'offusque le PB, éberlué par cette révélation.

« UNE CROYANCE QUE JE PARTAGEAIS LORSQUE VOS MISÉRABLES VIES ONT TRAVERSÉ MA SPHÈRE DE VISION », lugubre-t-il en désignant négligemment une boule de cristal posée sur une étagère. « MES ORCS M'ONT RAPPORTÉ QUE TU POSSÉDAIS LE SANG ANCIEN, MAIS ILS N'ÉTAIENT QUE DES INCAPABLES. AUTREMENT JE T'AURAIS TROUVÉ DEPUIS LONGTEMPS. MAIS TOI… », exhale-t-il en portant son attention sur vous. « TU ÉTAIS PROTÉGÉ PAR QUELQUE CHOSE. OU QUELQU'UN. TU N'ES APPARU QU'IL Y A QUELQUES JOURS. J'IGNORE CE QUI T'A DISSIMULÉ, MAIS CELA N'A PLUS AUCUNE IMPORTANCE DÉSORMAIS.

– Peut-être… Les citrouilles ? », hasardez-vous.

Les yeux du seigneur noir se resserrent et vous sentez que sa patience atteint ses limites. Le barbare commence à se déplacer imperceptiblement sur le côté, la main sur la poignée de son arme. Gagnez du temps et posez une dernière question. Si vous souhaitez demander au seigneur noir comment il a survécu après avoir été vaincu par votre grand-père, allez en **347**. Si vous voulez en savoir plus sur ses projets, faites-le parler en **552**. Enfin, si vous avez vaincu Mortelle, la femme-araignée, et que vous préférez le provoquer, raillez-le en **408**.

573

« J'ai besoin de votre aide », annonce-t-elle. « Je travaille sur quelque chose, mais je ne peux pas demander aux gobelins de chercher ce qu'il me manque. Ils se douteraient vite de quelque chose si je commençais à me promener toute seule.

– Vous promener ? Mais vous êtes prisonnière, non ? », précisez-vous en pointant du doigt la chaîne qui lui enserre la cheville.

« Oh, s'il vous plaît », s'amuse-t-elle. « Pour une forgeronne digne de ce nom, ces machins grossiers ne sont rien. J'étais libre à la seconde où ils m'ont laissée ici avec des outils. Les gobelins ne sont certes pas très malins, mais ils sont vicieux… Et j'ai bien peur de ne pas savoir me battre…

– Pas b'soin. On s'bat pas contre des gobelins », ajoute le PB. « Généralement, on leur tousse un peu fort dessus et ça suffit.

– Quand bien même… On est à une demi-lieue du sol et sans le nécessaire pour finir mon invention, je ne pourrai pas m'échapper d'ici…

– Qu'est-ce qu'il vous faut, m'dame ? » demandez-vous.

« J'ai besoin de beaucoup de lanières de cuir solides. Si mes souvenirs sont exacts, elles sont dans la **HUITIÈME** caisse en partant de la gauche sur l'étagère au fond de l'entrepôt.

– Entendu. Bougez pas, m'dame. On revient dès que possible », la rassurez-vous.

La forgeronne vous remercie discrètement et reprend son travail, tandis que vous réfléchissez à une manière de rejoindre l'**ENTREPÔT**. Si vous souhaitez quitter la pièce par le **COULOIR OUEST**, allez en **447**. Si vous préférez prendre la petite porte à l'**EST**, passez en **520**.

574

Vous chassez rapidement leurs formes nues de votre esprit et vous mettez en garde. Comprenant que vous n'êtes pas venus pour la gaudriole, les elfes extirpent chacune une dague de leur chignon. Le barbare jette un dernier regard craintif vers le savon qui couvre leur corps avant de pousser un cri de guerre désespéré en se lançant à l'assaut !!

ELFES NOIRES NUES **+3**

HABILETÉ	PV	ARMURE	DÉGÂTS
7	10	0	1

Règle spéciale *: vos adversaires se battent nues. C'est assez déconcertant ! Vous subissez donc un malus de 1 POINT D'ADRESSE. Le barbare, intimidé par leur propreté étincelante, perd 1 POINT D'HABILETÉ. Ces elfes sont très agiles ! Si vous obtenez un 1 durant votre PHASE D'ATTAQUE, elles gagnent +3 DÉGÂTS pour ce tour-ci. Si vous réussissez à obtenir un 6 durant votre PHASE D'ATTAQUE, elles esquivent totalement votre assaut, y compris sur une CONTRE-ATTAQUE CRITIQUE.*

Ces pestes lubriques n'ont eu que ce qu'elles méritaient, et c'est sans aucune considération que vous abandonnez leurs cadavres dans le bassin noirci de leur sang. Continuez en **292**.

575

Aïe… En parlant d'un gnoll… Vous marchez malencontreusement sur la queue de l'un d'entre eux. Il pousse un petit glapissement avant de se relever et de vous attaquer par réflexe. Fort heureusement, personne d'autre ne semble vouloir se réveiller.

GNOLL ENDORMI

+4

HABILETÉ	PV	ARMURE	DÉGÂTS
6	12	0	0

***Règle spéciale** : ce pauvre gnoll sanguinaire n'avait rien demandé à personne. Par chance, il n'est pas encore totalement réveillé et a donc un malus de 2 POINTS D'HABILETÉ durant le premier tour.*

Une fois renvoyé à la niche, vous pouvez désormais vous tourner en direction des **LATRINES** en **154**, du **COULOIR EST** en **447** ou vous plonger dans la jungle de corps assoupis pour découvrir un passage dérobé vers le sud d'où résonnent des voix chantantes et féminines en **553**.

576

En approchant du savant, vous réalisez qu'il ne parle pas la même langue que vous. Après quelques échanges incompréhensibles, il comprend que vous êtes les intrus que Virilus recherche ! Vous ramener au Maître pourrait certainement accélérer sa demande de subventions, et il vous barre la route en s'injectant le contenu d'une seringue ! À le voir tripler de volume, vous comprenez qu'il s'agissait d'un sérum de combat. Sa taille s'agrandit de plus en plus ! Il va falloir se débarrasser de lui rapidement !

CHAMAN FOU

+4

HABILETÉ	PV	ARMURE	DÉGÂTS
6	15	0	-1

***Règle spéciale** : votre adversaire enfle à vue d'œil ! À la fin du TROISIÈME TOUR DE COMBAT, il explosera et vous fera perdre 10 PV, non esquivables et non affectés par votre ARMURE. Si vous êtes PAYSAN, l'impact ne vous infligera que 3 PV. Si vous êtes PRUDENT, le torse du barbare vous protégera du gros de l'impact et ne vous infligera que 5 PV.*

Une fois ce monstre dopé hors d'état de nuire, intéressez-vous à ce qui reste de son laboratoire en **536**.

577

Vous vous examinez nerveusement sous toutes les coutures. Vous aviez autant de muscles avant ? Ou est-ce un effet secondaire de cet acharnement à survivre ces derniers jours ? Gagnez **1 POINT D'HABILETÉ**. Ce vénérable sage a vraiment un grand pouvoir s'il peut vous remplumer d'un seul geste !

Vous pouvez interroger le mage sur son animal étrange en **191**, ou lui demander son aide face aux forces de Virilus en **415**. Si vous pensez lui avoir tout dit, cherchez un moyen de partir en **464**.

578

Vous sifflez en comptant la petite fortune que vous avez accumulée durant votre aventure. De quoi se payer un festin de roi et même plus encore ! Enjaillé par l'idée de dépenser raisonnablement votre pactole, vous faites la tournée des nombreuses tavernes de la ville, dilapidant joyeusement votre or en tournées générales, filles généreuses et ripailles excessives. Fort heureusement, l'alcool, la viande et la joie ne manquent pas à Lennonia. S'il est vrai que l'invasion a fait quelques dizaines de morts et détruit quelques toitures, ce n'est rien comparé à ce qu'une vraie guerre prolongée aurait pu causer, et le bilan reste finalement léger. Vous honorez quand même ceux qui sont tombés sous le joug du seigneur noir en portant toast sur toast pour finalement finir ivre mort dans l'une des tavernes les plus animées de la cité. Durant la soirée, vous faites même le pari avec le PB qu'il serait incapable de manger un sanglier rôti à lui seul et, devant vos yeux ébahis, ce dernier s'exécute, avalant l'équivalent de son propre poids en viande. Votre pari a attiré d'autres badauds qui se joignent eux aussi à votre festin alcoolisé, vous aidant à terminer le second sanglier que vous avez commandé dans un élan d'ivresse. Ce n'est que lorsque l'aube se lève que vous louez deux chambres pour terminer votre nuit et accommoder le barbare, aux bras de nombreuses donzelles très affectueuses. À la seconde où votre nez touche le matelas de plumes, vous sombrez dans les bras aimants de la Déesse Mélène tandis que dans la chambre adjacente, votre ami profite encore de l'étreinte luxurieuse de la Déesse Ytia. Bercé par les rires qui remontent encore du rez-de-chaussée, vous gravez cet instant de bonheur dans votre mémoire avant de vous évanouir de sommeil. En vous réveillant le lendemain, vous dépensez le peu qu'il vous reste pour offrir une extension confortable à votre ami et demandez à l'aubergiste de monter un petit-déjeuner dans sa chambre. Pour 6 personnes. Et avec beaucoup, BEAUCOUP d'eau. Après ça, il ne vous reste plus rien. Mais vous connaissez le dicton : riche un jour, riche toujours.

Il est maintenant temps de marcher sur la route de votre destin !

• Si vous êtes **GUERRIER**, allez en **579**. Si cependant vous avez battue la **VAMPIRESSE** en combat singulier, soumis le **DRAGON** à la loyale, et vaincu **VIRILUS** en duel, alors vous pouvez choisir de prendre la route en **589**.
• Si vous êtes **PAYSAN**, allez en **585**. Si toutefois vous possédez le **FER A CHEVAL** et la **TRESSE DE CENTAURESSE,** vous pouvez choisir de vivre une vie productive en **601**.
• Si vous êtes **PRUDENT**, allez en **559**. Si en revanche vous avez réussi à vivre la totalité de l'aventure sans avoir participé à un seul combat, à part celui contre les Squelettes de **MASSACRE** à la fin de l'Acte 1 et le combat final contre **VIRILUS**, alors une vie paisible s'offre à vous en **586**
• Si vous êtes **DEBROUILLARD**, allez en **590**. Vous ne remplissez malheureusement pas la condition de posséder **7 POINTS DE RICHESSE** ou **PLUS** pour obtenir la seconde fin.

579

« Bon gamin, j'sais pas toi, mais moi j'm'offrirais bien des p'tites vacances. Genre un cadre peinard avec moins d'gens, t'vois ?
– J'avoue que j'aimerais bien retourner à mon village. J'ai un truc à y finir.
– Tu veux qu'j't'accompagne ? Après tout, j'promis à Fanta d'te protéger. Ça tient toujours que j'sache », demande-t-il timidement.
« T'as raison… On sait jamais c'qu'on peut trouver sur la route », répondez-vous avec un sourire.
Quelques secondes s'écoulent avant que vous n'éclatiez de rire tous les deux.
« Bwahaha ! Comme si t'avais quoi qu'ce soit à craindre d'personne ! J't'ai vu t'battre comme un lion ! Le truc l'plus dangereux sur la route, c'est toi ! Et d'loin.
– Pourquoi on est autant gênés ? Ça me ferait plaisir que tu viennes », riez-vous à votre tour. « Et puis il reste encore quelques chevaux là-bas. Si personne les a récupérés durant la semaine, ils doivent toujours y être. »
Vous reprenez donc la route avec le barbare sur vos talons et retournez vers le lieu où votre aventure a commencé. Le hameau n'a pas changé et, à part quelques animaux de ferme qui se sont échappés, tout est resté exactement en l'état, y compris le bûcher.
Comprenant la nature exacte de votre tâche, votre ami vous aide à creuser les tombes et à y enterrer les cendres des villageois et celles de votre mère. Vous placez une bougie allumée sur sa sépulture à côté de la petite tombe anonyme de Pépé Citrouille, et entamez enfin votre deuil. La douleur est là, mais c'est vous qui finissez par réconforter le barbare, incapable de gérer une telle émotion. Dans un rituel kränelornien, il se saisit d'une petite bouteille et en verse le contenu sur les tombes.
« C'pas parc'qu'ils sont plus là qu'ils ont pas l'droit d'boire.

– C'est vraiment culturel la picole chez vous ?

– C'parce qu'Zarkan partage pas. Mais on boit surtout pour oublier la douleur.

– Tu veux dire que ça t'affecte autant que ça, un enterrement ?

– Nan. J'parle de la vraie douleur. Celle qui fait super mal. T'as vu les coupures et les bleus que j'me tape ? D'ailleurs, j'crois qu'mon bras gauche est pété. J'sens plus rien dedans.

– T'as le bras cassé ? Mais depuis quand ?! », vous écriez-vous, alarmé.

« Bah, depuis la taverne quand on s'est rencontrés. Au début, il a doublé d'volume, j'croyais qu'c'était les muscles », termine-t-il en vidant d'un trait le reste de sa bouteille.

Vous vous pincez les yeux avec deux doigts avant de passer la soirée à lui fabriquer une attelle de fortune malgré ses maigres protestations. Au petit matin, vous sellez les deux vieux canassons de l'étable du gros Faras. Lorsque vous chevauchez les braves bêtes, le barbare se tourne vers vous :

« Et maint'nant, Billy ?

– J'irais bien faire un tour à Nouvelle-Nouvelle-Azur. Fanta a dit qu'il irait sur la côte et c'est sans doute là où il sera. J'ai encore des questions à lui poser.

– Le p'tit village côtier à l'est ? Celui qu'les aut'kränelorniens ils pillent de temps en temps ?

– Tout à fait. Fanta m'avait raconté qu'avant ça s'appelait juste Azur…

– Hah ! D'ici l'temps qu'on arrive, ça s'appellera p'têt Nouvelle-Nouvelle-Nouvelle-Azur », dit-il en riant à gorge déployée. « La mer extérieure. L'idée m'déplaît pas. Et puis, qui sait ? Si jamais y a un nouveau raid, ça m'permettra d'retrouver les copains et d'leur taper joyeusement sur la tronche !

– Alors, en route ! », clamez-vous en vous élançant au galop.

Sous un beau soleil d'après-midi, vous repartez les poches décidément bien vides et le cœur léger à dos de cheval vers la côte. Vous prenez une grande inspiration. Après tout, respirer, c'est important.

Après une aventure comme ça, plus grand-chose ne vous effraie pour l'instant, et vous avez l'intention de passer quelques jours agréables dans la ville de Nouvelle-Nouvelle-Azur dans l'espoir d'avoir un peu de repos avant de vivre une autre aventure.

Vous êtes Billy. Et votre voyage ne fait que commencer.

Continuez vos aventures en **608**.

Félicitations, vous avez débloqué le succès « Buliaaa !!! ». Cochez la case correspondante à la fin de cet ouvrage.

580

La forte odeur émanant de derrière la porte ne laisse planer aucun doute : vous êtes dans les écuries de la forteresse. Le visage du barbare, visiblement très incommodé par les fragrances de purin, est plus grimaçant que jamais. En tant que garçon de ferme, vous ne sentez que le parfum de votre enfance et la moiteur puante qui suinte des murs vous procure un sentiment de réconfort. Vous réalisez rapidement que les animaux qui peuplent l'endroit sont tous plus exotiques les uns que les autres ! Un insecte géant crachant des flammes par les naseaux… Un scorpion immense… Une sorte d'oiseau de la taille d'un cheval… Un émeu ! Si vous avez déjà croisé cet animal mythique par le passé, allez directement en **533.** Sinon, revenez sur vos pas afin de regagner la **PETITE COUR** en **400**.

581

Vous arrivez au sommet d'une tour à ciel ouvert. Les cadavres encore chauds qui jonchent le sol témoignent d'une bataille récente. Posée contre les créneaux, une baliste énorme maintient une chaîne tout aussi massive, dont l'autre extrémité est plantée dans un bâtiment de Lennonia. Les vents violents qui s'acharnent à cette altitude n'ont pas le moindre effet sur la chaîne, immobile et tendue. La forteresse est solidement ancrée à la ville et nul ne semble pouvoir défaire ce lien infernal. D'ici, vous pouvez descendre les escaliers en **400**. Si vous possédez le **KIT D'ESCALADE**, vous pouvez rejoindre la **PLATEFORME D'ATTERRISSAGE** en **184**. Avant de partir, vous pouvez toutefois examiner les cadavres en **596**, à tout hasard.

582

Vous jetez le **BOCAL À ÉPICES** et atteignez le seigneur noir en plein visage ! Après que le nuage de poussière piquante se soit dissipé, vous sentez qu'à travers son casque Virilus lève un sourcil en votre direction avant de reprendre son combat. Aucun effet ! C'était quand même bien essayé. Retournez en **475**.

583

Une prison est rarement un endroit accueillant et celle-ci ne déroge pas à la règle. Sombre, froide et humide, elle possède tous les atouts d'un bon établissement carcéral. Sa capacité d'accueil s'avère toutefois limitée puisque la pièce centrale dans laquelle vous êtes ne distribue que trois cellules. Vous pouvez vous contenter de cette simple observation et retourner dans le **COULOIR NORD** en **461** ou explorer la cellule de gauche en **366**, du milieu en **136** ou de droite en **248**.

584

Le terrible dragon de Virilus est soumis et reste allongé devant vous. Il continue de vous surveiller d'un œil alerte, mais plus menaçant.

« L'a l'air tout d'suite plus aimable comme ça, c'grand machin ! », pousse joyeusement le barbare.

La créature incendiaire se lève alors et déploie ses ailes de toute son envergure en poussant un léger cri, mettant le feu à une toiture voisine.

« Ou pas », constatez-vous.

« Mouep. M'est avis qu'on peut s'en servir pour monter dans la forteresse. J'ai jamais volé sur un dragon jusqu'là, c'est p'têt' marrant.

– Ou pas. »

Si vous souhaitez quand même utiliser cette méthode, il y a largement assez de place pour deux sur le cou du gardien volant en **396**. Sinon, continuez de revisiter la ville en vous rendant aux **QUARTIERS INSALUBRES** en **157** ou à la **TOUR DES MAGES** en **64**.

585

« Bon, gamin, j'sais pas toi, mais moi j'm'offrirais bien des p'tites vacances. Genre un cadre peinard avec moins d'gens, t'vois ?

– Il faut que je retourne à mon village. J'ai un truc à y finir.

– Un truc ? J'peux p'têt t'aider. Qu'est-ce qu'tu veux faire à Plante-Citrouille ? », demande votre ami, excité à l'idée de vivre une autre aventure.

« C'est l'heure de la récolte, et les citrouilles sont prêtes.

– Ah.

– C'est gentil à toi de proposer. Mais je sais que c'est pas ton truc », dites-vous en lui souriant.

Après un silence, le PB semble se décider.

« T'sais quoi ? Pourquoi pas ? J'vais l'faire. J'l'ai jamais eue, l'occasion d'ramasser c'que bouffe la bouffe. Et puis, j'ai promis d'te protéger, ça tient toujours que j'sache.

– Me protéger des citrouilles ? », lui demandez-vous d'un air narquois.

« Si j't'en lance une dans la poire assez fort, ouais », rétorque-t-il en souriant. « Quoique, pas dit qu'ça t'fasse cligner des yeux. J'sais même pas si tu les fermes pour dormir.

– Non », répondez-vous simplement en prenant la route de votre village.

Derrière vous, le barbare soupire à lui-même.

« Ces paysans j'te jure… Y sont comme des gadins. On les remarque jamais quand on marche dessus, mais on construit des châteaux avec. »

Vous retournez vers le lieu où votre aventure a commencé. Le hameau n'a pas changé et, à part quelques animaux de ferme qui se sont engraissés en votre absence, tout est resté exactement comme vous l'aviez laissé, y compris le bûcher.

Privilégiant la vie à la mort, vous prenez quelques jours pour faire la récolte des nombreux champs de citrouilles qui font la réputation des lieux. D'un geste méthodique, vous repassez derrière votre ami qui s'acharne à couper leur tige avec sa hache en s'amusant comme un enfant. Vous rectifiez certaines coupes ratées et ramassez les légumes qu'il oublie, trop occupé à faire des roulades contre des ennemis imaginaires en forme de cucurbitacées. Votre cœur se réchauffe à le voir plaisanter ainsi, et même si le travail se termine avec un jour de retard, la récolte est vite finie.

Pendant que votre ami se repose après une dure journée de labeur, vous en profitez pour creuser méticuleusement une tombe pour chaque villageois, en terminant par celle de votre mère, juste à côté de celle de Pépé Citrouille. Lorsque vous vous retournez pour aller chercher les cendres du bûcher, vous tombez nez à nez avec le PB, qui les transporte déjà à l'aide d'une brouette.

« J'me suis dit qu'j'allais aider », vous confie-t-il.

Vous hochez la tête et entreposez les cendres dans chaque tombe avant de reprendre votre pelle pour les sceller à jamais. Les défunts sont auprès d'Edire désormais et Runir, le Dieu des Artisans et du Travail Bien Fait, veillera à ce que Mélène les réincarne. Vous poussez un minuscule soupir et terminez votre deuil avant d'être interrompu par un raclement de gorge.

« J'ai trouvé ça. J'me suis dit qu'ça décorerait », fait-il en vous tendant des fleurs ramassées dans un pré voisin, leur couleur bleutée et phosphorescente reflétant les lunes qui s'élèvent dans le ciel.

« C'est du lapis de loup. C'est une mauvaise herbe », dites-vous avec un petit sourire.

« Ah. Euh… », balbutie le barbare.

« Mais ça ira. C'est vrai qu'elles sont belles », concédez-vous en les plantant dans le sol.

Au moins, votre ami a eu l'esprit de laisser leurs racines et bientôt la tombe de votre mère luit d'un éclat tendre. Vous retournez à votre ancienne maison et passez une soirée agréable en compagnie de votre ami, vos épaules enfin libérées du poids de vos responsabilités.

Au petit matin, vous sellez les deux vieux canassons de l'étable du gros Faras. Lorsque vous chevauchez les braves bêtes, le barbare se tourne vers vous :

« Et maint'nant, Billy ? T'veux pas aller vendre les citrouilles ?

– Non. Si la récolte n'arrive pas, ils viendront la chercher dans l'entrepôt. J'irais bien faire un tour à Nouvelle-Nouvelle-Azur.

– Tu cherches Fanta, c'ça ?

– Hmm », opinez-vous.

« Le p'tit village côtier à l'est, hein ? Celui qu'les aut'kränelorniens ils pillent de temps en temps… Ça peut être pas mal.

– Oui… Je voudrais bien apprendre à pêcher. Ça me paraît l'endroit idéal.

– Hah ! Tu r'monteras plus de kränelorniens que d'poiscailles dans tes filets, j'en suis sûr », dit-il en riant à gorge déployée. « La mer extérieure… L'idée m'déplaît pas. Et puis, qui sait ? Si jamais y a un nouveau raid, ça m'permettra d'retrouver les copains et d'leur taper dessus ! »

Vous souriez à son humeur joviale et laissez votre cheval avancer à son rythme.

Vous prenez une grande inspiration. Après tout, respirer, c'est important.

Après une aventure comme ça, plus grand-chose ne vous surprend pour l'instant, et vous avez l'intention de passer quelques jours agréables dans la ville de Nouvelle-Nouvelle-Azur dans l'espoir d'avoir un peu de repos avant d'apprendre encore plus de choses lors de votre prochaine aventure.

Vous êtes Billy. Et votre voyage ne fait que commencer.

Continuez vos aventures en **608**.

Félicitations, vous avez débloqué le succès «Travail terminé !». Cochez la case correspondante à la fin de cet ouvrage.

586

Vous recevez une autre famille dans votre grand bureau. Un couple avec deux jeunes enfants. Vous faites un rapide calcul mental sur la capacité de votre village à nourrir ces bouches supplémentaires. Elle est tisserande et il a l'air fort. Ils ne s'arrêteront probablement pas à deux enfants. Une riche addition pour votre communauté, si toutefois ils peuvent aider à son expansion. Vous tamponnez leur document du sceau de la ville – un ornithorynque apaisé au milieu des flammes – et vous leur dites que tout va s'arranger. Ici, à Potes-Iront, la vie est paisible et c'est grâce à vous.

Vous vous allongez dans votre fauteuil de maire, vous remémorant les évènements qui vous ont mené jusqu'ici avec un sourire.

« Bon, gamin, j'sais pas toi, mais moi, j'm'offrirais bien des p'tites vacances. Genre un cadre peinard avec moins d'gens, t'vois ?

– Non merci. C'est gentil, mais plus jamais ça », avez-vous alors joyeusement répondu en suivant les pas de votre grand-père.

Après votre victoire sur la terrible forteresse, vous avez atteint de tels niveaux de frousse qu'un barrage s'est brisé en vous. Une sorte de déclic mental qui vous a permis de ne plus jamais ressentir la moindre angoisse, et d'offrir un sourire détendu à l'univers et à tout ce qui vous entoure. Depuis ce jour, la chance vous a toujours souri, même dans la poisse.

Vous êtes donc revenu à Plante-Citrouille pour ne jamais en repartir. Le barbare, après vous avoir offert son amitié éternelle, est parti guerroyer ailleurs, trouvant son bonheur dans une vie de guerres et de conflits. Votre première action fut de nettoyer le petit hameau de fond en comble et de reprendre votre ferme. Un beau jour, alors que vous retapiez l'écurie du gros Faras en vue de l'agrandir, un homme blessé et au visage familier s'aventura dans votre hameau isolé : Félix. L'ancien Fleuriste était dans un piteux état, désormais sans le sou et sans travail depuis la destruction du Jardin. Une fois ses blessures soignées, vous lui avez proposé de l'embaucher sur-le-champ pour récolter les citrouilles. Lorsqu'il vous a demandé si ces citrouilles mordaient, vous lui avez répondu que non. Son visage stupéfait resta la plus grande émotion qu'il vous ait montrée à ce jour.

Avec son aide, vous avez varié vos plantations, la main verte et assurée de l'ancien Fleuriste s'avérant inestimable pour vos projets. En seulement quelques mois, la ferme est redevenue florissante et les champs se sont couverts de légumes et de plantes rares. Pour suivre cette expansion rapide, vous avez embauché de la main-d'œuvre supplémentaire qui a fini par s'installer avec leur famille dans les maisons vides. Très vite, le hameau s'est agrandi et vous avez fini par déléguer les tâches, gérer les conflits et calculer les réserves pour l'hiver. Lorsque des bandits tentèrent de voler vos récoltes, le Jardinier – anciennement Fleuriste – les captura avant même qu'ils ne lancent l'assaut. Vous leur avez toutefois offert une alternative : travailler honnêtement ou nourrir les citrouilles. À votre grande surprise, leur intégration se fit sans aucun mal, sans la moindre rancune de la part de vos villageois. De cet afflux constant de monde vint la nécessité d'agrandir vos infrastructures. Un ébéniste, une carrière, une tannerie, une officine, une chapelle, un poste de garde, des routes, une école, une brasserie, et enfin, juste en face de cette dernière, une taverne.

Vous n'aviez jamais vu un bâtiment être construit aussi vite. En à peine deux jours, l'endroit était ouvert. La centaine de villageois profitèrent de son inauguration pour vous nommer unanimement bourgmestre et vous demandèrent de trouver un nom à l'endroit.

« Potes-iront », aviez-vous alors annoncé sans comprendre que vous veniez de renommer le nouveau village, et non l'auberge.

Dès lors, bonne fortune et bon grain continuèrent de s'accumuler sous votre administration. Les années passèrent et le Pyro-Barbare vint vous rendre visite, de retour de ses aventures. Il vous demanda timidement si la polygamie était acceptée chez vous. À la seconde où vous lui répondîtes que, techniquement, il n'y avait aucune loi contre, il fit entrer ses cinq femmes et ses neuf enfants en vous demandant innocemment : « Super ! Maint'nant, Billy, tu pourrais m'dépanner d'une baraque ? Les yourtes, ça va cinq minutes, mais t'sais c'que c'est. »

La construction de sa maison, placée juste à côté de la vôtre, prit moins de temps qu'il n'en fallu pour le dire. Félix, ravi d'avoir enfin quelqu'un à sa mesure, se lia d'amitié avec le barbare. Les deux compères passèrent des années à déguster les alcools de votre nouvelle distillerie, qui selon vous relevaient davantage de l'acide que du spiritueux.

Un coup sur la porte vous arrache à vos rêveries. Vous n'aviez plus de rendez-vous aujourd'hui, à moins que…

« Papy Potiroooon ? », vous demande une toute petite fille.

« Hé bé, ma belle ? Ton papy, il sait que tu es là ?

– Tu peux me raconter une histoiiire ? Celle avec le château qui vole ! »

Vous soupirez en assoyant la choupette sur vos genoux. Malgré le poids des années et vos cheveux grisonnants, la petite-fille de votre ami semble ne pas vouloir vous lâcher d'une semelle.

« Il est tard, pucette. Si tu promets de te coucher sans faire d'histoire, demain, je te raconterai la légende du héros légendaire.

– Celle avec l'oiseau géant ? Et les massacres ?

– Peut-être. Seulement si tu es sage.

– Ouaiiis ! J'espère y aura plein d'sang », dit-elle en bâillant.

Vous soufflez du nez en constatant que le sang kränelornien est fort dans cette petite guerrière. Vous la ramenez chez elle en la portant dans vos bras et regardez avec affection la belle ville de Potes-Iront, érigée sur la mémoire de Plante-Citrouille. Le cœur gonflé de bonheur, vous vous dites que vous en avez, de la chance.

« Mais quelque part, la chance, c'est surtout celle que l'on décide de construire », concluez-vous avec un sourire.

Félicitations, vous avez débloqué le succès «Dites-le avec des fleurs». Cochez la case correspondante à la fin de cet ouvrage et recommencez à l'acte de votre choix.

587

Vous progressez prudemment dans le couloir peu éclairé quand un « tchak » fend l'air avant que le PB ne vous tire violemment en arrière. Un deuxième « tchak » brise le silence, suivi de dizaines d'autres. Une pluie de carreaux d'arbalète s'abat sur vous et les flèches filent à une allure folle, avant de se planter au hasard ou de finir leur course dans l'obscurité. Vous sentez certaines d'entre elles vous effleurer et c'est un miracle si aucune d'elles ne vous touche. Lorsque le flux incessant de projectiles s'arrête, vous osez jeter un œil à l'autre bout du couloir et apercevez un gobelin assis sur les épaules d'un second… Ces enfoirés ricanent !

Le premier est à la manœuvre. Il recharge en munitions une machine de guerre étrange, mais apparemment meurtrière. Une mitrailleuse à flèches redoutable, qui ne laisse pas la moindre chance aux imprudents qui s'aventurent dans ce couloir étroit. Vous pouvez passer rapidement – le temps qu'ils réarment – pour vous enfoncer dans le **COULOIR OUEST** en **447** ou revenir sur vos pas dans la **PETITE COUR** en **400**. Si vous préférez régler son compte à ce crachoir de mort et que vous êtes équipé d'**EXPLOSIFS**, allumez-les en **272**. Si vous êtes en possession d'un **ARC** et de **FLÈCHES EXPLOSIVES**, vous pouvez aussi en utiliser une en **272**.

588

Lorsque la carriole marque un temps d'arrêt, vous en profitez pour vous glisser discrètement dessous. Les gnolls, trop affairés à rire bêtement entre eux, ne remarquent rien et continuent à se chamailler. Vous rampez jusqu'à l'essieu avant afin de sectionner les attaches qui relient l'attelage à la charrette et vous piquez l'arrière-train du scorpion de la pointe de votre arme. Effrayé, le monstre sursaute avant d'arracher à son siège le cocher qui tenait les rênes. À peine a-t-il le temps de s'écraser au sol qu'il se retrouve broyé par l'une des pinces de la bête. L'autre hyène, prise d'un fou rire incontrôlable, ne voit pas le dard du scorpion s'abattre sur elle et lui transpercer la poitrine. C'en est fait des deux soldats ! Ils serviront désormais de repas à l'insecte géant qui s'échappe avec une célérité surprenante.

« Pour une opération, celle-là était spéciale ! Bien joué, Billy ! », vous félicite votre ami en vous aidant à vous relever. Vous époussetez vos vêtements avant d'ajouter :

« Boarf. Le tout, c'est d'avoir le bon équipement de métal. »

Interrompus par les suppliques des prisonniers, vous abrégez votre accolade. Libérez ces pauvres riches en **367**.

589

La créature s'écroule au sol, morte sous vos coups d'épée. Vous soufflez enfin, elle était coriace ! Mais la récompense vaut largement l'effort. Vous sectionnez son cou et empaquetez la tête du monstre. Voilà qui devrait payer vos frais de voyage pour les trois prochains mois. Vous retournez au poste avancé de Cîme-Terre, qui borde la région de l'avide Cielavare. Hélène, la forgeronne que vous avez rencontrée il y a plus de 20 ans, vous accueille avec une bourse bien remplie et une chope pleine.

« Alors ? Tu as pu trouver ce que je t'ai demandé ? », vous demande l'elfe.

Pour toute réponse, vous jetez votre trophée sur sa table et acceptez la bière tendue. « Évidemment. Il était agile, mais pas assez.

– Est-ce que tu as la moindre idée de ce que je peux faire avec tous ces crocs de minocentaure ?! », enchaîne-t-elle d'un ton excité sans vous prêter attention.

« Sans doute des enchantements qu'tu vas m'faire tester après. »

La forgeronne, d'apparence plus jeune que vous, mais en réalité trois fois votre aînée, vous dévisage d'un air mutin. « Hmpf. Tu n'as pas la moindre idée de la chance que tu as ! N'importe quel mercenaire tuerait pour la plus petite de mes œuvres !

– Et ils l'ont fait. Dois-je te rappeler ce que j'ai fait aux crétins qui ont essayé de t'enlever la semaine dernière ?

– Tu n'es pas n'importe quel mercenaire. C'est pas pareil », répond-elle, attendrie par votre étreinte soudaine.

Vous l'embrassez tendrement, plongé dans ce baiser comme si c'était encore le premier. Celui que vous avez partagé quelques années après votre rencontre, lorsque vous avez choisi de suivre la voie de l'épée avec le Pyro-Barbare. Étrangement, votre ami ne vous a jamais réellement entraîné, préférant vous jeter dans des situations toujours plus périlleuses les unes que les autres. Il avait le don de toujours vous mettre dans des pétrins invariablement insurmontables. Mais vous avez appris.

Puis, un beau jour, l'homme s'est évanoui dans la nature sans dire un mot, satisfait de son travail. Cet abandon vous a laissé un grand sentiment de vide, mais, encore une fois, vous avez appris.

Vous avez ensuite à nouveau croisé le chemin de Re'ileen, devenue forgeronne ambulante, alors que sa caravane se faisait attaquer par plusieurs orcs sur la route menant en Atemashra. De son sauvetage naquirent un partenariat, puis une intimité, et enfin un couple.

Dès lors, vous avez écumé les royaumes centraux et enchaîné les petits boulots à la recherche de composants rares. Un contrat par-ci, une escarmouche par-là… Et pourtant, quelque chose vous fait défaut. Une arrière-pensée qui ne cesse de vous hanter, masquée par la brume de votre vie heureuse.

Vous êtes ramené à la réalité par la douce main de votre amante qui passe ses doigts sur les nombreuses cicatrices de votre visage.

« Hé, tu t'es encore perdu », murmure-t-elle en vous fixant de ses grands yeux.

« Désolé », répondez-vous. « J'étais ailleurs.

– Ne t'en fais pas. On y sera bientôt », sourit-elle d'un air triste, terrifiée à l'idée de vous perdre.

Vous hochez la tête en repensant à la missive que vous avez reçue il y a quelques mois. La lettre était rédigée sur un simple morceau de cuir, et son écriture raturée ne laisse aucun doute quant à l'identité de son auteur.

« J'tatan. PB. »

Au dos, un schéma grossier représentant la vallée de Geh située dans l'est de la vaste Kränelorn.

« Ne t'inquiète pas. Ce sera bientôt fini », lui annoncez-vous tendrement.

« Vous, les hommes… », s'exclame-t-elle rageusement. « Déjà que vous ne durez pas longtemps… En plus, il faut que vous passiez votre vie à…

– C'est comme ça », l'interrompez-vous. « Mourir, c'est aussi vivre. »

Arrivés à l'emplacement indiqué sur la carte, vous embrassez Re'ileen une dernière fois. Vous la laissez ensuite pour monter les marches de glace menant à un petit amphithéâtre naturel dans lequel se trouve déjà un vieil homme.

Le Pyro-Barbare, que vous n'aviez pas vu depuis plus de 15 ans, se réchauffe les mains contre un petit feu. Hormis une chevelure grise et les rides supplémentaires qui sillonnent son visage, il n'a pour ainsi dire pas changé. Contrairement à vous dont le corps est marqué par deux décennies de batailles. Autant de nouvelles entailles que vous arborez comme d'innombrables médailles. Vêtu d'une lourde cape de fourrure et de son fidèle pagne, votre ami de toujours sourit à votre approche.

« Salut, Billy. C'fait un bail », lance-t-il joyeusement en s'étirant.

« Effectivement. Je t'ai pas trop fait attendre j'espère ?

– Ha ! Penses-tu ! À mon âge, c'fait du bien d'se poser un peu. Mais dis-moi, gamin, t'es v'nu accompagné ? J'avoue qu'j'la vois pas bien. Ma vue est plus c'qu'elle était…

– Re'ileen. La forgeronne de Lennonia.

– Aaah ! J'm'en souviens ! Celle qui voulait t'filer son matos pourri ? Une elfe, Billy ! », ricane-t-il admirativement. « On s'refuse rien à c'que j'vois. C'bien... »

Vous partagez quelques-unes de vos histoires et passez l'après-midi ensemble autour du petit feu, jusqu'au moment où les rayons du soleil couchant recouvrent le paysage gelé d'une couverture d'or. À la vue de ce panorama éblouissant, un sourire radieux se dessine sur le visage buriné du vieux barbare.

« Bon ! C'pas tout ça… », fait-il en se levant lentement.

Vous vous redressez à votre tour et éteignez doucement le feu avant de vous mettre face à lui. Après un long silence, vous tirez votre arme au clair.

« J'ai pas vraiment envie d'faire ça », dites-vous simplement. « Mais j'comprends. Quelque part, j'crois qu'j'ai toujours su. Sois un enfant quand tu le peux…

– Un homme quand tu l'dois…

– … Et un monstre quand il le faut », terminez-vous d'un air sombre en vous mettant en garde.

L'écho du rire du barbare résonne dans la vallée. Serrant sa hache, celui-ci murmure :

« Heh. Les vrais amis, c'ceux qui peuvent te frapper dans la bouche sans hésiter. T'es vraiment un type bien Billy… Allez, approche ! Pour l'honneur !! »

Le sourire aux lèvres, vous vous lancez dans ce dernier combat.

Pour l'honneur.

Félicitations, vous avez débloqué le succès «Pour l'honneur «. Cochez la case correspondante à la fin de cet ouvrage et recommencez à l'acte de votre choix.

590

« Bon, gamin, j'sais pas toi, mais moi, j'm'offrirais bien des p'tites vacances. Genre un cadre peinard avec moins d'gens, t'vois ?

– Mouais… J'sais pas trop. C'est vrai que j'suis un peu fatigué d'éviter les coups… J'préférerais éviter les emmerdes pour changer. J'voudrais repasser à Plante-Citrouille une dernière fois. J'ai un truc à régler.

– Où qu't'ailles, j'te suis. J'vais pas t'laisser tomber maintenant, j'ai promis à Fanta. Et puis j'ai l'impression qu'si j'te quitte des yeux une seconde, t'vas disparaître.

– C'est parce que t'es trop lent », souriez-vous en lui tapotant le crâne.

« Nan, c'parce que t'es trop petit », réplique-t-il en s'accoudant sur le vôtre.

« Ça tombe bien, j'vais avoir besoin de tes bras musclés. T'es partant ?

– Avec toi, Billy ? Toujours. »

Vous retournez avec le barbare vers le lieu où votre aventure a commencé. Le hameau est resté immobile durant votre absence et seul le bruit du vent est venu perturber le silence de l'endroit. Sous le bûcher, vous ramassez les cendres de vos voisins et de votre mère avant de vous rendre sur la colline qui surplombe le village. De là, vous confiez les restes des habitants de Plante-Citrouille aux caprices du vent. Vous observez silencieusement les volutes de poussière virevolter en arabesques tournoyantes avant de disparaître à jamais.

Vous en profitez pour passer une dernière nuit dans votre maison et demander une faveur au barbare. Le lendemain, vous sellez les deux vieux canassons de l'ancienne étable du gros Faras, avant de détacher tous les animaux et d'ouvrir les enclos de la ferme.

« T'es vraiment sûr ? J'veux dire, j'peux, hein, pas d'problème. C'juste... », hésite votre ami.

« Fais-le. S'il te plaît », lui confirmez-vous avec un sourire.

D'un geste d'abord timide, le Pyro-Barbare utilise tous ses talents pour mettre le feu à votre hameau, embrasant le chaume, le bois, et même la pierre. Puisant dans les connaissances ancestrales de son clan, il réduit en cendres le hameau abandonné et donne quelques coups de hache dans les dernières fondations récalcitrantes.

« Recette secrète. Même la flotte pourra pas les éteindre. Au contraire même, ce feu-là, l'eau l'énerve et le fait brûler plus fort », explique-t-il une fois sa tâche accomplie.

« Merci », murmurez-vous. « Sans ses habitants, cet endroit était mort. Et faut toujours s'occuper des morts. C'est plus respectueux comme ça. »

Votre deuil s'estompe enfin, emporté lui aussi par le vent et ne laissant que les souvenirs paisibles d'une vie révolue. Vous rejoignez les deux chevaux qui attendent patiemment sur la colline, et prenez la route.

« Et maint'nant, gamin ?

– Meh. J'sais pas trop. Des suggestions ?

– Hmm... », fait le barbare d'un air pensif. « Pourquoi pas la côte ? L'océan... L'soleil.

– Les touristes », continuez-vous, l'œil brillant.

« Bwahaha ! Faut t'refroidir les doigts, gamin. J'aimerais passer quelques jours au vert, pas en taule.

– Y a une autre raison. Fanta a dit qu'il allait se rendre sur la côte. Probablement à Nouvelle-Nouvelle-Azur.

– Le p'tit village côtier à l'est ? Celui qu'les aut'kränelorniens ils pillent de temps en temps... ?

– Ouais. Y a encore des trucs pas clairs dans toute cette histoire, et j'veux en avoir le cœur net », affirmez-vous avant de demander : « Ils débarquent vers quelle période de l'année les kränelorniens ?

– Quoi, c'est l'pillage qui t'inquiète ?

– Non, la concurrence », répondez-vous. « J'préfère arriver avant eux histoire qu'on se serve d'abord.

– Mais quel chat d'poubelle, c'gamin ! », rit-il aux éclats. « À peine il réduit une cabane en cendres qu'il veut descendre en cabane !

– Voler, c'est voler. Reprendre, c'est donner », répliquez-vous en lui tendant sa hache que vous lui avez subtilisée durant la conversation.

« J't'en collerais bien une pour ça, mais ch'uis pas sûr d'pouvoir te toucher », dit-il en reprenant son arme et en vous ébouriffant la tête. « Ch'uis content ! Avec de la chance, on arrivera en plein raid ! J'pourrai retrouver les copains et leur taper d'ssus ! »

Vous vous fendez d'un sourire avant de quitter la route et de couper à travers champs. Vous inspirez une grande bouffée d'air pur. Après tout, respirer, c'est important.

Vous repartez sous un beau soleil d'après-midi, les poches décidément bien vides et le cœur léger. Après une aventure comme ça, vous avez besoin d'aiguiser vos sens, et vous avez l'intention de filer comme une flèche vers la ville de Nouvelle-Nouvelle-Azur dans l'espoir d'avoir un peu de temps pour vous préparer à votre prochaine escapade.

Vous êtes Billy. Et votre voyage ne fait que commencer.

Continuez vos aventures en **608**.

Félicitations, vous avez débloqué le succès «Pff… Rien de personnel !». Cochez la case correspondante à la fin de cet ouvrage.

591

La cuisine s'est tue. Au chant des casseroles ne répondent plus les valses entêtantes d'odeurs épicées. Une vague senteur de citron vous indique que le maître des lieux a fait le ménage avant d'apporter son plat au général Funeste. Vous quittez les lieux avant qu'il revienne en **457**.

592

Vous saisissez la fiole qui vibre soudain sous vos doigts, impatiente de pouvoir accomplir le but de son existence. Vous ôtez le bouchon et hurlez par-dessus les millions de murmures qui en jaillissent : « JE VEUX QUE LE DRAGON M'OBÉISSE !! »

Les murmures se taisent, remplacés par une explosion de lumière aveuglante. De la fiole s'extirpe un interminable serpent éclatant qui rampe dans les airs et enlace le dragon comme le ferait un reptile avec sa proie. Malgré sa toute-puissance, le monstre semble incapable de résister. La magie le contrôle et domine ses pulsions meurtrières. Vous le tenez désormais comme un chien en laisse et l'obligez à s'approcher de vous et à se soumettre.

« Couché ! », dites-vous d'un ton autoritaire au dragon qui s'incline immédiatement.

« J'dois dire qu'j'suis impressionné. J'pensais qu'ça allait mal se passer. T'sais combien d'temps ça dure ?

– Aucune idée. Mais il a l'air docile », répondez-vous sincèrement en caressant la créature.

« Fais gaffe, gamin, lui fais pas faire n'importe quoi. Même les meilleures cuites ont une fin et si jamais ça s'arrête, j'veux pas qu'il ait trop d'mauvais souvenirs de nous. Sinon, il mangera nos fions à la broche. »

Autour de vous, le temps est suspendu. Tout ce que la place compte de soldats et de badauds cachés derrière leurs fenêtres vous fixent médusés. Vous avez dompté un dragon par sorcellerie ! Dominé, ce dernier vous observe d'un air impassible lorsque votre compagnon enfourne de grandes brassées d'or dans votre sac magique que vous gardez ouvert pour lui. Au bout de quelques minutes cependant, un petit souci technique se porte à votre attention :

« PB ? J'ai… Euh… J'ai un problème.

– C'quoi l'pépin, gamin ? T'es trop riche ? », répond joyeusement le barbare.

« Oui et non. Le sac… Il est…

– L'sac magique ? Il est cassé ?! M'dis pas qu'il marche plus ! J'ai encore des bouteilles à l'intérieur !!

– C'pas ça… C'est juste qu'apparemment, il annule pas tout le poids de ce qu'on met dedans… », dites-vous en serrant les dents, enfoncé dans le sol jusqu'à la taille.

La rue retentit de l'éclat de rire de votre ami pendant qu'il ressort la quasi-totalité du butin emmagasiné. Même sous votre contrôle magique, le dragon semble aussi se moquer de vous. Réflexion faite, vous optez pour plusieurs sachets de pierres précieuses d'une valeur de **2 POINTS DE RICHESSE** avant de vous tourner vers l'immense reptile en **584**.

593

Le PB est pensif… du moins, c'est ce que vous déduisez à son regard insistant et ses sourcils qui touchent presque son nez. Il fixe un étrange objet accroché au mur.

« C'est quoi, c'truc ? », vous demande-t-il sans vous le demander.

« Une hache ? Un instrument de musique ? »

Le barbare se saisit de ce curieux ustensile qui ressemble autant à une hache qu'à une mandoline. Plutôt que de la faire virevolter comme une arme, il pose un pied sur un seau, met l'instrument sur sa cuisse et commence à en chatouiller les cordes. Durant quelques instants éphémères, ce n'est plus un barbare qui se tient devant vous, mais un barde jouant un air étonnement familier.

« Où t'as appris à jouer comme ça ? », demandez-vous avec un sourire.

La réponse devra attendre puisque c'est à cet instant qu'un orc entre dans l'armurerie et interrompt le concerto. La bestiole n'a pas le temps de remarquer votre présence que le PB a déjà lancé l'instrument dans sa direction. Si vous deviez décrire le fracas strident qui en résulte, vous le qualifieriez de « terriblement métal ». L'arme est en morceaux et la tête de l'orc aussi.

« Hum. Pas solide pour une hache, mais l'idée est sympa ! C'tait quoi, à ton avis, Billy ? Une mandoline à mandales ?

– Une mandaline ? », proposez-vous après une seconde de réflexion.

« Ha ! Pas bête ! J'proposerai l'idée à la Guilde si j'y retourne un jour. »

En attendant, l'unique endroit où vous puissiez retourner après cet interlude musical est la **PETITE COUR** en **400**.

594

Vous sentez les gouttes de sueur perler sur votre front. Aucune serrure ne résiste au Masque Pourpre ! Et celle-ci cède dans un gémissement silencieux sous vos doigts habiles, comme les autres. Vous ouvrez lentement la porte en étouffant le bruit des gonds avec votre cape. Le gardien grassouillet qui monte la garde à seulement deux mètres de vous ne se doute de rien. À pas de loup, vous vous glissez devant la stèle qui contient l'objet de votre visite : la larme d'O'Hassa et Khalassa, la Déesse à double-face du Sultanat de Stia. Un joyau colossal qui se reflète d'une couleur différente dans un miroir. Un caillou d'une valeur inestimable, donc clairement dans les moyens des riches nobles décadents de Valoisie qui récompenseront durement vos efforts. Et si ce n'est pas le cas, eh bien, ils apprendront à ne pas vous sous-estimer. Les nobles sont comme ça après tout, ils se croient toujours supérieurs aux gens qui travaillent.

Sectionnant le fil invisible relié à un miroir d'alarme, vous posez votre main gantée sur la pierre en même temps qu'une autre main, plus fine et plus délicate. Vous croisez le regard de Luscinia, dont les yeux émeraude brillent dans le noir comme ceux d'un chat.

« Prem's, chaton.

– Ma main est en dessous, Lucy.

– Plus maintenant », vous susurre-t-elle de sa voix cajoleuse.

– Je parlais de l'autre », souriez-vous en détachant d'un doigt la boucle de sa ceinture.

Vous profitez de la distraction pour enfourner le joyau dans votre sac pendant que la voleuse essaye désespérément de préserver sa dignité.

« Tu gagnes pour cette fois, mais la prochaine fois, je ne me laisserai pas avoir », vous lance-t-elle en riant. « C'était quoi, le pari, déjà ?

– Que tu arrêtes de m'appeler "chaton" », murmurez-vous à quelques centimètres de ses lèvres.

« Ah ! Dois-je t'appeler le masque rouge ? Ô môssieur Masque Rouge, me laisseriez-vous vous accompagner dans votre cachette pour cette nuit ? », lance-t-elle d'un ton théâtral en se laissant tomber dans vos bras.

Vous retirez sa main de votre sac en lui embrassant doucement le poignet.

« Désolé, beauté, je travaille en solo.

– Encore raté ! Que faut-il que je fasse pour obtenir le cœur de ce mystérieux bandit masqué ?

– Si je te le donnais, aurait-il la même valeur que tous les autres ? », rétorquez-vous tandis qu'elle escalade la fenêtre, son rire résonnant doucement dans la pièce.

« Voler, c'est voler. Reprendre, c'est voler. On se retrouve à l'endroit habituel ?

– J'ai fini. On peut y aller tout de suite.

– Oh non, il faut que le monde entier apprenne ta victoire, c'est la moindre des choses », murmure-t-elle en lançant un pétard aussi gros que votre bras au milieu de la pièce avant de saisir une corde et de s'élancer dans le vide.

Vous vous bouchez instinctivement les oreilles, conscient qu'au milieu de la nuit silencieuse, la détonation sera entendue par tout le continent et sa grand-mère.

La porte s'ouvre d'un seul coup et les gardes déferlent dans la pièce, ébahis d'être confrontés face à la légende :

« Le Masque Rouge !!

– Pourpre. Le Masque Pourpre », corrigez-vous calmement.

« Attrapez-le !! »

Vous échappez d'un cheveu à vos poursuivants. Vous glissez le long de la corde que vous venez de tirer avec votre arc en repensant à la folle série d'événements qui vous ont conduit jusqu'ici.

Après vos aventures auprès du barbare, vous avez exprimé votre vœu de rester à Lennonia et l'avez libéré de son serment. Votre ami a respecté votre souhait et s'en est retourné mener une vie de guerre heureuse et surprenamment longue.

Vous êtes resté dans les rues de la capitale, utilisant vos « compétences » pour déterrer des informations compromettantes et vous assurer un revenu stable auprès des nobles décadents. Une opération lucrative qui prit fin lorsque la guilde des voleurs de Lennonia a eu vent de vos agissements. Lucy fut celle qui fut envoyée à vos trousses, mais plutôt que de vous livrer, elle décida de vous former. Devenant rapidement son égal, plus aucune serrure n'eut de secret pour vous. S'ensuivit un jeu du chat et de la souris auquel vous jouiez tous deux avec délice, dérobant tantôt les proies de l'une et les cibles de l'autre. Deviner quel serait le prochain larcin de l'autre et le précéder sur les lieux du crime devint une obsession, source de multiples cambriolages fantômes et de petits délits. L'apogée de votre jeu fut le moment où, pendant qu'elle volait votre vertu, vous en avez profité pour voler son cœur. Depuis, votre duo solitaire, mais inséparable devint la bête noire des marchands opulents et de leur fortune alléchante.

La légende du Masque Rouge (à votre grande tristesse, les gens ne savent toujours pas ce qu'est le pourpre) fut bénie par Nyses, la Divinité des secrets. Si aucun livre ne se souvient de vous, vous resterez un souffle sur toutes les lèvres, aussi libre et insaisissable que le murmure du vent.

Vous êtes ce pour quoi vous avez toujours été doué. Et c'est tout ce qu'on peut souhaiter aux gens. Une bourse pleine et le cœur léger.

Félicitations, vous avez débloqué le succès «Arsène Billy». Cochez la case correspondante à la fin de cet ouvrage et recommencez à l'acte de votre choix.

595

Lorsque le contenu de la bouteille magique et le volatile incontrôlable entrent en contact, une lueur se dégage soudain, devenant de plus en plus chaude. De cette lumière, un tourbillon léger, mais inarrêtable se forme, gagnant progressivement en puissance. Le tourbillon devient une tornade, puis un ouragan, accélérant de plus en plus et engouffrant la pièce sous un torrent de vent. Le souffle est tel que même Virilus et votre compagnon cessent de se battre pour tenter de s'accrocher à une réalité devenue tout à coup instable. La spirale venteuse s'accélère encore et encore, et le monde vous semble sur le point de céder.

Puis, d'un seul coup, plus rien.

La lumière se tait, le mouvement s'arrête, la chaleur s'éteint et tout le monde reste immobile, médusé par un silence assourdissant et omniprésent. Le monde entier retient son souffle, et il ne se passe plus rien.

Puis ce rien *explosa*.

Tel un big bang furieux, Virilus, le barbare et vous-même êtes immédiatement vaporisés par une détonation aussi large que le ciel et aussi bruyante que le cosmos. Si les témoins d'un événement aussi marquant n'avaient pas été tués sur le coup, ils auraient pu raconter qu'au milieu d'un ciel incandescent, un gigantesque Oiseau de feu surgit du sommet de la forteresse dans un déluge de flammes. D'un battement d'ailes aussi larges que l'horizon, le puissant phénix planât au-dessus du continent et fit demi-tour pour pulvériser la forteresse volante. Dans une explosion incandescente, le passage en rase-mottes du dieu furieux réduit toute la capitale en cendres, l'engloutissant dans un océan de flammes étincelantes. D'un cri perçant, le phénix immortel embrase le firmament dans une dernière mélodie ressemblant au chant d'une guitare cosmique. Aussi implacable qu'éphémère, l'être incandescent finit par se recroqueviller sur lui-même pour disparaître dans un dernier flash éblouissant, ne laissant derrière lui qu'un cratère d'obsidienne aussi lisse qu'un miroir. Là où se trouvait autrefois la capitale de Lennonia ne se dresse plus qu'un œuf géant, dernier vestige de la totalité d'Erenner, du royaume d'Isbor et d'une partie de Kränelorn. La menace de Virilus a été vaincue et ce qui subsiste du continent d'Alkior est désormais sauf.

Félicitations, tout le monde a perdu. Et ça, c'est une victoire !

Félicitations, vous avez débloqué le succès «METAAAL !!!». Cochez la case correspondante à la fin de cet ouvrage et recommencez à l'acte de votre choix.

596

Sur l'un des corps lourdement armés, vous trouvez une petite statuette d'Edire, la Déesse du Renouvellement. L'idole se réchauffe à votre toucher et une étrange intuition vous convainc que la Déesse vous observe avant de prendre une décision. À votre corps défendant, vous faites désormais temporairement partie de l'ordre d'Edire avec prise d'effet immédiate. Une affectation qui pourrait s'avérer utile à qui voudrait vaincre le mal qui hante cette forteresse. La statuette retrouve une température normale, mais quelque chose vous dit qu'elle se rappellera à votre bon souvenir très bientôt. Retournez en **581**.

597

Le hochement de tête que vous adressent les deux villageois fait office d'effusion. Les deux bougres exultent dans une liesse immobile. Mais il ne sera pas dit qu'un PAYSAN ait un jour laissé une tâche en plan et les deux hommes continuent donc de tracter la statue afin de la pousser à l'endroit exact que leur avait indiqué l'esclavagiste.

« L'amour du travail bien fait. C'est comme toi quand t'achèves un ennemi au sol. T'as déjà gagné, mais tu le fais quand même », envoyez-vous au PB qui les observe d'abord interdit, puis hoche doucement la tête à votre explication.

Une fois la mission accomplie, un des hommes vous tend une clé en vous regardant longuement dans le blanc de l'œil. La scène est interrompue par le plus petit des deux qui vous donne une outre d'eau pour vous désaltérer. Ce rafraîchissement bienvenu vous fait regagner **3 POINTS DE VIE**.

« On a b'soin d'entrer dans c'te forteresse. Pourriez-vous nous filer un coup d'main ? »

Les paysans se regardent pendant une microseconde, et ils tendent à nouveau la clé qu'ils vous offraient déjà en pointant du doigt l'énorme volière derrière eux.

« Z'êtes pas sérieux... V'voulez... »

Hochement de tête.

« Par pigeon ? R'marque, ça peut marcher... Faudra nous mettre en express par contre, ça s'fait ? »

Leurs visages répondent que ça se fait.

« Explique », demandez-vous au barbare pour une fois.

« Livraison par pigeon. C't'une espèce de poulet énorme qui vole. Y sont dressés pour livrer les gros colis, t'vois ? Généralement, c'quand un mec friqué veut s'faire livrer un piano en montagne, c'genre de truc.

– Beh, et qu'est-ce que tu veux livrer à Virilus ?

– Bah... nous ! »

La main toujours tendue, les paysans attendent patiemment votre décision, imperturbables.

Si vous souhaitez appliquer leur plan pour monter à bord de la forteresse, acceptez en **353**. Si vous souhaitez tenter votre chance ailleurs ou continuer à vadrouiller dans les rues de Lennonia, vous pouvez vous rendre à la **GRAND PLACE** en **285** ou à la **CATHÉDRALE** en **496**.

598

Le **SANG DE VAMPIRE** s'est brusquement réchauffé en présence de Virilus. Ses pouvoirs noirs et son aura imposante ont sans doute réveillé la soif éternelle de ce sang capricieux. En plus de la régénération qu'il vous octroie déjà, regagnez **1 POINT DE VIE** (sans bonus d'objet ou magique) pour tous les **2 POINTS DE VIE** que vous ferez perdre à Virilus directement (sans utiliser d'objet ou de magie). Retournez en **475**.

599

Vous regardez vos mains calleuses... Et remarquez que vous pouvez les ouvrir et les fermer un peu plus rapidement. Gagnez **1 POINT D'ADRESSE** supplémentaire. Ce sera pratique ? Peut-être. En tout cas, vos doigts sont plus agiles.

Vous pouvez interroger le mage sur son animal étrange en **191**, ou lui demander son aide face aux forces de Virilus en **415**. Si vous pensez lui avoir tout dit, cherchez un moyen de partir en **464**.

600

Ignorant quel serait le meilleur moyen de s'en servir, vous finissez par jeter le **DARD EXPLOSIF** dans le bouillon. Une détonation retentit, mais pas dans le chaudron. Dans votre dos, le seigneur noir vient de subir une explosion venue de nulle part. Sa garde est ouverte pendant un bref instant. Le Pyro-Barbare profite de cette faiblesse momentanée pour lui infliger une belle entaille. Le combat reprend son cours, mais Virilus perd **6 POINTS DE VIE**. Vous avez saboté en partie le rituel ! Revenez en **480**.

601

« Papa, papa ? Je peux aller au marché avec Vif ? », vous demande votre cadet, excité comme une puce à l'idée de visiter le marché.

Vous hochez imperceptiblement la tête au bambin qui détale à une vitesse fulgurante, désormais pourvu de la toute-puissante autorisation parentale.

Le soleil de l'après-midi tape dur sur vos champs, mais vous attendez patiemment que le zénith passe avant d'arroser vos plants. Il serait imprudent de gaspiller l'eau du puits fraîchement tirée. Tandis que vous bricolez une selle pour le petit dernier, un bruit de sabots familier vous parvient aux oreilles.

« Chéri ! Je suis de retour ! », clame Solia la belle centauresse en vous lançant un sourire éblouissant.

Vous tournez la tête d'un millimètre pour lui indiquer que vous aurez bientôt fini, et qu'elle n'a qu'à vous attendre à l'écurie familiale pour son inspection de routine.

« D'accord, d'accord. Laisse-moi dire bonjour aux enfants d'abord. Où sont-ils ? »

Vous pensez très fort qu'Elric, votre cadet, est parti à dos de Vif et qu'Hestia et Pierrine jouent dans le champ derrière la maison. Quant aux autres, ils sont probablement dans les prés.

« Oh, dans ce cas, j'irai leur dire bonjour après. Tu viens ? J'aurai bien besoin d'un pansage, j'ai trotté toute la journée ! », demande-t-elle en faisant un demi-tour aussi ample que gracieux.

Vous brossez méthodiquement la robe de votre femme et laissez traîner votre esprit. Après la chute de la forteresse il y a une dizaine d'années, vous êtes repassé par la cathédrale pour vérifier que Solia y était bien revenu après votre sauvetage. C'est alors que le Père Isabel constata que vous étiez en possession de la tresse de sa protégée. Rouge comme une pivoine, mais fidèle à son instinct, Solia s'est inclinée devant vous en vous jurant une loyauté farouche. Et quelle aubaine pour vous, aviez-vous alors pensé ! Avoir un cheval capable de labourer vos champs, d'aider avec la charrue ET de comprendre les directives ?! Les perspectives agriculturelles étaient folles ! Vous avez bien évidemment accepté son offre sur-le-champ, sans chercher à comprendre les conséquences de votre décision.

Une fois revenu à Plante-Citrouille en compagnie de la belle jument et du barbare, ce dernier a passé quelques semaines avec vous. Après vous avoir aidé à faire la récolte, il repartit pour la contrée de Cielavare afin d'y mener une vie heureuse de guerres et de conflits. Solia, en revanche, fut installée durablement dans l'étable. Durant les mois qui suivirent, elle ne vous quitta pas d'un sabot. Elle apprit de vous tout ce qu'il y avait à savoir du travail de la terre, enchantée de pouvoir partager la vie d'un homme aussi attentionné à son égard.

Au bout d'une année cependant, alors que vous lui pesiez sa dose de grains journalière, elle murmura timidement qu'elle voulait des enfants.

« Si c'est toi, je… », bafouilla-t-elle avant de sauter la barrière de l'écurie en rougissant nerveusement, gênée par cette confession.

Sans comprendre pourquoi elle serait embarrassée par ce sentiment parfaitement naturel, vous décidez d'accéder à sa requête. N'écoutant que votre conscience professionnelle, vous vous êtes alors empressé de vous rendre au grand marché de Lennonia afin de louer le plus bel étalon que l'argent puisse offrir. Après tout le travail que Solia a fait pour votre ferme, vous lui deviez bien ça !

Un an plus tard naquit votre premier poulain, Vif. Aussi intelligent qu'un humain, ce cheval exceptionnel devint rapidement la fierté de votre ferme. Lors de la naissance d'Hestia, la plus belle des pouliches – et secrètement votre préférée –, Solia vous lança l'un de ses plus beaux sourires : « Tu sais, je crois qu'il faut qu'on aligne nos sabots : le prochain, j'aimerais qu'il soit DE toi. »

L'expression de surprise qui se dessina alors sur votre visage fut la dernière avant longtemps. Repassant mentalement le cours de ces dernières années, vous avez soudain réalisé l'ampleur de votre quiproquo. Cette fois, c'est vous qui rougissiez devant Solia.

Qu'à cela ne tienne ! La semaine suivante, vous étiez mariés lors d'une belle cérémonie à la Cathédrale d'Edire sous les yeux bienveillants du Vicaire.

« Té ! Franchemeng, fils ! Quesseu qui t'a pris autang de tempg ? », vous demanda-t-il d'un mouvement de sourcils.

« C'est pas parce que quelque chose est visible que c'est forcément évident », lui répondiez-vous alors.

Neuf mois plus tard naquit votre premier fils, Elric, suivi de beaucoup d'autres, poulains comme enfants. Au fil des années, la ferme familiale fut renommée en « Poulain-Billy », un ranch dont la marque devint par la suite célèbre dans tout le continent d'Alkior pour ses chevaux extrêmement intelligents et ses coursiers aussi rapides que le vent.

Une femme hybride, des enfants bigarrés et une vie paisible. « L'important, c'est de cultiver son jardin. Surtout quand c'est pour nourrir les autres », pensez-vous en peignant soigneusement le crin de votre belle Solia, toujours aussi agréablement gênée par vos attentions particulières.

Félicitations, vous avez débloqué le succès «Un sabot pour deux «. Cochez la case correspondante à la fin de cet ouvrage et recommencez à l'acte de votre choix.

602

Lorsque vous avancez vers les soldats, ceux-ci vous encerclent avant que vous ne soyez noyés sous les acclamations des habitants de Lennonia. Beaucoup ont entendu parler de vos récents exploits et c'est avec allégresse qu'ils vous saluent. Plusieurs citadins notables se portent garants de vous et, n'ayant ni le temps ni l'envie de gérer une foule en colère, les chevaliers vous relâchent enfin. Pendant que vous résumez vos aventures à un scribe de l'armée, le barbare fait face aux citadins et brandit l'épée de Virilus, trophée de votre victoire sur le seigneur noir. Si personne ne reconnaît la lame, tous reconnaissent le geste pour ce qu'il est, et poussent des cris de joie. Vous sillonnez les rues de Lennonia, bien décidés à fêter votre victoire et serrez quelques mains en recevant moult tapes dans le dos.

Combien de **POINTS DE RICHESSE** avez-vous accumulés au cours de votre aventure ? Si votre montant est de **0 POINT**, allez en **476**. S'il est de **1** ou **2 POINTS**, allez en **535**. S'il s'élève à **3** ou **4 POINTS**, allez en **578**. Enfin, si vous débordez de **RICHESSE** avec **5 POINTS** ou plus, dépensez allègrement en **454**.

603

Le **PERROQUET** sort subitement de votre sac en croassant. Trouvant une cible, il se jette toutes serres dehors sur le colosse en criant : « Dééébiluus ! Dééébiluuuus !! Grâaark !! »

Le seigneur noir est distrait par ce volatile gênant et n'attaquera pas pendant le **PREMIER TOUR** (il n'utilisera pas non plus son gantelet magique, vous évitant de devoir faire un **JET DE 6** pour ce premier tour). Retournez en **475**.

604

« Mais, euh… Du coup… ? On peut pas trouver un arrangement ? », demandez-vous sincèrement

« Hein ?! », s'exclame le PB en tournant la tête vers vous.

« Oh ? Et que proposes-tu ?

– Bah, j'vous donne c'que vous voulez, mais en échange, vous nous faites pas de mal.

– Tu risquerais ton âme pour une simple promesse de paix ? Et si je décidais de ne pas tenir parole ?

– Le simple fait que vous posiez la question prouve que vous avez rien à gagner à pas le faire. Après tout, qu'est-ce que ça vous coûte ? Vous finissez votre rituel, devenez encore plus puissant et immortel qu'avant… C'est pas la vie de deux pauvres gars comme nous qui va pouvoir vous poser problème. Pourquoi exécuter ce que vous avez déjà conquis ? Votre but, c'est de régner, pas de détruire non ? »

Toujours assis, le seigneur noir semble réfléchir pendant un long moment, comme si la négociation était quelque chose de nouveau pour lui.

« Ce n'est pas équitable », conclut-il après une intense réflexion.

« Hein ? Pourtant…

– Non. Je vais t'offrir des terres et un titre. Tu dirigeras ma garnison et tu t'occuperas du ravitaillement de cette région, en plus de mon serment de ne pas attenter à vos vies. Quant à toi… », envoie-t-il au barbare.

« Nan.

– Hein ? », vous exclamez-vous à votre tour en tournant la tête vers lui.

« Ch'uis désolé, mais ça m'va pas. J't'en veux pas, gamin, j'sais qu'pour toi, tout ça, c'est raisonnable, mais ch'uis v'nu pour casser des culs ! J'veux pas d'ta protection, raclure ! J'veux un duel ! Et sans magie pourrave ou ch'ais-pas-quoi ! Dans l'honneur !! », lance-t-il en pointant sa hache vers Virilus.

« Soit », conclut ce dernier en se levant.

Le seigneur noir fait presque une fois et demie la taille du Pyro-Barbare et la musculature statuesque de ces deux guerriers vous éblouit. Tous deux se mettent en position et se lancent à l'assaut.

La bataille est terrible, et le barbare enchaîne esquives et attaques en puissance. Courant, tranchant, parant, roulant et frappant, son déluge offensif touche presque au sublime. Toute son expérience de combat, sa hargne et sa rage inondent son adversaire et tentent de le submerger sous une avalanche de brutalité. Mais le seigneur noir rend coup pour coup, et lui aussi se perd dans le parfum enivrant du duel, essayant d'arracher la victoire à cette mâchoire de violence.

Épuisés, les deux colosses lancent une dernière passe d'armes et le Pyro-Barbare s'écroule, le sourire aux lèvres.

« Heh. Ça passait… C-C'était… Beau… »

Les yeux du gentil géant se ferment à jamais, trouvant enfin la paix après une vie de combat et d'honneur.

Vous pleurez silencieusement votre ami en vous réconfortant du fait que sa mort fut celle qu'il a choisie. Au moins, il rejoindra Zarkan fièrement, car il est mort comme il a vécu : n'importe comment.

Virilus se tourne vers vous.

« J'ai accordé le souhait de ton ami. Qu'en sera-t-il du tien ?

– J'accepte », murmurez-vous le souffle court.

– Alors qu'il en soit ainsi. Tu es désormais mon vassal. Lève-toi, brave petit homme.

– Je suis déjà debout.

– Désormais, tu t'appelleras « *Intraitable* ». Maréchal chargé du ravitaillement en Erenner. Maintenant, quelles terres souhaites-tu diriger en mon nom ? »

La bourgade de Hache-Citrouille est devenue le centre névralgique du ravitaillement des troupes du seigneur noir, lancées à la conquête du continent d'Alkior. Il ne fallut pas beaucoup de temps pour que votre hameau natal soit transformé en centre de redistribution. Ses grands champs assurent une production stable et sa proximité de la capitale un ravitaillement constant. La gemme magique que vous a remise votre seigneur n'a servi qu'une seule fois lorsque vous avez pulvérisé un orc dissident qui s'apprêtait à contester votre autorité. Depuis, plus personne ne s'est opposé à vous et beaucoup d'entre eux en sont venus à admirer votre génie administratif et vos talents uniques en mathémagie. L'art de compter et de connaître la différence entre un chiffre et un nombre semble avoir inspiré plus de respect que votre démonstration de force. Et comme vous êtes resté quelqu'un de très accessible et serviable, il ne fallut pas longtemps aux troupes sous votre commandement pour devenir vos camarades et pour se lier d'amitié avec vous. Finalement, quand on les connaît, ces créatures sont tout sauf déplaisantes. Les orcs sont de braves gens durs à la tâche. Les gnolls s'avèrent être aussi drôles que fidèles. Les trolls sont très fiers de leur force et très sensibles aux flatteries. Les gobelins sont juste inconscients et l'ogre est un enfant adorable quand on lui donne une citrouille à mâchouiller, ce qui ne manque pas par ici. Votre popularité auprès des forces du seigneur noir atteint son paroxysme lorsque vous ordonnez la construction d'une immense brasserie, destinée aux récompenses et aux banquets.

Un jour, une belle trollesse vous a aperçu du coin de l'œil alors que vous inspectiez le chantier, et s'est mise à rougir sous votre regard calculateur. Faisant fi du protocole et prenant son courage à quatre mains, elle vous proposa d'aller boire quelques chopes ensemble après le travail. Loin des préjugés des autres races, une intimité naquit. Puis, lorsque vous avez accepté qu'elle vous prenne pour épouse quelques mois plus tard, un couple.

Les décennies s'écoulèrent paisiblement. Et la promesse de Virilus ne fut jamais brisée. Jamais le conflit ne vint effleurer votre village, toujours aussi ruisselant d'activité. Vous vivez une vie innocente et épargnée par la guerre, et vous éteignez paisiblement au milieu de vos proches : vos voisins gnolls et leurs dix-huit enfants, les trois premiers orcs qui sont devenus vos amis et votre femme qui pleure votre départ à chaudes larmes. Pour avoir transmis votre capacité à savoir compter aux autres, sept villages ont été brûlés en l'honneur de votre mémoire. En vérité, douze, mais uniquement parce que les gobelins ont perdu le compte en cours de route. Fidèles jusqu'au bout, ils ont recommencé une deuxième fois depuis le début, dans le doute.

Après tout, ce sont des choses qui arrivent. On ne vit qu'une seule fois. Et si on le fait bien, une seule fois suffit.

Félicitations, vous avez terminé votre aventure et débloqué le succès «Tu quoque Billy ?». Cochez la case correspondante à la fin de cet ouvrage et recommencez à l'acte de votre choix.

605

« Oh… Vous parlez de ce papier-là ? »

Vous réprimez un grand sursaut quand le souffle de la voleuse glisse dans le creux de votre oreille. Évidemment, vous ne l'avez pas senti venir.

« D'habitude, les gens font du bruit quand ils se déplacent, vous savez…

– Désolée, je suis douée dans ce que je fais. Saluuut mon nounours ! », glisse-t-elle en se faufilant aux côtés de Félix qu'elle câline comme une peluche géante.

Si le corps du Fleuriste ne bouge pas d'un muscle, son visage subit une transformation radicale. Toutes les rides et les cicatrices qui lardaient sa face semblent disparaître comme par magie, remplacées par le masque de la candeur gâteuse. Le guerrier torve et impavide a disparu, et à sa place se dresse maintenant un vieillard mielleux dont les yeux ne peuvent se détacher de la Voleuse. Il la fixe comme un père fixerait son plus fragile enfant et, avec une douceur infinie, sa main gigantesque tapote affectueusement la tête de la roublarde.

« Je suis contente de te voir au grand jour. Tu passes trop de temps à la taverne ! », dit-elle au géant, proprement réprimandé. « Tiens ! Lorsque j'ai appris qu'ils te cherchaient, je me suis dit que ça servirait. »

Elle agite un petit bout de papier sous son nez avant de le remettre au garde.

« Je dois filer. Les gens travaillent d'arrache-pied et la collecte n'attend pas. Une fois à l'intérieur, faites confiance à Nounours. Il n'en a pas l'air, mais c'est un vrai dur », termine la voleuse en étreignant Félix une dernière fois avant de s'éclipser.

Cet instant d'une rare pureté est interrompu par le garde qui ouvre la porte d'enceinte.

« T-tout est en ordre… B-bonne chance là-d-dedans !

– Merci », lui répond le Fleuriste qui a repris sa contenance de granit.

Vous suivez votre guide au-delà de la barrière et pénétrez dans le Jardin en **430**.

606

Vous serrez l'**ICÔNE DES PALADINS** dans vos doigts avant de la plonger dans le chaudron. Une dizaine de cris murmurés vous saisit l'esprit. Les âmes qui étaient liées par le serment à la Déesse Edire sont sacrifiées, et vous avez l'impression d'entendre cette dernière hurler de rage au milieu des railleries d'autres voix. Pour le sabotage, c'est raté. Pire encore, Virilus a l'air encore plus fort qu'avant. Le seigneur noir gagne **4 POINTS DE VIE MAX**. Revenez en **480**.

607

Alors qu'il était concentré sur son duel, le seigneur noir tourne la tête vers le chaudron. En faire son phylactère était une excellente idée, mais à cause de votre intervention, la potion est désormais instable. Le cri de rage du seigneur noir émet une onde de choc qui repousse tout autour de lui. Sous la pression, le cristal magique serti dans son gantelet se brise, mais vous n'avez pas le temps de vous en réjouir, car vous êtes propulsé à l'autre bout de la pièce. Lié à son maître, le Chaudron Noir entre en éruption dans un hurlement terrifiant, tandis qu'un geyser magique pulvérise la voûte au-dessus de vous. Le toit du donjon explose. Les murs sont arrachés et des tonnes de pierre s'écrasent sur la ville en contrebas. Vous échappez miraculeusement au déluge de gravats, mais le barbare n'a pas eu cette chance, coincé sous un pan de mur écroulé. Vous essayez désespérément de l'en extraire pendant que le seigneur noir s'avance vers vous. Il donne un violent coup de botte au PB qui perd connaissance. Vous vous mettez en garde, mais l'attaque du seigneur noir est trop rapide ! Sa lame entaille votre torse et vous fait tomber en arrière. Vous êtes à la merci du maître des ténèbres, mais celui-ci se détourne de vous. Votre blessure semble superficielle… Ce qui veut dire que… Non !

Virilus ne vous regarde plus, obnubilé par l'éclat du Chaudron Noir. Victorieux, il plonge la lame nimbée de votre sang dans la mixture.

« Enfin… Chaudron Noir ! Obéis !! Apaise ma faim et fais de moi l'ultime ! »

C'est fini. Vous avez échoué. Virilus va maintenant devenir un Dieu et vous éradiquer de la surface d'Erenner. Tout sera plongé dans les ténèbres et rien ni personne ne pourra plus l'en… Pourquoi il se passe rien ?

Votre interrogation est partagée par le seigneur noir qui replonge frénétiquement sa lame dans le bouillon. Méthodique, il la retire et l'inspecte.

« Le sang a bien été absorbé… Et je ne me suis pas trompé dans… À moins que… », muse-t-il en retournant vers son trône et en saisissant un petit objet que vous reconnaissez ! Le caillou qui tinte ! Celui que les orcs ont utilisé au tout début de votre aventure ! C'était il y a à peine quelques jours, mais pour vous, ça fait une éternité. L'ombre du seigneur noir se détache du ciel au-dessus de vous et il vous examine avec l'objet. **Ding !** fait l'appareil. Il le passe devant le sang qui imbibe votre tunique. Aucune réaction. Virilus s'apprête à vous achever

pour essayer autre chose quand un autre *DING* se faire entendre au contact de votre sac magique !

Le sac de Fanta ! C'était le sac depuis le début !

« Le sang ancien ! Je comprends enfin... », s'exclame Virilus en vous saisissant à la gorge et en vous soulevant du sol. « C'est une stupide métaphore ! Il n'a jamais été question de sang, mais d'héritage ! »

Malgré la poigne qui vous étouffe, vous tenez le sac contre vous en le serrant de toutes vos forces ! Jamais vous ne le lui donnerez ! Quitte à...

Virilus vous jette à l'autre bout de la pièce. Votre vol plané finit contre un meuble qui penchait en équilibre au-dessus du vide. Celui-ci bascule, laissant le vent souffler dans votre dos tandis que vous tenez toujours le sac !

« Le sang ancien n'existe pas. Ce n'était qu'une interprétation des héritages prodigieux qu'ils nous ont laissés. Ce sac en est un parfait exemple, le Chaudron Noir en est un autre », continue-t-il en vous soulevant de nouveau et en vous suspendant au-dessus du Chaudron Noir. « Pourquoi t'acharnes-tu, humain ? », demande le maître des ténèbres avec une curiosité non feinte.

Vous voudriez lui répondre, mais sa poigne vous enserre de nouveau la gorge. Poussant un rare soupir, Virilus place son épée contre votre cœur.

« Tu n'es pas un héros. Tu n'es personne », termine-t-il avant d'être soudainement propulsé sur le côté !

« TOUCHE PAS À MON BILLY !! », hurle le PB qui s'est élancé de tout son corps contre Virilus avec la puissance d'un tir de baliste !

Vous dégringolez une seconde fois sur la pierre et regardez le barbare chevaucher le seigneur noir pour commencer à le marteler au sol. Vous cherchez le sac qui vous a échappé des mains durant l'action. Vous le voyez glisser au milieu de la pièce juste à côté de la hache de votre ami. Tandis que vous courez pour le ramasser, Virilus repousse le barbare d'un puissant coup de poing et le fait basculer dans le vide. Stupéfait, vous n'avez pas le temps de pousser un cri que votre ennemi se tourne vers vous.

Virilus se relève de toute sa hauteur. Blessé, partiellement brûlé et terriblement excédé, le maître des ténèbres perd finalement son sang-froid et pousse un immense cri de frustration.

« RAAAARGH ! MISÉRABLES CHIENS ! VOUS N'ÊTES RIEN ! JE VOUS DÉVORERAI ! JE VOUS DÉVORERAI TOUS !! »

Le seigneur noir fond sur vous.

VIRILUS

HABILETÉ	PV	ARMURE	DÉGÂTS
24	20	1	1

***Règle spéciale** : le seigneur noir est à bout ! Pour ce combat, la règle de la DOMINATION est inactive. Vous ne pouvez pas gagner automatiquement ce combat en utilisant vos POINTS DE CHANCE. Pas de défaite ou de victoire automatique, vous êtes le dernier espoir d'Erenner !*

Virilus est blessé et sa gemme magique est brisée. Pas de magie pour lui. Il reste toutefois un adversaire redoutable ! Tous les EFFETS que vous avez infligés à Virilus lors de votre stratégie précédente s'appliquent ! J'espère que vous les avez notés ! Si vous avez détruit l'ARMÉE SQUELETTE de Virilus, il perd 10 POINTS D'HABILETÉ. Si vous lui avez déjà infligé ce malus lors d'un premier affrontement, ne le cumulez pas.

Pas d'échappatoire, survivez 8 TOURS ou détruisez le seigneur noir pour remporter le combat !

Si vous survivez à ce duel final, allez en **563**.

608

Continuez vos aventures épiques dans le Tome II de la Saga de Billy :

LA CORNE DES SABLES D'IVOIRE

Succès

Buliaaa !!! Terminez le jeu avec un Billy GUERRIER .... ❑
Travail terminé ! Terminez le jeu avec un Billy PAYSAN .... ❑
Pff… Rien de personnel ! Terminez le jeu avec un Billy DEBROUILLARD.. ❑
Toujours vivant ! Ha ! Terminez le jeu avec un Billy PRUDENT .... ❑

Pour l'honneur Terminez le jeu avec la fin alternative GUERRIER .... ❑
Un sabot pour deux Terminez le jeu avec la fin alternative PAYSAN .... ❑
Arsène Billy Terminez le jeu avec la fin alternative DEBROUILLARD......... ❑
Dites-le avec des fleurs Terminez le jeu avec la fin alternative PRUDENT...... ❑

Le monde a besoin d'un Roi-liche Terminez le jeu avec la fin BILLYLUS........ ❑
Tu quoque Billy ? Terminez le jeu avec la fin secrète PRUDENT.................... ❑
Well. That escalated quickly Rencontrez une fin hasardeuse en tombant de votre monture.. ❑
METAAAL !!! Rencontrez une fin stylée par les flammes du phénix.............. ❑
L'innocent Laissez le rituel se conclure ou ratez son interruption.................... ❑

Billy Enfant-de-Dragon Soumettez le dragon à la loyale .... ❑
Octogone Battez l'adversaire final de l'arène et récupérez la CEINTURE DE CHAMPION.. ❑
Billy Ultra Instinct Vous avez reçu une aide inespérée.................................. ❑
Calamity Billy : Affrontez les agents de la maréchaussée dans leur QG en combat singulier .... ❑
Reportage exclusif : Trouvez 4 INFOS ou plus durant l'Acte 1 .... ❑
Filtre à journaliste Vous avez vaincu le général MASSACRE et TERMINÉ l'Acte 1 .... ❑
Au fil de l'épée Vous avez vaincu MORTELLE avec l'aide de vos amis............ ❑
C'était quoi le safeword ? Vous avez vaincu FUNESTE avec l'aide de vos amis ..... ❑
Le pudding à l'arsenic Vous avez vaincu FUNESTE politiquement .... ❑
Le sol amortira sa chute Vous avez aidé une alliée à s'échapper .... ❑